EN PLENA NOCHE

LA TRAMA

En plena noche

Mikel Santiago

Papel certificado por el Forest Stewardship Council®

Primera edición: junio de 2021
Cuarta reimpresión: octubre de 2022

© 2021, Mikel Santiago
www.mikelsantiago.info
© 2021, Penguin Random House Grupo Editorial S. A. U.
Travessera de Gràcia, 47-49. 08021 Barcelona
© 2021, David Glez, por las ilustraciones interiores

Penguin Random House Grupo Editorial apoya la protección del *copyright*.
El *copyright* estimula la creatividad, defiende la diversidad en el ámbito de las ideas y el conocimiento, promueve la libre expresión y favorece una cultura viva. Gracias por comprar una edición autorizada de este libro y por respetar las leyes del *copyright* al no reproducir, escanear ni distribuir ninguna parte de esta obra por ningún medio sin permiso. Al hacerlo está respaldando a los autores y permitiendo que PRHGE continúe publicando libros para todos los lectores.
Diríjase a CEDRO (Centro Español de Derechos Reprográficos, http://www.cedro.org) si necesita fotocopiar o escanear algún fragmento de esta obra.

Printed in Spain – Impreso en España

ISBN: 978-84-666-6968-9
Depósito legal: B-6.592-2021

Compuesto en Llibresimes
Impreso en Rodesa
Villatuerta (Navarra))

BS 6 9 6 8 B

Para Irati y Elene,
dos estrellas que viajan juntas

He repetido esta narración, punto por punto,
unas doscientas veces en mi vida.
Aun así, nadie me cree.
¿Será diferente esta vez?

El primer recuerdo es la línea de la carretera. Era como una larga serpiente de neón blanco y, joder, si te fijabas, hasta tenía escamas. Los faros del coche la iluminaban y yo la seguía con la mirada, esperando que en algún momento llegaríamos a ver su gran cabeza. Me la imaginaba como una víbora albina de ojos rojos y sonrisa terrorífica. Así que al principio la estuve mirando no sé cuánto. Diez minutos o media hora. No sabría decirlo.

También empecé a darme cuenta de que iba sentado en la parte trasera de un coche. No conducía, como después se dijo. Eso hubiera sido sencillamente imposible porque acababa de despertarme y además iba drogado. Tenía los ojos entreabiertos, pero la cabeza aún ladeada sobre el cuello, y miraba por la ventanilla del pasajero, como si tal cosa, observando la línea de la carretera y alucinando con la serpiente.

Escuchaba cómo el motor subía de revoluciones, una curva detrás de la otra, y la serpiente se deslizaba a nuestra par, con una perfección épica. Ya digo que iba bastante drogado.

Vale, más cosas: había gente ahí dentro, compañeros de

viaje. Nadie hablaba. En el puesto de copiloto iba una chica. Su larga melena castaña se derramaba sobre la hombrera de una chaqueta de cuero. ¿Lorea? Desde luego, era la forma de su cabeza. También parecía mareada o dormida, cabeceaba cuando tomábamos cada curva.

«Lorea», intentaba llamarla. «Cariño, ¿qué hacemos aquí?»

Extracto del documental *En plena noche*

PRIMERA PARTE

1999

Se salvó porque llevaba unas zapatillas blancas.

Así de sencillo. Unas zapatillas blancas. Un detalle tan idiota puede decidir si vives o mueres.

De haber llevado unos botines negros, o un zapato marrón oscuro, por ejemplo, el Volkswagen Passat lo habría estampado a cien kilómetros por hora, y posiblemente reventado como una sandía sobre el asfalto. Pero aquel «aparecido» llevaba unas zapatillas blancas, en concreto unas Nike Court Royale, que además estaban nuevecitas. Y ese perfectísimo blanco con olor a nuevo fue lo que reflectó la luz de los faros, en aquella carretera de pueblo, a las cuatro y pico de la madrugada del domingo 17 de octubre de 1999, salvando de una muerte posiblemente horrible a aquel chico que surgió de la nada.

El coche lo conducía un tipo llamado Jon Beitia, que por lo demás es irrelevante para nuestra historia. Beitia volvía conduciendo tras pasar una noche de fiesta en Bilbao, junto con su hermano y dos amigos, y era el que menos cocido iba.

Pero iba cocido. En 1999 la concienciación sobre beber y conducir estaba a medio desarrollar y a Jon, tras el test de alcoholemia que se le realizaría más tarde, le esperaban unos cuantos años de moverse en bicicleta. En cualquier caso, a pesar de las seis o siete cervezas de más, su cerebro funcionó bastante rápido.

«Eran solo un par de cosas blancas detenidas en medio de la oscuridad», dijo en el atestado. «No sé ni cómo me di cuenta.»

A cien kilómetros por hora y con un nervio óptico cansado y alcoholizado, todo ocurrió en milésimas de segundo. Los faros del Volkswagen Passat iluminaron aquellas zapatillas blancas. Tras un mensaje del nervio óptico al sistema límbico, el cerebro declaró la «alarma total» y actuó impulsivamente y con energía. Jon lanzó la pierna derecha para pisar el freno, tan fuerte que le dolería durante un par de días, y el Passat de su padre, que tenía los frenos recién revisados (en el taller Gardeazabal, Illumbe) frenó enseguida, aunque no lo suficiente como para evitar el golpe.

El impacto —según el informe— ocurrió a unos veinte kilómetros por hora. Es más o menos la velocidad que coge una bici si pedaleas con algo de brío, pero, claro, aquello no era una bici, sino un coche de tonelada y media. El chico que había surgido de la nada estaba quieto, de pie sobre sus zapatillas blancas, y tan solo llegó a extender los brazos para protegerse de manera instintiva. Recibió el impacto, cayó hacia atrás y se golpeó la cabeza en el suelo. BAM.

Mientras que Jon había tenido al menos un segundo para prepararse, las tres personas que viajaban con él sufrieron las consecuencias en grado diverso. Iñaki L. —que viajaba de copiloto y nunca se ponía cinturón porque «no creía en las imposiciones»— se estampó contra el salpicadero. Una fractura del tabique nasal le recordaría a partir de entonces que la DGT no dice las cosas por tocar los huevos. Alicia, la novia de Iñaki, que era más lista y viajaba con el cinturón puesto, tan solo se derramó una cerveza que llevaba en la mano sobre los vaqueros. Andoni Beitia, el cuarto pasajero, que también pasaba del cinturón pero iba medio tumbado, se dio de bruces contra el respaldo de su hermano Jon. El cigarrillo que se le consumía entre los labios cayó en el suelo del coche e hizo un bonito agujero en la alfombrilla, aunque por suerte el informe de daños en el interior del vehículo terminó ahí.

Después de un grito y otro, y otro más, todo quedó en silencio. Jon Beitia, con las manos fundidas en el volante, el pie clavado en el freno, sentía una terrible frialdad que le bajaba por la nuca. Cuando matas a alguien de esa forma, tu vida se acaba también. Quizá algún día vuelvas a ponerte en pie y caminar, pero a efectos de la felicidad y la cordura estás tan muerto como tu víctima, y eso es lo que empezó a sentir por la nuca: el tacto de la muerte.

Mientras sus amigos comenzaban a reaccionar y preguntaban qué había pasado, él no se atrevía ni a mirar.

—Lo he matado. He matado a alguien.

Iñaki estaba chorreando sangre por la nariz. Alicia se apresuraba a pasarle unos clínex. Solo Andoni parecía haber escuchado las palabras de su hermano pequeño.

—¿Qué?

—Había alguien parado ahí en medio... Creo que lo he...

Andoni fue el único que tuvo arrestos para actuar. Abrió la puerta y salió a la carretera, no demasiado aprisa. Iba con esa prudencia que da el horror de estar a punto de ver algo terrible. Miró hacia atrás. Eran las cuatro y media de la madrugada y aquella carretera, que unía los pueblos de Amondarain e Illumbe, estaba casi desierta. Miró hacia delante. A varios kilómetros de allí, desde el mar, llegaba un resplandor oscuro.

Pasó junto a Jon, que seguía atado a su volante, incapaz de moverse. Se miraron en silencio, después siguió por el lateral del coche hasta descubrir a esa persona que yacía tumbada en el asfalto. Se quedó quieto, pegado al coche (le temblaban las piernas), escrutando el cuerpo y escuchando los sonidos de la marisma, las espadañas, los pájaros nocturnos, los sapos, como si todo aquello fuera un sueño tenebroso e irreal. Pensaba, pensaba, pensaba... en su hermano principalmente. En la cárcel, a donde iba a ir por matar a alguien mientras conducía borracho... Además de eso, dentro del coche Iñaki aullaba de dolor (se había tocado la nariz) y Jon había activado los intermitentes de emergencia, que sonaban como un reloj. Clic. Clic. Clic.

A unos cien metros, en un caserío solitario, se encendió la luz de un dormitorio. Alguien habría oído el frenazo. Alguien iba a avisar a la policía. Andoni seguía en otro mundo. Sus padres. El disgusto. Su hermano. Por un segundo, pensó en escapar. En volver al coche y decirle a Jon que saliesen de allí volando y dejaran a ese tipo allí. Estaban borrachos. Habían matado a alguien. No había solución para eso. Pero el tío se lo había buscado. ¿Qué coño hacía en medio de esa carretera en mitad de la noche? Jon solo tenía veintiún años. Acababa de empezar en la uni. ¿Se iba a joder la vida por una locura que había ocurrido en tres segundos?, ¿por una maldita bobada que sucedió una noche?

Continuaba allí, de pie, pensando en todo eso, cuando oyó algo más. Un gemido. Una voz que procedía de ese cuerpo inmóvil en el asfalto.

El muerto se movía. Una rodilla, después un brazo. Se movía.

—¡Jon, enciende las luces! —gritó—. ¡Está vivo!

Se encendieron unas luces largas. Andoni se arrodilló junto a ese chico y lo miró. El «aparecido» era un chaval de unos veintitantos. Delgaducho, con el pelo castaño rizado, que le crecía esponjosamente casi como una peluca afro. Parecía un Jackson Five, solo que era blanco como la leche, con una cara fina y unos ojos rasgados que estaban medio abriéndose.

—Socorrrrrrrro —dijo—. Ayyyyyyuddddaaaaaa.

Otro coche se acababa de detener tras el Volkswagen de los Beitia. Se abrieron puertas, más gente. El caserío tenía ya sus dos plantas iluminadas y alguien vestido con un albornoz se asomaba en ese instante por la puerta.

Andoni comprendió que ya era tarde para cualquier otra cosa. Solo esperaba que el chaval viviese, y sin grandes daños, aunque parecía —a decir por sus balbuceos— que tenía el cerebro tocado. Se había dado un golpe en la cabeza. ¿Se quedaría imbécil?

Vestía una chaqueta vaquera llena de chapas de grupos de música: reconoció el logo de AC/DC, la lengua de los Stones y el retrato de Bob Marley. La camiseta blanca que llevaba debajo decía Nirvana, ese grupo cuyo cantante se había pegado un tiro cinco años atrás. ¿Quizá se había intentado suicidar él también? ¿Qué hacía, si no, en esa carretera, solo, a las cuatro y media de la madrugada?

El chaval volvió a moverse. Clavó el codo en el suelo, se arrastró. Era como si quisiera irse de allí reptando. Andoni había leído en alguna parte que era mejor no tocar a los accidentados, así que se limitó a cogerle de la mano y le dijo:

—Te hemos atropellado. Tranquilo. Creo que no te hemos hecho nada. ¿Estás bien?

Oyó a unas personas que se acercaban por detrás. Voces. Alguien dijo que estaba llamando al 112. Jon también se había bajado del coche. Le oyó decir: «No lo he visto. Ha aparecido de repente». Andoni pensó que su hermano estaría mejor callado, pero, dadas las circunstancias, ¿qué importaba? Lo único que podría sacarles de ese entuerto era que ese idiota tuviese a la Virgen de su lado.

Mientras tanto, el «aparecido» balbuceaba...

—... yudddddddame.

—Oye, ¿estás borracho? —le preguntó Andoni—. ¿Qué te pasa? ¿Qué hacías andando por mitad de la carretera?

Entonces aquel chaval, cuyas zapatillas blancas acababan de salvarle la vida, abrió pesadamente los párpados. Miró a Andoni como si fuera el personaje de un sueño y dijo lo siguiente:

—Ayúdddame... Me han se... secuestrado.

PRODUCCIONES BUKA PRESENTA — SÁBADO 16 OCT 1999

DEABRUAK

LIVE

SALA **BLUE BERRI**

PUERTAS 22:00
500 PTAS

ILLUMBE

Entradas a la venta en:
+ Electrónica Letamendia + Bukanero Club + Bar Portubide.

DENUNCIAN LA DESAPARICIÓN DE UNA JOVEN EN ILLUMBE

Los padres de Lorea Vallejo, una joven de veintiún años residente en el municipio vizcaíno de Illumbe, han denunciado su desaparición la noche del pasado sábado 16 de octubre, después de haber acudido a un concierto.

La madre de la joven ha manifestado que su hija salió del domicilio familiar el viernes bien temprano para ayudar con los preparativos de un concierto. Muchos testigos la vieron disfrutando de la actuación de la banda Deabruak y del ambiente de copas posterior. Un conocido afirma haberla visto salir del recinto sobre la una y media de la madrugada, sola y conduciendo una motocicleta Vespino negra. A partir de ese momento, se pierde el rastro de Lorea Vallejo.

La madre de la joven niega la posibilidad de una huida. «Sin dinero ni ropa, no tiene sentido.» Sospecha que su hija pudo haber sufrido algún tipo de percance con su motocicleta, o que quizá se dirigió a otro lugar después del concierto. «Algo normal para ella un sábado a la noche, lo hacen todos los jóvenes de la zona», ha declarado a su salida de la comisaría de la Ertzaintza en Amondarain, donde ha acudido a interponer la denuncia. Acompañando a los padres de Lorea se encontraba Joseba Artaza, alcalde de Illumbe, que ha hecho un llamamiento urgente a los vecinos de la comarca para «colaborar en todo lo posible en la localización de Lorea».

El Correo, 19 de octubre de 1999

EL NOVIO DE LA CHICA DESAPARECIDA DECLARA QUE AMBOS FUERON SECUESTRADOS

La declaración de Diego L., de veinticuatro años, residente en Illumbe, y que mantenía una relación sentimental con Lorea Vallejo desde hace meses, ha supuesto un sorprendente giro de los acontecimientos en el caso, al afirmar que ambos fueron secuestrados la noche del 16 de octubre, y que él logró escapar.

Diego L. ha prestado declaración en el Hospital de Cruces, donde se recupera tras sufrir un atropello la madrugada del pasado domingo, según él, «mientras escapaba» de un captor sin identificar, que supuestamente mantiene cautiva a Lorea Vallejo.

La Ertzaintza ha mostrado una «prudencia absoluta» con el testimonio del joven, a quien continúan interrogando especialistas de la Brigada Científica en busca de detalles cruciales para localizar a Lorea y a su supuesto secuestrador.

Mientras tanto, recordemos, sigue sin localizarse la Vespino negra de Lorea, fácilmente identificable por la pegatina que exhibe en el guardabarros trasero (la lengua de los Rolling Stones). La Ertzaintza pide toda la colaboración ciudadana para hallar cualquier rastro de la chica y ha puesto a disposición del público un número de teléfono...

El Correo, martes 25 de octubre de 1999

DETENIDO EL NOVIO DE LOREA VALLEJO

Diego L. ha sido detenido esta misma mañana, tras ser dado de alta en el Hospital de Cruces, por su supuesta vinculación en la desaparición de Lorea Vallejo, con la que mantenía una relación sentimental.

El novio de Lorea, que declaró ante la Ertzaintza un día antes desde su cama del hospital, sostenía que la chica y él habían sido secuestrados y que él había logrado escapar, al parecer, de un coche en marcha.

Medios cercanos a la policía afirman que la detención se ha producido tras detectar «graves incoherencias» en el relato aportado por Diego L. y su incapacidad de «recordar claramente» lo sucedido.

Según palabras de un representante de la familia, la Ertzaintza «comete un error gravísimo» al incriminar a un «testigo» que solo ha intentado aportar una «información crucial» en la desaparición de Lorea.

El Correo, miércoles 26 de octubre de 1999

EL NOVIO DE LOREA ALEGA «AMNESIA» Y ES
PUESTO EN LIBERTAD SIN CARGOS. LA POLICÍA
DUDA DE LA VERACIDAD DE SU HISTORIA

El Correo, lunes 1 de noviembre de 1999

SIN RASTRO DE LOREA VALLEJO
UN AÑO DESPUÉS DE SU DESAPARICIÓN

El Correo, lunes 16 de octubre de 2000

1

2020

Solo dos personas en el mundo conocían ese número. Una era Gonzalo y la otra mi madre. Y en ninguno de ambos casos era normal que el teléfono sonase a esas horas —el sol ni siquiera había asomado tras las montañas—, así que le dije a aquella chica que teníamos que parar un poco. Y que me dejase salir de la cama.

—Tengo que cogerlo, perdona.

Ella hizo como que no lo oía. Estaba sentada a horcajadas encima de mí, moviéndose con una precisión fantástica gracias a sus poderosas piernas de bailarina.

—De verdad..., en serio —dije—. Creo que es importante.

—Entonces te volverán a llamar.

Acompañó su frase con un gemido profundo, como para dejar claro que no había discusión posible. Después latigó el aire con su melena castaña y pude ver su rostro, sus ojos cerrados, concentrados en desencadenar el máximo placer en cada movimiento. Se lo estaba tomando como si fuera una prueba de gimnasia olímpica. Pero el teléfono sonaba y sonaba, y yo empecé a ponerme nervioso. De pronto, se me metió en la cabeza que alguien se había muerto. ¿Mi padre? Tenía mal el corazón y no sería el primer susto que nos daba. ¿Sería eso? ¿Y qué otra cosa podía ser a esas horas? Gonzalo jamás me llamaría tan temprano. Nunca en veinte años se le había ocurrido pegarme un toque antes del desayuno.

Decidí insistirle a aquella hermosa Plisétskaya:

—Debemos parar el trenecito rumbo a orgasmolandia, cariño, te prometo que volveré en un minuto lleno de energía y me esforzaré al máximo.

Conseguí que se apartara, aunque de mala gana. Me llamó aguafiestas y se encendió un cigarrillo. Zahara, ese era su nombre, era una exbailarina reconvertida a hippie-vendedora de abalorios que había conocido en el mercadillo del pueblo. Habíamos dormido juntos dos noches y ya me había quedado claro que no aguantaría ese ritmo mucho más. Era como jugar un partidillo con Ronaldo. Como intentar bailar una noche entera junto a Mick Jagger. Te jugabas el infarto.

Llegué a la cocina. El viejo Nokia atronaba sobre la encimera (todavía no había aprendido a bajarle el volumen). Miré la pantalla. Era mi madre.

—¿*Ama*? ¿Qué pasa?

—¿Te he despertado?

—Bueno, casi.

Había un reloj de pared en la cocina pero estaba parado y yo no me había encargado de cambiarle la pila desde que vivía allí. Sin embargo, podía ver un trocito de sol saliendo tras las colinas del este e iluminando la playa. Eso significaba que no eran ni las ocho de la mañana.

—Bueno, tengo una mala noticia —dijo mi madre—. Tu amigo Alberto falleció antes de ayer. Alberto Gandaras.

Tardé algo así como tres segundos en procesar aquello. Lo de la mala noticia, lo de que alguien se había muerto. Pero ¿quién era Alberto Gandaras? Lo comprendí en un segundo: Bert. Creo que jamás en mi vida le había llamado Alberto.

—¿Bert? Pero ¿qué me dices?

—Yo me enteré anoche y de casualidad. Me llamó Leire Guisasola, ¿te acuerdas de ella?

Recordé entre brumas a una chica que trabajaba en la tienda de mis padres hace mil millones de años.

—Pues resulta que me llamó para otra cosa... y entonces me lo contó. Se preguntaba si tú lo sabías. Al parecer fue un incendio, este viernes.

—¿Un incendio? Pero ¿cómo...? ¿Qué...?

Zahara apareció por la cocina, desnuda. Me abrazó por detrás y me besó en el oído. «Vuelve a la cama.» Me aparté con brusquedad, abrí la puerta de la cocina y salí. Necesitaba respirar.

El trozo de sol despuntaba ya sobre las colinas e iluminaba la playa frente a la que estaba mi villa. Caminé sobre el terrazo del jardín, desnudo, hasta el límite de mi terraza. Mi madre seguía hablando.

—Debió de dormirse con un cigarrillo, prendió la cama, prendió el suelo y...

Miré el horizonte azulado sobre el mar de Alborán. Me perdí en un recuerdo.

—¿Diego?

—¿Te puedes creer que soñé con él? —Prometo que era cierto—. Hace un par de noches, soñé con él.

Mi madre no dijo nada.

—Pero ¿dónde ocurrió? —Aún me costaba creerlo—. ¿En su casa? ¿El chalé del Arburu?

—Sí. Fue de madrugada. Para cuando el primer vecino vio el fuego, ya había ardido la primera planta y algo del tejado.

No quise preguntar más. Detalles morbosos como si intentó escapar mientras agonizaba, o si se carbonizó sobre la cama, o si se lanzó por una ventana y se rompió la cabeza. En cambio, me vino otra vez esa imagen sonriente de Bert hace dos noches.

—Soñé con él —repetí, pensativo, tratando de recuperar ese recuerdo—. Hace solo dos noches le vi en un sueño. Estábamos sentados en su estudio, grabando una canción. Me hablaba de algo. De una banda que había visto. Joder, qué casualidad.

Recordaba ese sueño porque se lo había contado a Zahara después de nuestra primera noche juntos. Tras los fuegos artificiales yo dormí profundamente y soñé con Bert. Y al despertarme se lo conté a ella: «He soñado con un viejo amigo, qué curioso. Un viejísimo amigo al que no veo desde hace muchos años».

—Bueno —siguió mi madre—, te llamo tan pronto porque el funeral es mañana. Para que te organices... Si es que quieres ir.

—¿Un lunes? —Fue lo primero que pregunté, como si el incendio, la propia muerte, se hubiera saltado algún código de etiqueta. Era una pregunta absurda y no esperé a que me respondiera—: ¿A qué hora?

—A las doce del mediodía. En Illumbe, en la iglesia de San Miguel.

—Joder —dije—, tengo que ir.

—¿Seguro, Diego?

—No, seguro no estoy —murmuré suspirando, porque en el fondo me aterrorizaba la idea—. Pero es Bert. Si fuese otro, no sé... Pero Bert... Tengo que hacerlo por él.

—Vale. Te puedo mirar un vuelo y prepararte algo de ropa. Me imagino que en ese retiro tuyo no tendrás nada para un funeral, ¿no? Y de paso, si quieres, te quedas a dormir en Bilbao.

—Gracias, *ama*. Encárgate solo de la ropa. Te avisaré cuando tenga el avión.

Colgué y me quedé allí de pie, desnudo, con ese teléfono Nokia en la mano, mirando la preciosa Cala Amarga y pensando en Bert.

Me saltaron las lágrimas de pronto, sin avisar. ¿Cómo habían podido pasar veinte años? ¿Cómo era posible que nunca nos hubiéramos reconciliado? ¿A qué demonios había estado esperando?

El sol ya se había descubierto por completo. El Mediterráneo fulguraba en azul; la playa, en blanco. Entré en la casa antes de que algún turista tempranero me viese en bolas, llorando frente al mar.

Zahara estaba sentada a la mesa, vestida con un batín, había preparado café, dos tazas. Además de todo lo dicho sobre su energía sexual, resultó ser dulce y muy humana. Había comprendido que esa llamada traía muy malas noticias y dejó a un lado la frivolidad para abrazarme y preguntarme si necesitaba algo.

—Necesito que me busques un vuelo en tu móvil. A Bilbao. Hoy mismo.

Zahara me preguntó si «era alguien de la familia».

—¿Sabes que hace dos noches te hablé de un amigo con el que había soñado? ¿Lo recuerdas?

Ella asintió sorprendida. Dijo que era cosa de brujas. Yo asentí.

—Si no llega a ser por ese tío, quizá nunca me habría lanzado a componer canciones.

Tomé el café y me fumé un cigarrillo mientras Zahara me buscaba un vuelo. Me gustó esa insospechada muestra de dulzura. La había visto muchas veces en su puestito del mercado de Las Negras, sentada, haciendo collares. Era guapa hasta hacer daño y un día me lancé y la invité a cenar. Ella, que era muy lista, ya me había calado también. Me contó que había vivido en Madrid, bailando en un teatro, hasta que una crisis lo mandó todo al cuerno y decidió montar su puestito de joyas. Y así nos había traído la marea a los dos, hasta la orilla del mar.

No había conexiones directas ni desde Almería ni desde Granada, así que compré un Málaga-Bilbao para esa tarde a las cinco. Zahara me podría llevar al aeropuerto en mi coche y de paso se quedaría allí visitando a unos amigos. Se lo agradecí. Después se quitó el batín y me dijo que me esperaba en la ducha.

2

Nos volvimos a dormir y despertamos a las doce. Se tardaban unas dos horas y media hasta Málaga, íbamos pelados de tiempo. ¿Qué haría con la casa, con mis cosas? «¿Piensas volver?», me preguntó Zahara (¿con cierto aire de tristeza, quizá?). Le dije que sí, pero me daba reparo dejar mi equipo allí, por lo que me pillé lo básico: una guitarra Takamine, un MacBook Pro, una tarjeta de sonido y un micro Neumann. Era un buen montón de pasta para confiarlo tras la puerta de aquella casita de playa. Lo demás lo dejé tal y como estaba. Aquel miniestudio en el que había trabajado durante dos meses era un pandemónium de cuadernos repletos de frases, cuerdas rotas, lápices gastados, ceniceros llenos... Imposible tratar de recogerlo todo en unos minutos.

Y hablando de la puerta de la casita, ¿dónde estaban las llaves? Las di por perdidas, no había tiempo para más. Arreé un portazo y le pedí a Zahara que condujese el Audi Q7 mientras yo llamaba a Gonzalo. A fin de cuentas, él había organizado todo esto.

—¿A Illumbe? —Se echó a reír—. Tú debes de estar pirado. Dime que es una broma...

Imaginaos a un tipo de sesenta años que parece conservado en formol. En sus tiempos mozos hacía de galán en una teleserie, después se hizo productor, agente y cazatalentos. Algunos de los nombres más grandes del pop-rock de los últimos veinte años eran cosa suya. Yo incluido. Además, era el único amigo de verdad que me quedaba en la tierra.

—Se trata de Bert —le dije—. ¿Lo recuerdas?

—¿El que tocaba la guitarra?

—No, ese era Javi. Bert era el chico de los teclados. Bueno, da igual. El funeral es mañana. Solo quiero asistir. De paso, les hago una visita a mis padres. Hace mucho que les debo una.

—Todo eso está muy bien, de verdad, pero... ¿podemos rebobinar un minuto? —De repente cayó en algo—: ¿No irás conduciendo con el móvil en la oreja?

—No, me lleva una chica. Y estás en el manos libres, por cierto.

Zahara saludó sonriente desde el volante. Con sus vaqueros recortados, gafas de sol y visera parecía Sarah Connor conduciendo por el desierto en *Terminator 2*.

—¿Dónde estáis?

Se lo dije: llegando a Málaga.

—Vale, perfecto. Todavía podéis daros la vuelta.

—Gonzalo..., no pienso darme la vuelta.

—No lo has pensado bien, Diego. ¿Confías en mí?

—Sí.

—Te prometo que dentro de unos meses te llevaré yo mismo hasta Illumbe a ponerle una corona de flores a tu amigo, pero ahora no. Ahora es el peor momento por muchas razones. ¿Has leído algo de prensa? ¿Twitter?

—No. Tengo un Nokia de 1995. Me lo diste tú.

—Pero la chica...

—La chica ya sabe cuál es el plan. No me ha dejado ni tocar su iPhone.

Zahara sonrió. Ya le había explicado que me encontraba en un retiro «total» incluyendo el acceso a internet. No debía leer ninguna noticia. No debía mirar ningún tuit. Desintoxicación absoluta por prescripción médica (de mi psiquiatra-gurú, el doctor Ochoa). Gonzalo resopló al otro lado de la línea:

—Vale. ¿Y qué crees que va a pasar cuando pongas un pie en Illumbe? Todo lo que hemos conseguido en dos meses... Las últimas maquetas están empezando a funcionar. ¿Lo quieres mandar todo al guano? Por no hablar de la prensa en cuanto se entere...

—No se va a enterar nadie.

—Claro. Apareces por tu pueblo, por *ese* pueblo, veinte años más tarde, y nadie te va a reconocer. Nadie va a decir nada.

—Como bien dices, es mi pueblo y tengo maneras de que nadie me reconozca, descuida. Además, en pleno febrero seguro que está lloviendo. Llevaré un sombrero.

—¡Ja! Un pasamontañas mejor.

—Vamos, Gonzalo... Solo quiero estar allí, decirle adiós a mi amigo. Y después me pasaré una semana en Bilbao, con mis padres. Eso es todo. Yo te llamaba por la casa. No encuentro las llaves, ¿podrías llamar a...?

—Escucha, ¿y ese tipo que amenazó con romperte la cara?

Me quedé en silencio al oír aquello. Era cierto. Y se me

había olvidado por completo. Mikel Artola. Aunque la frase no había sido exactamente esa, lo que dijo fue: «Si vuelvo a cruzarme contigo, te romperé los huesos».

«Hace veinte años, a las puertas de una comisaría. Yo salía, él entraba...»

—No creo que siga vivo... —Hablaba más bien la esperanza—. En fin, es un riesgo que tendré que correr.

—¿Un riesgo? ¿Quién eres ahora? ¿Indiana Jones? Mira, estoy en Londres y no me puedo mover, pero voy a mandarte un tío. Al menos, deja que te ponga un machaca.

Lo cierto es que el panorama se oscurecía por momentos, pero me negué a llevar un escudero en mi propio pueblo. Gonzalo insistió un poco más, hasta que logré tranquilizarlo. Llevaría sombrero, gafas, incluso un bigote postizo si hacía falta. No intercambiaría una palabra con nadie y me largaría a Bilbao nada más terminar la ceremonia...

Cuando colgué, Zahara no pudo aguantarse la pregunta: ¿era una idea tan terrible regresar a Illumbe?

—Es una historia muy larga.

—Pues nos quedan dos horas...

¿Quieres la versión larga o la corta? ¿Has leído algo sobre lo que pasó allí? Todo aquello de la chica... Lorea, y lo de «ese novio que contó una historia imposible a la policía». A Zahara le sonaba, claro que le sonaba, aunque disimuló su sorpresa. Aun así, ¿quién no estaba al corriente de esa historia? Un documental de la tele se había encargado de rescatarla solo dos años atrás.

Hicimos el resto del viaje con música: le puse el álbum *Magnolia*, de Rufus T. Firefly, que me volvía loco. Almorzamos en una estación de servicio y llegamos al aeropuerto de Málaga a las tres y media de la tarde.

—¿Qué hago con el coche? —preguntó Zahara.

—Tendrás que volver a Las Negras, ¿no? Puedes quedártelo.

—¿Seguro? Es un coche bastante caro.

—Seguro. Ya volveré a por él.

—Pero... ¿cuándo?

—No creo que me lleve mucho. —Le di un rápido beso—. Será un visto y no visto.

3

En un avión, a doce mil metros de altura, con el ruido de los motores mezclándose con el del carrito de bebidas, las conversaciones y los acentos. Andaluces que viajaban al norte. Vascos que volvían del sur.

Yo iba pensando en muchas cosas. Gonzalo había logrado meterme el miedo en el cuerpo, un miedo que yo había apartado de un manotazo, pero que volvía a asomarse. ¿Estaba en mis cabales? ¿Regresar a Illumbe? El mundo entero me daba menos miedo que ese lugar. Ese pequeño punto en el mapa que llevaba demasiado tiempo evitando.

Miré por la ventana. Volábamos ya muy alto, y el avión daba algunos botecitos. Sentí un ligero ataque de ansiedad apretándome el cuello. Nunca me ha gustado volar. ¿Por qué sigo cogiendo asiento de ventanilla?

Cerré los ojos, traté de fijar un pensamiento positivo, tal y como me habían enseñado a hacer en mis clases de meditación. Flotar en el mar, mirando hacia un cielo azul, flotar y sentir la caricia del agua en cada centímetro de tu cuerpo. Ommmmm.

Me concentré en Bert. ¿Cuándo le había visto por última

vez? Hacía veinte años, largándose entre enfadado y triste con un teclado bajo el brazo. Era la noche del 16 de octubre, la «gran noche» después de nuestro concierto. Estábamos en el parking del Blue Berri y yo acababa de contarles a todos lo que Gonzalo me había dicho, en privado, antes de marcharse rumbo a Madrid.

—¿En serio? ¿Así acaba esto? ¿Tú *solo*? Joder, Diego... Vaya puta mierda. Todo este esfuerzo para nada.

—Bert, ¡espera!

Pero Bert no se daba la vuelta. Levantaba la mano y me enseñaba el dedo corazón. «Que te jodan, estrellita.»

No le había vuelto a ver en dos décadas, aunque en ese tiempo había comprado cada nuevo disco que sacaba y había seguido sus noticias por Twitter (hasta que me prohibieron las redes sociales). Últimamente iba con pelo corto y gafitas de sol redondas, aunque, para mí, siempre sería aquel chaval extraño con una melena abultada y rizada, larguirucho, nervioso, y con un talento desbordante que una vez, cuando yo tenía veintiún años, me dijo: «Tú haces lo más difícil, tío, canciones que te tocan el corazón».

En la vida, como en las novelas, hay giros. Alguien muere, alguien nace, alguien se enamora de alguien. También cambias tu vida cuando tomas una decisión importante. Y yo la tomé el día en que Bert me dijo aquello. Recuerdo que estaba sentado con mi acústica, grabando en su estudio casero, y él, al otro lado de la pecera, aguantaba mis lamentos —«Canto mal», «Esto no funciona»—. Entonces Bert, que además de ser mayor (tenía veintiocho años) era una especie de maestro para todos nosotros, me dijo aquello: «Hay millones de músicos buenos, pero solo unos pocos te tocan el alma. Y tú lo haces. No te olvides. Eres único».

Oí unas cuantas risas y no entendía por qué. ¿Qué había de gracioso en eso?

—¿Qué? ¿Qué?

—El cinturón, por favor —dijo una azafata—. Estamos aterrizando. Siento haberle despertado así.

Me abroché el cinturón mientras hacía un barrido a todas esas miradas divertidas que me rodeaban. A veces hablaba en sueños, ¿se me habría escapado algo? Por suerte, iba solo en mi fila de butacas y el espectáculo había quedado limitado a un público reducido. Oí un murmullo a mis espaldas. «Sí, es él, seguro que es él.» Pues claro que soy yo, querida. Aunque la mona se ponga las gafas de sol más grandes que pudo comprar en el aeropuerto de Málaga, mona se queda.

Miré por la ventana y aprecié el cambio de paisaje. Sobrevolábamos el norte. Nubes, verde, montañas, gotas de agua. El avión comenzaba a tambalearse por efecto del viento. Cerré los ojos mientras el aparato viraba haciendo un ruido de mil demonios. El viento del Cantábrico nos agitaba como una maraca.

«Por favor, Dios de las estrellas de pop fracasadas, haz que este pájaro aterrice bien.»

4

Mi madre estaba como siempre. Dura como el diamante. Sonriente. Mi padre un poco más apagado que de costumbre. Mi madre decía que estaba enganchado a internet y que tenía que obligarle a pasear, pero que por lo demás «iba tirando». El corazón todavía le aguantaba.

El *aita* bromeó sobre mi pelo y mi ropa. Dijo que parecía un narcotraficante y después me preguntó cómo me iba con el «trabajo». Mi padre y yo teníamos esa forma de comunicarnos. Hablábamos de facturas, hipotecas, seguros, cosas que había que hacer. Nunca se dejó impresionar por todo el rollo de que su hijo fuera un gran compositor de música ni una estrella del pop. Para él, sencillamente, yo había conseguido un buen trabajo. ¿Qué tal el trabajo? ¿Ya vendes discos? En internet dicen que ya no se venden discos.

No les falta razón, *aita*. Está la cosa jodida.

Mi madre me había preparado el cuarto de invitados. Yo no tenía habitación en ese apartamento, porque nunca había vivido allí. Se lo compré a mis padres con la excusa de invertir algo de dinero, aunque en el fondo era un regalo que deseaba hacerles sin herirles en el orgullo. Así que ahora vivían en el centro de Bilbao, en un piso de ciento cuarenta metros cuadrados donde mi padre se perdía. Con todo, era mucho mejor que aquel sitio infame al que tuvieron que mudarse al «escapar» de Illumbe, entre otras cosas, por mi culpa.

—Creo que iré esta misma noche. —Lo había estado pensando—. Podría darme un paseo y mañana será más fácil todo.

Mi madre parpadeó sorprendida.

—Pero ¿dónde vas a dormir?

—¿Sabes si el camping está abierto?

—No lo sé, pero seguro que tu padre lo puede mirar en «su internet».

El camping de Illumbe estaba ligeramente apartado del pueblo, en una zona de colinas y bosques con buenas vistas al mar. Sabía que, además de sus parcelas para tiendas y caravanas, alquilaban cabañitas, o al menos eso hacían veinte años atrás. Sería un buen escondite para llegar a Illumbe con tiempo y prepararme para mi «intrusión»; con un poco de suerte, ni siquiera me pedirían el DNI. Mi padre se puso a investigar y resultó que ahora era un camping de categoría. Las antiguas cabañitas habían dado paso a modernos bungalós modulares de arquitectura *passive house*, construidos por una empresa de la zona. Había un área del camping más exclusiva donde se ofrecía «máxima intimidad, ideal parejas».

—Vaya precios —silbó mi padre—, y eso que están fuera de temporada.

—Cógeme una, por favor.

—¿Por qué no te quedas esta noche en casa? —Ahí estaba el frente común con mi madre—. Mañana puedes ir pronto y...

Les dije que esa tarde prefería llegar a Illumbe. Por alguna razón tenía prisa por hacerlo. Había tomado la decisión después de tantos años y ahora no quería esperar más. Quizá había otras razones ocultas, razones que ni siquiera yo acababa de comprender, pero sentía una urgencia absoluta por llegar.

Mi madre hizo lo que lleva haciendo años respecto a mis decisiones: arqueó las cejas y dijo «ya eres mayorcito». Hizo lo mismo cuando le dije que quería irme a Madrid hace veinte años. Lo mismo cuando le dije que me casaría con Eva —lo cual era un error evidente para todo el mundo menos para mí—. Lo mismo cuando se enteró de que por mi nariz pasaba más tráfico que por la M-30 una mañana de lunes. Mi madre siempre ha sabido darme tiempo para equivocarme yo solo, darme cuenta y espabilar.

«Aquí siempre tendrás tu casa, hagas lo que hagas, excepto si eres un violador; en ese caso te mataré yo misma.»

Sobre la cama de la habitación descansaba uno de los trajes del *aita*. Era un disfraz perfecto: zapatos negros de cordón, camisa blanca y corbata negra. Me lo probé todo y con las gafas puestas parecía Steve Buscemi en *Reservoir Dogs*, solo que el traje era más clásico, me daba calibre.

Mi madre se apresuró a prepararme una pequeña bolsa de ropa más adecuada para el clima del norte. Vaqueros, chubasquero, unas camisetas, un par de deportivas.

—Son de cuando tenías veinte años. Creo que el pie apenas te ha cambiado.

Había salido con lo puesto de Almería y pensaba comprarme algo de ropa en Illumbe, pero no le dije nada. Una madre es una madre. Punto.

Pedí un taxi. Le di un beso a la *ama* y mi padre apareció

por el marco de la puerta de su despacho, delgadito, en su bata y con su carucha pálida.

—Cuídate mucho, hijo. Espero que sepas que en ese pueblo hay mucha gente que todavía se acuerda de ti. Para bien... y para mal.

—Lo sé, *aita*.

Sonrió.

—Vuelve pronto. Te hemos echado de menos.

5

De camino, por la autopista, recibí un sms de Gonzalo. No iba a rendirse tan fácilmente, claro que no, aunque actuó con bastante sutileza. En el mensaje me pedía que llamara al doctor Ochoa. Y me pasaba su número:

«Creo que deberías hablar con él sobre lo de Illumbe.»

Había comenzado a llover sobre la A-8. Mucho tráfico en la hora punta de la tarde y un día tristón y gris. Tantos años viviendo en el sur y se me había olvidado esa oscuridad que cae al llegar el crepúsculo. Es dura y opresiva si no estás acostumbrado a ella. Y yo no lo estaba.

—Diego, qué placer escucharte —dijo Ochoa con su tono meloso y cautivador de psiquiatra argentino—. Hace mucho tiempo, ¿cómo estás?

«Como si no lo supieras», pensé. Me imaginaba que Gonzalo ya le habría puesto al día de mi decisión de viajar al pueblo. También me podía imaginar que le había pedido que me convenciera para retractarme. Pero los ciento cincuenta euros la hora salían de mi bolsillo, así que me dejé de historias. Además, tenía una pregunta que hacerle.

—Estoy ya en la autopista, llegando a Illumbe. Supongo que Gonzalo te ha contado.

—Sí, sí... Algo me dijo. Bueno, es una decisión respetable. Desde luego, estás siguiendo un impulso noble que te engrandece, Diego.

Ochoa estaba acostumbrado a lidiar con gente del mundo del espectáculo, a tratar con egos insoportables, retrasados emocionales, psicópatas y tipos con delirios de grandeza. Culebreaba con habilidad entre las frases para llegar a lo que quería decirte. No obstante, yo siempre me impacientaba con tanta decoración.

—Vamos a ir al grano, Ochoa. He venido, no voy a dar la vuelta. Pero tengo una pregunta que hacerte. Es algo de lo que hablamos hace tiempo. Hace mucho tiempo... aquello sobre mi «nudo».

Vale. Rebobinemos un segundo. Ozzy Osbourne dijo una vez que no recordaba los años noventa. Se los pasó viajando en una alfombra voladora llamada alcohol y drogas y ni se enteró. Supongo que Keith Richards podría decir lo mismo de los setenta. En mi caso, hubo tres años (2003, 2004 y 2005) en los que me aticé tan fuerte que creo que me quedé medio idiota. Fue entonces cuando me presentaron al doctor Ochoa, en mitad de una gira interminable de conciertos en la que descansaba una media de cinco horas diarias y en la que terminó pasando lo que debe ocurrir cuando eres un alcornoque. Me pasé de la raya, me caí del escenario y me abrí la cabeza. El problema es que me gustó abrirme la cabeza. Tener que cancelar conciertos. Poder descansar. Y fue entonces y solo entonces cuando me planteé que algo no estaba yendo bien con mi vida.

El doctor Ochoa tenía una casa en Las Rozas con un jardín japonés, carpas en un estanque y pavos reales. Por su templete de estilo oriental habían pasado actores, directores de cine, músicos y políticos que todos conocéis y que jamás admitirían haberlo hecho. Si la casa de Madrid estaba libre, podías quedarte una o dos noches. Era un refugio perfecto, incluso tenía una salida secreta por si la prensa te rondaba. En cambio, para asuntos más serios, el doctor Ochoa disponía de una finca en Segovia, un retiro para los casos que necesitaban tiempo (y se lo podían permitir, porque costaba una millonada), y allí es donde me pasé veinticinco días del año 2005.

—En una de aquellas sesiones hablamos de volver a Illumbe, ¿lo recuerdas? Y de lo que eso podría hacerle a mi memoria.

—¿Sí? Creo... Sí, puede ser. —Ochoa no quería verse profundizando en eso—. Han pasado unos años.

—Yo lo recuerdo perfectamente —respondí—. Hablamos sobre mi episodio de amnesia. El «nudo», como tú lo llamabas.

—Sí... Sí... Pero...

—Solo quiero preguntarte algo —le interrumpí—. ¿Es posible que ocurra? ¿Que ese «nudo» de mi memoria pueda «aflojarse un poco» al regresar?

Ochoa hizo un profundo silencio. Se veía contra la espada y la pared. Gonzalo le habría insistido para que me quitara la idea de la cabeza, para que me mandase de vuelta a mi «atmósfera protectora» en el cabo de Gata, donde debía componer y grabar diez temas para un nuevo álbum. Y por otro lado, un paciente le estaba haciendo una pregunta directa.

—Solo te dije que era una opción remota —cedió al fin—, nunca se puede decir «imposible» en medicina, pero...

—Pero dijiste que podía suceder, si se daban las condiciones.

—Podrías llegar a tocar las teclas correctas, es cierto —comentó—. Ha habido casos de gente que se ha recuperado de amnesias disociativas o postraumáticas regresando a los lugares donde sucedió todo, aunque también podría ser contraproducente.

—¿Por qué?

—Bueno, la memoria es una especie de «teléfono roto». Tiene una forma extraña de almacenar recuerdos, muchas veces de manera simbólica, como los sueños... Lo que crees recordar no tiene por qué ser real, Diego. Quizá solo sea un reflejo distorsionado en un espejo roto.

Nos interrumpió una lluvia de bocinazos a mi alrededor. El taxista había querido hacer una pirula para adelantarse unos cuantos coches y alguno se lo estaba haciendo ver con muy mala leche. Como buen conductor estresado y cabreado, soltó unos cuantos improperios y estuvo a punto de provocar un accidente, pero consiguió encajar el taxi en el carril rápido y salimos del atasco.

Dejé que Ochoa hablase mientras la caravana se iba diluyendo lentamente. Contraatacó con la idea de lo «peligroso» que era abandonar mi «estado de aislamiento y *mindfulness*» justo ahora. Llevaba tres meses autoprotegiéndome del mundo real, de las redes, de los teléfonos móviles. ¿Y si el *shock* de realidad era demasiado fuerte? ¿Cómo afectaría eso a mi vertiente creativa?

Gonzalo pensaba que mis canciones eran «cada vez mejores»..., pero la verdad, esa verdad íntima que asoma por el rabillo del alma, me decía que eran igual de malas que todo lo que había hecho en los últimos cinco años.

Ochoa también decía que las canciones estaban «mejorando». En fin, cuando quieres engañarte es muy fácil encontrar compañeros que sustenten tu mentira, sobre todo si les pagas.

6

Llovía con más fuerza al salir de la autopista y el limpiaparabrisas batallaba con furia contra la cortina de agua. En la radio, las noticias de la tarde hablaban de política. Qué raro. Esa era una de las cosas que *no* había echado de menos del «mundo real».

Salimos por la desviación hacia Gernika y yo empecé a sentir una especie de hormigueo en el estómago. ¿Miedo? ¿Emoción? Todo a la vez.

Llevaba mucho tiempo viajando a bordo de una vida fantástica. De avión en avión, llenando estadios, grabando canciones en un estudio o haciendo el calavera en un hotel... Pero casi todos los días de mi vida, en algún momento, por fugaz que fuese, mi mente regresaba a Illumbe. A esa herida abierta y sangrante. A los viejos valles. Los bosques. La costa... Las caras de la gente que dejé atrás. Mi banda... Javi, Nura, Ibon... ¿Seguirían allí?

Hace veinte años hui de aquel lugar. Vengativo, rabioso, triste. Salí dando un gran portazo. Y hoy me sentía como un intruso que viniese a mirar otra vez por el ojo de la cerradura, a ver cómo andaba todo.

Aunque ya había oscurecido bastante, empecé a reconocer cosas. El nombre de Illumbe en la pared de un viejo caserío, el asador Sangroniz... Llegamos a lo alto y el taxista estuvo a punto de pasarse la entrada del camping. Le indiqué cómo dar la vuelta en un mirador y, desde allí, pude contemplar las luces de Illumbe en la penumbra.

Sentí algo muy profundo al ver mi antiguo pueblo de la infancia. Estuve tentado a pedirle al taxista que bajara hasta allí, pero después pensé que era demasiado pronto. Al día siguiente habría tiempo.

7

Una cabaña de madera mostraba el letrero de recepción, iluminado sobre la puerta. La barrera estaba en alto y se veía una piscina tapada justo al lado.

Pagué cincuenta euros al taxista, cogí mis cosas y le pedí que aguardase un minuto. Quizá mi cabaña estaba demasiado lejos y no era cuestión de ir caminando bajo la lluvia.

La recepción era un espacio amplio dividido en una zona de espera y una oficina diminuta. Había una máquina de *vending*, otra de café y otra de bebidas frías. Además, un mapa gigante de la marisma de Urdaibai y un panel lleno de folletos de actividades (piragüismo, surf, *trekking*), mapas gratis y demás información para turistas.

Me asomé a la oficina. Había un ordenador encendido y cierto caos de cajas por el suelo.

—¿Hola? —saludé en voz alta.

Nadie respondió.

Dejé mis trastos en un banco y salí a avisar al taxista, pero el tipo se había largado tras esperar ¿treinta segundos? «Muy amable, gracias.»

Un poco más abajo había otro pequeño edificio, una especie de pérgola de madera por la que asomaba un resplandor de luces. Eché una carrerita hasta allí, calándome con el denso *zirimiri* que caía en esos momentos, y entré bajo el techado de madera.

Era la lavandería del camping. Había un grupo de lavadoras y secadoras industriales, una máquina de jabón y un revistero con algunos libros viejos. Uno de los tambores daba vueltas con un montón de ropa dentro, pero no se veía a nadie por allí.

Entonces a lo lejos, casi como una aparición, surgió el haz de una linterna entre los árboles.

—¡Eh! —exclamé levantando los brazos como si fuera un náufrago que avista al primer ser humano en años.

La linterna se acercó desde el bosque. No esperé a que llegara:

—¡Hola! ¿Sabe dónde encontrar al encargado?

Noté la luz en mi cara y entrecerré los ojos mientras sucedía un silencio un poco demasiado largo.

—Soy yo —respondió una voz.

Le vi dar un paso al frente y dejarse iluminar por las lámparas fluorescentes del techo. Era una chica de unos treinta años, cubierta con una capa impermeable. Tenía el pelo castaño empapado, al igual que los vaqueros; las botas de monte, embarradas.

—Perdón, he tenido que salir un minuto —dijo—. ¿Es usted la reserva de la cabaña Deluxe?

—El mismo.

Ella sonrió. Tenía una cara bonita y unos grandes ojos azules.

—Vamos allá. —Apuntó con la linterna hacia la recepción.

Cinco minutos más tarde se había quitado el impermeable y había dejado las botas en un felpudo de metal, junto a la puerta. De todo eso surgió una chica menuda, atractiva, envuelta en un jersey de nudos de lana. Me encantan los climas duros donde la gente te enseña sus calcetines antes de decirte su nombre.

—Ángela —se presentó según entraba en la oficina y tomaba asiento delante del ordenador—. Y la reserva es para...

—Diego Letamendia —respondí.

La gran ventaja de tener un «apellido artístico» era que tu DNI pasaba desapercibido al hacer una reserva. Diego LE-ON provenía de la conjugación de mis dos apellidos: LEtamendia ONdarreta.

—Vale. Es una noche en la Cabaña Modular Deluxe. Está pagada. —Ángela apartó la vista de la pantalla y buscó entre los papeles de la mesa—. Solo necesito que rellene este formulario. ¿Viene solo?

—Sí.

—Entonces su DNI, por favor.

Le mostré el DNI, cuya foto también ayudaba. Era yo, pero con el pelo corto y sin perilla. Una foto hecha a propósito para engañar. Aunque ella ni levantó la vista para mirarme y comprobarlo. Era algo más joven que yo, ¿treinta y cinco? Por ahí andaría.

Rellené el formulario mientras la chica le hacía una fotocopia al DNI. Después puso un mapa del camping sobre la mesa y me hizo una X para señalar una cabaña muy apartada.

—¿Se tarda mucho andando? —pregunté.

—¿No tiene coche?

Negué con la cabeza y ella suspiró, como diciendo «ahora que me había secado...».

—Sígame.

Volvió a ponerse su ropa de agua, cogió una linterna y salimos al exterior, donde había parado de llover aunque soplaba una brisa cargada de salitre. La carretera descendía hasta la zona principal de acampada. Una piscina vacía, edificios comunes... Había un par de tiendas de campaña montadas allí, y una autocaravana con matrícula holandesa.

—Su cabaña dispone de baño, pero puede utilizar también la zona común. Tiene microondas, nevera... No hay demasiada gente en estas fechas.

—No hará falta —contesté en aquella oscuridad—. En realidad, solo es para una noche.

—De acuerdo.

El haz de la linterna penetró por un caminillo ascendente, marcado con la señal CABAÑAS. Era una especie de colina densamente arbolada y muy silenciosa. Recordé aquello de MÁXIMA INTIMIDAD, IDEAL PAREJAS.

Pasamos a cierta distancia de un par de cabañas a oscuras y otra que tenía luz. Había un coche con su *roulotte* aparcados fuera.

—Son unos jubilados franceses —dijo Ángela—, creo que pensaban que venían a Andalucía. No los he visto salir en toda la semana.

—¿Y la *roulotte*?

—Pff, ni idea. Puede que se hayan cansado del viaje y quieran darse un lujo por unos días. Además, con el tiempo que está haciendo...

La mía era la siguiente, la más alejada de todas. Apartada tras varias líneas de árboles, era una construcción modular con una amplia terraza sujetada por pilotes y unas magníficas vistas del océano.

—He pasado antes a poner un poco la calefacción. —Ángela me dirigió un vistazo, para volver al instante la mirada al camino bacheado—. También tiene una estufa de leña si le hace ilusión. Aunque da muchísimo calor.

Nos estábamos acercando cuando oímos un sonido estremecedor en la oscuridad, similar a un bebé o un gato gimiendo. Era algo siniestro y sonaba terriblemente cerca.

—Es un *hontza* —dijo ella como si estuviera acostumbrada a tener que explicarlo—. También los llaman cárabo.

—Los conozco. Yo soy... *era* de por aquí.

—¿Ah, sí? Bueno, pues hay una pareja por la zona, lo cual es una suerte si le gustan los pájaros. No son muy habituales.

«Una suerte, dice», pensé. «A ver quién duerme con ese sonido de película de terror.»

En efecto, la cabaña estaba caldeada cuando entramos. Era una amplia pieza rectangular dividida en un dormitorio (una gran cama de tamaño triple), una cocinita y un salón con un sofá encarado al ventanal. La chica descorrió los cortinones y anunció «las vistas al mar», aunque a esas horas solo se podía ver la negrura del océano. Después me mostró el cuarto de baño (con una ducha excelente) y me explicó cuatro trucos para encender y apagar cosas.

—¿Hay algo de comer en esa máquina de la recepción? —pregunté—. Es que no sé si me apetece ir al asador a estas horas.

—Hay sándwiches, patatas fritas, cosas así... Aunque en el pueblo hay varios restaurantes de comida para llevar. Si quiere, le puedo pedir algo: chino, kebab, pizza...

—¿Pizza? —Eso me interesaba—. ¿No será Pizza Napoli?

Ella parpadeó unos instantes. Sonrió.

—Vaya, sí que conoce el pueblo. Ese lugar es todo un clásico.

—Sí, recuerdo su pizza cinco quesos, era capaz de reventarte el hígado.

Se rio. Tenía una risa bonita la chica del camping. También noté algo en sus ojos, un brillo. ¿Me había reconocido?

8

Le pedí a Ángela que me encargase una cinco quesos y un par de latas de cerveza.

«Mira que eres cobarde», dijo una vocecita en mi cabeza. «Primero esquivas el pueblo, ahora no te atreves ni a cruzar la carretera para cenar en condiciones.»

—Ponlo todo en mi cuenta y te pago mañana al salir.

La vi marchar con su linterna a través de los oscuros árboles. Trabajar en un lugar como este durante el invierno debía de parecerse a la película *El resplandor*. Al menos había unos cuantos clientes más que en el Hotel Overlook.

Dejé la mochila y la bolsa del traje sobre la cama y me puse a inspeccionar la cabaña. Abrí grifos, armarios y me fui a la terraza. El mar no se veía en la noche, pero se oía y se notaba en el aire, que olía a salitre.

«Bueno, ya estás aquí... No era tan difícil, ¿eh?»

Me lie un cigarrillo y me lo fumé de pie en aquella terraza, mientras me iba acostumbrando a ese sonido tétrico del cárabo, que surgía de vez en cuando de la negrura. Pensé que me gustaría avisar a alguien de que estaba en Illumbe. ¿Javi?

Tenía su número grabado en la memoria de un teléfono que ahora yacía recluido en una caja fuerte en la casa de Gonzalo, como parte de mi plan de desintoxicación de redes. Supuse que le vería al día siguiente en el funeral.

Finalicé el cigarrillo y estuve indagando en el salón. Había una estantería con algunos libros y revistas, un televisor con un reproductor de DVD y una selección de películas. Ninguna me hacía demasiada gracia.

Al cabo de media hora apareció una moto por el caminito: la cinco quesos y las dos birras. Me lo liquidé todo viendo una película en la tele..., pero se me caían los ojos después del largo día de viaje. Esa misma mañana estaba con Zahara en mi casita mediterránea, y ahora...

Me dormí. Y, quién sabe si por la sobredosis de queso o por la mezcla de emociones del día, tuve una pesadilla irreal.

Estábamos en el estudio de Bert, veinte años antes. Yo sentado en un taburete, con una guitarra y un micro delante. Bert al otro lado del cristal, en la cabina de control, con un cenicero hasta arriba de colillas humeantes.

—Tío, esto no funciona —me quejaba yo—. De verdad, es que no...

—Deja de decir que no funciona —respondía él desde su cabina—. Solo siéntela. Cierra los ojos y siéntela. Esta canción es la hostia.

—O.K.

Yo cerraba los ojos y volvía a cantar. Era uno de los primeros temas que compuse para nuestra banda, Deabruak. Entonces, al levantar la vista, veía a Bert al otro lado del cristal. Estaba quieto, demasiado quieto. La pequeña cabina se había llenado de humo, parecía una sauna.

A los pies de la mesa de grabación, azotaba un resplandor repentino.

—¡Fuego! —gritaba yo—. Bert, estás ardiendo... ¡Bert!

Dejaba la guitarra en el suelo y me ponía en pie. Bert seguía sin moverse; tras la mesa de mezclas, me miraba en silencio desde esa sala de control que ahora estaba en llamas. El fuego se extendía a una velocidad explosiva por las alfombras sintéticas de colores púrpura, granate, moka, con las que él mismo había decorado su lugar de trabajo. El fuego lamía las paredes, trepaba hasta el techo y convirtió el sofá en una bola incandescente.

—¡Bert!

Yo me lanzaba sobre la puerta, que tenía uno de esos cierres a presión de las puertas acústicas. Lo intentaba girar, pero estaba bloqueado.

Me apartaba de ella y golpeaba el cristal. Bert estaba en llamas. Mi amigo estaba literalmente quemándose vivo. El fuego danzaba sobre su camisa de calaveras negras y la convertía en papel de ceniza. Los rizos de su melena chisporroteaban en la gran antorcha en que se había convertido su cabeza. Su piel estallaba en decenas de ampollas blancas, friéndose delante de mis ojos. Solo los suyos permanecían intactos, fijos en mí.

—Eh, Diego. —Su voz se oía extrañamente bien a través del cristal, lo cual era del todo imposible (pero en los sueños ocurren cosas imposibles)—. ¿Has visto? La canción funcionaba.

Yo intentaba lanzar algo contra el cristal, un teclado Roland, pero no servía de nada. Bert era ya una momia negra. Una antorcha humana con restos de carne frita recociéndose en sus huesos.

—Siento mucho haber tardado tanto en volver. —Yo estaba llorando—. Siento que te hayas muerto.

—No pasa nada, tío —decía su voz—. Me ha gustado verte triunfar, después de todo te lo merecías. Pero hay algo importante. Algo sobre ti. ¿O.K.? Algo sobre Lorea. Te lo he dejado aquí, en el estudio. Ven a buscarlo.

Entonces los ojos de Bert estallaban como dos huevos poco cocidos lanzados contra una pared. La mezcla de sangre y trozos de globo ocular parecía tomate con mozzarella fundido con otros cuatro quesos.

9

Pagué mi exceso con la pizza y las dos cervezas con una noche infernal. Ardores, insomnio, pesadillas, sed. A las ocho y media de la mañana tenía los ojos abiertos. Comenzaba a despuntar el alba (con una luz tenue, digna de esa bombillita de doce vatios que en el norte llamamos «sol»), me di una larga ducha y salí a la terraza a desayunar los dos trozos de pizza que habían quedado de la noche anterior. El bosque estaba mojado y silencioso. El olor de la fresca madrugada se mezclaba con el salitre que venía del océano, que se desperezaba no muy lejos de allí.

Vi a un chico que trabajaba en el camino, limpiando hojas y quitando hierbajos. Nos saludamos con la mano. Me pregunté si, a cambio de una buena propina, me traería un café de la máquina de la recepción, pero antes de que pudiera lanzarme a hacerlo, el chico cogió su carretilla y se alejó sendero abajo.

En la recepción no estaba Ángela, sino un chaval con cara de lunes.

—Ángela trabaja solo de tarde —respondió cuando le pregunté por ella.

—Era para hacer el *check-out*, y además os debo una pizza —expliqué.

Me miró de arriba abajo. Supongo que tenía muy pocos clientes que aparecían por la recepción embutidos en un traje con corbata negra.

—No hay prisa, si quiere puede dejar sus cosas y pagar a la tarde.

Le dije que así lo haría y salí de allí.

Chispeaba cuando llegué a las primeras casas del pueblo, caminando con esos incómodos zapatos de mi padre. A excepción del asfalto, nuevas aceras y un moderno cartel digital que informaba sobre el parking, la temperatura y la marea, me pareció que el aspecto general de Illumbe no había variado demasiado en dos décadas. Un pequeño pueblo de costa, con su barrio de pescadores y sus casitas arracimadas en la roca como si fueran moluscos en el casco de un barco. La torre de la iglesia surgía como un aguja para señalar el corazón de la vida social: el frontón, el ayuntamiento y la plaza.

Bajé por la calle de Portu-zaharra —Illumbe tenía dos puertos: el «nuevo», que tenía cinco siglos, y el antiguo, *zaharra*, que se remontaba a la época del cabotaje romano— hasta la esquina donde se hallaba el local que en su día perteneció a mi familia.

Electrónica Letamendia fue, en su día, la única tienda de electrodomésticos del pueblo. Allí se vendió el primer reproductor de CD que llegó a Illumbe (comprado por el bar Portubide), el primer cepillo de dientes eléctrico, las videoconsolas o los primeros teléfonos móviles. Recuerdo ver a los críos con las narices pegadas en nuestro escaparate, como en un ritual de adoración. Hoy en día eso ya no existe —los niños llevan todo el catálogo en el bolsillo—, pero en sus tiempos, la renovación de nuestro escaparate generaba tanta expectación como un *keynote* de Steve Jobs.

Ahora, tal y como mi madre me había contado en alguna ocasión, había allí una tienda de surf: tablas, neoprenos y ropa veraniega de colorines.

Me quedé quieto bajo la lluvia, mirando el local desde fuera, tratando de atisbar algún detalle original que todavía sobreviviera (el mostrador, la vieja puerta del almacén), pero todo era fundamentalmente nuevo. Recordé a mi madre organizando el inventario; mi padre trayendo las últimas novedades, mostrándonos aquellas alucinantes invenciones que iban llegando al mundo, como los ordenadores, los videojuegos..., y yo sintiéndome el chaval más afortunado del planeta por poder probar todo eso antes que nadie.

Aun así, por encima de estos bonitos recuerdos estaba aquella dolorosa imagen del escaparate roto a pedradas; la fachada pintada con frases amenazantes —familia de asesinos y chivatos— y mis padres llorando, abrazados. Eran las Navidades de 1999 y las recuerdo perfectamente porque las pasamos en el hospital: mi padre había sufrido un infarto del que no volvió a recuperarse del todo. Tampoco volvió a abrir la tienda. La vendió, con el género dentro, por cuatro perras. Y con ellas nos marchamos de Illumbe.

Un perfecto surfero con su melenilla dorada y su barba de tres días apareció desde el puerto con una tabla, seguido por un grupo de «pupilos». Supuse que era algún tipo de cursillo. El tipo me dijo *«Egun on»* con acento anglosajón y yo le devolví el saludo antes de secarme un poco los ojos y seguir mi camino. Las campanas de las doce acababan de sonar en la iglesia de San Miguel.

Llegaba tarde.

Me adentré por la calle Goiko y según lo hacía caí en la cuenta de algo: la tienda cerrada, el surfero con los chavales, la gente en los bares de la plaza a las doce de la mañana... Era el primer lunes de febrero, fiesta local en Illumbe por Santa Brígida. Día de comer en las sociedades. De pequeño jamás se me habría olvidado.

Un par de cuadrillas se apostaban en el exterior de un bar, con sus vinos, zuritos, txakolis... Pasé frente a ellos con mi pinta de enterrador, caminando solo como el personaje de un western. Todas las miradas se centraron en mí. Apreté los dientes, apreté el paso, apreté el culo y llegué a la plaza escuchando mil vocecitas a mis espaldas. «Es él.» «¿Quién?» «Joder, Diego León, el cantante.» «¿Qué?» «Claro, pues parece que vaya a un funeral.»

Pensé en Gonzalo riéndose de mi idea de pasar desapercibido. Una vez más, como tantas veces, él tenía razón y yo me equivocaba.

Entré en la iglesia y me impregné con el olor de la cera ardiendo, el incienso y las viejas piedras. La misa ya había comenzado y la mitad delantera de la bancada estaba llena de gente. ¿La familia de Bert? Lo dudaba, que yo supiera solo le quedaban una tía y un par de primas.

Algunos bancos estaban libres al fondo y allí me dirigí.

Había un ataúd de madera colocado frente al altar y eso me llevó a pensar, por primera vez, en la religiosidad de Bert. Habría jurado que era un tipo más de la cuerda de «incineradme y esparcid mis cenizas por el mar». ¿Cómo es que había terminado con sus huesos en una iglesia? Pensé que quizá su tía tendría algo que ver con eso (y con que el cura hubiera programado un funeral a mediodía, algo poco habitual).

Después pensé más cosas. Una misa da para mucho. De entrada, en la forma en la que había muerto Bert. En un incendio. ¿Qué habría dentro de ese ataúd? ¿Cenizas? O quizá hubiera muerto asfixiado... Recordé mi sueño de esa noche, ese extraño mensaje: decía que había dejado algo para mí en su estudio.

La misa proseguía con su ritmo de sentarse, ponerse en pie, sentarse otra vez, y a mí se me fue la cabeza con un montón de recuerdos. Yo había sido monaguillo en esa iglesia durante años, pero el cura que oficiaba ahora ni siquiera tenía monaguillos. No le conocía. ¿Qué habría sido de Josu Aguinaga? Aquel cura melómano, amante del rock, que nos había permitido ensayar en su sacristía a cambio de ambientar alguna misa mayor (algo que nunca llegamos a hacer, y menos mal).

Miré aquella portezuela de la sacristía por donde Javi y yo habíamos entrado y salido infinidad de veces, con el gesto serio aunque muriéndonos de risa por dentro. El anexo de la sacristía, donde se daban clases de catequesis o te preparabas el disfraz de pastorcillo en Navidad, había sido nuestro primer local de ensayo. Era algo un poco contradictorio lo de tocar rock duro rodeado de imágenes de vírgenes, biblias y cirios pascuales, pero era el único sitio gratis y lo bastante apartado que pudimos encontrar en todo el pueblo.

Javi y yo nos habíamos enamorado de la idea de tocar rock casi a la vez: viendo un vídeo de Johnny Copeland en La 2, un domingo a la tarde. Solo que Javi fue más rápido a la hora de comprarse la guitarra y empezar con los acordes (la economía de su familia también estaba un poco mejor). Después, yo me uní al club y desde entonces dedicábamos todo nuestro tiempo libre a practicar *riffs* y solos en la habitación de su casa. Yo tenía una eléctrica muy barata y un ampli Starforce de veinte vatios que sonaba como un gato afónico. Javi en cambio tenía una Ibanez auténtica y un ampli Mesa Boogie. Y aquello, joder, sonaba de verdad. Además, Javi era un guitarrista dotado mientras que yo parecía tener las manos de trapo, aunque lo compensaba con un buen sentido del ritmo. Así que era el guitarra rítmica, una especie de escudero del solista.

Comenzamos a hacer versiones de Hendrix, Doors, Faces, Stones, Dylan y algunas más. Aunque sentíamos que nos faltaba algo: la batería. Entonces Javi puso un cartel en el Portubide —que era el bar rockero por excelencia de Illumbe—, buscando batería para una banda con un proyecto serio.

Pero, claro, para tocar con un batería necesitábamos un local. Javi le preguntó al cura y se puede decir que allí empezó todo.

Una música me sacó de golpe de esos recuerdos: el sonido atronador del tono «Gran Vals» de mi Nokia abriéndose camino por aquella nave de estilo gótico tardío y dotada de una acústica excelente.

El cura interrumpió la homilía. Las cabezas se giraron enfadadas y yo me revolví para encontrar el puto teléfono. El bolsillo de la chaqueta de mi padre tenía una boca estrecha, el teléfono no salía, así que me la quité. «Por favor...», dijo el cura. Pedí disculpas, di un último tirón y saqué aquel bicho del demonio, apagándolo de inmediato. Las cabezas volvieron a mirar al altar entre murmuraciones. Dejé la chaqueta en el banco y el teléfono apagado dentro. Tenía toda la camisa sudada de la tensión.

«Tu plan para pasar desapercibido roza la perfección, tío.»

La misa siguió su curso y llegamos a ese punto de «daros la paz». Yo era de formación católica pero había olvidado casi todo, excepto el rito de darse la paz. Era un momento de «rompan filas» en medio de aquel estricto ceremonial, aunque no había nadie a mi lado al que estrechar la mano.

Entonces vi a un tipo que salía de su banco, cuatro filas por delante, y venía hacia mí. Sonreía y sonreí yo también.

No había cambiado nada...

Javi tenía el pelo más largo, un poco canoso, una perillita pequeña..., pero por lo demás se había conservado como un buen jamón.

—Vaya entradita —susurró según llegaba—. Tienes que ser una estrella para todo, ¿no?

Veinte años después, mi viejo amigo me arrancó una sonrisa a la primera. Nos estrechamos las manos.

—Tienes buena pinta —le dije.

—Tú tampoco estás mal. —Me hizo un gesto hacia el banco y los dos nos sentamos.

Unas filas más adelante, vi que una mujer se giraba para mirarnos. Una pelirroja, guapa, con la que Javi intercambió un saludo. Conté tres criaturas a su lado.

—¿Esa es Alaitz? —murmuré—. Vaya. ¿Y esos tres churumbeles?

—Nuestros. —Se rio—. ¿Por qué no me dijiste que venías?

—Me enteré ayer. He venido en un salto.

—Por esta vez te lo perdono. Joder, y me alegro de verte.

«Y yo también», pensé.

Permanecimos callados asistiendo al resto del ritual. Llevaba dos décadas sin ver a ese tipo y de pronto me pareció algo sin sentido. ¿Cómo había dejado que pasara tanto tiempo? Mi amigo del alma a los diez, once, doce, trece... Lo hicimos todo a la vez. Catear en el colegio. Emborracharnos. Aprender a conducir. Aunque en el fondo siempre fuimos muy diferentes. Él era un triunfador nato. En los deportes (capitán del equipo de remo), con las chicas... Digamos que me ganaba en todo, excepto en una cosa: yo escribía unas canciones fantásticas.

El funeral estaba llegando a su fin y vimos que los miembros de la funeraria se aproximaban al altar. Javi me dio un codazo: «Vamos».

—¿Qué?

—Saquemos a este cabrón a hombros.

Salió de la bancada a toda prisa y yo me quedé atrás. Aquello no entraba en mis planes, pero entonces pensé: «De perdidos al río». Javi se acercó a un funerario y no tardó en explicarle que queríamos llevar el ataúd. No pusieron pegas. En cuanto el cura lo permitió, Javi se puso a un lado, yo al otro y los dos empleados detrás. En ese momento, pude ver la primera bancada. La tía de Bert, sus primas... y una chica bastante estrafalaria, vestida de riguroso negro, que tenía la cara cubierta de lágrimas. ¿Quién era? ¿Su mujer?

Sacamos a Bert con los pies por delante hacia un coche negro y largo que esperaba ya a las puertas de la iglesia. Y esos últimos metros, llevando a nuestro viejo amigo a hombros, fueron importantes y fueron buenos. Como un último honor al guerrero del piano y el rock que fue Bert Gandaras.

Y el ataúd pesaba.

10

El pequeño grupo que había asistido al entierro se fue disolviendo a las puertas de la iglesia. Yo me quedé con Javi y saludé a Alaitz, a quien noté un poco incómoda por mi presencia. Ella era del pueblo de toda la vida, conocía mi historia y supongo que me tenía por un «tipejo lamentable». Por lo demás, seguía siendo una belleza (aunque siempre me pareció un poco tiesa). Hablé con ella del tiempo y otras trivialidades. Hice un par de bromas con sus hijas y después le dijo a Javi que «se hacía tarde».

—Tenemos que irnos, comida con la cuadrilla. —Él me hizo un gesto resignado, a hurtadillas—. ¿Qué haces esta noche?

—En realidad, solo he venido al funeral —respondí—. Pensaba marcharme hoy a Bilbao, con mis *aitas*.

—Venga, ¿no te vas a tomar ni una cerveza?

—Yo...

En el fondo me apetecía muchísimo charlar con Javi, después de tantos años, saber algo de él... Mi viejo colega debió de captar mis dudas.

—Aquí tienes mi número. —Me pasó una tarjeta—. Si quieres, cenamos algo y, si no has traído coche, después te llevo yo a Bilbao. ¿Te parece?

—Me lo pienso —le prometí—. Oye, por cierto, ¿sabes algo de Nura, Ibon...?

Él se encogió de hombros, mirando a un lado y al otro.

—Viven los dos en Illumbe... La verdad es que pensaba que vendrían hoy al funeral. Me ha sorprendido no verlos.

Me despedí de Javi y su familia y me quedé solo. Era la hora de comer y el poteo agonizaba. Pensé en volver al camping y pedir algo de comida otra vez.

Estaba a punto de encaminarme hacia el puerto cuando noté una mano en el hombro. Por un instante pensé que serían Nura o Ibon, mis otros dos colegas..., pero no. Era esa chica que había visto en la primera bancada, vestida de negro y con la cara cubierta de lágrimas.

—Hola, eres Diego, ¿no? —Tenía acento catalán—. Me llamo Cristina Carreras. Bert era mi... pareja.

Me fijé en un tatuaje que asomaba por su clavícula, y también en unos cuantos agujeros de *piercing* en su nariz. ¿Se habría quitado los anillos por el funeral? Definitivamente parecía una chica de gran ciudad. ¿Barcelona?

Le dije que la acompañaba en el sentimiento.

—Él hablaba mucho de ti —continuó diciendo, afectada—. Te tenía muchísimo aprecio, Diego. Le habría gustado saber que venías...

—Bert fue la primera persona que creyó en mí. Un amigo muy querido.

—Gracias... Gracias, de verdad...

A Cristina se le trabó la voz por la emoción. Tenía los ojos enrojecidos, la cara descompuesta. No sé cuánto tiempo había estado con Bert, pero realmente parecía hecha polvo. A la tía y a las primas de Bert, que estaban unos metros más atrás, se las veía bastante tranquilas en comparación.

La chica respiró hondo como si tratara de recomponerse. Me miró de una forma extraña. En el fondo de sus ojos había algo retenido, ¿qué era?

Cuando me cogió la mano, me pilló por sorpresa.

—Escúchame, Diego —susurró, con cuidado de que no la oyesen desde atrás—, debemos hablar un día, ¿vale? Tengo que hablarte de Bert.

Miré la mano con la que me había atrapado. Uñas negras. Un anillo con forma de dragón. De repente me inquietó la idea de que Cristina no estuviera bien del coco.

—Me encantaría —traté de no sonar brusco—, pero es que yo... pensaba marcharme esta tarde.

—No —replicó muy tajante—, primero debes escuchar lo que tengo que decirte.

Noté que un escalofrío me recorría el gaznate. «Sí, está claro que esta chica está mal. Será mejor que te la quites de encima educadamente.»

—Bueno, ahora tengo un minuto —le dije—. Si quieres, podemos tomar algo.

—Hoy no puedo. Su familia está aquí y tengo algunos compromisos... Pero mañana te espero en el chalé. Lo conoces, ¿verdad? Hay algo muy importante que tienes que saber.

Entonces se acercó mucho, tanto que pensé que iba a ¿besarme? Bajó la voz hasta convertirla en un hilo y dijo cuatro palabras:

—A Bert lo asesinaron.

11

Cristina me dio la espalda y se alejó sin añadir nada, de vuelta junto al grupo donde estaban la tía, las primas y otros familiares de Bert, y yo me quedé como una estatua de piedra sobre la plaza.
¿Había dicho lo que creía que había dicho?
El grupo se movió en dirección a una de las calles aledañas y yo lo seguí con la mirada, todavía estupefacto por aquel encontronazo. Cristina volvió la vista atrás por encima del hombro para dedicarme un leve asentimiento de cabeza y yo pensé: «Joder, definitivamente, creo que andas mal de la azotea».
Estaba tan aturdido que tardé en darme cuenta de que estaba en el foco de un montón de miradas. Me había quedado plantado en medio de la plaza y, desde el Txo, el Portubide o el Ibarralde, muchos illumbeses me lanzaban discretas miradas. La gente estaba empezando a reconocerme.
Me di la vuelta y crucé el frontón, que hacía pared con la iglesia. Había un par de chavales desfogándose con las raquetas y pasé con cuidado. Después rodeé la espalda del templo. Había otra manera de llegar a la salida del pueblo sin cruzar la

plaza, por la «casa de baños» (un antiguo spa de primeros de siglo que hoy era un hotel de lujo). Desde ahí, una estrecha pasarela te conducía hasta el puerto. Yo conocía bien ese atajo: era el camino más rápido para llegar a mis ensayos desde la tienda de mis padres.

Una ráfaga de viento frío vino a recordarme que estaba yendo demasiado rápido. ¡Iba sin mi chaqueta! Con todo el lío me la había dejado en el banco de la iglesia con el teléfono dentro.

Deshice el camino y regresé adentro. La iglesia estaba vacía, en silencio. Fui a la bancada donde me había sentado pero no encontré la chaqueta por ninguna parte. Entonces vi la puerta de la sacristía abierta y allí me dirigí. El cura que oficiaba el funeral se había marchado ya, aunque quedaba la acólita, una mujer emperifollada que estaba metiendo el dinero de la limosna en una cajita. En efecto, la chaqueta estaba allí y, cuando me la tendió, noté el peso del Nokia en el bolsillo interior.

—Gracias —dije.

—Déselas a la mujer que la ha traído. Se ha tomado la molestia de esperar unos minutos y todo...

No entró en detalles; yo tampoco.

—¿Le importa si salgo por ahí? —Señalé la puertecita del anexo de la sacristía.

—Claro.

Pasé por la puerta a la vieja sala multiusos de la parroquia, que tenía una salida a la parte trasera del templo. Estaba llena de trastos, como siempre. Allí se daban cita muchas instituciones voluntarias del pueblo, el coro, la asociación de *boy scouts*, de pensionistas, el grupo de catequesis...

«Y nosotros. Los Deabruak. ¿Te acuerdas de aquel primer ensayo?»

Recordé aquel domingo por la tarde. Diluviaba, pero Javi y yo estábamos tan emocionados que no nos importó calarnos hasta los huesos para traer todo el equipo a pulso... ¡Íbamos a quedar con un batería! Se llamaba Ibon y era el único que había respondido al anuncio. Esa primera tarde fue algo grandioso. ¡Cómo sonaba todo con la batería! ¡Por fin era real! Pero Ibon —algo más experimentado que nosotros dos— dijo que eso todavía se podía mejorar. «Veréis cuando tengamos bajista.»

Esto me llevó a otra imagen de aquella formación inicial: Nura, sacando su Fender Jazz Bass de la maleta, el primer día que apareció por allí. Ibon la había conocido en otra banda y la trajo al siguiente ensayo. Dijo que «no podíamos estar sin bajista». Y al principio tanto Javi como yo tuvimos nuestras reticencias. La idea de una bajista *chica* no casaba con ninguna de las leyendas del rock a las que adorábamos. Solo conocíamos dos bandas «respetables» que la tuvieran: Sonic Youth y los Pixies (aunque después descubrimos muchas más, como a nuestra idolatrada Aimee Mann o Gail Ann Dorsey, la bajista de sesión de David Bowie y Lenny Kravitz...), pero cuando vimos entrar a Nura por la puerta, con su collar de perro en el cuello, su metro ochenta de altura, y aquella media melena post-punk... y sobre todo: ¡cuando la oímos tocar!

De camino al camping no pude dejar de pensar en esa extraña invitación de Cristina y sus palabras, que parecían algo irreal: «A Bert lo asesinaron»... ¿De dónde había sacado semejante idea? Desde luego, lo más plausible es que la chica estuviera fuera de sus cabales... Pero en un lugar remoto de mi cabeza, una vocecita me decía: «Recuerda ese extraño sueño de la noche anterior..., el mensaje de Bert decía que te había dejado algo en su estudio». ¿Y si estuviera relacionado?

Eran ya cerca de las dos de la tarde y el hambre comenzaba a apretar. Pasé junto al Sangroniz, que estaba justo al lado del camping. Pensé en lo bueno que estaría un plato de alubias y un chuletón, pero el comedor estaba bastante lleno con las celebraciones del día y no me apetecía entrar con mi traje de sepulturero y seguir atrayendo todas las miradas que me había propuesto evitar (con bastante poco talento).

Bajé caminando hasta la cabaña de recepción. Ángela estaba en la oficina mirando algo en su ordenador. Me vio entrar y arqueó las cejas mientras me repasaba con aquellos bonitos ojos azules.

—Vaya, pero qué elegante...

Sonreí.

—Gracias. Creo que voy a pedirte esos *flyers* de comida rápida —dije—. ¡Ah! Y te debo la pizza de ayer, no me olvido.

—Tranquilo, sé dónde vives —bromeó ella mientras reunía unos cuantos folletos que tenía en un cajón. Me gustó que el tuteo hubiera reemplazado al «usted» de la noche anterior—. ¿Y qué?, ¿has estado a gusto? ¿Todo bien con la cabaña?

—Sí —apoyé los codos en el mostrador—, perfecto.

Ángela se levantó y no pude evitar fijarme en su cuerpo. Caderas anchas, poco pecho, un cuello esbelto y una sonrisa estupenda. «Mmmm... cuidado.»

—Eres Diego León, ¿verdad? —soltó sin más ambages—. Perdón, me estoy mordiendo la lengua desde ayer, pero ya que te vas...

—Pues sí, soy yo. Y de hecho, estaba pensando en alquilar la cabaña otra noche, si es que está disponible.

Ángela se sonrojó un poco.

—¿Libre? Sí, claro... Estamos fuera de temporada y es la cabaña más cara. —Bajó la mirada, sonriendo—. Eso no debería haberlo dicho... ¿Solo un día más? Tienes un descuento a partir de tres días.

—Solo una noche —dije mientras cogía los *flyers* de comida—, por ahora.

«Quiero escuchar lo que esa loca tiene que decirme», pensé. «Y después me marcharé.»

Ángela introdujo la reserva en el ordenador y no nos quedó más conversación que gastar (aunque tenía la sensación de que, si tiraba del hilo, la habría). Con los *flyers* en la mano, salí caminando por el bosque, bajo un suave sirimiri.

Entré en la cabaña, eché el pestillo y me quité los zapatos antes de lanzarme sobre la cama. Mis pies celebraron su libertad.

Fui revisando los folletos de comida rápida. Había bastantes cosas, pero me decanté por un clásico: el Restaurante Chino. Pedí una sopa, unos fideos con ternera y dos rollitos. Después llamé a mis padres para avisarles de mi decisión de quedarme una noche más en Illumbe. «Me ha sentado bien encontrarme con Javi, creo que le debo al menos una cerveza. Además, me he enterado de que Nura e Ibon están en el pueblo. Quizá intente verlos antes de marcharme.»

Por supuesto, evité hablarles de la extraña conversación con la novia de Bert. No era cosa de poner nervioso a nadie.

Tenía una llamada perdida de Gonzalo —la que me había puesto en apuros en la iglesia—, pero no me apeteció responderla todavía y verme obligado a contarle lo mal que iba mi plan de camuflaje.

En vez de eso, saqué la tarjeta de visita de Javi y escribí un mensaje a su número: «Al final me quedo una noche más. ¿Te apetece tomar una cerveza?».

Salí a la terraza descalzo. Hacía frío y comenzaba a chispear otra vez, pero me fumé un cigarrillo mirando al océano, oscuro y rugiente, que se vislumbraba entre los pinos.

«Ok», contestó Javi. «Portubide a las 21:00? Por cierto, no tienes WhatsApp?»

Respondí: «Sí al Portubide. No al WhatsApp», y Javi devolvió un «jajajaja».

Posiblemente pensaría que lo mío era una postura ideológica, y no un tratamiento de «desintoxicación digital» prescrito por un psiquiatra. «Las redes se basan en un esquema de ansiedad y recompensa que puede tornarse adictivo», había explicado Ochoa en una de aquellas reuniones. «Cuando lo primero que haces nada más abrir los ojos es mirar Twitter... quizá sea el momento de plantearte si eres un yonqui digital.»

Volví adentro y me senté en un sofá. El chico del restaurante chino había estimado media hora, así que me puse a ojear la estantería de libros. Eran guías de la zona, mapas, pero también había algo de literatura con una sección dedicada a «Novelas ambientadas en Urdaibai». La mayor parte eran libros desconocidos para mí, pero entonces leí un título que me sonaba mucho, muchísimo.

La novela que había catapultado la fama del pueblo, y con ella también la mía (para mal).

Lo saqué de la estantería, le di la vuelta, miré el rostro de su autor, esa «nueva voz desgarradora, apasionante» —como rezaba la faja promocional—, «experta en diseccionar y mostrar los peores secretos de una pequeña comunidad costera».

Bueno... No me importaría cruzarme con él y romperle la cara. «Me jodiste a base de bien. Espero que al menos te hicieses de oro.»

A mediados de 2014, Gonzalo me llamó para decirme que estaba «resolviendo un problema que tenía que ver conmigo», que no me preocupara, pero que evitase «hablar con la prensa en unos días». ¿Qué era? Un libro, ¿en serio? Sí, un libro que al parecer se estaba vendiendo a la velocidad de unos churros en unas fiestas de pueblo, un libro que hablaba de Illumbe, de cosas que pasaron allí. Y en el libro me mencionaban.

Se titulaba *El baile de las manos negras* y lo firmaba un tipo llamado Félix Arkarazo, que decía ser de Illumbe. Fui a comprarlo de inmediato a una librería que había debajo de mi casa y me puse a leer esa misma tarde. A las once de la noche llegué a la parte en la que se hablaba de mí... «La desaparición de una chica, su moto y la extraña historia que contó su novio.» Un caso sin resolver en el que el máximo sospechoso siempre fue aquel joven músico que a la postre —como apuntaba el escritor— había terminado triunfando en el mundo del pop.

Tal y como había hecho con otros personajes, Arkarazo me había bautizado con otro nombre en el libro. Diego León se había convertido en Raúl Dalves, pero el resto de la historia era igual:

Una chica desaparece sin dejar rastro (ni siquiera se llega a encontrar su moto) la noche del 16 de octubre de 1999. Esa misma madrugada, su novio aparece caminando como un zombi por una carretera del pueblo. A punto de ser arrollado por un coche, dice no recordar nada excepto que ha sufrido un intento de secuestro del que ha logrado escapar «abriendo la puerta del coche en el que viajaba y lanzándose al vacío».

Y se convierte en el principal sospechoso de una investigación... que nunca se resuelve.

Gonzalo tenía razones para estar preocupado, y yo también. A nadie que se pusiera a buscar un poco le costaría encontrar al personaje real que se escondía tras ese pseudónimo. Por fin había estallado aquella historia. Algo que, de una u otra manera, nos habíamos temido siempre, desde que me marché de Illumbe con veinticuatro años.

El libro era un *best seller* y la prensa enseguida empezó a hurgar en la noticia. ¿Quién era ese «sospechoso» que terminó convirtiéndose en una estrella de la música? Solo necesitaron pisar Illumbe y preguntarlo al primer paisano con el que se cruzaron. ¿El novio de aquella chica desaparecida? ¡Claro! Aquí en el pueblo lo sabemos todos: es Diego León, el cantante.

Los directivos de cierta cadena de televisión debieron de darse cuenta de lo jugoso que podía ser aquel material si se planteaba en condiciones, de modo que tiempo después se marcaron un documental a todo color, con entrevistas a gente del pueblo, informes policiales, incluso una transcripción dramatizada de una sesión de hipnosis. El reportaje fue bastante popular. Lo vieron unos cuantos millones de personas, incluido yo, en el sofá de mi casa, con una botella de Jack Daniels entre las piernas, sumido en la depresión.

No obstante, el problema, el verdadero problema, fueron las redes. Twitter, en concreto. Esa terrible máquina de resumirlo todo. En ese campo de batalla simplón donde solo puedes elegir un bando, todo el planeta eligió ponerse en mi contra. «Estupefactos por su más que posible relación con aquel crimen», «Llevamos años siendo fans de un monstruo», «¿Cómo he podido enamorarme con sus canciones?».

Publiqué una nota de prensa, un vídeo, un testimonio policial que avalaba mi puesta en libertad, pero dio igual. Había sido juzgado y condenado en el tribunal del pájaro azul y el resultado fue la cancelación de un año completo de trabajo. Mi nuevo disco. Una gira. Un montón de dinero devorado por ese libro, esa historia y el furor popular que no podía perder cinco minutos informándose. Solo querían poner el pulgar boca abajo y lanzarme a los leones. Necesitaban sangre y me tocó a mí. Mala suerte.

12

—¿Cómo has sabido lo de Bert? —dijo Javi—. Yo intenté llamarte, pero tu viejo número ni da señal.

A las nueve de la noche, olvidada ya la fiesta, el Portubide respiraba ese ambiente de entre semana. Poca gente, la tele sin sonido echando deportes y el camarero poniendo la música que le daba la gana. No había cambiado mucho en veinte años. Javi y yo tampoco. Nos habíamos apostado en nuestro sitio preferido, al final de la barra, y habíamos pedido una cesta de nachos y dos tercios de cerveza.

—Te dejé un mensaje en Twitter, pero supongo que ya no lees nada de eso.

—No. Hace mucho que ni lo abro —dije, sin dar más detalles—. Además, tengo un teléfono nuevo... En fin, mi madre se enteró y me llamó.

—Es la primera vez que vienes en... ¿veinte años? Joder, parece que fue ayer. ¿Dónde te quedas?

Le conté lo de mi cabaña en el camping y Javi me dijo que, de haberlo sabido, me habría invitado a su casa. Se lo agradecí, aunque me apostaba mi fortuna a que Alaitz no estaría demasiado contenta con la idea. ¿Un exadicto a las drogas, sospechoso de un crimen, durmiendo junto a sus tres cachorritas? Ni hablar del peluquín.

—Oye, ¿puedo preguntarte algo? Esa Cristina, la novia de Bert... ¿La conoces?

—No demasiado. Bert la trajo a un bolo hace un año... Es un poco rara.

—¿Un bolo, Javi? ¿Es que sigues tocando? Pensaba que lo habías dejado.

Al menos eso fue lo que me dijo la última vez que hablé con él, por teléfono, hacía doce o trece años, una noche en la que intentamos vernos en Madrid pero fue imposible.

Le pegó un largo trago a su birra.

—Lo dejé durante mucho tiempo. Después me di cuenta de que había sido una bobada. Volví a ello. Me monté una banda. Somos cuatro viejos haciendo rock, aunque suena... Si quieres vernos, tocamos algunos jueves en el Blue Berri.

—El Blue Berri. —Paladeé los ecos de ese nombre entre mis labios—. Ese viejo garito sigue en pie.

—La mala hierba nunca muere —respondió Javi con una sonrisa—. Y además, crece.

—¿Y Bert tocaba con vosotros?

—No..., aunque a veces se apuntaba. Aparecía por el bar y se enchufaba a los teclados. Bueno, ya sabes, era un puto caos, pero era genial. Seguía viviendo como un chaval de dieciocho años. Saliendo por la noche a ver conciertos, bebiéndose medio bar. Si no llega a ser el incendio, habría sido una cirrosis, o un cáncer...

—Pero fue un cigarrillo, ¿no? ¿Tú conoces los detalles?

—La versión oficial es que estuvo viendo un concierto en el Blue Berri y llegó a casa bastante perjudicado. Los bomberos lo encontraron tumbado en la cama. Carbonizado. Al parecer, las sábanas se prendieron, aunque lo que le mató fue la moqueta. Gases tóxicos. Dicen que lo respiras dos veces y ya...

Yo pensaba en esa frase de Cristina: «A Bert lo asesinaron». Estuve a punto de contárselo a Javi, pero, por alguna razón, no lo hice. ¿Sentido del ridículo o una extraña convicción de que era mejor guardar silencio al respecto?

—Y Cristina... ¿es de por aquí?

—De Barcelona. Creo que es astróloga o parapsicóloga o algo así. Se conocieron por internet. Ella se vino a pasar un fin de semana y se terminó quedando. Y ahora hay montado un buen lío... Al parecer Bert había hecho testamento... y he oído rumores de que la casa irá a parar a la chica. Su tía está que trina.

—Su tía... Me imagino que todo lo del funeral ha sido por ella.

—Imaginas bien.

Bebimos en silencio. Yo estaba fascinado por lo poco que había cambiado el viejo Portubide. Incluso seguía teniendo su antigua máquina del millón a la entrada. Y las caras... Algunas me sonaban. El camarero, las dos chicas que bebían debajo del televisor, incluso el tipo raro que bebía solo en el otro extremo de la barra.

—Txiripi —aclaró Javi—, el chaval que trabajaba en el puerto. ¿Lo recuerdas?

—Joder, sí... Es como viajar en el tiempo. Aquí todo sigue...

—... igual. —Bajó la cabeza, como si eso le pesara de alguna forma—. Esto es un pueblo pequeño. El tiempo pasa muy despacio.

—¿Qué más sabes de Nura e Ibon? —repetí la pregunta que ya le había hecho delante de la iglesia—. Aparte de que viven en Illumbe.

En realidad, yo sabía bastantes más cosas de Nura de las que me atrevería a admitir. Había seguido su vida por Facebook hasta hacía pocos años.

—Sé que ella vivió unos años en Estados Unidos y después en Londres —dijo Javi—. Por lo que he oído, era un cerebrito de la química... Pero se le torcieron las cosas con la salud. No está bien...

—¿Qué le pasa?

—Una enfermedad rara, degenerativa... No sé mucho más. Ahora vive en una casa junto a la de sus padres. La he visto un par de veces por el pueblo. De momento cojea un poco, solo eso, pero dicen que se pondrá peor.

Suspiré al oír aquello. Me dolió muy adentro.

—Joder. Pobre.

—¿No la has vuelto a ver desde...?

—Nunca. Ni una vez.

Dediqué un minuto a recordarla, sentada sobre su ampli en la parte de atrás del Blue Berri. Era la noche de nuestro último concierto y estaba allí, fumando, enfadada... como todos.

«¿Qué haces?»

«Esperar un taxi.»

«Oye, Nura..., de verdad. Esto no va a quedar así. Hablaré con Gonzalo, le convenceré de que la banda es importante.»

Ella lanzó un hilo de humo mientras sonreía, con amargura.

«No le vas convencer de nada. Ese tío es un pez gordo y ya ha tomado su decisión. Tú eres algo especial. Los demás no.»

«No digas eso. La banda es todo... ¡Es nuestro sueño!»

«Ya no sé cuáles son mis sueños, Diego. Quizá deba centrarme en la carrera. Olvidarme de todo esto... Ha sido una locura. Una bonita locura..., pero se ha terminado.»

El taxi llegó en ese instante y yo le prometí que la llamaría al día siguiente.

Pero al día siguiente yo estaba en coma, en la cama de un hospital. La policía esperaba en la puerta de mi habitación y Lorea había desaparecido para siempre.

Después de eso... no volví a ver a Nura.

13

Bebimos cuatro rondas de cerveza y nos pusimos contentillos, tanto que yo empecé a confiarme, a dejar de controlar el entorno. El Portubide se iba llenando con los rezagados de la fiesta del día, como en un domingo inacabable, y quizá debería haberle dicho a Javi que nos largáramos a otro bar menos concurrido. Pero él estaba enfrascado, hablándome de su vida. Después del «lo de Lorea» pasó unos años malos —«Como todos»— hasta que se enamoró de Alaitz, la chica más guapa de la cuadrilla. Terminó su grado de ebanistería en FP y encontró trabajo en el astillero de Murueta, como carpintero de yates. Y llevaba toda la vida trabajando ahí.

—Una vida de pueblo. —Sonrió—. Debe de sonarte muy aburrida.

Yo le miré a los ojos y pensé: «¿Honestamente? Suena terrible».

En esos veinte años yo había vivido diez vidas como la suya. Había viajado por todo el mundo, me había enriquecido, triunfado...

—Para nada, en cierto modo te envidio —le dije—. Al

menos, tú tendrás a alguien para que empuje tu silla de ruedas.

Javi sonrió como si hubiera podido entender mis pensamientos.

—Quién lo iba a decir, ¿eh? Tú siempre decías que te quedarías en el pueblo, con la tienda de tus padres, y que yo terminaría triunfando y saliendo de aquí... Pues al final fue al revés.

Alzó su tercio de cerveza y sacó una sonrisa de entre esas amargas reflexiones.

—Brindo por tu éxito, Diego. Lo mereciste, cada gramo de él.

—Gracias, Javi.

Yo barría el bar con la mirada. Empecé a ver muchas caras vueltas hacia nosotros, con curiosidad, aunque también había algunas expresiones duras, acusatorias. Era gente que por prudencia no iba a decir nada, pero se podía leer lo que pensaban: «¿Cómo tienes la caradura de presentarte en este pueblo?».

Hablé de eso con mi amigo.

—Mira, Diego, no creas lo que dicen por las redes... Somos muchos los que pensamos que tu familia y tú cargasteis con algo que no os correspondía. Con toda esa mierda del libro y del reportaje... Ha habido muchas ocasiones en las que hubiera querido llamarte para decírtelo, pero entre las tres niñas y que no había quien te encontrase... En fin... Ya que te tengo aquí delante, te lo digo: nunca he dudado de ti. Te conozco. Sé que tú no tuviste nada que ver en lo de Lorea.

—Eres una de las pocas personas en el mundo que lo cree. Gracias.

Javi me miró con severidad.

—Siempre he pensado que el culpable sigue suelto, en alguna parte... Quizá no muy lejos de aquí.

Iba a preguntarle si se refería a alguien en particular, pero en ese momento oímos un alboroto junto a la puerta. Un coche había pegado un frenazo frente al Portubide. ¿Un accidente? Desde nuestros taburetes no podíamos ver gran cosa, excepto que era un 4×4 con los bajos embarrados y que se había quedado quieto ante la entrada. Dos chavales que fumaban fuera se habían tenido que apartar a toda prisa para evitar que los pisaran las ruedas. Increparon al conductor, pero en cuanto le vieron apearse bajaron el tono.

Javi estiró el cuello y dejó el tercio en la barra.

—Quédate aquí —dijo mientras se ponía en pie.

Vi cómo intercambiaba una mirada con el camarero, que ya estaba en el otro extremo de la barra. Y yo pensé: «Algo pasa».

Ese «algo» entró como un toro por la puerta del bar. Empujó a un hombrecito que jugaba a la tragaperras junto a la puerta, y casi lo derriba de su taburete.

Mikel Artola se quedó plantado junto a la puerta, oteando. Imaginaos un gorila grande, malvado y peligroso. Imaginaos que además os odia y que prometió mataros si alguna vez volvía a veros por «su pueblo». Sentí que me encogía un poco en mi esquina de la barra. Tragué saliva, pero tenía la garganta seca, así que bebí un trago.

—Viene buscándote. —Javi volvía hacia nuestro sitio—. Alguien le habrá dicho que estabas aquí.

Artola bajó los tres escalones que mediaban entre la puerta y el suelo del bar. Empujó a una pareja de chicas, que le pusieron a parir. Sus novios en cambio no tenían tantas ganas de gresca: era un espécimen que invitaba a mirar para otro lado.

Yo me había puesto en pie y le veía avanzar por entre la gente del bar. Como alguien que se hubiera quedado hipnotizado por la belleza mortal de un tsunami y no pudiese echar a correr.

Bueno, la última vez que me crucé con él fui un gallina. Ocurrió en 1999, había tres policías por medio, y yo era un chaval larguirucho que nunca se había pegado con nadie y que estaba viviendo una pesadilla capaz de enloquecer a cualquiera. Pero veinte años después la vida me había propinado unos cuantos codazos y tenía más mala leche. Quizá por eso decidí no salir corriendo. Quizá porque esa misma mañana, al pasar por la antigua tienda de mis padres, me había sentido como un maldito cobarde que no estuvo a la altura.

Noté la mano de Javi en mi codo, tiraba.

—No... No me voy a esconder —dije.

Mikel me detectó y pude ver sus dos ojos bovinos iluminándose de odio. Cogí mi botellín.

—Hombre, hombre, hombre... Leta-mierd-ia.

El camarero comenzó a increparle desde el otro lado de la barra. «*Zoaz kalera!*» Dijo que iba a llamar a la policía. Pero Mikel Artola estaba teniendo su gran momento.

—Ya te dije lo que te iba a pasar si volvías por aquí, ¿no?

Sujeté un poco más fuerte el cuello del tercio. Estaba acojonado, aunque preparado para recibir (al menos, pensé, le daría con algo). De pronto, Javi apareció a mi lado con un taco de billar en la mano.

—No sé lo que pensabas hacer, pero date el piro.

Artola se rio.

—El novio. Claro..., solo faltabas tú.

—Te vas a comer una hostia. —Javi movió el taco en el aire.

La gente nos había hecho ya un corrillo.

—No amenaces con algo si no tienes cojones de usarlo.

—¿Que no tengo cojones? —respondió Javi—. Tú pruébame.

Vale. Dejadme que os haga una pequeña introducción sobre Javi Zulaika. Gijón, 1995. Concierto de los Rolling Stones en el Molinón. Habíamos conducido de noche para estar los primeros en la apertura de puertas y entramos por delante de las cuarenta y cinco mil personas que tenían entrada; nos colocamos en la valla, literalmente, porque queríamos que Mick Jagger nos escupiera en la cara. Los Black Crowes acababan de calentar el ambiente, y entonces, a cinco minutos del *black out*, me da una lipotimia. Me desmayo. Me caigo al suelo rodeado de miles de fans excitados que iban a botar como una estampida en cuanto apareciesen Sus Satánicas Majestades. Javi ni se lo piensa. Me coge en hombros y me saca de allí, sin ayuda de nadie. Carga conmigo hasta que un tipo de seguridad nos abre la verja y me deja tomar aire. Y cuando Mick Jagger sale saltando es como si pasara volando por encima de nosotros. ¡Nos saluda!

Ese era Javi. Siempre los había tenido cuadrados.

—Y tú qué, Letamendia, ¿otra vez escondiéndote detrás de alguien? —dijo Artola—. Como el cobarde de tu padre.

—¡Hijo de la gran puta!

No pude aguantarme. La mención de mi padre me hizo arder y me lancé sobre él empuñando la botella. Javi me intentó coger y Artola me empujó hacia atrás con una fuerza impresionante.

—Serás una estrella del pop, pero eres un mierdecilla.

—Te voy a romper la puta cabeza —grité.

Javi me sujetaba, aunque en realidad me protegía. A la siguiente ocasión, Artola me iba a estrellar el puño en la cara.

Pero antes de que pasara nada más, el sonido de una sirena cortó el aire. Un WOOOCK que nos hizo mirar a todos al mismo sitio. En la calle, junto al 4×4 de Mikel Artola, había aparecido un coche de la policía municipal.

Nos relajamos un poco. Javi interpuso el taco de billar y Artola pidió una cerveza, que el camarero no le sirvió.

Un agente acababa de entrar en el Portubide.

—¿Qué pasa aquí? —preguntó—. ¿De quién es ese coche? —Señaló hacia el Rover.

—Mío. —Artola alzó el brazo como un colegial gigantesco—. He parado un minuto, a saludar.

—¿A saludar? —dijo el poli—. Ya, claro. Anda, lárgate de aquí y saca ese coche antes de que te ponga una multa.

—¡Sí, señor! —bufoneó Artola—. Ya te pillaré. Letamierdia.

Noté que Javi me cogía del brazo. «Déjale», me susurró. Yo estaba nervioso, la sangre me burbujeaba por todo el cuerpo, pero era cierto: no merecía la pena. Le vimos marchar a empujones, montarse en su coche y salir de allí.

El camarero subió el volumen de la música y el bar recobró las conversaciones y el tono. Le dije a Javi que quería marcharme y él me dijo que iría «a comprobar que Artola no siguiera por allí».

Puse un billete de cincuenta sobre la barra, más que suficiente para cubrir nuestras cuatro rondas, y salí caminando. En ese momento, vi a Javi junto al coche de la policía municipal. Estaba charlando con el agente.

—Hablando del rey de Roma —dijo, según me veía salir—. ¿Conoces a este tío?

El policía que nos había sacado del embrollo me sonreía. Un tipo uniformado, fornido, con el pelo muy corto...

—¿Nos conocemos?

Le miré mejor. Con menos arrugas, el pelo más largo y un poco más delgado... sería clavadito a Ibon, el batería de Deabruak.

14

—¿Poli? —Me costaba creerlo—. ¿Te has hecho poli?

—En el fondo siempre le gustó dar palos —bromeó Javi.

Ibon sonrió a duras penas. Siempre había sido un tío serio, grave, poco dado a la chufla. Seguía igual.

Le estreché la mano.

—Pensaba que estarías haciendo muebles con tu padre...

—La fábrica cerró hace años. —Ibon se encogió de hombros en un gesto resignado—. Apareció un señor llamado IKEA que mandó al traste todos los talleres familiares de muebles. Así que me saqué las oposiciones. ¿Y tú? ¿Qué haces en el pueblo?

—Bert —respondí.

Él asintió con los labios prietos.

—Vaya putada... Me hubiera gustado ir, pero en Santa Brígida siempre surge alguna historia.

—Bueno, pues gracias por aparecer —zanjó Javi—. Se puede decir que le has salvado el culo a Artola. Estábamos a punto de molerle a palos.

—Eso me ha parecido ver desde aquí. —Ibon aún conservaba su antiguo sarcasmo—. Desde luego, hay que estar loco para enfrentarse a ese animal.

Loco, pensé, o el hecho de haber visto a mi padre, frágil como una porcelana, y nuestra tienda... Los recuerdos de aquella enorme injusticia que se cometió contra ellos... y que fue cosa de los Artola. Tanto de Mikel como de su padre, Agustín.

—El padre... ¿Sigue vivo? —pregunté.

—Con un cáncer terminal y atado a una botella de oxígeno, pero sí —respondió Ibon—. Del que te tienes que preocupar es de Mikel. Con la edad ha ido a peor: alcohólico, putero, ha estado en la cárcel un par de veces.

—Un maravilloso hijo de puta, vamos.

—Por lo pronto, no me fiaría de que se haya ido con el rabo entre las piernas. Tiene muchos amigotes por el pueblo. ¿Dónde te estás quedando? ¿En el hotel?

—En el camping.

Aquello, por alguna razón, hizo parpadear a Ibon. Supongo que no se imaginaba a una estrella del pop pernoctando en un camping.

—Bueno... Si quieres, te llevo hasta allí. No hace noche para andar, y menos con Artola merodeando.

Javi dijo que quizá fuese lo mejor. Él no estaba para conducir y, de todas formas, era ya bastante tarde y al día siguiente madrugaba para ir al astillero.

—Prométeme que mañana nos despedimos en condiciones. ¿Comemos juntos?

Pensé que no me costaba ir a hablar con Cristina y comer con Javi antes de marcharme a Bilbao. Le dije que sí y nos dimos un abrazo.

Ibon, como he dicho, no era hombre de muchas palabras.

Monté en su coche, arrancamos, salimos del pueblo y llegamos a la general sin que nadie hubiera abierto la boca. Decidí romper el hielo con algo.

—Javi me ha contado que sigue tocando. ¿Y tú?

Negó con la cabeza.

—Metí la batería en el desván de mis padres y allí sigue desde 1999.

—¿En serio? ¿No te ha picado el gusanillo nunca?

—La música solo es para unos pocos elegidos. —Me pareció que torcía el gesto—. Los demás tenemos que trabajar.

No añadí nada. Aquella frase... ¿era un reproche? Desde luego, así había sonado. Yo estaba a punto de hablar de ello. Decirle que sentía mucho cómo habían terminado las cosas entre nosotros.

Pero Ibon cambió de tercio.

—He entendido que te marchas mañana, ¿no? —preguntó.

—En principio sí.

—Mejor... Siento mucho decirlo, pero creo que es lo más seguro. Mikel Artola es un verdadero problema. Y me preocupa que la haya tomado contigo. El camping no es que sea precisamente Fort Knox...

No dije nada, pero tenía razón.

—Sé lo que le hicieron a tu familia —continuó Ibon—. Lo de las pintadas y los cristales rotos. Pero a cambio ellos también perdieron su negocio... y Agustín Artola dice que su cáncer empezó entonces... con tus acusaciones.

Las palabras de Ibon eran ásperas. Sonaban a mala leche contenida durante años. A fin de cuentas, los Artola, por animales que fuesen, eran del pueblo. Y yo, a esas alturas, un extranjero.

—Me limité a decir la verdad —repliqué—. Ni siquiera los acusé directamente. Eso lo hizo la policía.

—Bueno, pero era blanco y en botella. Vivían en la misma casa que Lorea. Y según tú, abusaban de ella.

—No dije que abusasen. Solo que Lorea se sentía observada en casa y que alguien removía sus cosas. Sus bragas. Eso me lo contó ella en primera persona. ¿Qué te pasa? Parece que me estés echando una bronca.

—No te estoy echando una bronca. —Me miró un instante, antes de volver a fijar la vista en la carretera—. Solo intento explicarte que Mikel Artola va muy en serio. Los convertiste en los máximos sospechosos del caso y te la tiene jurada.

—Creo que ese honor me correspondió a mí, Ibon. —Estaba empezando a mosquearme—. Parece que te has olvidado de que aquello me destrozó la vida. A mí, a mi familia...

—A todos —dijo él—, todos salimos mal parados de eso... Pero te equivocas, los principales sospechosos fueron Agustín y Mikel. ¿Sabes que les hicieron un seguimiento en secreto durante un año entero? Esperaban verlos dar un paso en falso.

—¿Cómo sabes eso?

—Tengo amigos en la Ertzaintza.

—¿Y?

—Nada. Hubo algunos registros. Zonas del bosque donde solían ir a cazar o a recoger setas. Pensaban que quizá escondían una tumba en alguna parte... Pero no apareció ni un pelo. Aquel policía, Mendiguren, se fue con las manos vacías... Además, tenían una buena coartada.

Yo recordaba ese detalle: el padre cubrió al hijo y viceversa. Dijeron que se habían quedado en el asador tras el cierre, viendo la tele y bebiendo, pero era una coartada rarísima.

—No hubo acusación formal, aunque el sentir del pueblo fue otra cosa. Muchos pensaron que los Artola no se limitaban a robar un par de bragas. Que quizá le habían hecho algo «de verdad» a Lorea. Eso, sumado a una mochila que encontraron a medio hacer en la habitación de la chica aquella noche... Bueno, los marginaron. Nadie volvió a pisar su restaurante. Y supongo que el remate fue cuando la madre de Lorea los abandonó. A Agustín se le vino el mundo encima.

María Vallejo, una camarera gallega que iba encadenando trabajos por todo el norte, había terminado enamorándose del dueño de un restaurante «de carretera» como era Agustín Artola. Madre e hija habían empezado a vivir en esa casa por «pura necesidad» y Lorea nunca había tragado con ello. A mí solo me contaba una parte. Cómo la miraban de «esa manera» cuando se vestía para salir (Agustín, el padrastro, le decía que a las chicas que vestían así las violaban más a menudo). O cómo entraban en el baño «por accidente» cuando ella se estaba duchando. O cómo alguien (ella estaba segura) manoseaba el cajón de sus bragas. Lorea odiaba a esos dos tipos con toda el alma y solo quería largarse de aquella casa como fuera. Y eso fue lo que le conté a la policía. Eso fue lo que me valió el odio eterno de los Artola.

Y parecía que también el de Ibon.

15

Era muy tarde y la recepción estaba ya cerrada. La lluvia había cesado, pero Ibon insistió en llevarme hasta mi cabaña.

—Me alegro de haberte visto —dijo—, aunque solo haya sido un viaje corto.

—Pues a mí se me ha hecho eterno —respondí, dejándole callado.

Salí del coche y di un portazo. Se me notaba el enfado. No necesitaba que nadie me echase un rapapolvo y menos un antiguo amigo. Caminé hasta la entrada de la cabaña y ya estaba en la puerta cuando le oí salir del coche.

—Espera, Diego.

—¿Qué?

—Mira, por cosas de la vida he coincidido mucho con Agustín Artola. Creo que es un buen hombre... que pagó por un crimen que no había cometido.

—No es el único, Ibon.

—Lo sé. Lo sé, he visto ese documental, sé por lo que estás pasando. Pero al menos tuviste una oportunidad. Hubo gente aquí, en el pueblo, que no tuvo ni eso.

No dije nada más. Entré en la cabaña y cerré la puerta. Escuché el coche maniobrar y alejarse por el camino de tierra.

«Joder, Ibon...», pensé. «Ibon-Bajón.»

En la banda tenía ese apodo «secreto», le llamábamos «Ibon-Bajón» porque siempre iba gruñendo, malcarado y serio. Bueno, pues con la edad seguía siendo un verdadero bajón de tío. ¿A qué venía eso de ponerse a defender a los Artola como si yo les hubiera jodido la vida?

En cualquier caso, tuve muy en cuenta sus advertencias. Si Artola tenía ojos y oídos por todo el pueblo, más me valía estar prevenido. Así que bajé los estores del mirador y empujé la mesa contra el portalón de cristal antes de apuntalar una silla contra la puerta. ¿Quizá había sido una idea terrible quedarme esa segunda noche?

De un modo u otro, no me quedaban más pelotas que aguantar.

La noche anterior había sido muy corta y necesitaba dormir decentemente. Me quité la ropa y me puse a retirar cosas de encima de la cama. El traje de mi *aita* todavía estaba allí, extendido de mala manera sobre la cama (si mi madre lo viese...). Fui a recoger la chaqueta para colocarla en una percha cuando advertí que algo asomaba por el bolsillito interior.

Era un trozo de papel de color rojo. Sobresalía de la boca del bolsillo donde había estado alojado mi teléfono móvil.

Lo cogí del extremo y tiré de él con suavidad, hasta extraerlo por completo.

Era un corazón de papel rojo.

Y tenía un mensaje escrito:

CUANDO CREES QUE ME VES...

Reaccioné igual que si hubiera encontrado algo asqueroso, como una araña negra o una cría de rata. Lo solté con asco, con fobia y retrocedí dos pasos, sumido en un repentino terror.

«¿Otra vez? ¿Después de veinte años?»

1999

—No sabes el morbo que tienes cuando estás cantando en un escenario —bromeó Nura—. Yo también me volvería un poco loca.

Se echaron a reír.

Estábamos en el local de ensayo, haciendo una pausa entre varios temas, y yo les contaba que había encontrado «otro de esos corazoncitos de papel» en mi bolsa de deporte.

—Tíos, no es coña —me había sentado en el suelo y me llevé una mano a la nuca, agobiado—, esto me recuerda un poco a *Misery*. ¿Habéis leído la novela?

—¿De qué va?

—De una fan loca, pero ¿qué crees que te va a hacer? —preguntó Nura—. ¿Secuestrarte?

—¡Qué más quisiera él! —exclamó Javi.

—No lo sé..., pero ya solo le falta dejarme un corazón debajo de la almohada. Se las ha arreglado para dejármelo mientras echaba un partido en el frontón. Es raro... Me da escalofríos.

—¿Cuántos lleva?

—Desde febrero, cuatro.

—Pero ¿te dice algo? ¿Hay alguna nota?

—Nada, los corazones solo.

—No te preocupes, seguro que es una chica tímida. —Nura había vuelto a coger el bajo y habló mientras ajustaba la cejuela—: Algún día por fin reunirá el valor suficiente para decirte: «Era yo la de los corazones».

—Ojalá, porque ahora mismo, más que amor, está consiguiendo lo contrario. ¡Terror estilo Stephen King!

16

Aquel corazón de papel me tuvo despierto hasta muy tarde.

CUANDO CREES QUE ME VES.

—¿Cruzo la pared?

Parecía una broma. Y de muy mal gusto.

La primera cuestión era cómo había llegado eso hasta mi chaqueta. ¿Era posible que hubiese estado allí todo este tiempo y que yo lo hubiera desenterrado del fondo del bolsillo? Era posible, pero, conociendo a mi madre y su celo con la ropa, improbable.

La otra forma era que alguien lo hubiese puesto allí. Tras el funeral me había olvidado la chaqueta en el banco de la iglesia. Alguien podía haber aprovechado para colarlo en el bolsillo interior... ¿La misma persona que lo devolvió en la sacristía? La acólita había dicho que se trataba de una mujer... El caso es que ese alguien sabía que yo estaría en Illumbe para el funeral de Bert y había preparado ese corazón con tiempo. ¿La misma persona que, hace veinte años, tenía la costumbre de dejarme sus mensajes «de amor» secretos aquí y allá?

Aquello fue algo que se cortó de raíz en cuanto me fui de

Illumbe. Nunca volví a recibir otro, ni en nuestra casa, ni durante las dos décadas que siguieron... Había tenido que regresar a Illumbe para que ese alguien volviera a acercarse a mí.

Pero ¿quién era?

Y lo principal: ¿qué carajo me importaba a mí?

Pensaba marcharme al día siguiente. Solo quería hablar con Cristina (un poco por respeto a Bert) y comer con Javi. Después cogería un taxi y me dejaría caer en Bilbao. Y dedicaría una semana a vivir con mis padres, comer con ellos y echar la siesta con *Saber y ganar* sonando de fondo en la tele.

Di algunas vueltas en la cama esa noche, aunque al final saldé mis deudas con el sueño acumulado y dormí como un leño. Me desperté con el ruido de una segadora rodeando mi cabaña. Era ese chaval jardinero. Me acordé de sus muertos, pero entonces miré el reloj de mi Nokia y vi que eran ya las once de la mañana; supongo que tenía derecho a trabajar.

Por lo demás, seguía vivo. Nadie había entrado en mi habitación por la noche a descuartizarme con una sierra eléctrica. Bien.

Me levanté a duras penas. La mesa seguía apoyada contra el ventanal. La aparté, descorrí el estor y salí fuera. La terraza estaba seca y hacía un día despejado. Por primera vez desde que pisaba Illumbe veía el cielo azul.

El jardinero pasó frente a mí empujando su ruidosa segadora. Nos saludamos con la mano. Tenía cara de listo, no más de veinticinco años. Pensé que un tío de esa edad quizá ni había oído hablar de mí. Para esa generación, quizá yo solo era una reliquia del pasado. Ahora lo que mola es el trap.

Desayuné un cigarrillo mientras disfrutaba de los aromas de mar y montaña. Dejé que la brisa de la mañana me despabilara un poco y luego fui a darme una larga y vaporosa ducha.

La ropa que había traído desde Almería estaba ya sobreexplotada, así que abrí la bolsa que me había empaquetado mi madre. Eso fue como otro viaje al pasado. Mis viejos vaqueros y mis camisetas de bandas de rock... Me puse una de los Talking Heads con la portada del *Remain in Light*. ¡Y me quedaba bien! Incluso seguía entrando en mis vaqueros de hace veinte años.

Me calcé un par de deportivas blancas y salí camino de la casa de Bert. Alguien que me viera de lejos podría haberme confundido con el Diego Letamendia de entonces.

Si las cosas no habían cambiado demasiado, aún seguiría abierto el viejo «camino del camping», un atajo que te permitía cruzar la colina más rápido y llegar al Arburu.

Pasé junto a la cabaña de mis vecinos franceses, los de la *roulotte*, y oí el sonido de una musiquita. Cincuenta metros más adelante, encontré el sendero que se hundía en el robledal. Lo seguí.

El mismo camino que hace muchos años nos llevó a conocer a Bert.

1999

—Bueno, pero ¿en serio que vamos a poder ensayar en su casa cuando queramos? ¿Y gratis? ¿A qué se dedica ese tío? —preguntó Javi.

Nura, Javi y yo subíamos a las faldas del Arburu con nuestras respectivas hachas enfundadas en sus mochilas. Solo Javi, que era una especie de sufridor, llevaba la guitarra en una pesada maleta. «No me arriesgo a que se lleve un solo toque.»

—No se dedica a nada —dijo Nura—, al menos a nada serio.

—Pero ¿vive solo en un chalé y no tiene trabajo?

—Sus viejos la palmaron en un accidente de tráfico. ¿Recuerdas todos esos coches que chocaron por la niebla y comenzaron a arder? Bert es hijo único y solo le quedó una tía. Heredó la casa y un montón de pasta, y ahora se dedica a hacer lo que le sale de los huevos. Grabar, componer música experimental...

—Jo-der. ¡Qué suerte!

—¿Suerte? ¡Quédate sin padres!

Llegamos a lo alto del Arburu y vimos ese chalé de tejado de pizarra. Las puertas de madera estaban abiertas de par en par y, a través de ellas, se colaba el sonido del «Immigrant Song» de Led Zeppelin. El *riff* percutivo, tribal, de Jimmy Page, en dos octavas de mi, y el grito selvático de Robert Plant. AAHAHHHHHHH. Era como acercarse al quinto nivel del infierno y escuchar el mensaje de bienvenida de Satán: «Venid, bienvenidos al templo del rock».

Y así fue como entramos en los dominios de nuestro nuevo gurú. Bert, el tío más *cool* que jamás habíamos visto en nuestras provincianas existencias. Un tipo solo un poco mayor que nosotros que vivía en su propio chalé, tenía su propio estudio y vestía como una estrella del rock con ropa que se compraba en sus viajes a Londres. Lo había oído todo y lo sabía todo sobre el rock. Cuando apareció en nuestro local de ensayo, de la mano de Nura, nos escuchó tocar dos temas y dijo:

—No sé lo que es, aunque tenéis algo. Por lo demás, no sabéis afinar, ni ecualizar, y apenas tocáis bien, pero me apunto al carro. Eso sí, saldremos de este cuchitril y os vendréis a mi estudio.

17

Llegué a lo alto del Arburu casi empujado por la brisa, que en esas alturas ya era muy fría. Me giré y contemplé las magníficas vistas que incluían Illumbe, el faro Atxur, Punta Margúa... y el océano oscuro y poderoso, herido por una plataforma de extracción de gas a lo lejos.

Las gaviotas sobrevolaban la cima, bajo un cielo sin nubes. Me acerqué a la casa. Ya desde la distancia se podían atisbar los efectos de ese incendio que se había cobrado la vida de mi amigo. Una de las ventanas de la cara norte parecía un ojo cárdeno, orillado por una negrura con forma de velos ascendentes, que subía por la fachada hasta un tejado en ruinas, ennegrecido. Los alrededores de la casa todavía desprendían olor a quemado.

Las dos grandes hojas de madera estaban abiertas. Entré y me fijé en el destrozo más de cerca. Toda la sección de la parte norte se había derrumbado. Era como si le hubiera caído una bomba. ¿Cuánto habían tardado los bomberos en llegar?

Miles de esquirlas de recuerdos fueron impactando contra mi memoria al cruzar el jardín. La banda, todos sentados en unas sillas de plástico y comiéndonos un bocata mientras hablábamos de lo que hablan las bandas. Cuál es el mejor disco de rock de la historia. Qué se escucha realmente cuando pones el *Sgt. Pepper's* al revés, o si de verdad aparecía un fantasma en la portada del álbum *Black Sabbath*.

Llamé al timbre y esperé.

Tal y como ya me había imaginado el día anterior, Cristina era todo un dragón por debajo de su vestido negro. Esa mañana llevaba puesto un top un poco más abierto y dejaba a la vista una colección de tatuajes que abarcaba su cuello y posiblemente sus brazos, pero también llevaba un albornoz encima y pude ver más. Era delgada, esbelta, con una larga melena castaña.

—Gracias por venir. —Me hizo un gesto para que la siguiera dentro.

Hacía frío en la casa. Claro. El tejado estaba abierto y se colaba todo el Cantábrico por él. Surcamos el vestíbulo, donde seguía aquel escudo de heráldicas Gandaras-Lecumberri y las fotos de sus padres. Bert apenas había cambiado la decoración, un tanto clásica, que dejaron sus padres al morir. Los cuadros con bodegones y marinas, la librería enciclopédica, las alfombras persas y los muebles de madera oscura. Creo que era una forma de seguir unido a ellos de alguna manera.

Un radiador eléctrico caldeaba la cocina, donde Cris —así me pidió que la llamara— parecía haber montado su pequeño refugio. Un canuto humeaba en un cenicero con la imagen de Buda. Sonaba «Coming Home» por unos altavoces *bluetooth*, y había envases de leche, paquetes de cereales...

—¿Un café?

Me senté en una silla con vistas. Los árboles frutales, podados, descendían por las faldas del Arburu hasta el otro lado del valle.

Cris me sirvió una taza de café de una Melitta. La mesa estaba llena de detalles mínimos que ayudaban a componerte una idea del personaje y su momento. El canuto, un *grinder*, una bolsita de marihuana. Un blíster de pastillas para dormir. Papeles de una notaría y una póliza de seguros.

—¿Mucho lío? —pregunté.

—Me estoy volviendo loca —admitió ella—. Hay planes de pensiones, acciones de bolsa... Bert tenía cosas que eran de sus padres... No entiendo casi nada. Nunca me lo explicó. Supongo que no pensaba morirse.

«Nadie piensa en morirse», repliqué para mí.

—¿Y su tía? ¿No puedes pedirle ayuda?

—Digamos que no hemos terminado demasiado bien. Ella organizó el funeral sin consultarme, yo nunca hubiese metido a Bert en una iglesia.

—A mí también me pareció raro.

—En fin. Bert había hecho un testamento nuevo. Me incluía a mí y ella no lo sabía. Se enfadó. Ha contratado a un abogado y todo... Ella se las prometía felices y mira... Yo no quería nada y ahora tengo esta casa y bastante dinero.

Bebí en silencio. No era cuestión de darle la enhorabuena.

—Nosotros veníamos mucho por aquí. —Con la taza sujeta entre las dos manos, hice un gesto con la barbilla abarcándolo todo—. Casi vivíamos en este sitio.

—Lo sé. Bertie me lo contó.

Bertie.

—¿Te la quedarás? —pregunté.

—De momento sí. Hoy por fin ha respondido el seguro y se hará cargo del tejado. Será una obra bastante larga, pero en realidad ya me he acostumbrado a vivir aquí. En Barna, de todas formas, no me queda mucho... Y además, está *ese* tema del que te hablé.

Se puso el canuto en los labios y lo encendió. Le dio una calada bien profunda y exhaló una bocanada de humo blanco. Se había puesto a sonar un tema de Weezer: «Only in Dreams».

—He ido a la Ertzaintza, en Gernika, pero no me hacen ni puto caso. Creo que piensan que alucino. Además, como Bert quedó hecho cenizas, supongo que no hay forma de hacer una de esas autopsias o como se llamen. ¿Fumas?

Me ofreció el canuto. Lo cogí y le di un puf-puf. La verdad es que empezaba a necesitarlo.

—¿Qué le has contado a la poli? —dije mientras soltaba el humo.

—Que hay algo raro en este «accidente». —Dibujó las comillas en el aire, con los dedos.

—¿En el incendio?

—En todo. Mira, yo he estado en Barcelona las últimas dos semanas. Mi madre tiene cáncer y hago turnos con mi hermana para estar con ella. En fin, la noche que pasó todo llamé a Bert. Me contó que iba a ver un concierto en el Blue Berri. Conoces el sitio, ¿verdad?

—Sí, claro.

—Bueno, algunas personas le vieron allí esa noche, como siempre, disfrutando el bolo desde la barra, y bebiendo botellines... Bert bebía, es cierto, y se podía pillar unas borracheras de órdago. Pero tenía tres reglas básicas que cumplía a rajatabla cuando venía demasiado doblado. La primera era no meter el coche en el garaje, para evitar rayarlo. La segunda era...

—No cocinar nada en la sartén —la interrumpí.

Eran las reglas de Bert, todos las habíamos oído más de una vez. Había vivido solo desde los diecinueve y aprendido a cuidarse. Sus «reglas de supervivencia» incluían medidas de seguridad, llaves escondidas en sitios, armas...

—Exacto —respondió Cris—, y me alegro de que tú también te acuerdes. ¿Sabes cuál era la tercera?

—Pues ahora no soy capaz de recordarla.

—No subir escaleras —dijo Cris—. Siempre que Bertie volvía a casa un poco pasado, dormía aquí abajo, en el sofá del salón. Por eso me parece que algo falla. —Se levantó de su silla—. Lo primero: su Hyundai estaba en el garaje cuando llegué. Regla número uno, rota.

Después se acercó a la vitrocerámica y cogió una sartén que estaba apartada en una esquina. Había un plato encima.

—Esta sartén con aceite estaba en la chapa. No se puede asegurar, pero podría haberse cocinado algo. Imagínatelo. Regla dos, también rota.

—Y la tercera —resumí yo—: lo encontraron en su dormitorio, que está en la primera planta, ¿no?

—Eso es. Lo mismo que le he contado a la poli, pero no me han hecho caso.

Le dio otra calada a su porro. Lo cierto es que, si la poli había acudido a esa casa y visto esa cocina (con las basureras a rebosar, cajas de Pizza Napoli apiladas en una esquina, un pequeño minibar en la encimera), probablemente le habría costado un poco darle crédito a la chica. Intenté no caer en ese error. La vida me ha enseñado que todo el mundo puede sorprenderte.

—Te entiendo, Cris. Pero aun así Bert pudo quedarse dormido con un cigarrillo, aunque no estuviera borracho hasta las trancas.

—¿Y quemarse vivo sin enterarse? Lo siento, pero no me lo creo.

—¿Y qué crees que pasó entonces?

—Pues que alguien lo mató —dijo como si tal cosa— y apañó la escena para que pareciese un incendio fortuito.

—Pero ¿por qué?

—Bueno, aquí es donde entras tú.

—¿Yo?

Cristina soltó una bocanada de humo y me clavó los ojos.

—Bert había descubierto algo, Diego. Algo sobre la desaparición de esa chica. Lorea Vallejo.

18

No sé si aquel canuto tuvo algo que ver, pero la vieja cocina de decoración ochentera de Bert comenzó a girar a mi alrededor. Los ojos penetrantes de Cristina y el sonido de una guitarra post-punk que salía de su iPhone convirtieron aquel momento en un pulso de terror e irrealidad.

—¿Cómo sabes..., o mejor dicho, qué es lo que sabes?

Ella apuró el canuto y lo apagó sobre la cabeza de aquel Buda sonriente.

—Será mejor que lo veas con tus propios ojos.

Me hizo un gesto y la seguí fuera de la cocina, hasta el vestíbulo de la casa. Tras una portezuela, aparecieron aquellas estrechas escaleras que tantas veces habíamos descendido con cuidado. Las escaleras que daban al estudio de Bert.

La imagen de aquellos viejos tiempos de mi banda volvió a sobreimprimirse con una calidad fantasmal en mis ojos. Después de veinte años, el estudio seguía siendo más o menos el mismo, solo que con muchos menos pósteres y suciedad. Bert había conservado la vieja batería DC en una tarima, aunque había amplis nuevos y una colección de guitarras y bajos

—en un primer vistazo bastante buenos— aparcada en un soporte. Las paredes estaban redecoradas con algunas fotografías y las moquetas del suelo estaban limpias, sin quemaduras de cigarrillos ni cerveza derramada. Digamos que estaba «pasado a limpio», aunque seguía siendo aquella caverna donde metíamos miles de horas de ensayo.

Cris caminó directa a la cabina de control y fui tras ella. Ahora era como un gran despacho. Además de su equipo de trabajo (principalmente un iMac y un teclado), Bert había instalado un sofá, lámparas de luz ambiente y un acuario iluminado donde nadaban unos cuantos pececitos de colores. También, colgadas de las paredes, estaban las carátulas de sus discos.

Yo había seguido la carrera de Bert en la distancia, sin que él lo supiera. Había comprado, uno por uno, sus ocho discos instrumentales (publicados por un pequeño sello independiente) que, aunque jamás llegaron a conseguir demasiadas ventas, suscitaron el interés del mundo del jazz y la música culta, donde Bert tenía una sólida reputación.

Cris se había parado junto a un panel de corcho, de esos que se utilizan para dejar notas y recordatorios en chinchetas.

—Aquí... —Señalaba.

Mis ojos tardaron un poco en distinguir nada en aquel caos de recortes, notas... ¿Qué quería Cris que viese? Entonces, desde el centro de aquella confusión de papeles, surgió un rostro. Una cara ligeramente inclinada, los ojos grandes, castaños, mirando fijamente a la cámara, una sonrisa como la que pondría alguien que está a punto de soltar algo muy gracioso.

Lorea.

La foto pertenecía a una portada de *El Correo*, impresa en blanco y negro, posiblemente escaneada de alguna hemeroteca, porque la noticia se remontaba al martes 19 de octubre de 1999.

DENUNCIAN LA DESAPARICIÓN DE UNA JOVEN EN ILLUMBE.

Ese rostro tan bonito me golpeó desde la distancia de los años. Era una de las fotos que Lorea se había hecho en casa, posando con una camiseta y unos vaqueros muy ceñidos. Estaba preciosa, de cortar el maldito aliento.

Fui abriendo el ángulo y encontrando más cosas. Otras fotografías de Lorea en otros recortes (EL NOVIO DE LA CHICA DESAPARECIDA DECLARA QUE AMBOS FUERON SECUESTRADOS). El cartel de desaparecida que estuvo circulando por el valle durante más de dos años.

Había decenas, veintenas de recortes, mapas, fotos...

El corcho estaba lleno.

Cristina se había sentado en una de las butacas con ruedas que había frente a la mesa de mezclas. Yo me senté en otra. Sacó un cigarrillo de un paquete de Marlboro que había aparcado por allí. Se lo encendió, con los ojos vidriosos, acariciando con cuidado la mesa de trabajo de su pareja.

—Hace un par de meses, Bert fue a ver un concierto y esa noche llegó a casa con un buen colocón. Y para que sirva como ejemplo, cumplió con sus tres reglas: dejó el coche fuera, cenó una lata de atún y se arrebujó en el sofá del salón. Al día siguiente, vi las mantas revueltas en el sofá, pero faltaba él. Era muy temprano. Bajé aquí y lo encontré mirando algo en su ordenador. Era ese reportaje sobre ti..., ya sabes..., ese documental... Ese día empezó todo.

—¿Hace un par de meses?

—Estoy segura. Desde entonces comenzó a recluirse en

su estudio durante horas. Yo pensaba que estaba grabando algo nuevo, no me preocupó demasiado. Bert era así. Cogía la linde y no había quien lo detuviera... Pero un día que bajé al estudio descubrí el corcho lleno de estos recortes, le pregunté qué estaba haciendo y me dijo que... Creo que sus palabras exactas fueron «que todos se habían equivocado al juzgarte».

Sentí algo parecido a un golpe en el pecho.

—¿Te explicó por qué?

—Se lo pregunté, pero me dijo que «aún era pronto para asegurar nada». Estaba buscando algo. Una prueba sólida. No sé lo que podía ser... Yo estaba a punto de marcharme a Barcelona y me preocupé un poco por todo esto. Bert tiene... tenía un carácter muy obsesivo. Me preocupaba dejarlo así, pero mi madre... En fin. Al día siguiente me despedí de Bertie... y fue la última vez que le vi. Me siento tan culpable... No debería haberle dejado solo.

Fumó y dejó caer una lágrima.

—Sé que mucha gente opinaba que éramos dos balas perdidas, pero nos queríamos. Yo le conocía bien. Bert estaba cambiado... asustado... Durante estas últimas semanas hablamos unas cuantas veces por teléfono. No quería incidir en «su investigación» y él tampoco decía mucho, pero una de esas veces se le escapó que había «avanzado un poco en sus cosas», así que le pregunté directamente: «¿Sigues con ese asunto de tu amigo?» y él me dijo que sí. Que había encontrado algo y que quizá, tanto tiempo después, se iba a dar la vuelta a la tortilla. Esa misma tarde iba a reunirse con alguien en el pueblo... No recuerdo mucho más. Le pedí que tuviese cuidado. Todo esto me parecía tétrico, oscuro... Me daba un mal pálpito... y mira —dijo con un suspiro—: acerté.

Me volví a acercar a ese corcho lleno de recortes, lo miré en silencio, levantando algunos para ver lo que había debajo.

—O sea que veinte años más tarde Bert encuentra algo entre todos estos papeles —pensé en voz alta—. Una pista sobre el caso de Lorea que se le escapó a todo el mundo.

Cris guardó silencio.

—Y alguien lo mató por eso...

Me senté en la butaca de ruedas que quedaba libre. Cogí otro Marlboro.

—¿Le has contado esto a la policía?

—Sí. Ya te lo he dicho. Hablé con una agente de la Ertzaintza. Nerea Arruti. Le expliqué lo que pensaba y ella... Bueno, me preguntó si tenía algo «en concreto» pero no pude darle nada. Bert no había dejado nada escrito en ninguna parte.

—¿Y el ordenador? —Los dos miramos hacia el Mac.

—Lo revisé también. Tiene una carpeta llena de cosas. Vídeos, fotos... nada concreto.

Me encendí el cigarrillo. Los viejos Marlboro de Bert.

—Mira, Cris, no sé muy bien qué decirte. Esto es definitivamente extraño, no lo niego. Pero esta teoría tuya tiene algunos problemas importantes. Si Bert hubiese sabido algo, ¿no habría llamado a la policía en primer lugar? ¿Por qué no lo hizo? ¿Por qué no avisó a nadie?

—Quizá no le dio tiempo. Me dijo que estaba esperando a tener una prueba. Tú tampoco me crees, ¿no?

Me quedé en silencio un largo minuto, fumando, mirando aquellas fotos del corcho. Después me giré hacia la chica, mientras mascaba un recuerdo entre las muelas de la memoria:

—Cuando pasó todo esto, había un policía judicial al cargo del caso. Se llamaba Ignacio Mendiguren. Me interrogó unas cincuenta veces sobre esa escena del coche. Tenía contactos en la Guardia Civil, en la Nacional. Se quemó los ojos revisando los archivos de desapariciones, historiales de criminales sexuales, cotejando coartadas... Tenía un equipo de cinco personas trabajando para él. ¿Sabes lo que era eso en los tiempos de ETA? Muchos recursos. Pero el caso fue mediático y los altos mandos querían una solución, la que fuera. Por eso se puso toda la carne en el asador. ¿Sabes a dónde quiero llegar? Un montón de polis removieron Roma con Santiago durante un año y nadie encontró ni un solo hilo del que tirar. Ni un rastro de la moto. Ni un pelo de Lorea. Y lo que tú dices es que Bert, tan solo leyendo un montón de recortes de prensa y viendo un vídeo, que posiblemente también estuvo en manos de la policía, logró dar con la clave.

—O sea, que tú también piensas que estoy loca.

—No he dicho eso. Pero tengo mis reticencias. ¿Qué es lo que pudo encontrar Bert que nadie encontró entonces?

Cristina fumó en silencio, mirando la pantalla del ordenador, pensativa. Quizá se estaba dando cuenta, al oírlo de mis labios, del tremendo sinsentido que tenía su teoría.

Cogió una de las fotos de Lorea.

—¿Qué crees que le pasó?

—¿A Lorea? No lo sé... Supongo que murió esa noche, o poco después. Lo que no entiendo es por qué. Bueno, puedo imaginarme razones..., pero quizá nunca lo sepamos.

—¿Y nunca has sentido el deseo de intentar investigarlo por tu cuenta? Te han jodido la vida con esto. Tu carrera...

—¿Qué coño podría investigar yo?

—Estabas allí. Estuviste en el coche con el secuestrador, ¿no? ¿Jamás has logrado recordar nada más? ¿Ni un detalle?

Yo negué con la cabeza.

—Mendiguren me sometió a la prueba del polígrafo. Me llevó incluso a un hipnotizador; acepté tomar escopolamina, voluntariamente... ¿Sabes lo que es? La droga de la verdad. Y solo consiguieron que repitiera la misma historia una y otra vez... Lo intenté todo, Cris, créeme. Hasta que decidí intentar olvidarlo.

Apagué el cigarrillo en un cenicero que estaba a rebosar de colillas y me puse en pie.

—Siento muchísimo lo de Bert. Era mi amigo. Fue muy importante en mi vida..., pero creo que no puedo ayudarte.

Me acompañó a la salida. Según abría la puerta, cogió un llavero y lo puso delante de mis ojos.

—Mañana me marcho a Barcelona y necesito que alguien dé de comer a los peces esta semana. Además, si quieres leer algo de lo que leyó Bert, la contraseña del Mac está pegada debajo de la mesa.

—Cris..., yo me largo esta tarde.

—Ya lo sé. Eso también lo pensabas ayer y te has quedado un día más, ¿no? Mira, Diego, tienes un vacío en la mirada, ¿lo sabes?

Aquella frase me pilló desprevenido, debo admitirlo.

—¿Qué?

—Un vacío. Cuando las personas no completan sus destinos, quedan vacíos en el alma. Y el alma se puede leer a través de los ojos.

—Olvidaba que eras una experta en ¿parapsicología?

—Lo soy, pero no te voy a aburrir con lo que sé hacer y lo que soy capaz de ver en las personas. Sencillamente, sé que no has venido a Illumbe solo para mostrar tus respetos en un funeral. Sé que estás buscando algo, que llevas años buscándolo, pero en los sitios equivocados. Y que jamás habías sido tan valiente como hasta ahora... Quizá porque ha llegado el momento. El alma de las personas también tiene sus ciclos y sus oportunidades de cerrar capítulos antiguos.

Las llaves seguían pendiendo ante mis ojos, pero no las había cogido todavía. Cogerlas significaba quedarme más tiempo en Illumbe. Significaba darle crédito a esa historia de Cris. Significaba... demasiado.

—Mira —siguió ella—, Bert era muchas cosas, pero no tenía un pelo de tonto. Tenía una sensibilidad artística impresionante, intuición e inteligencia matemática. Si alguien podía conectar algo, esa persona era Bert. Es lo único que puedo decir en defensa de mi teoría. De mi chico... Además, los peces necesitan comer... Por favor.

—De acuerdo —acepté el llavero—, aunque no te prometo nada.

19

Javi había elegido un restaurante cerca de su trabajo, en Murueta, para nuestra «despedida». Era uno de esos caseríos de paredes gruesas y un comedor pequeño, donde ese mediodía solo había otra pareja comiendo. Un escenario perfecto para lo que tenía que contarle.

—¿Que Cristina te dijo eso? —Javi había abierto los ojos de par en par—. ¿Por qué no me contaste nada ayer?

—Porque no pensaba que fuese a encontrarme semejante pastel —respondí—, pensé que estaba trastornada... He ido solo por respeto a Bert.

—Pero ¿qué te ha contado?

—Te vas a caer de culo cuando lo oigas.

Le expliqué lo que Cristina me había contado. Su teoría sobre «las tres reglas de Bert» que no había cumplido la noche de su muerte. Los recortes de periódico en su estudio. La extraña obsesión que parecía haberle «embargado» en las últimas semanas antes de su muerte... Y lo cierto es que, según lo iba diciendo en voz alta, la historia cobraba cierto aire de verosimilitud.

Cuando terminé, Javi estaba entre la risa, la incredulidad y el horror.

—Y además —saqué del bolsillo el llavero del chalé y lo planté encima del mantel blanco—, me ha dejado estas llaves para que vaya a revisar todo. Según ella, Bert dio con algo, la pista que nadie logró encontrar..., y esa es la razón de que le mataran.

Javi rellenó los dos vasos con el vino tinto que presidía la mesa. Dio un largo sorbo al suyo.

—¿Ha ido ya a la policía?

—Dice que no le hacen caso.

—No me extraña. Aunque debo decir que la historia da escalofríos.

También yo di un trago a mi vino. Bueno.

—Tú solías verle en los conciertos. ¿No te mencionó nada de esto?

Javi negó con la cabeza.

—No teníamos ese nivel de conversación. Subía al escenario, tocaba y nos bebíamos algo juntos, como mucho. Además, llevaba un par de meses sin verle... Todo esto pasó después.

—¿Hablasteis de mí alguna vez?

—Claro que hablamos de ti... Y no te voy a engañar: Bert te guardaba algo de rencor. Tú estabas triunfando y él... se había quedado componiendo esos discos tan raros que apenas tenían repercusión. Alguna vez dijo que te habías vendido al mercado con ese rollo popero. En su opinión, podrías haber hecho mejores canciones si te hubieras quedado en la banda.

Encajé aquella patada en silencio.

—El caso es que Cristina me ha dejado frío. Ahora no sé qué hacer con todo esto. ¿Tú qué opinas?

—¿La verdad? Pienso que es una tía rara, pero que la historia tiene un punto. Yo le daría una vuelta. Por si existe la más remota posibilidad de que tenga razón.

Me quedé callado unos segundos. Esa «remota posibilidad» merecía un intento, cierto. Por Bert, por toda la mierda que yo había tragado, por mis padres... Pero ¿en serio me estaba planteando meterme en todo aquello? Pensé, por un instante, en la reacción de Gonzalo cuando se enterara...

—No estás solo. —Javi lo dijo mirándome a los ojos—. Cuenta conmigo para todo esto.

—Prefiero que no te involucres. Esta es mi mierda, tío. Mi problema.

—Te equivocas, Diego. Esto me concierne. Nos concierne a todos los que fuimos sospechosos. ¿Crees que esto no me jodió la vida también a mí? Además, Bert era tan amigo mío como tuyo.

—Bueno... Pero si toda esta locura es cierta y alguien asesinó a Bert para callarle la boca...

Javi finalizó la frase mentalmente.

—Lo sé —dijo—. Tendremos que andarnos con mucho ojo.

Llegó el segundo plato y guardamos silencio mientras lo aterrizaban en la mesa, y solo cuando se alejó el camarero saqué mi cartera del bolsillo; había algo más que quería enseñarle.

—¿Recuerdas aquellos mensajes anónimos? Los corazones de papel.

Extraje el corazón de papel del billetero. Lo había doblado y guardado allí siguiendo una especie de intuición: la de que terminaría enseñándoselo.

—Alguien me lo dejó ayer en el bolsillo de la chaqueta, durante el funeral de Bert.

Javi lo cogió entre dos dedos y lo leyó.

—Jo-der... Pero ¿cómo?

—Sea quien sea, lo tenía preparado. —De eso estaba seguro—. Sabía que vendría al funeral. O al menos imaginó que existía la posibilidad de que viniera. ¿Viste alguna cara familiar en la iglesia? ¿Alguien que te sonara?

Javi negó muy despacio con la cabeza, la mirada fija en el papel de color rojo.

—Había mucha gente del pueblo... no sé... —Volvió a leer aquel mensaje—: «Cuando crees que me ves»... ¿Se referirá a la canción de Álex y Christina?

—Puede ser. Me dijiste que Nura no había estado, ¿verdad?

—¿Nura? —Javi me miró sorprendido—. No que yo la viera, aunque había bastante gente. ¿No creerás que pudo ser ella?

—A lo mejor quiso gastarme una broma. No sé. He pensado un montón de cosas, la verdad...

20

Javi tenía que volver al trabajo. Acordamos vernos al día siguiente por la tarde para mirar todo eso del chalé y nos despedimos con un abrazo y un par de palmadas en la espalda. Yo me quedé allí, apurando el cortado, mientras pensaba un poco. ¿Me iba a quedar en el camping? En ese caso necesitaría ampliar la reserva. Y avisar a mis padres...

Mi madre no se creyó ni una palabra de mis excusas para «no volver todavía a casa». Sin embargo, muy fiel a su estilo, no dijo ni una palabra. Escuchó mi parrafada en silencio.

—He pensado que quizá sea algo positivo... Estoy sintiendo muchas energías. Volver a Illumbe... Quizá surjan cosas si me quedo un poco más...

Le pedí que me enviase un taxi con el equipo que había traído desde Almería. Mi Takamine, mi MacBook, la tarjeta de sonido y el micro Neumann. Ella apuntó la dirección de mi cabaña.

—¿Se va a quedar en ese sitio tan caro? —Oí decir a mi padre por detrás.

Después llamé de vuelta a Gonzalo. ¿Qué iba a contarle?

Veinte años más tarde, llego a Illumbe y alguien vuelve a dejarme uno de aquellos corazones de papel que me perseguían a los veinticuatro. ¿Quién? ¿La misma persona que mató a Lorea? ¿A Bert? Pero ¿de verdad mataron a Bert o era todo una alucinación de su novia, la parapsicóloga amante de los tatuajes?

—¿Algún incidente?

—Nada reseñable —respondí—. Eso sí, me encontré con algunos viejos miembros de mi banda. Javi, Ibon...

—Oh. ¿Todavía te odian?

—Pues sorprendentemente no. De hecho, he pensado quedarme una noche más.

Estaba convencido de que Gonzalo atacaría a la yugular, pero resultó que no.

—Bueno, debo admitir que has tenido un par de bolas plantándote en ese pueblo. Me quito el sombrero. Hablé con Ochoa y él también está de acuerdo en que quizá sea algo positivo para tu bloqueo. Illumbe es algo que llevas evitando demasiado tiempo. Puede que sea bueno que te des un buen paseo por tu antiguo pueblo y te quites esa espinita que tienes clavada en el corazón.

«Una estaca, más bien», corregí para mis adentros.

—Pero vuelve rápido. Estoy cerrando algunas cosas muy chulas en Londres. La feria es brutal este año. Tendrás trabajo. Habrá gira, Diego, pero necesitamos ese nuevo material. ¡Quiero darles en los morros a todos esos *haters*! ¿Vale? ¡Quiero sangre de *hater*!

21

Salí a la calle con la idea de llamar a un taxi, pero me lo pensé mejor: el cielo seguía abierto, sin amenaza de lluvia... ¿Por qué no darme un buen paseo hasta Illumbe?

El restaurante estaba junto a la carretera general, muy cerca de la recta de Murueta. («Date un buen paseo, quítate la espinita»). En 1999 había que caminar por un arcén estrecho y peligroso, pero en 2020 había un bonito paseo y un *bidegorri* (una vía para ciclistas) bordeando la carretera. Quizá aquello le sentase bien a mi memoria... y a mi colesterol.

La recta de Murueta era un punto bastante peligroso, con los quitamiedos y las señales por norma adornados con tétricas coronas de flores. Una recta donde solía morir la gente por culpa de algún adelantamiento mal hecho, o porque se dormían, o porque llegaban a la curva demasiado rápido.

El punto donde yo aparecí estaba junto a la pequeña desviación del astillero donde Javi trabajaba como carpintero. Allí se construyen yates de lujo y embarcaciones recreativas, pero en 1999 también se hacían algunas reparaciones de buques y la zona tenía más tránsito, aunque el lugar estaba muy mal iluminado por la noche.

Yo me salvé por mis zapatillas blancas. Es lo que ese chico, Jon Beitia, contó a la policía: que «vio mis zapatillas plantadas en medio de la carretera» y pisó a fondo el freno. No logró parar el coche a tiempo y me embistió a tan solo veinte kilómetros por hora, suficiente como para hacerme volar y caer sobre el asfalto golpeándome la cabeza. La conmoción cerebral me llevó a una especie de coma que me hizo dormir doce horas seguidas.

Cuando desperté en el hospital no recordaba nada. Absolutamente nada de lo que había ocurrido. Mi último recuerdo era despedirme de mis colegas de banda en las puertas del Blue Berri. De Nura en concreto. Y después una visión, que al principio confundí con un sueño: una escena dentro de un coche. Algo que arruinaría mi vida y la de mis padres. Algo que, quizá, nunca debí contar...

Tardé unos veinte minutos en llegar al punto exacto del accidente. Me detuve en el cruce con el aliento contenido. Tras el siniestro, en 1999, había regresado a ese mismo punto una media docena de veces. Mendiguren y otros polis —expertos en rastreos, brigadas caninas— me llevaron de paseo por un radio de varios kilómetros desde el lugar del atropello. Buscaban rastros de Lorea que jamás aparecieron. También, de manera marginal, me preguntaban si lograba recordar por dónde llegué. Jamás pude explicarles nada.

Ellos calcularon tres formas por las que yo podría haber llegado allí. Las llamaron «rutas».

La primera «ruta», desde la orilla de la marisma, parecía la más obvia, ya que era el punto por el que yo había aparecido. Podría haber venido caminando desde Gernika por el arcén.

Sin embargo, la policía fue incapaz de localizar a ningún testigo que me hubiera visto caminando por la calzada esa noche.

La segunda «ruta» era desde el otro lado de la carretera. Allí había algunas opciones. Llegando desde Amondarain por un camino entre caseríos o bien cruzando un bosque y después una huerta, todo ello sin ningún tipo de vallado. El equipo forense sacó una muestra de tierra de mis Nike Court Royale. Era una tierra húmeda, corriente, que podía pertenecer a cualquier camino de los alrededores. Pero también podía haberse pegado en el parking del Blue Berri esa noche.

La tercera «ruta», siempre que creyeses en mi historia, era la más espectacular: Yo había saltado desde un coche en marcha. Un coche en el que nos llevaban secuestrados a Lorea y a mí. Un coche conducido por una persona que vestía una sudadera negra y de la que no soy capaz de recordar ningún detalle más.

Pero, claro, eso fue más difícil de creer.

Todavía hoy, después de lo que pasó, podría contaros lo mismo una y otra vez. La misma secuencia de detalles aparece en mi cabeza con una tozudez sorprendente. Una vez leí que los niños que vieron a la Virgen de Lourdes repitieron su historia fielmente, que incluso bajo una presión terrible, aislados, amenazados, nunca dejaron de contar lo mismo.

A mí me pasó algo parecido. Con tres policías en una sala dando gritos, llamándome de todo. En el diván de un psiquiatra. En una sala oscura, con un hipnotizador, una cámara grabando y un pellizco de droga para soltarme la lengua. Incluso tras escuchar un mensaje, entre sollozos, de la madre de Lorea pidiéndome que contase la verdad. Que por favor la ayudara a encontrar a su hija.

Yo solo repetía lo mismo, una y otra vez.

1999

«Abro los ojos y estoy en el asiento trasero derecho del coche. Todo está borroso, pero me doy cuenta de que estamos en marcha, de que vamos muy rápido. Veo la línea de la carretera. Me imagino que es una serpiente... Estoy mareado. Tengo ganas de vomitar.

»Hay alguien en el puesto de copiloto. Es una chica. Su cabello largo, castaño, se derrama sobre la hombrera de una chaqueta de cuero. ¿Lorea? Desde luego, es la forma de su cabeza. También parece mareada o dormida, cabecea cuando tomamos una curva.

»¿Qué hacemos allí?

»Entonces me fijo en la tercera persona que nos acompaña, el conductor, o conductora, no puedo saberlo porque va vestido con una especie de sudadera negra con capucha. Una farola ilumina de pronto la cabina y me fijo en el asiento vacío a mi lado. Jeringas apiladas... Ese es el detalle que me alerta. Soy consciente de que está pasando algo malo. No sé lo que es, pero es definitivamente malo.

»Intento alcanzar la manilla de mi puerta. Apenas puedo moverme bien, aunque tengo algo de fuerza. Consigo tirar de ella. El conductor se gira. Ha oído el ruido del mecanismo abriéndose. El coche comienza a frenar y yo me lanzo de lleno contra la puerta, que se abre con mi peso. No me importa romperme la cabeza o matarme, solo quiero salir de ahí.

»Me voy al suelo. Me hago daño en un hombro, doy una vuelta, quizá dos, me quedo mirando al cielo. Unas nubes tapan la luna como papeles cebolla opacos. Asoma el ramaje de los árboles.

»El coche ha terminado de frenar, no muy lejos. Oigo un portazo; después, pasos sobre el asfalto. El conductor se acerca. ¿Viene otra vez a por mí? ¿Qué está pasando? Pero vuelvo a oír la puerta. El coche arranca. Se van sin mí. Puedo ver las luces rojas como dos brasas encendidas, dibujando una línea de fuego en la noche, hasta apagarse en la oscuridad. Cierro los ojos. Quiero dormir.»

La policía quería saber más detalles sobre ese coche. ¿Era grande, pequeño, de qué marca? ¿Pude ver el salpicadero?, ¿el logo en el volante?, ¿la tapicería? ¿Cómo era esa persona que conducía? ¿Tenía manos de hombre o de mujer? ¿Recordaba algún detalle más?

No, no, no y no.

Analizaron mi ropa al milímetro, en busca de cualquier rastro de sangre, uñas, pelos..., pero descubrieron que los vaqueros solo estaban sucios de agua, polvo y barro. Eso podría achacarse al atropello, sin más. Si al menos hubiera vomitado en alguna parte, eso quizá demostraría algo. Pero no se encontró nada. Sencillamente, yo aparecí en aquella recta de Murueta casi por arte de magia, sin recordar cómo ni por qué.

Hubo gente que ayudó a «rellenar» este vacío provocado por mi amnesia. Gente que me vio esa noche en el Blue Berri, tras hablar con Nura, Javi, Ibon. Solo. Bebiendo en una esquina. Abrumado por algún pensamiento. ¿Cuál? Bueno, mi banda acababa de mandarme al cuerno. El gran productor para el que habíamos tocado solo me quería a mí y ellos se lo habían tomado como una traición. Mi mejor amigo, Javi, se había enfadado conmigo. «Me has roto el corazón, tío.»

Además, yo había discutido con Lorea. Al parecer —ya que no lo recuerdo— tuve una grandísima bronca aquella noche cuando regresé de hablar con la banda. Fueron muchos los que así lo afirmaron. Ane Calvo, su mejor amiga, dijo:

«Hubo gritos, Diego estaba fuera de sí, borracho... La cogió de la muñeca y Lorea se soltó... Pero Diego estaba loco esa noche. Loco de celos.»

22

Casi sin darme cuenta había entrado en Illumbe. Las gaviotas graznaban junto al puerto y sonaban las campanas de la iglesia de San Miguel. Durante el camino había elaborado una idea y se me ocurrió que podría ser un buen momento para llevarla a la práctica.

Crucé la plaza con aires de espía, mirando de reojo el frontal de los bares. No era hora de poteo sino de café, así que no había demasiada gente por allí. Me colé entre el grupo de fieles, entré en la iglesia y me senté en una esquina de la bancada trasera, a escuchar una misa por segunda vez en treinta años.

La acólita estaba allí, ayudando en las tareas del rito. Era una mujer rubia, muy bien vestida, que participaba con gran solemnidad en la ceremonia. No era del pueblo, o al menos yo no la recordaba de nada. Quizá era una de esas nuevas vecinas que se habían ido instalando en los últimos años, principalmente en las colinas.

Leyó el Evangelio y puso diapositivas desde un ordenador con las diferentes canciones. Yo, que había sido criado en el catolicismo, aún recordaba la letra del padrenuestro en euskera (*Gure Aita*) y la entoné lo mejor que pude. Eché unas monedas en el cepillo y me di la paz con un matrimonio mayor que tenía al lado. Pero cuando llegó la hora de comulgar, me quedé sentado.

La misa terminó y yo esperé mientras la iglesia se iba vaciando. Algunas personas que pasaban debieron de reconocerme.

«¿Y este qué? ¿Ahora vive aquí?»

«No lo sé, pero le ha dado por venir a rezar.»

Cuando todo el mundo se hubo ido, me encaminé a la sacristía. Llamé a la puerta y apareció el cura, ya vestido de calle, que se marchaba. Yo en realidad quería hablar con la acólita.

—Ah, Margarita, tienes aquí a alguien...

Ella me reconoció del día anterior, claro, aunque se sorprendió por mi aparición.

—Tengo una pregunta un poco rara que hacerle —le planteé sin rodeos—. Ayer, cuando vine a buscar la chaqueta de mi traje, usted me dijo que la había traído una chica.

—Sí —respondió ella.

—Vale, es que me gustaría darle las gracias. ¿Sabe si era del pueblo?

—No la he visto nunca por la iglesia.

Le pedí que me la describiera si era tan amable.

—La vi de pasada, pero era de su edad más o menos. Alta, ojos castaños, pelo...

—¿Negro?

—¿La reconoce?

—Puede que sí. —Empezaba a hacerme una idea—. Solo dígame una cosa: ¿tenía pecas?

—¡Ah! Sí... Es posible.

Salí por la nave de la iglesia pensativo. En la calle había comenzado a chispear un poco y el viento hacía despegar las hojas amarillas de los «falsos plataneros» que salpicaban el suelo de la plaza. La gente que no estaba en el trabajo corría a reunirse en el interior de los bares, a tomar un vino, un café, algo para calentar esa fría tarde de invierno.

Yo pensaba en esa chica alta y de pelo negro y pecas que había devuelto mi chaqueta. ¿Era posible que fuera quien yo imaginaba?

23

Javi me había dicho que Nura vivía «en una casa junto a la de sus padres», por lo que no iba a ser difícil dar con ella. Durante los años en que tocábamos juntos no habían sido pocas las veces en las que habíamos conducido hasta la puerta de su casa después de un concierto, de madrugada.

Crucé Illumbe por el barrio de pescadores, casitas de dos o tres plantas que se fueron levantando donde la roca daba un respiro. Luego atajé por un viejo camino entre huertas y terminé frente a Urrune-Illuna, una casa señorial pintada de rojo oscuro, rodeada por un muro de piedra.

El padre de Nura era médico, como lo había sido su abuelo, y Nura gozaba de ese abolengo familiar, aunque para ella, a los diecisiete años, era más bien una carga. Su padre le amargaba la vida porque ella no quisiese estudiar medicina... Imaginaos cuando se enteró de que quería ser bajista.

Llevaba sin verla desde nuestro último concierto, en la parte trasera del Blue Berri, pero eso no significaba que la hubiera olvidado. Todo lo contrario: al igual que con Bert, la había seguido a través de las redes. Es increíble la cantidad de información que uno, si se lo propone, puede encontrar de otra persona en internet.

Buena parte de lo que me contó Javi en el Portubide ya lo sabía. Sabía que Nura no estudió medicina, como su familia quería, sino química. Y de hecho, había tenido una carrera académica llena de éxitos. Un «brillante trabajo de doctorado» en la UPV/EHU le había valido una invitación de la prestigiosa Universidad de Cornell, en Ithaca, Nueva York.

En su Facebook, abierto, donde posteaba bastante poco, pude adivinar que Nura vivió casi una década en los Estados Unidos. Una vida de amigos, sin hijos, muchos viajes por el mundo. ¿Novios? No había ninguna cara que se repitiera especialmente.

Después, por alguna razón, se había acercado a Europa y había ingresado en el Departamento de Investigación del Imperial College, en Londres. Una foto suya dando una conferencia en Oxford me había permitido verla pasados los años. Con unas gafitas cuadradas, el pelo corto, negro. Sin collares de perro al cuello, ni medias agujereadas, pero en esencia la misma chica inteligente, un poco atormentada, romántica pero demasiado tímida para admitirlo.

Lo que no había visto en sus redes era la noticia de esa enfermedad degenerativa, y me pregunté cómo la habría cambiado.

Por fin llegué a la puerta. Me quedé frente a ella pensando en qué diría. ¿Cómo plantearía la cuestión? «Hola, Nura, soy Diego, ¿cómo estás? Por cierto, ¿te dejaste algo ayer en la chaqueta de mi traje cuando fuiste a devolverla a la sacristía?»

Llamé al timbre y no respondió nadie durante un rato. Tampoco vino ningún perro sediento de sangre a ladrarme.

Por fin oí una serie de ruiditos a través del interfono y una voz surgiendo de la nada.

—¿Dígame?

Era una voz de hombre. Imaginé al padre de Nura: un tipo delgado, alto, que recordaba con gafas redondas y con el gesto un poco tieso cada vez que venía a un concierto a vernos. Nunca le hizo gracia aquello del rock.

—Hola... Quisiera ver... —me trabé—. Si es posible, me gustaría hablar con Nura.

El interfono engulló la pregunta durante un largo segundo.

—¿Nura? ¿De parte de quién?

—Soy Diego. Diego León.

El interfono quedó en silencio. Un silencio aún más largo, larguísimo, tanto que tuve que asegurarme de que no me habían colgado.

—¿Hola?

—Sí... Sí, un segundo, por favor.

Ahora sí, me colgó.

Pasaron dos minutos y comencé a temerme que nadie volvería al intercomunicador. Básicamente, había miles de motivos para dejarme allí plantado. Al padre de Nura nunca le caí bien. ¿Por qué querría ayudarme a ver a su hija veinte años después? Me di un minuto más antes de largarme. Como mínimo podrían poner alguna excusa, ¿no?

—¡Diego!

Me había quedado mirando a través de las verjas de la finca, así que me sorprendí cuando Nura apareció a mi espalda.

—¡Hey!

Permanecimos el uno frente al otro, callados.

—Estás igual —rompí al fin la barrera del silencio.

—Qué mentiroso. —Se rio—. En cambio, tú pareces un adolescente. ¡No había visto esta chaqueta en siglos!

—Mi madre metió un montón de ropa vieja en mi maleta. —Me uní a sus risas—. Ya sabes lo que dicen: «Quien guarda halla».

La miré mejor. Seguía siendo aquella chica alta, con un cuerpo bonito del que jamás quiso presumir demasiado. Pantalones grises, un jersey negro, deshilachado, el cabello ligeramente encanecido, los mismos ojos bonitos y despiertos.

Se apoyaba en un bastón y me alegré de que Javi me hubiera avisado, porque así pude disimular que no me importaba lo más mínimo.

—¿Cómo está tu madre? —preguntó—. ¿Y el *aita*?

Hablar de los padres era una forma inteligente y cordial de romper el hielo. Le dije que el mío estaba un poco frágil y ella me reveló que su madre ya no salía de casa. «Un ictus.»

—Bueno, y ya ves. —Nura levantó el bastón, como si quisiera asegurarse de que yo lo veía—. A mí también me ha saltado algo de metralla.

No quería mentir ni hacerme el idiota. Javi ya me había dicho que era una enfermedad degenerativa «o algo así», pero no me parecía el momento de entrar en eso.

Le pregunté si tenía un rato para tomarse algo.

—Tengo todo el tiempo del mundo. Anda, te invito, pasa. —Con el propio bastón señaló hacia una casita de estilo marinero que estaba frente a la verja de la finca Urrune—. ¿Recuerdas a aquella señora que nos gritaba cuando me dejabais aquí de madrugada?

—¡La vieja loca!

—Pues se murió y compré su casa. Hace unos años, en

pleno *boom* de los alquileres turísticos. Lo hice como inversión. Jamás pensé que terminaría viviendo aquí, pero mira tú...

La seguí al interior de la vivienda, que estaba reformada con bastante gusto. Se notaba que Nura había puesto dinero a capricho en aquel lugar: la madera, los muebles, las decoraciones, todo era de primera. La cocina tenía un pequeño patio adosado, con una mesita para desayunar «al sol, cuando sale».

—Muy chulo.

—Ya ves. Lo decoré para turistas y apenas la he alquilado. Pero estoy encantada, oye.

—No me extraña. —Me apoyé en la puerta de la cocina.

Nura dejó el bastón aparcado contra una mesa y se puso a hacer café. Noté que llevaba el brazo izquierdo pegado al cuerpo. Abrió la puerta de la nevera, llena de imanes de muchos países. Lugares como Haití, Costa Rica, Vietnam, Roma, y un gran imán que decía GO BIG RED – CORNELL UNIVERSITY.

—Bueno —dijo mientras echaba mano a una lata de café (era de esas personas que guardan el café en la nevera)—, me imagino que has venido por el funeral de Bert, ¿no?

Iba a decir que sí, pero ella siguió hablando.

—Yo no fui... No creo que a Bert le gustara la idea de despedirnos en una iglesia. Creo que fue su tía la que montó todo ese rollo. Siempre quiso mangonear en la vida de Bert.

—Ya. Lo mismo pensé yo.

¿Nura no había ido al funeral? La acólita había descrito a una mujer de mi edad, alta, de pelo negro y ojos castaños. Me pregunté cuántas habría así en el pueblo. No muchas, seguro. Pero Javi tampoco la había visto por allí, ¿quizá me había equivocado?

—Es un horror lo que le ha pasado. —Nura cerró la puerta de la nevera—. Como a sus padres, en un incendio...

Ese macabro paralelismo se me había pasado por alto, pero era cierto. Los padres de Bert también murieron calcinados en el interior de un coche.

—Además, justo ahora estaba viviendo una buena época en su vida, por fin. Esa chica con la que andaba es rara como ella sola, pero me parece que hacían buena pareja.

—¿Estabais en contacto?

—Nos hemos cruzado un par de veces por el pueblo. —Sonrió al recordarlo—. Seguía siendo el mismo, ¿eh? Genio y figura.

Nura molió el café, lo puso en una cafetera moka y este tardó unos tres minutos en subir. Mientras tanto colocó un par de tazas y el cartón de leche sobre una bandeja. Me preguntó si quería unas pastas u otra cosa. Me hizo gracia que mi otrora *destroyer* bajista se hubiese convertido en una apacible mujer de café y pastas.

—Vete poniendo esto en el salón, anda.

Cogí la bandeja y pasé a un saloncito muy acogedor, con una chimenea, una alacena llena de platitos, todo decorado al estilo rústico. En una esquina había un pequeño ampli y junto a él, en un pie, un bajo Fender Jazz Bass.

—¡Tu hacha! —grité emocionado al ver aquella maravillosa pieza de madera y metal.

—Mira encima del ampli —dijo Nura desde la cocina—. Verás qué sorpresa.

Dejé la bandeja sobre la mesa y fui a mirar. Había una caja de CD. La reconocí al instante: era nuestra última maqueta, un EP de cuatro temas. Nuestro legado al mundo.

—Me la puse el otro día, para despedirme de Bert. —Nura

entró en el salón con la cafetera moka en una mano y la sonrisa en los labios—. Es buena.

—No solo buena, es buenísima —respondí—. Mucho mejor que lo que grabamos en Madrid.

Yo había vuelto a grabar los temas de ese EP en un estudio profesional, con músicos «de verdad» y una producción de mucho dinero. Y así y todo, la maqueta que habíamos grabado en el chalé de Bert sonaba mil veces mejor.

Nura apoyó la cafetera en un salvamanteles y se dejó caer en una silla, parecía cansada.

—¿Sigues tocando? —Le hice un gesto de barbilla hacia el Fender.

—A veces, pero solo por diversión. Me ayuda a parar la cabeza..., y con mi enfermedad eso es mucho.

Ahora sí, había llegado el momento de tocar el tema. Lo hice.

—¿Qué es lo que tienes?

—Pues una enfermedad rara, de esas que afectan a un porcentaje ridículo de la población mundial y por lo tanto apenas se estudian. Solo se sabe que es degenerativa y que no tiene tratamiento. Posiblemente terminaré en una silla de ruedas o en una cama antes de quince años.

Dijo esto como quien da la hora. Después cogió la tacita por el asa, dejando un dedo estirado al aire, y bebió muy despacio.

—¡Ah! No te he preguntado si quieres leche o azúcar.

Yo seguía con la boca abierta. Tardé un poco en reaccionar.

—Cuánto lo siento, Nura...

—No te preocupes. He decidido no creer a los médicos. Es la única opción que me queda: pensar que se equivocan.

Nadie cambia demasiado y Nura continuaba siendo la tía con el mejor escudo del mundo. Dura como un diamante, aunque en sus ojos había todo un océano muy profundo, insondable, sentimental.

—¿Cuándo lo supiste? ¿Desde cuándo llevas así?

—Hace años, en Cornell, empecé a tener muchas molestias. Primero pensé que eran lesiones deportivas, pinzamientos... Me hice un montón de chequeos. Nadie encontraba nada, claro, estábamos buscando en el sitio equivocado. Pero entonces tuve un pequeño ataque y... —Señaló el bastón—. En fin, esto es como ir bajando escalones. Me salió una oportunidad de venirme a Europa, a Londres, y acepté... Supongo que en mi subconsciente ya había comenzado a asumirlo. Y fue allí, en la propia universidad, donde un equipo de doctores se puso a investigarlo desde otro ángulo, hasta que dieron con esto que tengo, que tiene un nombre impronunciable.

—Pero ¿hay algún diagnóstico claro?

—No, nada. Solo se sabe que irá a peor.

Me quedé callado.

—Solo me alegro de no haber tenido hijos. ¿Sabes? Durante algunos años, me pesó mucho esto de la maternidad..., pero ahora supone un respiro. ¿Tú tienes?

—¿Hijos? —respondí—. No... que yo sepa.

De repente ella rompió a reír de una manera casi histérica, como esas veces en las que necesitas reírte desde hace tiempo. Rio hasta que las lágrimas le humedecieron los ojos.

—Diego... —dijo mientras se las enjugaba con un dedo—, cómo te he echado de menos.

—Lo mismo te digo, Nura. No sé por qué coño he tardado tanto en...

—¿Volver? No te culpes. Tampoco me habrías encontrado.

—Lo sé. Te he seguido el rastro estos años. Has triunfado.

Sonrió.

—¡No tanto como tú! ¿Sabes? Fui a verte tocar en Nueva York. Fue muy emocionante volver a verte, Diego. Me pasé la mitad del bolo llorando, menos mal que fui sola.

—¿Lo dices en serio? ¿Por qué no me avisaste?

—Fue mejor así. Quería acercarme sin ser vista, ¿eh? Aunque también he seguido toda esa mierda de internet. La que te ha caído. Por segunda vez. Es injusto... La gente no tiene ni idea de lo que fue todo esto. Siento mucho lo que os pasó a ti y a tu familia. Todos estos años me he sentido culpable por no haberme acercado a ti en aquellos momentos...

—No te preocupes. Aquello era como una caza de brujas. Y nosotros éramos las brujas.

—Lo sé, pero debí intentarlo. Aunque mi padre no me dejaba salir de casa... Yo también pasé por la sala de interrogatorios de Mendiguren, ¿eh?

—¿Tú? No sabía nada...

Nura zambulló la mirada en el fondo de su taza.

—Son cosas que no se cuentan, claro. Pero hubo más gente que estuvo en esa lista de Mendiguren. Te sorprenderías.

—¿Quieres decir que fuiste sospechosa?

—Como todos los que estábamos en la lista —dijo Nura—. No teníamos una coartada y sí algún motivo contra Lorea.

—Recuerdo que aquella noche estabas esperando un taxi. De hecho, hablar contigo es de las últimas cosas que recuerdo antes de mi... amnesia.

—Es correcto. Cogí un taxi que me dejó en casa. Descargué el equipo..., pero supe que no podría pegar ojo esa noche. Tenía el estómago en llamas después de lo que había pasado contigo, con Gonzalo. Podría haberme ido a un bar del pueblo, pero me dio por conducir. Ahí estuvo el fallo: que saqué el coche del garaje y me fui hasta el faro Atxur a llorar como una idiota. Me bebí un par de latas y me quedé dormida frente al mar. Al menos tuve suerte: la poli encontró el rastro de mis neumáticos junto al faro. Mi abogado se apoyó en eso.

—Pero para estar en la lista había que tener un motivo.

—Y yo lo tenía —replicó ella como si tal cosa—: Lorea había jodido mi banda y la odiaba.

Me quedé mirándola, estupefacto. Ella sonrió.

—Eso al menos es lo que Ane Calvo le contó a la policía. ¿Recuerdas mi pequeña trifulca el día anterior al concierto?

Bebí un sorbo de café, solo por tragar el nudo de la garganta. De pronto visualicé el estudio de Bert. La banda tomándose un descanso...

—Sí... La liaste bien parda.

1999

Estábamos todos muy nerviosos, cabría decir que la tensión se podía cortar con un cuchillo.

—Hay que empezar otra vez —decía yo—. ¡Esto sigue sin funcionar!

Al día siguiente teníamos nuestra gran cita con Gonzalo Estrada. Deberíamos estar eufóricos, excitados, pero el ambiente en el estudio de Bert era de pesimismo, de cansancio... Estaban hartos de mí.

Yo me las había arreglado para enfadarme con todo el mundo. Le había pedido a Bert que hiciese menos solos en un par de canciones. Le había pedido a Ibon que cambiase ligeramente el patrón de la batería. Solo me quedaba Javi, pero incluso él —con su grueso sentido del equilibrio— estaba a punto de mandarme a la mierda.

—Tío, estamos cansados... Esto es lo que hay. No puedes cambiar las cosas el último día.

Y aun así yo seguía apretando. Teníamos que sonar mejor,

encontrar el tono de las canciones, hacerlas únicas... En fin, si alguna vez habéis pasado horas en un local de ensayo, discutiendo sobre algo tan relativo como «lo que gusta y lo que no», sabréis cómo se pueden cargar los ánimos del personal si no utilizas las palabras adecuadas.

Justo entonces entró Lorea con su amiga Ane, en plan divertido, con unas birras, haciendo bromas. Fue la tormenta perfecta. Nura les dijo que «no teníamos el día».

—Preferiría ensayar en privado, si no os importa.

A lo que Lorea respondió algo como:

—Pues yo preferiría quedarme.

Y Nura, que normalmente no decía una palabra más alta que la otra, les soltó algo así como:

—Va siendo hora de que alguien te lo diga: sobras.

24

No pude evitar reírme al recordar aquello.

—¡La que se montó! Pensé que os ibais a cascar allí mismo.

Nura arqueó las cejas.

—Lorea me soltó que «no tendríamos aquella oportunidad de no haber sido por ella» y que quizá era yo la que sobraba. Como puedes imaginar, me dieron ganas de romperle el Fender en la cabeza.

—Erais dos tías con carácter... Mala combinación.

—El caso es que Ane fue con esa historia a la Ertzaintza —siguió Nura— y me metieron en la lista. Al final, todo quedó en nada. Mi padre me mandó a vivir a un piso de estudiantes de Bilbao y en realidad todo este asunto me ayudó a concentrarme en los estudios. No hice otra cosa en seis años. Estudié y trabajé como una bestia y después llegó la oportunidad de Cornell. El resto es historia.

—¿Quién más estaba? —le pregunté—. Has dicho que había más gente en esa lista de Mendiguren.

—Bueno, estabas tú, claro, los Artola... Luego estuvieron Ibon, Javi, Bert... y también Isaac Onaindia, el ex de Lorea.

—¿Javi? ¿Isaac?

—¿No lo sabías?

—Me sorprende, eso es todo... ¿De dónde has sacado tú esa información?

—Mi padre movió sus hilos para protegerme. Tenía amigos en la Diputación y me enteré de muchas cosas del sumario. Desconozco los detalles, pero todos esos nombres estaban en la lista. ¡Ah! Y casi me olvido de Rubén, nuestro mánager.

No me sorprendió lo de Rubén. Yo mismo le había hablado a la policía sobre él.

—¿Sabes si sigue por el pueblo?

—¿Que si sigue? ¿Recuerdas el Bukanero?

—Claro. —Era el bar de playa donde tocábamos casi todos los sábados.

—Digamos que aquella cabaña para surfers y hippies playeros ha crecido hasta convertirse en todo un *beach-club*. Un «mirador de atardeceres» con música *chill out*. También dan conciertos. Y sirven comida.

«Rubén siempre tuvo alma para el negocio», pensé.

«Para estar en una banda hay que sufrir», solía decirnos. «Tirarse años a bordo de una furgoneta, chupando carretera y olor a pies. Como decía AC/DC: *It's a long way to the top if you wanna rock'n'roll*».

En aquellos días Rubén nos movía por el norte —Burgos, Pamplona, Logroño, Santander, Gijón, Oviedo, Donosti...— a cambio de cuatro duros, un bocata y toda la cerveza que pudiéramos beber. Y cuando se nos ocurría quejarnos, él contestaba: «¡Es todo parte de un gran plan!».

Pero en realidad no tenía ningún plan, solo seguir mareándonos por todos los garitos que pudiera. Le era muy cómodo comisionar por cada llamada de teléfono que hacía, mientras que nosotros éramos los que cargábamos el equipo, conducíamos, nos dejábamos la piel sobre el escenario y volvíamos arrastrándonos hasta casa cada noche.

—¡Menudo pirata estaba hecho! —Rio Nura cuando se lo recordé.

Entonces le sonó el teléfono. Al parecer era su padre, la necesitaban en casa.

—Oye, ¿cuánto tiempo te quedas?

—Aún no lo sé —respondí—. Un par de días, quizá más...

Me habría gustado poder hablarle de Cristina, de esos papeles de Bert, de los corazones rojos..., pero no era el momento. Tenía la prisa en el fondo de la mirada.

Había empezado a chispear cuando salimos a la calle. El cielo estaba comenzando a oscurecer. Me prestó un gran paraguas de color negro.

—Así tienes una disculpa para volver.

—Organicemos algo —le propuse—. Una cena con la banda... ¿Qué te parece?

—¿Qué me va a parecer? Estupendo. Te he echado de menos.

Un poco tontamente, me lancé a darle un beso en la mejilla y noté que se ponía de todos los colores.

—Anda, lárgate de aquí —dijo— o te calarás hasta los huesos.

25

Las primeras gotas «gruesas» me cayeron cuando ya llegaba al dédalo del barrio de pescadores. El instinto aprendido de niño no se olvida nunca y me llevó al abrigo de los tejados y las fachadas estrechas. Un trueno abrió el cielo en dos y empezaron a caer litros de agua. Me protegí bajo el paraguas y traté de evitar los goterones, pero era una idiotez tratar de caminar en ese momento. Había que ponerse a cubierto y me acordé de La Leñera, el bar que había junto a nuestra casa.

Dos paisanos fumaban junto a la puerta, bajo un tejadito. Saludé para hacerme un hueco y entonces, según me giraba para cerrar el paraguas, vi a alguien que venía bajando por la calle. Un impermeable negro hasta por debajo de la rodilla, capucha sobre la cabeza. Había venido detrás de mí sin que me diera cuenta. Le miré intentando escudriñarle la cara, pero pasó de largo muy rápido.

Entré en el bar. Había cuatro tíos viendo un partido en la tele. Me senté en un taburete en la esquina. No quería más café, así que pedí un *patxaran*. Para disimular, me puse a ver el partido. Como si supiera algo de fútbol.

Fuera seguía lloviendo, cada vez más. El *patxaran* entraba estupendamente y empecé a acomodarme en mi taburete. El alcohol comenzó a hacer su efecto y vagué por un montón de pensamientos. Nura. Su enfermedad. Aquella bronca en el ensayo. Los ojos que había puesto cuando la había besado. ¿Había hecho mal? Yo tenía una vieja historia con Nura. Algo que ocurrió a la vuelta de un concierto hace ya demasiado tiempo. ¿Por qué nunca habíamos vuelto a hablar de ello?

Seguí vagando por viejos recuerdos. Ese barcito era donde comprábamos el pan, donde mi madre jugaba a las cartas con sus amigas, donde yo le pedía a mi padre veinticinco pesetas para jugar a la tragaperras. Cuántos recuerdos. A los cuarenta y cinco años, la vida es ya una novela con sus capítulos y sus partes. Pero ¿en qué parte está el héroe pasados los cuarenta? Ya no es un niño feliz. Ya no es un joven ambicioso. Se ha vuelto cínico, insensible, se ha protegido tanto del daño de la vida que parece un hombre de hierro...

Estaba allí, filosofando entre sorbos de *patxaran*, cuando noté dos miradas clavadas en mi perfil. Dos tíos, de los que estaban allí cuando había llegado, me miraban ahora desde la barra. Sonrientes. Yo sonreí también.

—Eh, tú... Eres el cantante ese, ¿verdad?

—El mismo —Levanté el vaso hacia ellos, a modo de brindis.

—Diego León —afinó uno—. Letamendia Ondarreta. De ahí viene, ¿no? Dicen que te lo cambiaste para que nadie te reconociera.

No contesté, pero sentí un hormigueo en el estómago. Eran dos mamotretos con cara de aldeano que encajaban perfectamente en el probable círculo social de Artola. Además de eso, conocían mis apellidos del pueblo y tenían las mejillas coloradas por el alcohol. Mala cosa.

Me puse en pie.

—Hay que tener muchos huevos para venir a este pueblo después de la que liaste aquí.

—Yo no lie nada —repliqué al tiempo que sacaba mi cartera e intentaba mantenerme tranquilo, aunque no lo estaba.

—¡Señores! —medió el camarero—. A ver si tenemos la fiesta en paz.

Le pregunté qué le debía por el *patxaran*, abrí la cartera y saqué el primer billete que encontré: veinte euros. Lo dejé allí, cogí el paraguas y me dirigí a la puerta.

—Aquí no eres bienvenido, *lagun* —dijo uno desde atrás—. Este ya no es tu pueblo.

Me detuve. Quería darme la vuelta y decirles que ese *sí* era mi pueblo. Que ese era el bar donde yo desayunaba con mi padre por las mañanas. Que en esa callecita chutaba un balón cuando era crío... ¡Que ese lugar era tan mío como suyo!

Pero ¿era cierto? Había rehuido Illumbe durante dos décadas. Ahora solo era un extraño con un pasado fantasmal.

No dije nada. Abrí el paraguas y me metí de lleno en el chaparrón con ganas de que me partiera un rayo.

Estaba ya bastante oscuro, aunque todavía quedaba esa última claridad del día antes de convertirse en noche. Caminé por Urrune hasta la calle Birgiña, que era un callejón muy estrecho, sin luces, pero el camino más rápido hasta el puerto.

Iba apretando el paso. El agua se colaba por mis zapatillas y me calaba los pies. Estaba quedándome frío y todavía me quedaba el largo camino hasta el camping. Maldije a todos los demonios del infierno. Me imaginé volviendo a ese bar y rompiéndoles a esos dos la cabeza con un extintor, o con un hacha. Una paliza de película, digna de Chuck Norris. La imaginación es lo que te queda cuando te han faltado huevos.

La calle Birgiña discurría en paralelo a la calle Goiko y cada tantos metros se abría un cantón y podías ver la vía principal del pueblo. Entonces una imagen fugaz se coló por el rabillo del ojo: un impermeable negro que se apresuraba por Goiko, a la par que yo, algo más rezagado.

Como si me estuviera siguiendo en la distancia.

Aquello me sacó de mis pensamientos y me puso en guardia. Espera un segundo, ¿no era el mismo tío que había visto pasar cuando me detuve en La Leñera? Ya entonces me había parecido que me seguía...

El siguiente cantón se abría en unos treinta metros. Avancé hasta casi la mitad, me paré en seco y me di la vuelta.

Si ese «quien fuera» me estaba siguiendo, habría avanzado más o menos a mi ritmo, pensando que yo no le había detectado.

Volví sobre mis pasos. Llegué al cantón anterior y lo bajé a toda prisa. Salí a la calle Goiko y, tal y como había imaginado, ese personaje oscuro, tapado por completo con su impermeable, continuaba caminando bajo la lluvia, despacio, mirando al cantón como si quisiera controlar mi avance.

¿Quién era? ¿Por qué me seguía?

Quizá fue el *patxaran*, la mala uva o todo a la vez, pero empecé a caminar más rápido. Cerré el paraguas y lo empuñé como si fuera una espada. Se iba a enterar...

El personaje del impermeable se paró en el siguiente cantón. Debía de estar preguntándose dónde me había metido. Entonces miró hacia atrás y me vio llegar casi a la carrera.

—¡Eh! ¡Tú! —le grité.

El tipo se quedó quieto, desafiante, y yo acorté un poco la

zancada. ¿Qué iba a hacer, a fin de cuentas? ¿Soltarle un paraguazo sin mediar palabra? Las escenas peliculeras a lo Chuck Norris son eso: escenas peliculeras.

Pero entonces aquel fantasma cruzó la calle a la velocidad de un rayo.

—¡Eh! ¡Quieto!

Aquello significaba algo. No me había equivocado. Se escapaba.

Antes de que me diera tiempo a decir nada más, se metió por uno de los callejones que daban a la plaza de la iglesia. De manera un tanto inconsciente, eché a correr yo también. Bueno, una de las cosas que no he dejado de hacer en mi vida es correr, así que soy rápido. El problema, como decía el anuncio de Pirelli, es que «la potencia sin control no sirve de nada». La calleja por la que se había colado mi misterioso perseguidor estaba recién reformada como travesía peatonal y la combinación de aquel suelo resbaladizo con la suela húmeda de mis Nike terminó en catástrofe.

Me caí de lado, puse la rodilla y la mano que tenía libres... Al menos el golpe no fue grave, pero me torcí la articulación y dolió un poco.

Desde el suelo, derrotado, vi cómo aquella sombra se perdía en otra callejuela como si fuese un demonio.

¿Quién era?

Bajo la lluvia y la escasa luz de ese atardecer de tormenta solo llegué a distinguir una cosa de él: era alto.

26

Con la pernera del pantalón empapada, cojeando y bajo una lluvia inclemente, hice el resto del camino escondido bajo mi paraguas, mirando hacia atrás de vez en cuando, para ver si alguien me seguía en aquella larga cuesta arriba hasta los terrenos del camping. Pero la noche había caído ya. Un viento furioso del norte terminó de congelar mi aterido cuerpo.

Llegué a la cabina de la recepción como un alma en pena. Las zapatillas encharcadas, medio tiritando del frío. Ángela estaba allí, con un jersey de angora azul, el pelo suelto, mirando algo en su ordenador. Era una visión reconfortante.

Se giró y me vio con aquel aspecto lamentable.

—Pero ¿qué...? ¡Estás empapado!

—Me ha pillado de lleno la tormenta —dije justo antes de soltar un estornudo. Si lo hubiera hecho a propósito no habría dado más pena.

—¡Pobre! Vas a pillar una gripe. —Se puso en pie y echó mano a un termo—. Tengo caldo caliente aquí. Será mejor que te des una ducha primero.

—¿Ha llegado algo para mí?

—¡Ah, sí! Te han llegado un par de cosas: una maleta de guitarra y una mochila. He tenido que pagar el taxi...

—Claro, te lo pagaré. También me gustaría reservar la cabaña el resto de la semana.

—¿Toda la semana? —Abrió los ojos de par en par—. Vale, de acuerdo. Te aplicaré un buen descuento.

—Bien, pues si me dices dónde está todo... —volví a estornudar—, creo que me voy a meter en la cama directamente.

—Espera —cogió un chubasquero—, te ayudaré.

Ángela me pasó el termo y me dijo que aguardara allí. La vi bajar al pequeño garaje de herramientas que había junto a la cabina de recepción. Sacó mis cosas y las metió en la trasera de una furgoneta serigrafiada como CAMPING ILLUMBE, después la arrancó y la subió marcha atrás, con bastante habilidad, hasta la entrada de la cabina.

—¡Monta! —dijo a través de la ventanilla.

El agua seguía cayendo a cubos desde el cielo, puso los limpias a toda velocidad y condujo por las sendas del camping hasta la colina de las cabañas VIP. Pasamos por la de los jubilados franceses y llegamos a la mía.

Ángela me dijo que entrara y que ella se encargaría de mi equipaje. Subió mi guitarra y la mochila hasta la entrada. Yo todavía tenía su termo en las manos.

—¿Qué hago con esto?

—Bebértelo. Es caldo de pollo casero.

—Pero es tu cena...

—No, no, tranquilo. Yo ya he tomado un poco. Cuando acabe mi turno vendré a por él. Ahora, yo que tú me daría una buena ducha y me metería en la cama. Por cierto, si tienes frío hay otro edredón en el armario.

Quizá era por mi estado lamentable-griposo, o por la

mezcla de emociones de esa tarde, pero en su impermeable verde, con su carita tan dulce y todo aquel cuidado... digamos que esa chica me provocó algunos sentimientos vaporosos.

—Gracias, Ángela.

Se marchó. Yo me desnudé en el baño y me metí en la ducha. El agua caliente salió como si fuera el aliento de un dragón y dejé que me quemara en una dulce tortura de restauración. Cuando salí, me puse un pantalón de pijama, una camiseta de los Stones y me tumbé en la cama. Abrí el termo de Ángela y rellené el vaso-tapa con un chorrito de aquel caldo. Olía de maravilla. Le di un sorbo, otro, otro más... Aquello entraba como un espíritu cálido y amigable, me reconfortó. Bebí casi la mitad del termo y noté que me estaba quedando dormido. Había dejado las luces encendidas, la ropa tirada por todas partes, y Ángela iba a volver a por su termo, pero no pude evitarlo. Me dormía.

Caí en una especie de duermevela, ese lugar intermedio entre la realidad y el sueño que nos gustaría alcanzar a voluntad a los artistas. Un estado de imaginación salvaje, pero controlable. Por allí aparecieron mil y un fantasmas y, de pronto, se tornó en un horror. Una pesadilla en la que alguien abría mi puerta. Era ese tipo del impermeable negro que me había seguido por las calles de Illumbe, pero yo no me podía mover. Le veía apagar las luces de la cabaña. ¿Qué iba a hacer conmigo?

Después vi a Nura parada junto a mi cama con su bastón, su brazo pegado al costado, sus manos... ¿Cómo eran sus manos? Parecían garras demasiado largas. Con una de ellas sujetaba un corazón de papel rojo.

—Ahora me darás tu amor —decía mientras me rodeaba el cuello con sus largos y monstruosos dedos—. Me lo darás. O te lo arrancaré. Te lo sacaré del pecho con las uñas.

Era una pesadilla de la que terminé escapando. Me dormí profundamente y entonces tuve otro sueño.

Abría los ojos y estaba en una habitación a oscuras. ¿Era esa cabaña de Illumbe? ¿Mi cortijo de Almería? ¿El apartamento de Madrid? Daba igual. El caso es que sentía que una electricidad de color púrpura, con pequeñas motas de verde lima, me recorría el cuerpo. Era como un extraño reptil fluorescente. Aquella sensación mágica, además, la estaba compartiendo con alguien. Había una mujer tumbada a mi lado, desnuda, apretando sus pechos calientes contra mi costado y besándome con dulzura. Me mordisqueaba el lóbulo de la oreja, me besaba en la sien, y con la mano derecha me estaba acariciando la polla, suavemente. Me apretaba las pelotas, me masturbaba un poco, me besaba y gemía al mismo tiempo. Pero yo era incapaz de «levantar aquello», no sé si me explico. Y quería disculparme de corazón por ese fallo hidráulico que iba a arruinar las fiestas del pueblo. Diego León quiere enviar un mensaje de disculpa a sus fans por la cancelación inesperada del concierto. El telón no acaba de subir. Le falta levadura. Combustible. Pero oiga, ¡me sentía tan bien! Era como un hormigueo que me recorría dulcemente las venas. Como si estuviera... ¿drogado?

Pero al mismo tiempo, aquella chica (¿Zahara?, ¿Nura?, ¿Ángela?, no podía verla en realidad) seguía besándome y gimiendo en mi oído de una manera tan sexi... Creo que en mi sueño se llegaba a correr. Y después bajaba dentro del edredón y me obsequiaba con unos dulces bocados de amor que explotaban en miles de partículas de color rosa brillante por todo mi vientre. Aquello se ponía de lo más húmedo y divertido, amigos. No es que quiera restregarle esto por la cara a nadie, pero me sentía como un rey. Como uno de esos tíos de los anuncios de colchones. Lorenzo Lamas, el rey de las camas.

En determinado momento, yo miraba a un lado y veía a ese matrimonio de jubilados franceses observándonos a través de la ventana, parados bajo la lluvia, sonrientes. Solo les faltaban las palomitas.

SEGUNDA PARTE

27

¿Os podéis creer que el tío de la segadora estaba allí otra vez? Un ruido ensordecedor junto a mi oído. Una especie de ZUUUUUUMMMM.

Me desperté dentro de un cuerpo de hormigón. Me dolía la cabeza, me pesaban todos los músculos, tenía la boca seca y aquel ruido me taladraba el cráneo.

Ese tipo parecía empeñado en joderme la existencia mañana tras mañana.

Salí de aquel edredón, abrí la puerta de cristal de la terraza y lo busqué. Estaba a un lado de la cabaña, con un aspirador de hojas que era el responsable del estruendo. Le grité, de menos a más:.

—Eh... Eh... ¡¡Eh!!

El chaval me oyó por fin y apagó ese cacharro del demonio.

—¿Sí?

—Tío, de verdad, ¿tienes que pasar eso justo ahora?

El chaval se me quedó mirando fijamente y luego miró el reloj de su muñeca.

—Perdón..., es que son las once ya. Y yo trabajo de mañana.
—¿Cómo te llamas?
—Álex.
—Vale, Álex, mira. Hagamos un trato. Estos días que quedan por delante olvídate de esta parte del jardín, ¿vale? Yo me encargo de hablar con Ángela... Ya lo arreglaré con ella.
—O.K.

El chico pilló el mensaje y se marchó con su bazuca de ruido a otra parte. Yo regresé a mi cabaña, cerré la puerta y me llevé las manos al cráneo. Era como tener una cabeza de mármol enroscada al cuello.

Recordé la noche anterior. Llegar al camping empapado y medio griposo. La hospitalidad de Ángela. Y su termo. ¿Dónde estaba el termo? Las luces del baño y de la habitación también estaban apagadas. Me imaginé que ella habría entrado y me habría encontrado dormido. ¿Se habría llevado su termo de caldo y me habría arropado un poco? La solución del misterio esperaba sobre la encimera de la cocina: Ángela me había dejado una cestita con un café soluble, un minibrick de leche y unas chocolatinas. Cosas que habría sacado de la máquina de vending. Junto a todo esto, había dejado una nota:

> Estabas como un tronco, espero que no te moleste que haya pasado por aquí. ;-) Te dejo un regalito de cortesía del camping para los huéspedes «febriles». Que te mejores. A.

Y un corazón junto a la inicial de su nombre.

Preparé el café en una taza y la metí al microondas mientras devoraba las chocolatinas. Anoche, con todo el trance, se me había olvidado cenar. Algo más animado por la cafeína y el azúcar, saqué la Takamine de la maleta.

Cuando te has pasado la vida tocando cada día, desarrollas un pequeño síndrome de abstinencia. Y después de tres días, necesitaba soltar los dedos. Calentar. Toqué el *fingerpicking* de «Pony Boy», el tema de los Allman Brothers sobre un caballo que te lleva a casa cuando estás borracho. Era una mañana apropiada para eso. Me sentía como de resaca. Luego estuve jugueteando con el «Vals de los recuerdos», de Ariel Rot. «La casa por el tejado», de Fito... A veces canto los temas de otros como para conseguir cierta perspectiva. Me quedé dándole vueltas a unos acordes, tarareando una melodía que veía por el rabillo del alma, como un conejo blanco que me invitaba a seguirlo. Era uno de esos momentos espléndidos, fantásticos, en los que ves al «conejito blanco» y te metes de cabeza en su madriguera, sin miedo, sin prejuicios, solo por ver hasta dónde es capaz de llevarte.

Al cabo de una hora y media tenía un boceto precioso para un tema. Cuatro partes ligadas con naturalidad y algunas frases muy buenas que había corrido a apuntar en el reverso del *flyer* de comida china.

La releí casi sin creérmelo. Joder. Era buena. Era buenísima. Y esa sensación eléctrica de haberlo conseguido era algo que no sentía desde hacía mucho tiempo.

—Lo mejor que he escrito en cinco años —le dije a Gonzalo, en plena llamada eufórica—. En serio: todo lo que he grabado en Almería se queda pequeño.

—Vale, vale... Me encanta oírte emocionado, Diego. Estoy seguro de que es buena. Aunque en las maquetas de Almería hay cosas guapas, ¿eh?

—Sí, pero esto es como... volver a los viejos tiempos. A las primeras canciones. Voy a trabajar un poco más y te la envío para que la escuches.

—O.K., tío. Estupendo, estupendo. Así que te está sentando bien haber vuelto al pueblo, ¿no? Quién lo iba a decir. ¿Cómo va todo por allí?

—Está siendo un revoltijo emocional. He vuelto a ver a algunas personas. Nura, ¿te acuerdas de la bajista de la banda?, resulta que tiene una enfermedad jodidísima.

—Hostias... Aquella chica, sí... —Hizo memoria—. Tocaba muy bien. ¿Qué le pasa?

Le conté lo de la enfermedad de Nura.

—Mira, ahora que han pasado los años debo confesarte algo —dijo Gonzalo—. Esa chica hubiera sido lo único que habría rescatado de tu banda.

—¿En serio?

—Sí. Estuve a punto de proponértelo, aunque después pensé que era una mala idea, que sería como embrollar más la cosa. Pero tocaba muy bien y recuerdo que tenía un *look* muy cañero.

Me pregunté si debería contarle eso a Nura la próxima vez que la viera. Quizá fuese mejor no hacerlo.

Pasé otra hora trabajando y completé una primera maqueta-borrador muy prometedora. Después dejé la guitarra en el sofá y fui a darme una ducha.

De camino al baño, me topé con algo que había junto a la puerta de entrada. Era un folleto que parecía haberse caído de la encimera. Lo recogí. Tenía una gran foto de la isla de Izar-beltz en la cabecera.

¡VISITE LA ISLA DE IZAR-BELTZ!

Descubra un lugar de valor histórico en Urdaibai. Camine entre las ruinas de un convento franciscano que recibió la visita de los Reyes Católicos. Saqueada por Sir Francis Drake y los corsarios franceses, ¡cuenta la leyenda que aún quedan tesoros escondidos en sus cuevas submarinas! ¿Sabía que el ejército nazi empleó la isla como emplazamiento táctico de submarinos durante la Segunda Guerra Mundial? Y si quiere escuchar una gran tragedia romántica, pídale a nuestro guía que le cuente la historia del fraile enamorado.

URDAIBAI FERRI TOURS
Horarios en el dorso
Adultos: 10 euros
Niños: 5 euros
Descuentos para grupos, jubilados, parados y familias numerosas. No se admiten mascotas

Casi me entra la risa leyendo aquel panfleto turístico. ¿Que Izar-beltz había sido un emplazamiento nazi? ¡Venga ya!

Pero ¿quién lo había dejado allí? ¿Ángela? Más bien parecía que alguien lo había deslizado debajo de la puerta. La empresa de ferris tenía que estar muy desesperada para ir repartiendo su publicidad cabaña a cabaña.

Entonces le di la vuelta y me fijé en que había algo escrito al dorso. Unas palabras trazadas con un rotulador grueso, como los que se utilizan para marcar CD.

Decía lo siguiente:

Esta visita es de GRAN interés para usted.
Coja el último ferri de vuelta
y no olvide pedir la historia del fraile enamorado.

¿Qué significaba eso? ¿Una visita de gran interés para mí?, ¿algún tipo de mensaje en clave?

Recordé a Artola. A los dos aldeanos del bar de la noche pasada. ¡Qué mejor escenario que la isla de Izar-beltz para emboscarme y darme la paliza que me debían!

Hice una bola con el folleto y lo lancé a la basura.

—Esperadme sentados, cabrones.

Me di una larga ducha canturreando mi nueva canción. Se me ocurrieron un par de frases nuevas y salí en pelotas, mojado, a escribirlas en algún sitio. Volví a hurgar en la bolsa de camisetas de mi madre. Hoy tocaba Led Zeppelin.

Según me la estaba poniendo, oí el motor de un coche que se detenía justo delante de mi puerta. Fui a la ventana y vi que un SUV BMW color azul acababa de aparcar frente a mi cabaña.

Lo primero que me vino a la cabeza fue: «¡Artola!». Corrí a dar otra vuelta a las llaves. Pero entonces recordé que Artola tenía un 4x4 de la época de los Geyperman.

Oí el ruido de la puerta del coche al cerrarse, unos pasos en la gravilla y las escaleritas de la cabaña. Dos toques en la puerta.

—¿Diego?

No contesté.

—Diego, soy Isaac. Isaac Onaindia.

«Isaac», pensé sin decir nada.

Él volvió a tocar en la puerta y me vino a la mente una antigua escena. Una puerta diferente: la de la casa de mis padres en la calle Urrune. Veinte años atrás...

1998

Oí unos fuertes golpes en la madera, casi como puñetazos, y fui a abrir.

Isaac estaba al otro lado del umbral. Rastas, collares de colores, una camiseta de Bob Marley... En suma, el uniforme de un amante del reggae, aunque aquellos puñetazos en mi puerta revelaban un temperamento muy poco rastafari.

—¿Está Lorea? —dijo en cuanto le abrí la puerta.

—¿Qué? No. Lorea no está aquí.

—No me mientas, tío.

Yo me quedé callado. «Vaya, las noticias vuelan», pensé. La noche anterior Lorea y yo habíamos salido juntos por primera vez por los bares del pueblo.

—Estáis enrollados. Os vieron, Diego. No me lo niegues.

—Sí, estamos enrollados —dije—, pero no tengo por qué darte explicaciones.

—¿Que no? —Isaac prácticamente gritaba—. Lorea es mi novia, tío.

—Eso creo que debes hablarlo con ella. Pero como te digo, no está aquí.

Él me miró con los ojos centelleantes. ¿Me iba a pegar? No lo creía. Pertenecía a una de las mejores familias de Illumbe. Los Onaindia. Dueños de tierras, empresas, bosques... En 1999 nadie viajaba a Sudamérica o a Asia..., pero Isaac ya había hecho todo eso con veinticuatro años. Estaba terminando la carrera de Derecho en la Universidad de Deusto y además tenía una banda de reggae, cuyos músicos cobraban por ensayar. Todo salía del tesoro familiar. Un tipo así carecía de barrio suficiente para soltarte un derechazo sin avisar.

—No quiero que te vuelvas a acercar a ella. ¿Te queda claro? —Descargó un último golpe en mi puerta.

No respondí. No dije nada. Isaac se dio la vuelta y se marchó a buen paso.

Cerré la puerta...

28

... y, veinte años más tarde, volví a abrirla.

Ahora Isaac llevaba el pelo corto, ya no lucía collares ni pendientes, sino una camisa azul de Ralph Lauren y pantalones de pinzas. Por lo demás, seguía siendo un tipo atractivo y con el aura de la gente que nace con cuchara de plata.

—¡Diego! —Desplegó su sonrisa—. ¡Qué alegría!

—Isaac... —contesté yo, sin devolvérsela—. ¿Cómo has sabido...?

—Ibon —aclaró—, aunque en realidad todo el pueblo está enterado a estas alturas. Siento mucho la escenita con Artola. Y, por supuesto, lamento lo que le pasó a Bert. Ha sido terrible... Era un gran tipo.

Yo me quedé callado, asintiendo con la cabeza, mientras él mantenía su magnífica sonrisa. Un silencio incómodo que se encargó de romper con una carcajada.

—Bueno... Te estarás preguntando qué hago aquí.

—¿Sinceramente? Sí.

—Podríamos decir que es una visita oficial. No sé si te has enterado, ahora soy miembro de la Junta Municipal. No soy el alcalde, pero casi. —Lo dijo riéndose, aunque conociendo a su familia me imaginé que no exageraba mucho—. Quería charlar contigo un minuto, si es que estás libre...

Perdió la mirada en el interior de mi cabaña. Yo traté de interponer el cuerpo para ocultar la cama deshecha, las cajas de Pizza Napoli y algún que otro calzoncillo volador que había aterrizado vete-a-saber dónde.

—La verdad es que tengo un poco de hambre. —Era cierto, de repente noté que me rugía el estómago—. Estaba pensando en salir a comer.

—¡Ah, perfecto! Deja que te invite. ¿Recuerdas el viejo Portuondo? Soy socio.

Recordé el Portuondo, antiguamente un caserío donde se comían unas alubias bestiales y famoso por su cuajada hervida con hierro candente. Acepté la invitación *ipso facto*. Cualquier cosa por no volver a comer rollitos en salsa agridulce.

Nos montamos en el BMW e Isaac hizo un par de llamadas. Una para pedir mesa frente al mirador de su restaurante, y otra para avisar en casa de que no iría a comer. La voz de su esposa era bonita. Me la imaginé guapa, rubia, con clase... Le preguntó si «llegaría para el partido de las seis» e Isaac dijo que sí. Después me explicó que jugaba una liguilla de tenis en el Club Deportivo de Illumbe.

—Aquello se estaba construyendo cuando tú..., bueno, cuando te marchaste. Ahora es ya una institución en las colinas.

«Las colinas» era el topónimo para referirse a una zona de casas de lujo que había ido creciendo al oeste del pueblo, frente al mar. Isaac me explicó que ya superaban los doscientos vecinos, una comunidad formada por jugadores del

Athletic, presentadores de televisión, actores, políticos de altura y empresarios.

—Solo falta una estrella del pop —bromeó.

—Si conozco alguna, te avisaré —repliqué.

Llegamos al restaurante, un sitio excepcional frente a la desembocadura de la marisma. Del viejo caserío quedaban solo las paredes, el resto era una arquitectura de madera y cristal suspendida en la montaña. Isaac fue recibido con la pleitesía que requiere el dueño. Una camarera nos acompañó a la mejor mesa, con unas vistas inigualables de Izar-beltz, Ogoño y el horizonte del golfo de Vizcaya. El chef salió a leernos las especialidades del día, que eran pescado. Pedimos almejas, navajas y un besugo, y ya no me pareció tan mal plan lo de reencontrarme con el exnovio de Lorea.

—Te fui a ver en el 2005 a Madrid —recordó mientras nos acomodábamos—. Un pedazo de concierto. Y luego estuve a punto de verte otra vez en Barcelona, con tu tercer álbum, pero murió mi padre y no pudo ser.

—Vaya, lo siento.

—Se murió sin enterarse. ¿Y tus padres? ¿Siguen...?

Asentí con la cabeza.

—Los dos, gracias a Dios. Viven en Bilbao, jubilados.

—Todavía recuerdo vuestra tienda. Cuántas horas pasábamos mirando el escaparate... ¡y los videojuegos de consola!

Yo recordaba que Isaac era el único que tenía dinero para comprarse uno al mes.

—¿Has seguido con la música? —le pregunté.

—Con la banda de reggae seguimos unos cuantos años. Sacamos dos o tres discos, pero no llegamos a ninguna parte. Eso sí, hicimos unos cuantos buenos bolos. ¿Recuerdas el de la playa de Laga?

Recordé una noche de verano perfecta. El mar, un chiringuito que vendía cervezas y una banda de doce tipos tocando el «Jamming» de Bob Marley. Ibon, nuestro batería, tocaba en la banda de Isaac. De hecho, eran amigos de la misma cuadrilla, así que Isaac nos dio la alternativa esa noche y los Deabruak tocamos seis temas. Esa fue también la noche en la que vi a Lorea por primera vez. Yo estaba cantando y ella estaba de pie e inmóvil frente a mí, clavándome la mirada. Y pensé «Es la tía más guapa que he visto en mi vida». Después, cuando bajé del escenario, sudado, emocionado, noté que alguien me tocaba el hombro. Era esa belleza que había estado mirándome mientras cantaba. Me dijo: «Enhorabuena», y su voz sonó a música celestial.

—Esa noche conociste a Lorea —dijo Isaac, como si lograra adivinar mis pensamientos—. Lo recuerdo bien. Ella se pasó un buen rato hablando de ti, de tu música... Me puse un poco celoso. No sé si te lo he contado alguna vez.

—Siento lo que pasó, Isaac. Son cosas de la vida.

—No lo sientas. —Barrió el aire con la mano, como restándole importancia—. Aquello fue toda una lección para mí: era la primera vez en mi vida que alguien me arrebataba algo.

Llegó la camarera con un albariño y sirvió dos copas. Brindamos.

—Por ella —dijo Isaac—. Esté donde esté.

«¿Esté donde esté?», pensé. «¿Qué clase de brindis es ese?»

—Por ella. —Choqué mi cristal con el suyo.

Degustamos el cambados: ligeramente ácido, con un toque a lima, impresionante.

—Mi visita también tiene algo que ver con todo esto. Verás, en la Junta llevamos tiempo queriendo redirigir un poco esta «popularidad» que ha ganado Illumbe en los últimos años. Ya sabes, el libro de Félix Arkarazo, con todos esos escándalos... Además, murió el año pasado, asesinado. Fue otro golpe más para la reputación del pueblo.

—No me jodas. ¿Asesinado? Bueno... Era de esperar. ¿Fue alguno de los que aparecían en su libro?

—Así es: un tipo desequilibrado se tomó la justicia por su mano. A todo eso, se ha venido a sumar el documental que hicieron sobre ti y el caso de Lorea... y digamos que se ha creado una sombra larga y oscura sobre Illumbe. Nos llaman el «pueblo de las manos negras». Incluso hemos ganado un tipo de turismo: friquis que se acercan a conocer los escenarios del libro de Arkarazo... Pero esa gente no viene a comer a sitios como este, ni se queda a dormir. ¿Me sigues?

—Perfectamente.

—Anteanoche, cuando Ibon me llamó para decirme que estabas por el pueblo, empecé a pensar: ¿y si pudiéramos darle la vuelta a todo esto? Tanto Diego como Illumbe necesitan una renovación de vestuario.

Me reí.

—¿Tan mal me ves?

—Me guío por lo que dicen las redes. Sé que todo esto te ha hecho daño, Diego. Y quizá podamos ayudarnos los unos a los otros.

Di otro sorbo a aquel magnífico albariño.

—Vale. Tú dirás... ¿Cuál es el plan?

—Nada en concreto, todavía —siguió Isaac—, pero se me ocurre una campaña de marketing en la que tú muestres la otra cara del pueblo. Que seas algo así como nuestro embajador.

Solté una carcajada un tanto demente.

—No creo que eso sea una buena idea, Isaac.

Él sonrió tranquilamente. Esa sonrisa suya era toda un arma.

—Mira, Diego, no te voy a engañar: muchos miembros de la Junta opinan lo mismo que tú. Parece una locura, pero a veces las mejores ideas son las que van a contracorriente, ¿me sigues? Tratándose de Diego León, los medios estarían garantizados. Eres un personaje público. Llevas mucho tiempo en silencio. Las redes pondrán el oído a cualquier cosa que digas.

—Eso te lo aseguro —dije yo—. Hay muchísima gente a la que le sigue apeteciendo darme una paliza.

—Correcto, pero ¿y si pudiéramos darle la vuelta al mensaje?

—¿Una vuelta? ¿Cómo?

—Eso es trabajo para una agencia de comunicación. La idea es «sorprender». Quizá una entrevista con un periodista importante, un reportaje creado exclusivamente para que puedas contar tu versión y, al mismo tiempo, se muestren las cualidades del pueblo y de la zona. Sería un *win-win*. Supongo que tienes un agente. ¿Sigues con Gonzalo Estrada?

Asentí y recordé que Isaac también había enviado sus demos a la agencia de Gonzalo en el pasado.

—Vaya, eso se puede llamar una relación a largo plazo.

—A estas alturas de la vida somos ya como un matrimonio. Gruñimos y nos peleamos mucho, pero no sabríamos vivir el uno sin el otro.

—En ese caso, comenta la idea con él. Desde la Junta y un pequeño grupo de empresarios a los que represento habría un apoyo financiero importante. Queremos dar un golpe sonado, no sé si me entiendes. Y a ti te vendría bien poder contestar a todo ese gigantesco bulo que se ha formado en torno al caso de Lorea.

Llegaron los primeros platos e hicimos un silencio mientras la camarera los aterrizaba en la mesa. Después, Isaac bajó la voz y cambió el tono.

—Tienes que saber que yo jamás he dudado de tu historia, Diego. Puede que no me creas, teniendo en cuenta que tuvimos nuestras diferencias, pero sé la presión a la que estuviste sometido. Yo también estuve entre los sospechosos...

Recordé lo que Nura me había dicho. Isaac había estado en «la lista» de Mendiguren. Bueno, en su caso, la motivación estaba más que clara. Durante aquellos días en los que yo empezaba con Lorea, Isaac había protagonizado algunas escenas mezquinas. Además de asaltarme en mi propia casa, nos interceptó en un bar, borracho como una cuba, y tuvimos que aguantar una perorata pseudoagresiva mientras sus amigos nos rodeaban, casi preparándose para un linchamiento. Además, Isaac puso a Ibon en mi contra, por mucho que este dijese lo contrario. Sé que no volvió a ser el mismo conmigo desde que comencé a salir con Lorea.

—¿No tenías coartada? —pregunté.

—Mi coartada era Ibon.

—¿Ibon? —Eso no me lo esperaba.

—¿No lo sabías?

—Por sorprendente que te parezca, nunca estuve muy al tanto de los hechos. Mi abogado me recomendó que me confinara en casa y solo sabíamos lo que salía en los periódicos. Y luego nos largamos del pueblo sin mirar atrás.

—Pues así fue. Ibon y yo habíamos pasado la noche fumando unos canutos en Punta Margúa. Nadie más nos vio, y ambos éramos «personas del entorno emocional» de Lorea.

—¿Hablas de la noche del concierto? Pensaba que no habías venido...

—Entré de tapadillo, no quería que nadie me viera —dijo Isaac—. Fui, sobre todo, a encontrarme con Gonzalo porque quería darle una maqueta en mano y tratar de invitarle a una copa.

—Claro, es verdad. —No había caído antes—. Tú conocías a Gonzalo.

—En cierto modo... llegasteis a él gracias a mí —replicó Isaac.

Era cierto. Lorea tenía el contacto de Gonzalo en Madrid gracias a que había salido con Isaac y le había ayudado a mover las maquetas de su banda de reggae. Y después lo usó para ayudarnos a nosotros.

—Cuando terminó el bolo salí en busca de Estrada, pero me dijeron que andaba reunido contigo. Lorea estaba por allí, ni me hablaba, así que me fui a la barra a beber una cerveza y a esperar. Al rato te vi caminar hacia la calle. Javi, Nura, Ibon, Bert... te estaban esperando fuera. Ibon me lo contó más tarde. Lo de la reunión que tuviste con Gonzalo, lo de su propuesta...

—Fue una metedura de pata. Nunca debí permitirlo.

—Bah, no te tortures —concedió Isaac—. Si le hubieras dicho que no a Gonzalo, quizá ahora estarías trabajando en un astillero como Javi.

Perdí la mirada en el horizonte. Isaac también permaneció callado. Ocasión para beber.

—¿Lograste hablar con Gonzalo esa noche?

—Sí. Bueno... Le alcancé en el parking, antes de que se montara en su coche. Fue un poco ridículo: miró la maqueta por los dos lados y me dijo que me llamaría. Por supuesto, nunca lo hizo... Al volver hacia el Blue Berri me encontré con Ibon en la calle, cargando la batería en su furgoneta. Me contó lo tuyo. «Se ha ido todo a la mierda», me dijo. Yo también estaba con el ánimo por los suelos, así que nos fuimos a los acantilados a fumar. Estuvimos allí casi hasta el amanecer. Después Ibon me llevó de vuelta a mi casa, entré de puntillas y me metí en la cama. Nadie me vio... excepto Ibon. Y Mendiguren nos metió en el bollo. «Una mano lava la otra», como decía él.

—Una mano lava la otra —repetí, recordando al viejo poli.

Terminamos el almuerzo y tomamos un café y una copa. Después le pedí a Isaac que me llevase de vuelta a Illumbe. Eran casi las cinco de la tarde, hora en que había quedado con Javi para subir al chalé de Bert.

—Dime que al menos te pensarás un poco mi propuesta —dijo, mientras me apeaba en la calle Goiko.

Prometí que lo pensaría. En realidad, parecía la clásica embarcada en la que terminas haciendo el ridículo. Por mucho que Isaac dijese que era un *win-win*, lo veía más favorable a sus intereses que a los míos. De todas formas, lo discutiría con Gonzalo: él tenía toda una estrategia para «limpiar» mi imagen pública, y quizá esto pudiera convenirnos en algún momento.

29

Caía un denso *zirimiri* en lo alto del Arburu. Una nube se había posado allí y nosotros estábamos dentro. Y la casa surgía en aquella bruma como si fuera una mansión encantada.

—¿Hace mucho que no vienes por aquí? —le pregunté a Javi.

—Vine a grabar una maqueta con mi banda hará dos años.

—¿Aquí?

—Sí. Bert se sacaba un extra con esas cosas. Y tenía cierta reputación entre las bandas indie. Además, todo esto del chalé le daba un aura especial al asunto.

—Es verdad.

Entramos por la puerta del jardín. Alguien había desplegado un andamio en la fachada del chalé de Bert. Un plástico cubría el hueco de la ventana quemada, y un toldo protegía el trozo de tejado que se había derrumbado. El incendio se había llevado por delante la casa en la que Bert había vivido solo desde que se quedó huérfano a los diecisiete años.

Podría haberlo evitado: su tía, convertida en tutora legal, le había invitado a mudarse con ella y sus primas a Bilbao, pero no era algo que apeteciera demasiado a ninguna de las dos partes, por lo que Bert decidió refugiarse en aquella casa en lo alto de la montaña y su tía tampoco presionó demasiado. Dejó a su sobrino vivir solo en aquella casa con tan solo diecisiete años. Era algo que podría volver loco a cualquiera y Bert no fue ninguna excepción. Había llenado su vida de rituales y extrañas manías. Sus reglas al llegar borracho a casa, sus severas prohibiciones, como la de entrar en el dormitorio de sus padres, donde tenía una especie de altar en su memoria. Además, estaba esa obsesión por la seguridad. «Vivo solo y tengo que protegerme», solía decir. Y por esa razón tenía siempre un juego de llaves escondido en el jardín, una palanca de hierro en el baño —por si se bloqueaba el pestillo— y un teléfono en cada habitación de la casa.

Abrimos la puerta con una mezcla de respeto, miedo y curiosidad, porque esa casa era un lugar legendario, donde habían ocurrido muchas cosas. Esos lugares están siempre revestidos de un aura especial.

Según entramos pudimos percibir un ruido, como si algo aletease a toda velocidad en la planta de arriba, dando golpes.

—Vamos a echar un vistazo —dijo Javi.

Le seguí escaleras arriba. Una corriente de aire muy frío recorría el pasillo de la primera planta. Vimos el marco de la habitación ennegrecido. Las paredes, la alfombra, todo se había quemado alrededor del dormitorio de Bert. Nos acercamos al vano de la puerta y observamos estremecidos el interior. Una habitación negra, carbonizada, donde todavía se podían apreciar los restos de un armario, un escritorio, una cama reducida a un esqueleto de metal...

—Joder. No me imaginaba que había ardido tanto —dije.

—Debía de estar en coma etílico para no haber podido salir.

Nos miramos en silencio. Supongo que estando allí, los dos pensamos lo mismo. Que la teoría de Cristina no era tan descabellada.

El techo se había derrumbado y mostraba un agujero. Las vigas al aire y un trozo tapado con un toldo que se mantenía perfectamente. Pero el plástico de la ventana había ejercido la presión de una vela y había arrancado la sujeción de madera, produciendo el aleteo y el ruido.

Javi estaba a punto de entrar y yo le cogí del brazo.

—Tío, el suelo podría derrumbarse.

Javi sonrió.

—Anda, Diego, siempre has sido un pelín cagadete.

Entró en la habitación y atrapó el plástico en el aire. Sacó una navaja del bolsillo trasero y le soltó tres estocadas. Después, cogió el madero y lo bajó con firmeza. Con dos patadas, lo volvió a clavar en el marco de la ventana.

—Así está mejor.

Bajamos al estudio y noté que a Javi le embargaba la misma sensación que me había calado a mí el día anterior. Ese lugar tenía un significado muy especial para los dos, y no pudimos surcarlo sin más. Era el sitio donde habíamos soñado y trabajado, reído y llorado... Nos quedamos inmóviles, observándolo todo entre recuerdos. Estaba allí aquel taburete de batería donde me sentaba a grabar. El micrófono. El *stand* con guitarras. Javi estaba mirando los amplificadores.

—Cuánto tiempo, ¿eh?

—Demasiado —respondí—. Algún día tendríamos que tocar un poco, ¿no?

—Cuando quieras...

Entramos a la cabina de grabación. Encendí unas cuantas lámparas, incluida la del acuario, donde aquellos pececitos de Bert seguían nadando como si el mundo siguiera en su sitio. Cristina me había dejado un bote de comida «para peces tropicales» al lado; lo cogí y espolvoreé la superficie con aquello. Los pececitos subieron a toda velocidad a picotear.

—Teníais hambre, ¿eh?

Javi se había acercado a aquel corcho lleno de recortes espeluznantes sobre Lorea: las fotocopias de noticias que en su día llenaron los titulares del norte del país.

—Así que iba en serio —dijo, como si hubiera necesitado verlo con sus ojos para creerlo.

Cogí uno de los recortes. Era un artículo de *El Diario Montañés* en el que se hablaba de la «posible fuga de Lorea Vallejo».

—¿Recuerdas esto? —Se lo mostré a Javi.

—Sí, claro. —Lo tomó de mi mano—. Fue uno de los primeros artículos que se publicaron fuera.

Se sentó en una de las butacas y lo leyó en voz alta.

Un «experto en fugas adolescentes» hacía hincapié en que la desaparición de la Vespino negra de Lorea apuntalaba la teoría de una huida. La madre de Lorea lo negaba por completo. «Aunque se hubiera fugado, mi hija me habría escrito o llamado para decirme que estaba bien.»

Había una fotografía de la madre de Lorea, María, leyendo un comunicado en las escaleras del ayuntamiento de Illumbe. La mujer, deshecha, estaba acompañada por unos familiares que habían venido desde Vigo.

—Pobre mujer... ¿Qué fue de ella?

—He oído que vive en Galicia. En una residencia... Creo que se le fue la cabeza.

—Joder.

Javi se levantó de nuevo y devolvió el recorte al corcho. Parecía un árbol lleno de hojas, había cuartillas de papel impreso solapándose las unas a las otras, pero todo eran noticias que, de alguna manera, ya habíamos leído. A mí me interesaba más otra cosa.

—El ordenador —dije—, empecemos por ahí.

Me senté en la butaca que quedaba libre. El ordenador de Bert estaba encendido, con la pantalla de *login*. Siguiendo las indicaciones de Cris, me agaché para buscar la contraseña debajo de la mesa y vi una tira de papel con una palabra escrita con letras y números:

43R0Sm1tH.

—Aerosmith... —traduje al vuelo. Esa contraseña le pegaba perfectamente a Bert.

Hice *login* y el iMac me presentó un escritorio limpio donde solo había una carpeta, titulada «Lorea», y un archivo titulado LEE_ESTO_DIEGO.TXT.

Por alusiones, comencé por el archivo de texto:

Querido Diego:

Gracias por dar de comer a los peces :-) Si lees esto es que, además, he conseguido convencerte de que hay algo más de lo que parece en la muerte de Bert. He ordenado en esta carpeta toda la información que él había recopilado. Espero que sea de utilidad y ayude a aclarar algo.

Un beso,

Cris

P. D.: Estaré dos semanas en Barna. Para cualquier cosa, te dejo mi número.

Dentro de la carpeta «Lorea» había otras dos. Una se llamaba «Documentos» y otra «Vídeos».

—Abre la de vídeos —dijo Javi.

Había solo dos archivos dentro de esta carpeta, uno titulado «Documental_Diego» y otro titulado «BlueBerri_16-Oct-1999».

Este primero debía de ser aquel programa de treinta minutos que había conseguido mandar mi vida al garete hacía dos años. *En plena noche: La cara oculta de una estrella.*

Lo había visto... ¿cuántas veces? Demasiadas. Apariciones estelares de un montón de gente que parecía odiarme con todas sus fuerzas, como Ane Calvo, la mejor amiga de Lorea, que llegó a decir que yo «estaba enfermo de celos por Lorea..., obsesionado y agresivo, capaz de cualquier cosa».

También aparecía uno de los peritos de la investigación, el médico que evaluó ese vacío en mi memoria y que me describió como «una persona muy inteligente, capaz de haber inventado y defendido la historia de su amnesia hasta las últimas consecuencias». «Ni la prueba del polígrafo ni la hipnosis son concluyentes», afirmaba en algún momento de la entrevista, «si se enfrentan a una mente bien entrenada».

Este hombre —que hablaba de mí como si fuera el mismísimo Hannibal Lecter— vendió una copia de mi sesión de hipnosis al equipo de televisión. Un actor se encargó de dramatizar mi voz y supongo que los guionistas del programa retocaron un poco el contenido. Todo ello les costó una denuncia y una multa que pagaron gustosamente. Aunque el cuchillo ya estaba bien metido en la herida. El daño ya estaba hecho y Twitter en llamas.

No me apetecía volver a verlo, así que moví el ratón hasta el otro archivo.

«BlueBerri_16-Oct-1999»

Comenzó a reproducirse un vídeo. Era una grabación antigua, posiblemente realizada con cinta VHS o BETA, que alguien había digitalizado. Mostraba algo de nieve al comienzo, después un plano...

Era de noche. Bajo la luz de una farola, cinco jovenzuelos se reían ante una cámara.

«Aquí comienza la gran noche de Deabruak», decía una voz al otro lado de la cámara. «¡Sonreíd, chicos! *Are you ready to rock?*»

Éramos Nura, Javi, Bert, Ibon y yo.

Javi empujó la butaca con ruedas y se acercó.

—Joder, ¿crees que puede ser...?

—Sí. —No podía apartar los ojos de la pantalla—. Es el vídeo de nuestro último concierto en el Blue Berri.

«¡Sonreíd, chicos!» La voz de Lorea sonaba como un viejo fantasma. «*Are you ready to rock?*»

La cámara enfocaba a una fila de coches que iba entrando en el amplio aparcamiento del Blue Berri. Era una noche de sábado y el ambiente era tremendo. Habíamos invitado a todo el mundo: nuestros amigos del pueblo, los compañeros de Formación Profesional (donde Javi y yo estudiábamos), la gente de la Facultad de Química de Nura, el equipo de remo de Javi e Ibon... Así como a nuestras respectivas familias, medio pueblo, incluso al cura.

Era la noche en la que se iba a decidir todo. La noche que cambiaría nuestras vidas...

Y vaya si lo hizo.

1999

Lorea, encargada de grabarlo todo, nos siguió con la cámara hasta la parte trasera del club, a la puerta del *backstage*. Allí empezaba un largo pasillo que conectaba el escenario, el bar.

—¡Al camerino!

Junto a la puerta que daba al escenario, unas escaleras subían al camerino. Alguien había dejado muchas botellas de birra y varias bandejas de *pintxos* para nosotros.

—¿Dónde están mis M&M's de color amarillo? —gritaba Bert—. ¡¡Soy una puta estrella y exijo un bol de M&M's de color amarillo!!

Todos se reían menos yo. Estaba muy nervioso esa noche, por muchas razones. Y la cámara lo captaba.

—¿Tienes que grabarlo todo? —le pregunté a Lorea.

—¡Sí! Ese es el plan. Gonzalo me dijo...

—¿Dónde está Gonzalo? —la interrumpí, quizá demasiado agresivo.

—Se ha quedado tomando una copa en el bar. —Había bajado un poco la cámara, me miraba sin fijarse en el visor—. Oye, ¿estás bien?

—Creo que vomitaría a gusto —contesté antes de darle la espalda.

Seguimos en el camerino, haciendo el idiota, bebiendo, fumando y repasando acordes, cambios. Lorea, entonces, anunció que se iba «a echar un vistazo entre bambalinas».

Y se llevó su cámara.

La veíamos salir del camerino, bajar las escaleras y entrar por la puerta del escenario, que estaba a oscuras y velado con un gran telón (un detalle bastante retro, idea de Gotzon, el encargado de la programación). La batería montada en su tarima, los micros, los amplis calentando sus válvulas, las guitarras aparcadas en sus *stands*... Faltaban todavía unos veinte minutos para la hora de arranque, pero el rumor de la gente al otro lado del telón era atronador.

Lorea acercaba la cámara al suelo y enfocaba un *set-list*, pegado con celo en el tablado, junto a mi micro.

—Y esto, señoras y señores, es lo que van ustedes a escuchar esta noche —se le oía decir.

La cámara hacía un último barrido del escenario y se colaba por el pliegue del telón. Allí se veía la multitud, expectante. Alguien se percataba de la cámara y saludaba «Eoooo».

—¡Está llenísimo! —Lorea estaba eufórica de regreso al camerino—. ¡Nunca lo había visto así!

La cámara nos apuntaba entonces: cinco jóvenes nerviosos que intentaban sonreír. Era una noche muy importante, que podría cambiar nuestras vidas. La presión era grande y se nos notaba.

En ese instante se abría la puerta y aparecía Rubén.

—¿Cómo está mi banda favorita? ¿Listos para triunfar?

—¡Eh, Rubén!

—Pero ¡qué montón de priva!

Rubén era mayor que nosotros. Un tío juerguista, despreocupado. Su aparición fue como un bálsamo para ese momentum-culo-prietum justo antes de salir a tocar. Su estética surfera, su melenita dorada recogida en una coleta. Esa noche llevaba la típica camisola blanca de náufrago.

Se acercó a Lorea y se puso a hacer monadas frente al objetivo, antes de arrebatarle la cámara de entre las manos.

—¡Eh!

—Esta *groupie* se merece un plano completo —dijo.

—*Groupie* tu puta madre. —Lorea le enseñó el dedo corazón, pero al mismo tiempo se rio. Estaba preciosa con su chaqueta de cuero, su larga melena castaña.

—A ver, mis deabruaks. —Rubén nos enfocó con la cámara—. ¡Una sonrisa!

La cámara filmaba a Nura haciendo como que se metía los dedos en la garganta. Yo me reía a su lado. Ibon miraba a la cámara (¿a Lorea?) fijamente, sumido en un pensamiento. Algo más atrás, Bert se ponía fino a *pintxos* de bonito.

—¿Dónde está Javi? —preguntó Rubén.

—Supongo que haciendo un muñeco de barro en el baño —respondió Bert—. No hay que romper las tradiciones.

Nos echamos a reír.

Faltaban diez minutos para el *show*. Rubén le dijo a Lorea que había preparado un trípode junto a la mesa de sonido. «Es el mejor sitio del concierto. Zona VIP. He reservado un asiento para Gonzalo.»

La cámara me pillaba justo en ese momento, mirando a

Lorea y a Rubén con cara de pocos amigos. Yo intentaba disimular, pero no podía. Me consumían los celos.

Una semana antes de nuestro gran concierto en el Blue Berri, los Deabruak habíamos hecho un ensayo general del repertorio en el Bukanero, el bar de Rubén. Durante ese concierto, vi a Lorea hablar con él, medio tonteando, riéndose, acercando sus rostros peligrosamente. Jamás me lo había planteado, pero ¿y si Rubén se la había ligado?

Después de aquel ensayo, Lorea y yo salimos juntos en mi coche. Era primeros de octubre y hacía un tiempo de perros, así que subimos al búnker, una zona solitaria cerca del bar de Rubén. Yo tenía muchas ganas de hacerlo, pero Lorea comenzó a ponerme excusas. Le echó la culpa al coche, al frío..., pero no me convencía. Estaba rara. Y me di cuenta de que, en realidad, llevaba unas cuantas semanas muy rara. Empecé a montarme esa película. ¿Lorea y Rubén? Bueno, ella había dejado a Isaac de una manera parecida, sin ser demasiado «directa» al principio. ¿Quizá me tocaba el turno a mí?

Faltaban solo cinco minutos. Javi estaba de vuelta. Rubén nos preguntó si ya habíamos «firmado en la pared de la fama del Blue Berri». Era un muro lleno de pegatinas y firmas de otros músicos que habían pasado por allí. Lo hicimos, estampamos nuestros cinco nombres: NURA, JAVI, BERT, DIEGO, IBON. Después juntamos las manos en el centro, estilo equipo de fútbol, y gritamos: «¡¡Por los Deabruak!! ¡¡A triunfar!!». Vale, la banda tampoco estaba en uno de sus mejores momentos, pero lo hicimos y nos sentó bien. Los nervios por la multitud, por Gonzalo, por el riesgo de que algo pudiera salir mal. Nos unimos ante eso.

Rubén y Lorea se despidieron. Ella me dio un beso en la mejilla, que me supo a poco. Él nos deseó suerte:

—¡Rompeos una pierna!

Salieron del camerino. Rubén delante y Lorea detrás, filmando según bajaba las escaleras. Entonces el vídeo se fundía a negro y se cortaba.

30

Javi y yo, hipnotizados en 2020 por un conjuro lanzado en 1999, no podíamos despegar los ojos de la pantalla del iMac. Vernos a nosotros mismos, a nuestros amigos, veinte años más jóvenes en aquella última noche antes del desastre. Y sobre todo, Lorca... Ver a Lorea era como estar presenciando un baile espectral ante nuestros ojos.

—No sabía ni que alguien tuviera este vídeo.

—Yo tampoco —dije—. Jamás lo había visto. Tampoco es que tuviera cuerpo para acordarme de él. ¿De dónde lo sacaría Bert?

—La cámara era de Rubén —recordó Javi—. Fue idea suya lo de grabar el *making of* del concierto. Quizá se lo dio él mismo.

Tras el corte, la siguiente toma estaba hecha desde la mesa de sonido. La cámara estaba ya montada en un trípode y fija en el escenario.

El telón se había retirado y doscientas cabezas miraban hacia un escenario vacío y sin luces, silbando, pidiendo que empezásemos ya... Entonces aparecíamos nosotros, los Deabruak.

La reacción del público era abrumadora. Aplausos, pitidos, gritos de euforia. Todo el mundo sabía que esa noche era crucial, y el pueblo se había volcado con el grupo. Saludamos tímidamente mientras nos dirigíamos a nuestros instrumentos. Ibon a su batería, Bert a su teclado, Nura al bajo. Dios, todavía se me encogían las tripas al recordar lo nerviosos que estábamos.

Javi y yo avanzábamos en la primera línea. Él a mi derecha, colocándose la guitarra, haciendo un último chequeo de sus pedales. Yo me quedaba mirando hacia abajo, como hipnotizado. ¿Qué me pasaba?

Recogía algo del suelo. La cámara no llegaba a mostrarlo; de hecho, era algo que pasaba completamente desapercibido para todo el mundo, pero yo sabía bien qué era.

Uno de esos corazones de papel.

—Es verdad —dijo Javi—. Ahora recuerdo aquello... Por un momento pensé que te habías quedado en blanco.

Apreté la barra espaciadora y el vídeo se detuvo. Con la imagen congelada, pude verme arrugando el ceño, asustado...

—Se me había olvidado por completo... Aquel fue el último corazón... Esa fan loca estaba allí esa noche.

Javi apretó otra vez la barra. Yo hacía una bola con el corazón y lo lanzaba a un lado del escenario. Después me acercaba al micro y saludaba: «¡Buenas noches, *gabon*, Illumbe! ¡Somos Deabruak!». El público respondía con un nuevo rugido abrumador. Javi subía el volumen de su SG hasta hacerla acoplarse y yo le hacía un gesto a Ibon para que diese palos. Un, dos, tres y...

31

Vimos un par de canciones. Era un bonito recuerdo que nos hizo reír, sobre todo en algunos momentos, pero ¿estaba allí la clave del misterio?

—No lo sé. Habría que verlo con más cuidado. Fijándonos en los detalles.

—Estoy de acuerdo, aunque me parece muy difícil.

Casi todo el vídeo estaba filmado desde el trípode de la mesa de mezclas, y entre el sonido de la música y el rumor del público, era imposible captar algo de las conversaciones que, probablemente, se sucedían entre Gonzalo, Rubén y Lorea. ¿Qué podría haber visto Bert en él?

Llegamos a la conclusión de que teníamos que revisarlo todo con cuidado, y no solo el vídeo, también la documentación, todo lo que Cristina había recopilado en aquella carpeta del iMac.

Decidimos que yo me llevaría una parte y Javi otra, incluyendo dos copias del contenido del iMac. Con toda la cacharrería tecnológica que había por allí, nos costó muy poco dar con un USB donde poder descargar el contenido del ordenador. Mientras Javi hacía las copias, yo comencé a despegar aquellos recortes y fotografías del corcho.

Había varias capas de papeles solapándose entre sí. Recortes de prensa, diagramas («El último recorrido de Lorea Vallejo» y cosas por el estilo), columnas... Todo era hemeroteca que Bert había escaneado e impreso.

A medida que iba «desnudando» aquel árbol de papel, fui revelando un objeto que yacía clavado en el centro exacto del corcho, una piececita de papel azul, rectangular.

La entrada de un concierto.

La banda se llamaba Dr. Ayawaska (vaya nombre) y habían tocado dos meses atrás en el Bukanero, el bar de Rubén. Pero lo que más me llamó la atención fueron las dos líneas que estaban escritas a bolígrafo sobre ella:

¡Buscar! Lo sabe todo. I. Mendiguren: 678889901

—Eh, Javi, mira esto.

Yo ya había desclavado la entrada del corcho. Se la mostré y él leyó el mensaje.

—Mendiguren... El policía que llevó el caso de Lorea.

Me limité a asentir con la cabeza.

—¿Y esto de «¡Buscar! Lo sabe todo»?

—No lo sé, pero he recordado algo. —Noté que se me aceleraba el pulso—. Cris me contó que toda esta obsesión de Bert comenzó una noche en que fue a un concierto. Y esta es la entrada de uno.

—En el Bukanero. El bar de Rubén. —Me miró—. ¿Piensas lo mismo que yo?

—Sí —contesté sintiendo un escalofrío en el gaznate—: que ya tenemos un primer hilo del que tirar.

32

El Bukanero había comenzado como una cabaña de madera para *surfers*. Un sitio donde tomarse un café y calentar los huesos después de batirse el cobre en el mar. Estaba situada en una colina al otro lado de la playa de Ispilupeko, entre pastos y caminos rurales, y en los tiempos en los que comenzó, por allí no pasaba nadie, ni siquiera el arquitecto del ayuntamiento para denunciar aquel pequeño delito de madera erigido sobre suelo rústico. Era un lugar secreto, recóndito, donde los *surfers* locales confraternizaban y montaban algún que otro akelarre de vez en cuando.

Con los años, Rubén consiguió una licencia y con ella llegaron la luz, el agua y una carreterita de acceso desde la general. Ya se podía alargar la noche, las cervezas estaban más frías e incluso había algo de comer. Todo esto, unido a que eran los años noventa y la gente joven empezaba a tener coche propio, hizo que el lugar comenzase a ser popular. *Surfers*, moteros y gente guapa llegaban atraídos por los atardeceres *chill out*, las pinchadas y las largas noches de juerga (porque allí solo molestaban a las cabras). Además, el Buka —como empezó a ser conocido— contaba con un magnífico aparcamiento con vistas para las parejitas que quisieran jugar a lo de «yo te enseño lo mío si tú me enseñas lo tuyo».

Rubén empezó a traer bandas, otra gran innovación de la zona (solo el Blue Berri tenía música en directo por aquel entonces), y eso incrementó mucho más la clientela que afluía los viernes y sábados a la noche. La mezcla comenzaba a ser explosiva. Coches, juergas y mucho alcohol. El primer accidente serio, que se llevó por delante a un chico de diecinueve años, puso sobre aviso a las autoridades. Desde entonces los controles de alcoholemia se multiplicaron a la salida del bar.

Sin embargo, la noche del 16 de octubre no había ningún control de alcoholemia a la salida del Bukanero. Eso hubiera sido de «gran ayuda», como diría Ignacio Mendiguren, ya que los patrulleros de carretera tienen «un ojo clínico para las cosas raras». Alguno de ellos podría habernos reconocido a Lorea o a mí... Pero no pasó. La carretera estaba libre y salvaje aquella noche. Y por eso nunca se ha podido establecer exactamente lo que ocurrió allí entre la 1.30 y las 2.30 de la madrugada del domingo 17 de octubre. Los dos puntos horarios en los que a Lorea y a mí se nos había visto por última vez.

Empecemos por mí.

Esa noche, después de hablar con la banda, me quedé solo y fui a buscar a Lorea. Todo esto son cosas «que vieron los testigos» y que yo no lograba recordar. Ane Calvo, la amiga de Lorea, estaba delante cuando discutimos.

Según ella, Lorea me dijo que se iba a casa porque estaba cansada y yo debí de responder con suspicacia. «¿Cuándo te has ido tan pronto a casa? ¡No te creo! ¿A dónde vas realmente? ¿Con quién has quedado?» Al parecer, la cogí de la muñeca... Bueno, fui un idiota. Estaba celoso y como una puta cuba.

Ane relató la escena con precisión: que yo le había gritado a Lorea que «me estaba mintiendo y que la necesitaba».

Entonces Lorea cogió su moto y salió de allí..., y yo volví al Blue Berri y me puse a beber en la barra.

¿Cómo llegué al Bukanero esa noche?

Un grupo de amigos de mi instituto arrojó luz sobre esto. Yo debía de estar bebiendo solo, cuando ellos pasaron a mi lado de camino a la puerta. «Pero ¿qué haces aquí, Diego? ¡Eres el puto triunfador de la noche y estás aquí solo!» Me dijeron que se iban al Bukanero, donde había una fiesta-pinchada de clásicos de la Motown. Y lo más importante: tenían «conductor asignado» (se aseguraron de dejar este punto claro en su testimonio a la policía). De alguna manera terminé montado en su coche, rumbo a la playa.

Llegamos al Buka sobre las 2.20. Estos colegas del insti coincidieron en que yo estaba «muy callado, con aspecto de estar deprimido y algo borracho».

A esas horas, el sitio era ya un desmadre. La noche de la Motown había atraído a todas las tribus imaginables: desde moteros hasta surfers, desde niñas pijas hasta cuadrillas macarras.

Mis amigos, o bien porque se hartaron de mi actitud, o bien porque era imposible mantener el equipo junto, me perdieron de vista. ¿Qué hice yo? Ni idea. Ya he dicho que no lo recuerdo. Una conocida de mi instituto afirmó que había hablado conmigo esa noche. «Estaba solo, desorientado, con una cara larga... Parecía que andaba buscando a alguien.» Este punto lo refrendó una de las camareras del bar, que me conocía de las noches en las que tocaba allí con mi banda; dijo que «creía que yo le había preguntado por Rubén», pero que «no podía estar segura porque había un ruido de mil demonios».

—¿Has recordado algo más sobre eso? —preguntó Javi, según enfilábamos el último tramo de la carretera—. Dicen que alguien vio la moto de Lorea esa noche.

Veníamos conduciendo desde el monte Arburu y habíamos tomado la general por el interior, que era el camino más recto a la playa de Ispilupeko.

—No, Javi. Todo sigue estando en blanco.

—En el documental hablaron de una camarera... Alguien que decía haber visto la moto de Lorea esa noche.

—Sí, lo sé, pero...

En teoría, nadie había visto a Lorea en el Bukanero, aunque hubo una intrigante polémica al respecto. Una camarera llamada Eva Suárez dijo que había visto una «motocicleta negra aparcada en la parte trasera del bar» en algún momento de la noche. Ella trabajaba en la cocina y aseguró que había visto la moto «aparcada en un sitio reservado al personal», en un descanso que se tomó para fumar.

No pudo dar demasiados detalles, pero otro compañero suyo la desmintió diciendo que unos minutos más tarde había terminado el turno «y no había visto ninguna moto». Se daba la circunstancia de que esta camarera había tenido un *affaire* amoroso con Rubén y que, según este, había dicho tal cosa para dañar su imagen a propósito «porque estaba celosa». ¿Estuvo Lorea en el Buka esa noche? La policía pidió la colaboración de todos los que «estuvieron en el bar entre la 1.30 y las 2.30» de la madrugada del 17 de octubre. Se llevó a cabo un interrogatorio multitudinario en el que no se llegó a ninguna conclusión. Era una noche fría. Casi nadie estaba sentado en la terraza y los que estuvieron solo recordaban haber visto el ir y venir de «varias motocicletas», pero no podían detallar si se trataba de la Vespino de Lorea, que era fácilmente identificable, como reflejó la prensa, por esa pegatina con lengua de los Stones pegada en el guardabarros trasero.

Tampoco me vio nadie cuando salí del Buka esa noche. Pero lo hice y, de alguna forma, terminé a varios kilómetros de allí, vagando por la recta de Murueta hasta que me atropelló un coche unas dos horas más tarde.

33

Llegamos a los aledaños del Buka. Como me había contado Nura, aquel antiguo lugar salvaje era ahora una especie de *resort*. Un grupo de palmeras flanqueaba un gran cartel de madera con tipografía Stardust en el que se leía:

EL AUTÉNTICO Y LEGENDARIO BUKANERO

El parking era ahora de asfalto —¿dónde quedó la vieja gravilla salpicada de charcos?—, había farolas y hasta un cargador para coches eléctricos. La colina donde antaño solíamos bailar bajo la luz de las estrellas estaba ahora plagada de pequeñas plataformas de madera, donde podías sentarte cómodamente a una mesa.

Era algo plastificado, Disneyficado, comercial, vomitivo...

—Pero sirven una ensalada César de chuparte los dedos —dijo Javi—, y además, son los que mejor pagan a los músicos de la zona.

Aparcamos el coche y subimos las escaleras. A la vieja cabaña se había sumado una serie de módulos adicionales, de modo que ahora tenía el espacio de un gran restaurante. Y a esas horas de la tarde de un día no muy feo, la terraza estaba a rebosar.

—¿Podéis avisar a Rubén Santamaría? —le pedí a la camarera que nos recibió—. Dile que somos dos viejos amigos y que queremos comer bien.

—No sé si está —mintió ella, con unos ojos transparentes como el agua.

—Mira, dile que ha venido Diego León —dijo Javi—. Seguro que se alegra de verle.

La chica parpadeó un poco. Quizá el nombre le sonaba o quizá fue la seguridad con la que mi amigo lo pronunció. Marchó, solícita, a avisar a su jefe.

—Pobre chica. —Javi negaba con la cabeza—. Dicen que Rubén es un tirano.

—Siempre fue un chupasangres —respondí.

Rubén no tardó en aparecer y lo hizo sonando fuerte. Oímos una exclamación desde el fondo del restaurante. Un tipo con los brazos abiertos avanzaba por el pasillo central.

—¡Diego León en el Buka! ¡Me pinchan y no sangro!

Un montón de caras se giraron hacia la puerta, aunque yo me centré en la enorme sorpresa que me provocó ver a Rubén después de todos estos años.

Llevaba una camisola muy parecida a la que le había visto en el vídeo de nuestra última noche en el Blue Berri, pero mientras que aquella camisola de náufrago le quedaba como el mantel de una mesa, ahora parecía más la clásica túnica que se pondría Demis Roussos para actuar en alguno de sus *shows*.

Básicamente, estaba gordo.

El delgadito surfer seductor había mutado en una suerte de gurú de secta de los años setenta. El pelo largo, canoso, recogido en una coleta. Barbas blancas, rizadas. Aunque seguía teniendo la misma dentadura de un tiburón.

—Ya lo sé —dijo cuando llegó hasta nosotros—, no lo digas: estoy gordo.

—Estás estupendo —mentí como un bellaco.

—¿Venís a cenar?

—No.

—Estupendo, porque tengo hambre. Vamos a mi despacho. ¡Diego León, señores y señoras! —Me cogió la mano como si fuera un púgil que acabara de ganar un combate—. Diego León *is in da house!*

Rubén hablaba como un perfecto cocainómano. Yo lo había sido, había conocido a un montón y los detectaba al segundo. Además del músculo tenso, la mandíbula o mirada dilatada, un tío que se mete coca tiende —sin darse cuenta— a comportarse como un gilipollas.

Salimos del club por la cocina y pasamos a la cabaña-despacho que había en la parte trasera. Rubén llamó a «Gina» en voz alta. Vino otra camarera, un poco mayor que la primera chica. Le dijo que éramos invitados de lujo y que preparase «su mesa». Después nos preguntó qué bebíamos. ¿Nos apetecía un vinito antes de zampar? No nos dejaba hablar. «Trae el Ribera bueno.»

Todo esto se lo transmitió a Gina con una voz de machote alfa, de gorila-jefe, que me hizo parpadear. Hay gente que con la edad se amortigua. Otros van a más en su petulancia. Rubén era de estos.

Llegaron los tres aperitivos acompañados de unas gildas de boquerones. Rubén nos mandó sentar. Después apareció

Gina con una libreta y la cara más tiesa que la camisola sobre la barriga de su jefe.

—¿Hay algún vegetariano? Espero que no seáis vegetarianos. ¿Cómo vamos con los chuletones, Gina?

Gina dijo que bien.

—La verdad es que no habíamos venido a cenar —repetí.

—¿No te habrás vuelto marica, Diego? Tengo una carne exquisita, tienes que probarla. Esto no es un follamen literario, ni un campeonato de ajedrez. Esto es... *this is da thing!* Gina, lo que te he dicho. Y que coma lo que quiera...

Gina dijo «sí» con marcialidad y se marchó.

—¡Cómo me alegra veros! Pero si lleváis la misma puta ropa que hace veinte años.

Javi y yo nos miramos con una sonrisa contenida. Era cierto. Entre mi camiseta de Led Zeppelin y su sudadera, estábamos igual que hace una década y media.

—Anda, bebed. —Echó mano a su combinado—. ¡Por los Deabruak! La mejor banda que jamás tocó en este bar. Aunque me dejarais tirados, cabrones. No importa, no importa. Nada de reproches, ¿eh? Me ha ido bien en la vida después de todo.

—Pues parece que sí.

Bebió rápido, tanto que se le cayó una gota por la comisura del labio. Yo empecé a perder el poco apetito que pudiera tener.

—En fin... ¿Qué os trae por aquí? ¿Bert? He oído lo suyo. Una puta lástima.

Miré a Javi. ¿Empezaba él o empezaba yo?

—Venimos de su casa precisamente. Cristina nos pidió que nos hiciéramos cargo de algunas cosas...

—Cristina, vaya loca. No sé... No entiendo muy bien el

rollo de esa gente. Con cuarenta años deberías haber superado algunas cosas. Sobre todo las peligrosas. Hay gente que no aprende.

—¿A qué te refieres?

—Caballo, tío, ¿qué va a ser? Entraban y salían, jugaban una época, dejaban de jugar... Creían que lo controlaban, pero eso no lo controla nadie.

—¿Heroína? ¿En serio?

—Sí, se la fumaban, ¿eh? Nada de agujas, eso está pasadísimo. Pero alguna vez los he visto vagando como dos putos fantasmas por mi terraza, ¿eh? Blancos como la cera. No les arreaba una patada en el culo por los viejos tiempos y todo eso. Pero dan mala imagen. Esto no es el Hotel Chelsea, ¿eh? El Buka es un sitio con clase.

Visualicé a Cris, ¿era posible que estuviera colgada del caballo? Eso, además, arrojaba una nueva luz sobre el posible accidente de Bert.

—¿Estás completamente seguro de lo que dices? —Era obvio que Javi había pensado lo mismo.

—Bueno, no quiero hablar mal de Bert, pero sí, estoy completamente seguro. Conozco a su camello, tío.

«Es el mío», le faltó decir.

—Esto es un detalle importante —siguió Javi—, algunos pensamos que el accidente fue un poco raro. El incendio y todo eso.

Yo le clavé la mirada. En nuestra recién creada «agencia de detectives» todavía no habíamos establecido algunos parámetros, como, por ejemplo, contar demasiadas cosas a determinada gente.

—¿Hacía mucho que no le veías? —interrumpí.

En ese instante entró Gina con la botella «especial» de Ribera —polvorienta y posiblemente muy cara— y se puso a descorcharla junto a la mesa.

—¿A Bert? Bueno, hace mucho. No sé... Se dejaba caer en algún que otro concierto. Bebía demasiado, aunque normalmente estaba tranquilo y pagaba sus copas. Pero no éramos amigos. Tengo cosas mejores que hacer que hablar con un yonqui.

—Eh, no te pases, tío.

—Perdón, perdón. Joder... A ver qué os parece este vino. Gina, ¿qué pasa? ¿Para cuándo crees que podremos beberlo?

Gina estaba pasando un trance con el corcho.

—Se resiste —dijo.

—Coño, pues utiliza otra cosa —replicó Rubén, un tanto despectivamente—. Es un puto vino de cincuenta años, normal que se resista.

Ella se marchó algo azorada, con la botella todavía en las manos.

—¿Sabéis eso de «paga con cacahuetes y tendrás monos trabajando»? Pero es que en mi caso pago bien. Hablando de eso, Diego, ¿cuánto tiempo te quedas por aquí? ¿Puedo engañarte para que vengas a tocar una tarde?

Sonreí pese a que notaba un volcán ardiéndome en las tripas. A esas alturas de la reunión ya me había dado cuenta de a quién tenía delante. Un tipo con dinero acostumbrado a mandar en su pequeño reino de mierda. Un rey desnudo al que todo el mundo le acariciaba el lomo. Debía de pensarse que Javi y yo seguíamos siendo aquellos dos chavales asustadizos a los que podía manejar con su palabrería. Y además de todo eso, me había tocado los huevos con su forma de referirse a Bert.

Estallé.

—Escucha, Rubén, no he venido aquí de visita. Ni a saludarte. Ni a asombrarme con lo duro que eres tratando a tus empleados como a basura. ¿Vale? Hemos venido a hablar de Bert. Y de esto.

Saqué la entrada del concierto de Dr. Ayawaska y la coloqué con un golpe sobre la mesa. Del 1 al 10, fue un 8. Los cubiertos dieron un saltito.

Rubén se había puesto un poco rojo: no estaba acostumbrado a que le hablaran así. Estuvo a punto de lanzar fuego por la boca, pero después se relajó. Era un hombre de negocios, a fin de cuentas. Miró la entrada, entrecruzó los dedos y adoptó un tono monástico para decir lo siguiente:

—Estás en mi casa, ¿vale? Y creo que no te he faltado al respeto en ningún momento.

—Vamos a tranquilizarnos —medió Javi.

Yo guardé silencio, sosteniéndole la mirada a Rubén. Él cogió la entrada, la miró sin demasiado interés.

—Es una entrada de un concierto, aquí, en el Buka.

—Eso es. Bert vino a ese concierto y apuntó un par de cosas en la entrada. Una de ellas era el nombre del policía que llevó el caso de Lorea.

Mencionar a Lorea fue como lanzar una bomba de profundidad en medio del océano. Rubén abrió los ojos como si acabaran de endosarle una piña anal. Justo en ese instante entraba Gina con la botella por fin abierta. Sirvió los vasos de vino envuelta en un silencio gélido y, cuando estaba dejando la botella sobre la mesa, Rubén le dijo:

—Anula lo de la comida. Los señores no se quedarán a cenar.

34

—Vale, ¿de qué coño va todo esto? —dijo Rubén, una vez se marchó la camarera—. ¿A qué viene sacar a los muertos de sus tumbas a estas alturas de la vida?

—No lo sabemos, y por eso estamos aquí. —Me incliné hacia él, sobre la mesa—. Bert estaba investigando. Había vuelto a leer sobre el caso de Lorea..., incluso tenía ese vídeo, el del último bolo en el Blue Berri. ¿De dónde lo sacó?

—¿Por qué me lo preguntas a mí?

—La cámara era tuya, Rubén.

—Lo era hasta que la poli me la confiscó, amigo mío. Ese vídeo se añadió al sumario del caso y a mí me amenazaron con empapelarme si se me ocurría vender copias a algún periódico. Nunca lo hice, claro.

—Pero tenías una copia.

—Claro que la tenía. Tampoco soy gilipollas, aquello podía tener un valor. Pero no tengo ni idea de cómo llegó eso a manos de Bert. —Rubén volvió a coger la entrada del concierto y se quedó mirándola—. Quizá se la dio ese poli, Mendiguren. ¿Habéis hablado con él?

—Todavía no.

—¿Y por qué no empezáis por él? ¿Qué pinto yo en esta historia?

—¿Ignacio Mendiguren suele venir por aquí?

—No le he visto en veinte años. Ni ganas que tengo. Aunque debe de estar bastante viejo, si no muerto.

—Estuviste en su lista, ¿verdad? —preguntó Javi.

—¿De qué va esto? ¿Ahora os dedicáis a jugar a los detectives? Debéis de estar muy aburridos... Yo en cambio estoy muy ocupado.

—Bert murió mientras investigaba esa vieja historia. Solo queremos entender qué le llevó a hacerlo.

—Él también estaría aburrido —respondió Rubén.

—Puede..., pero ¿es que no podemos hablar de aquello? No tuvimos demasiadas oportunidades hace veinte años. De hecho, creo que no había vuelto a verte desde...

—Déjame que te lo recuerde. —Me apuntó con el dedo—. Desde que me mandaste a freír espárragos, con tu nuevo mánager al lado.

Aquí me tocó tragar a mí. Su sarcasmo estaba muy justificado. Fue un momento desagradable y muy cabrón. Rubén se enteró de que Gonzalo quería hablar conmigo en privado, tocó a la puerta del camerino y Gonzalo me avisó: «No me cometas el error de poner a este tío por medio. Es un aficionado». En el fondo, llevaba mucho queriendo desprenderme de Rubén, lo que sumado a mis celos por Lorea facilitó las cosas: le di con la puerta en las narices.

—Siento mucho aquello. Fueron negocios.

—¡Negocios! Ammm. —Rubén estaba claramente enfadado, pero de pronto detecté una extraña luz en sus ojos—. Vale. Vale... ¿Qué queréis saber? ¿Si estuve en la lista de Mendiguren? ¡Claro! Como todos vosotros.

—¿No tenías coartada para esa noche? —pregunté—. Había una pedazo de fiesta en el Buka. ¿No te vio nadie?

—Estaba follándome a una tía. Y no, antes de que vuestras pervertidas cabecitas se monten una escena porno, no era Lorea.

—Pero entonces, esa chica debió de darte la coartada.

—Lo que ella me dio fue un tripi, Diego. Me pasé la noche viendo pitufos y riéndome solo ahí arriba —señaló hacia la primera planta de su oficina—, y por eso estaba en la famosa lista del poli. Además, alguien les puso en mi dirección. Alguien le dijo a la poli que Lorea «quizá» tenía algún rollo conmigo.

—Fui yo —admití.

—Tranquilo. Me lo había imaginado yo solito. Sé que viniste aquí buscando a tu novia, que estabas celoso... Fue muy fácil deducir quién había insinuado eso a la poli. Mira, Diego —continuó—, no te voy a engañar. Lorea era un bombón. Lo intenté con ella, como lo he intentado con todas las tías buenas con las que me he cruzado en mi vida. Pero tu chica no quería nada conmigo, puedes estar tranquilo. Yo en tu lugar me preocuparía por otro...

—¿Otro?

—¿Quién?

Rubén se acomodó en la silla. Tamborileó con los dedos sobre el mantel. Ahora tenía la sartén por el mango y esa luz en el fondo de sus ojos se hizo más intensa.

—¿Qué gano yo con eso?

—¿Qué quieres ganar?

—Quizá un bolo —respondió—. Un concierto tuyo en mi club.

Javi se echó a reír.

—¡Qué cabrón!

—Vale —dije yo—, tocaré para ti, pero solo a cambio de algo interesante.

—¿En serio lo vas a hacer? —Javi estaba alucinando—. Ni de coña, Diego.

—¿Sería un concierto acústico? —preguntó—. ¿O un bolo con banda completa?

—Dinos algo interesante y te traigo hasta una Big Band.

Rubén se rio mostrando sus dientes de tiburón.

—Mira, siempre me ha dado absolutamente igual quién se folla a quién. No creo en la monogamia y por eso no te lo conté en su día, además de que tenía intereses comerciales en vuestra banda y no quería provocar más movidas de las necesarias.

—¿En nuestra banda?

—En cierta ocasión pillé a Lorea e Ibon demasiado cerca. Por no decir pegados.

—¿Qué?

—Fue la semana antes del concierto del Blue Berri. Ibais a hacer un ensayo general del repertorio aquí, en el Bukanero, y recuerdo que un par de minutos antes del bolo fui al almacén a por algo. Me los encontré en las penumbras, parecían estar discutiendo en voz baja. Ibon, de hecho, la tenía cogida por un brazo. Yo los sorprendí y Lorea salió de allí a toda velocidad.

—Ibon —murmuré—, no puede ser...

—Espero que no estés inventándote nada de esto —dijo Javi—. Ya sabes que vamos a ir donde Ibon a preguntárselo.

—Y él lo negará, no os quepa duda. Pero yo sé lo que vi. Me hizo mucha gracia, después de oír todas aquellas peroratas sobre la fidelidad... Resulta que Ibon también tiene sangre en las venas. Y Lorea era un pedazo de caramelo. El premio gordo.

Javi se cruzó de brazos y miró a Rubén de frente:

—Puede que Ibon quisiera, pero no era el tipo de Lorea...

—Mira, tío —dijo él con su voz cascada—. La madre de Lorea era una camarera que terminó casándose con su jefe. Ella iba por el mismo camino... Solo quería encontrar a un tío que la pusiera en un pedestal y la sacase de esa casa miserable. Ibon era de una buena familia, con su fábrica de muebles, etcétera.

—Tienes una imagen muy pobre del amor —resopló Javi.

—Tengo una imagen *científica* del amor —replicó Rubén—. Es un sentimiento complejo, formado por un montón de factores. El dinero es uno de ellos.

—¿Le hablaste de eso a la policía? —Cambié de tema—. ¿De lo de Ibon y Lorea?

—No me gusta cotillear, pero sí, le nombré cuando me preguntaron por personas con las que Lorea pudiera tener algún tipo de conflicto sentimental. Cualquiera de vosotros lo tenía. Nura, tú mismo...

—¿Yo? —Javi abrió mucho los ojos.

—Bueno, tu caso era diferente. No mirabas a Lorea de esa forma. A quien mirabas era a Diego.

—Oye, tío... —Javi plantó los puños sobre la mesa—, igual te terminas ganando una hostia.

—Basta ya —intervine.

Rubén no parecía muy acobardado.

—Tú mismo lo dijiste una vez, Javi: te robó a tu mejor amigo, ¿no? Le llenó la cabeza de ideas y jodió vuestra banda cuando trajo a Gonzalo.

—Creo que ha llegado la hora de marcharse. —Me puse en pie.

Javi se levantó sin apartar la mirada de Rubén, que parecía satisfecho por la rabia que había logrado inocular a mi amigo.

—Podéis quedaros en el restaurante si queréis, y terminar esta botella. Estáis invitados.

—No, gracias —dijo Javi—. Creo que se me ha quitado el hambre.

35

—¿En serio vas a tocar para ese montón de mierda? —preguntó Javi en cuanto volvimos a respirar aire puro.

—Se lo he prometido, por mucho que me arrepienta. Desde luego, el personaje ha empeorado con los años.

Montamos en el coche de Javi. Arrancó y salió derrapando de allí. Yo me despedí «hasta pronto» del Buka, pensando en el pequeño lío en que me había metido al prometer ese concierto a cambio de la información de Rubén.

—¿Crees en lo de Ibon y Lorea, Diego?

Yo le di una vuelta a la idea. ¿Ibon y Lorea? Él pertenecía a la misma cuadrilla que Isaac y cuando se enteró de que Lorea y yo estábamos juntos reaccionó a la manera de un amigo fiel con Isaac. Dijo que no podía seguir en los Deabruak y nos dejó colgados dos días antes de un bolo en Burgos.

Menos mal que Javi remaba con él en la trainera de Illumbe y logró convencerle de que volviera. Lorea se había enamorado de mí, yo de ella, ¿qué había de malo en eso? Finalmente hicimos las paces y volvimos a tocar. Pero es cierto que cada vez que aparecía Lorea, Ibon se quedaba callado. Es como si le trabase su presencia. Lorea siempre decía que «Ibon la odiaba» e Ibon se defendía diciendo que no. Era un tío serio, de pocas palabras...

—¿Es posible que en el fondo sintiera algo por ella?

—No me encaja —respondió Javi—, pero se lo preguntaremos.

Se hizo un silencio dentro del coche y estuvimos, cada uno, perdido en nuestros propios pensamientos por un rato. Entonces, según bordeábamos una de las altas colinas que encaraban el mar, reconocí un pequeño aparcamiento de coches que apareció a nuestra derecha. Fue como si alguien hubiera abierto el grifo de un montón de recuerdos.

—Este lugar... —dije.

—¿Qué?

—¿Puedes parar un segundo?

Javi detuvo el coche en el arcén. El camino del viejo búnker estaba ahora perfectamente asfaltado y preparado para senderistas y familias que quisieran darse un bonito paseo con vistas, pero veinte años atrás era una senda forestal llena de baches en la que medio pueblo destrozó sus amortiguadores.

En lo alto había un búnker militar construido por Franco en los años cuarenta para proteger la frontera de una hipotética invasión (lo que se dio en llamar Organización Defensiva de los Pirineos). La instalación estaba en desuso y muchos jóvenes quedaban allí para beber, fumar porros y, cuando caía la noche, hacer manitas en el interior de sus coches.

Me quedé mirando el camino. La senda estaba ahora señalizada con un panel de madera y una ruta GR para senderistas. Me sentí transportado a una noche fresca de otoño. Era la noche en la que Lorea y yo lo hicimos por primera vez, montados en el asiento de atrás de mi Citroën AX.

—¿En el búnker? —La sonrisa de Javi iba de oreja a oreja—. ¡Nunca me lo habías contado!

—Era demasiado humillante. Recuerdo que estaba tan nervioso que me puse dos condones. Uno encima del otro. Creo que noté algo. No estoy seguro...

Javi estalló en una risotada.

Yo seguía mirando el camino y de repente sentí una especie de vértigo. Era como si el camino se alargase como una lengua interminable... y yo...

... subía por él... solo...

—¿Diego? ¿Estás entre los vivos?

—Sí... Es solo que... me ha parecido...

—¿Qué?

—... por un segundo, he creído recordar algo.

—¿De aquella noche?

—No lo sé. Desde que vine a Illumbe he estado atento por si pasaba algo con mi memoria... Un doctor me dijo que había cierta posibilidad de que se desbloquease al venir aquí.

—¿Y ha ocurrido?

—No. Seguramente son mis ganas de que ocurra. En fin...

Era ya bastante tarde y Javi me condujo hasta el camping. Paramos en recepción para comprar un par de latas de cerveza y le invité a la cabaña. La noche seguía seca. Lie un par de cigarrillos y bebimos y fumamos sentados en las sillas de madera, disfrutando de la paz del bosque.

—Oye, eso que ha dicho Rubén... —Javi habló sin apartar la mirada de los árboles—. Eso que dije de Lorea...

—Está bien —le disculpé—. Seguro que lo ha dicho para inflarte las pelotas.

—No, lo dice porque es verdad. Un año después de que tú te marcharas, hablé con Rubén para volver a intentarlo. Yo tenía mis canciones y, bueno, las podía cantar... aunque no fuese igual.

—Tus temas estaban de puta madre, Javi.

—Eran mediocres, Diego. Y mi voz, un cuarto de lo mismo. —Sonrió—. No te preocupes, en su tiempo me costó mucho reconocer que tú eras mejor que yo, pero cuando te lo dice todo el mundo quizá es hora de asumirlo, ¿no?

—Yo... sigo sintiéndome culpable por aquello, tío...

Deabruak había sido una idea de Javi, incluyendo el nombre de la banda y las primeras canciones originales que jamás tocamos. De hecho, Javi fue el primer cantante que tuvimos... Pero todo esto cambió por Bert. Un día en el que Javi tenía una competición de remo y no pudo venir al ensayo, a mí se me ocurrió cantar «una de las mías». Bert parpadeó y dijo «tú debes ser el líder de Deabruak, no Javi».

«¿Se lo dices tú o se lo digo yo?»

Me costó mucho dar ese paso. Sabía toda la ilusión y el empeño que Javi le ponía a la banda. Pero en cuanto Bert mostró una maqueta a Nura y a Ibon, ellos también estuvieron de acuerdo: yo debía componer y cantar para la banda. Entonces hubo una reunión... y soltamos la bomba.

—Me rompisteis un poco el corazón... —reconoció Javi recordando aquella tarde—. Pero ser el guitarra solista de una superbanda no era tan mala opción, ¿no? Están Jimmy Page, Brian May, Joe Perry... Solo que entonces vino Gonzalo y dijo que todos éramos mediocres menos tú.

—No dijo eso.

—Bueno, algo parecido. Me costó mucho superarlo. Durante años estuve lleno de resentimiento, tío. Y le solté toda esa mierda a Rubén, una noche, con un par de cervezas encima. Que podías haber apostado un poco más por nosotros en vez de irte a Madrid. Que Lorea te había hipnotizado. Que ella te había metido todos esos pájaros en la cabeza.

—¿Por eso estuviste en la lista? —pregunté yo—. ¿Tampoco tenías coartada?

Javi negó con una sonrisa triste.

—Ni Bert ni yo, sospechosos por la misma razón.

—¿Bert?

Javi continuó:

—Esa noche, después del bolo, fui al chalé a dejar mi ampli. Cuando llegué, el coche de Bert estaba aparcado fuera. Me lo encontré en el salón, borracho, con una botella y un paquete de Doritos. Bueno, todo se había ido a la mierda. Tú ibas a decirle que sí a Gonzalo y nos ibas a dejar en la estacada. Así que nos bebimos la botella llorando nuestras penas. Y nos quedamos dormidos en el salón.

«Una mano que lava la otra», pensé, «igual que con Isaac e Ibon».

—Bueno, ¿qué hacemos ahora? Lo de Rubén parece un callejón sin salida. ¿Crees que ha dicho toda la verdad?

—No lo sé... Intentemos quedar con Ibon y preguntarle por Lorea. Le dije a Nura que podríamos organizar una cena de banda.

—O.K. Me encargaré de eso.

—Bien. Yo voy a intentar localizar a Ignacio Mendiguren. Bert tenía su teléfono apuntado en esa entrada. Quizá habló con él... Veamos qué tiene que decirnos.

36

Al día siguiente llamé al número que Bert había escrito, junto al nombre de Ignacio Mendiguren, en la entrada de Dr. Ayawaska. Pero el teléfono daba «apagado o fuera de cobertura».

Lo intenté a lo largo de la mañana, unas cuatro veces, sin resultado, y finalmente desistí. Quizá el viejo policía estaba de vacaciones... o muerto, como había dicho Rubén. Tendríamos que seguir por otros medios.

Era un día gris, tristón, y decidí intentar concentrarme en mis canciones. Fui a la cabaña de recepción y me aprovisioné de café, pastelitos y material de escritura. Después estuve trabajando cuatro horas sin levantarme del sofá. La canción iba fluyendo. Me inventé dos partes nuevas, pero una de ellas era tan buena que decidí reservarla como germen de otro tema. Joder... y resultó que tenía otro buen tema allí mismo. ¡Dos canciones en dos días!

Javi me llamó al mediodía.

—Hemos quedado mañana viernes en casa de Nura para cenar. Ibon también se apunta. ¿Has logrado algo con el teléfono?

—He llamado, pero parece desconectado. Lo volveré a intentar.

Colgué a Javi y recordé que le debía una llamada a Gonzalo. Además, quería comentar con él la idea de Isaac de hacer una «campaña de marketing» conmigo.

—¿Te acuerdas de Isaac, un tío con rastas que tenía una banda de reggae?

—Claro que me acuerdo —respondió Gonzalo—. Era un brasas. Me perseguía a todas partes...

—Bueno, ahora es un cargo importante aquí, en el ayuntamiento. De hecho, me ha ofrecido un pequeño proyecto que quería comentar contigo.

Le hablé por encima de la idea de Isaac de montar un videodocumental en el que yo diese mi versión de la historia de Lorea mientras mostrábamos algunos sitios chulos y pintorescos de Illumbe.

—Es una idea rocambolesca —dijo Gonzalo—, aunque podría funcionar: contar con el apoyo de «los tuyos» convencería a mucha gente. Eso sí, yo esperaría a tener el disco. Saldría con todo, como un buen directo a la mandíbula.

—Bien, os pondré en contacto.

—Mientras no vuelva a darme guerra con sus maquetas...

Eso me recordó la historia que Isaac me había contado. Que la noche de nuestro concierto en el Blue Berri había esperado para poder darle una en mano a Gonzalo.

—Fue más o menos así, solo que más patético —recordó entre risas—. Yo estaba montado en mi coche y a punto de arrancar cuando, de pronto, aparece Isaac. Me toca la ventana, abre la puerta del coche y se me mete dentro. «Gonzzallo, tíoooo, no me diggas que te estabas yendoo yaaa, quédate a tomar unaaaaa.» ¡Casi me mete la maqueta en la boca!

Yo estaba apoyado en la barandilla de la terraza, partiéndome de risa con la imitación de Gonzalo, cuando detecté algo que había sobre mi felpudo.

¿Qué era? ¿Una piedra?

—Bueno —se despidió Gonzalo—, mándame esa nueva canción cuando puedas. Tengo ganas de oírla, ¿vale? En cuanto vuelva de Londres, quizá me vaya a visitarte a Illumbe.

Colgamos y yo entré en la casa. Abrí la puerta. Frente a mí, sobre el felpudo negro, estaba «eso».

Era una piedra. Una piedra normal y corriente, ni muy bonita ni muy fea, pero lo bastante grande como para sujetar con firmeza un papel que habían dejado bajo ella.

¡VISITE LA ISLA DE IZAR-BELTZ!
Descubra un lugar de valor histórico en Urdaibai. Camine entre las ruinas de un convento franciscano que...

«Venga ya...», pensé. «¿Otra vez esto?» Le di la vuelta y allí había otro mensaje, diferente al del folleto anterior.

No deje pasar una visita que PODRÍA CAMBIAR SU VIDA.
Coja hoy el último ferri de vuelta.
Pida la historia del fraile enamorado.

Miré a un lado y al otro antes de leerlo de nuevo.

PODRÍA CAMBIAR SU VIDA.

Le di una patada a la piedra, pero me quedé el mensaje. Después entré en la cabaña mirando otra vez aquello.

Bueno... Cambiar mi vida era una oferta tentadora.

37

El puerto de Illumbe estaba tranquilo a esas horas de la tarde. Algunas gaviotas planeaban contra el viento. Los barquitos chapoteaban en sus atraques. Ni siquiera había demasiada gente en los bares.

Los horarios del ferri estaban impresos en un panel junto al pantalán y eran los mismos que había leído en el folleto. El siguiente (el de las 18.00) salía en quince minutos. El último en regresar —en horario de otoño-invierno— lo hacía a las 19.00.

El último ferri de vuelta.

Una visita que podría cambiar mi vida.

Un grupo de turistas, dos matrimonios, pasaron a mi lado y descendieron por la escalerilla del pantalán. Llegaron a la altura del ferri —una barcaza larga, con la proa cubierta y la popa al aire— y cambiaron algunas palabras con la mujer que esperaba junto al amarre. Sacaron sus carteras y pagaron un pase antes de subir a bordo.

Yo fui detrás. Había una sola mujer allí, atendiendo. Tenía el pelo moreno, encrespado por la humedad, y llevaba un impermeable negro de pescador.

—¿Es usted la encargada? —le pregunté.

—Soy la capitana —se presentó—. Capitana Itziar.

Saqué el folleto que alguien había dejado por segunda vez en la puerta de mi cabaña. Se lo mostré.

—¿Es posible que alguien de su empresa haya dejado esto en el camping de Illumbe esta mañana?

La capitana Itziar lo miró y luego me miró a mí.

—Dejamos folletos en muchas partes —respondió—. Oiga, estamos a punto de salir... ¿Sube?

—¿Cuándo vuelve el último?

—Si va a Izar-beltz, a las siete ya no queda mucha luz en la isla, le aviso. También puede hacer una ruta circular sin bajarse.

—De acuerdo —dije—. A Izar-beltz.

El viaje eran diez euros, se los di y subí a bordo. Mientras los turistas se quedaban en la popa, deseosos de notar el frío cantábrico en sus mejillas, yo entré hasta la proa y me senté en un banco. Esperé allí, escuchando las conversaciones del grupo. Eran dos matrimonios muy normales, bien vestidos, más o menos de mi edad. No tenían pinta sospechosa y, por su acento, diría que eran de Madrid.

¿Qué debía esperarme de todo esto? El mensaje decía que debía tomar «el último ferri de vuelta». ¿Por qué el de vuelta?

La capitana Itziar soltó amarras y arrancó el motor.

—Bienvenidos a Urdaibai Ferri Tours, soy la capitana Itziar —dijo a través de un micrófono que sonaba demasiado alto—. El trayecto hasta la isla dura diez minutos. Hay una mar tranquila, así que espero que nadie se maree. No obstante, si tienen que vomitar, por favor, utilicen la borda y háganlo con cuidado de no caerse. Ahora les daré algo de información sobre la isla...

Todo esto lo iba diciendo con bastante poca pasión, mientras maniobraba entre los barcos del puerto y enfilaba la bocana. Los turistas decidieron tomar asiento ante el cariz del mensaje.

Salimos del puerto y el mar nos recibió con oleaje manso. Las ventanillas de la proa se llenaron de gotitas de agua mientras navegábamos en perpendicular a la corriente, pasando la parte más complicada del trayecto, la barra de arena que provocaba las tan famosas olas de Illumbe. Pero la capitana era toda una experta enfilando el morro de la barcaza para romper el oleaje en dos. Manejaba el timón con una mano, mientras con la otra sujetaba el micro y seguía con su perorata desapasionada, esta vez adentrándose en el terreno histórico.

—Las ruinas que ven en lo alto pertenecen a un convento franciscano fundado en 1422 por el obispo de Calahorra, Diego López de Zúñiga, y fray Martín de Arteaga.

Perdí la mirada en el horizonte. El islote de Izar-beltz (Estrella Negra), unas cuantas millas mar adentro, surgía del mar como un animal prehistórico, cubierto de encinares, rodeado de arrecifes y pequeños acantilados. Las ruinas medievales se erguían como una cresta, perfiladas con la tenue luz del atardecer.

Había estado allí unas cuantas veces de niño, en las celebraciones de la noche de San Juan, y recordaba sus laberínticas sendas y sus miles de recovecos. Era un lugar fantástico para perderse y soñar que buscabas tesoros piratas. También era un buen punto para emboscar a alguien y partirle el cráneo.

Una ola más grande que las demás produjo una explosión de agua que regó a los escasos turistas en la popa. Menos mal que se lo tomaron a risa. Se levantaron y se metieron bajo la protección del techado.

La capitana seguía a lo suyo.

—En 1594, una flota comandada por Sir Francis Drake saqueó e incendió el monasterio...

Íbamos tomando distancia de la costa. Illumbe se alejaba, se iba haciendo más pequeño, y tuvimos una vista de los acantilados de Punta Margúa, con su casa en lo alto (la «Casa Torcida», la llamaban), el restaurante Izarzelaia, los pinares... Antes de la playa de Ispilupeko, se veían los arrecifes y las formaciones rocosas negras de Ondartzape. Un paraíso para los que hacían pesca submarina y también para los nudistas.

—Oye —me dijo entonces una voz.

Era una de aquellas dos mujeres madrileñas.

—Tú eres Diego León o te pareces muchísimo a él.

Los cuatro miembros del grupo me miraban sonrientes, expectantes.

—Soy su hermano —mentí sin parpadear.

—¿Lo estás diciendo en serio?

—Os lo juro. Me pasa constantemente. Yo vivo aquí en el pueblo. Tengo tres hijas y soy carpintero...

Se rieron, aunque la mujer que me había reconocido no acababa de tragarse mi cuento.

—Qué alucine. Pues es verdad que os parecéis. Dile a tu hermano que yo era muy fan de sus primeros discos. Con veinte años estaba enamoradísima de él.

Aquella guasa era todo lo que el grupo de amigos necesitaba para lanzarse a vacilar.

—La verdad es que no le veo mucho —respondí—. Anda muy liado.

—Sí, ya lo sé. He oído todas las noticias sobre él. En fin, dale muchos ánimos. Dile que tiene muchos fans esperando que saque un disco... Pero, ¡ah!, que vuelva a componer como al principio. ¡Aquellas primeras letras!

El barco rodeó la isla y se dejó mecer hasta una ensenada natural donde un pantalán flotante conectaba con tierra firme. Había solamente un botecito amarrado allí. La capitana metió la reversa y acopló con suavidad el ferri para permitir el desembarco.

Los turistas se quedaron donde estaban, al parecer habían comprado el tour circular que llegaba a las cuevas de Ogoño y regresaba al puerto.

Me levanté y me despedí de ellos.

—Aquí no hay farolas. ¿No tiene linterna? —preguntó la capitana según salía—. Dentro de poco ya no se verá gran cosa.

Negué con la cabeza y ella rebuscó en una escotilla hasta dar con una pequeña linterna. La probó dos veces antes de entregármela.

—No se olvide —dijo—: el último ferri es a las siete en punto. Tocaré la bocina tres veces.

—De acuerdo. No me olvidaré.

Di las gracias y, empuñando aquella linternita, subí las escaleras de piedra, talladas hacía siglos por los monjes franciscanos. El viejo camino bajo los encinares estaba ya bastante oscuro y he de reconocer que me tembló un poco el pulso al verme allí solo, viendo partir el ferri. ¿En qué momento me había autoconvencido para formar parte de esa película de espionaje?

Bueno, el mensaje decía que cogiese el último, de modo que tenía casi una hora por delante. Decidí tomármelo con filosofía y recorrer la isla. La noticia es que no llovía, y en una isla como esa, sin apenas zonas a cubierto, era una buena noticia. Por otro lado, había visto un botecito amarrado en el pantalán... ¿Quizá era el de «mi contacto»?

Conocía aquel camino que habían esculpido los monjes hace siglos. Subía hasta una torre de guardia antes de bajar a la gran explanada donde se ubicaban las ruinas del convento, masacrado —en teoría— por Sir Francis Drake. Allí, desde los años ochenta, venía celebrándose una hoguera de la noche de San Juan que atraía a muchos vecinos de Illumbe, Bermeo... Básicamente a los que podían permitirse un trayecto en bote.

Desde la torre de guardia se podían otear los cuatro puntos cardinales. De hecho, una escalerilla metálica permitía subir a la altura de la vieja almena y contemplar el horizonte tal y como debieron de hacerlo los monjes en su día. Lo hice, con un propósito parecido. No esperaba piratas, ni a la flota de Francis Drake, pero convenía saber si había caído en una trampa. Busqué la luz de alguna embarcación. Además del botecito amarrado en el pantalán, no vi nada fondeado alrededor de la isla. Después llevé la mirada al puerto de Illumbe. Iluminada por las farolas del pueblo vi que una chalupa salía por la bocana. ¿Venía hacia la isla? Por un instante pude imaginarme a Artola y sus dos amiguetes de La Leñera a bordo, golpeándose la palma con el puño y regodeándose por la paliza que estaban a punto de propinarme.

Me quedé allí arriba, recibiendo firmes ráfagas de viento mezcladas con salitre, mientras observaba el navegar de esa chalupa. En efecto, venía hacia la isla, bastante despacio, pero nada más pasar la barra de arena viró en dirección a Bermeo. No venía hacia mí. Me reí de mi estupidez.

Bajé de la torre y seguí paseando escaleras abajo, hacia la explanada del antiguo convento. Allí quedaban unos muros en pie, entre los que se había marcado un recorrido, ilustrado con algunos paneles que hacían referencia estricta a la historia documentada de la isla. Las leyendas sobre submarinos nazis y otros cuentos los dejaban para la capitana del ferri.

Caminé en un respetuoso silencio iluminando aquellas viejas paredes. Un viento feroz azotaba los brotes de maleza que nacían entre las piedras centenarias. Era el escenario perfecto para toparse con un fantasma, desde luego. Pero ¿dónde estaba mi fantasma?

Surqué el cementerio, caminé hasta un muro que hacía de balcón y volví a observar el horizonte. La chalupa que había partido de Illumbe ya se había adentrado en el mar, con un farolillo encendido. En esa época del año, y a esas horas, quizá fuese en busca de lubinas.

Desde la explanada partían varios caminos que rodeaban la isla por los costados. No tenía otra cosa que hacer, así que tomé uno de ellos y continué mi paseo, esta vez por la parte sur de Izar-beltz.

Caminé un rato a través de un túnel de encinas cada vez más penumbroso, donde el haz de la linterna se empequeñecía hasta disolverse en la oscuridad. Dejé a un lado las escaleritas que —según recordaba— bajaban a la única playa del islote, y llegué a un mirador con forma cuadrada donde me encontré con el otro habitante de la isla.

El pescador estaba sentado en un poyo esculpido contra el muro. A su lado, dos cañas. Una cesta y unas latas de cerveza para echar la noche. Levantó la vista al detectarme apareciendo por el camino. *Arrasti on*, dijo en voz alta («buenas tardes»), y yo le respondí con un *bai* («sí»).

No podía verle bien en la oscuridad, pero había algo en él que me resultaba familiar. Le calculé mi edad, quizá algo mayor. Llevaba ropa de monte, el pelo canoso a mechones, un pendiente de anillo en la oreja y una perilla de mosca. Pero no caía.

Los pescadores valoran el silencio, así que me asomé al muro y me quedé callado contemplando la desembocadura de la ría, la bonita sucesión de montes que jalonaban el valle y la playa de Laida, que en marea alta quedaba reducida a una especie de diminuta aleta de arena.

Con el rabillo del ojo miraba al pescador ¿Podía ser él «mi contacto»? Entonces noté que él también me miraba.

—*Zuk Javi Zulaikagaz joten zendun?*

El euskera vizcaíno me entró como agua por el oído («¿Tú eres el que tocaba con Javi Zulaika?»), pero intentar hablarlo, después de años sin practicarlo, fue como comer arena. Le dije que sí, que yo tocaba con Javi hace años. Le pregunté si nos conocíamos.

—*Txiripi naz* —contestó al tiempo que se giraba.

—¿Txiripi? —dije, ya en castellano—. Joder, ¡los años!

Txiripi era hijo de uno de los últimos pescadores del pueblo. Uno de esos chavales que se saltaron el colegio y a los catorce hablaba, bebía y fumaba como un hombre. Recordé que lo había visto en el bar Portubide, la noche de la pelea con Artola.

—¿Qué haces aquí a estas horas? ¿Buscando algún tesoro? —bromeó.

Me contuve en explicar la razón de mi «visita». Pensé en cómo correría de boca en boca mi historia de encuentros secretos a la luz de la luna. En vez de eso, me inventé que me apetecía visitar los viejos sitios de toda la vida.

—*Oso ondo* —dijo Txiripi volviendo instintivamente al euskera.

Nos volvimos a quedar callados. Txiripi no era un tipo de muchas palabras y además parecía más interesado en las lamparillas encendidas en el extremo de sus cañas, a ver si tiraban o no tiraban. Le dije que iba a seguir con mi paseo y él me dijo que iba a recoger en nada, y que si quería me podía llevar de regreso a Illumbe en el bote. «Va a empezar a hacer mucho frío.»

Le agradecí el ofrecimiento, pero puse una excusa tonta para declinarla. «No vaya a preocuparse la capitana del ferri.»

Nos despedimos y seguí con mi camino alrededor de la isla. Pero la advertencia de Txiripi era cierta: la noche iba enfriando, y mi conjunto de chaqueta y camiseta se iba quedando un poco corto.

Volví otra vez a la torre. Subí a la vieja almena y contemplé el horizonte un rato más. Vi pasar el ferri de vuelta, desde las cuevas de Ogoño. ¿Les habría gustado a los turistas de Madrid? El caso es que todavía me quedaba media hora y empecé a sentirme idiota. Allí no pasaba nada. No venía nadie. ¿Una tomadura de pelo? No había pensado en esa opción hasta el momento, pero comenzaba a parecer una explicación plausible para todo aquello. ¿Me habría equivocado de hora? ¿O me había olvidado de hacer alguna cosa?

¿En qué estaba fallando?

Bajé de la almena e iluminé aquel folleto otra vez:

No deje pasar una visita que PODRÍA CAMBIAR SU VIDA.
Coja hoy el último ferri de vuelta.
Pida la historia del fraile enamorado.

Entonces me di cuenta, al leer esa última línea...

«Pida la historia del fraile enamorado.»

38

El ferri apareció puntual en la ensenada de la isla. A esas horas, el bote de Txiripi ya había desaparecido del pantalán y yo tiritaba de frío. La temperatura había bajado con la llegada de la noche, y la humedad que había en las escaleras de piedra, donde había esperado quieto los últimos treinta minutos, lo multiplicaba todo por cinco. La capitana Itziar llevaba, de hecho, otra chaqueta encima de su forro polar y, cuando la luz del barco iluminó mi cara aterida, me preguntó si quería una manta.

—¡Sí, por favor!
—Has venido mal preparado.

Subí a bordo, le devolví su linterna y me dejé colocar la manta encima. Todavía quedaban cinco minutos para las siete y la capitana tocó la primera bocina, «por si acaso». Después se encendió un cigarrillo y me ofreció uno, que acepté.

—¿Cuál es la historia del fraile enamorado?

Se rio expulsando el humo al mismo tiempo. Supongo que pensó que era una petición un tanto rara viniendo de alguien que estaba a punto de pillar una pulmonía. Pero era su trabajo, así que se puso a contar la historia con esa voz robótica que ponía para las cosas que se había aprendido de memoria.

—La historia del fraile enamorado... Veamos. Es una historia del siglo XVI. La isla era más o menos igual y por aquel entonces vivían una quincena de frailes en el convento. Las familias adineradas mandaban ordenar a sus hijos menores, y la leyenda cuenta que uno de estos frailes jóvenes, que no debía de tener más de dieciocho, era el encargado de ir a tierra de vez en cuando a comprar productos de la huerta, así como leche y queso.

»Se cuenta que de viaje en viaje el joven fraile debió de enamorarse de una chica de Illumbe. La hija de un aldeano que por lo visto era una belleza. Ella también se fijó en él. Claro, un chico de buena familia, seguramente con todos los dientes en la boca y mejor aspecto que la mayoría. Y el fraile, ordenado en contra de su voluntad, tampoco dudó demasiado para cortejarla, por prohibido que estuviera aquello. Pero supongo que incluso las llamas del infierno eran una idea mucho más seductora que morirse de frío y soledad en esta roca.

Itziar hizo un alto en el camino para hacer sonar el segundo bocinazo, que reverberó con fuerza en las paredes de Izarbeltz.

—El fraile y la muchacha comenzaron a verse a escondidas. Las noches en las que su padre estaba jugando a las cartas, ella bajaba a la playa de Ondartzape y le ponía un candil. Era una señal para el fraile, que sacaba su bote y remaba guiado por la luz hasta la playa, donde ambos se encontraban para dar rienda suelta a sus pasiones.

»No se sabe cuánto duró esto, pero al cabo de un tiempo

alguien del pueblo debió de enterarse de esta escaramuza nocturna. El padre de la chica fue informado de todo y montó en cólera. Sin embargo, temeroso del poder y la influencia de la Iglesia, planeó su venganza en silencio.

»Una noche, en la época de mareas vivas, el aldeano bajó a la cala y colocó el candil en los arrecifes de Ondartzape, en lo que llamaban *Deabruaren Ahoa*, "la Boca del Diablo". Es un lugar donde todavía hoy se parten tablones de surf y algún que otro buceador se ha dado de bruces con la roca. Bueno, en la noche del cuento, el fraile, cegado por el deseo, remó directo hacia su muerte. Las olas trituraron su barca y el pedernal desgarró su cuerpo. Algunas versiones cuentan que la hija, atormentada por la muerte de su amante, se lanzó al mar días más tarde. Otras, que envenenó a su padre con un revuelto de *amanita pantherina*. En cualquier caso, los vecinos colocaron una cruz en las rocas, en el punto exacto donde ocurrió el accidente de la barca. Una cruz de hierro que todavía hoy puede observarse.

—¿Te refieres a la cruz que hay en los acantilados cerca de Santa Catalina? —pregunté.

—La misma.

—No sabía que la pusieron allí en honor al fraile enamorado.

—Entre tú y yo... —dijo la capitana—, puede ser o puede que no..., pero la historia es bonita en cualquier caso.

Tocó la bocina por tercera vez y aguardó un largo minuto. Tal y como cabía esperar, allí no apareció nadie. Itziar llevó la palanca del motor adelante y salimos rumbo a Illumbe.

Yo iba pensando en esa historia del frailecillo que cogía su bote por la noche para ir en busca de un poco de calor femenino. ¿Qué podría significar?

Recordé el mensaje del folleto: «Coja hoy el último ferri de vuelta».

Y caí en algo: nosotros, como el frailecillo, también estábamos navegando rumbo a Illumbe en plena noche.

Bien abrigado con mi manta, salí a la popa del barco y oteé la costa. En aquella noche de poca luna y nubes, Illumbe era como un tesoro de luces. Hacia el oeste, más allá de la ermita de Santa Catalina, los arrecifes y las calas de Ondartzape estaban sumidos en la oscuridad.

Como el fraile, yo también había sido un amante nocturno en aquellas caletas de arena. Recordé una noche maravillosa junto a Lorea, cuando nos zambullimos desnudos en un mar negro y nadamos bajo las estrellas. Hicimos el amor con tantas ganas que ni noté los filos de la roca en la espalda y el trasero.

Iba concentrado en esa tiniebla. ¿Qué esperaba encontrar? Un candil encendido, por supuesto. Una señal como la que atraía al frailecillo... Y no hizo falta esperar demasiado. En el momento en que el ferri se hallaba casi a la mitad del trayecto, una luz intermitente surgió de aquella negrura. No era exactamente una vela medieval, sino una linterna que hacía señales en la noche. Pero era suficiente. La luz parpadeó durante treinta segundos antes de esfumarse.

¿Lo vio la capitana Itziar? Si lo vio, no le hizo caso. Aunque yo entendí a la perfección el mensaje: era una señal para un «frailecillo enamorado».

Al llegar al puerto, le devolví la manta a Itziar y ella me aconsejó que me tomara un caldo caliente donde Alejo. «Tienes el frío metido en los huesos.» Le agradecí el consejo y salí caminando. Me hubiera encantado tener tiempo para ese caldo, incluso para un whisky. Sin embargo, eso tendría que esperar.

El camino de Ondartzape comenzaba cerca de la ermita de Santa Catalina. Hace veinte años no era más que un caminillo de tierra que conectaba algunos caseríos, pero ahora se había levantado una urbanización de chalés adosados y había una buena carretera de asfalto en los primeros cien metros. Después, la cosa volvía a ser como antes: un camino rural entre muretes de piedra invadidos por la maleza donde los niños cogían moras al regresar de la playa.

Fui tratando de recordar el punto en el que se giraba para llegar a las calas. Sabía que había que pasar por debajo del viaducto por el que transitaba el Euskotren. Pasado esto, encontré un caserío blanco. Un perro ladró desde las penumbras de un soportal. Me acordé de que era allí donde comenzaba el caminillo, en pendiente, hasta la zona de las calas.

Me sumergí en una oscuridad aún mayor y, de nuevo, tuve que suplir la linterna con la luz de mi móvil. El camino se complicaba en una mezcla de raíces y rocas, así que fui asiéndome a los troncos de los árboles para no caerme. Por fin llegué al punto de acceso a la primera cala. Había un cartel de la Diputación Foral que avisaba de que era una ZONA NO VIGILADA. BAÑO PELIGROSO, así como de las temporadas de pesca submarina y las cuotas permitidas por pescador.

Bajé unos últimos peldaños de madera hasta la arena y me quedé quieto observando el paisaje nocturno. La arena mojada espejeaba entre dos brazos de roca negra. Las olas morían en espumones blancos, que parecían dotados de una extraña fluorescencia. El barrunto del mar lo envolvía todo.

Aquello era un laberinto de calas y rompientes separados

por formaciones de roca que se asemejaban a largos tentáculos de obsidiana. ¿De dónde habría provenido la luz que había visto desde el ferri? Eché a caminar hacia el oeste. Allí, tras superar un pequeño brazo de piedra, comenzaba un camino de arena entre rocas.

Según me acercaba allí, se encendió una luz. El haz apareció tras uno de los grandes colmillos del arrecife.

La linterna.

—¿Hola? —grité.

No obtuve respuesta, pero me pareció oír algo: un ruido similar al zambullido de una persona en el mar. La luz seguía allí, fija. Se había encendido casi como una reacción a mi presencia, lo cual significaba que, al menos hacía un instante, allí había alguien. Avancé con todo el cuidado de que era capaz. Una ola demasiado larga se adentró en la arena y me hundió las zapatillas.

«Otra vez con los pies mojados», pensé.

Caminé hacia esa roca y la rodeé. Al otro lado, fijada sobre una piedra, una linterna encendida apuntaba a lo alto. ¿Una estratagema para emboscarme? Me agaché y cogí un gran canto rodado.

—¡Hola! ¡Ya estoy aquí! ¡He venido!

El silencio era absoluto. Solo el rumor del oleaje. Nada más. Entonces volví a oír un ruido más allá de la orilla. Un nuevo chapuzón. ¿Un delfín? No..., definitivamente no era ningún delfín.

El resplandor de la linterna iluminaba apenas la playa y pude ver unas huellas sobre la arena recién lavada dirigiéndose al mar, como las de un nadador o un submarinista. El caso es que entendí que la linterna era un mensaje dejado por alguien que no quería ser visto.

Avancé con prudencia sobre la arena, apretando aquella piedra entre los dedos, alerta por si hacía falta lanzarla contra alguna sombra que se moviera de repente. No ocurrió nada. Llegué a la linterna, que permanecía encajada en una hendidura de aquella roca. Era una de esas linternas amarillas con forma de cubo y un asa para llevarlas como una maleta. Enseguida detecté que había algo pegado en uno de sus laterales. Una especie de sobre plástico, de los que se utilizan para congelar comida. Me pareció leer una palabra rotulada encima, pero con aquella oscuridad era difícil entender nada. Lo despegué y lo coloqué frente al haz de la linterna.

La palabra era: DIEGO.

El vapor de mi aliento comenzó a ir más rápido sobre aquel brazo de luz. Parecía un tren a vapor a toda máquina...

Respiré hondo durante un minuto y conseguí controlar mi ansiedad.

El sobre de plástico contenía a su vez un sobre de papel. Lo saqué. No había nada escrito en el exterior. Rasgué el adhesivo que lo sellaba por la parte superior y lo abrí exponiéndolo a la luz de la linterna.

Dentro había dos cosas.

Las manos me temblaban cuando saqué la primera con la que mis dedos se toparon. Se trataba de un papel doblado, con un mensaje escrito en su interior. Lo acerqué al haz de la linterna y lo leí. Decía lo siguiente:

SE VENDE EN PERFECTO ESTADO
Precio no negociable: 100.000 €
No hable con la policía o la oferta quedará anulada.
Le estaremos observando.

Releí aquel mensaje dos veces, sin comprender absolutamente nada excepto la cantidad de 100.000 euros. ¿Se refería a la linterna?

Miré dentro del sobre y vi la segunda cosa que descansaba allí dentro. La saqué.

Era una fotografía realizada con una polaroid, aunque me costó unos segundos entender lo que estaba viendo porque un flash bastante potente se reflejaba en las partes de plástico negro del objeto.

Pero entonces distinguí la forma de una boca de labios carnosos, desde la cual surgía una lengua. Era un diseño mundialmente famoso: la lengua de los Stones diseñada por John Pasche.

La pegatina con la lengua de los Stones estaba pegada a un guardabarros de color negro. Enseguida comprendí que era el guardabarros de una motocicleta.

Una motocicleta de marca Vespino desaparecida veinte años atrás.

39

La motocicleta de Lorea, desaparecida junto a ella la misma noche del 16 al 17 de octubre, regresaba a mí como un espectro. El mismo modelo negro, la inconfundible pegatina de los Stones...

¿Significaba eso que también sabían dónde estaba Lorea?

¿Viva?

¿Muerta?

No sé cuánto tiempo estuve allí, en aquella oscura playa, releyendo esa carta y mirando la fotografía a la luz de la linterna. Tiritaba y me costaba mantener el pulso firme. Pero ¿era solo frío lo que sentía? ¿Se podía temblar de puro horror?

Metí todo en el sobre, me embolsé aquello en la chaqueta, cogí la linterna y salí de allí.

Caminaba apuntando los bordes del camino con el haz de luz, mientras me preguntaba qué significaba todo eso. La moto de Lorea estaba en alguna parte. ¿Quién la tenía? ¿Dónde? ¿Por qué? En la foto aparecía colocada sobre un gran toldo de color verde caqui y solo se podía adivinar el color de la madera sobresaliendo por los extremos. Nada más, podía ser cualquier sitio.

«Precio no negociable: 100.000 €.»

Pero ¿por qué demonios habían estado esperando tanto tiempo?

Hubo quien defendió la teoría de la «fuga adolescente» precisamente por esa moto que nunca apareció. Había hasta teorías dignas de *Expediente X*, que hablaban de una «abducción extraterrestre» o de un secuestro «sobre ruedas» a manos de un autoestopista. Sin embargo, Mendiguren decía que una moto era más fácil de borrar que un cadáver. Y al parecer había estado en lo cierto.

Yo también usé la desaparición de la moto a mi manera. A veces, en algún alejado rincón de mi cabeza, me permitía soñar con que Lorea de veras se fugó esa noche. Que ahora vivía en una playa, con un montón de niños, feliz. Y que nunca se puso en contacto por un buen motivo. Quizá en realidad odiaba a su madre. O quizá había perdido la memoria como yo. El doctor Ochoa me habló de los «estados de fuga», la amnesia disociativa en la que uno se «reinventa» a sí mismo olvidándose de su pasado...

Era una teoría tan feliz como estúpida.

En fin, ahora quedaba claro que Lorea nunca fue demasiado lejos. Al menos con su Vespino negra.

Con la ayuda de la linterna, el regreso fue menos accidentado. En quince minutos llegué a Illumbe, a las farolas y el asfalto. Apagué el foco y seguí andando con la idea de cruzar el pueblo y subir hasta el camping, pero el camino era demasiado largo y oscuro, y entonces recordé la frase de la capitana Itziar sobre el caldo caliente que servían en el bar de Alejo. Y pensé que me vendría bien algo de calor para los huesos y la sangre. Y quizá un orujo o un *patxaran* para calentar el alma también.

Fue un placer zambullirse en aquel ambiente caldeado del bar. Estaban retransmitiendo un partido y había bastante expectación. En la barra quedaba un taburete libre junto a los baños, lo cogí, coloqué la linterna amarilla sobre la barra y le pedí al camarero un caldo caliente. También miré la carta de comida: bocadillos, burritos y empanadillas de carne mechada. Supuse que los cocineros latinos, a quienes oía charlar sobre un fondo musical de bachata, tendrían algo que ver con aquellas innovaciones.

Llegó el caldo y me lo bebí quemándome la lengua, mientras sujetaba el tazón con un tembleque en las manos. Aquello fue como volver a la vida. Conseguí detener la tiritona y sentí que el calor se abría paso en mis entrañas. Pedí otro y el camarero sonrió: «Rico, ¿eh?».

—Y ponme uno de estos burritos también —dije señalando la carta.

Algo más reconstituido, levanté la vista y me fijé en la gente que estaba en la barra. Al fondo pude reconocer a la capitana Itziar, apoyada en la esquina y mirando el partido. Sin el impermeable, con el pelo suelto y los mofletes un poco encendidos por el calor, tenía hasta un toque. Ella me vio y alzó la mano para saludarme, justo cuando llegaba el caldo. Nos sonreímos con complicidad. Después me volví a concentrar en mi tazón, esta vez con menos ansiedad, y mientras lo hacía observé la linterna por primera vez. Era un modelo de la marca Römer, con una bombilla led y varias posiciones de encendido. Incluso parecía resistente al agua. Pensé que quizá me la había llevado alegremente, pero también era cierto que me la había ganado a pulso, ¿no?

El segundo tazón de caldo terminó de asentarme otra vez en el mundo. El burrito, además, no tardó demasiado en salir y lo devoré acompañado por una copa de vino tinto. El partido era nada menos que un Athletic-Barça de Copa del Rey, y acabábamos de llegar al descanso empatados a cero. La gente comentaba el juego y los más entendidos (o al menos, los que más sonaban a entendidos) criticaban la alineación y al entrenador.

Superado el frío, mi cabeza estuvo en condiciones de reflexionar sobre lo que acababa de ocurrir en esa cala de Ondartzape. En primer lugar, aquel extraño juego. ¿A qué venía tanta complejidad? ¿Por qué no limitarse a dejarme la nota en la cabaña, como hizo con el folleto? Un mensaje, un cuento, una luz en la noche... Era evidente que ese «alguien» quería marcar las condiciones del encuentro, quería que fuese en su terreno. Saltaba a la vista que quienquiera que fuese estaba muy preocupado por mantener la escena en la más absoluta intimidad... y sobre todo —recordando ese chapuzón que había oído junto a la cala— por no mostrarse. ¿Es que quizá nos conocíamos?

Noté una presencia parada a mi espalda. Primero pensé que sería alguien esperando para el baño, pero al mirar con el rabillo del ojo vi que la puerta estaba abierta. ¿Entonces?

Entonces sentí una mano sobre mi hombro. Tiró de mí, me hizo girar sobre el taburete.

Artola. Su cara porcina tenía los mofletes colorados. Sonreía mostrando unos dientes pequeños como los de una piraña.

—Letamierdia... Sabía que tarde o temprano iba a pasar, ¿tú no?

Fui a cogerle la muñeca para quitármela de encima, pero Artola fue más rápido. Me atrapó la mano con fuerza y me dobló el brazo. Salté del taburete antes de que me lo rompiera y levanté el otro brazo para soltarle un puñetazo. Por el camino me llevé la copa de vino y el plato del burrito, que terminaron estrellándose en el suelo detrás de la barra.

—¡Que me sueltes, mecagoenlaputa!

El grito, sumado al estrépito del plato roto, atrajo la atención de la parroquia. Pero con eso solo conseguí que Artola disfrutase más de su momento de gloria. Me retorció la mano y logró que me doblara sobre mí mismo (era eso o que mis huesos se partieran en mil pedazos).

—Llevo años esperando este día, joder, lo voy a disfrutar.

—Yo no os hice nada —dije como pude—. Os lo buscasteis vosotros solos.

Me cogió del pelo y tiró de él. Un dolor repentino, como miles de agujas clavándose al mismo tiempo. Mi cabeza tiraba hacia arriba mientras mi brazo decía que no podía más, aunque eso solo duró un instante. Una vez me elevó a una altura aceptable, Artola me soltó la cabellera, pero solo para propinarme una bofetada tremenda.

La fuerza del manotazo fue tal que salí despedido contra la chica que estaba sentada a mi lado. Derribé un taburete y mi cara fue a dar contra el reposapiés. Tengo una imagen fugaz de ese foso de servilletas y palillos viniendo contra mi rostro a gran velocidad. Y esa barra dorada chocando contra mi ojo.

—Esa por el cáncer que le has causado a mi padre.

Oí un tumulto. Gritos. La chica del taburete chillaba mientras su novio la ponía a salvo. Otro taburete se caía a mi lado. Yo solo quería quedarme ahí abajo, con mi dolor, pero Artola no había terminado, ni mucho menos. Noté un golpe en la pierna. No dolía tanto como el ojo, pero era una patada con la puntera de una bota justo en el lado cabrón de la pierna.

—¡Arriba! No hemos hecho más que empezar.

—¡Artola! ¡Quieto! —gritó alguien.

—Estamos llamando a la policía —dijo una voz con acento sudamericano (los cocineros).

Como yo no acababa de colaborar, Artola volvió a propinarme una patada, aunque esta vez ya me había hecho un ovillo y tocó hueso. Me había llevado las manos a la cara, pensando que se me habría salido el ojo derecho y estaría en el suelo, rodeado de serrín y servilletas. Pero seguía allí. Eso sí, era incapaz de abrirlo.

—¡Que te levantes, cobarde de mierda!

—Déjale en paz ahora mismo.

Esa voz me sonaba. ¿Era la capitana del ferri?

—No te metas en esto, Itzi.

—Artola, no te lo voy a decir más veces.

En las películas, cuando uno de los boxeadores besa la lona, esperas que se levante y actúe como un héroe. Pero os puedo jurar que la fuerza de la gravedad se había multiplicado por un millón en aquel maloliente hueco entre taburetes. No obstante, todavía me restaba algo de vergüenza. No podía quedarme en el suelo como un perro apaleado. Aprovechando aquella pausa en el festival de los golpes, me agarré de un taburete y me puse en pie. Artola estaba enfrentado a un grupo de personas, encabezado por la capitana Itziar. Me subestimaba de tal modo que ni siquiera le preocupó que me irguiera a su espalda. Y, según lo hacía, lo primero que vi aparecer ante mis ojos fue la linterna amarilla Römer.

Reconozco que fue una idea estúpida, loca, irracional. Pero cuando te han dado cera como a mí —incluyendo caerte de cara contra un reposapiés—, el *thanatos* se desboca. Cogí la linterna y pensé que aquello tenía que ser un golpe a lo Pearl Harbor, o sea, un KO inmediato.

Proyecté el golpe con todas mis fuerzas. Todos mis músculos, desde la punta de los pies a los cinco dedos que sujetaban la linterna por el asa, se concentraron en tumbar a ese animal. BAM. La Römer se escacharró contra la cabeza gorda y engominada de aquel mastodonte... pero no lo tumbó.

En vez de caer fulminado, Artola se encogió como un caracol pisoteado, se apartó a toda velocidad y se dio la vuelta. Una de las manos que se había llevado a la cabeza volvió llena de sangre.

«Mierda», pensé.

Itziar se adelantó, me cogió de la solapa y me empujó. «Pues la hemos tenido buena», pensé, «ahora me va a dar ella también». Pero no era eso. Me estaba empujando en dirección a los baños.

—Enciérrate ahí —me dijo—, porque este te mata.

Pude escuchar un grito espeluznante detrás de ella. Entré en el cubículo, cerré la puerta y el pasador. Era un pestillo común fijado por cuatro tornillos a la madera. Aquello no aguantaría ni media embestida.

Las voces subían de volumen al otro lado. Alguien pidió unas servilletas porque «estaba sangrando mucho». Volví a escuchar la voz de Artola.

—¿Dónde está? ¡Lo voy a matar! ¡Y al que se ponga en medio también!

Me apoyé de espalda contra la puerta, tratando de pensar. Artola tardaría poco en darse cuenta de que me había refugiado en el aseo. Había un ventanuco sobre la taza, aunque lo descarté rápidamente. Tendría que resistir ahí dentro. Busqué algo contra lo que oponer la pierna y hacer fuerza, pero el maldito sitio era demasiado largo.

Entonces ocurrió algo que vino a ser una vuelta de rosca en aquel momento de irrealidad. El ventanuco se abrió. Alguien lo empujó desde fuera y asomó una mano.

—¡Eh! —dijo una voz—. Por aquí.

—¿Qué?

—Yo te ayudo, pero date prisa.

En ese mismo instante noté que la manilla giraba y alguien empujaba la puerta. El pestillo aguantó aquel primer embate, pero no aguantaría muchos más.

—¡Letamendia! —rugió Artola desde el otro lado—. ¡Cobarde de mierda! ¡Sal y da la cara!

Miré otra vez la mano en el ventanuco. ¿Mi última oportunidad? Desde luego, no me quedaban muchas más. Me despegué de la puerta, me subí al inodoro y asomé la cabeza. Al otro lado estaba el viejo atajo de las huertas, un caminillo oscuro. Y plantado frente al ventanuco estaba aquel chaval que cortaba la hierba en el camping. Álex.

—No quepo.

—Sí cabes, hazme caso. Hace poco tuve que salir por ahí.

Artola arreó con todo su peso contra la puerta. El pestillo crujió, pero aguantó otra vez. Miré hacia abajo. El chico me extendía los brazos.

—¿Cómo lo hago?

—De cabeza, ¡vamos!

Lo hice. Saqué primero los brazos, después la cabeza. Apreté los codos contra la fachada y logré sacar el tronco. Detrás de mí se sucedían los golpes, pero me había quedado atrancado. La mitad de mi cuerpo estaba suspendido en el interior del lavabo.

—Dame las manos —ordenó Álex.

Lo hice y él terminó de tirar, apoyando un pie en la pared. Me caí al suelo mojado de la calle, de bruces, pero qué importaba un golpe más con tal de ahorrarse una muerte prematura en un bar de pueblo. Artola todavía no había conseguido romper la puerta, aunque debía de estar a punto. El chaval me hizo una seña para que lo siguiera por las huertas, a toda prisa. Lo hice, cojeando, medio ciego, febril.

Había empezado a llover cuando llegamos a una de las salidas de Illumbe. Yo estaba exhausto. El chaval tenía allí aparcada una furgoneta, un modelo extraño, americano, de color cereza.

40

Camino del camping, Álex Garaikoa, que era como se llamaba el jardinero, me contó que estaba también en el bar de Alejo cuando había comenzado la pelea. Lo había visto todo y, cuando la capitana Itziar me había conducido al baño, a él se le ocurrió que podría ser una buena idea ofrecerme una salida «trasera».

—Te iba a moler a palos —dijo—, aunque le has arreado bien. Tenía toda la espalda llena de sangre.

—Él tampoco se ha quedado corto —respondí, llevándome la mano al ojo.

—Pero ¿qué le has hecho para que te odie tanto?

—Es una larga historia.

Álex enfiló muy despacio la carretera que subía hacia la entrada del camping.

—Ángela me ha hablado de ti. Yo no te había reconocido, pero he escuchado tus discos. ¡Y a mi novia le encantas!

—Me alegra saberlo.

—Mi madre también era de Illumbe, aunque ella era mayor que tú. Begoña Garaikoa. ¿Te suena?

—¿Es la hija del marinero? ¿El que vivía en Punta Margúa?

Recordé a una chica guapa, elegante, que a veces venía a comprar algo a la tienda de mis padres.

—Sí. Lo *era*. —El chico dejó escapar un suspiro amargo—. De hecho, mi abuelo todavía vive ahí arriba. Ahora yo vivo con él.

—Vaya...

—Leí el libro de Félix Arkarazo —dijo de pronto—. Salía tu historia, ¿verdad? La chica desaparecida, la amnesia...

Miré a ese chico. Me había salvado de una tunda, pero no estaba seguro de querer ir más allá en nuestra conversación.

—No te preocupes —pareció adivinar mis dudas—, no soy un cotilla... Nosotros también tuvimos nuestros más y nuestros menos con Félix. Por eso te lo digo. Metió en líos a mucha gente.

—Me han dicho que lo mataron. Un loco.

—Sí, el pasado octubre... Quizá no merecía morir así, pero bueno... La muerte llega como le da la gana.

La barrera del camping estaba bajada a esas horas y él frenó junto a la cabaña de la recepción. Vimos a Ángela levantándose tras el mostrador. Había reconocido la furgoneta de su jardinero y salió con un gesto de sorpresa pintado en la cara.

Y su sorpresa fue a más al verme.

—Te traigo un herido —bromeó Álex.

La luz interior de la cabina se activó al abrirse las puertas. Y a decir por la reacción de Ángela, el aspecto de mi ojo debía de ser terrible.

—Pero ¿qué ha pasado? Vamos, llévale a su cabaña, ahora subo yo.

Ángela regresó a la recepción y alzó la barrera. Álex condujo por la carreterilla del camping hasta mi cabaña. Aparcó frente a la puerta y me ayudó a subir las escaleras. Solo cuando me derrumbé sobre la cama fui consciente de lo terriblemente molido que tenía el cuerpo. Estaba tan cansado, dolorido y enfermo que no tenía fuerzas ni para quitarme las zapatillas, húmedas desde mi visita nocturna a Ondartzape. Álex me preguntó si podía hacer algo más por mí y le dije que no.

—Mañana me toca segar, pero dejaré tu césped crecer unos días, para que puedas descansar tranquilo.

Le di las gracias y le pregunté si a él y a su abuelo les gustaba el vino.

—Creo que te debo una caja de las mejores botellas.

—No hace falta, de verdad.

Insistió, pero yo me anoté mentalmente enviar una caja de buenas botellas a la antigua «Casa Torcida», en lo alto de Punta Margúa.

Según Álex salía por la puerta se cruzó con Ángela, que venía con un botiquín y una bolsa de hielo en las manos. Oí cómo el muchacho le resumía lo que había sucedido en el bar de Alejo: Artola, el linternazo y la huida por el ventanuco del cuarto de baño. Se despidieron y ella cerró la puerta a su espalda antes de tomar asiento a mi lado.

Yo estaba tumbado en mi cama, moribundo, y verla fue reconfortante. Se había cortado las puntas de su preciosa melenita castaña. Era como una bendita aparición en aquellos momentos.

—Te voy a poner hielo. —Me apartó el pelo de la frente con suavidad—. Si te molesta mucho, me dices. —Colocó un trapo primero y después una bolsa de hielo sobre el ojo derecho—. Sujétalo ahí, ¿vale? A ver si encuentro un ibuprofeno. ¿Te duele algo más?

—No.

En realidad, sí. Me dolía el brazo, por efecto de la luxación; también me dolían las costillas por haber escurrido el cuerpo a través de ese ventanuco. La pierna, por la patada. La mano, por el contragolpe de la linterna.

—¿Te puedo pedir que me quites los zapatos? Están empapados.

—Claro.

—Solo espero que no te desmayes con el olor.

Se rio. Se agachó frente a mí y me quitó los zapatos con cuidado. Los calcetines. Me preguntó si tenía más ropa en alguna otra parte y le hablé de la mochila que guardaba en el armario. Fue a por ella.

—Ha sido Mikel Artola, ¿verdad? —dijo entonces Ángela—. Álex me lo ha dicho. Ya había oído que iba a por ti.

Bueno, Illumbe sigue siendo un pueblo pequeño. Di por hecho que Ángela conocía la historia de mi guerra con los Artola.

—Me acusa de haberle provocado el cáncer a su padre. Supongo que lo sigue creyendo.

Ángela encontró unos calcetines entre la ropa que mi madre me había enviado. Vino a ponérmelos y fue muy agradable sentir mis pies manipulados por aquellas manos tan finas. Resultaba fascinante estar medio muerto y que mi libido siguiera más fresca que una lechuga.

—Pero ¿qué hiciste? ¿Los acusaste a ellos?

—No. Solo conté lo que mi novia me había contado a mí. Y, bueno, es cierto que su padre perdió el negocio después de lo de Lorea. Básicamente, la gente dejó de ir a su asador. Y la madre de Lorea los abandonó, se volvió a Galicia cuando pasaron los meses... Y ellos, a cambio, provocaron que mi padre sufriera un infarto.

—¿De verdad?

—Nos acosaron durante meses. Hicieron pintadas en nuestra tienda. Nos rompieron las ventanas de casa a pedradas. Hasta que mi padre no pudo más, le reventó el corazón.

—Pero ¿él...?

—No, gracias a Dios sigue vivo, pero tuvo que dejar de trabajar. Nos obligaron a marcharnos de nuestra casa, ir a vivir a un lugar horrible, donde ni siquiera pusimos nuestro nombre en el buzón.

Ángela volvió a sentarse a mi lado. Esta vez tan cerca que su cadera estaba pegada a la mía.

—¿Quieres que te ayude a quitarte la chaqueta?

—No sé si podré levantarme —dije—. Estoy molido.

Ella me ofreció su brazo. Lo cogí y puse mis abdominales al servicio de la flexión.

—Sigue sujetándote la bolsa mientras yo te la quito.

Estábamos muy cerca y podía olerla. Ropa lavada con jabón, un toque de colonia. Me quedé mirándola con mi ojo sano mientras ella se afanaba en quitarme la manga de la chaqueta. Reconozco que me estaba empezando a poner nervioso.

—Me enteré de esa historia... —dijo—, vi el famoso documental.

—Como el resto del planeta.

—Mucha gente opina que fueron los Artola. De hecho, hay quien piensa que todavía la tienen enterrada en alguna parte de su caserío. La mochila que encontraron a medio hacer en su dormitorio, esa historia de que la observaban... Bueno, y ese Mikel es un cerdo. No entiendo cómo no se han largado del pueblo. Aquí todo el mundo los mira mal... Cámbiate el hielo de mano.

Lo hice y ella me sacó la otra manga. Puso una mano sobre mi pecho.

—Estás empapado —dijo—. Voy a por otra camiseta.

Se levantó con energía y yo la seguí con la mirada por la habitación. Abrió el armario. Volvió a rebuscar en mi mochila.

—Yo creo que tú has pagado por ser famoso —dijo.

—Y por mi enorme bocaza —respondí.

—¿Por lo que contaste a la policía?

Asentí.

Ángela sacó una de las camisetas de la mochila. La extendió ante mis ojos.

—¿The Velvet Underground?

—Perfecta.

Ángela vino y se sentó a mi lado. Me dijo que me sujetaría el hielo mientras yo me quitaba la camiseta húmeda. Lo hice, aunque me costó despegármela. Cuando por fin me la saqué por la cabeza, vi cómo ella miraba mi torso desnudo. Tenía los ojos fijos en un pequeño tatuaje que yo lucía bajo la tetilla derecha. Era una rosa.

—¿Y tú qué piensas? —le pregunté—. De mí..., de todo esto.

—¿Yo? —La había sorprendido—. Bueno, creo que alguien capaz de escribir canciones tan bonitas no puede ser un monstruo.

Se ruborizó. Sus ojos estaban dilatados. La tomé suavemente por la barbilla y nos quedamos mirándonos el uno al otro. Ella abrió un poco más la boca y yo me acerqué muy despacio.

Fue un beso breve, prieto, delicioso. Ella suspiró. Me rodeó el cuello con delicadeza con las manos, volvió a besarme.

—No deberíamos hacer esto —dijo con una voz que expresaba todo lo contrario.

—Es verdad. Paremos ahora mismo.

Le mordisqueé ese cuello tan esbelto. Me dolían todos los huesos, pero ¡ese cuello! Mis manos fueron dibujando su silueta hasta llegar a sus caderas, altas, redondas, diabólicamente apetecibles. Ella me recorría la espalda con las manos y entonces...

Un coche.

Joder. No me jodas. ¿Un coche?

La luz de unos faros atravesó las ventanas frontales de la cabaña. Me levanté. Me acerqué a la ventana y vi un coche que se detenía en la puerta.

Distinguí, además, el resplandor azul de un puente luminoso.

Era un coche de policía.

41

Ángela se puso en pie de un salto. Se repasó los botones de la camisa y se alisó bien la melena. Estaba nerviosa. Miró por la ventana.

—Joder.

—Tranquila. Diremos que habías venido a traerme unos hielos.

La noté muy tensa, exageradamente tensa. Era un pueblo pequeño, pensé, y no le apetecía que corriera la voz de que se magreaba con sus clientes.

Ibon ya estaba fuera del coche cuando abrí la puerta. Ángela salió con el botiquín en la mano y yo le di las gracias en voz alta. Ella me dijo que la llamase «si necesitaba más hielo». Nos dieron el Oscar a la peor actuación, pero Ibon no parecía muy atento a nuestro vodevil campestre.

—*Gabon* —dijo Ángela.

—Buenas noches —se despidió Ibon de ella. Después se dirigió a mí—: ¿Cómo te encuentras?

Yo sujetaba la bolsa de hielo contra la cara. Supuse que eso valía como respuesta.

—¿Quieres pasar?

Ibon subió las escaleras y yo miré a Ángela mientras se alejaba. Las luces nocturnas que orillaban el camino iluminaban su silueta. Ella volvió la vista hacia atrás un segundo. No llegó a girarse.

Entramos en la cabaña. Ibon miró a su alrededor, con curiosidad.

—¿Quieres algo? Puedo ofrecerte... una chocolatina —dije—. Creo que también me queda un rollito de primavera.

Él hizo un gesto con la mano.

—Por la ventana, ¿eh? —Sonrió—. Como en una buena película de vaqueros.

Le devolví la sonrisa.

—Los del bar han denunciado a Artola por romper la puerta del baño. Ha dejado un reguero de sangre por todo el bar. Le has abierto la cabeza, tío.

—No sé qué decir... Espera, sí: me alegro.

—No he venido a cargar las tintas contra ti, pero esta historia tiene que acabarse aquí y ahora. Esto no es un pueblo del Lejano Oeste. Artola ha amenazado con darte caza y no me gustaría que eso ocurriera.

—Vale, y ¿cómo lo arreglamos? ¿Nos obligarás a darnos un besito?

—Se me ocurren varias maneras. La más fácil, desde luego, es que recojas el petate. ¿No me dijiste que te ibas?

—¿Me estás hablando en serio? Tengo todo el derecho del mundo a estar aquí...

—No estoy discutiendo la carta magna, Diego, solo digo que se está sorteando una paliza.

—Ya me han dado una paliza, Ibon, mírame. —Aparté mi bolsa de hielo.

Ibon se acercó a verme la cara y frunció el ceño.

—Mañana te saldrá un moretón elegante.

Se sentó en una de las butacas que había junto al ventanal y dedicó unos segundos a decidir si era cómoda.

—Tío, a ver cómo te lo explico para que lo entiendas. Nadie le ha pegado a Mikel Artola, jamás. Ese chulo arrogante hijo de puta jamás ha recibido un palo. Y hoy, delante de todo el bar, le has soltado un mazazo de los que hacen historia. Y no solo eso: te has escurrido por la ventana del baño. Las risas se han oído hasta en Valencia. Y Artola no se va a contentar con romperte un par de costillas. Te digo que va a por ti y muy en serio. ¿No tienes a nadie que pueda ayudarte?

—En teoría eres tú quien debe ayudarme.

—Yo soy un poli de pueblo, Diego. Me paso el día poniendo multas de aparcamiento, atendiendo quejas de vecinos y cosas por el estilo. No tengo herramientas para protegerte. Lo de hoy ha sido una pelea en un bar. Los dos habéis dado y recibido, con lo cual no hay mucho que hacer. Pero Artola no te va a dar otra oportunidad, ¿entiendes? A la que te pille, te va a escarmentar. Mi recomendación es que te vayas de Illumbe cuanto antes.

—No me pienso ir del pueblo —dije con bastante serenidad a pesar de todo—. No pienso hacerlo otra vez.

Ibon guardó silencio. Miró a su alrededor. Mi guitarra estaba apoyada en un stand, junto al ventanal.

—Vale... Entonces tendremos que probar otra cosa. —Volvió a mirarme, como si hubiera dado con una vía alternativa—. Podría concertar una entrevista con Agustín. Tiene más cabeza que el hijo y es la única persona que se me ocurre que puede parar a ese cabestro malparido.

—¿Crees que serviría para algo? El padre también es un elemento.

—Bueno, está viejo y enfermo. Quizá escuche. ¿Cuánto te vas a quedar por aquí?

—No lo sé —repetí—. Por lo pronto, he reservado toda esta semana. Estoy trabajando en algunas canciones... Además, le he prometido a Rubén que haría un pequeño bolo en el Bukanero.

Aquello hizo parpadear a Ibon.

—¿Cuándo has estado con Rubén?

—Ayer por la noche. Fui a visitarle... Y de paso, supongo que deberías saber una cosa. Hay otra razón para que yo siga en el pueblo; es una razón un tanto rara.

Evalué su reacción. ¿Inquietud? ¿Curiosidad? El caso es que no dijo nada, y yo proseguí:

—Bert estaba investigando algo cuando murió. Tenía su estudio lleno de cosas sobre el caso de Lorea. Cris me lo contó y me pidió que subiera a verlo.

—¿Qué?

—Nosotros tampoco acabamos de entenderlo.

—¿Nosotros? ¿Quiénes?

—Javi y yo. Como te digo, ha sido Cris la que nos ha puesto al día. Bert había recopilado un montón de información sobre el caso de Lorea. Incluso tenía ese antiguo vídeo nuestro de la última noche del Blue Berri.

Ibon se había quedado callado, como si su mente estuviera intentando encajar una pieza muy complicada.

Yo fui a la cama, recogí la chaqueta, metí la mano en un bolsillo y me topé con el sobre plastificado que había encontrado pegado a la linterna, y que contenía la polaroid. «No, esto no», pensé.

Un poco más al fondo, en el mismo bolsillo, estaba la entrada del concierto de Dr. Ayawaska, con esos misteriosos apuntes de Bert.

«¡Buscar! Lo sabe todo», seguido del nombre del policía y un número de móvil.

—Mendiguren... —dijo Ibon.

—Esto estaba pegado en el centro de un tablón de corcho, en el estudio de Bert. Había otro montón de papeles. Noticias de periódicos antiguos sobre el caso de Lorea. Bert llevaba semanas releyendo todo.

—¿Por qué?

—No lo sabemos, Ibon, pero Cris está obsesionada con la idea de que Bert no sufrió un accidente. ¿Recuerdas sus reglas para volver a casa borracho? Lo de no cocinar, ni subir las escaleras.

—Ya, sí... Pero eso eran chorradas de adolescente.

—No lo eran. Cris dijo que Bert seguía usándolas como siempre. Y si esa noche estaba tan absolutamente cocido como para no darse cuenta de que su cigarrillo estaba prendiendo fuego en el suelo de la casa, ¿qué hacía en el dormitorio de la planta principal?

Ibon se rio un poco.

—¡Venga ya! ¿En serio? Cris es una flipada, Diego, me sorprende que no la hayas calado.

—Eso no quita para que la muerte de Bert sea extraña.

—La muerte de Bert no es extraña. Bert estaba colgado, y no solo con el alcohol. Estos últimos años he ido hasta tres veces a su chalé, alertado por sus vecinos, para pedirle que bajase el volumen en alguna fiesta. Allí se estaban metiendo de todo. Hice la vista gorda cuanto pude, pero no me sorprendería que esa noche estuviese colgado de caballo, setas...

Todo se ha quemado, así que no se puede saber, pero tiene toda la pinta...

—En ese caso, ¿por qué no se quedó a dormir en su sofá, como hacía siempre?

Ibon resopló ante mi terquedad.

—O sea, que piensas que fue un asesinato. ¿Por qué?

Me encogí de hombros.

—¿Descubrió algo? —pregunté al aire—. ¿O estaba a punto de hacerlo?

—¿Sobre Lorea? ¿Veinte años más tarde? ¿Bert? —Lo dijo casi riéndose.

Se levantó de la silla y se dirigió a la puerta. Tuve la tentación de preguntarle por eso que Rubén nos había contado sobre Lorea y él escondidos en el almacén del Buka, pero me pareció algo demasiado violento. Además, Javi había dicho que buscaríamos el momento idóneo: la cena de mañana en casa de Nura.

—Mira, tío, Artola no va a tardar en saber dónde te alojas. —Hizo una pausa para mirar a su alrededor—. Voy a hablar con Ángela del tema, pero te recomiendo que busques protección... Ah, por cierto: tienes algo de carmín en el cuello.

Dijo esto con una sonrisa antes de abrir y salir por la puerta.

«Qué cabrón», pensé, «nos ha calado desde el principio».

Bajó las escalerillas y se aproximó a su coche.

—¡Ibon! —grité—. ¿Sabes dónde puedo encontrar a Mendiguren?

Ibon se sentó al volante y negó con la cabeza.

—Olvídate de eso, Diego. Nadie pudo encontrar nada hace veinte años. ¿Qué crees que podrías encontrar ahora?

«¿La moto de Lorea, por ejemplo?», pensé mientras veía cómo el coche patrulla se alejaba por el sendero.

1999

Lorea apretaba el acelerador de su Vespino por la carreterilla de la costa, tomando las curvas peligrosamente. Yo la cogía de la cintura y notaba su vientre plano, desnudo porque esa noche solo llevaba un top. Su cabello se me enredaba en la cara y podía oler la fragancia de su champú.

Pero también podía sentir sus lágrimas.

Aparcó la moto junto al camino del viejo búnker y subimos andando... Era la noche del 12 de agosto y habíamos ido allí con unos sacos de dormir, un termo y unas galletas: la idea era ver las Perseidas, de madrugada.

—¿Es tu padrastro? ¿Te ha vuelto a echar la bronca?

—Si fuera una bronca...

—Pero entonces, ¿qué?

—Es algo asqueroso, Diego... Me da vergüenza contarlo.

—Sabes que puedes confiar en mí.

Metidos en nuestros sacos, mirando las lágrimas del cielo de aquella noche estrellada de verano, Lorea me contó aquello que sentía cuando se duchaba. Las cosas fuera de sitio en su habitación. La ropa interior que faltaba de vez en cuando...

—No me atrevo a decírselo a mi madre. Ella por fin está tranquila en la vida. Tiene dinero, trabajo... No la quiero joder.

—¿Y qué piensas hacer?

—Largarme de aquí el día menos pensado. Sé que hay un destino para mí en alguna parte. Y para ti también, Diego. Somos diferentes. No hemos nacido para quedarnos en este pueblo. ¡Mira! ¡He visto una!

—Pues pide un deseo.

Lorea cerró los ojos. Después sonrió.

—No te lo pienso contar. Tiene que ser un secreto para que se cumpla...

42

Llovió toda la noche y seguía lloviendo cuando abrí los ojos esa mañana.

Mi teléfono vibraba sobre la encimera de la cocina. Era como si me estuvieran picando la sien con un cincel. Después comprendí que el ruido no era el problema, sino mi dolor de cabeza. Principalmente, del lado de mi cabeza que el día anterior se había estrellado contra la barra de acero del bar de Alejo.

Abrí el ojo sano. El cielo tenía ese color gris oscuro que te impedía saber muy bien qué hora era. La lluvia descargaba su solo repiqueteante sobre mi tejado y también fuera, en el bosque, creando ese telón de sonido tan común en el norte. Lluvia, lluvia, lluvia. Empapa la tierra, desborda los desagües, llena los pantanos, encharca las aceras... y cuando ha hecho todo esto, sigue cayendo.

Me moví bajo la gruesa capa del edredón mientras sentía cómo miles de agujas tiraban de cada músculo de mi cuerpo, como si un ejército de liliputienses hubiera pasado la noche cosiéndome a aquel colchón. Logré salir de mi crisálida y me arrastré hasta la encimera de la cocina. El teléfono había parado ya de zumbar. Miré la pantallita de mi Nokia: eran las doce y media del mediodía y tenía tres llamadas perdidas de Javi y una de Gonzalo.

«Dadme todos un minuto, por favor.»

Fui a echar la primera meada de la mañana. En el espejo del baño apareció un tipo con mala cara. Tenía una especie de moretón con forma de barra cruzándole el ojo derecho y parte de la ceja también. Un lienzo de tonos amarillentos, negros y purpúreos, aunque no estaba tan hinchado como había creído.

—El tío que me lo hizo se llevó un linternazo —le dije al espejo.

Debo admitir que me sentía estupendamente por haberle roto una linterna en la cabeza a Artola. Aunque fuera a costarme todos los huesos del cuerpo.

Volví a la cocina y cogí la barra de chocolate que conformaba la única opción alimentaria de aquella cabaña. Los duendes no habían pasado esa noche para dejarme más café. Ángela... La noche pasada estuve esperando que tocara a mi puerta en cualquier momento, pero pasó media hora, una hora, una hora y media... y no regresó por la cabaña. Se había marchado muy apurada. ¿Quizá se había arrepentido? Repasé mentalmente nuestro acercamiento. Yo diría que ella me estaba mandando señales, pero ¿quizá lo malinterpreté todo?

Quién sabe. El caso es que eso también tendría que esperar.

Me senté en la cama con la chocolatina. La chaqueta seguía allí, sobre el edredón; saqué la bolsa de plástico y la fotografía de la moto.

Mi estómago se sacudió otra vez.

Aquella Vespino con la que Lorea iba y venía a todas partes. El guardabarros con la pegatina de los Stones. A la luz del día, la idea de que estuviera en alguna parte resultaba más terrorífica todavía.

Volví a leer la nota que acompañaba la polaroid: pedían cien mil euros, ¡no se habían quedado cortos precisamente! Y amenazaban con desaparecer si se me ocurría llamar a la policía.

Pero ¿qué debía hacer con eso? La policía podría buscar huellas dactilares en la foto, aunque quizá no las encontrarían. Supuse que quienquiera que fuese habría tomado sus precauciones antes de enviarme su misiva. Las únicas huellas serían las mías. Y eso me llevó a otra conclusión...

¿Qué opinaría la policía si encontraba esa foto en mi poder?

Aquella idea sobrevino como una nítida amenaza. ¿Era aquello algo que podría incriminarme? ¿Una trampa? Pensé en deshacerme de ella. Quemarla sería lo mejor. Sin embargo, ¿no debería hablarlo con alguien? ¿Javi? En el mensaje no se apuntaba ninguna forma de contacto, ningún modo de comunicar si aceptaba o no aceptaba. Aunque avisaban de que «me estarían observando».

Me levanté, abrí la chocolatina y me la comí en dos bocados frente al ventanal mientras miraba hacia fuera. La lluvia, inmensa, regaba los árboles, la hierba, y caía con fuerza sobre la cabaña de los franceses, a unos doscientos metros. También sobre su *roulotte*. Debían de estar encantados con el clima.

Cogí el teléfono. Llamé y me lo llevé a la oreja. Dio un tono, dos. Otro tono, otro más. Finalmente un clic. «Hola, soy Gonzalo, deja un mensaje.»

—Soy yo —dije—. Llámame cuando puedas, es importante.

Gonzalo era mi mejor opción. No era del pueblo y era un buen consejero. Tenía la mala costumbre de llamarle cuando ya había metido la pata, y pensé que, por una vez, podría esperar a su opinión antes de hacer nada.

Y fue un alivio poder aparcar los pensamientos durante un rato.

Intenté distraerme y me puse a trabajar en mis canciones. Leonard Cohen llenaba cuatro cuadernos al día y al final solo salvaba una frase. Yo me conformaba con tener una veintena de buenas ideas escritas al cabo de una hora. Pero esa mañana las rimas se resistían a salir. Las frases brillantes de los días previos parecían atemorizadas en el fondo de mi cabeza. Quizá el golpe las había deformado, el caso es que no me salió nada.

Menos mal que Gonzalo devolvió la llamada enseguida.

—¡Eh! ¿Qué haces, tío?

Sonaba la megafonía de un aeropuerto. Dijo que estaba en Heathrow, volviendo para Madrid. Me preguntó por mis canciones, ¿alguna novedad?

—Ha ocurrido algo, Gonzalo. No sé muy bien con quién hablar de ello.

—Es fácil —respondió él—. Habla conmigo.

Sabía que si mencionaba la paliza de Artola, Gonzalo me enviaría al séptimo de caballería y yo no quería llamar la atención («Le estaremos observando»), así que omití esta parte de la historia. Le conté la aventura de la isla, el farolillo y el mensaje pegado a la linterna. La fotografía de la Vespino de Lorea.

Cuando terminé, Gonzalo todavía tardó unos cuantos segundos más en pronunciar su veredicto.

—¿Quieres mi opinión? Es un timo.

—¿Un timo?

—Alguien muy listo se ha enterado de que estás en el pueblo y ha actuado con bastante prisa... ¡Y con bastante habilidad! Una Vespino de la época, una pegatina de los Stones... no son difíciles de encontrar.

—No es *una* pegatina, Gonzalo, es *la* pegatina. Y lo mismo digo de la moto.

—¿Cómo puedes estar tan seguro? Han pasado siglos y es una foto.

Pensé en eso. La foto estaba hecha en un sitio oscuro, una especie de sótano. El flash hacía relucir las partes de plástico. Era una Vespino negra, modelo NLX, uno de los más populares de su época. La pegatina de los Stones no tenía nada peculiar. ¿Podría tratarse de una copia bien hecha?

—Pero además, ¡cien mil euros! —exclamó Gonzalo—. Es como para hacer las cosas con mucho cuidado. ¿No crees? ¿Por qué no la pusieron «a la venta» hace veinte años, cuando todo el mundo la buscaba? La familia de Lorea habría pagado una fortuna por una pista así. ¿Qué sentido tiene desenterrar ahora un secreto semejante?

Esa era una buena pregunta para la que no tenía respuesta. Me alegré de haber confiado en él. Gonzalo era un tipo listo, pragmático.

Decidí confiar un poco más.

—Hay otra cosa. Por decirlo de una manera rápida..., tenemos algunas dudas sobre la muerte de Bert. Parece que estaba investigando el caso de Lorea.

Le expliqué muy por encima las sospechas de Cristina sobre el incendio y le hablé de los papeles que habíamos encontrado abajo, en el estudio.

—Tenía el teléfono de Mendiguren apuntado en una tarjeta.

—¿Mendiguren?

—El policía que llevó el caso. Seguramente no llegaste a conocerle.

—¿Cómo que no? Casi me echan de la compañía por su culpa...

—¡Es cierto!

Recordé que me había contado eso en su momento. Mendiguren viajó a Santander a entrevistarse con él para ratificar su coartada de esa noche, tras abandonar el Blue Berri. Gonzalo pudo demostrar que había pasado la noche con una actriz de la compañía..., aunque al director no le hizo ninguna gracia que un empleado suyo se acostara con su ex.

—Pero ¿cuánto tiempo llevaba Bert investigando eso?

—No lo sé —contesté—. Cris dijo que todo empezó una noche, en un concierto. Precisamente el teléfono de Mendiguren estaba apuntado en una entrada...

Pensé en ir a por la entrada, que estaba junto con otros papeles en la encimera de la cocina. Según levantaba la vista, vi a una persona a través de la ventana. Estaba junto a mi puerta. Pensé que sería Álex, el jardinero, que vendría a preguntarme qué tal.

—¿Qué pasa? —dijo Gonzalo tras un par de segundos de silencio—. ¿Diego?

—Espera un minuto, Gon... Creo que tengo una visita. Te llamo luego.

Colgué y dejé el teléfono sobre la mesa. Al hacerlo, empujé la Takamine y se cayó al suelo, provocando un estrépito de madera hueca y cuerdas vibrantes.

—¡¡Mierda!!

La cogí otra vez y la tumbé sobre el sofá.

Volví a mirar por la ventana, pero entonces vi que esa

sombra desaparecía por el lateral de la cabaña a toda prisa. ¿Había echado a correr?

Descorrí las cortinas. Una silueta enfundada en un impermeable negro corría alejándose de mi cabaña.

¡Estaba espiándome!

Abrí la puerta y salí al rellano, que estaba húmedo.

—¡Eh! —grité.

La silueta ni siquiera se dio la vuelta. Entré de nuevo y me calcé las zapatillas tan rápido como fui capaz. Volví afuera. En esos momentos caía una manta de agua y el espía, fuera quien fuese, se había esfumado. «Le estaremos observando», decía la nota de la polaroid. ¡Y tanto que me observaban!, pensé mientras oteaba a mi alrededor.

Algo se movió a lo lejos, detrás de la *roulotte* que los franceses tenían aparcada junto a su cabaña. Salí corriendo hacia allí. Mis zapatillas, todavía húmedas de la noche anterior, terminaron de empaparse sobre la hierba mojada. La carrerita de doscientos metros apenas me cortó el aliento. Llegué a la cabaña de mis vecinos y rodeé aquella *roulotte* blanca. Había un Renault Talisman nuevecito aparcado al otro lado. Más allá, se abría un pinar que terminaba en la zona de la recepción, pero el tipo tendría que ser Usain Bolt para haber llegado allí tan rápido... A menos que se estuviera escondiendo detrás de un árbol.

Intenté distinguir algo bajo aquella intensa lluvia, pero era imposible. Entonces, al fijarme de nuevo en la cabaña, noté que había alguien sujetando la cortina. Casi en ese mismo instante, retumbó un trueno. La tormenta iba a más. Me acerqué a la cabaña, subí las escaleras y toqué la puerta.

—¿Sí?

—Hola. Soy su vecino de la cabaña de al lado.

—¿Necesita ayuda? —Tenía un acento claramente extranjero.

—¿Han visto pasar a alguien por aquí?

Se hizo un corto silencio y la puerta se entreabrió. Había un hombre al otro lado, barba blanca, cejas espesas y una buena barriga cervecera. Parecía Papá Noel con unas gafitas redondas a lo John Lennon. El clásico hippie campista francés.

—¿Hay algún *pgoblema*? —dijo con su acento.

—Verá, es que me ha parecido que había alguien merodeando por mi cabaña. Le he visto correr hacia aquí. ¿Ha visto pasar a alguien?

El señor francés dijo algo mirando al interior de la cabaña, posiblemente a su esposa, después se encogió de hombros.

—No hemos visto nada —respondió—. *Pego* usted va a *cogeg* una *ggipe*.

—Ah, gracias... Gracias, y perdone.

Cerró la puerta y yo estornudé.

43

Pasé al menos media hora debajo de la ducha caliente, tratando de poner algo de orden en mi cabeza: ¿estaba ese tipo espiándome o solo curioseaba?

En el móvil me esperaban otras tres llamadas perdidas de Javi. Bueno, ya era hora de devolvérselas.

Por supuesto, mi amigo se había enterado de la pelea con Artola en el bar de Alejo.

—Como el resto del pueblo. Las noticias vuelan. También su amenaza de muerte.

—Lo sé. Ibon me puso al día anoche.

—¿Ibon?

—Vino por el camping... Por cierto, tuve la oportunidad de hablarle de nuestra investigación. Le hablé del vídeo y de las sospechas de Cris.

—¿Y?

—Se rio. Tan solo se rio.

—Nunca ha sido un tipo con mucha imaginación —dijo Javi—. Era batería.

Ahora los que nos reímos malvadamente fuimos nosotros.

—Tienes que tomarte en serio lo de Artola. —Javi enfrió el tono—. ¿Qué piensas hacer?

—Aún no lo sé. —De manera instintiva, dirigí la mirada hacia el ventanal—. Acabo de ver a alguien merodeando por mi cabaña. Ya no sé si me estoy volviendo loco o...

—¿Alguien? ¿Ha hecho algo?

—No. Solo estaba demasiado cerca..., como si estuviera poniendo la antena. Quizá solo sea una paranoia.

—Quizá —coincidió Javi—. De todas formas, deberías dejar el camping y venirte a mi casa.

—Creo que a Alaitz no le haría demasiada gracia, Javi.

—Pues algo hay que pensar... Por cierto, ¿has logrado hablar con Mendiguren?

—No, tío. Lo intenté ayer y nada. Vuelvo a probar ahora, en cuanto te cuelgue.

—Vale. Yo me quedé leyendo hasta bien tarde anoche. Casi todo el material que tenía Bert en su corcho eran noticias que ya leímos hace veinte años. El caso fue sonado, por desgracia, también porque Lorea era una chica de muy buen ver y las portadas quedaban muy bien con ella.

Eso pasaba a menudo, pensé, y era profundamente asqueroso.

—Ignacio Mendiguren fue la cabeza visible de todo el proceso —siguió Javi—. También fue el último chivo expiatorio de la prensa. Encontré un artículo fechado años más tarde, en 2010, en el que recordaba lo estresante que había sido el caso de Lorea para él, y que «de alguna manera» se sintió «marcado» por su falta de resultados. Había sido tan frustrante que le hizo plantearse el retiro.

—Quizá esté de vacaciones en Benidorm y por eso no coge el teléfono.

—Eso espero. —Javi chasqueó la lengua—. Bueno, te veo esta noche en casa de Nura. He pensado en llevar el vídeo. ¿Qué opinas? Podría ser interesante verlo todos juntos.

—No me parece mala idea. Nos vemos allí.

Colgué y cogí la entrada del concierto de Dr. Ayawaska, que seguía sobre la encimera de la cocina. Marqué otra vez ese número de móvil al dorso y empezaron a sonar los tonos. Uno, dos, tres. Entonces un clic. Una voz.

Sentí un latido más fuerte que otro.

—¿Dígame?

—Hola, eh... Quisiera hablar con Ignacio, si es posible.

Se hizo un silencio. ¿Un suspiro?

—¿Quién llama? —Era una voz aflautada.

—Soy... un viejo conocido.

—¿De la Ertzaintza?

—No, de Illumbe. Me llamo Diego Letamendia. Conocí a Ignacio en un caso. ¿Usted es su esposa?

—Yo soy Arantza, su hermana. Ignacio enfermó hace unos años.

—¿Está enfermo?

—Alzhéimer. Lo ingresamos en el sanatorio de Santa Brígida. Ahora vive allí. ¿Te puedo preguntar cómo has conseguido este teléfono?

No se me ocurrió ninguna mentira que contarle, así que opté por la verdad.

—Un amigo mío, Alberto Gandaras, intentó hablar con él hace poco. Creo que estaba revisitando aquel viejo caso de Lorea Vallejo.

—Sí. Es cierto. Yo misma hablé con él.

—¿Le contó por qué quería hablar con Ignacio?

—No. Solo insistió en que quería hablar con él. Le dije lo

mismo que a ti... No sé si llegó a visitarle. Yo vivo en Menorca casi todo el año. Mi hija Nerea es la que suele estar un poco pendiente. En realidad, debería darle el teléfono a Nerea, si es que empiezan a llamar tan a menudo. ¿Pasa algo? ¿Es que hay algún problema?

—No... No que yo sepa —dije—. ¿Sabe cómo consiguió Bert este teléfono?

—Me dijo que se lo había dado alguien de *El Correo*. Justo antes de empezar con sus achaques, Ignacio participó en un reportaje sobre desapariciones. Al parecer, tu amigo conocía al periodista y así es como consiguió su número.

Javi había mencionado ese reportaje unos minutos antes. Pensé que sería fácil dar con ese periodista y hacerle algunas preguntas, aunque eso podría esperar. Le di las gracias a la hermana de Ignacio y colgué el teléfono. Seguía lloviendo a raudales y era casi la hora de comer, pero no tenía hambre. Y sí toda la tarde por delante antes de la cena con la banda.

Marqué el número del taxi. Solo esperaba que el horario de visitas del sanatorio de Santabritxu (como conocíamos a Santa Brígida) no fuese demasiado estricto.

44

Santabritxu es uno de esos lugares envueltos en una leyenda oscura. Fue un hospital para niños sin recursos construido a principios del pasado siglo, y se cuenta que durante esos años ocurrieron desapariciones, asesinatos y otros hechos de cariz siniestro. Seguramente la realidad fue mucho más aburrida, pero el aspecto tétrico de sus pabellones, apostados frente al mar, le valía el apodo de «sanatorio maldito». Una leyenda local (y una de nuestras historias de fogata favoritas del verano) contaba que el fantasma de un niño descalzo y vestido en camisón se aparecía por la noche en distintos puntos del hospital y sus alrededores. A los que tenían la mala suerte de toparse con él, les preguntaba por su *amatxu*.

Si osabas entablar conversación, el niño te mostraba las cuencas vacías de sus ojos y te pedía que le dieras la mano.

Y si eras tan idiota de dársela, te merecías ir al infierno andando.

La lluvia había dado una tregua cuando el taxista frenó junto a la entrada principal del sanatorio. Me preguntó si quería que me esperara. Yo miré a un lado y al otro de aquella solitaria carretera que discurría frente a los acantilados. A esas horas y con ese día, no había nadie. Unas terribles nubes negras se cernían sobre la costa, a solo un kilómetro de distancia, y anunciaban otro coletazo de agua y truenos para la siguiente hora.

—¿Cuánto tiempo puede esperar?

—No lo sé... Veinte minutos.

—No sé cuánto me va a llevar, ¿podría esperar diez y marcharse si no aparezco?

—De acuerdo.

Le pedí su teléfono antes de apearme. Después pasé bajo la gran verja de acceso que indicaba la fecha de la primera piedra que jamás se colocó allí: SANATORIO DE SANTA BRÍGIDA. 26 DE ENERO DE 1911.

Una escalinata conectaba con un largo soportal. Por su proximidad al mar y su orientación, Santabritxu se había creado para hacer frente a una epidemia de tuberculosis infantil, y contaba con terrazas donde tomar el sol y la brisa, algunas de ellas acristaladas. Vi a algunos pacientes en la primera planta, jugando a las cartas, en bata. También había un hombre afuera, bien pertrechado en una silla de ruedas, recibiendo la brisa marina. Le saludé al pasar y él me sonrió.

—Viene tormenta —dijo—, me encanta verlas llegar.

Había preparado un montón de argumentos para superar la previsible barrera de la recepción: que era un viejo amigo de Ignacio Mendiguren; que llevaba veinte años sin verlo; que me debía dinero... Nada de eso hizo falta. La oficina de admisiones estaba casualmente vacía cuando entré en el vestíbulo, así que me hice el tonto y seguí el camino natural que me llevaba a ese gran salón que había visto a través del ventanal.

Lo primero que sentí fue... calor. Mucho calor. Demasiado calor. Pero, claro, la gente allí estaba en bata, en pijama. Mujeres, hombres, sentados alrededor de una mesa, o en sillones; algunos parecían estar en pleno uso de sus facultades —jugaban a las cartas con bastante brío o charlaban—, pero la mayoría era gente callada, con la mirada perdida, derrotada y triste.

Fui pasando junto a ellos, entre saludos y sonrisas. Supongo que allí, en ese lugar sin tiempo donde solo cabe aguardar la muerte, los visitantes éramos como un pájaro exótico de mil colores.

Una señora me confundió con su nieto. Su compañera de mesa le dijo que «no fuese tonta», puesto que yo era «el hijo de María Eugenia».

—¿A que sí?

Yo me limité a sonreírles a las dos.

—¿Conocen a un tal Ignacio Mendiguren?

Aquello fue como lanzar una lata de gasolina de alto octanaje a unas brasas. «¿Ignacio Mendiguren, el hijo de Paquita?», dijo una. «No, no se llamaba Ignacio, se llamaba Víctor», respondió la otra, a lo que su compañera replicó: «¿Qué dices? Víctor era el nombre del hermano pequeño de Miguel, el carnicero...», y así *in aeternum*. Había un hombre junto a la mesa, sentado en una silla de ruedas con ambas piernas amputadas, afeitado, peinado con raya, como uno de esos hombres de factura antigua. ¿Qué le habría pasado? Tenía una cara de tremendo aburrimiento.

—¿Ignacio Mendiguren? —me preguntó—. ¿Un hombre alto, con la nariz un poco...? —Hizo un gancho con el dedo índice.

—Eso es —dije yo, recordando la nariz aguileña de Ignacio.

—Ese es de los... —Movió el dedo como si estuviera desenroscando un tornillo en su sien, símbolo internacional de los enfermos mentales—. A estas horas, los sacan a tomar el sol en la primera planta.

Le di las gracias y levanté la vista en busca de unas escaleras. El tipo sin piernas me tiró de la manga de la chaqueta.

—Salga a la recepción y suba las escaleras de mármol. Y si no quiere cruzarse con nadie, vaya todo a la derecha, por la galería.

Sonreí y se lo agradecí otra vez, pensando en esa frasecita que había intercalado en su respuesta, «y si no quiere cruzarse con nadie».

Seguí las instrucciones. Salí a la recepción y subí las escaleras. A la derecha, en efecto, se abría una galería de cristal en la que vi a una docena de personas sentadas en sillas de ruedas. Acompañadas por algunos familiares, tomaban el poco sol que lograba escapar a la manta de nubes grises que cubría el cielo esa tarde.

Caminé a través del corredor. El techo y el ventanal comenzaban a cubrirse de gotas otra vez. La tormenta que había visto acercarse desde el océano tronaba a lo lejos. Hundí la mirada en esa galería y traté de detectar a «mi hombre». Desde luego, tendría sentido que estuviese allí, ya que los pacientes que descansaban en la galería parecían todos víctimas de algún tipo de deterioro neurológico. Había gente muy anciana, pero también gente más joven. Sus acompañantes les hablaban, les leían o les ponían música sin obtener apenas respuesta. Levantaban las cabezas al verme pasar, quizá en un intento por reconocerme. Muchos de ellos, pensé, dedicaban horas a estar allí, hablando con alguien que no respondía apenas, y posiblemente habrían tejido amistades entre ellos.

Yo iba observando las caras, tratando de reconocer las facciones de un hombre al que llevaba sin ver dos décadas y del que solo guardaba un vago recuerdo.

Había surcado casi la totalidad de la galería cuando lo encontré, apartado en el fondo de aquel corredor. Sentado en una silla de ruedas encarada al mar. El cuadro de sus ojos y su nariz aguileña bastaron para reconocerle, aunque el resto de él era una versión apagada y cenicienta del hombre enérgico e inteligente que yo recordaba.

Pelo blanco, demasiado largo. Barba de dos días. Un pijama y un albornoz claros.

Frené el paso, impresionado, y me acerqué con suavidad. No había ninguna butaca junto a la silla de ruedas. ¿Cómo empiezas una conversación así? Supongo que lo primero era dar las buenas tardes.

—Buenas tardes, Ignacio, no sé si me recuerdas.

El hombre ni se inmutó ante mi presencia. Sus pequeños ojos negros permanecían quietos en la nada, pero frente a su pasividad a mí me vino aquel increíble *flash* de emociones e imágenes. De pronto, intercambiamos posiciones. Era yo quien llevaba un pijama y estaba tumbado en la cama de un hospital —el de Cruces—, e Ignacio estaba a los pies, vestido con una chaqueta de pana de color marrón y una camisa de cuadros. Era un día de finales de octubre de 1999...

1999

—... vamos a ver, Diego, vamos a repasarlo una vez más.

—Te lo he contado quince veces...

—Quizá me lo tengas que contar cien veces más... Te estás poniendo las cosas muy difíciles si solo eres capaz de recordar eso. Te faltan un montón de detalles. No me digas que eres incapaz de distinguir entre un puto Seat o un BMW... ¡Dame algo más!

—Estaba... oscuro.

—¡Ya sé que estaba oscuro, coño! Pero aun así lograste distinguir unas jeringuillas... ¿Cómo es posible que no lograras ver la marca del coche?

—No lo sé.

—¿Y cómo estás tan seguro de que esa chica era Lorea? Solo la viste por detrás...

—Tenía su pelo. Conozco su pelo castaño. Y llevaba una chaqueta de cuero como ella. Estaba dormida... Es lo único que recuerdo. Estoy cansado.

—Escúchame, chaval. Quiero ayudarte, ¿vale? Pero llevas cinco días aquí y no has recordado nada nuevo. Y el tiempo corre. Si es cierto que alguien secuestró a Lorea, puede que ella todavía siga con vida... Todo depende de ti, ¿entiendes?
—Sí, pero...
—Volvamos a empezar.

45

Ignacio Mendiguren miraba al vacío. Catatónico. Y era terrible verlo así.

Recordaba sus ojos brillantes, agudos, inteligentes, haciéndome una pregunta tras otra durante los interminables interrogatorios de aquellos días. En el fondo, aunque nunca lo llegó a admitir, creo que me cogió algo de cariño. Simpatizó mucho con mi familia a raíz del infarto de mi padre y nuestro destierro un tanto forzado de Illumbe. De hecho, era una de las pocas personas que conocía nuestro nuevo paradero y durante un par de años siguió pasándose a tomar un café, con un paquetito de pastas, y a preguntarme lo mismo una y otra vez: «¿Has recordado algo más?».

Había unas butacas por allí. Cogí una y me senté junto a él, como si fuera un familiar de visita.

—Ignacio... No sé si me escuchas, o si entiendes algo de lo que voy a decirte. Tampoco sé si me recuerdas. La última vez que nos vimos yo era un chaval de veinticuatro años, medio idiota, que nunca fue capaz de responder a ninguna de tus preguntas.

Miré el rostro de ese hombre. ¿Se movía algo? ¿Aunque fuese un brillo mínimo en sus pupilas?

—Parece que esto te jodió vivo a ti también. Lo siento mucho, Ignacio... No sé si me oyes... Un amigo mío, Bert, ha muerto recientemente. Creo que encontró algo. No sé muy bien qué. El caso es que tenía tu número de teléfono apuntado en un papel. Quizá vino por aquí. Quizá habló contigo de todo esto... —Me detuve un instante—. Ignacio, ¿me oyes? ¿Puedes hacer un gesto, si me estás comprendiendo?

Ignacio Mendiguren permanecía quieto, inerte como una estatua, con la mirada perdida en el océano que teníamos enfrente. La tormenta ya estaba pasando por encima del sanatorio. Un intenso chaparrón regaba el techo de cristal de la galería.

Le observé con lástima. Su pelo encanecido, que nadie se había molestado en peinar, su rostro rugoso y entristecido. ¿Hasta qué punto podían suceder cosas detrás de esos ojos? ¿Era posible que estuviese pensando algo pero fuera incapaz de decírmelo?

—Se llamaba Bert... y ahora está muerto. Quizá lo mataron por algo que...

Entonces, según le observaba, vi que algo sobresalía del bolsillo de su albornoz. Era uno de esos bolsillos pecheros donde uno suele meter un clínex o unas gafas...

... pero lo que sobresalía del bolsillo de Ignacio Mendiguren no era nada de eso.

Parecía un trozo de papel de color rojo.

Miré a la galería. Los otros acompañantes seguían allí, aburridos, a lo suyo. No se veía ni rastro de una enfermera o una monja o quien fuese el sujeto de la autoridad en aquel lugar. Estábamos cerca de la esquina, lo que significaba que alguien podía aparecer de improviso y cazarme haciendo lo que no debía. Prudencia.

Acerqué la butaca y me erguí para ver mejor. Estaba temblando. La galería, oscurecida por las nubes, apenas tenía luz, pero estaba claro que aquel papel era de un color rojo vivo y tenía una forma redondeada.

¿Podía ser lo que sospechaba?

Al final me atreví a hacerlo. Un último vistazo a ambos lados y extendí la mano con cuidado, como quien ha visto un pelo sobre tu hombro y te lo quita gentilmente. Cogí aquello por una punta, mientras miraba el rostro imperturbable de Ignacio. Tiré y el trozo de papel salió sin problemas.

Un bonito corazón de papel rojo.

El viento azotó los cristales. Yo sentí que me ahogaba.

Volví a mirar a mi alrededor. Nadie se había movido de su sitio. Los pacientes seguían callados; sus acompañantes, aburridos. ¿Cómo había llegado eso allí? Alguien debía de estar esperándome. Alguien debía de saber que iría esa tarde a visitar a Ignacio. No tenía ningún sentido, ni yo mismo lo sabía un par de horas atrás.

Devolví la vista al corazón. Tenía el tamaño, el color y la textura del que había encontrado en el bolsillo interior de mi chaqueta, el lunes pasado. Supuse que también tendría un mensaje al dorso. Lo giré. Decía lo siguiente:

CRUZO LA PARED

—Hago chas y aparezco a tu lado —murmuré la última línea del estribillo de la canción de Álex y Christina.

Un trueno retumbó sobre nosotros. Más agua, más viento. Miré a Ignacio. Sus ojos estaban quietos en ninguna parte.

—Ignacio..., ¿quién te ha dejado esto en el bolsillo?

Levanté el corazón y lo coloqué entre sus ojos y la cristalera.

—Alguien ha venido antes que yo, ¿quién era?

No sé si fue el ver ese corazón de papel, o el simple hecho de haber interpuesto un obstáculo entre sus ojos y el paisaje, pero algo se movió en el interior de aquella cabeza. Una reacción. Ignacio abandonó su estado catatónico para mirarme. Me miró a la cara y sus ojos parecieron volver a la vida.

—Ignacio. Soy Diego. ¿Me recuerdas? Alguien te ha dejado este corazón. ¿Quién ha sido?

Ignacio Mendiguren comenzó a temblar. Era una especie de gesto de negación a cámara rápida. Sus labios, su papada, su pelo, todo se movía atribuladamente mientras él agitaba la cara de un lado a otro.

Yo seguía sosteniendo el papel ante sus ojos. Vi que abría los labios, primero para elaborar un murmullo ininteligible.

—Ase... sino.

El volumen de su voz comenzó a elevarse de forma paulatina hasta alcanzar su timbre natural. Aquella voz que yo recordaba.

Asesino.

Asesino.

¡Asesino!

—¿Qué?

Su cabeza se agitaba cada vez más rápido.

Ahora hablaba en voz muy alta, tanto que algunas personas que estaban en la galería comenzaron a levantar la vista, a mirarnos.

—¡¡Asesino!!

Alzó una mano y me señaló, a gritos. Ahora ya bramaba con todas sus fuerzas.

—¡¡¡Asesinoooooooooooo!!!

46

Me puse en pie, entre el miedo y la culpabilidad por haber desencadenado aquella reacción nerviosa. Uno de los acompañantes que estaban en la galería se levantó y se acercó a mí, mientras Ignacio seguía apuntándome con el dedo y desgañitándose.

—¡Oiga! ¿Es usted familiar de este hombre?

Vi correr a una enfermera desde el fondo de la galería. Ignacio gritaba, aunque ya no podía elevar más el volumen; se estaba quedando ronco. La enfermera llegó a su altura, le cogió de la mano y comenzó a acariciársela. «Ignacio, majo, estoy aquí, tranquilo, no pasa nada, tranquilo.» Otra enfermera apareció desde la otra punta con algo en las manos. Un pequeño equipamiento para ataques, imaginé. Me miró con una furiosa pregunta dibujada en los ojos.

—Yo... solo estaba hablando con él —intenté defenderme.

Me ordenó que me apartara señalando un punto a varios metros de allí.

Ignacio seguía con sus gritos, aunque los cariños de la enfermera lo habían apaciguado un poco. Retrocedí unos pasos, pero no me aparté de su campo visual. Me señalaba ¿a mí o a otra cosa? Y sus ojos estaban fijos en ¿«el asesino»? La enfermera preparó algo, un vasito con un líquido, imaginé que un tranquilizante.

—Ignacio, cariño, bebe un sorbito de agua, vamos.

Les costó administrárselo y casi la mitad se le derramó por la barbilla, pero finalmente se tomó aquello y para cuando le hubieron secado, Mendiguren ya estaba bajando el volumen y frenando su cabeza. Su mano, la que me señalaba, reposaba sobre su regazo, mientras la enfermera que había llegado en primer lugar continuaba acariciándole el pelo. La otra me hizo un gesto para que la siguiera.

—¿Es usted un familiar? —me preguntó.

Le respondí que no:

—Solo un viejo conocido de Ignacio. Oiga, ¿ha recibido alguna otra visita hoy?

—No, que yo sepa, ¿por qué?

—Mire, alguien le ha metido esto en el bolsillo de la bata. —Le enseñé el corazón de papel—. Es algo dirigido a mí. O sea, que ha debido dejarlo alguien hoy mismo.

—¿De qué está hablando? —Me miró con el ceño fruncido—. Mire, le voy a pedir que espere un momento aquí. No se mueva, ¿vale? Quédese aquí.

—Oiga... —repliqué.

Pero la enfermera ya se apresuraba rumbo al fondo de la galería. Bueno, decidí que ya la había jodido bastante, así que cumplí sus órdenes y aguardé allí. En cuestión de un minuto aparecieron dos personas: la enfermera y una mujer que se presentó como la directora del sanatorio. Me preguntó mi nombre y por mi relación con Ignacio.

—¿Amigos de la policía?

—No —dije—, yo... participé como testigo en un caso. Hace años.

Las dos mujeres cruzaron una mirada de suspicacia.

—La enfermera dice que usted ha encontrado algo en la bata de Ignacio. Un papel.

Alcé la mano y le mostré el corazón de papel. Le expliqué que tenía razones para pensar que era un mensaje dirigido a mí y le pregunté si Ignacio había recibido alguna otra visita «a lo largo del día».

—Hoy ha llovido toda la mañana. Solo hemos levantado a Ignacio para comer y después lo hemos traído aquí. No ha recibido más visitas.

«Eso es imposible», estuve a punto de decir, pero ella se me adelantó.

—Hemos avisado al familiar al cargo de Ignacio. Está viniendo hacia aquí ahora mismo. ¿Le importaría esperarle? Ha dicho que quería hablar con usted.

Me indicaron una butaca y allí me senté.

Estuve esperando una media hora y en ese lapso noté que la directora y la enfermera se asomaban un par de veces como para controlar que yo continuaba allí. La tormenta seguía su curso tierra adentro y había dejado de llover. De hecho, el cielo se iba abriendo un poco.

Al cabo de ese tiempo volví a ver a la directora del centro, esta vez acompañada de una mujer uniformada. ¡Una ertzaina!

Me levanté. Eso era algo que no me habría esperado por nada.

—Nerea Arruti. —Me estrechó la mano nada más llegar—. ¿Y usted es...?

—Diego León.

—Diego León —repitió ella, echando la cabeza ligeramente hacia atrás. Es una reacción normal cuando eres famoso: la gente vuelve a mirarte cuando se da cuenta de que eres *ese*—. De acuerdo —le dijo Nerea a la directora—, puede dejarnos solos.

La directora nos ofreció una salita de enfermería para que nos reuniéramos. Arruti tomó una silla, yo me senté enfrente. Nos quedamos en silencio unos instantes y ella rompió el hielo:

—¿Un accidente? —Me señaló la cara.

Claro, había olvidado que llevaba el moretón del día anterior en el ojo. Pensé en contarle una milonga, pero esa tía era poli (no iba a colar).

—Un viejo amigo me hizo un regalo de bienvenida —le quité importancia—, nada grave.

Arruti se quedó en silencio, clavándome la mirada como si estuviera calculando algo. Tenía una nariz curiosa, ni grande ni pequeña, que terminaba en una bolita y conseguía que la mirases una y otra vez, casi sin querer.

—Mi tío hablaba mucho de usted —dijo al cabo de unos segundos—, aunque creo que nunca se hubiera esperado una visita *in person*.

Sonreí. Le pedí que me tuteara.

—Yo tampoco me hubiese imaginado esto, si te soy sincero.

—¿Por qué has venido exactamente?

«No mientas», me dije. «Esta tía es de las que detectan una mentira a kilómetros de distancia en un día de poca luz.»

—Quería hablar con Ignacio. Algo relacionado con aquel caso de desaparición. Lorea Vallejo. Por supuesto, no esperaba encontrármelo en este estado, me ha dado mucha pena verle así. Tu madre me ha avisado, pero...

—Mi madre vive en su mundo de paz y amor en Menorca —dejó escapar un suspiro— y no está muy al tanto de nada. —Sus largas pestañas negras aletearon azuzándome—. Sigue.

—Tenía un amigo, Alberto Gandaras. Murió la semana pasada. Al parecer se había obsesionado con aquella desaparición, le había entrado una especie de curiosidad repentina sobre el caso de Lorea y había apuntado el nombre de tu tío en un papel.

—¿Alberto? ¿Te refieres a la víctima del incendio en el monte Arburu?

—El mismo.

Arruti tomó aire. En su cabeza volvían a funcionar las ruedas de una maquinaria. Ató un par de cabos.

—Tu amigo tiene una novia, ¿verdad?

—Cristina. Supongo que la conoces...

—Vino por comisaría el sábado y nos contó una historia increíble, digna de la mejor novela negra. Decía que a su novio lo habían asesinado tras descubrir una clave en el caso de la desaparición de Lorea Vallejo. Era presa de los nervios, o de algo más... Y ahora déjame adivinar: tú también has hablado con ella.

—Correcto.

—Y también crees que tu amigo encontró una pista.

—Eso no puedo decirlo.

—Pero no lo descartas. Por eso has venido, como hizo él, a hablar con mi tío.

—¿Bert estuvo aquí?

—Sí —suspiró de nuevo la joven policía—. Hará un mes más o menos, aunque yo no supe quién era hasta más tarde.

»Un día, Isabel, la directora, me llamó para decirme que los familiares de otros pacientes "se habían preocupado" por un hombre de aspecto "raro" que llevaba toda la tarde sentado junto a mi tío, hablándole sin parar, enseñándole unos papeles... Te puedes imaginar lo llamativo que resultaba con mi tío absolutamente ido.

»Yo estaba trabajando y les pedí que retuvieran a esa persona, pero tu amigo no se quedó esperando como has hecho tú. Sencillamente, cogió la puerta y desapareció. Y todo habría quedado envuelto en el misterio de no ser por Cristina, su novia. Cuando vino por la comisaría contando su historia de conspiraciones, até cabos, decidí traer una foto de Alberto a las enfermeras y ellas lo reconocieron como el hombre que había estado sentado con mi tío.

—Y supongo que nadie sabe de lo que hablaron.

Arruti negó con la cabeza.

—Dudo que mi tío hablara de nada. Lleva un año sin decir palabra... Y hablando de eso: me dicen que hoy has conseguido una especie de milagro. Las enfermeras aseguran que ha gritado algo. Una y otra vez la misma palabra... «Asesino.»

—Sí. No sé muy bien a qué se refería... —titubeé—. Bueno, no sé si conoces los detalles del caso.

—Los conozco. Mi tío habló mucho de esa «visión» que le contaste a la policía. —Arruti descruzó las piernas y se inclinó ligeramente hacia mí—. Pero no te preocupes, creo que él siempre creyó en tu historia..., siempre pensó que eras inocente.

—¿En serio? ¿Te dijo eso?

—Básicamente, me dijo que tú no encajabas en el perfil de un asesino capaz de hacer desaparecer a una chica y su moto de la faz de la tierra. Según él, aquel era un crimen «sofisticado». Y tú eras un chaval demasiado normal.

Alguien llamó a la puerta: era una de las enfermeras, que

se llevaba a Ignacio a su habitación. Nerea se levantó y salió al pasillo. Vi cómo le acariciaba el pelo a su tío y le decía un par de palabras cariñosas. «Enseguida subo, tío.»

Traía los ojos algo enrojecidos cuando regresó a la salita.

—Siento mucho que esté así —dije—. Tu tío fue un gran hombre. En aquellos días tan duros, nos trató con toda la humanidad del mundo a mi familia y a mí. Siempre le estaré agradecido por ello, y lamento que fuese otra víctima más de este caso.

—Gracias... Diego. —Noté que tragaba saliva.

—Le tienes mucho cariño, ¿no?

—Sí —dijo Arruti—, mi *aita* murió cuando yo era niña y mi tío Ignacio hizo el papel de padre. Mi madre es una mujer algo excéntrica, una artista que nunca ha terminado de aterrizar en el mundo real..., y mi tío fue toda la seriedad y la formalidad que tuve de niña. Me hice policía por él.

—Vaya...

Arruti se quedó callada unos instantes, como si pensara algo.

—Este caso, lo de Lorea... Siempre he pensado que le pegó demasiado fuerte. Durante muchos años trabajó por su cuenta, en sus horas libres. Después quiso olvidarlo con tanta fuerza que a veces pienso que él mismo se provocó el alzhéimer. Fue la gran derrota de su vida, no estaba preparado para hacer frente a toda aquella presión.

—La presión fue asquerosa. —Tuve que darle la razón.

—Lo fue... La prensa se le echó encima. Los mandos también querían resultados. Estuviste a muy poco de ir a prisión, ¿eh? Todo el mundo decía: blanco y en botella, leche. Ha sido el muchacho. Pero mi tío quería la verdad, por extraña e imposible que fuera. Sin cuerpo, no había delito. Al menos si no hay otra manera de probar los hechos. Y eso le valió convertirse en un apestado internamente. Le acusaron de «tibieza». Solo tenía dudas.

—Has dicho que siempre creyó en mi inocencia, pero ¿tuvo algún sospechoso, digamos, probable?

Guardó silencio. Supongo que trataba de decidir si quería charlar de todo aquello conmigo y al final decidió que sí.

—Bueno... De entrada, mi tío siempre pensó que fue más de uno. Lo de la moto requería varias «manos», por eso siguió muy de cerca al padrastro y el hermanastro.

—Los Artola.

—Exacto. Pero eso tampoco dio ningún resultado. —Arruti posó la mirada en el corazón de papel que yo había dejado sobre la mesa—. ¿Es eso lo que has encontrado en su bata? —Cogió el corazón y lo miró detenidamente por un lado, por el otro. Se quedó leyendo aquella frase—. ¿«Cruzo la pared»? —Sonrió como si aquello fuese un choteo—. ¿Por qué crees que alguien te dejaría esto aquí?

—Hace veinte años había alguien que me perseguía poniéndome corazones de papel por todas partes. Aunque esos no tenían ningún mensaje.

—¿Una fan?

—Dejémoslo en una loca. El caso es que nunca supe quién era. Pasó lo de Lorea, me marché del pueblo y lo olvidé. Pero al parecer ella no me ha olvidado a mí. Me colocó uno en el funeral de Bert... y ahora este otro...

—La enfermera dice que le han puesto el albornoz por la mañana y está bastante segura de que no había nada en el bolsillo. ¿Le has contado a alguien que venías aquí hoy?

Yo pensé que solo a Javi.

—Deberías poner una denuncia.

—Quizá lo haga.

Apareció la directora por la puerta y le dijo a Arruti que su tío estaba ya más tranquilo tras el calmante. La ertzaina respondió que iría en un segundo y yo aproveché para levantarme. Tenía una cita para cenar en casa de Nura.

—Voy a investigar lo de ese corazón —dijo Arruti—. Quizá las enfermeras hayan visto alguna cara desconocida por aquí... No es la primera vez que se cuelan elementos indeseables en el sanatorio. Hay poco personal y no hay demasiadas medidas de seguridad. Se supone que a nadie le interesa entrar aquí. ¿Tienes un teléfono al que te pueda llamar?

Se lo di.

—Apunta el mío. Si te vuelven a molestar con estos corazones, o si finalmente encuentras algo, lo que sea, sobre el caso de Lorea, quiero saberlo, ¿vale? Es un caso cerrado hace mil años, pero podría intentar ayudarte... Supongo que es algo que puedo hacer por mi tío.

—De acuerdo —le prometí.

Esperé al taxi en los soportales exteriores del sanatorio. Había dejado de llover y algunos pacientes salían a disfrutar de unos pocos rayos de sol que se colaban por entre las nubes.

Mientras esperaba, saqué mi cartera y doblé el segundo corazón de papel.

El primero estaba allí: «Cuando crees que me ves».

El segundo decía: «Cruzo la pared».

Solo quedaba uno para que mi misteriosa fan apareciera a mi lado.

TERCERA PARTE

47

—¿Qué te ha pasado en el ojo? —fueron las primeras palabras de Nura al verme entrar por la puerta de su casa.

—Artola —dijo Javi a mi espalda—. Pero él también se llevó lo suyo, ¿eh?

Sobre la encimera había unos diez táperes de comida india con sus nombres escritos a rotulador: pollo tikka masala, samosas, curry madrás de cordero, patata estilo Bombay... y mucho, mucho arroz basmati. No era exactamente la idea de una «comida vasca», pero Nura admitió que la cocina nunca había sido su fuerte («a pesar de que es pura química en el fondo»). Esa tarde, había conducido su coche hasta Bilbao, llenado el maletero en su restaurante favorito, el Indian Town, y vuelto a Illumbe entre aromas de cúrcuma, cilantro y canela.

La anécdota de la pelea con Artola sirvió para romper el hielo mientras íbamos recalentando los táperes en el microondas y llevándolos a la mesa del salón, decorada con algunas velitas. En el iPod sonaba la banda sonora de *Magnolia*, de Aimee Mann, a quien Nura nos contó que había visto unas diez veces mientras vivía en Nueva York. «Tuve una época de puro amor lésbico con ella.» Mientras catábamos aquel fantástico vino, nos habló de su década yanqui. Confesó que había tenido una «relación larga» con un profesor de Cornell que solo tenía un fallo: estaba casado.

—Antes de que me lo digáis: lo sé, fue una idiotez. Pero estábamos enamorados. Le esperé durante tres años... hasta que rompió conmigo justo cuando empezaba con mis achaques —dijo con una amarga sonrisa—. En el fondo, tuvo buen sentido del *timing*.

Ibon llegó puntual. Le había dado el tiempo justo de quitarse el uniforme, ponerse unos vaqueros y pasarse de desodorante por los sobacos. Nura bromeó diciendo que «no había sido suficiente» e Ibon tardó en pillarlo (o no le hizo gracia). Le llené un vaso de vino, a ver si conseguíamos calentarle un poco la sangre, pero él dijo que esa noche «estaba de guardia».

Así que le pusimos una Fanta.

Nos sentamos a comer y desde el primer momento, fue una sensación extraña la de volver a estar los cuatro alrededor de una mesa. En nuestra época con Deabruak compartíamos un montón de tiempo juntos. Durante los años en los que Rubén era nuestro mánager habíamos hecho miles de kilómetros a bordo de nuestra furgoneta, recorriendo la A-8 desde Irún hasta Vigo o tocando en ciudades de interior como Zaragoza, Burgos, Logroño, Pamplona... y compartiendo olor a calcetines, cuescos, ronquidos, manías alimenticias, incluso encendidos debates políticos. Si eso no te une para siempre, pocas cosas lo harán.

Nura repartió samosas y otros entrantes y empezamos a reflotar los mejores *hits* de nuestro libro de memorias de banda. «¿Recordáis que a Javi siempre le entraban ganas de cagar antes de los conciertos?» Nura era friolera mientras que Bert se asaba de calor. Yo me agobiaba por chorradas e Ibon siempre parecía estar perdido en un profundo pensamiento. Además, odiaba la impuntualidad.

—Todavía la odio —dijo antes de darle un mordisco a su *naan* de ajo.

Una vez llegamos tarde a un concierto en una concentración de moteros en Zaragoza. «¿Os acordáis de aquellos tipos barbudos con cara de mal humor?» Llevaban una hora esperando cuando por fin aparecimos en aquella especie de cervecera donde se habían juntado. Al parecer, se sentían estafados por nuestra demora. Nada más salir al escenario comenzaron a lanzarnos posavasos, patatas fritas e incluso vasos de cerveza medio llenos. Javi casi la tuvo con uno de ellos (lo cual hubiera sido como firmar nuestra sentencia de muerte), pero Ibon lo solucionó arrancando el concierto por cuenta propia. Empezó con un solo de batería que consiguió aplacar los ánimos y hacer que los moteros moviesen el pie. Y eso nos dio tiempo al resto de sacar los instrumentos de las maletas, afinar a toda prisa y enchufarnos a nuestros amplis.

—Se puede decir que nos salvaste el culo.

Habíamos tocado en casi todos los sitios en los que podías tocar en aquellos días: bares de playa, fiestas de pueblo, tabernuchas perdidas en medio de la nada, clubes de alto copete. Incluso en un burdel y un barco. Habíamos compartido cartel con todas las bandas que, como nosotros, buscaban su camino al estrellato en los años noventa. Cantautores folk, grupos de death metal, rock radical vasco, pop ñoño, reggae... Y participado en todos los concursos que podíamos. En aquellos tiempos no existía *Operación Triunfo*, ni *La Voz*, ni esos programitas de talentos. La cosa era más áspera, por así decirlo. Salías a pegarte en un escenario pequeño, iluminado con un foco barato y donde los efectos especiales se reducían al humo del tabaco y los porros. Tus jueces eran una veintena de rockeros locales con cara de escepticismo, o un grupo de chicas con ganas de bailar, o una cuadrilla de amigos que te pedían caña.

—¿Y nuestro primer bolo? ¿Eh? ¿Quién se acuerda?

Nura apretó el botón de respuesta en primer lugar: «Pub Giroa, casco viejo de Bilbao, 11 de abril de 1997». Tenía un escenario tan pequeño que Bert tuvo que instalar su teclado en el cuarto de baño y tocar sentado en la taza. Nura e Ibon estaban escondidos detrás de los amplis y los altavoces. Y Javi y yo nos golpeábamos con el codo mientras tocábamos e intentábamos bailar mínimamente para el público que se había congregado allí, sobre todo colegas del instituto y familia.

—Tío, qué tiempos aquellos. Ya no hay ni la mitad de música en directo en los bares.

—Cierto. De todas formas, es que las bandas de guitarras tampoco están de moda. Los chavales de hoy en día prefieren el trap o los cantantes pluscuamperfectos de *Operación Triunfo*.

—«Pluscuamidiotas» —apuntó Nura.

—Os dais cuenta de que estamos hablando como unos puretas, ¿verdad?

—Absolutamente —me reí—, pero alguien tiene que coger el relevo de los viejos gruñones y criticar a la juventud.

Nos reímos.

De alguna manera, nos las arreglamos para pasar por encima de la fatídica noche del 16 de octubre de 1999 y mis viejos colegas de banda me preguntaron cómo había sido la vida de una «estrella del pop». Acabábamos de destapar el pollo tikka masala y creo que tenían ganas de comer mientras alguien les contaba una buena historia. Y yo intenté contarles la mejor parte. ¿Cuál fue la mejor parte? Supongo que llegar a Madrid con una mochila al hombro, bajar en la estación de autobús de la avenida de América y sentir que estaba comenzando una nueva vida, que estaba apostando a lo grande por mi carrera como músico.

Gonzalo me había hecho una invitación formal en Illumbe. Me dio su tarjeta y me dijo que contactase con él en cuanto estuviera «en la capital», que empezaríamos a hacer cosas. Bueno, yo pensé que quizá aquello iba a ser más inmediato. Era tan iluso que contaba con que Gonzalo me ayudaría con algunos «asuntos logísticos» como el piso, o tener algo de dinero para ir tirando. Pero Gonzalo, de pronto, se mostró frío, distante. En la primera llamada —realizada desde una cabina telefónica en la misma avenida de América— me respondió que estaba muy ocupado esa semana, que nos veríamos la siguiente. Ni siquiera se preocupó por si tenía algo que llevarme a la boca o dónde dormir. Supongo que fui un idiota por pensar que ese tipo me estaba esperando con los brazos abiertos. Por unos instantes me faltó el aire y se me enrojecieron los ojos. Yo lo había dejado todo atrás, mis estudios, mi casa, a mi padre enfermo... y ahora estaba en Madrid con cinco mil pesetas y una mochila de ropa, ¡y el cabrón de Gonzalo parecía haber cambiado de opinión!

Tuve suerte, porque había un tipo del pueblo viviendo allí, un chaval que había ido a buscarse la vida como actor y que era hijo de una prima de mi madre: Txemi Parra. Mi madre hizo unas cuantas llamadas y logré su número en Madrid. Recuerdo que me pasé la tarde intentando contactar con él, sentado en un banco junto a una cabina de teléfono mientras oscurecía y yo pensaba: «¿dónde coño voy ahora?». Por fin, a las once y media de la noche, Txemi cogió el teléfono. Le conté quién era y lo que me pasaba, y el tipo simpatizó conmigo. Me explicó cómo llegar a su casa en La Latina y me dio cobijo durante un par de semanas. Fue mi tabla de salvación y mi mejor entrada en Madrid. Me presentó a la gente de su compañía, a sus amigas (tenía muchas amigas y me consta que sigue teniéndolas) y nos fuimos de fiesta unas cuantas noches por la plaza de la Paja, donde una noche me emborraché con Ernesto Alterio, nada menos.

Txemi hizo el papel de mi primer mecenas: escuchó mis canciones y me dijo que eran buenas «de verdad». Me buscó algunos bolos de cantautor en garitos como la Vía Láctea o Libertad 8, donde gané poca pasta pero por lo menos tuve la sensación de estar haciendo algo: mostrando mi música al mundo. Recibí algunas buenas críticas del público que rondaba por allí y empecé a tocar con más frecuencia. Y coincidí con gente como Tico Maestre, César Andrés, Belén Montero. Artistas que estaban «en el alambre», como yo, partiéndose el lomo de bar en bar y buscando enganchar a algún productor discográfico. Actuar a solas con tu guitarra te forja muchísimo y yo crecí unos cuantos centímetros musicalmente esos días. Además, Madrid me estaba aireando la cabeza. Las fiestas, las resacas, la vida desordenada en el piso de Txemi, donde la nevera siempre tenía mucha cerveza y poca comida. Y algunas chicas que pasaron por allí... Txemi tenía un viejo piano de pared, y con eso y una guitarra empecé a escribir cosas nuevas, muy buenas.

Finalmente, cuando ya comenzaba a olvidarme de Gonzalo, llegó su llamada, lo que me había traído a Madrid en primer lugar. Gonzalo nos citó a mí y a mi guitarra en un teatro de Gran Vía donde estaba ensayando algo con su nueva compañía. Cuando llegué, me pidió disculpas por tardar en contactarme. Me contó que había tenido una «diferencia de opiniones con su director anterior» (un lío de faldas que se destapó precisamente por las preguntas de Mendiguren) y que había necesitado algo de tiempo para restablecerse y buscarse un nuevo trabajo. Me llevó al escenario del teatro y me pidió que tocase algo de ese nuevo material que había compuesto en los meses que llevaba por la ciudad. Había unos cuantos actores y gente de la compañía por allí, y recuerdo que todo el mundo se calló respetuosamente mientras tocaba una de esas nuevas canciones que en 2001 terminarían formando parte de mi gran disco debut: *Razones para callar*, el superventas que me dio la entrada definitiva en el mundo de la música profesional (y un Premio Ondas al Artista Revelación del Año).

Quizá fue el lugar, o el sentido de que aquello era «mi examen oficial», o el montón de heridas que llevaba encima, pero hice una grandísima actuación con mi guitarra y mi voz, sin micro. Cuando terminé, los actores aplaudieron con ganas y Gonzalo vino a decirme que estaba «alucinando». En Illumbe le había gustado «un poco», había visto el potencial, pero al verme subido solo en aquel escenario había tenido la visión definitiva del producto en el que iba a centrarse: Diego León.

El pollo tikka masala se había esfumado, pero yo les había tomado ventaja con tres copas de vino. Dije que ya había habido «suficiente de mí» y que hablásemos de otra cosa (quería comer algo, de paso). Fue entonces cuando Ibon hizo un gesto para tomar la palabra, sacó un USB del bolsillo de su camisa y lo plantó sobre la mesa.

—He conseguido el informe policial sobre la muerte de Bert. Me lo he leído de arriba abajo, por si os interesa.

Nos quedamos todos callados. Javi y yo intercambiamos una mirada cómplice, comprendíamos por dónde iba, pero Nura estaba pasmada.

—¿A qué viene esto ahora? —dijo.

Ibon se puso tieso, quizá a la defensiva.

—Pensaba que estabais interesados.

—¿Interesados? Pero ¿de qué mierda hablas? —clamó Nura, elevando un poco el tono y mirándonos a Javi y a mí en busca de respuesta.

—Creo que tenemos algo que contarte —respondí yo.

—¡Ah! —dijo Ibon—. O sea, que ella no sabe nada de la investigación.

—¿Una investigación?

Todavía faltaban por abrir un par de táperes de comida, aunque parecía que oficialmente nos habíamos quedado sin hambre. Eso sí, Javi tuvo la buena cabeza de ir a por más vino a la cocina. Mientras tanto, yo intenté resumirle a Nura aquello de nuestra «investigación».

Solo eso. Había decidido reservarme todo el asunto de la polaroid. Era cierto, como decía Gonzalo, que podía tratarse de un simple intento de estafa y no quería embarullar más la situación. Pero hablé tranquilamente sobre lo demás: las dudas sobre la muerte de Bert, el vídeo de nuestra última actuación y la entrada del concierto que nuestro amigo había garabateado con el número de Ignacio Mendiguren.

—La nota de Bert decía «Buscar, lo sabe todo», pero dudo mucho que Ignacio Mendiguren pudiera decirle nada. Se parece más a un vegetal que a una persona ahora mismo.

—O sea, que era un callejón sin salida —opinó Javi.

—Como todo lo demás, tíos —intervino Ibon—. Bert murió en su cama, calcinado, aunque mucho antes debió de asfixiarse. Descubrieron su cadáver sobre el colchón y el fuego se originó en la alfombra. Los bomberos encontraron los restos de un cenicero en el suelo, junto a la cama. La policía judicial realizó una inspección y en la cocina había una papelina de caballo, papel de plata quemado, etcétera. ¿Qué más datos necesitáis para creerlo? Subió a su habitación y, como estaba solo, se preparó una fumadita para dormir bien. La apoyó en un cenicero que se cayó al suelo. Lo demás es historia...

Nura había permanecido callada todo ese tiempo. Por un momento pensé que se había enfadado conmigo por haberle ocultado el *plot* en mi anterior visita, pero no. Lo que pasaba es que estaba pensando.

—... y no me contéis otra vez lo de sus reglas —seguía diciendo Ibon—. Pudo subir sobrio y...

—¿Encontraron la plata? —preguntó Nura de pronto.

Ibon arqueó las cejas.

—¿Qué?

—En el informe. —Nura señaló el USB—. ¿Mencionaban haber encontrado algún trozo de papel de aluminio en la habitación de Bert?

—No, que yo recuerde. Supongo que se quemaría.

Nura negó con la cabeza.

—El papel de aluminio es metal y se licúa a 660 °C. Precisamente por eso se utiliza para lo que se utiliza: cocinar, quemar heroína...

«La doctora en química sacando pecho», pensé.

—Deberían haber encontrado algún fragmento de papel de aluminio arriba —siguió diciendo Nura—, incluso si se pinchó la heroína, la aguja debería haber resistido el fuego.

—Quizá era otra droga —dijo Ibon.

—¿Una capaz de dormirte tan profundamente que te quemes vivo sin moverte? Quedan pocas opciones, la verdad, a menos que tu intención sea suicidarte. ¿Pudo ser un suicidio?

—No me lo había planteado —reconocí.

—¿Suicidarte quemándote a lo bonzo? —preguntó Javi—. Es bastante gore, ¿no?

—Quizá su intención no era provocar un incendio. Pudo encender un cigarrillo y dejarlo en el cenicero. Después, se tragó unas cuantas pastillas de dormir. A veces la sobredosis comienza con espasmos. O pudo arrepentirse y derribó el cenicero cuando intentó salir de la cama. Si el blíster era de plástico, pudo haberse desintegrado con el fuego.

—Vaya —silbé bastante admirado—, creo que hemos tardado mucho en contarte la historia, Nura.

—Opino igual —sonrió Javi.

Ibon suspiró. No parecía hacerle demasiada gracia que una civil le enmendase la plana.

—O sea, que tú también te unes al grupo conspiranoico.

—Los americanos lo llaman *thinking outside the box*, Ibon, deberías probarlo alguna vez —replicó Nura—. De todas formas, hay mucho trecho hasta hablar de un asesinato. Pero si es verdad que estaba leyendo todas esas cosas, digamos que puedo comprender las dudas de Cristina. ¿Decís que Bert tenía el vídeo de nuestra última actuación? No sabía ni que existía. ¿De dónde lo sacó?

—Ni idea. El vídeo y la cámara eran de Rubén, pero Rubén nos ha dicho que él no ha tenido nada que ver.

—¿Habéis hablado con él?

—Sí. Bueno..., pensamos que era un buen sitio por donde comenzar. Todo empezó por esta entrada. —Saqué la entrada del Bukanero, que había llevado en mi chaqueta esa tarde—. Fue lo primero que Bert clavó en su corcho. Parece que fue al concierto y, por alguna razón, hizo este apunte.

Nura cogió la entrada y la observó.

—¿Y qué dijo Rubén?

—Poca cosa... Negó haber estado con Bert y nos contó que la policía requisó la cámara y la cinta en su día.

—De modo que no salió de allí —dijo Nura.

—No. Después imaginé que habría sido cosa de Ignacio Mendiguren, pero, visto lo visto, lo dudo. Supongo que Bert consiguió el vídeo de alguna otra manera. La hermana de Ignacio me habló de un periodista... —recordé de repente.

—Podríamos investigarlo. —Nura había cogido las riendas—. En cualquier caso, la pregunta crucial es: ¿qué vio, oyó o leyó Bert para volver sobre el caso de Lorea veinte años más tarde? Supongo que hubo un primer incidente. Algo.

—Cris me contó que fue a un concierto en el Bukanero y al día siguiente ya estaba raro. Esa misma semana ya tenía varios recortes sobre el caso en el corcho de su estudio.

Nura levantó la entrada.

—¿Este concierto? ¿Dr. Ayawaska?

—Las fechas encajan, al menos —aseguré.

—O sea, que esa noche vio algo, oyó algo... que le hizo pensar en Ignacio Mendiguren.

—Eso parece.

Ella lo valoró durante unos segundos, mientras daba un sorbo a su copa de vino. Se la veía excitada tramando todas esas teorías. Supongo que su cerebro de científica agradecía un reto intelectual de vez en cuando.

—Vale, pongamos que eso fue así. A continuación, se puso a investigar. Encontró el vídeo, los recortes de prensa... y se encerró en su estudio a revisarlo todo. De modo que quizá lo único que tenía era una sospecha. Si hubiera tenido alguna prueba fehaciente habría ido a la policía, ¿no?

Esta frase la dijo mirando a Ibon.

—No creo que hubiese venido a hablarme a mí —dijo él—. Yo solo soy el alguacil del barrio.

A la luz de las velitas que iluminaban la mesa pudimos notar que a Ibon le subía un rubor por las mejillas. ¿Mentía?

—Sigamos. —Nura fruncía el ceño, concentrada—. Bert iba en serio con su investigación. Llegó incluso a visitar a Mendiguren en el sanatorio. Y a saber qué más entrevistas realizó... El caso es que, en algún momento, quizá sin darse cuenta, se topó con el asesino.

—Protesto, señoría —interrumpió Ibon—, especulación.

—Solo estamos teorizando, ¿vale? Te prometo que después hilaremos una teoría mucho más aburrida en la que Bert, sencillamente, se volvió loco, se metió una dosis demasiado grande de benzodiazepinas y ardió en una pira vikinga por idiota. Pero ahora déjame que siga por la senda del asesinato, ¿O.K.?

Ante semejante perorata, Ibon prefirió no responder, aunque se le veía incómodo. En cambio, Nura lo estaba gozando.

—Como decía, Bert habló con el asesino sin saberlo. Quizá le comentó algo, le pidió información. Lo que sea. Entonces, el asesino se da cuenta de que está a punto de ser descubierto. ¿Qué hace? Bueno, lo planea todo con cuidado. A nada que observe un poco a Bert, es fácil trazar un plan. Primero, espera a que Cristina se haya ido a Barcelona, cosa que hace cada cierto tiempo. Bert era una víctima muy fácil. Frecuentaba los bares y garitos del valle casi más que los vendedores de cerveza.

Una noche le sigue, quizá se lo encuentra cerca de casa. Bert era mucho de invitar a gente a una «última birra»; quizá el asesino lo estranguló o lo dejó inconsciente y después lo drogó con algo. En ambos casos, un esqueleto carbonizado no dejaría rastros para una posible autopsia. Lo subió a la cama de su dormitorio y simuló el accidente con el cigarrillo. Quizá se quedó allí esperando hasta que la alfombra o la moqueta realmente prendieran...

Nura terminó su teoría y le dio un largo trago a su copa de vino. Acto seguido nos miró a los tres, que permanecíamos callados, sumidos en un escalofrío.

—Cuánta precisión —dijo al fin Ibon—, cualquiera diría que lo hiciste tú.

—No es demasiado difícil de imaginar —respondió Nura, sin inmutarse por esa acusación velada.

Javi clavó los codos en la mesa.

—Por tanto hay una manera de encontrar al asesino: buscar a todas las personas con las que Bert se puso en contacto en las últimas semanas.

—... y que lo quieran admitir —matizó Nura—. Pero hay otro camino: la lista que redactó Mendiguren en su día.

Tras esa frase, un trueno retumbó en alguna parte. Fue como una carcajada maléfica, y después empezó a llover. Podíamos oír la chaparrada a través de la ventana impactando contra la calle.

—Ya estamos con ese listado, otra vez. —Ibon parecía hastiado—. ¿Sabes cuánta gente estuvo en esa lista?

—No tanta —insistió Nura.

Se levantó con algo de dificultad y caminó hasta una alacena. Abrió un cajoncito y sacó un papel y un bolígrafo, que trajo a la mesa. Era un trozo de papel cuadriculado blanco.

—Para estar en la lista había que cumplir dos condiciones: motivo y oportunidad. Además, Mendiguren la redujo a las personas que más interactuaron con Lorea en los meses anteriores a su desaparición... Que yo recuerde, de los Deabruak estábamos todos.

Y escribió:

NURA
DIEGO
JAVI
IBON
BERT

—Bert está muerto... —dije—. Creo que podemos eliminarle.
—O.K. —Nura lo tachó—. ¿Quién más?
—Los Artola —dijo Javi.
Nura escribió sus nombres:

AGUSTÍN ARTOLA
MIKEL ARTOLA

—Rubén e Isaac han admitido que estuvieron.

RUBÉN
ISAAC

—Gonzalo también tuvo que dar su coartada —recordé yo entonces.
—¿Tu productor?
—Gonzalo y mucha más gente —añadió Ibon—. Ahí fal-

tan muchos nombres... Mendiguren investigó a medio pueblo y parte del extranjero...

—Sí, pero aquí estamos los que teníamos un posible móvil —dijo Nura—. La lista, que yo recuerde, constaba de una decena de personas.

—¿Cómo lo sabes?

—Mi padre movió algunos hilos, Ibon, solo puedo decirte eso. Creo que esta pequeña lista es el mejor punto de partida para investigar.

—¿Investigar? —Ibon soltó una risotada—. De verdad, es que me troncho.

—Pues trónchate —replicó Nura.

Ibon parecía atacado o dolido por aquello.

—Solo explícame una cosa: ¿por qué no hay ninguna investigación en marcha sobre el incendio del chalé? ¿Cómo es que se ha declarado «muerte accidental»?

—No lo sé —dijo Nura—. Quizá falte un móvil claro, un buen motivo para considerarlo asesinato. La principal beneficiaria de su testamento es Cris, y supongo que puede probar que estaba en Barcelona la noche del incendio. En el estudio había equipo por valor de unos cuantos miles de euros y nadie robó nada. Y ya has comentado que la policía encontró caballo en la cocina... Bueno, supongo que han hilado la teoría más lógica.

—En efecto. —Ibon no iba a dar su brazo a torcer—. Siendo científica, seguro que conoces eso de «en igualdad de condiciones...»

—«... la explicación más sencilla suele ser la más probable» —completó ella—. Pero te olvidas del papel de aluminio, querido. Solo ese detalle introduce suficiente complejidad en este sistema como para desvirtuar la explicación ockhamiana del accidente. Es algo que a la policía, desde luego, también se le ha escapado. Falta de tiempo y motivación, supongo.

—Vaya... Deberías llamarles y ofrecerles tu ayuda. —El tono de Ibon estaba lejos de ser irónico.

—Bueno, no nos enfademos. —Javi intentó templar los ánimos, pero nuestro antiguo colega de banda ya estaba encendido.

—Estáis tratando con algo horrible como si fuera un juego. Por no hablar de que me estás acusando en la cara.

—No soy yo —Nura señaló la lista—, es el papel.

—Perfecto. Pero no tengo por qué estar aquí aguantándolo. —Se puso en pie—. Ya me diréis lo que os debo por la comida.

—Ibon, por favor —dije yo.

—¡No, Diego! En serio. Me ha costado toda una vida superar aquella noche. Sigo teniendo pesadillas, ¿sabes? Y he sido insomne desde entonces, insomne, ¿te lo puedes creer? Y justo ahora, cuando estoy empezando a recobrar cierto equilibrio, venís a servirme toda esta mierda en bandeja. No..., no lo voy a aceptar. Fuimos amigos. Tuvimos una banda, punto. No os debo nada. Vosotros tampoco me debéis nada a mí.

—Ahí te equivocas. Tú sí que me debes algo —dijo Nura.

Ibon abrió los ojos de par en par.

—¿El qué?

—Le contaste algo a la policía, hace veinte años. Algo sobre mí. Sobre Diego.

—Vamos, Nura... ¿De qué hablas?

—Ya sabes de qué hablo.

Yo también me imaginaba de qué iba la historia, pero ahora era Javi el que estaba pasmado.

—¿Alguien puede decirme de qué coño va todo esto?

—No me chivé —se defendió Ibon—. Sencillamente me preguntaron por gente que podía tener una motivación sentimental para hacer daño a Lorea. ¿Me estás diciendo que no sentías algo por Diego?

Nura se calló. «Vaya», pensé. La bomba explotaba con un retardo de veinte años.

Javi seguía preguntando «¿Cuándo? ¿Cómo? ¿Qué?»... y pensé que lo mejor sería explicarlo.

—Fue una noche después de un concierto, como decía la canción de Sabina, pero el pueblo no tenía mar...

1999

Era un pueblo de Navarra, ahora no estoy seguro del nombre, y la sala era un antro fantástico lleno de gente rara. Habíamos llegado al atardecer y el concierto había ido bien. La gente contenta, buena cena, y ahora regresábamos para casa con algo de dinero en el bolsillo.

Antes de que Ibon se comprara su furgoneta solíamos repartirnos entre varios coches para viajar. Aquella noche en concreto yo volvía con Nura en su Volkswagen Golf, con un ampli de bajo Ampeg y un montón de guitarras en el asiento de atrás. El depósito ya nos había marcado reserva esa tarde a nuestra llegada, pero íbamos con demasiada prisa. Y ahora, a las tantas de la madrugada, estábamos en medio de la AP-68 con la aguja rozando el cero. Y sin dar con una gasolinera abierta.

—Joder...

—No te agobies. Seguro que encontramos una.

—Mira el libro de mapas, a ver si...

Encontré una en la general, a la altura de Calahorra, así

que tomamos una salida a la desesperada y nos metimos por una carreterilla oscura y cubierta de bruma, perfecta para rodar una escena de abducciones extraterrestres.

La gasolinera estaba allí, pero cerrada. Y fue cosa de los dioses que justo llegáramos allí cuando el depósito lanzó sus últimos centilitros de combustible al motor antes de quedarse seco.

—De puta madre. —Me reí—. ¿Qué hacemos ahora?
—¿Qué hora es?
—Las tres y media.
—Supongo que abren pronto... Podemos acampar aquí. Estamos a refugio del relente.
—¿En serio? Pero si hace un frío de cojones.
—Tengo una petaca de ron en la guantera —dijo Nura.

El plan era beber para calentarnos y dormir como pudiéramos. Nos acurrucamos, empezamos a hablar, a decir chorradas... En fin. Con Nura era fácil estar cómodo, reírse... Siempre ha sido una chica muy inteligente, y, aunque no fuese exactamente mi tipo, tenía algo (como decía Bruce en «Thunder Road»: *You ain't a beauty, but, hey, you're alright*).

Y aquella noche caí directamente en ese «algo».

El fallo fue que cinco minutos antes de empezar a acercarnos peligrosamente había mandado un mensaje a Rubén para decirles que estábamos bien, pero parados en la gasolinera de un pueblito llamado lo que fuera... Le conté que nuestro plan era quedarnos allí hasta que abrieran, para que nadie se preocupase por nosotros.

Sin embargo, resultó que Rubén e Ibon —que ese día habían viajado juntos— se habían quedado rezagados y estaban de camino cuando recibieron el mensaje. Y decidieron venir a buscarnos.

Y nos pillaron.

48

—No estábamos haciendo nada, todavía... —dije yo.

—... pero faltaba muy poco —añadió Nura mirándome con media sonrisilla en los labios.

De hecho, recordé que ya tenía el sujetador en mis manos cuando Ibon tocó en la ventanilla.

Nos reímos al recordarlo, aunque Ibon seguía más tieso que la bandera norteamericana en la Luna. Se sacó la cartera y dejó caer veinte euros en la mesa.

—Espero que esto cubra la cena. Yo... Si me disculpáis. Estoy un poco cansado y mañana tengo que madrugar.

Salió hacia la puerta, y aunque estuve a punto de levantarme Javi me hizo un gesto para que no lo hiciese. Nura ni siquiera se movió de su silla.

Sonó un portazo.

—¿Qué le pasa?

—Gilipollez —dijo Nura—. Es otra enfermedad degenerativa, sobre todo cuando te haces adulto.

«Vaya humor», pensé, «negro como un café cargado».

—Tiene derecho a no querer participar —lo defendió

Javi—. Es verdad que Ibon lo pasó muy mal por todo esto.

—Todos, Javi —apunté.

—Lo suyo fue diferente y no soy el único que lo dice. Antes de aquellos interrogatorios era un tío serio pero alegre.

—¿Ibon-Bajón? —le recordó Nura.

—Vale, a lo mejor no era muy alegre, pero tampoco era un triste. El asunto de Lorea le agrió el carácter. Es como si todo aquello le hubiera oscurecido el alma. Tuvo varias depresiones...

—Pues a mí me parece lo contrario —discrepó ella—. Tanto Isaac como él estuvieron muy arropados por la gente de Illumbe. Eran del grupo guay del pueblo. Mira en cambio cómo trataron al resto, a ti, a mí, a Diego...

—Bueno, pero igual pasó algo que desconocemos. ¿Y si era Ibon el que sentía algo por Lorea?

—¿Qué? —Nura me miró a mí directamente.

Yo había recobrado el apetito y me estaba sirviendo algo hecho con berenjenas y un montoncito de arroz basmati.

—Rubén nos contó algo... Parece que una semana antes del concierto del Blue Berri pilló a Ibon con Lorea en una situación, digamos, íntima.

—¿Enrollados? ¿En serio? —Abrió los ojos de par en par—. Vaya, esto es lo que se llama justicia poética.

—Rubén no dijo «enrollados» —aclaré yo—. Lo que contó fue que estaban ocultos en el almacén, lejos de las miradas y discutiendo por algo. Se lo habría preguntado hoy a Ibon, pero estaba tan atacado...

—Eso sí que son noticias frescas veinte años más tarde —dijo Nura—. Siempre pensé que él estaba en la lista solo por Isaac.

—¿Por Isaac?

—Las malas lenguas decían que Ibon le había «proporcionado una coartada».

—¿Qué malas lenguas?

—Esto es un pueblo muy pequeño, Diego. Unos meses después de que os marchaseis corrió un rumor... El padre de Ibon debía mucho dinero, la fábrica de muebles no iba demasiado bien. Y, de un día para otro, el padre de Isaac saneó sus cuentas, lo que le permitió quitarse el muerto de encima. Dicen que fue un pago por «otra cosa».

—Yo también he oído esa historia —dijo Javi—, pero solo es palabrería. Fue un préstamo. Los padres de Isaac y de Ibon son amigos...

Me serví un poco más de esa berenjena especiada.

—Perdón, ¿cómo se llama esto?

—Vegan Berta —respondió Nura—. Está bueno, ¿eh?

Después volvió a centrarse en la conversación.

—Está claro que, si hablamos de motivos, Isaac era uno de los candidatos potentes en la lista de Mendiguren. Había acorralado a Lorea en un par de ocasiones y mucha gente de su entorno decía que estaba obsesionado con ella. Su única coartada de esa noche fue Ibon, su mejor amigo. Una fidelidad a prueba de bombas.

—Tú estuviste con Isaac hace nada, ¿no? —me preguntó Javi.

Asentí con la boca llena de arroz.

—... me contó que..., perdón... —Me aclaré la garganta con un vaso de agua—. Me contó que había venido al concierto del Blue Berri, aunque a escondidas. Su intención era acercarse a Gonzalo y endosarle una maqueta de su banda de reggae, pero estaba demasiado borracho y, por lo que me ha dicho Gonzalo, debió de ser una escena algo patética. Después Ibon y él se fueron a Punta Margúa y pasaron la noche fumando hierba en la furgoneta.

Llovía ahora con más fuerza y yo empezaba a pensar en que volver al camping, debajo de esa manta de agua, sería la puntilla para la pulmonía que me iba mereciendo.

Terminé con la segunda ración de Vegan Berta y me di por cenado. Nura preguntó si queríamos postre.

—¿A alguien le apetece un sorbete de mojito? —dijo—. Me salen de maravilla.

Recogimos los platos, pero dejamos la mesa puesta. Ella se puso a triturar hielo y me pidió que fuera sacando el resto de los ingredientes: helado de limón, gaseosa, hojas de menta, lima y, por supuesto, el ron Bacardi.

Mientras hacíamos todo esto, Javi se encendió un cigarrillo y se puso a fumar junto a la ventana.

—Qué pillines. —Sonrió—. Nunca me olí nada de lo vuestro.

—Disimulamos muy bien —dije yo.

—En realidad, no pasó nada —añadió Nura mientras exprimía la lima—. No llegó la sangre al río.

Noté su mirada de reojo. Pensé que tarde o temprano, quizá esa misma noche, tendríamos que tocar el tema en privado.

Preparamos los sorbetes y volvimos a la mesa. La entrada de Bert seguía allí.

—¿Os apetece hablar de esto o cambiamos de tema?

—Hablemos de esto —dije.

—De acuerdo. Hablemos de ese vídeo. ¿No lo tendréis aquí por casualidad? —Nura pasó la mirada de uno a otro.

—Lo he subido a iCloud. Si tienes internet, podemos descargarlo y verlo.

—Pero ¿dónde coño crees que estás, Diego?, ¿en Siberia? Claro que tengo internet.

Tardamos menos de diez minutos en descargar el vídeo en el ordenador de Nura. Nos servimos una segunda ronda del sorbete de mojito y ella se preparó un finísimo canuto de marihuana mientras reproducíamos ese comienzo que ya había visto unas cuantas veces.

El vídeo comenzaba en la calle. Después entrábamos al camerino, Bert preguntaba por sus M&M's de color amarillo (risas)...

... Lorea bajaba al escenario, grababa el *set-list* del concierto...

... después, la llegada de Rubén, mi cara de celos. ¿Dónde está Javi? «Haciendo un muñeco de barro» (más risas). Firmábamos en la pared de la fama. Después...

... ellos dos salían escaleras abajo y la cámara se apagaba. Volvía a encenderse ya montada en el trípode, enfocada hacia el escenario.

Observamos el inicio del concierto sumidos en un profundo silencio. El telón se retiraba y salíamos desde un lateral del escenario. Cogíamos nuestras guitarras y entonces yo recogía aquel corazón de papel del suelo.

Me había terminado mi segundo mojito y dado un par de chupadas al canuto de Nura. Creo que eso me dio las fuerzas necesarias para pausar el vídeo y comentar lo que me había ocurrido esa tarde en el sanatorio. Les hablé del corazón que había encontrado en el albornoz de Ignacio Mendiguren. En el caso de Nura, tuve que ponerla en antecedentes y hablar también del primer encuentro, en el funeral.

—Joder, recuerdo los corazones —dijo ella—. Los mencionaste varias veces aquel último año. Pero tenía la sensación de que os lo tomabais a cachondeo.

—Digamos que la cosa ha cambiado un poco.

Los saqué de mi billetera y los coloqué sobre la mesa en el orden en el que habían aparecido. Javi y Nura los leyeron en voz alta.

CUANDO CREES QUE ME VES.
CRUZO LA PARED.

—«Hago chas y aparezco a tu lado» —canturreó Nura—. Siempre he odiado esa canción.

—¡Pero si es muy buena!

—Así que teníamos razón —apuntó Javi—. Es la canción de Álex y Christina. Una elección curiosa, ¿no? Podía haber elegido una de MClan.

—No es una elección tan mala. —Nura ya estaba dándole vueltas—. Siempre me ha parecido una letra un tanto psicópata. Como «Every Breath you Take», de The Police. Puede ser una declaración de amor o la fantasía de un acosador, según cómo la mires.

Nos reímos con aquella ocurrencia. Nura seguía mirando los corazones.

—Además, si lo piensas, hay cierta ironía en los mensajes. El primer corazón contenía el verso «Cuando crees que me ves» y te lo dejó durante el funeral. Es casi como una broma, como si te dijera: «Estoy aquí pero no me ves». El segundo dice: «Cruzo la pared», y la verdad es que parece cosa de los duendes que haya podido colarse en el sanatorio antes de que tú llegaras y colocarlo en ese albornoz... Eso nos lleva al tercer verso: «Hago chas y aparezco a tu lado». ¿Qué crees que hará con ese tercer corazón?

—No lo sé. ¿Aparecer en mi ducha con un cuchillo?

Nura y Javi se quedaron en silencio. Y eso fue lo peor...

Él echó mano al segundo corazón y le dio vueltas entre los dedos, pensativo.

—Pero ¿cómo es posible que esto haya llegado al albornoz de Mendiguren? ¿Quién podía saber que ibas a ir a visitarle hoy?

—Nadie, ni siquiera yo lo sabía al despertarme esta mañana —dije—. Solo he hablado de él contigo, pero ni siquiera te he dicho que planeaba visitarle.

A Javi se le encendieron las mejillas.

—Me imagino que no lo piensas —dijo acaloradamente—. Pero por si acaso: me he pasado la tarde trabajando en un barco. Y tengo testigos.

—Vale —siguió Nura—. El caso es que parece que tu antigua fan ha vuelto. Quizá solo sea un juego inocente. Aunque reconozco que da un mal rollo terrible. Alguien que es capaz de colarse en un sanatorio para dejar un mensaje en el albornoz de un enfermo... no puede estar demasiado bien de la cabeza. Entre eso y la amenaza de Artola, deberías plantearte tu seguridad.

—Estoy de acuerdo. Tienes que dejar esa cabaña del camping, Diego.

—¿Por qué no te quedas aquí? —propuso Nura—. Compré la casa para alquilarla a turistas, tengo habitaciones libres.

—Gracias.

Servimos una tercera ronda de mojito y seguimos con el vídeo. Nuestra actuación de aquella noche constó de once temas. Casi todo eran los originales que conformaban nuestras dos primeras maquetas —el material que le habíamos enviado a Gonzalo—, pero intercalamos algunas versiones: «Dulce condena» de Los Rodríguez; «Aitormena» de Hertzainak (la versión con batería, que era la que tocaban ellos en directo), y una aceleradísima del «Twice As Hard» de los Black Crowes, que terminó de enloquecer a la peña.

Después de muchos kilómetros, decepciones, lágrimas y tiranteces, aquella banda era como un animal salvaje, como una máquina engrasada de hacer rock. Fue nuestro mejor bolo, y mientras lo estaba viendo empecé a sentir un revoltijo tremendo en las entrañas. Con todo lo que ahora sabía, después de muchos años en la música, ¿cómo pude dejar esa banda atrás? Aquella noche, cuando Gonzalo vino a darme «mi gran oportunidad», ¿cómo pude estar tan ciego? Debería haberle dicho que no. Que éramos todos o ninguno. Y que si no nos quería, seguiríamos nuestro propio camino.

—Pero eso son cosas que uno piensa a los cuarenta —dijo Nura—. Aquella noche era diferente. Estábamos cansados, hartos, enfadados...

—Quizá habríamos podido arreglarlo con tiempo —opinó Javi—, pero entonces pasó lo de Lorea. Eso fue lo que terminó por destrozarlo todo.

Finalizado el concierto, la cámara, situada junto a la mesa de mezclas, siguió grabando un rato más. Oíamos a Rubén hablando con Gonzalo: «Son buenos, ¿eh?», y Gonzalo respondiendo: «Sí, ha sido muy divertido». Lorea desmontaba la cámara y avanzaba entre el público. Veíamos algunos rostros conocidos: gente del instituto, del club de remo, todos medio borrachos, haciendo el tonto y saludando a la cámara. Nos divertimos al reconocer a algunos viejos amigos con sus pintas de los años noventa, granos en la cara y cortes de pelo a lo *Sensación de vivir*.

Luego Lorea subía al escenario usando unas escaleras laterales y hacía una toma de los amplis, la batería, el suelo cerca de mi micro, repleto de gotas de sudor.

Oímos su voz sobre el estrépito del bar.

—... y esto, señoras y señores, son las ruinas de una gran noche de rock.

Después alzaba la cámara y apuntaba hacia la sala. Quedaba algo de público frente al escenario, pero la mayoría se apiñaba ahora en la barra y las luces de la sala se habían encendido. De repente la cámara se detenía, apuntando a la mesa de mezclas, Lorea usaba el *zoom* y el plano comenzaba a temblar muy al estilo de los CamCorders VHS. Se acercaba a Rubén y Gonzalo, que seguían hablando. ¿Era eso lo que le llamaba la atención?

Rubén estaba dándole la brasa a Gonzalo (supuestamente intentando venderle el «producto»), pero este miraba para otro lado. Seguramente buscándome para hablar conmigo. Entonces nos dimos cuenta de que Lorea estaba enfocando otra cosa. Una figura que permanecía quieta tras ellos dos, detrás de la mesa de mezclas, y que miraba fijamente al escenario.

Cuando el *zoom* alcanzaba el máximo nivel, una luz iluminó la cara, semioculta por aquellas rastas que llevaba en la época.

—Isaac Onaindia —dijo Nura.

—¡Joder! —Sentí un escalofrío—. Es él...

49

La grabación terminaba ahí mismo. La cámara se movía hacia abajo, hacia el suelo, y oímos a Lorea decir: «¿Cómo coño se apaga esto?», mientras la manipulaba con las manos hasta localizar el botón de apagado. Y la pantalla del ordenador de Nura se quedó en negro.

—Parece que se alteró al ver a Isaac, ¿no? —dijo Javi.

—No me extraña —respondí—. Estaba muy pesado con ella. Supongo que Lorea no se imaginaba que fuera a ir al concierto.

—Desde luego, si la poli vio esto, estoy segura de que fueron a hablar con Isaac... Tiene una cara de loco impresionante. ¿Crees que fue eso lo que Bert...?

—No lo creo. —Negué de lado a lado con la cabeza—. Además, Isaac tampoco ocultó que había ido al concierto.

Fui a por la botella de ron y me llené un vasito a palo seco. Le traje otro a Javi, que se lo bebió de un trago.

—¿Qué hacemos ahora?

—Lo primero que yo haría sería encontrar a la persona que le proporcionó el vídeo a Bert. Puede que hablasen de algo.

—Pues no fueron Rubén ni Mendiguren... ¿No decías que había un periodista? —me preguntó Javi.

—Sí. La hermana de Mendiguren me habló de alguien de *El Correo* que montó un reportaje sobre desapariciones. Fue quien le pasó el teléfono de Mendiguren a Bert. ¿Quizá también le consiguió el vídeo?

—Intentemos dar con ese periodista y preguntárselo —dijo Nura—. Javi, ¿te encargas tú de eso?

—O.K.

—¿Y qué hago yo? —pregunté.

—Vamos a repasar todo este material otra vez. Tenemos que dar con aquello que Bert encontró...

Media botella de ron después habíamos conseguido relajarnos. La intensa tarde de «trabajo detectivesco» nos había revirado las emociones, revuelto las tripas y martilleado las neuronas. Nura decidió que un poco de hierba en pipa era justo lo que necesitábamos.

Nos movimos a los sillones, con una luz tenue y algo de buena música. Afuera seguía lloviendo. Fumamos y bebimos mientras recordábamos a algunas viejas glorias del pueblo y contábamos las historias de los guapos y los feos. Los altos y los bajos. Los que iban a triunfar y no lo hicieron. Y los que triunfaron sin que nadie hubiera dado un duro por ellos.

A los veinte salimos a la vida a competir como en una carrera de Fórmula 1. A los treinta parece que hay algunos ganadores y perdedores claros, pero a los cuarenta es como si la vida nos equilibrase. A todo el mundo le ha caído un palo. Si no es un divorcio, es una quiebra. Si no es una enfermedad, es una adicción. Los cuarenta son la década de la sobriedad. Si no has conseguido ser adulto a los cuarenta, date por jodido.

A la una y media de la madrugada estábamos arrebujados en los sofás, riéndonos de todo, poniéndonos canciones en el Spotify como cuando nos poníamos cintas en el chalé de Bert y pasábamos la noche discutiendo cuál era la mejor banda de rock de la historia.

A Javi comenzaron a caérsele los párpados y Nura le ofreció una manta.

—Tengo que marcharme —masculló entre dientes—, y me jode, porque hacía tiempo que no me lo pasaba tan bien..., pero tengo tres hijas que cuidar.

—Tienes un tesoro —le dijo Nura—. Ve a cuidarlo.

—¿Vienes, Diego?

Yo estaba debajo de un par de cojines, sumido en un sopor de alcohol, cannabis y cansancio.

—Si la oferta de Nura sigue en pie, creo que me quedaré aquí.

—O.K. —Javi ya se estaba levantando—. Tened cuidado, ¿eh? Ya veo que no se os puede dejar solos. —Lanzó ese último guiño antes de marcharse y Nura y yo nos quedamos en silencio, sonriendo.

Oímos la puerta cerrarse. Empezó a sonar «Pero a tu lado» de Los Secretos: «He muerto y he resucitado...». ¿Una de las mejores canciones de la historia? Probablemente.

—Oye, Nura... ¿Te puedo preguntar algo pasados veinte años?

—Puedes.

—¿Por qué no volvimos a intentarlo aquella noche?

Nura se hundió en el sofá, miró hacia el techo.

—No lo sé. Supongo que a mí me daba miedo. Vergüenza. Pensé que te habías arrepentido.

—Yo pensé lo mismo. Joder...

Recordé aquel camino de vuelta. Fue el viaje más largo de la historia: los dos callados, fríos. Cuando llegamos a Illumbe, Nura me acercó hasta la calle Goiko. Empezamos a decir algo como «Ha sido un lío. Un error. Sí, mejor dejarlo estar... mejor no se lo contemos a nadie».

—En el fondo, quizá fue lo mejor —siguió diciendo ella—. Ensayábamos tres veces a la semana y nos pasábamos juntos mil horas. Habría sido bastante engorroso, ¿no? Vernos las caras después de eso...

—Una vez estuve enrollado con la bajista de mi banda durante toda una gira. No fue tan horrible.

—¿Y ahora? —Nura me miraba directamente a los ojos—. ¿Estás con alguien? He leído por ahí que te divorciaste.

—Eva —resoplé—, sí. Fue mi primer y único intento por tener algo formal. Pero parece que no estoy hecho para esas cosas. Ahora soy uno de esos cuarentones asaltacunas que se lían con chicas de veinticinco.

Nura se rio y yo pensé en Zahara, mi rollo sureño, con algo de melancolía. También en Ángela, en que quizá me estaba esperando en el camping para hablar de lo que había ocurrido la noche anterior. Pero estaba a años luz de poder llegar al camping y, además, la conversación con Nura era siempre un placer para los sentidos.

—¿Y tú? —le pregunté—. ¿Has tenido alguna historia después del tío de Cornell?

—Un par de alegrías para el cuerpo. Un becario en Londres y un chico alemán que se alojó aquí el año pasado, pero no mucho más. Yo tampoco he demostrado grandes aptitudes para la vida en pareja. Además, con lo que tengo encima, tampoco es que esté como para salir de caza.

—Yo te veo muy bien —le llevé la contraria—. En serio.

Ella sonrió. Me llevé el vaso a los labios y el ron se había esfumado. Y de la botella también.

—Creo que no me queda más ron. ¿Te gusta el Chartreuse? Me regalaron una botella.

—Bueno, lo que no te mata te hace más fuerte.

Nura se levantó y yo la miré peligrosamente («Ojo con lo que estás pensando»). Volvió con una botella de color verduzco. Parecía la pócima de una bruja de cuento. Se sentó a mi lado y me llenó el vaso. Ella también se sirvió uno. Brindamos y el licor de hierbas entró como un batallón de antorchas por mi garganta, llevándose por delante el sabor del ron, de la lima y de las especias orientales.

Nura se bebió su trago y tosió.

—Joder, está fuerte, ¿no? —Se echó a reír.

Yo me recosté en el sofá. La canción de Los Secretos estaba llegando a su última estrofa. Nura se apoyó muy cerca. Se recogió el pelo. «Cuidado», pensé, «que vienen curvas».

Clavé la mirada en el fondo de mi vaso.

—¿Puedo preguntarte algo absolutamente indiscreto?

—Vamos, dispara.

—Después de la noche en la gasolinera... ¿seguiste sintiendo algo por mí?

Ella escondió la cabeza tras el brazo. Murmuró algo como «Noooo», antes de volver a alzar la vista.

—Me gustabas, sí. Pero no te flipes.

Afuera arreciaba la lluvia. La miré fijamente y pensé: «¿Qué pasaría si me atrevo a besarla?».

No sé si Nura lo leyó en mis ojos, o si toda la situación era demasiado rara..., pero entonces se acabó aquel tema de Los Secretos y comenzó uno supermalo que el algoritmo de Spotify había decidido que podía gustarnos.

Nura se levantó del sofá y lo quitó.

—Me voy a dormir —dijo sin mirarme a los ojos—. Arriba tienes una habitación libre. Hay de todo en el armario.

Se marchó escaleras arriba y yo me quedé con mi Chartreuse en la mano, sintiéndome un poco idiota.

«¿Ves? No todas las tías se te tiran al cuello.»

«Yo no he dicho que Nura se me fuera a tirar al cuello.»

«Pero lo pensabas. Llevas demasiado tiempo acostumbrado a triunfar. No te viene mal un zasca de vez en cuando.»

«Gracias, Pepito Grillo. Recuérdame que te aplaste si te veo por el suelo.»

Me levanté de allí antes de que aquel mullido sofá me devorase para siempre.

50

Era de día. Una ventanita adornada con un par de tiestos dejaba entrar una luz clara y resplandeciente. Se oían las gaviotas en el puerto. Sonaba una radio en el piso de abajo. Olía a café recién hecho.

Me puse los pantalones y bajé, pisando los fríos peldaños de piedra de la vieja casa. Nura estaba desayunando tan tranquila: tostadas con mantequilla y mermelada. Tenía el ordenador abierto ante ella.

—*Egun on* —dije—, ¿queda café?

Ella señaló una Melitta sin apartar la vista de la pantalla.

—Si no eres un friqui de las dietas sanas, la mantequilla es de caserío. Deliciosamente grasienta.

Saqué una taza de la alacena y me serví café. Me senté al lado de Nura y vi lo que había en pantalla: era el vídeo de la noche del Blue Berri.

—¿Sigues con esto? —Di un sorbo de mi taza.

—Anoche se me ocurrió una cosa, pero he necesitado dormir un poco para verlo.

—¿Qué es?

—Dos cosas, en realidad. Acércate.

El vídeo estaba detenido en el momento en el que Lorea había bajado al escenario antes de nuestra actuación. Enfocaba el suelo, a nuestra *set-list* con las canciones que íbamos a tocar esa noche.

—Ese era tu pie de micro y tu *set-list*, ¿verdad? —Se giró para mirarme.

—Sí. —Podía reconocer incluso los dos pedales que usaba con mi Telecaster: el Chorus y el Tube Screamer.

—¿Ves lo que falta?

—¿El corazón de papel? —Caí de pronto.

—En efecto. No está.

Nura movió el cursor para hacer retroceder el vídeo lentamente y volvimos a ver el suelo del escenario. Y, en efecto, no había ni rastro de un corazón de papel.

—Alguien lo dejó después de que Lorea pasara por allí —dije yo.

—Y antes de nuestro concierto... —añadió Nura—. Eso nos da una ventana de pocos minutos. Ahora fíjate en las bambalinas del lado contrario.

Nura señaló la pantalla. Había un momento, mientras Lorea barría el escenario, en el que se capturaba el espacio que quedaba situado tras el telón, en el lado opuesto. Era un lugar destinado a los cuadros eléctricos. Estaba oscuro como boca de lobo. No se veía nada.

—¿Crees que se escondió allí?

—Sería lógico pensarlo.

—¿Cuál es la segunda cosa? Has dicho que había dos.

—Voy a ducharme, desayuna —cerró el portátil—, te lo contaré cuando estemos allí.

—¿Allí? ¿Dónde?

—En el Blue Berri. Nos vamos de excursión.

Nura tenía un coche nuevo. Ya no era aquel Volkswagen Golf escacharrado de su juventud, sino un flamante Beetle de color azul. Condujimos con la capota bajada, bajo un día radiante. Ella se había vestido con unos pitillos negros, una blusa, un pañuelo y unas Ray-Ban, y parecía una estrella del cine de los años cincuenta.

—¿No piensas contarme nada?

—Paciencia, mosquetero. Quiero verlo todo sobre el terreno.

Se había llevado su portátil en una mochila. Estaba claro que era algo relacionado con el vídeo..., pero ¿qué?

El Blue Berri era un gran pabellón a orillas de la carretera general, con un amplio aparcamiento, una terraza y un trozo de hierba frontal que hacía las delicias de niños y mayores en los días soleados. Nura me contó que había pasado de ser un «local para bandas garajeras y noches calenturientas» a un amable y familiar centro cultural para todas las edades, por lo que gozaba de una generosa subvención pública.

También era un sitio estupendo para desayunar y almorzar, tanto al aire libre como en su espacioso interior, que se reorganizaba como café y comedor durante el día. A esas horas del sábado había gente tomando un café y un *pintxo*, leyendo el periódico y disfrutando de un hilo musical donde sonaba Berri Txarrak.

Nos dirigimos a la barra y pedimos un segundo café con leche para cada uno y un *pintxo* de tortilla. Nura le dijo al camarero que quería hablar con Gotzon, el encargado, pero el chaval se mostró reticente.

—Está en la oficina. ¿Es para algo en concreto?

Nura me señaló con el dedo gordo.

—Supongo que sabes quién es este tío, ¿verdad?

La fama es una llave que te abre muchas puertas. El chico se dio cuenta (o no, pero decidió no jugársela) y nos pidió que esperásemos unos minutos.

Fuimos con nuestros cafés a lo alto del escenario y nos sentamos a una mesita que estaba en el mismo centro de ese tablao donde echamos nuestra última sudada como banda.

—Oye, ¿me vas a decir de qué va todo esto?

—Aguanta solo unos minutos más —respondió Nura—. Relájate y disfruta de las vistas. ¿Recuerdas la última vez que estuvimos aquí?

—Es una de las pocas cosas que recuerdo de aquella noche. —Sonreí—. Tú, subida en la tarima de la batería y golpeando el plato *crash* con la paleta de tu bajo.

Ella bebió un sorbo de su café y se quedó pensativa un instante.

—Javi dijo algo anoche... Que quizá, si lo de Lorea no hubiese sucedido, habríamos podido seguir juntos. ¿Lo crees?

—Es difícil saberlo, pero esa noche os dije la verdad: yo quería que fuésemos juntos a Madrid, quería que fuésemos un banda. Creo que habría luchado por ello.

—Lo sé, Diego. Lo sé...

Apareció el encargado del local. Gotzon. El mismo tío que llevaba el cotarro en 1999. Me reconoció y vino a saludarme con una sonrisa de oreja a oreja. Noté que se percataba de mi ojo amoratado, pero no dijo nada.

—¿En qué puedo ayudaros?

—Quisiéramos echarle un vistazo a la zona del camerino... —dijo Nura—. Es para... —Se quedó con la palabra en el aire.

—Un documental —terminé por ella—. Estamos planeando hacer unas entrevistas sobre los sitios en los que empecé a tocar. ¿Podemos pasar un segundo?

—Desde luego. —Gotzon parecía encantado con la idea—. Todo sigue igual que hace veinte años. Incluso vuestra pegatina y vuestras firmas. Seguidme.

Nura se levantó a mi lado.

—¿Un documental? —susurró guiñándome un ojo.

Gotzon nos guio por el escenario hasta la puertecita lateral que conectaba con el pasillo del *backstage*. La misma puerta que, en el vídeo, habíamos visto cruzar a Lorea para grabar el escenario. La cruzamos. A la derecha comenzaban aquellas escaleras que subían al camerino. Nura se quedó un momento mirando el pasillo que recorría el lateral de la nave.

Subimos al camerino y Gotzon nos abrió la puerta. Era verdad que el sitio continuaba igual. Dos espejos en paralelo, pegatinas por todas partes, una nevera.

—Aquí. —Gotzon señaló un punto en la pared—. Los Deabruak.

Era nuestra vieja pegatina de banda, con las cinco firmas escritas alrededor: NURA, BERT, DIEGO, IBON, JAVI. Esa vieja tradición de camerino me estrujó el alma. ¿Quién nos iba a decir lo que estaba a punto de pasar aquella noche, cuando escribimos nuestros nombres en la pared? Quizá fue la última noche de nuestra juventud.

—¿Cuántos años tendrán esas firmas? —se preguntó Gotzon.

—Veinte. —Nura tomó asiento en uno de los tocadores—. Gracias por todo, Gotzon, te avisaremos cuando terminemos.

Gotzon pilló la indirecta y salió de allí, no sin antes invitarnos a tomar una birra del frigorífico. «Llamadme para lo que necesitéis.» Cerré la puerta y Nura sacó su portátil y lo colocó sobre el tocador.

—Vale, creo que he dado con ello —dijo con mucha intriga—. Observa esto un segundo.

Me acerqué y me senté junto a ella. Fue avanzando a doble velocidad por la grabación. La primera escena en el exterior del Blue Berri. El camerino. El chiste de Bert sobre los M&M's amarillos. Aparecía Rubén y, al cabo de un rato, él y Lorea se despedían.

—Aquí... —me previno Nura—. Atención.

Detuvo el vídeo y reanudó la reproducción a velocidad normal. En la pantalla, Rubén y Lorea salían por la misma puerta que ahora teníamos enfrente. Bajaban las escaleras. Rubén iba primero y Lorea detrás, grabando. Entonces el vídeo se cortaba y el siguiente fotograma era desde el trípode de la mesa de mezclas.

—¡Ahí!

—Ahí... ¿qué? —bromeé—. Serán efectos secundarios del Chartreuse, pero no veo absolutamente nada.

Nura tenía los ojos abiertos de par en par.

—En realidad, es muy sutil. —Sonrió—. Por eso se le escapó a la policía, a todo el mundo...

—¿¡Puedes decirlo ya!? ¿Qué es lo que tengo que ver?

—Te lo enseñaré —dijo Nura—, pero empecemos por el final.

—¿Por el final?

Nura movió el cursor más o menos hasta el final del vídeo. Puso el volumen a tope. Se oía a Lorea decir: «Y esto, señoras y señores, son las ruinas de una gran noche de rock».

Luego ampliaba el *zoom* e Isaac aparecía detrás de la mesa de mezclas.

«¿Cómo coño se para esto?», se oía decir mientras buscaba el botón para apagar la cámara.

—Está intentando parar la cámara. ¿Lo ves? Le cuesta porque la cámara era de Rubén y ella no sabía muy bien cómo funcionaba. Ahora volvamos atrás, hasta el punto en el que Lorea y Rubén salen del camerino. Y cuéntame lo que ves.

Llegamos a ese momento del vídeo.

—Bueno... Bajan las escaleras, el vídeo se corta y comienza otra vez en la sala.

—En efecto. ¿Cómo fue Lorea capaz de cortar la grabación tan limpiamente en medio de las escaleras si no sabía dónde estaba el botón?

Le pedí que volviéramos a ver todo aquello. En efecto, Lorea tardaba un poco en conseguir apagar la grabadora. En cambio, en las escaleras el corte era limpio. Ni siquiera movía la cámara para buscar el botón de stop.

—El vídeo está editado —concluyó Nura—. Alguien le quitó un trozo de unos cuantos segundos o minutos, es imposible saber cuánto.

—Pero ¿por qué?

—Quizá para ocultar algo. Algo que ocurrió en el tramo que hay entre el camerino y el trípode. Vamos.

Salimos del camerino y bajamos las escaleras. A un lado quedaba la puerta del escenario y a unos tres metros había un baño. Después, treinta metros de pasillo hasta la siguiente puerta.

—Se tarda solo un minuto en recorrerlo. ¿Qué crees que pudo pasar en un minuto?

—Lo ignoro, pero está claro: alguien borró este trozo por alguna razón.

Me pregunté quién podría haber hecho eso... La respuesta llegó sola:

—¡Rubén! —grité al tiempo que descargaba la palma de la mano contra la pared—. Era el dueño de la cámara... Fue él quien entregó la cinta a la policía.

—No podemos inculparle tan rápido. Quizá lo editó otra persona más tarde, incluso el propio Bert.

Pero yo estaba convencido. Aquello tenía muchísimo sentido. Rubén y Lorea se habían quedado solos en ese pasillo... ¿Había pasado algo entre ellos dos? Me sentía como si hubiéramos resuelto un puzle que llevaba década y media resistiéndose a todo el mundo.

—Tú has hablado de *thinking outside the box*, ¿no? Pues te voy a contar lo que pienso —dije—. Hasta ahora hemos supuesto que Bert consiguió el vídeo después de haber empezado sus investigaciones, ¿no? Pero ¿y si fue al revés?

—¿Al revés?

—Bueno, pongamos que Bert consiguió ese vídeo en primer lugar. Alguien se lo pasó como una curiosidad. Entonces, Bert lo ve y se da cuenta de que falta un trozo. No le cuesta llegar a la misma conclusión que nosotros y va al Bukanero a hablar de esto con Rubén. Este, viéndose pillado, planea quitárselo de encima. Fin de la historia.

—No tan rápido, vaquero... —Nura ladeó la cabeza—. ¿Por qué escribió esa nota sobre Mendiguren?

—Quizá pensó que era la primera persona con la que tenía que hablar. Mendiguren había visto este vídeo mil veces.

—Vale. Tiene un pase, pero entonces debemos verificar si fue ese periodista de *El Correo* quien entregó el vídeo a Bert y cuándo lo hizo. Por otra parte, estaría bien saber si la copia que entregaron a la policía hace veinte años también estaba editada.

—O.K. Conozco a una ertzaina que nos podría ayudar: la sobrina de Mendiguren. Hablaremos con Javi de lo otro.

—Vale. Hagamos las llamadas de camino.

—¿De camino?

Nura asintió.

—Sí, nos vamos directos al Buka. Creo que es hora de hacerle una visita a Rubén.

51

En el Bukanero, la llegada se repitió casi plano a plano, idéntica a la del miércoles. Una joven camarera parpadeó asustada cuando le pedimos que molestase a su jefe. Mi nombre sirvió otra vez como salvoconducto y Rubén no tardó en aparecer. En esta ocasión, no hizo tantos aspavientos.

—¡Nura! Madre mía, creo que a ti tampoco te veía desde los noventa. Estás guapísima.

—Tú tampoco estás mal —respondió ella, mientras apagaba el cigarrillo en el suelo.

—Tú tienes un aspecto de mierda. —Señaló el regalito que Artola me había dejado en el ojo derecho y parte de la ceja, pero hice como si no lo hubiera oído y él no insistió en el tema.

Rodeamos el club y fuimos por la parte trasera hasta su cabaña-despacho. Había una botella de vino blanco en una hielera y una copa sobre la mesa, junto a un montón de papeles. Se ve que Rubén se atizaba desde bien temprano. Además, esa mañana ya había pasado la aspiradora por lo menos un par de veces. Estaba inquieto. No paraba de mover la pierna. Estrés del adicto.

—Bueno, ¿a qué debo el placer mayúsculo de vuestra visita?

—Quiero cerrar los detalles del bolo —dije.

—Uau. Bien. Perfecto. Pongamos una fecha.

Se colocó unas gafitas de lectura y sacó un grueso anuario.

—¿Viernes 21?

—O.K.

—Vale, dime lo que necesitas. Guitarras, micro.

—He tenido una idea. —Sonreí—. Me encantaría invitar a los antiguos Deabruak a tocar conmigo. Un bolo a banda completa.

Se nos había ocurrido en el trayecto en coche. ¿Por qué no? Además, eso nos daba la oportunidad de tocar «determinado tema» con Rubén.

Quien, por cierto, estaba encantado con la propuesta.

—¡Diego León vuelve a juntar a su primera banda! ¿Javi está de acuerdo con eso? El otro día creo que se enfadó un poco.

—Ya se le ha pasado —respondí.

—Madre mía, se puede montar una bien gorda. —Se frotaba las manos—. Tienes que dejarme que lo organice bien.

—Olvídate de promocionarlo, Rubén. Va a ser un concierto sorpresa, un bolo para los habituales de los viernes noche. Nos inventaremos un nombre y lo anunciarás como «banda local». Después, si quieres, puedes filtrarlo entre tus conocidos, sé que lo harás, pero nada de prensa.

Rubén alzó las manos en son de paz.

—Vale, vale, Míster Estrellita Todopoderosa, lo que tú mandes. Mantendremos el perfil bajo, ¿eh? No debes preocuparte. ¡Gina! —gritó entonces—. ¿Dónde coño te metes? Trae una botella de Vilarnau. Tenemos que celebrar esto.

Gina, la camarera no-tan-joven del Bukanero, había aparecido por la puerta del despacho. «Enseguida», dijo. Nura y yo intercambiamos una mirada: era el momento de comenzar con nuestro teatrillo.

—Oye, Diego, no sé si esto es tan buena idea —soltó Nura de pronto—. Tú estarás listo, pero yo llevo años sin tocar el bajo.

—Me apuesto lo que quieras a que todavía puedes tocarte el *set-list* del Blue Berri con los ojos cerrados.

—Y habría que convencer a Ibon.

—Eso lo veo más jodido —admití con falso gesto apesadumbrado—, después de lo de anoche...

Apareció Gina con la botella de cava y sirvió tres copas.

—No os preocupéis por eso. Conozco a un batería bestial. Estoy seguro de que se puede aprender vuestro repertorio en cuestión de días.

—No es tan fácil —lo atajó Nura—. Recuerda las estructuras que teníamos. Eran temas bastante complejos en el fondo. Además, los patrones de batería, los finales...

—Bueno, bueno, seguro que no es para tanto, está todo en las maquetas, ¿no?

—Sería mucho mejor el vídeo del concierto. —Nura dio otra vuelta de tuerca—. Hay un montón de pequeños arreglos que habíamos hecho para las actuaciones en directo. Además, el vídeo tiene el orden.

—¡Es verdad! —la respaldé—. El vídeo. Ahí está todo.

Casi tuve que reprimirme una carcajada. Estábamos llevando al límite nuestras escasas dotes dramáticas.

—Bueno. —Rubén parecía indeciso—. Bert tenía una copia, ¿no?

—No —se apresuró a responder Nura—. Estuvimos

viéndolo anoche y resulta que le falta algo. Un trozo. No es el original.

Rubén se puso rojo y por un instante perdió el control del tembleque de su pierna. Desde luego, no hacía falta ser un experto en reacciones humanas para darse cuenta de que se había puesto nervioso.

—Vaya. Pues... no sé qué deciros. Yo entregué la cinta a la policía.

—¿No te quedaste una copia para ti?

—Quizá. —Echó mano al paquete de cigarrillos que había sobre la mesa y sacó uno con golpecitos inquietos—. Quizá. No lo recuerdo bien. Han pasado muchos años. Tendría que revisar mis viejos trastos.

Se llevó el pitillo a la boca y lo encendió.

—En cualquier caso, es VHS. ¿Quién tiene un vídeo VHS hoy en día?

—En casa de mis padres hay uno —dijo Nura—, no te preocupes por eso.

—O.K. —Rubén miró su teléfono y de repente parecía que le picaba todo el cuerpo—. ¡Vaya, tengo que largarme!

Se levantó, llamó a Gina (otro grito) y ella apareció por la puerta.

—Gina, ponles la mejor mesa. Estáis invitados a comer. Terminaos el Vilarnau por mí.

Salió por la puerta con prisa. Demasiada. Nura y yo nos miramos sonrientes: saltaba a la vista que habíamos tocado nervio.

Diez minutos más tarde estábamos sentados a una de las mejores mesas del club, con vistas al mar. Gina nos había traído la carta, pero apenas la mirábamos.

—¿Te has dado cuenta de que ni siquiera ha preguntado qué es «lo que falta»? —A Nura le brillaban los ojos.

—Y se ha puesto rojo como un tomate. Tiene el original. ¡Seguro!

—Me apostaría algo a que sí. Pero no piensa dárnoslo por las buenas, Diego. Habrá que pensar una forma de persuadirle.

—Quizá el día del bolo podemos secuestrarle. Le atamos las manos con un cable de guitarra y le amenazamos con meterle tu bajo por detrás si no confiesa.

Nura se rio.

—No hace falta llegar a esos niveles. Con quitarle la coca durante una mañana creo que vendría arrastrándose a nosotros.

—También lo has notado, ¿eh?

—¿Notado? Ya ni se molesta en limpiar los restos que quedan por su mesa. Es un adicto nivel diez.

En ese momento recibí una llamada de un número desconocido. Descolgué y era el chico de la recepción del camping, Oier.

—¿Diego León? —preguntó con ese tonillo aburrido de chaval—. Le ha llegado un paquete.

—¿Un paquete? ¿De quién?

—Pues espere que miro.

Después de algunos ruidos, roces y chasquidos, volvió al teléfono.

—No tiene remite. Solo pone Illumbe. Lo ha traído un mensajero.

«Vaya», pensé, «¿un paquete bomba de Artola?».

Le dije a Oier que me lo guardase en la recepción, ya que no estaba en el camping. Pasaría esa tarde a recogerlo. ¿Y también el resto de mis cosas? No sabía muy bien qué iba a hacer con la cabaña. Aún me quedaban unos días de reserva, pero habían surgido demasiadas incertidumbres —el corazón de papel, Artola, el mirón del día anterior— como para sentirme seguro en una cabañita de madera en medio del bosque.

—Mi oferta sigue en pie —dijo Nura—. Puedes usar esa habitación el tiempo que quieras.

La camarera volvió a aparecer para preguntarnos si ya habíamos pensado la comida. Le pedimos cinco minutos más y nos centramos en la carta. El Bukanero servía «platos del mundo». Me pareció todo muy pirotécnico y extravagante, pero resultó que estaba exquisito.

Tras el almuerzo le pedimos a Gina que nos sirviera el café en la terraza, para poder echar un pitillo. Cuál fue nuestra sorpresa cuando, al dejarnos los dos cortados, incluyó también una libretita con la cuenta.

—Pero ¿no estábamos invitados? —preguntó Nura.

Gina hizo algo muy extraño: no respondió. Se limitó a sonreír, darse la vuelta y largarse con su bandeja. Nura y yo nos miramos durante unos segundos y después nos lanzamos sobre aquella libretita.

En su interior había una nota que decía:

EN EL PARKING. DENTRO DE DIEZ MINUTOS.

52

Eran las cuatro y media de la tarde. El cielo había comenzado a nublarse y, a decir por la multitud de gaviotas que sobrevolaban la costa, se estaba cocinando una buena tormenta esa noche.

Visto el método tan subrepticio de citarnos, Nura y yo decidimos disimular. Nos metimos en su Beetle y nos quedamos allí, esperando hasta que vimos aparecer a Gina por una de las escalerillas de madera que conectaban el club con el parking. Ella nos vio, claramente, pero no hizo ademán de acercarse. En vez de eso, caminó directamente hacia un Renault Clio color rojo. Entró, arrancó y salió muy despacio, dando un rodeo bastante inútil cuyo único objetivo era pasar frente a nosotros y clavarnos una extraña mirada.

—Síguela.

Nura arrancó el Beetle y salimos tras Gina.

El aire del mar comenzaba a venir frío y Nura subió la capota del Beetle en marcha. Mientras tanto, Gina conducía despacio, como si quisiera asegurarse de que no la perdíamos.

—¿Qué crees que quiere?

—Traicionar a Rubén, casi seguro —dijo Nura—. Solo falta saber en qué.

Pasamos por algunos desvíos, incluyendo el del búnker que —recordé— me había provocado aquella sensación de *déjà vu* días atrás.

Al cabo de unos cinco minutos vimos parpadear el intermitente derecho del Clio y nos preparamos para frenar. Gina tomó un desvío que conocíamos bastante bien: era el camino del faro Atxur, una vieja y sinuosa carretera que discurría a través de un pinar hasta desembocar en la punta del cabo.

Estaba claro que la camarera de Rubén quería un encuentro privado y a salvo de miradas indiscretas.

Fuimos culebreando por aquella carretera cubierta de agujas de pino de color rojizo. Dejamos atrás una gasolinera clausurada justo cuando unas pocas gotas de agua empezaban a caer sobre el parabrisas. Al cabo de medio kilómetro nos hundimos en un pinar tan penumbroso que Nura encendió las luces del coche.

Llegamos a la punta del cabo, donde el pequeño faro todavía no se había puesto en marcha. No había nadie. Gina había aparcado de cara al mar y nosotros nos situamos a su lado. La camarera del Bukanero bajó del coche envuelta en una gabardina. Estaba nerviosa, mirando a un lado y a otro.

—¿Os ha seguido alguien?

—No.

—En realidad, no sé muy bien si esto es importante o no. Pero Rubén es un malnacido. Se merece todo lo malo que pueda pasarle y si puedo aportar mi granito de arena... ¡Juradme que mi nombre no saldrá jamás en ninguna parte!

—Tienes mi palabra de honor —le dije.

Gina estaba estremecida, temblando de miedo o de frío. Se encendió un cigarrillo, dio una calada y lanzó una rápida flecha de humo.

—Vuestro amigo Bert es ese tío que se murió en el incendio, ¿verdad?

—Sí.

—Rubén os mintió sobre él. Dijo que no hablaban mucho, pero hablaron, por lo menos una vez. Y fue una vez muy intensa. Con puñetazos y todo.

Sentí un escalofrío en la nuca. Creo que Nura sintió algo parecido, porque cruzó los brazos sobre el pecho. Lo cierto es que el viento, en aquella punta, soplaba bien frío.

—Yo conocía a vuestro amigo. No sabía su nombre, pero sabía quién era: el tipo raro y pacífico que venía a los bolos de los jueves. Cuando trabajas rodeada de neandertales, los tíos amables y con educación relucen como el oro. Él se apoyaba en la barra, pedía una copa larga, normalmente de las mejores botellas, y veía el concierto sin armar escándalo. A veces, cuando no estaba muy ocupada, charlábamos un poco. Nunca intentaba ligar conmigo, y eso es un verdadero alivio. Le gustaba comentar la música, hablar de instrumentos. En fin, alguien tranquilo e interesante, por eso me llamó la atención que se enzarzara en una pelea...

—¿De cuándo estás hablando exactamente?

—De hace unos dos meses. Esa noche había tocado una banda muy rara. Algo así como psicodelia. Tenían un nombre raro también.

—¿Dr. Ayawaska? —pregunté.

—Puede ser. El caso es que Bert conocía a uno de los miembros del grupo. Estuvo charlando con él en la barra hasta que Rubén apareció por allí y los invitó a todos a su despacho. Iba muy puesto esa noche, más de la cuenta. Y había un par de chicas amigas de la banda que supongo que le interesaban. Rubén es un depredador: te lleva a su despacho y te deslumbra con su palabrería, su whisky caro, sus extravagancias. Pero todo es una maldita trampa. Y para cuando te das cuenta, ya es demasiado tarde... Es de esos que no admiten un no por respuesta. ¿Me explico?

Gina perdió los ojos en algún lugar. Un lugar lleno de asco, culpabilidad y odio.

—Era una noche bastante fría —se sobrepuso al fin—, casi no había gente en la terraza, y a eso de las tres o tres y media oímos un montón de ruido. Una pelea. Alguien estaba enzarzándose entre las mesitas de aluminio, derribando sillas y vasos... Salimos a todo correr. Rubén tenía la camisa medio rota y sangraba por la nariz. Vuestro amigo le había atizado un puñetazo. Estaba fuera de sí, gritándole cosas sin sentido. «Voy a hundirte por esto», le decía, «date por muerto».

»Fue la primera vez que escuché su nombre. "Bert", le dijo Rubén, que a pesar de haber recibido un puñetazo estaba más calmado, "estás borracho, no sabes lo que dices. Te pago el taxi, pero no quiero volver a verte por aquí".

»Llamamos a un taxi y dos de los camareros escoltaron amablemente a Bert hasta el parking. No volví a verle ni a saber de él hasta que tu amigo y tú vinisteis de visita el otro día. Por el tono de vuestra conversación, imaginé que algo horrible habría ocurrido y busqué en Google. Encontré una nota de prensa que hablaba sobre su muerte, en un incendio... Lo siento mucho.

—Gracias —dije.

—¿Sabes por qué discutieron Rubén y Bert esa noche? —preguntó Nura.

—Ni idea. Y créeme que esa semana fue la comidilla entre todo el personal del bar. Seguramente se enzarzaron en alguna discusión estúpida de borrachos. Pero el caso es que Rubén os mintió cuando dijo que no había hablado con Bert desde hacía mucho. Se pelearon. Bert le dejó la nariz como un pimiento. —Un gesto de satisfacción se abrió en su rostro, mostrando a las claras de parte de quién estaba.

De nuevo, Gina nos hizo prometer que «olvidaríamos» su nombre. Después, montó en su Clio y salió quemando rueda.

Empezaba a llover más fuerte. Volvimos al Beetle.

—¡Cada vez más claro! —dije—. ¡El cerco se cierra sobre ese hijo de puta! ¿Qué crees que pasó entre ellos?

—Hay varias opciones. Quizá tu teoría sea correcta y Bert le mencionó el vídeo a Rubén, dando pie a una bronca. O quizá pasó otra cosa, aunque desde luego empieza a apestar mucho por los alrededores de Rubén Santamaría. Un vídeo editado, una pelea con Bert...

—Mucho.

La intensidad de la lluvia difuminó el paisaje. De pronto estábamos allí en ese coche, frente al mar, en una tarde oscura. El haz del faro lanzó su primer barrido de la noche por la costa.

—¿Sabes una cosa? —dijo Nura—. No había vuelto por este faro desde aquella noche... Me daba mal rollo, pero es un sitio precioso.

—Lo es.

Se quedó largo rato en silencio, con la mirada perdida, pensando en algo. Después arrancó el coche y se puso a maniobrar.

—¿Vamos a algún sitio? —pregunté.

—Yo, a jugar una partida de cartas con mi padre. ¿Te acerco a Illumbe?

Le dije que me llevase al camping. Quería recoger algo de ropa y de paso ese paquete que había recibido Oier.

Fuimos en silencio el resto del camino. Cada cual tenía suficientes cosas en las que ocupar la mente. Al dejarme en el camping, Nura me dio una copia de la llave de su casa. «Ven cuando quieras. Ya sabes cuál es tu habitación.»

Le di las gracias y me quedé otra vez solo, frente a la cabaña de la recepción. Pensé en Ángela. Llevaba dos días enteros sin verla. Quizá había llegado el momento de hablar.

53

Entré con esa intención, pero la oficina estaba vacía. Me acerqué al mostrador y vi el cartel de VOLVERÉ EN CINCO MINUTOS. Sonaba música a través de los altavoces de su ordenador y se podía ver el escritorio lleno de papeles. Probablemente habría salido a arreglar algo.

Pensé que podría tomarme un café de máquina mientras esperaba. Me eché la mano al bolsillo, aunque no tenía monedas... Bueno, pues esperaría sentado.

Me senté. Me volví a poner de pie. Salí a la puerta y oteé el camping en busca de la chica. El pinar y las zonas de acampada estaban sumidos en las primeras oscuridades de la tarde. En la zona común, una familia disfrutaba de una cena temprana con sus forros polares puestos. Se estaban echando unas buenas carcajadas y pude oír algunas palabras en holandés o alemán.

Regresé adentro. Solo llevaba dos minutos allí, pero comenzaba a impacientarme.

Eché un vistazo por encima del mostrador y vi que había una caja junto al ordenador de Ángela. Tenía el tamaño de una caja de zapatos y un *post-it* colocado encima. Pude leer CABINA DELUXE 1 escrito a rotulador sobre ella.

La mía.

Pensé que no hacía falta molestar a nadie. La curiosidad, además, me carcomía. Traspasé el umbral de la oficina y me acerqué hasta la mesa. La caja estaba sellada con una tira de celo. La levanté. Era algo de cierto peso y tamaño. Una etiqueta en su lateral decía DIEGO LEÓN. CAMPING ILLUMBE. ILLUMBE (BIZKAIA), y en el remite, tal y como me había dicho Oier, solo mencionaba el pueblo: Illumbe.

Junto al teclado del ordenador había un tarro de bolígrafos y rotuladores desde el que sobresalía el mango de unas tijeras. Fui a cogerlas para abrir la caja y, en ese instante, algo me llamó la atención desde la pantalla del ordenador.

Era yo. Varias veces yo. Estaba, de hecho, por todas partes en la pantalla. Con mi guitarra en un escenario. Recogiendo un Premio MTV junto a Gonzalo. Fotos de sesión para mis discos. En la portada de una revista. Varias pestañas de Google Images abiertas una detrás de la otra.

Me entró una risita malvada mientras iba revisando todo aquello. ¿Qué estaba buscando Ángela? ¿Alguna instantánea mía en bañador? Cierto, nos habíamos besuqueado un poco y ese momento *voyeur* era comprensible (aunque ridículo). La última foto de todas era mía con Gonzalo, los dos abrazados frente a una larga mesa de mezclas. Era la foto que nos hicimos durante la grabación de *La última casa del barrio*. Teníamos cara de satisfacción y de cansancio.

Oí unas voces en la parte inferior de la cabaña. Era Ángela, charlando con alguien junto a las lavadoras. Decidí que aquel descubrimiento era demasiado embarazoso, así que disimulé. Dejé la caja donde la había encontrado, crucé el mostrador y me quedé esperando en la bancada destinada a clientes.

Ángela tardó un minuto en aparecer, acompañada de una mujer que portaba una cesta de ropa.

—¡Ah, Diego! —saludó—. Te ha llegado algo.

—¡Hola! Sí, precisamente...

La observé con cierta malicia mientras entraba en su oficina y se daba cuenta de que había dejado todas esas imágenes a la vista. No obstante, aguantó bastante bien el tipo. Cerró el navegador, cogió mi caja y me la entregó a través del mostrador.

—¿Tienes colada? —me preguntó—. Se ha estropeado la secadora y estamos organizando turnos.

Le dije que no, y añadí:

—Uno de los grifos de la ducha no acaba de ir bien. Si puedes venir más tarde...

Ella se ruborizó un poco. ¿Había captado la indirecta? Me dijo que se pasaría por mi cabaña en cuanto hubiera arreglado lo de la secadora. La mujer de la cesta de ropa insistió en que aquello «debía solucionarse esa misma noche». Vamos, que Ángela tenía un buen marrón por delante.

Salí con mi caja bajo el brazo, disfrutando del aire fresco y la fragancia de los pinos. Me reí con esa pillada *in fraganti* que le había hecho a Ángela. Internet es como un gigantesco acelerador de los peores vicios humanos: ira, envidia, lujuria, vanidad..., voyeurismo. Es el precio que hay que pagar por poder comprarte un billete de avión desde casa, supongo.

Pasé junto a la cabaña de mis vecinos franceses y oí algo de música en el interior. Me imaginé a ese tipo gordito con pinta de Papá Noel y a su mujer —Mamá Noel— sentados en el sofá, comiendo queso brie y jugando una partida de damas. Un par de zapatos viejos, aburridos y felices. ¿O quizá estaban haciendo el amor? ¿Tendrían alguna postura preferida?

«Pero qué pervertido eres.»

En mi cabaña no había nada raro. Ni mensajes en el felpudo, ni notas pasadas por debajo de la puerta, ni pies asomándose tras los cortinones del mirador. Solo frío. El día anterior me había dejado la ventana de la cocina en batiente y el aire se había refrescado durante el día y medio que había estado fuera.

Me senté en la cama, coloqué la caja encima del colchón y busqué el reborde de la cinta adhesiva con la uña. Tiré de ella con suavidad hasta retirarla del todo, abrí las solapas, levanté un papel de embalar y por fin vi lo que contenía...

Otra caja.

Lo primero que me llamó la atención fue el amarillo chillón del producto que anunciaba impreso en su superficie. ¿Qué era? ¿Una batidora? ¿Un secador de pelo? No... No. Lentamente fui uniendo las formas de aquel objeto de color amarillo, negro... Era una linterna.

Una linterna de la marca Römer.

Idéntica a la que había encontrado en Ondartzape con el sobre de la polaroid pegado en un lateral. Idéntica a la que había usado para atizarle a Artola en la cabeza.

La caja de la linterna Römer no venía precintada. El hijo de un comerciante de electrónica puede detectar estas cosas a simple vista. Por lo demás, en el interior no había más que una linterna. Ni explosivos, ni serpientes, ni alacranes, ni gas sarín, solo una linterna, tal y como anunciaba el exterior. Entonces ¿qué?

La saqué y la sostuve en las manos, rastreándola por cada

uno de sus ángulos. ¿Quizá llevaba otra foto pegada en alguna parte? No pude ver nada más que la amarilla superficie de plástico duro.

Volví a mirar en la caja. Estaba el folleto de instrucciones y la clásica cuartilla con la garantía en varios idiomas. Lo miré todo por ambos lados, de nuevo. Nada.

A continuación traté de encenderla, pero no funcionó y eso me hizo pensar en el compartimento de las pilas. No era demasiado difícil de abrir.

Allí estaba, un nuevo mensaje en un papel enrollado. Y una nueva polaroid.

La Vespino Negra, otra vez, fotografiada desde otro ángulo. Ahora se veía la moto al completo, sus dos ruedas, su sillín negro, la carcasa del pequeño motor, los pedales. Además, en la foto se veía algo nuevo: un ejemplar del periódico *Deia* apoyado en una de las ruedas. Con fecha del día anterior.

El mensaje era otra breve nota. No necesité buscar la anterior para saber que las caligrafías coincidían.

Decía así:

> Esta medianoche en la Tejera de Murueta.
> Venga SOLO y asegúrese de que nadie le sigue.
> Lleve el dinero en metálico.
> Le aseguro que la mercancía lo vale.

Volví a leerlo todo y, curiosamente, lo primero que pensé fue en la singularidad del lugar de la cita: la Tejera de Murueta es un sitio muy conocido por los habitantes y amantes de la marisma de Urdaibai. Una antigua fábrica de tejas en desuso, junto a la ría, cuya alta chimenea de ladrillos y el paisaje que se puede disfrutar desde sus embarcaderos atraen a paseantes y fotógrafos por igual.

Recordé el emplazamiento de nuestra primera cita, la caleta de Ondartzape, también junto al agua. Y el sonido del chapoteo que oí nada más llegar. Estaba claro que mi misterioso interlocutor tenía cierta atracción por las orillas. Quizá porque se movía como pez en el agua.

Miré el reloj de mi teléfono móvil. Eran las seis de la tarde, y además era sábado y los bancos estaban cerrados. Maldije entre dientes. No iba a poder conseguir cien mil euros ni de coña.

«Pero ¿de verdad ibas a llevar cien mil euros a una cita a ciegas de madrugada?», pensé.

«No, sería del género idiota.»

Eso me inquietaba, esa especie de candidez de mi interlocutor. No hablaba como un estafador —que hubiese hecho un mayor esfuerzo por convencerme—, sino como alguien que realmente sabe lo que se trae entre manos y está seguro de ganar su apuesta.

¿Y si de verdad conocía al asesino de Lorea?

Volví a leer el mensaje. Cien mil euros era una cantidad desorbitada. ¿Se conformaría con una paga y señal para empezar? Pero ¿de dónde podría sacarla? A esas horas de la tarde no se me ocurría otra forma de hacerlo. Busqué entre los contactos de mi teléfono y me preparé para hacer una petición muy muy extraña...

54

Javi tardó dos horas en aparecer por la cabaña. Había llegado a pensar que no vendría, que me mandaría al cuerno. Era lo que la mayoría de la gente habría hecho ante aquella llamada.

Pero Javi era Javi.

Mi petición, tan breve como extraña, había sido que necesitaba todo el dinero en metálico que pudiera juntar. Aparte de eso, una pequeña especificación sobre «la cita, de madrugada, en la Tejera de Murueta».

Ni se lo pensó, aceptó sin hacer más preguntas, aunque me avisó de que iba a necesitar tiempo. Salir del trabajo, llegar a casa, convencer a Alaitz de que esa noche «tenía algo importante que hacer» y juntar todo el metálico de que disponía.

Sabía que Gonzalo se enfadaría si alguna vez se enteraba de que había llamado a Javi en lugar de a él, pero estaba demasiado lejos y, además, no le veía metiéndose en una aventura de este pelo. Digamos que Javi me parecía un tipo capaz de mancharse las botas de barro en la marisma. De hecho, apareció vestido con unas botas largas, una escopeta de caza y un par de linternas frontales.

—¿Y la escopeta?

—Me ha parecido que era un tema peliagudo... —Se encogió de hombros—. ¿De qué va todo esto? ¿Qué pasa?

Lo primero era lo primero. Si se iba a meter en ese lío conmigo merecía conocer los detalles. Comencé mostrándole el folleto del ferri de Izar-beltz, le relaté mi extraño viaje y todo aquel sistema de luces y leyendas que me llevó el jueves por la tarde hasta la caleta de Ondartzape. Después pasé a mostrarle la fotografía de la moto de Lorea y el mensaje adjunto. Javi estaba, literalmente, alucinando.

—¿Cómo coño no has dicho nada hasta ahora?

—Gonzalo me insistió en que era un intento de estafa. Lo cual todavía está por ver. Pero tú tranquilo. Aunque este dinero desaparezca, te lo devolveré.

—El dinero no es el problema, Diego —respondió él—. Deberías poner todo esto en manos de la Ertzaintza ahora mismo. Si de verdad alguien tiene la moto de Lorea, es muy posible que sea un delito. Y si accedes a sus condiciones, estarás metiéndote en un lío tú también.

—Lo sé. —Di dos golpecitos con el índice sobre el mensaje del primer día, que descansaba sobre la mesa—. Pero ¿y si fuera cierto lo que dicen: que desaparecerán si hablo con la poli? Comprendo que no te quieras ver involucrado, Javi. Si quieres, puedes largarte ahora mismo. Déjame tan solo la pasta. Creo que puedo llegar andando.

—No te pienso dejar solo, melón. Lo otro era un consejo racional.

—Vale, pues dame un consejo irracional.

Javi, brazos en jarras y mirando al techo, se dedicó a pensarlo durante unos segundos.

—No sé quién es esa gente, aunque está claro que juegan

fuerte. Acude a la cita. Diles que no has tenido tiempo para reunir el dinero, pero que quieres una prueba fehaciente de lo que estás comprando. Pídeles el número de bastidor de la moto.

—¿El número de bastidor?

—Sí. Es un número único.

—¡Joder, claro! —Me di una palmada en la frente—. ¿Cómo no lo había pensado? Eso debió de hacerse público en alguna parte.

—Seguro que si llamas a Arruti te lo puede conseguir —contestó Javi—. Aunque, claro, tendrás que inventarte una buena excusa.

Estuve tentado de hacerlo, pero lo descarté por el momento. No quería insinuar bajo ningún concepto que podía estar mínimamente cerca de la moto de Lorea. En todo caso, la idea de Javi de pedir el número de bastidor era buenísima. Si esos tíos estaban de farol, sería la manera definitiva de noquearlos.

Todavía teníamos unas horas por delante, así que dedicamos un rato a ponernos al día de varias cosas. Le hablé a Javi del vídeo editado, la visita al Buka y lo que Gina nos había contado sobre la pelea entre Bert y Rubén.

Él tardó un buen rato en digerirlo todo.

—El cabrón de Rubén —escupió al fin—. Aunque Nura y tú debéis saber que he hablado con el periodista de *El Correo*, el que realizó el especial sobre desapariciones...

—¿Y?

—Me dijo que Bert le había llamado para pedirle el contacto de Ignacio Mendiguren y toda la información que pudiera darle sobre aquel viejo caso. Le prometió «una noticia en exclusiva» si colaboraba con él. Y el periodista encontró el vídeo entre unos viejos archivos. Todo esto fue una semana después del concierto de Dr. Ayawaska.

—O sea, que Bert vio el vídeo *después* de pelearse con Rubén.

—Parece que sí.

Eso mandaba al carajo nuestra teoría de que Bert fue al Bukanero a pedirle explicaciones a Rubén.

—Pero aún queda saber por qué se pelearon...

A las ocho y media, y aunque no teníamos demasiada hambre, pensamos que la noche iba a ser larga y sería mejor llenarse el buche con algo. Saqué mis *flyers* de comida rápida, pero entonces recordé los burritos del bar de Alejo. Javi estuvo de acuerdo en que esas bombas de carne mechada maridaban perfectamente con una noche de acción a la intemperie. Dijo que además podíamos añadirle unas cervezas.

Justo en ese instante oímos que alguien llamaba a la puerta. Era Ángela. Por supuesto había visto el coche de Javi, así que no le sorprendió encontrarme en su compañía.

—Vengo por lo del... grifo —dijo con un centelleo de rubor en las mejillas.

No sé si Javi cazó algo al vuelo, pero aprovechó la ocasión para escurrirse por la puerta. «Me voy a por la cena.» Ángela y yo nos quedamos a solas.

—No le pasa nada al grifo —le confesé—, solo quería charlar contigo.

—Ya me lo he imaginado. ¿Puedes hablar ahora?

La verdad es que esa noche tenía todas mis neuronas trabajando en la «cita a medianoche» y hubiese preferido posponer el tema, pero ya que había venido...

Le pedí que tomara asiento en el mirador. A la luz de la lámpara pude detectar unas leves ojeras. ¿Insomnio?

—¿Qué tal con lo de la secadora? —dije para romper el hielo—. ¿Ya lo has arreglado?

—La verdad es que no, y la señora está que trina. Le he dado unas pinzas y algo de cuerda para que se monte un tenderete en los árboles... Solo espero que no diluvie o no sople demasiado viento.

Casi como una broma, fuera silbó una ráfaga.

—Oye, solo quería pedirte perdón. —Carraspeé, dudé, me decidí—. Por si la otra noche me lancé demasiado rápido o algo.

—No, no —se apresuró a decir—. Pasó y ya está. No fue culpa de nadie... Yo también... En fin... Es que además fue un cortazo cuando apareció Ibon. Estuvimos juntos una temporada.

—¿Qué? —Eso no me lo esperaba—. ¿En serio? ¿Ibon y tú?

—Fuimos novios durante un par de años. Después yo lo dejé y él... —Torció la boca en una mueca—. Digamos que no lo encajó del todo bien.

—Pero es bastante mayor que tú, ¿no?

—No tanto, es de tu edad. Me lleváis seis años.

La respuesta fue todo un zasca. Me tuve que reír. Entonces recordé que Ibon me había señalado «la prueba del delito».

—Pues creo que nos pilló —le dije—. Me habías dejado pintalabios en el cuello y él lo vio.

—¿En serio? Ya me imaginaba. Estaba de muy mal café cuando vino a la recepción.

—Siento mucho si te he causado problemas.

—No es tu culpa —dijo Ángela—. Ibon es así. No dice nada, nunca dice nada...

Se hizo un pequeño silencio.

—¿Te puedo hacer una pregunta? —Lo rompió ella.

—Sí.

—¿Por qué sigues en Illumbe?

La pregunta me cogió desprevenido y me hizo parpadear. Después me eché a reír.

—¿Es una encuesta de satisfacción o algo así?

—No. Simple curiosidad. Viniste al entierro de tu amigo, eso lo entiendo. Pero te has quedado una semana extra. ¿Es que pasa algo más?

—¿Algo como qué, Ángela?

—En el pueblo hay un rumor. Dicen que el incendio de la casa de tu amigo no fue un accidente. Además, Ibon me pidió que tuviera un ojo puesto por si veía alguna cara rara por el camping. En fin..., quisiera saber si hay algún peligro.

—No hay peligro. —Ni siquiera a mí me sonó convincente—. ¿Qué es lo que dicen en el pueblo?

—No es nada concreto. Conversaciones en la barra del bar o en la cola del supermercado. Alguien dice que Bert estaba investigando cosas relativas a la desaparición de Lorea Vallejo y que por eso lo mataron.

«Joder con radio macuto», pensé, «qué rápido vuelan las noticias».

—¿Estás investigando eso? —preguntó sin rodeos—. ¿Por eso todas estas idas y venidas?

Yo moví la cabeza para un lado y para otro, sin querer admitir nada. Ángela sonrió. En sus ojos había un brillo de excitación. Quizá era lo más fantástico que le había ocurrido en mucho tiempo (por lo menos era más interesante que el misterio de la secadora rota).

En ese instante le sonó el teléfono móvil, ella contestó la

llamada y se puso a hablar. Pude adivinar que era el técnico del seguro, sobre la reparación de la secadora. Al parecer decía que no podía venir tan tarde y preguntaba si podían esperar al día siguiente. Ella le insistió en que viniera pronto por la mañana.

—¡Seguros! —dijo al colgar—. En fin... —Se levantó.

—¿Te vas?

—Tengo trabajo —respondió.

Se dirigió a la puerta y yo me sentí tentado a pararla. A decirle que quizá podríamos reanudar aquello que había quedado «en el aire». Pero no era precisamente una noche para lances románticos. La dejé ir y pensé en eso que había dicho sobre que Ibon «nunca dice nada».

Desde luego, si había que describir a Ibon en tres palabras esas eran bastante certeras.

Javi regresó con dos burritos y cuatro latas de cerveza. Los cenamos mientras le contaba la última entrega de mis extrañas aventuras en Illumbe. Que Ángela, la chica del camping con la que había tenido un ligero desliz, había sido la novia de Ibon.

—¿Con Ángela? —Javi negaba con la cabeza mientras se reía—. Desde luego, has cambiado mucho desde los tiempos en los que no te comías una rosca. —Aquello me hizo reír a mí también—. Ahora entiendo el cabreo que tenía Ibon anoche.

—¿Crees que era por mí?

—Bueno, según los cotilleos del club de remo, Ángela ha sido la pareja más duradera de Ibon. Ella le dejó de un día para otro, según Ibon por la diferencia de edad. Y ahora le pilla dándose besos con un tío de su quinta. No creo que le haya hecho demasiada gracia.

—No fue por la diferencia de edad —dije yo—. Al menos, no es lo que Ángela me ha contado. Según ella, Ibon era demasiado reservado. ¿Te sorprende?

—Para nada.

—¿Encontraremos el momento de preguntarle por aquella «discusión» que tuvo con Lorea en el Buka?

—¿Sinceramente? Lo dudo —apostó Javi—. A menos que puedas ponerle contra las cuerdas, Ibon no te dice ni su fecha de nacimiento.

Nos entretuvimos hasta una hora antes de la medianoche cenando y bebiendo aquellas latas de cerveza mala, como en los viejos tiempos antes de un concierto.

Entonces sonó el reloj y Javi se puso en pie con su escopeta.

—¡Rock'n'roll!

55

La Tejera estaba situada a orillas de la marisma, en el barrio de Larrabe, pero no era tan fácil llegar en coche. Javi me dibujó un pequeño mapa en papel con las indicaciones. La idea era que yo condujese hasta allí y dejase a Javi unos cuantos metros antes del desvío. Él caminaría a través del bosque hasta situarse en alguna buena posición para observarlo todo. Entretanto, yo esperaría en el aparcamiento del parque de la Tejera hasta que los, ¿cómo llamarlos?, ¿vendedores de secretos?, establecieran contacto.

Antes de arrancar me tendió un fajo de cien billetes de cincuenta.

—Es todo el dinero negro que tenía en casa —dijo sin inmutarse—. Es lo que saco tocando con la banda, no te creas que tengo más escondido por ahí.

Arrancamos. Un viento suroeste calentaba el aire y alejaba la posibilidad de lluvia. Las nubes se habían abierto para mostrar una reluciente y gigantesca luna casi llena.

Fuimos pasando por los diferentes núcleos urbanos que unía la BI-2235: Sukarrieta, Axpe, el barrio de San Cristóbal;

los asadores, los bares de carretera, los caseríos somnolientos con alguna que otra luz encendida... Hasta que llegamos al punto en el que tendría que girar a la izquierda y seguir el mapa que habíamos dibujado en un papel.

Javi me pidió que parase en el arcén, a unos doscientos metros del primer caserío del barrio de Larrabe. Se bajó del coche, fue al maletero y sacó la escopeta de caza y su linterna frontal. Después cerró el maletero y se vino a mi lado.

—¿Lo de la escopeta va en serio?

—Es mejor llevar algo —dijo él—. Ahora escucha: queda media hora todavía. Vete despacito y espera a que sean las doce en punto antes de bajar. Yo estaré ya por la zona, escondido.

—O.K. —De repente noté que me faltaba el resuello—. Tú ten cuidado con eso, ¿eh? —Señalé la escopeta.

—Tranqui. Es solo para asustar.

Arranqué con la mirada fija en el retrovisor. Javi cruzó la carretera a toda velocidad y desapareció por un caminito forestal. Con su escopeta al hombro y su linterna en la frente parecía un mercenario de película. Pensé que había acertado al confiarle a él mi historia.

Entré por el desvío del barrio de Larrabe y avancé entre caseríos, ladridos de perros y huertas oscuras hasta alcanzar la primera bifurcación. El mapa de papel que reposaba en el asiento del conductor empezó a demostrar su utilidad.

«A la derecha.»

Conduje bordeando un murete de piedra y un robledal hasta otro cruce de caminos. Me equivoqué en algún giro, porque terminé en el frontal de un caserío con un perro muy grande mostrándome sus dientes y ladrando a todo volumen. Salí de allí antes de que el aldeano se despertara.

Por fin llegué al parque de la Tejera. Era un prado de hierba a orillas de la ría donde se erigía el viejo horno de arcilla y su alta chimenea. La pequeña zona de aparcamiento estaba desierta a esas horas. Dejé el coche de cara a la marisma y apagué el motor. Miré la hora. Faltaban diez minutos.

A esperar.

A la luz de la luna, la alta chimenea y el horno de tejas, de ladrillo rojizo, parecían hechos de un metal plateado. Los viejos embarcaderos de madera podrían ser los huesos de un famélico animal prehistórico. Y bajo sus patas, la ría brillaba como si llevara diamantes en sus entrañas.

Oí un ruido y vi unas luces aproximarse. Las vías del Euskotren discurrían entre el aparcamiento y la fábrica (un precioso recorrido que bordeaba la costa hasta Bermeo). Pasó un convoy dirección Gernika. Debía de ser de los últimos de la noche. Vi a algunas personas a bordo, leyendo, aburridas. Después, el estrépito del tren desapareció y me quedé otra vez en silencio.

Faltaban ya solo dos minutos para las doce y yo me iba poniendo más y más nervioso. Casi no podía aguantarme dentro del maldito coche. Además, no pasaba nada, no venía nadie. ¿Qué debía esperar? ¿Un coche? ¿Una luz?

Volví a sacar la nota que me habían dejado dentro de la linterna. No decían nada más que «Esta medianoche en la Tejera de Murueta». Bueno, pues allí estaba.

Las doce.

Salí del coche, cerré la puerta y me guardé la llave en el bolsillo del pantalón. Llevaba puesto mi impermeable rojo y los cinco mil euros formaban un bulto en el bolsillo derecho. Miré a mi alrededor. Si Javi andaba por allí, estaba perfectamente escondido y en silencio. Aparté la mirada. Yo debía actuar discretamente, como si hubiera ido solo. Caminé hasta las vías, miré a un lado y al otro antes de cruzar, y entré en el terreno de la Tejera. La hierba estaba recién segada y el viento sur empujaba las fragancias ácidas mezclándolas con el salitre de la ría. La marea estaba alta; los meandros de la marisma, inundados. Miré en dirección al edificio de la Tejera, por si veía aparecer alguna silueta. Nadie, tampoco desde el otro lado. Me dieron ganas de gritar: «¡Eo! ¡Estoy aquí!». Entonces se me ocurrió subir a uno de aquellos altos embarcaderos de madera (había cuatro en total) y situarme allí. Era, quizá, el punto más visible y evidente del lugar.

Nada más hacerlo, según comenzaba a caminar por la madera, detecté una embarcación amarrada a uno de los largos pilotes. Era un kayak de plástico naranja, de esos que se alquilan para recorrer la marisma, tenía un remo atravesado sobre su bancada y no había nadie montado en él. Imaginé que era yo quien se suponía que debía ocuparlo. Habían dejado eso para mí. Querían que hiciese una travesía por la ría en plena noche.

De acuerdo.

Me di la vuelta y miré hacia el bosquete de Larrabe, desde donde se suponía que Javi ya me estaría observando. No podía arriesgarme a hacer ningún gesto, así que confié en que mi amigo entendiera lo que estaba ocurriendo. Agarré la barandilla de madera con ambas manos y empecé a descender por los rudimentarios travesaños que conformaban la escala. El kayak estaba amarrado con un cabo, pero la marea lo había desplazado un poco, por lo que usé un pie para acercarlo y salté sobre él. El remo atravesado me hizo dar un traspiés y a punto estuve de irme de cabeza al agua. Tuve la buena idea de agarrarme a tiempo de uno de los pilotes del embarcadero. Me senté a toda prisa: no había que tentar a la suerte.

Vale, mi «vendedor de secretos» era un tipo creativo: había dejado su siguiente nota en otra de esas bolsitas para congelados pegada en la misma bancada del kayak. Además, como era también muy previsor, la había acompañado de una pequeña bombilla portátil (de las que se ponen con una goma en las bicis) para poder leerla.

La nota solo constaba de una frase:

«Reme en dirección Gernika.»

Eso era fácil. La marea todavía estaba entrando y empujaba el agua en dirección a Gernika. Solté el cabo, cogí el remo y lo usé para separar el kayak de los pilotes. Nada más hacerlo, noté el impulso de la corriente en la dirección correcta. Bueno, no es que sea un experto, pero he remado algunas veces en mi vida, así que logré apuntar la proa al centro de la ría y empecé a remar con suavidad, sin desatender las orillas. Conociendo ya el estilo novelesco de mi «vendedor», esperaba ver parpadear alguna luz o señal.

Y no me equivoqué.

Ni siquiera habían transcurrido dos minutos desde que comenzara a remar cuando detecté una luz en la misma orilla de la Tejera. El parpadeo rítmico de una linterna, ¿otra Römer? El origen debía de ser una embarcación fondeada entre la vegetación, en uno de esos intrincados canales que formaba la marisma. Metí el remo por estribor y traté de navegar en diagonal hacia ese punto. La corriente acelera en las orillas, pero estábamos casi en pleamar y no fue demasiado difícil aproximarme. Ese era otro detalle que el «vendedor» habría planeado cuidadosamente.

La chalupa estaba semiescondida entre las espadañas. Era

una barquita blanca con una banda anaranjada que recordé haber visto con anterioridad. ¿Dónde? «Ah, claro...», pensé al caer en la cuenta.

El «vendedor» había apagado la linterna, pero se le podía distinguir a la luz de la luna. Estaba cubierto de pies a cabeza con un impermeable oscuro.

—¿Txiripi?

No dijo nada, pero yo solté una carcajada nerviosa al aire nocturno. ¿Cómo no se me había ocurrido antes? Txiripi, el pescador que encontré en Izar-beltz aquella noche. Su chalupa lo había delatado.

—Así que el jueves en Izar-beltz no estabas pescando nada —le dije.

Se quedó en silencio unos segundos.

—¿También me perseguías por la calle Goiko? Venga, sé que eres tú.

Se retiró la capucha.

—*Gabon* —saludó gruñendo. No parecía haberle sentado demasiado bien que lo desenmascarase.

Era él. El *txo* del puerto que había trabajado desde niño, que se encaramaba a las rocas en busca de percebes, que carenaba los botes de los turistas y arreglaba motores en la lonja de su padre. ¿Qué pintaba en todo esto?

—¿Cómo lo hiciste aquel día en Ondartzape? ¿Submarinismo? ¿A qué venía todo ese juego de mensajes y leyendas?

—Lo que tengo a la venta no es cualquier cosa —contestó—. Además... hay muchos ojos en el pueblo.

—Pero ¿por qué tienes tú la moto? —le lancé.

—Todo a su tiempo —respondió él—. ¿Has traído el dinero?

Me metí la mano en la gabardina y saqué el fajo.

—Te he traído un adelanto. Cinco mil, te los doy como señal. A cambio quiero una foto del número de bastidor de la moto.

Txiripi murmuró algo en euskera que no comprendí, pero sonaba a disgusto.

—¿Un adelanto? Te dije cien mil, tío. Creo que estaba claro.

—Cien mil euros es mucha pasta, Txiripi. Tampoco era fácil juntarlo. Y además me quería asegurar.

—¿Asegurar? Te mandé las putas fotos por algo. Y ahora, ¿qué hago?

—Coge el dinero —dije— y mándame esa foto del bastidor.

—Tú no sabes nada. No tienes ni la más remota idea, ¿eh? ¿Crees que voy de farol? ¿Eso crees?

Gritaba. Yo no dije nada.

—Tiene que ser mañana, ¿entiendes? ¡Mañana como muchísimo! Y quiero todo el dinero. La moto es la de Lorea, no te va a caber ninguna duda. Sobre todo cuando veas lo demás.

—¿Lo demás?

Txiripi hizo un gesto rápido: se llevó un dedo a los labios. ¿Es que había oído algo? Nos quedamos callados los dos, en aquel oscuro recodo de la orilla, escuchando el frufrú de las espadañas y el viento.

—¿Has venido con alguien? —susurró.

Yo estuve a punto de admitir que Javi Zulaika me había acompañado, pero pensé que era mejor callarme.

—Mañana, a la misma hora, en la Tejera. —Estaba muy enfadado—. Es tu última oportunidad, después...

—No —dije—. ¡Espera!

Arrancó el motor de su chalupa y aceleró, pero entonces se produjo una explosión. Eso es lo que me pareció, que algo explotaba. Hizo un ruido tremendo y segó las espadañas que había a nuestro alrededor. Unos pájaros nocturnos salieron volando desde alguna parte y el estallido se entretuvo haciendo ecos en la noche. Pensé que era algo del motor. ¿Qué otra cosa podía ser?

Txiripi abrió la boca de pura sorpresa, aunque no dijo nada. Giró a tope el manguito acelerador, pero antes de que los rotores le proyectasen fuera de allí tuvo lugar una segunda explosión.

Noté que algo volaba muy cerca de mi cabeza. La vegetación que había detrás de Txiripi se desmenuzó triturada por una mano invisible. El *txo* se derrumbó hacia atrás como un muñeco de feria.

Por increíble que fuera, entendí que se trataba de un disparo.

Alguien nos estaba disparando. Y a él le habían dado de lleno.

Me eché sobre la superficie del kayak, pero después pensé que seguía ofreciendo un buen blanco y decidí saltar al agua. Fue una decisión demasiado precipitada. El agua, que me llegó hasta el pecho de un solo golpe, estaba helada.

Casi se me para el corazón al sumergirme.

Mis pies tocaron un lecho de lodo y arena. Empecé a moverme a toda prisa, tratando de esconderme entre la vegetación, camuflándome con la velocidad de un pato en un día de caza. Habrían bastado dos o tres disparos para triturar mi rostro; no llegaron a suceder. Sencillamente, la noche se zambulló en un silencio con olor a pólvora.

La barquita de Txiripi se había despegado de la orilla y siguió adentrándose en la ría por pura inercia, pero el motor había quedado al ralentí. Txiripi había soltado el acelerador y estaba tumbado en su chalupa. Podía oírle dando patadas en la madera.

Entonces, a lo lejos, oí otro ruido. Un chapoteo, un roce entre las vegetaciones de ribera. Alguien alcanzaba la orilla y salía de allí. Se largaban. Pero ¿quién? ¿Javi?

Me quedé bloqueado durante unos cuantos segundos. La naturaleza se había retraído por aquel estrépito, los grillos, las ranas, todo había desparecido. Solo escuchaba unas patadas y un gemido, como un gorgoteo, desde esa barca que ahora iba lentamente arrastrada hacia Gernika.

Txiripi estaba vivo.

Fui hasta mi kayak, puse las manos en la borda y me di impulso con el lecho de la orilla para encaramarme. Con la ropa empapada pesaba algunos kilos más, pero conseguí subir. Me senté en la bancada. Los cinco mil euros de Javi estaban desperdigados por la cubierta de plástico. Los recogí y remé a toda prisa mientras sentía que el mordisco del frío me recorría el cuerpo.

Alcancé el bote de Txiripi, que iba a la deriva con su motor renqueante. Agarré la borda con las manos, pegué el kayak y salté dentro. Me topé con las piernas de aquel tipo. Temblaba. Y no solo eso: estaba cubierto de sangre. El bote entero era una puta bañera de sangre.

Txiripi tenía las dos manos en su cuello y comprendí que era allí donde le habían dado. A la luz de la luna, pude ver un río negro manándole por entre los dedos.

—Ostiaputa —dije (o algo así)—. Aguanta, tío, te llevaré a un hospital. Yo...

En mi cabeza, durante un segundo, contemplé la posibilidad de acelerar e intentar llegar a Gernika en el bote. Allí había un hospital, encontraría a alguien por la calle, podría pedir ayuda aunque fuera a gritos. Pero ¿cuánto tardaría? Entonces pensé en regresar a la Tejera. Allí estaba Javi, el coche...

Noté una mano que tiraba. Txiripi me había cogido del impermeable con una mano. Vi la herida de su cuello. Era una hecatombe, le habían arrancado media garganta. Tenía la piel desgarrada, los cables fuera... Un desastre.

Vi que extendía el otro brazo a lo alto mientras intentaba decir algo que sonaba como ggg-ggg-gggg.

—¿Qué? ¿Dime? ¿Qué?

Txiripi me dio un fuerte tirón del impermeable y abrió los ojos de par en par, como si estuviera enfadándose por algo. Miré su otra mano, que extendía hacia arriba. Estaba señalando algo con el dedo índice.

—¿El cielo? ¿Arriba?

Miré. ¿Qué era? Vi las nubes, unas estrellas. ¿La luna?

Entonces la tensión se relajó. Noté que dejaba de tirar de mi ropa. El brazo, con esa mano que apuntaba al cielo de la noche, se desplomó sobre la barca. Y oí cómo dejaba ir su último aliento.

56

El viaje de regreso a la Tejera fue corto, pero lo sentí como una eternidad. Sentado en la popa de la barca de Txiripi, manejando el motor mientras intentaba no mirar ese cuerpo inmóvil del que todavía manaba sangre. Iba tiritando del frío, incapaz de pensar más allá de lo inmediato. Solo quería llegar a algún sitio donde poder quitarme esa ropa mojada, donde dejar de sentir frío. Después... pediría ayuda a Javi. Él sabría qué hacer.

Ya desde la distancia me pareció ver algo inusual en la Tejera. Una fila de luces extrañas. ¿Qué podía ser?

Llegué al embarcadero y tuve que rozar la proa contra la orilla para frenarme. Amarré la chalupa como pude, con dos nudos mal hechos, y dejé el motor al ralentí porque no sabía cómo apagarlo. Con mucho cuidado de no pisar el cuerpo, me encaramé a la escala y subí.

Las luces pertenecían a un tren que estaba detenido en la vía, a la altura de la Tejera. Era el Euskotren que iba para Bermeo. Pero ¿qué había ocurrido allí? ¿Habrían oído los disparos?

Eché a andar en esa dirección.

La locomotora estaba abierta por delante, como la boca de una serpiente, y había algunas personas reunidas junto a las vías, con unas linternas, como si investigaran algo en el trazado. Según me acercaba, vi a los pocos pasajeros del tren montados en sus butacas, mirando hacia delante con curiosidad. ¿Habían atropellado a alguien? Miré hacia las vías, pero no se veía nada.

Uno de los dos tipos que estaban junto a la locomotora me avistó acercándome en la oscuridad. Le hizo un gesto al otro, que se movió aprisa, se dio la vuelta y me apuntó con una linterna.

—¿Quién va? —gritó.

—Necesito ayuda —respondí—. ¡Ayuda!

Noté el haz de sus linternas recorriéndome de arriba abajo.

—¿Es usted el que ha dejado esto en la vía? —Uno de ellos levantó un frontal de tres luces.

Era el frontal de Javi.

—¿Han atropellado a alguien? —pregunté.

—No —respondió el que parecía mayor, o más veterano—. Alguien lo ha dejado encendido en medio de la vía, parpadeando, hemos tenido que frenar de urgencia.

Pensé en Javi. ¿Lo habría hecho él? Pero ¿por qué? ¿Dónde estaba?

—Han matado a un hombre —dije entonces—, en la marisma. Le han disparado. Hay que llamar a la policía.

Se miraron el uno al otro en silencio.

—¿Qué?

Se lo repetí.

—Han matado a un hombre. Está en su chalupa, muerto, en el embarcadero. Vengan. Se lo enseñaré.

Yo casi había arrancado a andar y el otro había empezado a seguirme, pero el mayor le cogió del brazo.

—Espera, que se encargue la Ertzaintza. Los hemos llamado hace cinco minutos. Deben de estar al caer.

En efecto, casi en ese mismo instante vimos que unas luces azules alumbraban el ramaje de los árboles del bosquete. Emergió del camino un coche patrulla de la Ertzaintza y los esperamos en silencio. Aparcaron junto a las vías y se apearon dos agentes. «Buenas noches», dijeron, y comenzó el *show*.

Los pocos pasajeros de aquel tren de última hora se apelotonaban en las ventanas intentando ver algo. Muchos de ellos tenían los ojos puestos en mí, un tipo empapado de los pies a la cabeza. ¿Tenía él la culpa de que se hubiera detenido el tren?

Esos mismos pasajeros vieron cómo la policía hablaba con el conductor, que les mostró esa linterna frontal antes de apuntarme a mí con sus linternas. Me preguntaron algo y, tras responder, uno de los policías echó a correr por el césped del parque hasta el embarcadero.

Supongo que la atención de todo el mundo se dirigió allí. Pero ¿qué tenía que ver eso con el tren? Vieron al policía iluminar algo con su linterna, algo que estaba en el agua. Después, el policía descendió por la escala y al cabo de un minuto volvió a subir. Regresó corriendo y se acercó al grupo de la locomotora con cara de haber visto un fantasma.

—Es verdad —dijo—. Hay que llamar a central.

Los policías usaron sus *talkies* tras enviar a los conductores al interior del convoy. Unos segundos más tarde, se oyó una voz por megafonía. «La policía nos ha pedido que esperemos todavía unos minutos. Al parecer ha habido un accidente muy grave.»

Mientras tanto, yo notaba las miradas absolutamente suspicaces de ambos patrulleros. Uno de ellos acababa de pedir refuerzos, una ambulancia y la presencia de un juez. «Se ha producido un homicidio.»

El otro había ido a su coche, de donde me trajo una manta térmica. Me quité el impermeable y me la coloqué encima, antes de explicarles que esa linterna pertenecía a mi amigo Javi Zulaika, que había desaparecido.

—Debía estar por aquí. —Señalé el Renault Espace—. Ese es su coche y...

—Vale —asintió uno de los patrulleros—, hay más agentes en camino. Ahora nos pondremos con eso.

—¿Y la persona del bote? —preguntó el otro—. ¿Le conoce?

—Ese es Txiripi.

—¿Txiripi?

—No sé su nombre, pero así le llaman. Es un vecino de Illumbe.

—¿Dice que le han disparado? ¿Dónde? ¿Ha visto al tirador?

Intenté explicarlo con unas pocas palabras, pero se me iban atropellando en la boca según salían. Era una situación complicada, demencial. Los patrulleros entendieron que el homicidio había ocurrido «a unos quinientos metros, por la ría» y que el asesino «había huido, sin que yo llegara a verle».

Se presentaron más coches patrulla y dos ambulancias. Una de ellas condujo sobre la hierba hasta el embarcadero, guiada por un policía, y hacia allí se dirigió una media docena de agentes con linternas. La otra ambulancia había aparcado junto al coche de Javi y los dos patrulleros me escoltaron hasta ella. Un médico me dijo que me quitara la ropa y me revisó de arriba abajo. Después me hizo unas cuantas preguntas (nombre, edad, fecha, hora) y me ofreció un uniforme reflectante para vestirme. Lo hice.

Vinieron más policías. Querían conocer la ubicación exacta del tiroteo. También habían oído que había un desaparecido.

—Estábamos en esta misma orilla, en dirección Gernika —me limité a decirles a los ertzainas—. Yo iba en un kayak que se quedó por ahí...

Tartamudeaba, estaba en *shock*. El médico me dijo que podía administrarme un calmante y asentí con un gesto.

Algunos policías partieron por el sendero. Otros seguían analizando el embarcadero. Mientras tanto, yo tenía dos escoltas permanentes. Lógico. Por el momento, y hasta que diese las explicaciones pertinentes, era el máximo sospechoso de un asesinato. Casi me entra una risa histérica al pensarlo. Otra vez, veinte años después, aparecía relacionado con un crimen y con una historia bastante complicada entre los labios. Solo Javi podría ayudarme..., pero ¿dónde estaba? ¿Y qué hacía su linterna en mitad de la vía? ¿Tenía algo que ver con esos disparos de escopeta? Comencé a temerme lo peor y así se lo hice saber a los dos policías.

—Oiga, de verdad, busquen a mi amigo. Tiene familia, tres hijas. Debe de estar por alguna parte.

La cosa no tardó demasiado en resolverse y, de nuevo, el tren tuvo su protagonismo. Tras identificar y tomar declaración a los ferroviarios y a algunos pasajeros, la policía dio permiso al convoy para reanudar la marcha. Entonces, mientras avanzaba los primeros metros de vía en dirección a Bermeo, el tren hizo sonar su bocina insistentemente. Yo estaba sentado en el borde trasero de la ambulancia, con aquellos dos ertzainas, cuando oímos el estruendo del tren y el chirrido que provocaban sus frenos al activarse. Primero pensamos que se estaba despidiendo de una forma un tanto ruidosa e inoportuna, pero entonces oímos unos gritos y pudimos ver a unos cuantos agentes corriendo por el césped del parque con sus linternas.

Habían encontrado a alguien.

A Javi.

57

Lo trajeron a hombros hasta la ambulancia. Estaba semiinconsciente y tenía un lateral de la cara regado en sangre.

—¡Javi!

—Haga sitio —dijo el médico.

Lo tumbaron en una camilla y entraron con él, cerrando las puertas tras ellos.

—¿Qué le ha pasado? —pregunté desesperado—. ¿Es grave?

—Un golpe en la cabeza —respondió uno de los policías que lo habían traído—. Estaba sentado contra una de las paredes de la Tejera, ha sido el conductor de la locomotora el que le ha visto.

Yo esperé, con el corazón en un puño, durante cinco eternos minutos. Entonces salió uno de los enfermeros y dijo que lo llevaban al hospital de Gernika. No añadió ni una coma a esa frase. Yo le pregunté algo, pero no me hizo caso. Se sentó al volante, arrancó y puso las luces de emergencia. Los dos ertzainas que habían traído a Javi se montaron en su coche y salieron por delante de la ambulancia para abrir paso.

El convoy desapareció por los caminillos del barrio de Larrabe, desde donde habían bajado dos o tres vecinos, atraídos por la luz y el ruido. Tampoco tardaron en hacer aparición algunos periodistas y sus fotógrafos, que fueron retenidos por unos agentes. Yo empecé a darme cuenta de que me convenía mantenerme alejado de cualquier foco y le pedí a un policía que me dejara esperar dentro de un coche.

—Haremos algo mejor —dijo él—. Tenemos orden de llevarle a la comisaría de Gernika.

La noche se alargaba. Yo estaba molido, medio enfermo, pero aún no tocaba descansar. Había un muerto (ya se había certificado que lo estaba) por disparo de arma de fuego, un herido y un bonito rompecabezas que reclamaba una explicación urgente.

Hacía veinte años que no pisaba la comisaría de la Ertzaintza de Gernika, pero me pareció que todo seguía más o menos en orden. «Bien, chicos, me la habéis cuidado perfectamente», pensé mientras entraba por los pasillos del edificio, escoltado por mis amigos patrulleros. Caminamos ante las curiosas miradas de los agentes de guardia hasta una de esas asépticas habitaciones donde se suele prestar declaración.

Me senté en una silla de plástico y enseguida apareció un policía de paisano, que se presentó con un nombre que olvidé al instante. Un tío de mi edad, anchote, con una melenita y unas gafas. Comenzó ofreciéndome algo de beber y le pedí un café caliente. Yo iba vestido con un uniforme reflectante de enfermero de ambulancia. No llevaba nada más debajo y tenía algo de frío.

Me trajeron un café de máquina calentito y lo sorbí con

cuidado mientras el policía se sentaba frente a un ordenador y me pedía mi nombre y algunos datos. Parecía que iban a tomarme declaración, y eso me recordó un viejo y consabido consejo: «Llama a tu abogado».

—¿Puedo hacer una llamada antes de empezar? —pregunté—. Y también me gustaría que avisaran a una compañera suya: Nerea Arruti.

Todo esto lo dije con un tono moderado, intentando que no sonase a imposición, pero dejando claro que sabía algo sobre leyes y derechos. El policía judicial arqueó las cejas.

—La llamada, bien. Lo de Arruti, ¿puedo preguntar la razón?

—Ella misma me pidió que la avisara. Es algo relacionado con un viejo caso que llevó su tío, Ignacio Mendiguren.

El poli arrugó el ceño al escuchar el nombre de Mendiguren. Me imaginé, por su edad, que debía de conocerle. Entonces vi que algo brillaba en sus pupilas. Creo que hasta ese momento no me había reconocido.

Lo del «derecho a una llamada» había perdido aquel romanticismo de la moneda y la cabina de las películas. Ahora te dejaban un inalámbrico y cinco minutos a solas en la habitación. Pero ¿a quién llamar? En el fondo era una cuestión sencilla. Solo había dos números de teléfono en el mundo que me sabía de memoria, los mismos que había tenido apuntados en mi Nokia hasta que se fue al garete en las aguas de la marisma. El de Gonzalo y el de mi madre.

El estado tan delicado de mi padre me disuadió de llamar a casa, aunque realmente era lo que quería hacer. Llamar a mis padres y oír su voz. Sin embargo, hacía mucho que mis padres habían dejado de ser los superhéroes que podían solucionarlo casi todo. No me podía arriesgar a provocarle un infarto a mi padre, así que llamé al otro número posible. Eran las dos y media de la madrugada, pero Gonzalo jamás desconectaba su teléfono particular. Tampoco aquella noche.

—Dime que me llamas porque se te ha ocurrido la mejor canción de tu vida.

Le expliqué que no era eso precisamente. Solo tenía cinco minutos, y se lo conté todo en un mensaje corto y preciso:

—Estoy sentado en una comisaría. Hay un tipo muerto, pero no le he matado yo. Y todo está relacionado con el caso de Lorea. ¿Puedes ayudarme?

El primer medio minuto de su respuesta fueron improperios. Después me preguntó si estaba herido y le conté que no «por muy poco» (recordando esas postas que habían volado cerca de mi cabeza). Le dije que Javi sí que había resultado herido, aunque aún no conocía la gravedad. Gonzalo se relajó, dedicó unos segundos a pensar y terminó dándome unas instrucciones muy precisas.

—Quédate junto a este teléfono. Te llamará un abogado en dos minutos. No hables con nadie hasta comentarle todo a él. ¡Ah! Y nada de prensa. Ponte una bolsa en la cabeza si hace falta.

—O.K.

El policía de antes volvió a la sala y le expliqué la recomendación de mi agente. No puso objeciones en esperar, pero me dijo que —dadas las circunstancias— no podía salir de la comisaría hasta haber prestado declaración. Le confirmé que yo tampoco tenía ningún problema.

El abogado de Gonzalo llamó con una voz tan fresca y profesional que nadie se imaginaría que acababan de levantarle de la cama en plena madrugada. Me preguntó si alguien me había leído mis derechos y le dije que no. «Bien, eso significa que por ahora solo eres un testigo.» Me pidió que se lo contara todo y yo calenté mi oreja contra el teléfono durante quince minutos, desde las fotos hasta el intento de intercambio de esa noche.

—¿Guardas esos mensajes y fotografías?

—Sí.

—Bien, es posible que te los pidan ¿Qué hiciste con el dinero? ¿Llevabas esa cantidad encima?

Le dije que no, que solo había llevado cinco mil euros como «señal», a cambio del número de bastidor.

Eso pareció sonarle muy bien al abogado.

—Vale, debes concentrarte en eso: intentabas esclarecer hasta qué punto era real la historia de la moto. ¿De acuerdo? Insiste a la policía en que pensabas que era una estafa y solo querías comprobarlo.

—Vale.

—Uno de nuestros abogados va camino de Gernika. Espera a que llegue antes de dar tu declaración, ¿vale?

El policía judicial de la melenita me trajo un segundo café y una barrita de chocolate. En ese momento, además, entraba Nerea Arruti por la puerta, vestida con unos vaqueros y una chaqueta de cuero. Tenía el pelo rubio alborotado y dos bonitas ojeras.

—Tengo noticias de tu amigo Javi —fue lo primero que me dijo—. Está bien.

Respiré aliviado. Le pedí más detalles.

—Presentaba un golpe fortísimo en la cabeza y le han tenido que hacer unas cuantas placas y pruebas. Pero, gracias a Dios, todo ha quedado en un susto.

—¿Ha contado algo? ¿Qué le pasó? ¿Quién le ha golpeado?

—Vamos paso a paso —interrumpió el otro policía—. En primer lugar, la científica quiere pasar a tomarle las huellas dactilares y una muestra de ADN. También quieren hacer la prueba de la parafina. ¿Da su permiso?

—¿La parafina?

—Es para detectar restos de pólvora en las manos —explicó.

Pasaron dos agentes con un maletín y me embadurnaron las manos con una sustancia pegajosa antes de tomarme las huellas de los diez dedos y pedirme un poco de saliva.

El abogado apareció media hora más tarde. Un tipo de cincuenta años, con reloj caro y el corte de pelo de alguien que posee un Jaguar, un velero y una casita con jardín. El policía judicial le pidió «silencio» durante la declaración, «ya que era una declaración del testigo principal y quería recibirla sin interrupciones». El abogado asintió y se sentó, prudentemente, a mi espalda. Con él allí, colocaron un teléfono sobre la mesa con una aplicación de grabación de voz. Supongo que se esperaban un testimonio largo y no les defraudé.

—Comencemos por sus datos personales. Nombre, apellidos, DNI, lugar de residencia habitual...

¿Cómo empezar? Les dije que debía «ponerles en antecedentes», que todo estaba relacionado con un caso antiguo: la desaparición de una chica. Arruti tomó la palabra para hacer un breve resumen. Tanto el policía como mi abogado conocían la historia. Sabían quién era yo y qué papel había jugado en aquel caso.

Es lo bueno de ser el sospechoso más popular de Twitter.

Pasé entonces a relatarles los hechos más recientes. Todo

empezaba con mi visita a Illumbe. Había recibido aquella invitación misteriosa a darme un paseo por Izar-beltz, en la isla me topé con Txiripi por primera vez, pero entonces no supe que él era el que enviaba los mensajes. Hablé de la cala de Ondartzape y de la foto de «una moto similar a la de Lorea Vallejo», junto con un mensaje que pedía cien mil euros por ella.

—¿Guarda esas fotos y notas? —preguntó el policía; era incapaz de recordar su nombre.

—Sí —respondí—. Está todo en mi cabaña, en el camping de Illumbe.

Hablé de cómo había desconfiado de aquello desde el primer momento. Pero, en un segundo mensaje, había decidido «arriesgarme» para comprobarlo, por eso había involucrado a Javi. Intenté pasar por encima del asunto del dinero, ya que sabía que era negro, aunque el policía lo preguntó explícitamente.

—¿Llevaba los cien mil euros consigo?

—No. Solo una pequeña señal. Todo el metálico que pude reunir en tan poco tiempo.

No hubo más preguntas al respecto. Pasé entonces a relatarles la llegada esa noche a la Tejera. El plan de Javi de esconderse en el bosque. De nuevo, el policía estaba interesado en los detalles.

—O sea, que su amigo Javier Zulaika portaba una escopeta de caza cuando bajó del coche.

—Es cazador aficionado. Supongo que la llevaba por si las cosas se ponían peligrosas. ¿Saben si ese fue el mismo rifle que se usó para...?

—Lo estamos investigando —zanjó el policía.

Les conté el encuentro del kayak y la travesía nocturna hasta toparme con Txiripi, nuestra breve conversación y, después, los dos disparos.

—Primero pensé que se trataba de una explosión. Del motor o algo así. No me podía imaginar que alguien nos estuviera disparando. Txiripi, en cambio, intentó escapar. Aceleró a tope, pero antes de poder ganar velocidad le acertaron y cayó de espaldas sobre la barca. Yo me eché al agua...

—¿Podrías indicarnos dónde ocurrió todo?

Arruti colocó un folio impreso sobre la mesa. Era una foto satélite de la ría. La Tejera de Murueta estaba marcada con una X y desde allí seguí el curso de la ría con el dedo, tratando de recordar en qué punto me había reunido con Txiripi. Recordaba haber visto el entrante de un canal a la derecha, y eso me ayudó a situar el punto de encuentro aproximadamente.

—Vale —Arruti habló con la mirada fija en el mapa—, eso tiene sentido. El kayak ha aparecido varado entre la vegetación en el siguiente meandro. Y la escopeta con la que os dispararon estaba aquí. —Señaló un lugar en la orilla.

—Entonces la han encontrado —dije.

—Sí —asintió el policía—, la dejaron abandonada a un lado del sendero.

Les pregunté por la declaración de Javi. Pensé que me había ganado el derecho a conocerla.

—El señor Zulaika afirma que alguien le golpeó mientras esperaba escondido en el bosquete. No puede decir si fue una persona o varias, solo que le sorprendieron por detrás. Quedó inconsciente y supone que le sustrajeron la escopeta en ese momento. Al recobrar la consciencia, intentó llegar a la Tejera. Se quitó la linterna y la colocó en las vías para llamar la atención por si pasaba un tren, después se desplomó en la hierba. Unos minutos más tarde oyó disparos y se arrastró hasta uno de los recodos del horno de tejas para esconderse, y allí perdió definitivamente el conocimiento.

—O sea que el agresor de Javi es quien efectuó los disparos —resumí.

—Esa es la teoría. Esperamos los análisis de la policía científica.

—Volvamos un segundo atrás. —Arruti volvió a coger las riendas—. Me interesa lo que te dijo Txiripi. ¿Te explicó algo más sobre la moto? ¿Dónde encontrarla o...?

—No le dio tiempo. Solo me insistió en que tenía prisa y en que quería el dinero al día siguiente. Entonces oímos los disparos. Nada más.

El policía anchote otorgó un descanso. Llevábamos más de una hora allí y yo estaba que me caía de sueño, pero aún quedaba «un poco», afirmó. «Es muy importante que los testimonios se recojan cuanto antes. La gente se olvida de los detalles muy rápido.»

—Le recomiendo que estire las piernas. ¿Quiere otro café? ¿Algo de comer?

Salieron juntos, Arruti y él. Mi abogado charlaba con alguien a través del móvil. Yo me levanté, di un par de vueltas por la habitación. Los dos policías regresaron al cabo de unos minutos con agua, café y más chocolatinas.

—Hay un último aspecto que nos gustaría comentar. Arruti me ha explicado que se conocieron en el sanatorio donde está ingresado Ignacio Mendiguren. Al parecer, andaba usted tras alguna pista. Algo relacionado con la muerte reciente de un amigo.

—Es correcto.

—También, según le explicó, alguien ha estado enviándole anónimos.

—Sí, cierto.

—La pregunta es: ¿cree que alguien podría tener algún

motivo contra usted? ¿Ha recibido más anónimos o algún tipo de amenaza estos días?

Me quedé en silencio, pensando, y solo se me ocurrió un nombre.

—¿Mikel Artola? —dijo Arruti—. El nombre me quiere sonar.

—No debe de ser del todo desconocido a la policía, al menos a la municipal —comenté—. Bueno, esto es cosa suya —me señalé el moretón— y el tipo dijo que iba a matarme. Supongo que eso entra dentro de «amenazas graves».

El policía judicial apuntó el nombre y dijo que iniciaría algunas pesquisas en torno al susodicho. Después insistió en hacer un último repaso de mi declaración, para ver si había algún detalle que se me pudiera haber pasado por alto. Lo hicimos (con otra ronda de café) y, a eso de las cuatro y media de la mañana, mi abogado preguntó si podía marcharme o si «iba a leerme los derechos» (un eufemismo para hablar de una imputación).

—¿Puedo contar con que se quedará por aquí? —dijo el anchote—. Quizá mañana queramos llevarle a la zona de la Tejera para volver a repasar la historia.

—Sin problema —respondí.

58

Los dos ertzainas dijeron que vendrían conmigo al camping. La jueza quería disponer de esas «misivas y fotos» cuanto antes.

Me monté en el Mercedes negro de aquel abogado y arrancamos en dirección a Illumbe escoltados por Arruti y el policía judicial. Adrián Celaya, que era como se llamaba el abogado, me explicó que había tenido suerte.

—La historia, por rara que sea, es creíble —dijo—. Tampoco hay ningún indicio que te desmienta..., pero cualquier otro hubiera pasado la noche en el calabozo. Supongo que tu condición de personaje público te ha ayudado en esta ocasión.

Llamamos a Gonzalo y su voz sonó medio distorsionada a través de los altavoces del coche.

—En unas horas llegaré a Bilbao —me informó—. Haz todo lo que te diga este hombre y ten cuidado con los periodistas. En cuanto alguien se entere de esta historia van a empezar a revolotear como buitres.

El abogado hizo una segunda llamada, a «un contacto»

que tenía en la policía. Nos confirmaron que a Javi también lo habían sometido a la prueba de la pólvora; no teníamos los resultados, pero se había confirmado que la escopeta estaba registrada a su nombre y se le «suponía» el sospechoso principal por el momento.

—Eso es absurdo —protesté—. Además, seguro que la prueba de pólvora lo aclara.

—Lamentablemente, la prueba de parafina es mucho menos fiable en arma larga. Tendremos que esperar los análisis de la científica. Por lo visto han encontrado algunas huellas en el sendero.

Nuestro «garganta profunda» contó que Alaitz, la mujer de Javi, se había presentado en el hospital junto con un abogado. Al parecer, estaba histérica y me culpaba a mí de todo. Bueno, pensé, en el fondo no le faltaba razón: aparezco en Illumbe después de veinte años y su marido termina con un golpe en la cabeza y envuelto en un caso de asesinato.

«Ahora sí que no me invitará a cenar.»

Eran las cinco de la madrugada cuando entramos por el acceso del camping. La cabaña de recepción estaba a oscuras, igual que el resto del lugar. El coche de Celaya entró primero, seguido por la patrulla de la Ertzaintza, y los guie a través de los caminillos del camping hasta mi cabaña.

Celaya ni se bajó del coche. Me dio un smartphone con el pin y la clave en un papelito.

—Tienes mi número y el de Gonzalo en la memoria —dijo—. En cuanto sepa la hora de mañana te pongo un mensaje.

Acto seguido se despidió de los agentes y maniobró su coche para salir de allí. Otro que tenía ganas de llegar a casa.

Arruti y el poli anchote salieron del coche e hicieron un comentario sobre el lugar. A esas horas, el bosque estaba en silencio, solo las lechuzas ululaban entre la húmeda negrura de los árboles. Y de vez en cuando se oía el cárabo, que parecía un fantasma lamentándose entre los troncos. Al percibirlo, los polis se miraron el uno al otro y yo les expliqué el asunto de ese pájaro espectral que cantaba como una niña.

Nos dirigimos a la cabaña y, nada más acercarme, me percaté de que la puerta estaba entornada.

—La puerta. —Me detuve en seco—. La han abierto.

—¿Está seguro?

Asentí.

Los ertzainas desenfundaron sus armas y Arruti encendió una linterna. Se apostaron junto al dintel y dieron un par de voces a quien estuviera en el interior para que saliese.

Empujaron la puerta con cuidado y entraron. Se encendieron las luces del interior y vi a ambos agentes registrando las dos estancias que componían la cabaña.

Nadie.

A lo lejos, los vecinos franceses habían encendido la luz de su cabaña. Pude ver al hombretón con pinta de Papá Noel asomado a la terracita. Seguramente flipaban conmigo. En cuestión de una semana habían visto una buena cantidad de coches, policías... parando delante de mi casa. ¿Quién pensarían que era yo? Desde luego, estaba consiguiendo pifiar toda la paz y la tranquilidad de aquel lugar.

El poli anchote salió por la puerta y me llamó. Entré en la cabaña.

—¿Puede mirar si falta algo?

Los ojos se me fueron casi instintivamente al equipo que había dejado en el salón: la guitarra, el MacBook, el micro

Neumann. Pero todo estaba allí. En cambio, las fotos polaroid habían desaparecido de la encimera de la cocina. Las busqué por todas partes: el suelo, debajo de la mesa, la papelera...

—Se lo han llevado todo —dije mientras me pasaba una mano por la cabeza—. Las fotos, las cartas. Las dejamos aquí, estoy seguro.

Noté que ambos polis cruzaban una mirada, ¿de suspicacia? Arruti fue a revisar la puerta.

—No está forzada, aunque es fácil de abrir con un plástico duro.

El otro poli se colocó un guante y chequeó las ventanas y la puerta acristalada de la terraza. Estaba todo cerrado por dentro. Yo me senté en la cama, cansado. En otras circunstancias aquello habría conseguido asustarme, pero esa noche había sentido aquel disparo silbando sobre mi hombro. Había visto morir a un hombre desangrado. Además, en cierta manera, eso tenía sentido.

Miré a Arruti y al anchote con expresión de cansancio.

—¿Y ahora qué?

—De entrada, vamos a sacar todas las huellas que podamos de la puerta y la encimera. Arruti, debería haber un equipo dactilográfico en el maletero.

—O.K. —La ertzaina salió en dirección al coche.

—A estas horas ya veo difícil llamar a un hotel —siguió diciendo el policía—. Si quiere, podemos llamar a una patrulla para que acampe aquí enfrente. Dormirá usted más tranquilo.

Pensé que también podría ir a casa de Nura, pero la idea de despertarla a esas horas con una historia de asesinatos no me pareció demasiado brillante.

Arruti regresó con un maletín negro. El anchote había visto la luz de la cabaña vecina y dijo que iría a hacerles un par de preguntas.

—Son franceses —informé—, pero chapurrean castellano.

—De acuerdo.

Salió y nos quedamos Arruti y yo a solas. Ella se puso a trabajar, tomando muestras de huellas en la puerta, la encimera, la papelera...

—El otro día, en el sanatorio, ya habías recibido el primer mensaje con la polaroid, ¿no? —dijo con un tono de reproche.

—Sí. Lo siento... No estaba seguro de que fuera real.

—Deberías haber confiado en mí —contestó ella—. A veces, los polis también sabemos callarnos ciertas cosas.

El policía anchote regresó al cabo de un rato.

—Si le he entendido bien, su vecino dice que se acostó a las diez. Oyó un coche salir sobre las once. Supongo que era el de Javier Zulaika. Después de eso, nada..., hasta ahora. Habrá que preguntar en la recepción. Quizá tengan cámaras.

—De acuerdo.

Diez minutos más tarde llegó otro coche patrulla. Dos agentes se presentaron en la puerta, Arruti les explicó un poco la situación y me dijeron que estarían en el coche para lo que necesitara. Mientras tanto, el policía anchote terminó de sacar huellas de las ventanas, cajones y otros lugares en los que un potencial ladrón podría haber puesto sus dedos.

—Parece evidente que vino a por esas fotografías, o se habría llevado eso. —Señaló mi guitarra y mi ordenador—. Vamos a pedirte que nos las describas lo mejor que puedas. Lo haremos mañana.

—¿Crees que es la misma persona que asesinó a Txiripi?
—Puede ser. Aunque todavía no podemos discernir a quién iba dirigido aquel disparo. Le dio a Txiripi, pero ¿y si te disparaba a ti?

Reconozco que me hizo tragar saliva y cerrar el pico.

59

Me eché en la cama, pero dormí muy poco y muy mal. Las pesadillas me iban despertando cada diez o quince minutos. Cerraba los ojos y veía a Txiripi desangrándose en la cubierta de su chalupa, señalando hacia el cielo nocturno con aquel dedo manchado de sangre.

«¡Mira hacia arriba! No entiendes nada. ¡NADA!»

Me levanté un par de veces a beber agua, a mear. Los polis estaban ahí fuera, sentados en su coche, mirando sus móviles, echando un pitillo. Nos saludamos a través del cristal. Todo en orden.

Celaya me había dejado un teléfono móvil «normal» (con conexión 4G). Posiblemente a Gonzalo se le habría olvidado mencionarle el detalle de que estaba intentando desintoxicarme de las redes, y de todas formas sería complejo encontrar un teléfono sin internet en la segunda década del siglo XXI. Así que, sin quererlo, me había puesto el vicio en las manos. 4G, ni más ni menos: como regalarle una botella de Jameson a un alcohólico rehabilitado en la noche más oscura de su vida.

Intenté evitar Twitter durante un rato. Estuve mirando las noticias. En *El Correo* ya se habían hecho eco del homicidio, pero la noticia solo hablaba de «un hombre muerto por disparos de escopeta en la marisma de Urdaibai» y que la policía estaba investigando. En los periódicos nacionales no se mencionaba el suceso. Bien. Eso significaba que mi nombre aún no había sido relacionado con nada.

Después de un rato merodeando en los periódicos digitales, finalmente hice lo que quería hacer desde el principio: entrar en los dominios del pajarito azul. Solo quería echar un vistazo, ¿vale? Asegurarme de que no hubiera habido ninguna filtración o rumor que me relacionase con lo ocurrido esa noche en la marisma. Twitter siempre iba más rápido que cualquier periódico, ya fuera para soltar un bulo, ya fuera para revelar una verdad. Así que me fui a «logear» en la cuenta «Diego León Oficial», para ver si alguno de mis ciento noventa mil seguidores tenía noticias de algún tiroteo en plena noche (y de paso ver lo que habían estado diciendo de mí todos esos meses). El *login* dio error un par de veces. ¿Habría cambiado Gonzalo mi contraseña? Él era mi *community manager* y también conocía la clave de mi cuenta. ¿O quizá me había olvidado de la maldita contraseña después de meses sin entrar? Estuve tentado de intentar recuperar la clave a través de mi email, pero deseché la idea. Me busqué a mí mismo en la lista de «tuits recientes» y me quedé tranquilo. Nadie hablaba de Diego León, o al menos nadie lo relacionaba con un tiroteo. Además, los resultados no eran del todo malos. Después de tanto odio y tanto escarnio, todavía quedaban algunos fans que me mencionaban por cosas buenas. «¿Para cuándo tendremos el siguiente disco de Diego León?» o «Me enamoré de mi marido escuchando...», aunque por supuesto seguía habiendo una buena cantidad de tuits hirientes como «Diego León debe de estar escondido debajo de cinco capas de tierra, no me extraña, ojalá se quede allí para siempre».

Su ansiedad, gracias. (Patrocinado por el pajarito azul.)

Las técnicas de meditación del doctor Ochoa funcionaron, o bien yo estaba tan molido que ni siquiera mis nervios podían sujetarme; la cuestión es que conseguí dormirme al fin cuando las primeras luces del alba comenzaban a dibujar un cielo añil.

Recuerdo tener un sueño en el que Javi me ofrecía un trabajo en un aserradero. «Se ganan veinticinco mil al año», me decía, «y se trabaja ocho horas al día». A lo que yo respondía «eso lo gano yo en una noche». Entonces Javi me cortaba los dedos con una sierra y se reía: «Ya no».

Vaya sueños...

60

Me despertó el teléfono. Era un mensaje de Adrián Celaya.

«Espero que hayas descansado. Nos han citado a las doce del mediodía en la Tejera de Murueta. Te pasaremos a buscar en un rato. Las noticias no te mencionan esta mañana. Eso es bueno.»

Adrián me enviaba un link a la web de EITB. En efecto, no me mencionaban, pero habían elaborado la parte de la víctima un poco más:

> ... la autopsia practicada en el Instituto Vasco de Medicina Legal confirma que la víctima presentaba un orificio causado por un arma de fuego. Ha trascendido que el arma del delito es una escopeta de caza hallada en las inmediaciones de la escena del crimen. También se ha hecho pública la identidad del fallecido, J. M. L., más conocido como Txiripi entre los vecinos de la localidad costera de Illumbe. Txiripi, de cincuenta y cinco años de edad, soltero y sin hijos, regentaba un pequeño negocio de invernaje y reparación de embarcaciones en la ría de Urdaibai. Clientes, amigos y familiares han mostrado su

estupefacción por la noticia: «Era un hombre reservado, pero tranquilo. Se llevaba bien con todo el mundo en el pueblo. No se metía en líos, no frecuentaba bares. Le gustaban la soledad de la pesca y el submarinismo». Las autoridades continúan las pesquisas con la ayuda de varios testigos...

Releí la noticia para asegurarme de que no se mencionaba mi nombre ni el de Javi. Tampoco se hablaba de ningún detenido.

Eran las diez de la mañana y estaba tumbado en mi cama, sintiendo una mezcla de dolor de cabeza, hambre, culpabilidad, tristeza... pero incapaz de dar un solo paso. Oí un coche que se aproximaba. Alguien se bajaba, pensé que sería el abogado Celaya, aunque entonces escuché unas voces que dialogaban en el exterior. Me levanté para asomarme. La patrulla de la Ertzaintza se había marchado en algún momento de la madrugada y ahora había una furgoneta Mercedes de color negro en su lugar. Un tipo esperaba al volante. Entonces oí unos golpes en mi puerta. Celaya estaba allí, pero había alguien más. ¡Gonzalo!

—¡Diego!

Nos dimos un fuerte abrazo. Esa mañana necesitaba un gran amigo, y él era lo más parecido. Me tuve que contener las lágrimas y todo.

—Joder, tío, tienes una cara horrible. ¿Y ese ojo?

—Artola. Finalmente tuvimos nuestro momento.

—Mira que me olía... —dijo Gonzalo—. En fin. Nos han contado lo del robo en la cabaña —continuó—. Bueno, el Séptimo de Caballería ha llegado. Dúchate y vamos a tomar un desayuno ahora mismo.

Me sentí reconfortado, aliviado, protegido. Conocía a

Gonzalo y sabía que era capaz de comerse cualquier problema por los pies. Ese era su oficio, a fin de cuentas: resolver problemas. Vale, pues tenía trabajo que hacer: posiblemente yo estaba metido en el mayor embrollo en mucho tiempo.

Había llegado a Bilbao a las ocho de la mañana, a bordo del primer Air Europa del día, y ya había avanzado una serie de cosas. Me había traído ropa, una visera y unas gafas de sol. «No me ha dado tiempo a ser demasiado caprichoso, pero al menos todo combina.» También había reservado un par de habitaciones en un hotel spa en Ibarrangelu (no muy lejos de Illumbe, tampoco demasiado cerca) y alquilado aquella Mercedes-Benz Clase V con cristales tintados, incluyendo a un conductor que además era un machaca especializado en seguridad de celebridades.

—Se llama Bruno. Es como un Terminator, lo he programado para defenderte.

Salimos del camping y enfilamos la carretera de la costa. Teníamos que estar a las doce en la Tejera de Murueta para el repaso con Arruti, pero Gonzalo dijo que llegaríamos tarde y que, por supuesto, no lo haríamos por carretera. Cabía esperar que la prensa ya estuviese avisada de que «alguien famoso estaba metido en el ajo» y que habría paparazzis apostados por la zona.

—¿Y cómo lo haremos? —Quise saber—. ¿También has alquilado un helicóptero?

—Algo parecido —respondió—. Ya verás.

Durante el trayecto, Gonzalo me convenció de que no llamara a mis padres. «No hace ninguna falta darles un susto. En un par de días esto será historia.»

Estaba decidido a tapar aquella noticia por todos los medios y, según me explicó, no era el único.

—Ahora lo comprenderás.

Unos diez minutos después de salir del camping, la Mercedes Clase V se desvió por una carreterita que ya había recorrido una vez esa semana: era la que iba hacia el restaurante Portuondo, propiedad de Isaac Onaindia.

—¿Isaac? —traté de confirmar según llegábamos al parking del restaurante.

—Pensé que era la ocasión perfecta para responder a su llamada —dijo Gonzalo con una media sonrisa—. Tiene ganas de ayudar y puede ser útil.

A esas horas de la mañana apenas había gente por allí y posiblemente el comedor estaba cerrado para el público general, pero no para nosotros. Allí, en una mesa redonda emplazada en el mejor mirador, nos esperaba un desayuno espectacular que incluía hasta una botella de cava. Por supuesto, Isaac Onaindia también formaba parte del *welcome pack*.

—¿Cómo te encuentras? —me preguntó con cara de consternación.

—Bueno..., molido.

—Txiripi —dijo como reflexionando al aire—. Toda la vida pensando que era el loco del pueblo... Quién iba a decir que andaba metido en este lío, ¿eh?

—¿Sabes algo de Javi?

—Está bien. Se recupera del golpe, aunque he oído que la policía ha presentado algún cargo contra él.

—¿Tú sabes algo? —Me giré boquiabierto hacia el abogado.

—Es cierto —asintió Adrián Celaya—. Está bajo sospecha.

—¡Pero eso no tiene ningún sentido! Javi estaba en el bosque, cubriéndome las espaldas.

—Javier Zulaika es el dueño de la escopeta y estaba en la escena del crimen —explicó el abogado, armado de paciencia—. A falta del informe de la científica, la jueza ha actuado de oficio. Seguramente quedará libre esta misma tarde...

La noticia de Javi había conseguido revolverme el estómago, pero después me tranquilicé con la idea de que todo era un error kafkiano. Gonzalo me sirvió una copa de cava y me dijo que desayunara «porque iba a necesitar fuerzas». Mientras tanto, Isaac comentó que «tenía ya el barco listo».

—Lo tomaremos en el embarcadero de Sukarrieta. Se tarda diez minutos hasta la Tejera.

—¿Un barco? —Miré a Gonzalo—. ¿Esa era tu arma secreta?

Isaac había ofrecido llevarnos en su pequeña motora hasta la Tejera, de esa forma nos evitaríamos la carretera y la posibilidad de toparnos con la prensa.

Gonzalo y él charlaron sobre sus planes mientras yo iba desayunando. A nadie le interesaba volver a resucitar las viejas leyendas negras de Illumbe. El asesinato de Txiripi no pasaría de ser un suceso local, a menos que alguien lograra relacionarlo conmigo y el caso de Lorea. La Junta Municipal, en una reunión de emergencia, había expresado su deseo de evitar «una publicidad negativa». Que la verdad fuese desvelada, bien, pero sin hacer demasiado ruido.

Ambos hablaban de esto con esa seguridad y optimismo rebosante de dos hombres de acero. Mientras tanto, yo comía en silencio y pensaba en lo complicado que iba a ser contener ese volcán que había empezado a quebrar la superficie de la tierra. Por algún motivo, Txiripi tenía en su poder la moto de Lorea. ¿Desde cuándo? ¿Significaba eso que Txiripi estuvo implicado en su desaparición? ¿Y por qué iba a vender la prueba de su delito tantos años más tarde? No hacía falta ser un genio para darse cuenta de que aquello no había hecho más que comenzar a romperse.

61

Gonzalo, Isaac, Adrián Celaya, el chófer-terminator Bruno y yo salimos en aquella lujosa motora. Un grupo variopinto, a decir verdad. Parecíamos una banda de atracadores.

Una lancha de la policía vino a interceptarnos nada más enfilar la Tejera. Dos agentes que iban a bordo nos identificaron y hablaron a través de sus *talkies*. «Ha llegado el segundo testigo», a lo que otra voz respondió: «Adelante, déjelos pasar».

Isaac acercó su lancha hasta uno de los amarraderos.

El bote de Txiripi seguía allí, donde yo lo había dejado la noche anterior, pero sin el cuerpo, que ya habría sido levantado. Había una carpa blanca montada justo al borde del agua, supuse que era la base de la policía científica. También se veían bandas de plástico desplegadas sobre el césped; di por hecho que señalaban pistas, huellas o algo parecido. Según nos aproximábamos, vi a Javi junto al horno de la Tejera, caminando junto a unos policías y dando explicaciones.

—Quiero hablar con él —dije.

—No creo que lo permitan todavía —comentó Celaya—.

Lo normal es que la policía quiera manteneros aislados por el momento.

Arruti me esperaba al pie del amarradero e hizo una señal para que no me bajase. Al contrario, ella tomó la escala y abordó la lancha junto con otro policía, que se presentó como «de la científica».

—Si no les importa, podemos ir en esta misma embarcación. La otra lancha está intentando evitar que se acerque nadie. Hay bastante prensa...

Yo miré a Gonzalo y él me sonrió. Solo un minuto antes me había pedido que me colocara la visera y las gafas de sol.

—¿Es verdad que Javi está detenido? —le pregunté a Nerea Arruti.

—Por ahora y hasta que se esclarezcan algunas cosas, sí —respondió ella.

—Pero ¿y la prueba de la pólvora?

—No puedo darte más información, Diego. Será mejor que hagamos esto primero.

Fuimos a ello. Comenzamos allí mismo, en los embarcaderos. Expliqué cómo «después de esperar un rato en el coche», había salido por allí y encontrado el kayak y la nota que me indicaba que «remase hacia Gernika» (el equipo de la científica la había hallado flotando por la zona, enganchada en unas espadañas). Después le indiqué a Isaac en qué dirección navegar. A la luz del día no resultaba tan fácil localizar el punto exacto, pero no hizo falta. La policía ya lo había marcado todo y habían colocado una especie de plataforma flotante en el lugar.

—Sí —confirmé tanto para ellos como para mí mismo—. Fue ahí.

Hice un esfuerzo por recordar cada detalle. Cómo me encontré con Txiripi (su linterna), la breve conversación... Arruti estaba muy interesada en saber dónde me había detenido yo con el kayak (básicamente, en qué orientación estaba cuando sonaron los disparos). El otro policía tomaba notas y dibujaba una especie de plano. Mientras estaba allí, recordé que Txiripi había hecho un extraño gesto con la mano justo antes de morir.

—Me cogió del impermeable y señaló hacia arriba... Creo que estaba intentando decirme algo.

—¿Hacia arriba? ¿O quizá hacia alguna parte?

Yo volví a pensarlo. No, el dedo estaba apuntando en vertical. Hacia las estrellas y la luna.

Entretanto, el diagrama de balística esclareció que el tirador tuvo que disparar desde el agua.

—¿Desde el agua?

—Sí. Tuvo que adentrarse al menos un par de metros —comentó el policía científico—. El agua le llegaría hasta la cintura.

—No recuerdo que Javi estuviera mojado anoche, cuando lo metieron en la ambulancia.

—Lo sabemos. —Arruti asintió con la cabeza—. Pero había otra persona. Hemos descubierto huellas de dos personas en la orilla. Una entró, la otra esperó fuera.

62

Debido a la presencia de periodistas esa mañana, Celaya pidió a Arruti que evitásemos el recorrido por la carretera de Murueta. Ella se conformó con que yo volviera a señalar en un mapa el punto en el que Javi se había bajado del coche (seguramente para contrastarlo con su testimonio) y después de eso nos dejó marchar, pero me avisó de que esa tarde debíamos vernos para obtener una descripción de las fotografías y las misivas que habían sido sustraídas la noche anterior. También añadió que se habían encontrado unas cuantas huellas en la puerta y que estaban tomando muestras de descarte entre el personal del camping.

—Ángela, la encargada, nos ha comentado que la reserva termina hoy. ¿Vas a cambiar de alojamiento?

—Sí. —Gonzalo le tendió una tarjeta—. Estamos en este hotel.

Yo me volví hacia él.

—De todas formas, encárgate de pagarle otra semana más. Tengo todo mi equipo allí.

Me aseguró que lo haría.

Nos despedimos de Arruti y regresamos a nuestra base en el Portuondo. Isaac y Gonzalo quedaron en reunirse al día siguiente para «monitorizar» la situación con la prensa. Además, la idea del documental «blanqueador» se había renovado con fuerza. Isaac le invitó a un almuerzo al día siguiente en el Club, y a mi agente le encantó la idea de poder jugar un partidillo de squash y darse una sauna. Yo tuve un pensamiento malicioso: «¿Le endosará una maqueta de su grupo durante el baño turco?».

La Mercedes Clase V nos transportó hasta el hotel de Ibarrangelu: un caserío reformado y emplazado en lo más alto del monte Atxarre, con unas vistas espectaculares de la costa y perfectamente alejado de cualquier núcleo urbano.

A decir por los coches que había aparcados allí, no debía de haber demasiados huéspedes, no obstante Gonzalo pidió que nos subieran el almuerzo a la *suite*, que ocupaba todo el ático del hotel. Había una gran mesa donde comer. Nos trajeron algo de marisco, navajas al limón y una ventresca de bonito, todo regado con un albariño para alegrar el gaznate. Después nos pusimos cómodos en un sofá con vistas al mar y Gonzalo encargó un *gin-tonic* al servicio de habitaciones. Yo no quería nada, tan solo dormir, pero mi querido productor estaba nervioso. Tenía una teoría en la cabeza.

—Celaya me ha dicho que están investigando la casa y el almacén de barcos de ese tal Txiripi. Si encontraran la moto de Lorea... ¿Sabes lo que significaría eso? ¡El mundo entero tendrá que pedirte disculpas! Y voy a encargarme de hacer todo el ruido que podamos. El documental que planea Isaac nos viene de perlas.

—No creo que Txiripi fuera el asesino de Lorea —dije.

—¿Por qué no?

—No tiene ningún sentido. Creo que él tenía la moto... y sabía algo sobre el caso de Lorea. Pretendía hacer caja, solo eso.

—¿Veinte años más tarde?

—Quizá no pudo hacerlo antes. —Me encogí de hombros—. Yo le di la oportunidad al aparecer por el pueblo.

Gonzalo se recostó, colocó la base de su *gin-tonic* sobre su vientre plano y perdió la vista en el océano. Le observé en silencio. El pelo algo más encanecido, pero seguía conservando su estampa de galán de teatro. Una genética poderosa combinada con una buena vida y un exquisito gusto al vestirse.

—¿Te puedo confesar algo, Diego? Me ha jodido que no me llamaras para esto.

Guardé un instante de silencio. En el fondo, había contemplado esa posibilidad.

—Lo siento, Gon, todo ocurrió demasiado rápido... y Javi estaba más cerca.

—Javi, Javi, Javi —canturreó él mientras miraba a través de los hielos de su copa—. Tu amiguito del alma. ¿Crees que dice la verdad?

—¿Javi? No lo he dudado ni por un segundo. ¿Por qué?

—Pfff..., no sé qué pensar. Es todo demasiado oportuno. Le dan un golpe, le quitan la escopeta...

—Explícate.

—Por lo que me vas contando, ese tal Txiripi no pintaba nada en la película... Es como si alguien le hubiera puesto ahí para hacer un papel, como un actor secundario en manos de otra persona. Alguien que quería quitarte de en medio... Has confiado demasiado rápido en esos viejos amigos, pero ¿los conoces realmente?

—¿Estás insinuando que Javi lo preparó todo?

—Solo digo que Javi tuvo sus razones en el caso de Lorea. Tú mismo lo has llegado a admitir en alguna ocasión. Te sientes culpable porque le robaste el liderazgo de la banda. Después te viniste a Madrid y le dejaste colgado...

—Eso es agua pasada.

—Para ti —respondió Gonzalo—, pero ¿y si no lo fuera para Javi? Piénsalo por un instante. Él podría tener una lectura muy diferente de todo. Una vez me contaste que Javi era el clásico triunfador de pueblo. El capitán del equipo de remo que las chicas se sorteaban. Quizá le costó aceptar que tú le superaras en todo, que triunfaras de esa forma tan abrumadora, mientras él se tenía que conformar con quedarse en Illumbe...

Me costaba creerlo, aunque en el fondo, ¿no había algo de verdad en esas palabras de Gonzalo?

—En cualquier caso, Diego, ¿no crees que ya has tenido suficiente? —continuó—. Has venido a Illumbe a romper con tus miedos. Te has enfrentado a todo, incluyendo a esa bestia de Artola, ¿no crees que es hora de largarse de aquí? Podemos gestionarlo todo a distancia con ayuda de Celaya y de Isaac.

—¿Irnos? ¿Ahora? No... Es demasiado pronto, Gonzalo.

—¿Pronto? Pero ¿para qué?

—Esto ha empezado a romperse, tío —dije—. Quiero verlo caer y presiento que no va a tardar en hacerlo. Necesito que lleguemos hasta el final...

—¿Al final de qué?

—El asesino. La resolución de todo.

Gonzalo bebió en silencio.

—Vale. Me están entrando escalofríos, Diego. Escalofríos

de puro terror. Al menos vuelve con tus padres a Bilbao. Aléjate de este sitio. Deja que la policía haga su trabajo.

—Es mucho más complejo que eso. —Inspiré hondo y dejé escapar el aire entre los dientes—. La desaparición de Lorea es como una enfermedad que ha ido devorando a todos los que estábamos allí aquella noche. Una especie de radiación que nos ha quemado. Me he dado cuenta de que llevo veinte años tratando de escapar de ese agujero, y de que he intentado llenarlo con todo: trabajo, dinero, alcohol, drogas, mujeres..., pero es que el agujero es insaciable. Es un saco roto. Me ha destruido a mí también... Diría que incluso a mi talento. Por eso me voy a quedar: quiero resolverlo para siempre, cerrar esa maldita tumba de una vez por todas.

—No puedes evitar que la vida te hiera, Diego.

—Pero puedes llevar tus heridas con orgullo —repliqué—. Puedes luchar. —Aquellas dos últimas palabras sonaron casi como un sollozo.

—Has luchado bastante, en mi opinión...

—No, no... Yo... fui un cobarde. Lo he sido desde que abrí los ojos en aquel coche y solo pensé en escapar. Podría haber intentado ayudar a Lorea. Coger al conductor por el cuello, algo. Pero la verdad es que solo pensé en salvarme a mí mismo. Y llevo huyendo desde entonces... y odiándome por ello.

Qué profunda sonaba la verdad. Esa verdad íntima que nunca le decimos a nadie, esa verdad que nos llevaremos en secreto a nuestras tumbas... Pero yo la había dicho en voz alta y noté que a Gonzalo se le ponían los pelos de punta.

—O.K. —aceptó al cabo de un largo minuto—, tú ganas. ¿Qué necesitas? Dime cómo puedo ayudarte.

Me recosté en el sofá con un suspiro.

—Ahora mismo todo lo que necesito es una siesta.

63

Tal y como había anunciado en la Tejera de Murueta, Nerea Arruti se pasó por el hotel junto con su compañero, y cuando el policía anchote se presentó a Gonzalo por fin logré fijar su apellido en mi cabeza: Orizaola. Venía con ellos el tipo de la brigada científica que había realizado los diagramas del disparo, porque —según explicaron— querían ahondar en esas fotos y misivas que habían desaparecido de mi cabaña.

Quisimos pedir unos cafés a la recepción, pero nos dijeron que estaban cerrados hasta la hora de la cena, así que sacamos todo lo que había en el mueble bar: cacahuetes y cerveza para nosotros, agua para ellos. Nos sentamos alrededor de la mesa y durante una hora respondí a todo tipo de preguntas sobre las fotos. La luz, el encuadre, cualquier detalle que pudiera observarse a su alrededor. Me confirmaron que Txiripi era quien había enviado el paquete anónimo con la linterna Römer (adquirida por internet tres días atrás) y que se había encontrado una cámara polaroid en su caserío rodeado de huertas, en un valle del interior.

—Hemos registrado la casa y un pequeño garaje anexo.

Nada. Ahora mismo están investigando su almacén de invernaje, a ver si encuentran algo.

—¿Es posible que las fotos fueran un montaje? —preguntó Gonzalo—. Un tipo hábil con el Photoshop podría haber montado el periódico, la moto, la pegatina de los Stones...

Orizaola estaba apoyado en la ventana.

—Lo hemos considerado, pero el tipo vivía en el Jurásico a nivel de herramientas informáticas. Todavía hacía las facturas a mano y tenía un viejo ordenador portátil, donde más que nada hemos encontrado películas descargadas de internet y algo de porno, que ni siquiera es demasiado actual.

—Vamos, que no le vemos como un experto estafador —resumió Arruti.

—Quizá tenía ayuda —sugirió Gonzalo—. Desde luego, la planificación de todo el asunto es digna de una película de espías.

—Precisamente —contestó Orizaola—. Txiripi era un gran fan de las películas de espionaje y acción. Y no es broma. En su saloncito tenía muchísimos DVD y novelas de John le Carré o Lee Child.

Gonzalo arqueó las cejas y dejó escapar una risa incrédula.

—Lo sé, parece una broma. —El policía se encogió levemente de hombros—. Pero eso explicaría el barroquismo de su *modus operandi*. Confeccionó su plan con una prudencia casi paranoica.

—Es cierto —respaldé la teoría del agente—. Txiripi me dijo que lo había planeado todo así para tantearme. Y también mencionó unos «ojos y oídos» que había en el pueblo.

—Unos «ojos y oídos» que quizá también sabían disparar...

—Vaya con Txiripi —suspiró Gonzalo—, menudo personaje para una novela.

—Hay muchas cosas sorprendentes en Txiripi —tomó la palabra Arruti—. Durante el registro de su casa hemos descubierto algunas, como que iba a bucear a las Maldivas una vez al año.

—¿Y eso qué tiene de raro?

—Bueno, hemos investigado su declaración de la renta. Tenía exactamente veinte clientes en su lonja de invernaje, más las reparaciones de temporada y algún que otro servicio de urgencia... A mí no me salen las cuentas para un vuelo con Lufthansa y una estancia de casi veinticinco días en un hotel de cuatro estrellas... Y esto solo el año pasado. Para diciembre tenía reservado un billete de solo ida. Se iba a pasar las Navidades allí... y después parece que tenía la intención de seguir viajando.

—O sea, que sacaba dinero de alguna parte —dedujo Gonzalo.

—Parece que sí. La lonja de invernaje daba justo para cubrirse la cuota de autónomos, los gastos y un pequeño sueldo neto.

—¿Chantaje? —siguió Gonzalo.

Arruti y Orizaola se miraron entre sí, pero no dijeron nada.

—¿Chantaje a quién? —pregunté yo.

—Al verdadero asesino, Diego. A los que hicieron desaparecer a Lorea. ¿Verdad que voy bien encaminado? —Miró a ambos policías.

—Es una posibilidad —aceptó Orizaola—. Lo cierto es que Txiripi gozaba de un buen nivel de vida desde hacía años, algo que no había levantado demasiadas sospechas. Sus allegados pensaban que disfrutaba de una herencia, pero los datos no lo respaldan. Compraba sus viajes en una agencia de Bilbao y hemos constatado que lo hacía en metálico.

—¿Y el negocio? ¿Era suyo? —pregunté—. Recuerdo que su padre tenía una lonja en el puerto.

—Sus padres le dejaron una pequeña suma de dinero y el caserío. Nada más. Lo de la lonja fue un traspaso. Txiripi trabajaba allí y se lo compró al anterior dueño, que se jubilaba. Hemos investigado, pero el traspaso se hizo casi sin papeles. Una escritura de compraventa que se pagó con un talón. Estamos intentando recuperar los registros del banco, aunque fue hace diecinueve años, en el 2000.

—¡El 2000! —exclamé.

—En efecto. —Arruti me clavó la mirada—. Un año después de la desaparición de Lorea Vallejo.

Aunque aquellos policías quisieran mantener la prudencia, la teoría del chantaje iba ganando peso a toneladas. Hace veinte años, un desarrapado muerto de hambre como Txiripi junta el dinero suficiente como para hacerse con una lonja de invernaje. ¿De dónde lo sacó? Está claro que del mismo sitio de donde pretendía sacar cien mil euros la noche pasada: de ese valioso objeto que, de alguna manera, había ido a parar a sus manos. La Vespino de Lorea, una información vital que apuntaría a la identidad de su asesino.

Se hacía tarde y los policías se recogían. Salimos a acompañarlos y a dejar que la habitación se ventilase un poco. Mientras contemplábamos las magníficas laderas del monte Atxarre y las vistas del mar, Gonzalo se puso a charlar con Orizaola y el agente de la brigada científica. Yo me quedé rezagado junto a Arruti.

—¿Hay noticias sobre Javi?

—Está en casa. Con un golpe y un bonito susto, pero le hemos dejado marchar. Las huellas de la orilla no acaban de ser concluyentes, y además hemos encontrado un reguero de sangre que discurre entre el bosque y el horno de la Tejera de Murueta. La historia de Javi concuerda.

Suspiré de alivio. Pensé que le llamaría esa misma tarde.

—¿Qué va a pasar ahora? —le dije—. ¿Crees que esto servirá para reactivar el caso de Lorea?

—Si realmente existe la moto daría pie a nuevas investigaciones —admitió—, pero estamos notando presiones. Y créeme: vienen desde muy arriba. El turismo es un negocio importante para los políticos, y esta zona de Urdaibai es estratégica.

—¿Tiene Isaac Onaindia algo que ver con esto?

Arruti no dijo nada, pero bastó una mirada para entenderla.

—Somos policías y nuestro trabajo es investigar. Si hay una oportunidad de encontrar esa moto, la aprovecharemos a fondo. En mi caso, además, la implicación es personal.

—Tu tío Ignacio.

Ella asintió levemente.

—Solo júrame una cosa, Diego: júrame que no te estás guardando nada.

—Os lo he contado todo —le aseguré mirándola a los ojos.

Nada más decirlo recordé esa historia con el vídeo editado de Rubén. Estuve a punto de mencionarla, pero para entonces Arruti ya caminaba en dirección a sus compañeros.

64

Los polis se marcharon y Gonzalo dijo que necesitaba un trago, pero habíamos acabado con el minibar y la cocina del hotel no abría hasta las ocho y media.

—¿Dónde puedo comprar unas cervezas?

La Mercedes Clase V estaba aparcada fuera, pero el chófer-terminator había desaparecido. Gonzalo dijo que lo había mandado a casa. Prefería no rodearse de extraños más de lo necesario; no era la primera vez que alguien iba a la prensa a buscar un sobresueldo.

Me pidió que esperara en el hotel.

—Cuanto menos te muevas, mejor. ¿A dónde voy?

Le di indicaciones para llegar a Gernika, donde habría algún supermercado abierto para abastecerse. De paso, le pedí que se pasara por el camping y hablase con la encargada para reservar esa semana extra.

—O.K. ¿Seguro que no quieres que te lo traiga todo? —preguntó.

—No. Quizá la policía quiera investigar algo más, y además, bueno, quisiera despedirme en persona de ella...

—¿Ángela has dicho? —Se rio él—. Ummm... ¿Es guapa? Vi marcharse a Gonzalo.

La furgoneta descendió por la loma de la montaña mientras el atardecer iba tornando el cielo en un espectáculo de trazos anaranjados, amarillos, rojos, grises y negros. Había unas cuantas mesitas repartidas entre el césped frontal del hotel, todas libres, y me senté a una de ellas. Necesitaba respirar, contemplar el paisaje y tratar de atemperar el revoltijo nervioso que llevaba en las tripas desde la noche pasada. Gonzalo me había traído unas cuantas drogas legales: tranquilizantes, somníferos... Por ahora prefería no hacer trampas.

El cielo se fue oscureciendo paulatinamente. La isla de Izar-beltz se divisaba a la perfección desde aquella altura y pude ver el ferri de la capitana Itziar circular de aquí para allá. También las luces de Bermeo, Illumbe, de algún barquito pesquero que se hundía en la noche... Intenté meditar. Sentir el frío en mi culo, el viento en mi cara y el sonido del mar entrando por mis oídos. Concentrarme en el momento para tratar de frenar mi cabeza. Dedicarme a estar vivo y poco más. Era algo que llevaba mucho tiempo ayudándome a sobrevivir.

Lo conseguí durante unos buenos veinte minutos, hasta que el móvil de mi bolsillo vibró. Era otro mensaje de Celaya. Otro link a la web de EITB:

CONTRABANDO Y CHANTAJE.
LOS POSIBLES MOTIVOS DEL ASESINATO EN MURUETA

Se van desgranando nuevos datos sobre J. L. M., más conocido como «Txiripi», que falleció la noche pasada abatido en la ría de Gernika por el disparo de un atacante que se dio a la fuga. La policía ve indicios de una «actividad delictiva» por parte de la víctima. «Gozaba de un estatus económico que no correspondía con su actividad económica declarada», ha afirmado un agente cercano al caso. El asesinato, que tuvo lugar en plena noche, pudo ser una *vendetta* o el producto de una discusión...

La influencia de Isaac estaba funcionando, pensé. Un caso de contrabando era mucho más asumible que una vieja historia de asesinatos sin resolver. Y mi nombre seguía bien cubierto. Eso era... ¿bueno?

Al cabo de un rato de paz y tranquilidad, vi que un vehículo remontaba la sinuosa carreterilla que ascendía por las faldas del Atxarre hasta el hotel. El trasero se me había helado y deseé que fuera Gonzalo con una provisión de botellas como Dios manda. Pero no era la Mercedes, sino un cochecito de color blanco con un puente de luces. ¿La policía otra vez? No tardé mucho en distinguir el escudo de Illumbe serigrafiado en la puerta. Era la municipal.

El coche aparcó frente al hotel e Ibon se apeó de él. No me detectó, supongo que yo era solo una sombra a esas horas. Se dirigió a la entrada y fui tras él. ¿Quién le habría chivado la localización de mi Batcueva? Estaba claro: Isaac.

Cuando entré en el vestíbulo estaba a punto de tocar en alguna puerta, en busca de algún recepcionista a quien preguntar.

—¡Ibon! —le llamé.

Se giró y de inmediato noté un aire diferente en su rostro. Parecía ¿contento?

—Te estaba buscando —dijo—. ¿Tienes cinco minutos para venir conmigo?

—No tenía intención de moverme demasiado de aquí —le respondí—. Gonzalo ha ido a hacer un recado, pero vuelve en nada.

—No iremos lejos —prometió él—, solo al bar de la playa de Laga. Ha hecho un esfuerzo muy grande por venir, créeme.

—¿Un esfuerzo? ¿Quién?

Ibon miró a un lado y al otro.

—Agustín Artola. Quiere hablar contigo.

65

Me quedé bizco. Eso era lo último que me esperaba esa tarde.

—¿Agustín Artola?

—Esta mañana la Ertzaintza ha pasado por su casa. Al parecer, mencionaste a Mikel en comisaría. Por lo de las amenazas. Me ha llamado justo después y, bueno, como habíamos quedado en que hablaríais... Viene en son de paz, solo quiere intentar aclarar las cosas.

—¿Está su hijo con él?

—No, solo Agustín. Le he traído yo..., y llevaba tiempo sin salir de casa. Créeme, el tío va en serio.

No me apetecía nada salir del hotel y reunirme con aquel hombre, pero pensé que eso podría facilitar mucho mi estancia en Illumbe. Había decidido quedarme unos días más, y sería muy agradable no tener la amenaza del bulldog de Mikel Artola mordiéndome los talones. Escribí una aséptica nota para Gonzalo —«He salido a dar un paseo»— y se la dejé en la puerta. Después me monté en el coche con Ibon.

Bajamos Atxarre en punto muerto, quizá demasiado rápido para mi estómago de esa noche. Ibon, fiel a su estilo, no decía nada.

El bar de la playa de Laga no había cambiado mucho. Era de esos lugares de temporada. En verano siempre atiborrado de bañistas, niños que venían a por su helado y un servicio de bocatas exprés. En invierno, solitario y romántico, se estilaba venir a por un chocolate con churros o tostadas mientras disfrutabas viendo a los surfers intentando dominar el oleaje, que en esa playa salvaje era un asunto bastante serio.

A esas horas de la noche de un día de otoño, los surfers estaban de recogida, muchos de ellos en sus furgonetas aparcadas por el pinar. La zona era solitaria, a excepción de algunas casas playeras. Me fijé en una de ellas, soportada por unos pilotes de madera, que se encaramaba en la ladera de la montaña. Una preciosidad de madera y cristal que me recordó a las cabañas deluxe del camping.

En el bar había poca gente. Un par de parroquianos bebiendo copazos, unos surfers calentándose las manos con un café con leche. Ibon me indicó que pasara al comedor.

—¿Tú no vienes?

—No, yo me quedó por aquí —dijo.

Le dejé en la barra y me dirigí al comedor. Era un largo espacio con una veintena de mesas y una bonita cristalera que daba a la playa. Estaba casi vacío. En una mesa, un grupo de señoras jugaban a las cartas, con sus tazas de chocolate y platos de tostadas con mantequilla. Al fondo, junto al ventanal, me aguardaba Agustín Artola.

Se me heló la sangre al verle. Ese hombre, que había tenido las hechuras de su hijo, estaba ahora consumido casi al nivel del hueso. La anchura de sus espaldas, su altura... eran lo poco reconocible que quedaba en él. Junto a él, un carrito alimentaba su mascarilla de oxígeno y, por encima de ella, los ojos eran dos cuencas profundas y tristes.

Me acerqué a él sumido en un escalofrío. ¿Ese era el tipo al que había odiado tan intensamente durante años? Ahora era un despojo humano. Casi sin pelo, grandes calvas en su cabeza, daba un poco de grima mirarle. Me senté frente a él.

—Buenas, Agustín —me limité a decir. Cualquier otra cosa (preguntar cómo estaba, decir algo de los años que habían pasado...) estaba de más.

Por encima de la mascarilla, sus ojos parecieron alegrarse de verme. Tomó aire para hablar, de forma lenta y desagradable. Se podía oír su pecho inflarse lentamente.

—¿No tomas nada? —dijo al fin en tono jovial.

—No me apetece.

Respiró otra vez. Muy despacio.

—¿Cómo está tu padre?

—Jodido, aunque va tirando... ¿Me ha dicho Ibon que querías verme?

Le azucé un poco, lo reconozco, pero no me apetecía quedarme toda la tarde allí. Y el tipo, pese a todo, no me daba ninguna lástima.

—Bueno, pues hablemos —contestó él—. He oído que anoche te dispararon. Mencionaste a Mikel. Solo he venido a dejarlo claro: no fue él.

—Me alegra saberlo —respondí.

—Estaba en un puticlub... —Sonrió Agustín, debajo de su mascarilla—. El problema es que ninguna puta va a hablar con la poli.

Yo iba a decir que ese no era mi problema, pero me callé. ¿Para qué discutir? Aparté la mirada. La playa, a través del ventanal, apenas se distinguía.

Escuché a Agustín inflar de nuevo sus maltrechos pulmones.

—Mira, Diego... Cuando te haces viejo, ves las cosas de otra manera, ¿sabes? Algún día te tocará y lo comprenderás. No es algo que se pueda explicar.

Aprovechaba todo el aire que tenía y las últimas palabras llegaban a mis oídos como un hilo de voz. Después inflaba el pecho.

—¿Tienes hijos?

—No —dije.

—Eso es otra circunstancia difícil de explicar. Yo he sido un cabrón toda la vida, pero tenía algunas cosas claras: el trabajo, por ejemplo. Mikel, en cambio, salió torcido. Que tu madre te abandone al nacer te deja envenenado, ¿sabes?

Pausa. Aire. Ruido asfixiante. Recordé que Lorea me lo había contado una vez. Que la primera mujer de Artola los había abandonado, había desaparecido de la faz de la tierra nada más tener al bebé.

—Es un niño, en el fondo, y sé que ha hecho muchas cosas malas. Sin embargo, no es un asesino. ¿Un mulo?, sí, ¿un idiota?, sí, pero no ha matado a nadie.

«A punto estuvo», pensé recordando los golpes en el bar de Alejo, aunque no dije nada y bajé la cabeza mientras Agustín tomaba aire. Era agobiante verle perder el aliento.

—En cuanto a Lorea... Bueno, era una chica preciosa. En cuanto entró por nuestra puerta, Mikel perdió la cabeza y sé que hizo cosas que no debía. Cosas de pajillero... Mirarla por un agujero en la pared del baño... Quizá le robó una braga o dos... Pero no llegó a más. Por mucho que la gente se empeñe.

Casi se ahoga en esta última frase. Le hice un gesto para que se tranquilizase.

—No tengo prisa.

Respiró un par de veces seguidas y yo miré por la ventana. Las olas parecían fabulosos músculos de metal negro.

—Te lo digo porque lo sabría. Sabría si mi hijo le hizo algo a la chica... Tú nos apuntaste con el dedo y pagamos las consecuencias. María me dejó, me quedé sin mi bar... Bueno, tú también te has llevado lo tuyo. Tu padre... Vale. Ya estamos en paz. Mikel no volverá a molestarte. Se lo he pedido y, si es listo, me hará caso.

Se detuvo para respirar.

—Ahora tiene un trabajo en una fábrica. Lo consiguió por mediación de un amigo y es lo único que tiene. Es un mastuerzo, le perdonan mil cosas, pero le pagan un sueldo... Y con su edad ya es bastante.

Hizo un último esfuerzo.

—... yo me voy a morir pronto, Diego. Solo te pido que, en la medida de lo posible, no cargues más las tintas. Mikel se olvidará de la peleíta del bar —señaló mi ojo con el dedo— y todo lo demás. Te pido que hagas igual. Hay mucha prensa y mucha gente a tu alrededor. Déjalo estar.

Agustín Artola descansó al fin. Le había costado Dios y ayuda, pero había logrado transmitir su mensaje. Me quedé callado, pensativo. Desde luego, nunca me hubiera imaginado algo así. Una petición desesperada de un padre por salvaguardar el empleo de su hijo. A eso se reducía todo.

—Quédate tranquilo —le dije—. Por mi parte, esto acaba aquí. Espero que por parte de Mikel también.

Empecé a levantarme cuando, de pronto, su mano atrapó la mía.

—Espera..., una cosa más. Siéntate.

Había dejado escapar ese tono de jefe, ese volumen de orden, pero en sus ojos había algo que me hizo obedecer. Un gesto de súplica. Me volví a sentar.

Aspiró el aire y habló despacio.

—Aunque no lo creas, yo le tenía cariño a Lorea. Era una muchacha salvaje, pero era buena chica, ¿eh? He oído que andas revolviendo las viejas cosas y quería hablarte de algo que nunca llegó a oídos de nadie.

—De acuerdo.

—¿Sabías que Lorea tenía un problema bastante grave?

—¿A qué te refieres?

—Unos días antes de todo, Mikel la vio llorar en el baño con uno de esos cacharros de embarazo en las manos.

—¿Embarazada? —Fui incapaz de controlar un temblor en la voz.

—Por tu cara, veo que no sabías nada.

Yo sentía que me mareaba.

—¿Se lo dijisteis a la policía?

Artola negó con la cabeza.

—¿Por qué?

—Es algo que Mikel había descubierto a través de ese agujero en el baño y ya teníamos bastantes problemas esos días como para confesar algo así. La mochila a medio hacer en su habitación, tus acusaciones... Si encima salía a la luz que Mikel la espiaba... Tuve que darme prisa en taparlo. Y además no encontrábamos aquel cacharro por ninguna parte. Sin esa prueba, era mejor callarse.

—¡Pero eso podría haber cambiado el rumbo de la investigación!

Había alzado la voz y noté que el grupo de señoras se callaba y murmuraba en la otra esquina del comedor. Intenté tranquilizarme. Agustín, entretanto, se dedicó a respirar muy despacio. Parecía que estuviera respirando todo el aire de la botella, de aquel comedor incluso.

—En esos días se había montado una verdadera caza de brujas, Diego, ¿lo recuerdas? Aunque fuéramos inocentes, ya veíamos la cárcel muy de cerca. Y a ti también te convino... indirectamente. ¿No crees? Si se llega a saber que Lorea estaba embarazada... eso hubiera apuntado de nuevo en tu dirección.

—Pero... pero... Eso podría haber explicado sus motivos para desaparecer. Un intento de fuga... ¡Joder! —murmuré con fuerza—. ¡Tendríais que haberlo dicho!

—No teníamos pruebas —repitió Agustín—. Nosotros no...

Hizo un gesto con la mano. Empezó a respirar más rápido y su máscara se llenó de condensación. Le pregunté si estaba bien, pero no me respondía.

—¿Necesitas aire? ¡Agustín!

Me levanté de la silla y me apresuré hacia el bar. Las mujeres de la partida de cartas me siguieron con la mirada; habían oído mis gritos. Miraban hacia Agustín, que ahora yacía solo, medio doblado en su silla.

Ibon estaba tomándose un refresco en la barra, le pedí ayuda y acudió. Algunas mujeres ya se habían puesto en pie y se acercaban tímidamente a Agustín. «Creo que le está dando algo.» Ibon llamó al 112. «Quizá le falte oxígeno», dijo una de las mujeres. Agustín hizo un gesto con la mano, «no», y otro más: «dejadme sitio».

—Apártense, no le agobien.

La ambulancia llegó en quince minutos y en ese tiempo nos dedicamos a estar allí, asistiendo a la angustiosa respiración de un moribundo. Cuando aparecieron los enfermeros,

Artola ya estaba mejor. Había tenido un pequeño ataque de ansiedad —dijo el enfermero—, pero para asegurarse Ibon les pidió que llevaran a Agustín a su casa. Lo tumbaron en una camilla y salieron de allí con él.

Ibon y yo estábamos junto a la ambulancia cuando lo metieron. Pude ver sus ojos clavados en mí antes de que las puertas se cerraran. Esos ojos decían «Recuerda lo que hemos hablado».

—Vaya nochecita —dijo Ibon—. Solo habría faltado que se muriese aquí.

Acabábamos de subir al coche patrulla. Había empezado a lloviznar. El pinar se mecía acunado por una brisa que empujaba algo de arena sobre el cristal delantero. Ibon arrancó el motor, se quedó pensando en algo. De pronto, volvió a girar el contacto.

Permanecimos en silencio unos segundos.

—Oye, el otro día, durante la cena en casa de Nura... Siento haberme cabreado —dijo—. No tenía derecho a lanzaros mi mierda como si fuese la única mierda del mundo. Todo dios lo pasó mal con aquello...

—Eso es verdad.

—Además —colocó las muñecas sobre el volante—, bueno, quiero preguntarte algo. Es un poco ridículo, quizá...

Me imaginé a qué se refería, pero se quedó a medio camino. Era un tío tímido y aquello le costaba tanto como cagar un melón. Decidí darle un empujoncito.

—¿Ángela? —De inmediato supe que había acertado (Ibon se meneó como si le diera un calambre)—. Fue una bobada. Nos dejamos llevar, pero todo se quedó ahí.

Le noté suspirar aliviado, aunque, por lo que Ángela me había contado, no es que tuviera demasiadas posibilidades. En cualquier caso, Ibon parecía más tranquilo.

—Es que Ángela es la única tía que me ha gustado de verdad en mucho tiempo —siguió diciendo—. ¿Te habló de mí?

—No —mentí.

Él seguía con la vista perdida en la oscuridad del pinar. Al fondo se podía escuchar el océano batirse en la arena.

—En fin..., yo nunca he sido el rey de la fiesta, ya lo sabes. Hemos tenido problemas, está claro. Los dos venimos de donde venimos: Problemalandia. Pero me gustaría intentarlo otra vez, luchar por ella.

Yo me quedé callado un segundo. ¿Problemalandia? Le pregunté a qué se refería con eso.

—Ángela y yo nos conocimos en un grupo de terapia. Empezamos como compañeros de apoyo... y después nos enamoramos.

—¿Terapia? —Me había sorprendido—. Vaya, no sabía nada.

—No lo suelo contar a mucha gente. Ya sabes cómo son los pueblos pequeños... Pero sí, llevo años yendo al psicólogo. Ella también tiene un pasado de trastornos depresivos, desde niña. Ahora lleva unos años muy bien, aunque seguimos formando un grupo de apoyo.

«Vaya. Ángela, la chica de los ojos bonitos», pensé, «nadie lo diría...». ¿O sí? Me vino a la cabeza su momento *voyeur* con el Google Images.

Justo entonces Ibon recibió un aviso por la radio: «Un coche se ha quedado encajonado entre dos furgonetas junto al puerto».

Arrancó el motor y salimos por la carretera general. Volvíamos al silencio. Yo todavía tenía muy caliente lo que Agustín Artola acababa de revelarme: el posible embarazo de Lorea. Y pensé que había llegado la hora de hacer esa pregunta que llevaba tanto guardándome.

—Oye, Ibon, hay una cosa que necesito aclarar contigo. Algo que nos contó Rubén a Javi y a mí.

—¿Rubén?

—Según él, una semana antes del concierto en el Blue Berri os sorprendió a Lorea y a ti en el almacén del Bukanero. Discutíais por alguna razón... y según Rubén parecíais muy pegaditos.

Ibon dio un pequeño volantazo.

—¿Qué? ¡Eso es mentira! —dijo mientras el coche salía peligrosamente cerca del arcén—. ¿Cuándo os dijo eso?

—Hace unos días, cuando fuimos a hablarle de Bert. Una cosa llevó a la otra. Nos pusimos a hablar del famoso listado de Mendiguren... y entonces él nos mencionó esto. Dijo que quizá tú tenías una relación con Lorea.

—Qué malnacido. —Ibon recuperó el control del volante—. Se va a enterar el tío.

—No me malinterpretes, pero ¿por qué se inventaría algo así?

—Rubén lleva años saltándose las normativas de ruidos y terrazas y le he multado unas cuantas veces... Me la tiene jurada desde hace mucho.

Me quedé callado, masticando esa respuesta. En el fondo tenía mucho más sentido que el supuesto «romance secreto» entre mi antiguo batería y Lorea. No obstante... ¿por qué se expondría Rubén a contar una mentira tan fácilmente comprobable?

Mi silencio tuvo la virtud de azuzar a Ibon.

—A ver, es cierto que yo hablé con Lorea una vez —dijo al cabo de unos segundos—. Quizá se refiere a eso..., pero no tiene nada que ver con estar «pegaditos». Tenía un mensaje de Isaac para ella.

Por una vez en su vida parecía tener ganas de hablar. Me callé y dejé que siguiera.

—Lorea le debía pasta a Isaac. Y cuando digo pasta, digo un dineral. Mientras ellos dos salían, Lorea consiguió un trabajo de fin de semana como camarera en el Portuondo, pero necesitaba una forma de llegar. Así que Isaac le prestó cincuenta mil pelas para comprarse esa Vespino. El caso es que cuando lo dejaron, ella se olvidó del dinero. Isaac no quería tocar el tema, le parecía demasiado sucio y mezquino... Sin embargo, al final me pidió que lo hiciera en su nombre. ¡Joder, eran cincuenta mil pelas!

—Era pasta —concedí—. ¿Y qué te dijo Lorea?

—Pues que estaba ahorrando para devolverla, pero que no tenía suficiente. Nada más. Y por eso discutimos. Eso es posiblemente lo que vio Rubén. Lorea era muy alegre para ciertas cosas...

Era una explicación razonable y, aunque me cueste admitirlo, también a mí me había pedido dinero prestado en un par de ocasiones. Lorea siempre andaba pelada, eso lo sabíamos todos.

Llegamos al hotel e Ibon frenó junto a la puerta.

—Eh, Diego. Solo una cosa más —dijo—. Ya sabes que Alaitz y Javi son de mi cuadrilla. Bueno... Alaitz tuvo una pequeña crisis nerviosa anoche cuando se enteró de todo el asunto de la Tejera... Quizá sea mejor que te mantengas alejado unos días. Tienen tres hijas y... En fin, el susto ha sido de órdago. Me entiendes, ¿verdad?

—Sí —abrí la puerta y hablé sin mirarle—, lo pillo perfectamente.

Y no dije nada más. Cerré y me encaminé hacia el hotel con el peso de la culpa redoblado por esas últimas palabras de Ibon. «Tienen tres hijas»... Como si no lo supiera.

Pasé junto al parking. La Mercedes Clase V no había llegado aún, ¿se habría enredado Gonzalo con alguna cosa, se habría perdido? Entré en el hotel, subí a mi habitación, me di una ducha, puse la tele. No podía dejar de pensar en lo que me había contado Agustín Artola esa noche, en el bar de Laga. ¿Estaba Lorea embarazada? Y si lo estaba, ¿era yo el padre? Éramos un par de adolescentes en plena época de incendio hormonal. Usábamos condón cuando teníamos uno, pero si se acababan... ¿Cuántas veces nos la habíamos jugado con una marcha atrás? ¿Pude haberla dejado embarazada?

Después intenté racionalizar esa carga. Artola ni siquiera había podido confirmarlo, solo fue una impresión, algo que Mikel vio a través de un agujero en la pared (así que Lorea siempre tuvo razón con eso). En cualquier caso, era cierto que Lorea había estado muy distante los últimos días antes de su desaparición. Si se hubiera quedado embarazada de mí, ¿no me lo habría contado? Aunque, claro, también podía ser de otro..., pero ¿de quién?

Demasiadas preguntas. Gonzalo seguía sin llegar y yo estaba molido de la noche anterior, en la que apenas había pegado ojo. Sentado contra los almohadones de mi cama, me fui durmiendo casi sin darme cuenta.

CUARTA PARTE

66

Por primera vez desde mi llegada a Illumbe pasaron unos días sin demasiada actividad. Por la mañana desayunaba con Gonzalo, leíamos los periódicos y prestábamos especial atención a las noticias relacionadas con Txiripi, cuyos titulares se iban haciendo cada vez más pequeños, pero repetían palabras como «estafa», «estraperlo», «chantaje», «asuntos de los bajos fondos»...

La muerte de Txiripi había servido para destapar un tren de vida injustificado, con viajes de buceo a las Maldivas, el Mar Rojo, el arrecife de coral australiano... Ahora, de víctima había pasado a ser objeto de escarnio público. «¡Se lo merecía!», «¡Algo hizo!», «Seguro que andaba metido en líos de drogas». Lo más importante es que ni la Vespino de Lorea ni mi nombre aparecían vinculados por ningún lado.

—Esta gente tiene muy buenos contactos —decía Gonzalo—. Nos ha venido de perlas tener a Isaac de nuestra parte.

Gonzalo estaba aprovechando sus vacaciones forzosas para hacer algo de turismo por la zona. Se compró ropa deportiva para poder jugar a tenis con Isaac y disfrutar del gimnasio del Club (Isaac le había conseguido un pase temporal absolutamente gratis) y también recorría junto a «su nuevo amigo» los diferentes escenarios del «futuro documental», que ya era casi una realidad.

—Hay bastante dinero en juego. Quieren convertirte en una especie de embajador de Illumbe.

—No me metas en un lío —me limitaba a pedirle—. Solo prométeme eso.

Yo, por mi parte, vivía encerrado en mi torre de oro, como una Rapunzel cualquiera. Tras el desayuno, me dedicaba a probar todos y cada uno de los masajes, tratamientos faciales (el moretón de mi ojo había desaparecido) y circuitos de spa que había en la carta del hotel. Paseaba por las laderas del Atxarre y me sentaba bajo los árboles a meditar. Y por la tarde cenaba con Gonzalo y nos tomábamos unas copas en el pequeño *txoko* del hotel, mirando las puestas de sol, o la lluvia, dependiendo del día. Por la noche intentaba dormir, pero las pesadillas eran recurrentes. Txiripi desangrándose entre gorgoteos y patadas en la cubierta de su bote, apuntando con ese dedo rojo al cielo nocturno. El doctor Ochoa envió algunas recetas y Gonzalo fue de compras a la farmacia. La cosa mejoró. Pero cada vez que se caía un vaso al suelo, o se oía un ruido demasiado fuerte, yo temblaba como si alguien estuviera disparando. Ochoa dijo que el *shock* podía durar varias semanas.

Llamé a mis padres y les di mi nuevo número. Les dije que el otro teléfono se había caído al agua durante una travesía en barca por la marisma. Ese día los había pillado de compras y fue una suerte, estaban ocupados y no hicieron demasiadas preguntas. Quedamos para comer el domingo en Bilbao. Colgué e hice la reserva en su restaurante favorito.

Fui volviendo a mi ser y le pedí a Gonzalo que me ayudase a conseguir los teléfonos de Nura y de Javi. Quería llamarles y darles una explicación de todo. En el caso de Javi, además, quería pedirle perdón, saber cómo estaba.

Pero su número —que Gonzalo me había conseguido por mediación de Celaya— no respondía a mis llamadas. Ibon ya me había advertido del «cordón sanitario» que Alaitz había montado respecto a mí, así que me tuve que conformar con escribirle un mensaje:

«Javi, soy Diego. Solo espero que estés bien. Siento mucho haberte metido en este lío. De verdad.»

No hubo respuesta.

A la mañana del cuarto día empecé a sentir ganas de tocar otra vez. Estaba literalmente cansado de tanto bienestar, aceite de romero y velas aromáticas. Le pedí a Gonzalo que fuera al camping y me trajese la guitarra, solo la guitarra.

—O.K., cuenta con ello. —Noté que contenía la sonrisita—. ¿Algún mensaje para Ángela?

Le había puesto al día de mis escarceos con ella, claro. La noche en que él fue al camping a reservar una semana extra por adelantado Ángela le preguntó por mí. Había oído lo de la policía custodiando mi cabaña. Al parecer, los franceses estaban mosqueadísimos con ese trasiego de ladrones, policías... Querían largarse del camping, pero ella les había explicado que no había ningún peligro, que yo era una especie de celebridad nacional y que todas las medidas de seguridad se debían a eso. Además, en cualquier caso yo no estaba ya por allí.

Gonzalo regresó con mi guitarra. «Espero que saques unas cuantas buenas canciones de todo esto.» Me dijo que esa mañana había quedado para jugar un partido y que luego tenía un almuerzo con varios miembros de la Junta Municipal.

—Te veré por la noche.

Hacía un día luminoso. Salí al jardín armado con mi Takamine y un café con leche para llevar, me senté en uno de los bancos que había distribuidos por la ladera de hierba y estuve tocando toda la mañana. Solo me apetecía repetir una y otra vez mis nuevos acordes y tratar de ir hilando frases. Rellené unas veinte hojas, de las cuales, con suerte, salvaría tres frases potentes. Después tomé un tentempié en la terraza y subí a la habitación a descansar un poco.

En mi teléfono móvil había varias llamadas de Javi y dos mensajes:

«Tío, Alaitz está que trina con nuestra aventurilla y me ha prohibido que te hable. Aunque supongo que se le pasará, no quiero agobiarla. (Las niñas también están un poco asustadas...) Por lo demás, estoy bien, me dieron un golpe y me quitaron la escopeta. Ya habrás oído lo demás. Está claro que alguien quería taparle la boca a Txiripi.»

«Otra cosa: Nura me ha dicho que quería vernos esta tarde en el chalé de Bert. ¿Puedes estar a las seis allí? Dice que quizá haya hecho un descubrimiento interesante...»

Le escribí que allí estaría y le pedí el teléfono de Nura. ¿Qué habría descubierto? ¿Y por qué debíamos quedar en el chalé de Bert? Sin embargo, Javi no volvió a responder.

El plan de la tarde me recordó que llevaba unos cuantos días sin dar de comer a los peces de Bert.

Solo esperaba que siguieran vivos.

67

A las cinco y media, Gonzalo todavía no había vuelto del Club. Me lo imaginé engullendo *gin-tonics* y haciendo chistes con los prohombres de la Junta Municipal, así que llamé a un taxi y en media hora estaba en lo alto del Arburu.

El día, que había amanecido azul, se había vuelto a poner algo feo. Lloviznaba ligeramente y soplaba un viento cruzado. Encontré la puerta del jardín entreabierta, la casa en silencio, con ese gran ojo quemado y ennegrecido en lo alto. Los toldos y andamios seguían en su sitio, pero no se veían obreros trabajando.

El Beetle de Nura estaba aparcado dentro, por lo que le hice un gesto al taxista para que se marchara. ¿Habían entrado ya? ¿También tenía una llave de la casa?

Me acerqué a la puerta y toqué el timbre. Oí pasos y la puerta se abrió.

—¡Javi!

Mi viejo camarada estaba un poco pálido, ojeroso y con esa especie de vendaje ridículo en la cabeza. No pude resistirme a darle un abrazo, pero noté que él no estaba lo que se dice muy receptivo.

—Tenemos que darnos prisa, le he prometido a Alaitz que volvería para las siete. No se fiaba de mí... Le he dicho que necesitaba tomar el aire.

Entramos en la casa y seguí a Javi hasta la cocina. Nura estaba recostada en una silla, bebiendo una taza de café y fumándose algo que olía como un canuto de hierba.

—Aquí está el hombre del momento. ¿Cómo te encuentras?

Les dije que iba recuperándome poco a poco, pero que todavía estaba —según mi doctor— bajo «los efectos del *shock*». Las pesadillas, los aspavientos cuando oía un ruido fuerte...

—¿Lo viste... morir? —preguntó Nura de manera entrecortada.

Asentí. El recuerdo de su garganta destrozada desfiló frente a mis ojos. Parpadeé para limpiar la imagen. Después saqué un fajo de billetes que había estado secándose en un cajón de mi suite.

—Tus cinco mil euros, Javi. Huelen a salitre... pero no les salpicó la sangre.

—Pobre Txiripi. —Nura negó con la cabeza—. Era un tío extraño. Le veía siempre solo, paseando por el puerto o haciendo pesca submarina... Nadie podía imaginarse algo así.

Me senté.

—¿Queda café?

Ella extendió el brazo y cogió la Melitta de Bert, que estaba cargada de café recién hecho.

—Es alucinante —dijo—. Llevaba siglos sin venir por esta casa y todo sigue igual. Hasta la cafetera es la misma.

—Lo es. Bert era un tipo de costumbres. ¿Habéis visto a Cris por aquí?

Era una manera sutil de preguntarles cómo habían entrado. Javi lo captó al vuelo:

—No. Hemos usado la llave del enanito.

—¿Sigue estando esa llave en el enanito de piedra?

—Sorprendentemente sí —respondió Nura.

Esa obsesión por la seguridad de Bert: «Vivo solo y tengo que protegerme», solía decir. Y por esa misma razón, tenía siempre un juego de llaves escondidas en un enanito del jardín frontal.

—¿Y tú? —me dirigí a Javi mientras daba un sorbo a aquel café (malo)—. ¿Qué tal la cabeza?

—Pues la tengo más dura de lo que pensaba. —Se llevó la mano a la venda, con tiento—. Solo me hicieron una herida superficial. Y el golpe no rompió nada.

—¿Se sabe con qué te dieron?

—La policía piensa que fue una porra metálica o algo parecido.

—Siento mucho haberte metido en este lío.

—Me metí yo solito, ¿recuerdas? Eso sí, creo que lo de cenar en casa debemos posponerlo por ahora. Digamos que tu persona ha caído unos cuantos puntos en la valoración de Alaitz.

—Vamos, que estás al nivel de una rata —resumió Nura entre risas.

Sonreí como pude. Después cogí aquel canuto que humeaba en el cenicero y le di una calada. Nura quería conocer los detalles de nuestro *rendez-vous* nocturno. Javi comenzó contando su versión. Según él, estaba claro que alguien nos había seguido hasta Larrabe...

—Cuando llegué al bosque fui con cuidado, mirando aquí y allá... Estoy bastante seguro de que no había nadie ya antes.

Encontré un buen sitio para vigilar la Tejera y me tumbé allí, con la escopeta a un lado. Diego seguía en el coche y pasó un tren. Creo que aprovecharon ese momento para acercarse a mis espaldas y, antes de que pudiera ver nada, alguien me sacudió por detrás... Lo siguiente que recuerdo es despertarme en el bosque. Me arrastré hasta las vías, me quité la linterna y la coloqué allí para pedir ayuda si pasaba otro tren... y entonces oí los disparos.

Llegó el turno de contar mi versión. Reconozco que un par de caladas a ese canuto de Nura ayudaron bastante a refinar mis recuerdos. Hablé del encuentro con Txiripi, de las pocas palabras que cruzamos, de los disparos, que resonaron en mi cabeza a medida que los rememoraba.

—¿Han encontrado la moto de Lorea? —inquirió Nura.

Me encogí de hombros.

—La policía dice que han registrado su casa, el almacén de invernaje... ¡Ah!, un dato interesante: compró ese negocio a tocateja en el año 2000.

Hice énfasis en la fecha y advertí que los ojos de mis amigos se abrían de par en par.

—¡Un año después de lo de Lorea!

—Eso es. Todo indica que Txiripi tenía esa moto y la usaba para chantajear a alguien.

—Y quizá ese «alguien» se cansó de pagar —añadió Nura—, y entonces...

Javi se pasó el dedo por la garganta.

—En fin, vayamos al grano. —Nura apagó el canuto en el cenicero con forma de elefante que ocupaba el centro de la mesa—. Os he convocado porque creo haber descubierto algo, pero para poder demostrarlo necesito entrar en el ordenador de Bert. Javi me ha dicho que tú conoces la clave. ¿Es verdad?

—Sí —dije—. ¿De qué se trata?

Nura rebuscó algo en su bolso. Sacó la entrada del concierto del Buka, en la que Bert había escrito el teléfono de Ignacio Mendiguren y la frase «¡Buscar! Lo sabe todo». La colocó en el centro de la mesa.

—A ver, vamos a refrescar lo que sabemos hasta ahora: al parecer, Bert y Rubén se pelearon la misma noche de este concierto. —Dio dos toquecitos sobre la entrada—. Gina nos contó que Rubén había invitado a unas cuantas personas a su *lounge*: los miembros de la banda, sus amigas, Bert (quien, por lo que contó Gina, conocía a alguien del grupo). Entonces pasó algo y se liaron a puñetazos... Y al día siguiente, según Cristina, Bert ya estaba rumiando el asunto. De hecho, al cabo de una semana llamó a ese periodista de *El Correo* y le pidió el teléfono de Ignacio Mendiguren. ¿Qué conclusión sacamos de todo esto?

—Que la pelea está relacionada con el asunto de Lorea —respondí como un alumno aplicado.

—Exacto —levantó un dedo en el aire—, pero hay algo curioso en todo esto: el apunte. El famoso apunte en la entrada. Siempre me ha parecido que estaba escrito de una forma muy extraña, como una especie de gramática desconectada. Leedlo otra vez, por favor.

Javi y yo, casi sintiéndonos un poco idiotas, lo leímos en voz alta y a la vez: «¡Buscar! Lo sabe todo. I. Mendiguren: 678889901».

—¿Qué hay de raro en esto? Dice que hay que buscar a Ignacio Mendiguren, que lo sabe todo. Eso es lo que debía de pensar él... antes de encontrárselo.

—Exacto, Diego. Eso es lo que esas dos líneas te hacen pensar si las lees seguidas. —A Nura se le encendieron las mejillas de excitación.

Yo, lo reconozco, no entendía nada.

—¿Puedes ir al grano, por favor?

—Miradla bien... Mirad esas dos líneas escritas con un bolígrafo azul y centradas. Una encima de la otra. Bien, pero ¿y si nos fijamos mejor en cada una de ellas? ¿No veis nada que os llame la atención?

Yo me acerqué a la entrada, la miré con más detalle. Javi hizo lo mismo. Nos encogimos de hombros.

Nura resopló. Cogió la entrada y le dio la vuelta.

—Mirad: la primera línea de la nota se calca por detrás, ¿lo veis?

Volvimos a fijarnos y era cierto: la línea que decía «¡Buscar! Lo sabe todo» provocaba un pequeño relieve en el dorso de la entrada, como si estuviera escrita con más fuerza.

—¿Adónde quieres ir a parar? —pregunté—. Escribió la primera línea apretando el boli... ¿y?

—Lo he comprobado con un microscopio electrónico y ahí salta a la vista. Las líneas son diferentes. La presión de la punta del bolígrafo, la intensidad de la tinta y el patrón con el que se ha impreso todo. Hizo un apunte debajo del otro, pero son dos apuntes diferentes... Hechos en dos momentos diferentes.

—No lo acabo de pillar —Javi habló por los dos.

Nura nos observó con una especie de impaciencia dibujada en los ojos. Seguramente, dentro de su brillante cabeza pensaba que éramos idiotas (siendo generosa).

—Pues que son frases independientes. Diría que la más antigua, «¡Buscar! Lo sabe todo», es la que está escrita encima. El teléfono de Mendiguren lo escribió en otro momento, puede que unos días más tarde. Quizá la entrada era el trozo de papel que tenía más cerca cuando hablaba con el periodista de *El Correo*.

—Vale. A ver si lo pillo —dijo Javi—. Primero Bert escribió «¡Buscar! Lo sabe todo» y días más tarde apuntó el teléfono de Mendiguren.

—Eso es. Pero ¿a quién quería buscar ese primer día?

Entonces yo lo vi claro. De repente, entendí lo que Nura quería decir.

—A la banda. —Sentí que algo parecido a una descarga eléctrica me recorría el espinazo—. A los Ayawaska. Por eso está escrito en la entrada, ¿no?

—¡Exacto! —exclamó Nura—. Ellos estaban delante cuando Bert y Rubén comenzaron a pelearse. Y por lo tanto, debían de conocer el motivo de la bronca. ¡Eso es lo que quería encontrar Bert! ¡Quizá ellos sean la clave de todo!

—Es una teoría... —Javi sonaba un poco escéptico.

—Y se puede comprobar —replicó Nura—. Por eso necesito mirar el ordenador de Bert. Si estoy en lo cierto, el historial de búsquedas de internet debe de contener alguna referencia a esta banda, ¿no?

68

Quedaba muy poco que añadir a eso. Nos levantamos, salimos de la cocina y bajamos al estudio de Bert. Era la primera vez que Nura pisaba esa estancia en veinte años, y se detuvo un instante a observar los amplis, las guitarras, la tarima de la batería..., pero no dijo nada más. Tenía prisa por corroborar su teoría.

Entramos a la cabina de control y fue todo un alivio comprobar que los peces de Bert seguían vivos. Les eché otra dosis de su comida de colorines antes de sentarme frente al ordenador, que seguía encendido. Tecleé la contraseña. El iMac de Bert solo tenía instalado un navegador de internet, el Safari, y resultó sencillo mostrar el historial de navegación.

—Hay un montón de cosas.

—Vayamos poco a poco —propuso Nura.

La última entrada pertenecía al día anterior del incendio: era una página de la hemeroteca de *El Diario Vasco* que ya habíamos visto impresa en el corcho. A partir de ahí, empezamos a ir hacia atrás en el tiempo.

Las navegación reciente de Bert —quitando Twitter, Facebook y algunas tiendas de música online— constaba más que nada de noticias, vídeos y documentales relacionados con la desaparición de Lorea. Otra prueba más de lo mucho que se había obsesionado con el caso.

No encontramos ninguna mención a Dr. Ayawaska hasta que llegamos a la segunda semana anterior a la muerte de Bert. El hallazgo era un link a un e-zine de música en el que reseñaba la actuación de la banda en el Savoy Club de Gijón. Lo titulaban como «delirios psicodélicos de una banda de nómadas hippies» y los tres leímos el artículo con atención.

> Es difícil encontrar un grupo de *outsiders* más legendarios que los miembros de Dr. Ayawaska, banda que ni siquiera tiene página web o presencia en redes sociales... Los miembros de esta «comuna musical» se declaran a sí mismos «libertarios en el mundo esclavo de internet». En una especie de *Never Ending tour* a lo Bob Dylan, se dedican a viajar con su furgoneta y tocar espontáneamente donde les dejan. «Tenemos muchos amigos por España, Francia y Portugal, y nuestro objetivo es morir sobre el escenario o en una playa, puestos de hierba hasta las cejas», declaran.

—¡Tenías razón, Nura, eres una puta genia! —dijo Javi—. Bert estuvo buscándolos después del bolo... Mira.

Señaló una lista de links relacionados con Dr. Ayawaska. Eran casi todo menciones en revistas online y reseñas de un álbum, poco más. Como bien decía el artículo del e-zine asturiano, Dr. Ayawaska eran posiblemente los únicos colgados del universo del pop-rock que habían renunciado a hacerse una cuenta en Instagram o Facebook.

—¿Creéis que llegó a dar con ellos?

—No lo sé, pero me parece complicado —dijo sin apartar los ojos de la pantalla—. Habrá que ponerse manos a la obra y dar con esta pandilla. La madre que los parió. Ni siquiera tienen un SoundCloud.

Un soniquete de teléfono movil interrumpió el momento. Era el de Javi, que salió de la cabina de control para atender la llamada.

—Sí, sí... Estoy a punto de salir. Sí... —dijo mientras daba vueltas entre los amplis y la batería. Nos hizo un gesto para que no hablásemos en voz alta.

—Creo que es una llamadita de control de Alaitz —susurré.

Nura asintió.

—Tengo que decir que la entiendo —dijo—. Javi tiene tres hijas. Quizá no esté ya para aventuritas. Y la cosa podía haber sido bastante más grave.

Nuestro colega regresó un minuto más tarde.

—¿Era Alaitz? —le preguntó Nura—. ¿Quieres que te lleve de vuelta?

—Tenemos un poco más de tiempo. —Se sentó frente al ordenador—. Le he dicho que estábamos tomando un café en tu casa. Solo espero que no vaya a comprobarlo. Bueno, ¿dónde nos habíamos quedado?

Terminamos de repasar el historial de navegación de Bert. No encontramos mucho más, aunque nos sirvió para confirmar nuestra teoría: las búsquedas sobre Lorea habían comenzado días después del concierto de Dr. Ayawaska en el Bukanero.

Volvíamos a estar en un callejón sin salida. La pista de Dr. Ayawaska parecía tan difícil de seguir como la de un perro vagabundo, aunque Javi dijo que podría preguntar a algunos colegas del circuito de bares.

—Alguien debe de tener un teléfono en alguna parte... Daremos con ellos.

—¿Crees que podríamos preguntárselo directamente a Rubén? —propuse—. Quizá no lo relacione.

Nura negó con la cabeza.

—Todo está orbitando alrededor de Rubén, ¿no lo veis? Ese vídeo, la pelea de Bert... Está claro que oculta algo. ¿Sigues con la idea de dar el concierto con Deabruak?

—Sí... Claro, le he dado mi palabra.

—Podría ser una oportunidad para emborracharlo y hacerle hablar.

—¿Vamos a tocar juntos? —dijo Javi con una sonrisilla de felicidad en los labios—. El día que fuimos tú y yo no mencionaste nada de eso.

—Se me ocurrió más tarde.

Eso me llevó a recordar algo que se me había pasado por alto. El asunto de Ibon. Yo había ofrecido mi concierto a Rubén a cambio de aquel cotilleo sobre Ibon y Lorea. Les expliqué a mis dos colegas de banda que el pasado domingo Ibon por fin había dado su versión de los hechos:

—No estaban enrollados. Ibon estaba discutiendo con Lorea porque ella le debía dinero a Isaac. Le prestó cincuenta mil pesetas para comprarse la famosa Vespino... y Lorea se olvidó del tema.

—Bueno. Eso tiene sentido. Lorea siempre estaba pidiendo pasta. —Javi también se acordaba.

—Hay algo más —dije—. La noche que Ibon me contó todo esto, me había organizado un encuentro con Agustín Artola. Fue una charla amigable sobre el idiota de su hijo... Pero además me confesó algo terrible, algo que se han estado callando todos estos años. Al parecer, era cierto que Mikel la espiaba y unos días antes de la desaparición la pilló llorando a moco tendido con un Predictor en la mano.

Javi y Nura parpadearon a la vez.

—Jo-der. ¿Qué?

—No dijeron nada para protegerse, pero no veo ninguna razón para que Agustín me haya mentido. El hombre es casi un muerto andante.

—¿Crees que el bebé... podía ser tuyo? —lanzó Javi.

Yo me estremecí al oír aquello en voz alta. Me encogí de hombros.

—Tomábamos precauciones cuando las tomábamos... En todo caso, Lorea nunca me dijo nada.

—Y... ¿de otro?

Javi me miró sin parpadear. Los dos estábamos pensando en la misma persona.

—Bueno... Ya hemos hablado de eso alguna vez. No lo puedo descartar.

Nura dejó soltar el aire lentamente. También había adivinado de quién hablábamos.

—Y, de nuevo, todo orbita alrededor de Rubén.

69

Cuando salimos al viejo local de ensayo, Nura se detuvo a observar aquel amplificador Ampeg con el que había tocado tantas veces.

—¡Este viejo monstruo! ¿Recordáis lo que pesaba?

—Me rompí el culo descargándolo.

Apretó el botón de encendido y el altavoz soltó un profundo latido que nos hizo temblar hasta las vértebras.

—¡Amén!

Nura fue al *stand* de guitarras, donde también había un Fender Jazz Bass, lo cogió y rescató uno de los cables que había por el suelo.

—¿Qué vas a hacer?

Ella se giró, sonriendo.

—No todo va a ser jugar a detectives, ¿no? Anda, cogeos unas guitarras. Javi, ese Marshall de cien vatios está pidiendo guerra.

Javi y yo nos miramos en silencio.

—¿En serio vamos a hacer esto? Han pasado veinte años.

—Pues yo estoy en forma. —Nura se colocó el bajo al

hombro—. Os apuesto lo que queráis a que no fallo demasiado. ¿Cuál os apetece tocar?

Desde el mismo instante en que rasgué las cuerdas de aquella vieja Takamine de Bert, supe que aquello era lo correcto. Poner un par de acordes en la guitarra, llevar el ritmo con el pie y tratar de no desafinar demasiado en la entrada de una canción. ¡Aquello sí que era terapia, y no las pastillas del doctor Ochoa!

Y además de todo eso. Además, además... los chicos todavía se sabían sus viejos trucos. Javi recordaba sus *riffs*, sus *licks* de guitarra country a lo James Burton, sus arpegios en las partes altas del mástil que sonaban como una mandolina. Nura, por su parte, hacía caminar el bajo con esa contundencia delicada. Siempre había sido esa «parte segura» de la banda, la red de seguridad que nunca fallaba. Además, clavó el coro del estribillo en una tercera casi milagrosa. «¿Cómo es posible que se acuerden de todo eso?», pensé. «¿Cómo es posible que *yo* me acuerde de todo esto?»

En cierta ocasión leí un libro sobre música y neurología (*Musicofilia*, de Oliver Sacks) donde se hablaba precisamente de esto. La música, al igual que los aromas, actúa como un «marcador» en la memoria. En las profundidades de ese lago oscuro que hay en nuestra cabeza, una melodía reluce como una pieza de oro. Nos guía hacia sentimientos, imágenes, sensibilidades que creíamos haber perdido para siempre, que descansan enterradas en ese lecho olvidado...

... y desde ese profundo lugar de mi mente surgió la letra de una de nuestras viejas canciones. La canté desde las tripas, como debe ser. Sin pensar. Sencillamente dejé que fluyera como un torrente desde el mismo sitio donde nació. En aquel local de ensayo donde me había atrevido a revelarme como artista por primera vez. Donde podía desnudar mi alma y seguir sintiéndome fuerte. Donde había amigos, camaradería, apoyo mutuo, sudor, lágrimas y sueños. ¿Cuándo había sido la última vez que me había sentido así? Hacía demasiado tiempo...

... y la cosa tuvo un efecto extraño en mí.

Fue como si, de pronto, perdiera diez kilos de golpe. Como si mis viejas ojeras menguasen. Como si mi dura barba se reblandeciera y mis muñecas adelgazaran. Volví a ser aquel chico inseguro, sensible y soñador que encontró aquel lugar especial dentro de sí mismo, aquella fuente de la que manaban melodías mezcladas con palabras que él se dedicaba a cazar al vuelo. Sin más ambiciones. Sin pensar en el dinero, el público o la fama. Era el chaval que solo componía para descubrir hasta dónde podía llegar. Como un niño que saca todos sus juguetes y no se plantea que tendrá que recogerlos más tarde. El chaval que hacía las cosas por pura curiosidad.

Cuando terminamos la canción nos quedamos en silencio, mirándonos sonrientes, casi con lágrimas en los ojos. ¡Había funcionado! ¡Joder! ¡La magia estaba ahí, donde la habíamos dejado hacía tanto tiempo! Me apetecía ponerme a saltar de alegría, abrazarlos... Pero entonces Javi colocó un *powerchord* en la mayor en el mástil de su Telecaster. Alzó un brazo a lo Pete Townshend y la punta de la púa emitió un rápido resplandor en lo alto.

—¿Y os acordáis de esta?

Descargó la mano derecha sobre las seis cuerdas produciendo una explosión en nuestros oídos.

—¡*Yeah!*

70

—Hacía años que no me divertía tanto —dije cuando estábamos ya montados en el coche.

—Lo mismo digo, tíos —respondió Javi.

—Ídem —añadió Nura—. Seguimos siendo la hostia.

Miré a Javi, que iba con una ligera capa de sudor por la frente y unos coloretes como no había tenido en mucho tiempo; a Nura, canturreando los temas mientras conducía. Volvíamos a ser los Deabruak..., a pesar de todo.

Javi tenía prisa por llegar a casa y yo iba pensando en invitar a Nura a una cena y unas birras. Sin embargo, según nos acercábamos a Illumbe, empezó a sonarme el movil: Gonzalo.

—¿Dónde estás?

—Dando una vuelta —me limité a decir—. ¿Qué tal la comida con Isaac?

—Opípara —resumió—. Bueno, pues ven cuando puedas. La chica policía está en el hotel, preguntando por ti.

—¿Arruti?

—Sí —respondió Gonzalo—. Lleva una hora sentada en la recepción.

Nura me dejó en Amondarain, donde había una parada de taxis junto al ayuntamiento. Y media hora más tarde entraba por la puerta del hotel spa de Ibarrangelu.

Arruti estaba en el bar, vestida de civil y sentada con Gonzalo, quien supongo que la había intentado entretener como podía.

—¡Diego! ¡Le llaman el desaparecido! —saludó él.

—Quedamos en que no saldrías del pueblo —me tiró de las orejas Arruti.

—Técnicamente hablando, no me he ido muy lejos —me defendí mientras tomaba asiento.

Gonzalo me preguntó si bebía algo. Por el tono de su voz y el rubor de sus mejillas, calculé que llevaría unos cinco cubatas encima. La comida con Isaac y los del Club debía de haber salido bien, aunque no se lo pregunté. Arruti, además, traía su propio orden del día.

—Vengo a pedirte que colabores otra vez..., aunque de una manera informal.

—¿Qué significa «de una manera informal»? —preguntó Gonzalo.

—Bueno, oficialmente estamos siguiendo algunas pistas. Un coche que los vecinos de Larrabe vieron mal aparcado a las horas del tiroteo, y que después desapareció. Algunas huellas más o menos legibles en el barro del sendero. Un rastro de ADN de la escopeta... Pero el registro de la casa y del almacén de Txiripi no han dado resultados. He pedido un segundo equipo de rastreo, aunque no le han dado prioridad. La jueza solo me ha concedido una orden para volver a registrar el almacén, y estoy sola...

—¿Me estás diciendo que has venido a buscar refuerzos? —bromeé.

—Sé que suena cómico, pero soy la única en comisaría que cree que Txiripi realmente escondía esa moto en alguna parte. Y además, tengo mis motivos en el asunto, ya lo sabes. —Me miró de frente—. Sea como sea, tú viste las polaroid. He pensado que quizá, si me acompañas, encuentres algo que te resulte familiar.

—De acuerdo —dije antes de que Gonzalo pudiera interceder—. Vamos.

—¿Cuándo? —preguntó mi mánager—. ¿Ahora?

—No veo por qué retrasarlo más. —Sonreí—. Además, ¿tú no querías un poco de aventura?

Gonzalo le dio un trago al *gin-tonic* e hizo un saludo militar.

—¡A la orden!

71

El almacén de invernaje de Txiripi se alzaba en un terreno junto a la ría, en un recodo apartado, no demasiado lejos de la Tejera de Murueta. Desde la carretera se llegaba a través de una senda sin asfaltar que parecía internarse en una especie de jungla de maleza y arbustos. El camino terminaba en una verja cerrada con un candado. Un cartel rezaba lo siguiente:

NÁUTICA URDAIBAI
INVERNAJE, MECÁNICA Y MANTENIMIENTO DE EMBARCACIONES
ATENCIÓN: ZONA PROTEGIDA POR VIDEOVIGILANCIA

Arruti tenía la llave del candado: nos explicó que lo había colocado la Ertzaintza después de romper el anterior, durante el registro que se había realizado días atrás.

Abrió la puerta y entramos en los terrenos del almacén, un gran hangar desvencijado situado frente a una rampa de botadura hecha de hormigón. La marisma era una orquesta de sonidos nocturnos. La noche era fría y clara, había un trozo de luna y muchos mosquitos.

Gonzalo, que había ido callado todo el recorrido, dijo:

—Esto se pone emocionante.

Pensé que ahora tendría la oportunidad de sentirse «un tipo de acción» como Javi. Solo esperaba que la historia no terminase de la misma forma.

Nos dirigimos al hangar mientras atravesábamos una miscelánea de embarcaciones rotas, motores despedazados, bidones, mangueras y otros trastos que se desparramaban sin orden ni concierto por el terreno del almacén. Había incluso un viejo barquito pesquero de color verde botella arrumbado en una de las esquinas del terreno, rodeado de maleza y hierbas altas. «Vaya desastre», pensé. No me extrañaba que Txiripi pudiera contar sus clientes con los dedos de las manos.

Las puertas del hangar estaban abiertas y había una cámara de videovigilancia emplazada en el dintel. Arruti apretó el interruptor de la luz y tres grandes bombillas fluorescentes que colgaban en la parte central de aquella nave parpadearon al encenderse.

—Vamos.

Una docena de barcos dormían a la espera de la temporada estival, aunque ya no sería Txiripi quien los preparase para su botadura en las aguas de Urdaibai. Todos estaban cubiertos con toldos azules que, por lo que se veía, habían sido manipulados recientemente. Arruti explicó que habían tenido que pedir permiso a los dueños, uno por uno.

—¿Qué pasará con este sitio?

—Txiripi no tenía hijos ni parentela cercana. Tampoco había hecho testamento, así que lo más probable es que pase todo a manos del ayuntamiento, que hará algún tipo de subasta.

Surcamos la nave y llegamos al otro lado. Abrimos el portón que daba a la rampa de botadura. La marea estaba baja y el aire tenía ese olor característico de la berza cocida, producido por los sulfuros de las bacterias. Nada más salir, una luz se encendió automáticamente y vimos otra cámara por allí.

—¿Habéis visto los vídeos? —le pregunté a Arruti.

—Sí —respondió—, pero no nos han dado demasiadas pistas. Es un equipo de videovigilancia muy antiguo, de los de cinta. Cada veinticuatro horas se sobreescribe. Solo hemos logrado ver que Txiripi llegó en un coche a las diez y media y lo dejó aparcado en la puerta con un par de maletas en el maletero: pensaba irse directamente esa noche. Después ató el kayak a su chalupa y salió en dirección a la Tejera. Y estaba solo. No había nadie más con él.

Volvimos dentro. Gonzalo se había perdido en el fondo del local, donde había unas grandes hélices apoyadas en una esquina, así como un ancla que debía de haber pertenecido a un barco de enormes dimensiones.

—Joder, este tío tenía el síndrome de Diógenes o algo parecido.

—Vale —le dije a la ertzaina—, ¿y qué hago ahora?

Arruti me pasó su linterna.

—Date un paseo y trata de observar con atención. Tú viste las polaroid, a ver si algo te llama la atención.

Empecé por el interior del hangar. Arruti me explicó que la policía ya había realizado un registro en profundidad de todo lo que era «susceptible de ser un escondite». Habían revisado el suelo en busca de algún sótano o trampilla y habían hallado un pequeño espacio cavado en la tierra que albergaba una bomba de agua, pero nada más. Merodeé en zigzag a través de las embarcaciones, intentando vislumbrar algo que se pareciera al entorno que aparecía en las fotos. Recordaba que era una especie de tela marronácea, llena de manchas de grasa, aunque no vi nada parecido en mis cuarenta minutos largos de vagabundeo. Gonzalo, mientras tanto, iba levantando los toldos de algunas embarcaciones, mirando dentro, intentando ser útil, pero yo pensaba que si Txiripi realmente escondía la moto de Lorea lo habría hecho a conciencia.

Le comenté eso a Arruti. Quizá el almacén era un lugar demasiado obvio.

—Es posible... —dijo ella—, aunque si suponemos que Txiripi tenía planeado liquidar el asunto esa noche, este almacén en la orilla era perfecto para la entrega, ¿no?

Era un buen razonamiento, pensé. No obstante, allí no parecía haber ninguna moto escondida.

Después de casi cincuenta minutos en el hangar, decidí salir fuera, a ese terreno lleno de cachivaches que había en la parte trasera del almacén.

—¿Han rastreado por aquí? —le pregunté a Arruti.

Ella dijo que «cada palmo de tierra», y también entre la zona de malezas y arbusto bajo que rodeaba la propiedad. Habían encontrado de todo, hasta una lavadora, pero ni rastro de una moto.

Bueno, ya que estábamos allí, pensé que no me costaba nada intentarlo con mis propios ojos. Avancé por entre aquellos viejos botes, por los restos de motores y los bidones tumbados en la hierba. Me acerqué al gran barco pesquero que yacía escorado en una de las esquinas. Me recordaba al famoso barco de Chanquete de la serie *Verano azul*, solo que este estaba tumbado sobre su costado, exhibiendo un bonito agujero cerca de la quilla.

—¿Y este? —Se lo señalé a Arruti—. Es lo bastante grande como para guardar una moto dentro.

—Yo misma lo revisé —respondió la ertzaina—. Subí a la cabina y alumbré la bodega. Vacía.

Me quedé parado frente a él durante unos pocos segundos más. Fui a girarme para continuar mi paseo nocturno, pero el haz de la linterna quiso pasar por encima del nombre del barco, que pude leer fugazmente.

ILARGI

Estaba a punto de darme la vuelta cuando algo resonó en mi cabeza. Ese nombre, «Ilargi». Una de las palabras más bellas del euskera. Luz de los muertos. La luna.

Y me detuve.

Volví a girarme y me acerqué al barco. De nuevo iluminé aquel nombre pintado en el casco de color verde.

—¿Qué? —Gonzalo estaba ya a mi lado.

—Ilargi —leí en voz alta.

—¿Qué significa? —preguntó Gonzalo.

—Luna —dijo Arruti.

—¡Eso debe de ser! —Estaba convencido—. ¡Tiene que ser!

Arruti se acercó a mí. Ahora los tenía a cada uno en un flanco. Sentía sus miradas sobre mí, expectantes.

—Cuando Txiripi se estaba muriendo señaló hacia arriba. Y aquella noche, en el cielo había una luna bien grande. Ilargi... ¿Y si quería decirme que la moto estaba en este barco?

—Yo misma lo registré y no había nada —repitió Arruti—. Pero volvamos a mirar.

Nos aproximamos al casco del barco. Ella fue directa al agujero que había cerca de la quilla y me pidió la linterna. El orificio quedaba a la altura de su pecho, así que alumbró el interior desde fuera. En efecto, desde allí se podía ver el hueco de la bodega perfectamente vacía, plagado de telarañas. Nada más.

—Voy a entrar para salir de dudas —dijo—. ¿Podéis acercar uno de esos bidones?

Lo hicimos. Entre Gonzalo y yo arrastramos un enorme bidón y lo colocamos junto al casco. Arruti se subió en él mientras yo le sujetaba la linterna, después se escurrió por el hueco y cayó en el interior de aquel barco.

—Pasadme la luz.

Se puso a rastrear el suelo de aquella bodega escorada, como si fuera Pinocho en las tripas de la ballena. Veíamos el haz de la linterna revoloteando por aquella vieja madera, como una polilla, y oíamos a la policía golpear el suelo con las botas. Entonces, en un punto al fondo de aquel oscuro estómago de teca, se detuvo. Alumbró unos maderos del costado de estribor que habían cedido ligeramente a sus pisadas. Se agachó.

—¿Qué?

—Suena a hueco... y veo una especie de hendidura. —Metió los dedos por la madera—. ¿Podéis ir a buscar una palanca o un destornillador?

—Voy yo —se ofreció Gonzalo—. Antes he visto unos destornilladores en alguna parte. —Salió corriendo.

Yo no pude aguantarme la impaciencia. Subí al bidón y salté dentro de la bodega, para llegar donde estaba Arruti. Me arrodillé junto a ella y observé aquella fina hendidura, casi invisible. Parecía una puerta camuflada, de una manera muy sutil, en la obra del barco. Lo suficiente para escapar a una observación superficial desde el agujero del casco.

—Es una trampilla. —El corazón me latía a mil por hora.

—Fue mi culpa —se reprochó a sí misma—. Tendría que haberme metido la otra vez.

—Bueno, ¿quién iba a pensarlo? —la intenté disculpar.

Gonzalo apareció con unas cuantas cosas que nos pasó desde el otro lado: destornilladores, buriles e incluso un machete. Empezamos a usarlos en la hendidura, tratando de encontrar el hueco donde poder hacer palanca, pero aquella puerta parecía resistirse a todo.

—Probablemente haya algún resorte o algún mecanismo en alguna parte —dije yo.

Gonzalo se terminó uniendo al equipo. Se puso a buscar algún botón o resorte del que tirar, aunque finalmente ganó la fuerza. Entre Arruti y yo conseguimos liberar la tapa unos cuantos centímetros, lo justo para meter una palanca (y yo el machete) y seguir sacándola. Descubrimos que era una pieza de bastante grosor, construida en madera y metal, lo que aseguraba un cierre hermético, como la tapa de una alcantarilla. No había resortes o cerraduras. Según Arruti, aquello se abriría mediante algún tipo de cadena y enganche para poder levantarla. Justo entonces nos fijamos en una pequeña polea instalada en el techo de la bodega...

Eufóricos y excitados por el descubrimiento, nos aplicamos con todas las fuerzas hasta que logramos sacar aquella tapa por completo. Bajo la misma encontramos una escala de metal. Bajaba unos cuantos metros, los suficientes como para no poder ver nada.

—¿Una fosa séptica?

—Podría ser. —También Arruti tenía el pulso acelerado: podía ver las rápidas nubes de vapor de su aliento sobre el rayo de luz—. Es un hueco muy ancho.

Apuntamos con la linterna. Se veía el fondo a unos cuatro metros.

—Joder. —A la ertzaina le temblaba la voz—. Ya bajo yo —añadió.

—¿Segura?

Asintió, aunque la notábamos claramente nerviosa. Claro que lo estaba. ¿Qué iba a encontrar ahí abajo? ¿Un cadáver? Llevó la mano al costado, sacó una pistola y la revisó. Gonzalo murmuró un «Dios» y me tomó del hombro.

—Diego, ven para acá.

—Necesito que alguien me ilumine mientras bajo —dijo Arruti.

—Lo hago yo. —Ignoré a Gonzalo y me acerqué a ella.

Arruti se enfundó de nuevo el arma en el cinto y cogió la escala. Comenzó a bajar mientras yo trataba de mantener la luz recta, pese a que me temblaban las manos. Gonzalo estaba a mi espalda. Yo podía oír la respiración cada vez más entrecortada y pesada de la ertzaina.

Arruti llegó abajo. Sacó el arma y gritó: «¡Policía!», un grito ronco, falto de fuerza. Su respiración era jadeante. ¿Qué ocurría? La vi dar un par de pasos y de pronto algo fue mal. Me pareció que se venía abajo. ¿Se había caído?

—¡Arruti! ¿Estás bien?

Ella miró hacia arriba e hizo un gesto con el dedo como diciendo «O.K.», pero sin decir nada. Le estaba dando algún tipo de ataque asmático o de ansiedad.

—Sujeta la linterna —le dije a Gonzalo.

—No..., espera. Voy yo.

Me tomó la delantera y se deslizó por aquella estrecha tubería a toda velocidad. Llegó allí abajo y le vi arrodillarse junto a Nerea y empezar a hablarle. «¡Respira! ¡Respira!»

—¡Chicos! —dije—. ¿Todo bien?

—Creo que le ha dado un pequeño ataque de ansiedad. ¿Puedes bajar?

En unos segundos estaba allí abajo, con la linterna enfundada en mi pantalón. Nerea Arruti estaba sentada contra una pared, recuperando el tono. Ya era capaz de decir algo.

—No sé lo que me ha pasado... Lo siento. —Todavía respiraba a jadeos.

Gonzalo había encontrado la luz. Un interruptor muy rudimentario que encendía una bombilla. La estancia se iluminó. Era un rectángulo de unos cuatro metros por tres, con paredes de ladrillo y el suelo entarimado. Parecía una construcción bastante sólida y profesional. Y no era ninguna alcantarilla. Estaba construida como escondrijo.

Al fondo de la estancia, un gran toldo de color verde caqui cubría algo. Mientras Arruti iba recobrando el tono, me acerqué y cogí aquello de un extremo. No me paré a pensar nada. Ni que podría haber una trampa esperándome. O el cadáver momificado de Lorea. Tiré de aquello con todas mis fuerzas.

72

Tumbada sobre un costado, apareció la Vespino de color negro con la pegatina de los Stones en el guardabarros. La moto que había dado lugar a tantas teorías, desde la abducción extraterrestre hasta la huida adolescente. La moto de Lorea.

Tal y como yo me había temido, nunca llegó a salir de Illumbe.

La moto se hallaba en buen estado; se ve que Txiripi la había adecentado para sacarle las fotos. No obstante, vista de cerca se observaba que los neumáticos estaban podridos, deshechos, así como los mangos del manillar y los demás componentes de goma. Y las piezas de metal estaban ligeramente oxidadas también. La humedad y el salitre de décadas habían sido más fuertes que la protección del toldo.

Junto a la moto había algo más: una caja de plástico transparente, una suerte de táper de gran tamaño, de los que se utilizan en las embarcaciones de recreo para salvaguardar móviles, carteras... En la tapa había una palabra escrita.

DIEGO

El corazón me dio un brinco en el pecho. ¿Un último mensaje?

Me acerqué dando un paso sobre el toldo y cogí aquella caja. Entonces escuché la voz de Arruti intentando elevarse pese a su respiración.

—No toques nada. Por favor, apártate. Diego.

Ya era tarde, tenía la caja entre las manos. En su interior había algo: un objeto negro, rectangular, una especie de cajita.

—Diego —dijo Gonzalo—, te está diciendo que te apartes.

—Creo que es... —Moví un poco el envase para verlo mejor—. Es una cinta. Una cinta de vídeo.

Arruti intentó ponerse de pie.

—¡Diego! —repitió Gonzalo.

Vale, dejé la caja en el suelo y me aparté. Fui donde Arruti y me agaché frente a ella.

—Es una cinta —le dije—, una cinta de las cámaras de seguridad. ¡Creo que era eso lo que Txiripi quería venderme en realidad! Después de veinte años, por fin creo que hemos dado con ello...

Nerea Arruti asintió con la cabeza mientras respiraba lentamente.

—¿Tenéis un teléfono a mano?

Yo saqué el mío, pero no tenía señal. Gonzalo hizo lo mismo, con igual resultado.

—Debe de ser el agujero —dijo—. Subiré a coger cobertura.

Se encaramó en la escala y subió, pero antes de que lo perdiéramos de vista oímos sus gritos reverberando por ese tubo. Primero pensé que quería decirnos algo. Después me di cuenta de que no se dirigía a nosotros, sino a... alguien.

—¡Usted! ¡Eh!

Sonó un golpe, Gonzalo gritó y de repente cayó como un saco desde lo alto. Yo me había acercado a la escala y se me vino encima. Lo cogí como pude, aunque nos fuimos los dos al suelo.

—¡Joder!

—¡Hay alguien arriba! —gritó.

Arruti empuñó su arma.

—¡Policía! —exclamó mientras apuntaba hacia arriba, pero Gonzalo y yo, tirados en el suelo, le bloqueábamos el ángulo de tiro.

Allí arriba, según pude ver, había luz. El resplandor de una linterna. Había alguien más en la bodega, aunque la luz no era tan potente como para que pudiéramos distinguir quién. Entonces empezamos a oír el roce de un objeto muy pesado. ¡La tapa! La estaban colocando en su sitio.

—¡Están encerrándonos! —grité.

—¡Policía! —volvió a gritar Arruti—. Deténganse o disparo.

Nos rodeó como pudo y se colocó bajo la tapa. Vi cómo elevaba las dos manos hacia arriba y sonó un disparo. Joder, sonó como un petardo que explota a un centímetro de tu oído. La pequeña estancia se llenó de olor a pólvora. La detonación me había dejado medio sordo.

Sin embargo, aquello surtió efecto. La tapa quedó a medias y el resplandor de la luz desapareció al tiempo que oíamos el ruido de unos pasos al trote. No le había acertado, pero, fuera quien fuese, se largaba. Arruti se lanzó a la escalera y comenzó a trepar sin pensarlo. Parecía que un asesino de carne y hueso le daba menos miedo que una habitación oscura. Llegó arriba y apartó la tapa haciendo un esfuerzo que le salió por la boca en forma de gruñido. Yo subí detrás de ella, más despacio, con ese pitido aún en los oídos. Cuando llegué al final de la escala, Arruti estaba ya intentando saltar por el agujero del casco. Sonaron tres disparos más. Bam-Bam-Bam. Cada uno de ellos me hizo agacharme un poco.

—¡Baja aquí inmediatamente! —gritó Gonzalo.

Pero de pronto pasaron más cosas. Escuché unas voces. Gritos. «¡Alto! ¡Policía! ¡Alto!», y no era la voz de Arruti. ¿Qué estaba pasando? ¿Había más personas allí? Desoí la orden de Gonzalo y terminé de subir la escalera. Arruti ya había saltado al exterior. Me deslicé por el suelo de la bodega hasta el agujero y observé la escena.

Un coche de policía obstaculizaba la entrada del terreno. ¿Cómo había llegado tan rápido? Era algo que escapaba a mi comprensión. El coche tenía las luces largas encendidas y un foco apuntando en la misma dirección. El objetivo de la luz, un personaje que estaba quieto con las manos en alto, era una silueta absolutamente negra con guantes y un pasamontañas. Arruti había llegado a él y lo apuntaba con el arma por detrás mientras, flanqueando el coche, más policías lo encañonaban.

—¡Gonzalo! ¡Sube, corre! —grité—. ¡Lo han cogido!

Esperé a mi mánager y saltamos fuera del barco. Mientras lo hacíamos, unos agentes nos dieron el alto. Venían con las pistolas fuera, por delante. Levantamos las manos y Arruti gritó, desde la distancia, que nosotros éramos «los testigos».

Por fin comprendí que aquello podía tratarse de una emboscada. Un truco. La policía debía de estar allí desde el primer instante. No había otra explicación posible.

Los policías nos pidieron que nos moviéramos rápido hacia la salida. El personaje del pasamontañas estaba ya de rodillas, con las manos entrelazadas en la nuca. Orizaola, el poli anchote, había llegado donde él y le estaba colocando unas esposas. Arruti se acercó por el otro lado y comenzó a quitarle el pasamontañas.

Gonzalo y yo habíamos llegado al lateral del coche patrulla y podíamos ver perfectamente el rostro que se iba desvelando ante los focos. Primero una barbilla masculina, seguida de unos labios gruesos...

Cuando Arruti retiró el pasamontañas sentí que perdía el aire.

—No me lo puedo creer —murmuré.

73

Una hora más tarde, Arruti estaba apoyada en su coche, relajándose, mientras la policía terminaba de asegurar el perímetro del almacén. La policía científica acababa de llegar y estaban allí abajo, en el agujero, sacando huellas y muestras de ADN hasta de las cagarrutas de las hormigas. Gonzalo y yo nos habíamos quedado sentados en la boca de carga de una ambulancia, sometiéndonos a la revisión de un médico. Sobre todo Gonzalo, a quien el hombre del pasamontañas había dado un pisotón en los dedos de la mano izquierda cuando asomaba por la trampilla de aquel escondrijo.

—Era un zulo realmente bien hecho —dijo Arruti cuando por fin pudimos regresar junto a ella—. Debió de aprovechar una antigua fosa séptica para excavarlo.

—¿Y cómo metió la Vespino ahí abajo?

—Quizá lo hizo a piezas con una polea. Tendremos que investigarlo. Pero antes tengo que pediros algo. Ese pequeño ataque de ansiedad... Si pudierais pasarlo por alto en vuestra declaración, os estaría agradecida. Nunca me había pasado algo así...

—Sin problema —le aseguré—, no diremos nada. Solo explícanos todo esto... ¿Cómo es posible que la policía estuviera aquí tan rápido? Era un truco, ¿verdad? ¿Por qué no nos dijiste nada?

Arruti sonrió.

—Era importante que actuaseis con toda la naturalidad del mundo. Estábamos seguros de que alguien vigilaba el almacén y queríamos sacarlo de su agujero.

Arruti se explicó: en realidad, al contrario de lo que nos había dicho en el bar del hotel, la jueza y el resto de compañeros sí creían en el asunto de la moto. Mi testimonio y la cámara polaroid que hallaron en casa de Txiripi reforzaban esa teoría. Había un caso de chantaje y asesinato, y debían indagar.

Por otra parte, los investigadores que realizaron el primer registro del almacén el pasado domingo —el día del tiroteo— percibieron algunos signos de allanamiento. El almacén tenía una ventana rota y el equipo de videovigilancia había sido saboteado. Se concluyó que alguien —posiblemente el asesino— había entrado allí después de cometer el homicidio. Su objetivo bien podría ser la moto que yo mencionaba en mi relato. ¿La habría encontrado? Todo indicaba que no. Ni las puertas del hangar ni la verja habían sido forzadas, y eran la única salida si alguien intentaba mover un objeto de ese tamaño.

Hicieron ver que abandonaban el registro, pero un equipo de cuatro agentes camuflados permaneció desplegado por la zona, atentos a cualquier movimiento sospechoso. Pasaron tres largos días sin que el ladrón, que parecía haber optado por la prudencia, se acercara por allí, así que pensaron en azuzarle un poco.

—La idea era provocarle —dijo Arruti—, pero nadie esperaba que actuase mientras nosotros estábamos aquí. Por lo visto tenía instalado un detector de movimiento. Ha tardado solo media hora en venir desde Illumbe.

Orizaola apareció por allí en ese instante.

—Hemos localizado su coche a medio kilómetro de aquí, en un caminillo.

—¿Ha dicho algo? —preguntó Arruti.

—Nada. —Orizaola negó con la cabeza—. Está callado como un muerto.

—Típico de él. —Recordé, todavía con escalofríos, ese rostro que había aparecido debajo del pasamontañas negro—. Ibon siempre ha sido así. Hermético como una ostra.

74

Arruti y Orizaola nos dijeron que éramos libres de volver a nuestro hotel esa noche. Nuestra declaración no era tan primordial y podía esperar al día siguiente. Además, tenían muchísimo trabajo en la sala de interrogatorios de la comisaría de Gernika. Ibon Larrea, policía municipal de Illumbe, había sido detenido por allanamiento y agresión a un agente de la autoridad, pero no tenían nada más contra él. A menos que la científica pudiera establecer alguna prueba de ADN, tendrían que sacarle la verdad con tenazas y, siendo policía, iba a resultarles duro.

Yo regresé al hotel envuelto en un escalofrío. ¡Ibon! ¡Finalmente era Ibon! ¿Cómo?, ¿por qué? Tenía ganas de llamar a Nura, a Javi, a mis padres, a todo el mundo. Quería gritar aquello a los cuatro vientos, pero nos habían advertido de que todo era secreto de sumario y que revelar algo podría tener consecuencias. Así que esa noche nos tocó diluir la excitación entre los hielos de unos cuantos *gin-tonics*, imaginando mil y una teorías sobre sus motivos.

—Hace unos días me enteré de que Lorea estaba embarazada —le conté a Gonzalo—. Quizá Ibon era algo más que «el mejor amigo de su ex». Quizá Rubén tenía razón... y Lorea y él tenían una aventura.

—Pero entonces ¿qué pasa con Isaac? Él era la coartada de Ibon esa noche. ¿Mintió?

—No lo sé... —suspiré, con la mirada perdida en el vaso—. Supongo que nos enteraremos pronto.

Pasó esa noche y una larga mañana sin noticias. Fue horrible porque recibí una llamada de Javi y no pude contarle nada, incluso cuando me dijo que había «intentado hablar con Ibon para lo del concierto», pero que no le cogía el teléfono.

—Él también tiene que venirse al bolo del Bukanero. A fin de cuentas, sería como una vieja reunión de colegas, la banda al completo, ¿no?

—Bueno —dije yo—, no sé... Quizá sea bueno tener un plan B.

—¿Has llamado ya a Rubén?

—Lo haré hoy mismo.

En realidad, no tenía la menor gana de llamar a nadie. Para mí ya estaba todo resuelto y en muy poco sabríamos la verdad. Ibon confesaría lo que hizo y por qué. Y quizá incluso desvelase por fin el paradero de Lorea. Gonzalo, mientras tanto, se frotaba las manos. Decía que aquel «giro inesperado» me favorecía. Debía darme prisa por empezar a grabar el nuevo álbum.

—Vamos a presentarte como a un superviviente. Un mártir al que la vida ha golpeado injustamente. ¡Un Jesucristo en su cruz! Pero los perdonarás a todos y les regalarás tu música como forma de redimirlos. Va a ser algo casi espiritual.

Se pasó la mañana haciendo llamadas, entre ellas a Isaac, con quien intentó ponerse en contacto unas cuantas veces. Pero Isaac tampoco contestaba al teléfono. Nos imaginamos que estaría preocupado por el destino de su amigo.

Solo al llegar la tarde nos enteramos de la situación, gracias a una llamada de Nura.

—Le han detenido al salir de Club. Lo sabe ya todo el pueblo.

—¿Qué?

—Como lo oyes. Había dos coches de la policía secreta esperando a Isaac en el aparcamiento. Estaba a punto de entrar en su coche cuando le han rodeado y le han leído sus derechos. Unos amigos de mi padre lo han visto todo. Isaac se ha negado a ir. Ha dicho que no se movería de allí sin un abogado. Pero los policías tenían una orden de detención y se lo han llevado.

—¡Se lo han llevado! —repetí en voz alta—. ¡A Isaac!

Gonzalo apretó los dientes y frunció el ceño.

—Vaya, eso estropea un poco los planes...

Gonzalo, en su faceta de *businessman*, parecía más preocupado por cómo afectaba todo esto a sus negocios que por cualquier otra cosa. Yo no me pude resistir y tuve que hacerle una revelación a Nura.

—Creo que está relacionado con esa moto y con Txiripi. Ibon también está en el ajo. No te puedo contar mucho más, pero posiblemente hayan caído juntos.

—Joder, Diego, no me puedes dejar así.

—Pues así es como te dejo. A ver si me van a enchironar por hablar demasiado... En cualquier caso, tengo la sensación de que esto va a ir muy rápido.

No me equivocaba. Esa misma tarde recibimos una nueva visita de Nerea Arruti. De nuevo, vestida de civil, en su coche particular. Gonzalo le preguntó medio en broma si no estaba a punto de engañarnos otra vez con alguno de sus trucos. Arruti sonrió y nos pidió que subiéramos a una habitación.

—Lo que tengo que contaros es altamente confidencial.

Subimos a mi *suite* y nos sentamos en el cuadrado de sofás que había junto a la ventana. Arruti sacó una tablet de su bolso-mochila y la colocó sobre la mesa. Gonzalo y yo estábamos callados y expectantes. No hicimos ni una pregunta.

—En realidad, no debería estar aquí ni mostraros nada de esto, pero Orizaola y yo hemos pensado que os merecéis una pequeña recompensa por lo de anoche. Gracias a ti, Diego, la investigación ha dado un salto impresionante. De modo que... ahí va...

Cogió la tablet, hizo un par de rápidos movimientos con el dedo y la volvió a colocar orientada hacia nosotros, apoyada en su tapa. Había un vídeo en pantalla.

—Esto que vais a ver es una digitalización de la cinta que encontramos en esa caja de plástico estanca. Es una vieja cinta de su equipo de seguridad. La grabación, como veréis, está fechada en la madrugada del 17 de octubre de 1999.

Se me heló la sangre. Esa era la madrugada en la que desapareció Lorea.

Arruti hizo un «tap» sobre la pantalla y el vídeo arrancó. Era una grabación antigua que además habría pasado algunas penurias (humedad, polvo), pero aún podían verse bastante bien la fecha (17/10/99) y la hora (4.25 a. m.) en la que se desarrollaban los acontecimientos y que —supusimos— habría editado la policía.

La cámara apuntaba a la parte trasera del almacén de invernaje, ese prado en el que habíamos estado la noche anterior, solo que en el vídeo no había rastro de ese desorden de motores, lanchas rotas, bidones. En 1999, el patio trasero estaba bastante despejado y en orden.

La luz de unos focos anunció la llegada de un vehículo. Concretamente una furgoneta de color blanco con el logotipo de una Volkswagen California. Era la furgoneta de Ibon, la que se compró con sus trabajos de verano y que tantas veces habíamos usado para transportar el equipo de la banda. No me costó reconocerla.

La furgoneta se detenía delante del hangar y veíamos a dos personas apearse de ella. Al acercarse a la puerta, la luz automática del equipo de videovigilancia las iluminaba. Eran Isaac e Ibon. El primero con sus largas rastas y su camiseta de Bob Marley. Ibon con sus pantalones negros de pitillo y una camiseta blanca de Joy Division, la misma que había llevado aquella noche durante el concierto en el Blue Berri.

Ambos miraban a la cámara con cara de haber sido pillados in fraganti. Isaac le decía algo a Ibon, que se apresuraba hacia la parte trasera de su furgo. Mientras tanto, él se acercaba a la puerta del hangar y la abría.

—¿Cómo es que tenía una llave? —preguntó Gonzalo.

—En esos años el almacén lo llevaba un tal López —explicó Arruti—. Hemos hablado con él. Todos los clientes tenían una llave. La familia de Isaac tenía dos embarcaciones allí.

Vimos que Isaac empujaba uno de los portones. Ibon estaba sacando algo de su Volkswagen... La motocicleta de Lorea, claro. La empujaba por la carretera, sin encenderla y elevando la rueda trasera, que tenía el candado puesto. Luego los dos desaparecían del ángulo de la cámara, pero ya habíamos visto más que suficiente para entender lo que pasaba.

—Voy a avanzar un poco. —Arruti movió el dedo sobre la pantalla e hizo correr la película hasta el punto en el que Isaac e Ibon volvían a aparecer.

Se les veía cerrando el hangar y volviendo a su furgoneta. Después maniobraban y salían de allí.

—Bueno, esto es básicamente todo. —Detuvo el vídeo—. Txiripi trabajaba como encargado en el almacén y estaba a cargo de varias tareas, entre ellas revisar las cintas de seguridad antes de borrarlas. Suponemos que, al ver esa, se olió que Isaac e Ibon estaban haciendo algo ilegal... Por eso decidió guardarla. Después, en cuanto empezaron los rumores de la desaparición de Lorea y se hizo pública la descripción de la moto, el amigo decidió que tenía oro puro entre las manos... Escondió la Vespino en alguna parte y les pidió diez millones de pesetas a cambio de no revelar aquello.

«Uau», pensé. «Txiripi siempre ha jugado fuerte.»

—¿Se los dieron? —preguntó Gonzalo.

—Según Isaac, solamente cinco. Suficiente para comprar el almacén, del que López quería librarse desde hacía tiempo. Pero después volvió a la carga. Les pidió una «aportación anual» de quinientas mil pesetas. Después se convirtieron en cinco mil euros.

—El famoso redondeo del euro —bromeó Gonzalo.

—Pero ¿qué hacían Ibon e Isaac con la moto?

—La robaron. Eso es lo que han admitido los dos, por separado, en dos confesiones idénticas.

—¿La robaron? ¿De dónde?

—Por lo visto esa noche, después del concierto de vuestra banda, Isaac estaba un poco borracho. Nos ha contado que fue allí con la esperanza de poder entregarte una maqueta —dijo mirando a Gonzalo—. ¿Lo recuerdas?

—Es cierto —respondió mi mánager—, aunque no le hice demasiado caso.

—Ibon tampoco estaba demasiado contento, al parecer. La banda se había disuelto, habíais tenido algún tipo de discusión...

—Algo así —dije.

—En fin, se montaron en la furgoneta y estuvieron allí un buen rato, charlando, fumando. Después Isaac le habló a Ibon de una fiesta en el Bukanero. Decidieron ir allí... Pero antes de llegar, en la carretera, se toparon con la moto de Lorea aparcada junto a un camino. Un lugar que se utiliza mucho para citas románticas. Un antiguo búnker de la guerra civil. ¿Lo conoces, Diego?

Yo sentí que me temblaban las piernas. Que se me revolvía el estómago. Creo que mi reacción fue evidente para Gonzalo y Nerea.

—¿Diego? —preguntó él.

—Sí... Sé dónde está...

—La moto estaba aparcada junto al camino —siguió Arruti—. Se imaginaron que Lorea la habría dejado allí para no subir por la carretera, que en esos días era bastante mala y estaba llena de agujeros.

—Es cierto —recordé—. Además, se llenaba de charcos. Lorea nunca la subía en moto.

—Isaac ha admitido que estaba pasando una racha de celos muy mala. Quería subir a buscar a Lorea, pero Ibon le quitó la idea de la cabeza. Seguramente su exnovia estaba con alguien allí arriba y eso solo empeoraría las cosas. Isaac, borracho y muy dolido con todo, propuso entonces robar su moto. Al parecer, Lorea la había comprado con un dinero que Isaac le prestó y que aún no le había devuelto, así que decidió cobrársela allí mismo.

—Es cierto —dije yo—. O al menos eso fue lo que Ibon me contó hace unos días.

—Bueno. Fue un poco idiota por su parte, pero es lo que admiten haber hecho. Cogieron la moto con candado y todo y la metieron en la furgoneta. Lo demás ya lo habéis visto. Dos días más tarde, cuando empezaron las noticias de la desaparición de Lorea, fueron al almacén de invernaje a buscarla. Se habían dado cuenta de las implicaciones que podía tener su «travesura».

—Pero la moto no estaba allí.

—Exacto. Al cabo de unos días recibieron el mensaje de Txiripi. Y se asustaron. Para entonces, medio país hablaba de Lorea Vallejo y de su moto. Sus familias decidieron pagar y los dos amigos se inventaron una historia para protegerse mutuamente...

Le sonó el teléfono y se levantó a atender la llamada. Yo me recosté en el sofá, con las manos entrelazadas detrás de la nuca, intentando procesar toda esa información. Ibon e Isaac habían cometido una estupidez al robar la moto de Lorea. Después siguieron cometiendo estupideces al no acudir a la policía para explicarse... Y las estupideces se pagan. Pero ¿tuvieron algo que ver con la desaparición de Lorea?

—Tenemos noticias. —Arruti había colgado el teléfono—. Isaac acaba de confesar que Ibon disparó a Txiripi. Ibon, por su parte, se ha defendido diciendo que Isaac le ordenó hacer todo, incluso disparar...

—Bueno —Gonzalo se encogió de hombros—, qué va a decir. Es el momento de la traición.

—Pero tiene bastante sentido —dije yo—. Isaac siempre ha sido el amigo rico de Ibon. Lo ha manipulado a su antojo toda la vida. Me puedo creer que le presionara en esto...

—Puede ser —asintió Arruti—, aunque si es el autor material del disparo... lo tiene bastante negro. De hecho, ambos lo tienen mal. El homicidio de Txiripi los coloca en una situación delicada respecto a la desaparición de Lorea. Veremos qué pasos da la fiscalía.

—¿Crees que tuvieron algo que ver con aquello?

—No importa lo que yo crea. Han mentido durante veinte años, han ocultado pruebas y obstaculizado la acción de la justicia. Se les va a caer el pelo. En serio. Se van a quedar calvos...

APARECEN NUEVAS PRUEBAS EN EL CASO DE LOREA VALLEJO

La policía halla la motocicleta de Lorea, desaparecida hace veinte años, oculta en un zulo. Dos hombres han confesado ya su implicación. Se investiga si, además, pudieron estar vinculados en la desaparición de la chica.

El Correo, sábado, 15 de febrero, 2020

EL HOMICIDIO DE TXIRIPI,

RELACIONADO CON LA MOTOCICLETA DESAPARECIDA

El vecino de Illumbe, que ocultaba la motocicleta de Lorea en su almacén, extorsionaba a sus asesinos con la amenaza de entregarlos a las autoridades. Una antigua cinta de videovigilancia los incriminaba en el robo de la motocicleta, en la misma noche de la desaparición de Lorea.

EITB, domingo, 16 de febrero, 2020

INGRESAN EN PRISIÓN LOS DOS DETENIDOS
POR EL ASESINATO DE TXIRIPI

Se les acusa, además, de ocultación de pruebas y obstaculización de una investigación criminal. Todavía se investiga su relación directa con la desaparición de Lorea Vallejo...

El Correo, domingo, 16 de febrero de 2020

75

Pese a las influencias de Isaac, pese a todos los intentos por refrenar aquello, la prensa los devoró. Sus nombres terminaron saltando a la palestra. Fue algo horrible, sobre todo para Ibon.

Las pruebas de ADN confirmaron que fue él quien disparó la escopeta aquella noche. Era el autor material del asesinato de Txiripi y nada, ni el batallón de abogados contratado por Isaac, le libraría de unos cuantos años a la sombra.

Hablé de ello con mis padres cuando se destapó todo el asunto. Gonzalo me había aconsejado hacerlo. «Esto es demasiado grande como para que nadie lo pueda frenar. Saldrán algunos nombres. Prepárate, quizá el tuyo también...» Así que me presenté en Bilbao y los llevé a comer al Zárate —el restaurante favorito de mi padre—, y allí, entre postres y cafés, les hice un resumen «adaptado» de la historia. No quería entrar en muchos detalles, ni contar nada que pudiera ponerles demasiado nerviosos. Me limité a explicarles que mi visita a Illumbe había provocado una serie de movimientos que habían «concluido» con la muerte de ese hombre, la aparición de la motocicleta de Lorea y la acusación de Ibon e Isaac.

—¿En serio crees que tus padres se chupan el dedo? —me preguntó mi madre—. Tenemos nuestros espías en el pueblo.

Yo solo pude reírme. No me sorprendía esa capacidad deductiva a distancia de mi señora madre.

—Decía que tenía un pálpito, desde hace días... —contó mi *aita*—. Y fíjate tú... Esta mujer es muy bruja.

—¿Crees que Ibon e Isaac tuvieron algo que ver con lo de Bert? —Mi *ama* me miraba con la cabeza ladeada y el ceño fruncido.

Le respondí que había hablado sobre eso con Arruti. Ibon había negado tener ninguna relación con el incendio del chalé. De hecho, ni se habían acordado de Bert hasta que murió calcinado en su casa. «Nuestro problema era Txiripi, porque habíamos dejado de pagarle hacía dos años. Pero parecía que él se había conformado y vivíamos relativamente tranquilos.»

Al hilo de esto, me enteré de que Ibon había descubierto el plan de Txiripi de una forma bastante casual. La noche que vino al camping tras mi pelea con Mikel Artola, le pidió a Ángela que le avisara si veía alguna «cara rara» por allí, y entonces ella recordó que había visto a Txiripi merodeando por el bosque. Era un tío del pueblo, conocido, pero al que muy pocas veces se veía lejos del puerto o de su chalupa. Eso puso en guardia a Ibon e Isaac. Habían dejado de pagar a Txiripi hacía tiempo y se temieron que estuviera tramando algo, por lo que comenzaron a seguirle. Utilizaron incluso unos rastreadores GPS para trazar sus movimientos. Así es como llegaron a esa noche en la Tejera. Pero no quise entrar en tantos detalles con mis *aitas*.

—Bueno, hijo, lo que importa es que estés bien. Y que por fin se haya solucionado todo esto.

Yo pensé: «No creo que se haya solucionado del todo...», pero no dije nada más. Tus padres te cuentan mentiras piadosas cuando eres niño, para evitar que sufras. Ahora me tocaba a mí guardarme algunos miedos y sonreír.

—¿Cuándo vienes por casa? —preguntó mi *ama*.

—Me falta una última cosa que hacer en el pueblo... Después de eso, me quedaré una semana por Bilbao. Quiero comerme todos los *pintxos* que pueda antes de volver a la batalla. Gonzalo quiere que entre en el estudio en cinco meses.

Esa noche, de regreso a Urdaibai, llovía a raudales. Le pedí al taxista que me llevara a Illumbe en primer lugar. Quería parar en el camping. Gonzalo había vuelto a ampliar una semana extra la reserva de la cabaña, pero solo pensaba usarla como almacén para mi equipaje, y quería hablar con Ángela sobre la detención de Ibon. Ella, de alguna manera, había propiciado también las cosas, e Ibon había sido su novio... Quizá necesitaba un hombro en el que llorar.

El taxi se detuvo junto a la cabaña de recepción. Dejé al conductor esperándome fuera y corrí bajo la lluvia.

Tras abrir la puerta, me sorprendió que en el mostrador de recepción no estuviera Ángela, sino Oier, el chico de las mañanas, con su cara habitual de no haber dormido.

—Ángela está enferma —dijo—. Parece que ha pillado un bicho en las tripas.

—Vaya. —«Un bicho... o un disgusto», pensé.

Le pedí a Oier que le mandase mis deseos de pronta recuperación a Ángela. Después le pregunté por la cabaña. La reserva estaba hecha hasta el domingo siguiente, así que pensé en volver con algo de tiempo en algún momento de la próxima semana. Quizá Ángela ya habría regresado al trabajo y podríamos hablar antes de despedirme.

Seguimos ruta bajo una lluvia densa como una ducha. Subimos a Atxarre. En el hotel, me encontré a Gonzalo haciendo las maletas. Me dijo que se marchaba al día siguiente.

—Me quedaría a verte tocar en el Bukanero, pero me ha surgido un casting en Madrid. Además, aquí ya no hay mucho más que hacer. Todo el asunto del documental se ha ido al traste. Los socios de Isaac ni siquiera me cogen el teléfono.

—No me extraña. Fuimos nosotros los que lo mandamos al carajo.

—En fin... Lo único bueno del asunto es Twitter.

—¿Twitter?

Gonzalo se rio.

—Parece que ha funcionado la terapia de desintoxicación. Resulta que un periodista de *El País* ha escrito un artículo sobre el caso de Txiripi, Ibon, Isaac... y por supuesto ha hablado de ti. Hay un párrafo fantástico. —Cogió su móvil y leyó en voz alta—. Dice que «quizá fuiste castigado por contar la verdad» mientras otros «ocultaban pruebas y escondían su responsabilidad». Resulta que las redes se han volcado en un clamor de perdón... ¡Eres *trending topic*! Todo el mundo espera una respuesta tuya. He redactado una nota de prensa. Si te parece, la cuelgo mañana por la mañana, antes de subir al avión.

En la nota que Gonzalo había redactado, Diego León daba «las gracias por todas las muestras de apoyo recibidas» y expresaba su «más profunda estupefacción por los nuevos descubrimientos realizados por la policía». (No íbamos a contarle a nadie lo mucho que la policía nos debía por ello.) Tampoco se mencionaba a Ibon o a Isaac, ni la vieja amistad que nos había unido. Gonzalo dijo que no era «adecuado». Todo se limitaba a buenas palabras y mejores intenciones:

«Deseo que las nuevas investigaciones arrojen luz sobre este misterio que lleva ya demasiado tiempo esperando ser resuelto.»

Terminaba recordando que «la familia de Lorea, especialmente su madre, llevan muchos años, demasiados, sin tener una sola noticia de ella. Esa herida debe ser cerrada cuanto antes».

Cenamos pronto y nos despedimos junto a la puerta de su habitación. Gonzalo saldría muy temprano hacia el aeropuerto y me hizo prometer que me centraría cuanto antes en mis canciones. «Vuélvete a Almería, termina el álbum y grabaremos en verano. El disco saldrá en Navidad y haremos una gira de presentación de veinte conciertos. Ya me ha empezado a llamar mucha gente. Muchos de esos que antes ni me cogían el teléfono.»

—Una cosa más —dijo—, prométeme que no volverás a acudir a ninguna cita a ciegas. Y menos sin avisarme. Aunque creo que ya he tenido suficientes aventuras como para diez años.

Se lo prometí en medio de un fuerte abrazo.

Me costó dormir, entre otras cosas porque me puse a mirar Twitter, ávido por verme como *trending topic* y leer lo que la gente decía sobre mí. Tal y como Gonzalo había dicho, las redes se había volcado en mi defensa, o al menos una gran mayoría de los tuiteros. Aunque había quien todavía lograba mantener la cabeza fría.

@esmejorcallarse, por ejemplo, opinaba lo siguiente: «Esos dos tíos robaron la moto por venganza. En realidad, esto no exculpa a nadie. El asesino de Lorea sigue suelto».

Era cierto. Mis padres, Gonzalo, la prensa... Todo el mundo parecía haber respirado con la detención de Isaac e Ibon. En el fondo, no era para menos. Tras veinte años de oscuridad se había encendido una luz, por tenue y debilucha que fuera. Pero ¿de verdad teníamos a los asesinos de Lorea?

«Fueron esos dos tíos», decía @cutter77. «Está claro: primero la hicieron desaparecer a ella, después la moto.»

@nemowave planteaba incluso con más detalle: «Pudieron haberla atropellado en la carretera y haber querido borrar huellas».

Todo el mundo hacía hincapié en lo mismo: «Si esos tíos han mentido una vez, podrían volver a hacerlo», y las esperanzas estaban puestas en que terminasen de confesar lo que hicieron con Lorea aquella noche. Incluso la madre de Lorea se había pronunciado a través de un portavoz familiar.

«Por favor, si saben la verdad que la digan, por dura que sea. Debemos acabar con esto de una vez para siempre.»

Pero había algo que nadie —ni la madre de Lorea, ni los tuiteros— había llegado a ver. Me refiero a ese vídeo que Txiripi había guardado desde 1999. En él, cuando la luz iluminaba las caras de Ibon e Isaac, sorprendiéndolos en plena «travesura», yo vi la cara de dos idiotas haciendo una bobada, no la de dos asesinos. Además, ¿por qué esconder una moto si acabas de asesinar a su dueña? Lo lógico sería dejarla abandonada, quemarla o lanzarla por el borde del acantilado. Y por otro lado, esa absurda idea de robar la moto para joder a Lorea... ¡encajaba tan bien con un niño pijo como Isaac!

Por mi parte, estaba inclinado a creerme su historia, lo cual me llevaba a la siguiente cuestión: ¿con quién estaba Lorea aquella noche en el viejo búnker?

76

Al día siguiente hablé con Nerea Arruti por teléfono.

—Los abogados de Isaac están presionando muy fuerte —dijo—, es posible que terminen sacándole a la calle.

Resultó que el delito de encubrimiento prescribía a los veinte años, algo que posiblemente Isaac había tenido muy en cuenta a la hora de dejar de pagar ese «impuesto anual» de Txiripi. Además, los abogados estaban apretando cada tuerca del sistema para presentarle como inocente. Ibon cogió el arma y disparó a Txiripi... Isaac solo «quería asustarle».

—Bueno, ya sabes. Es un ciudadano ejemplar. Hijo de una familia importante... Le quitarán sus medallas y le expulsarán de su magnífico club deportivo. Posiblemente cogerá todo su dinero, a su familia, y se marchará a vivir muy lejos de Illumbe mientras Ibon pringa por todo. Ah, por cierto, hablando de Ibon, tengo un mensaje de su parte.

Ibon había escrito una carta que Arruti me leyó por teléfono. En ella me pedía perdón y me aseguraba que «en ningún momento pensó que podría hacerme daño. Solo quería asustarnos».

La culpa ha devorado mi vida, Diego. Me ha vuelto loco y ahora, por fin, puedo pagar y librarme de ella.

No vimos a Lorea esa noche. No importa las veces que me hagan jurarlo. No le hicimos nada a esa chica, pero nuestro pecado fue la cobardía. De haber ido a la policía a explicarlo todo, quizá habrían encontrado algo en el viejo búnker: una prueba, una huella... Nosotros fuimos los responsables de que eso nunca sucediera.

Durante estos años he pensado mil veces en confesar, pero la familia de Isaac salvó a mi padre de la ruina económica. Eso siempre ha sido más fuerte que nada. Y la cobardía, como todo lo demás en esta vida, se termina pagando.

P. D.: Dile a Javi que siento el golpe. Con el disparo solo pretendíamos terminar con aquella cita y poder volver a hablar con Txiripi. Fue todo un cúmulo de catástrofes.

—Yo le creo —dije a Arruti.
—Yo también —respondió ella—. Han repetido lo mismo, una y otra vez, hasta la extenuación. Han explicado aquella noche minuto a minuto, y sus testimonios coinciden al milímetro.
—¿Entonces?
—La científica está haciendo lo que puede con la moto, intentando extraer muestras de cualquier cosa... aunque parece una misión imposible. En cuanto al viejo búnker, resulta que la Diputación lo acondicionó como paseo hace siete años, cuando empezaron a derrumbarse los acantilados de Punta Margúa. Esta zona es más segura. Pero antes de eso era un lugar salvaje, sin luces y, por supuesto, sin cámaras ni nada parecido. No hay de dónde tirar, y la verdad es que el caso agoniza. Pero quería pedirte algo.

—Dispara.

—Que vayamos a visitar el búnker. Ahora sabemos que Lorea estuvo allí la noche del 16 de octubre...

—Quieres que vaya allí a probar si recuerdo algo, ¿no?

—Conozco un caso de amnesia en el que algo así ha funcionado. Y si tu relato era cierto... quizá todo empezó allí.

—De acuerdo —dije, sin pararme a pensar en si ese condicional me molestaba o no—. ¿Cuándo?

—Si quieres, podría pasar a buscarte por el hotel.

—¿Esta misma mañana? —Traté de disimular los nervios. ¿Y si lograba recordar algo? ¿Qué podría ser?

Arruti apareció con su coche una hora más tarde. Condujimos de vuelta a Gernika y después por la otra orilla de la marisma, hasta la zona de acantilados y colinas donde se situaba aquel viejo búnker.

Dejamos el coche en el aparcamiento y Arruti me mostró el punto donde, según su testimonio, Ibon e Isaac encontraron la moto de Lorea esa noche. Subimos dando un paseo. Hacía una mañana de viento suroeste que moldeaba unas extrañas nubes en el cielo. Parecían grandes naves extraterrestres aparcadas sobre el mar. Llegamos a lo alto sin cruzarnos con nadie. El lugar había cambiado bastante con los años, aunque lo fundamental —el búnker y sus pasillos— seguía igual, cubierto de grafitis y con signos de haber servido como lugar de encuentro para algún botellón reciente.

Arruti anunció que iría a darse un paseo por lo alto de la colina y que me dejaba solo, «a ver si se te aparecen las hadas, lo que sea...».

Me di una buena vuelta. Recorrí aquel prado de hierba donde hace tantos años aparcaba mi viejo Citroën AX y pasaba horas de amor y deseo con los cristales empañados.

Caminé por las trincheras hasta el fortín, mirando las paredes, los grafitis..., pero nada lograba provocar el ansiado chispazo en mi cabeza. Salí de allí y me subí a la plataforma de hormigón que hacía de techo del puesto artillero. Arruti se había marchado por el camino de las colinas, así que la esperé mirando al mar.

Desde allí se podía ver el Bukanero. El promontorio sobre el que se elevaba el club-restaurante estaba a tan solo un par de kilómetros del búnker. De hecho, esa solía ser la rutina de los que mojaban algo: el sábado conoces a una chica, el domingo la invitas a una cerveza en el Buka y por la noche, de vuelta a casa, haces una paradita para mirar las estrellas...

¿Eso es lo que hacía Lorea aquí aquella noche?

Desde que Agustín Artola me reveló su secreto, no podía dejar de darle vueltas a esa idea. Lorea tenía un problema. Un problema muy grande... Pero ¿llegó a contárselo a alguien? Su mejor amiga, Ane Calvo, habría sido la persona idónea para hacerlo, pero nunca mencionó aquello en ninguna declaración (y estoy seguro de que, de saberlo, lo hubiera hecho).

¿Y si había venido aquí esa noche a hablar con el supuesto padre de su bebé?

¿Y si las cosas salieron mal, hubo una pelea...?

Miré hacia el Bukanero, con las palabras de Nura resonando en mi cabeza: «Todo orbita alrededor de Rubén».

77

—¿Tienes el teléfono de un taxi? —me preguntó Arruti cuando me dejó en el aparcamiento del Buka—. Desde aquí hay una buena pateada casi en cualquier dirección.

Volvió a darme las gracias por el intento en el búnker. No trataba de ocultar su pesimismo sobre la evolución del caso.

—Sin más pruebas y pasados veinte años, es posible que todo vuelva al baúl de los recuerdos.

—Yo no estoy tan seguro de eso —le dije mientras me apeaba del coche—. ¿Conoces esa canción que dice «I've Got a Feeling»?

—¿La de los Black Eyed Peas?

—No —me reí—, la de los Beatles..., pero en realidad da igual. Tengo el presentimiento de que algo está a punto de emerger de la superficie. Algo que lleva años en el fondo de un lago muy profundo.

—¿Lo dices por esos corazones de papel? ¿Has vuelto a recibir alguno?

—No. Solo es una sensación... de que todavía hay más partida que jugar.

La revelación de Gina sobre la pelea entre Rubén y Bert, esa banda llamada Dr. Ayawaska... Mi mente estaba dividida: ¿contárselo?, ¿callármelo? Mi instinto me decía que tenía que mantener a la policía lejos de Rubén si quería conseguir algo. Ese tío era como un pulpo entre las rocas y atacarle de frente solo serviría para que se escondiera en el agujero más recóndito de su arrecife.

—Bueno, tienes mi número. —Nerea Arruti arrancó su coche—. Para lo que sea. Aunque no sea oficial, ¿vale? A ver a dónde te lleva ese *feeling* tuyo...

Salió de allí levantando piedrilla y yo me dirigí al club por las escaleras de madera del aparcamiento. En el búnker había recordado que todavía faltaban por organizar los detalles del concierto.

Y quizá, de paso, podía hacerle a Rubén una pregunta muy personal.

Era media mañana de un día laborable y había algunas personas tomando vermut en la terraza mientras sonaba un hilo de *chill out* ibicenco, aunque el viento que soplaba no tenía nada que ver con Ibiza.

Según atravesaba las puertas del local, me encontré frente a frente con un cartel de casi metro y medio de altura que decía así:

VIERNES 21 — CONCIERTO SORPRESA — 22:00
¡Psst! Una leyenda del pop-rock nacional se va a dejar caer
por el Buka el próximo viernes. Hasta aquí nos dejan leer.
¡No se lo pierdan!

—Te dije que nada de publi —fue lo primero que le solté a Rubén cuando entré en su oficina.

—Joder, tío. ¡Yo también me alegro de verte!

Rubén, con su voz cascajosa y sus kilos de más, era incombustible. A esas horas de la mañana ya se estaba bebiendo la segunda margarita. Me ofreció una, pero preferí un café.

—¿Y Gina? —pregunté al comprobar que su nueva «camarera particular» era una chica más joven.

—Me harté de ella. —Él resopló y cambió de tema—. Oye, ¿y Gonzalo? Un pajarito me ha contado que está por aquí.

—Se ha marchado esta mañana. Tenía algo en Madrid. Un casting.

—¿Todavía sigue con el teatro?

—Bueno, digamos que mis vacas flacas le han empujado a buscarse la vida en su vieja profesión. Dos años de sequía son duros para cualquier bolsillo.

—¡Ah! Qué pena. Me hubiera gustado saludarle. —Sonrió y se inclinó hacia mí para darme una palmada en el brazo—. Me tienes que contar todo con pelos y señales, joder. ¡La que habéis liado! Isaac e Ibon, quién lo iba a decir, ¿eh? El niño pijo y su munipa de cabecera, siempre tan atento a la letra de la ley...

El sarcasmo de Rubén me golpeó de lleno en la cara. A veces, en la vida, hay extraños ganadores.

—No es que me alegre con las desgracias ajenas... —dijo medio riéndose—, pero Ibon siempre ha sido el perro faldero de Isaac. Y entre los dos me han troleado el negocio tanto como han podido. Mi éxito les jodía mucho. Isaac, con todo su viejo dinero, no fue capaz de rentabilizar el Portuondo. En cambio yo, un macarra sin estudios, les ganaba en todo... En fin, ahora tendrán mucho tiempo para reflexionar. Muuucho tiempo.

Levantó su margarita y brindó al aire antes de fulminarla

de un trago. La chica apareció con mi café y Rubén pidió otro cóctel.

—He oído que el disparo de Ibon pudo darte a ti. ¿Cómo te encuentras?

—Todavía tengo algún momentito... Por lo demás, estoy bien. No creo que Ibon tuviera ninguna intención de matar a nadie, pero se le fue de las manos. Dice que Isaac le ordenó que lo hiciera.

—Me lo creo. Isaac lo manipulaba a su antojo, como a un muñeco.

—De hecho —dije—, hablé con Ibon sobre eso que viste en el almacén. No era ningún flirteo: Ibon estaba presionando a Lorea para que le devolviera un dinero a Isaac. Esa fue la razón por la que le robaron la moto esa noche.

—Lo he leído. ¡Qué idiotas!

—Hay algo más: Lorea estaba embarazada.

Lo solté por sorpresa, mirándole fijamente a los ojos para ver su reacción. Y su reacción fue que se quedó petrificado. Una petrificación del tipo «se me han caído los huevos al suelo». Sus ojos brillaron, cristalizados en la sorpresa, la boca se le quedó abierta... Tardó unos segundos en recomponerse.

—¿Cómo sabes eso?

—Agustín Artola me lo confesó hace unos días. Lorea se hizo un test de embarazo antes de desaparecer... y no tenía muy buena cara después de ver el resultado.

—¿Era tuyo?

—¿El niño? Puede ser, aunque ella nunca me dijo nada. Sin embargo, tengo otra teoría. La he tenido siempre. Que Lorea estaba enrollada con alguien y estaba a punto de dejarme. Y ahora pienso que quizá ese alguien fuese el padre del bebé.

Le clavé la mirada al decirlo. Esta vez Rubén estaba mejor preparado para recibir ese ataque psicológico de interrogador *amateur*.

Se rio.

—Sigues con esa idea, ¿eh? Lorea y yo. Estás obsesionado, tío. De verdad.

—Os vi tontear mil veces, Rubén. La semana antes del gran bolo, mientras hacíamos el ensayo general aquí en el Buka, era más que evidente.

—Lo era —admitió sin más—, y no te equivocas: Lorea me estaba metiendo fichas. ¿Quieres que te lo diga con todas las letras? Yo era mayor que tú, más guapo, más listo, sabía tratar a una chica y además tenía mi propio negocio, que empezaba a funcionar. Estoy bastante seguro de que Lorea solo estaba esperando a que diera un paso. Pero no lo di. Y la razón era puramente económica. No me atrevía a joder la inversión que había hecho con vosotros. ¿Me la hubiese follado? Sí. ¿Lo hice? No. Y, Diego, esta es la última vez que hablo de esto. De verdad. Es bastante doloroso.

—Entonces háblame de la pelea que tuviste con Bert.

Mierda, no había podido aguantarme. Lo había soltado, aunque no entrara en mis planes hacerlo. De todas formas, Gina ya estaba en la calle. No creo que fuera a perjudicarla demasiado.

Justo en ese momento llegó la camarera con el cóctel. Rubén actuó como si nada. Le dio un sorbo, se encendió un cigarrillo. Pero mientras tanto, sus ojos le delataban. Estaba pensando en cómo manejar aquello.

—Vale, sí. Nos dimos un par de tortazos.

—¿Por qué?

—Dijo algo fuera de lugar, no lo recuerdo. Él iba colocado, yo también. Todos tenemos una mala noche de vez en cuando, ¿no?

—Pero el otro día, cuando te preguntamos...

—No os dije nada, vale, de acuerdo. —Levantó ambas manos—. No quería embarullar el asunto, *mea culpa*. De todas formas, ¿qué día murió Bert? Fue hace unas semanas, ¿no?

Le dije la fecha tal y como la recordaba. Rubén miró su calendario.

—El 31 de enero yo estaba en Tenerife y tengo unos cuantos testigos. Lo digo por si piensas que tuve algo que ver con el incendio de su casa.

Yo seguía a lo mío.

—¿Por qué os peleasteis?

Aquí Rubén hizo algo raro, se encogió de hombros y perdió la mirada.

—¿Te acuerdas de Colombo, el detective de la tele? Me recuerdas a él. Era un poco insoportable el tío...

—Pero siempre resolvía el caso —repliqué.

—En el mundo real lo habrían sacado a hostias de todas partes —respondió con hosquedad—, pero, venga..., voy a hacer un esfuerzo por ti. Estábamos bebiendo ahí sentados —señaló un cuadrado de sofás— y nos liamos a recordar los viejos tiempos del Buka. Entonces Bert se puso a decir que me había vendido al capitalismo y blablablá, y empezamos a discutir. Le dije que era fácil ser un comunista intelectual cuando uno nace con una cuchara de plata. Me había tocado los huevos. Yo se la devolví y al momento siguiente me estaba gritando a dos centímetros de la cara. Le pegué un tortazo... Eso fue todo, ¿contento?

Aquella explicación me dejaba sin muchas opciones.

—Y ahora, ¿me prometes que vas a colgar tu gabardina de

detective italiano para siempre? ¿Y que este viernes vas a dar un pedazo bolo en el Bukanero?

—Lo prometo —mentí.

Rubén brindó por ello.

—He contactado ya con ese batería del que te hablé —dijo—. También le envié el vídeo y se lo está empollando.

—¿Encontraste el vídeo del Blue Berri? ¿Entero?

—Sí. Es el único que hay. El mismo que le entregué a la Ertzaintza hace años.

Bebió de la margarita y noté que le costaba tragar. ¿Mentía? No era fácil decirlo... pero esa mañana Rubén parecía sólido como una roca. Ya estaba bien de darme golpes contra una pared.

—Vale —dije—, ponnos en contacto con ese batera, ¿O.K.? Quisiera darle un par de ensayos a la cosa como mínimo. En cuanto al *backline*, seremos cuatro. Nadie sustituirá a Bert...

—Claro —dijo él, desviando la mirada—, nadie sustituirá a Bert...

78

El batería se hacía llamar Crash (su nombre era Galder, pero Crash molaba *mash*). Le llamé, y me dijo que Rubén ya le había puesto al día y que le interesaba el bolo. Vivía en una casa okupa en Zeanuri, pero dijo que podía venirse a Illumbe cuando quisiéramos. Tenía su propia furgoneta y su propia batera. O.K. Vamos a ello.

Quedamos con Crash aquella misma noche en el estudio de Bert. Decidimos que era el mejor sitio para ensayar y que, de todas formas, Cris todavía estaba en Barcelona y no le importaría que hiciéramos un poco de ruido como en los viejos tiempos.

Javi volvía a gozar de su libertad (Alaitz se había quedado más tranquila desde las detenciones de Ibon e Isaac), así que llegamos allí al caer la tarde, aprovisionados de cervezas y algo de comer, dispuestos a pasar una larga noche. Crash apareció en una Citroën Jumpy de la época de *Tocata* por lo menos. El chaval era un monumento al piercing y a los peinados locos que alternan mechones largos y trozos de cabeza rapada. Pero en cuanto se sentó en el taburete de la DM y dio unos toquecitos de calentamiento, supe que habíamos topado con un crack. Volumen, tacto, precisión, *tempo*..., madre del amor hermoso, ¡¡Crash era el AMO!!

Además, Rubén le había hecho llegar nuestro vídeo hacía días y se lo había empollado de arriba abajo. Se sabía hasta las partes malas.

Les dimos una primera vuelta a los diez temas originales que habíamos tocado los Deabruak en el Blue Berri en nuestro último concierto. No fue ni tan mal, aunque nos dimos cuenta de que tendríamos que simplificar muchas cosas. No teníamos a Bert y había un montón de partes instrumentales que no iban a ninguna parte. Además, habían pasado veinte años y a mí no me apetecía quedarme sordo con un ampli distorsionado gritándome en la oreja. Pasamos algunos temas a sonidos limpios y, joder, quedaban preciosos. Se notaban los años, el pulso... Bien, bien...

En uno de los descansos le pregunté a Crash si tenía ese vídeo que Rubén le había enviado (noté las miradas cómplices de Javi y Nura al hacerlo). Crash dijo que sí, al tiempo que mostraba un USB de su llavero.

—¿Nos lo dejas un minuto? —le pregunté—. Es para repasar una cosa.

Nura y yo entramos en la cabina de control del estudio mientras Javi se quedaba charlando con Crash en la otra habitación. Introduje el USB en el iMac y exploramos el contenido.

Había algunas pelis de terror, posiblemente pirateadas (*The Wicker Man* y *The Last Man on Earth*), y algunos vídeos y canciones. Tardamos un poco hasta dar con un archivo llamado «BlueBerri Oct 1999».

Nura se sentó en la silla y manipuló el ratón para hacer

avanzar el vídeo hasta la zona que nos interesaba: ese fragmento desaparecido en la escalera del camerino.

Volvimos a verlo. Lorea y Rubén saliendo de nuestro *backstage*, bajando las escaleras y, de pronto, un fotograma en negro y la cámara aparecía ya enfocando el escenario.

—Sigue sin estar —se lamentó Nura—. Sigue faltando el mismo trozo.

—Bueno —respondí—. Quizá no sea algo hecho a propósito. Puede que la cinta se estropease.

Ella se revolvió en la silla, frustrada.

—Rubén te ha convencido con su explicación de la pelea, ¿verdad? —Se giró hacia mí—. No pierdas de vista algo: siempre ha sido un magnífico encantador de serpientes.

Retomamos el ensayo y fuimos a por un tercer repaso de todo el repertorio. Para mí, que he trabajado durante veinte años como músico profesional, esas empachadas eran algo normal. Te metes seis horas de ensayo como si nada y ya dormirás al día siguiente. Crash parecía incombustible, pero Javi y Nura eran «civiles». A la una de la madrugada, vi a mi amigo cogerse una silla para seguir tocando y me di cuenta de que quizá para ellos estaba siendo un dolor de culo. «Bueno, venga, lleguemos solo hasta la última canción», pensé. Pero justo entonces vi a Nura tambalearse en su posición, junto a la tarima de la batería. Menos mal que Crash tenía buenos reflejos. Saltó de su taburete, arrojó las baquetas a un lado y cogió a Nura justo cuando se estaba derrumbando sobre los herrajes del *hit-hat*, que le podían haber hecho polvo.

—¡Nura!

Nos lanzamos a intentar levantarla. Ella seguía consciente

y nos pidió que la dejáramos en el suelo, y allí se quedó. Javi corrió a traerle una Coca-Cola, pensando que a lo mejor era un bajón de tensión. Había estado fumando un poquito entre tema y tema y quizá... Pero Nura dijo que no era eso.

—Es mi maldito cuerpo. Es un ataque.

Se quedó sentada en el suelo, apoyada en la tarima, recuperándose de algo que parecía haberle propinado un puñetazo en todo el estómago. Recuerdo que le quité el bajo de las manos y noté algo raro, como si ella no fuera dueña de su brazo ni de parte de su cuerpo. Y pensé «así que esta es la enfermedad». Se me heló la sangre al comprender, de primera mano, que aquello era tan grave como Nura había dicho. Verla así, tirada como un muñeco sin vida, era demoledor.

Tratamos de hacer unas risas con todo, soltar algún chiste. Crash vaciló con que éramos unos puretas y que nos habíamos excedido tocando, y nos reímos, aunque en el fondo de nuestros ojos había una pena tremenda.

Eso marcó el final del ensayo por esa noche. A falta de otra cita para repasar principios y finales, se puede decir que lo teníamos. Crash dejó su batería en el estudio y quedamos en dos días para hacer el repaso, aunque internamente yo me preguntaba si Nura podría tocar después de su ataque.

Poco a poco fue recobrando el control. La ayudamos a ponerse en pie y ella se agarró a Javi y a mí. La sacamos a hombros, escaleras arriba, hasta la calle. Apenas podía andar, así que me ofrecí a conducir su Beetle hasta casa. Javi y Crash dijeron que nos seguirían para ayudarnos, pero Nura, quizá por orgullo, dijo que no hacía falta: «Con que me ayude uno, vale».

—Lo haré yo —zanjé al instante.

Ayudé a Nura a montarse en el asiento del copiloto y

arranqué el coche. Javi se había quedado charlando con Crash —posiblemente poniéndole al día sobre esa enfermedad que había «mordido» a Nura de una forma tan espectacular—. Di un par de bocinazos y me despedí.

Estaba saliendo por la puerta del chalé cuando me topé con la Jumpy de Crash perfectamente aparcada pero bloqueando la salida. Bajé la ventanilla y le pegué un grito para que la moviera. Él respondió que tenía que bajar al estudio a por la llave y nos quedamos allí, al ralentí, iluminando la parte trasera de la furgoneta de Crash, que exhibía una miscelánea de pegatinas (desde «Asturias, patria querida», hasta AC-DC, pasando por el *Nuklearrik ez, eskerrik asko!*»).

Entonces noté que la mano de Nura me apretaba el antebrazo.

—¡Diego! ¡Mira!

Me señalaba algo en la parte trasera de la Jumpy.

—Esa pegatina justo encima de la matrícula. ¿La ves?

Nura se refería a una pegatina bastante grande en la que resaltaba el dibujo de una chica indígena bebiendo de una especie de taza. Junto a ella, en grandes letras al estilo «Magical Mistery Tour», se leía lo siguiente:

Dr. Ayawaska
Free Tour 2020

79

—Claro que los conozco —dijo Crash cuando le preguntamos por la pegatina—, son colegas. Siempre que vienen por la zona los ayudo con los bolos...

—¿Sabes cómo encontrarlos? —le pregunté, pero me pareció que había sonado demasiado acelerado y traté de modular la pregunta—. Es que me han hablado de ellos, me parecen interesantes...

—Puedo ponerles un mensaje y ver por dónde andan.

—Hazlo, tío —le pedí—. Me encantaría verlos en directo.

Crash les puso el consiguiente mensajito y le pedí que me avisara en cuanto supiese algo. Después retomamos el camino a Illumbe envueltos en un verdadero halo de suspense. ¡Lo que son las cosas! Acabábamos de acercarnos mucho a algo que Bert persiguió durante semanas: hablar con aquella banda que «lo sabía todo»... Sin embargo, ¿era realmente así? Rubén tenía una explicación muy sólida y racional para su pelea con Bert. ¿Nos habíamos vuelto locos?

Bueno, si conseguíamos hablar con los Ayawaska pronto saldríamos de dudas.

Llegamos a Illumbe, que dormía plácidamente a esas horas, siempre con el rumor del mar meciendo sus sueños. Conduje despacito por las calles del pueblo, aparqué frente a la puerta de la casa de Nura y fui a abrirle la puerta.

—Hay un bastón en el paragüero de la entrada —dijo—. Tráemelo, por favor.

Lo hice, y Nura se ayudó de él para salir del coche por su propio paso. Yo caminé cerca, pero sin hacer ademán de cogerla. Parecía que prefería manejarse sola, y era comprensible. Entró y fue directa al salón. Se derrumbó sobre el sofá y me describió unos botes de pastillas que estaban en determinado armario de su cocina.

—Tráeme un vaso de agua bien grande también. Y si quieres una birra, creo que todavía queda alguna en la nevera.

Antes, en el estudio de Bert, Nura había logrado mantener la compostura, había sujetado una valerosa sonrisa entre los labios, pero cuando llegué al salón con los botes de pastillas y el agua se había derrumbado. Se cubría el rostro con las manos. ¿Lloraba?

Me senté a un lado, le acaricié el hombro. No dije nada. Odio toda esa palabrería optimista que se utiliza en estas ocasiones. ¿Qué iba a decir, que se iba a poner bien, que todo iba a arreglarse? ¿Tenía el menor sentido preguntarle qué tal estaba? Joder, si saltaba a la vista: estaba jodida y bien jodida.

Levantó el rostro. Tenía los ojos rojos.

—Por lo menos, el ensayo ha ido bien. —Sonrió.

—Ha ido de puta madre, Nura. Con Crash y contigo en la base rítmica es un maravilla. Eres una máquina.

—¿Sí?, pues menuda máquina.

Cogió unas cuantas pastillas de cada bote. Se las fue metiendo en la boca y tragándolas de dos en dos.

—¿Necesitas todas? —le pregunté.

—Cuando pega así de fuerte tengo que contraatacar. Tranquilo, no me estoy suicidando ni nada parecido.

—¿Cada cuánto te dan estos ataques?

—Es el tercero este año, y no ha sido tan malo. El anterior me pilló en el supermercado. Me agarré a un expositor para evitar caerme y terminé enterrada bajo una montaña de latas de sardinas.

Ella se rio y yo hice un esfuerzo por reírme también.

—¿Y después? ¿Se te pasa?

—No del todo —dijo Nura—. Los ataques siempre dejan una huella, una secuela. Puede ser un dedo inmovilizado. Un párpado medio caído o una cojera un poco más fuerte. Te lo diré mañana. Por ahora, parece que no me ha afectado a las manos... —Sonrió de nuevo—. Creo que podré tocar...

—No te preocupes por eso.

—Quiero tocar, Diego, en serio. Puede que sea la última vez.

Iba a decirle que no iba a ser la última vez, que no hablara así, pero vuelvo sobre lo mismo: hay que mirar a la muerte de cara. A veces las cosas no tienen solución... Era posible que fuese su último concierto. ¿Su último año? Y había que coger el momento y apretujarlo, exprimirlo, reírnos a carcajadas con él y darnos el abrazo más fuerte que pudiéramos. Nada de andar negando la mayor. La muerte llega y te mete en su saco, lleves lo que lleves en los bolsillos, tengas lo que tengas en la agenda del día siguiente.

Saqué una birra de la nevera. Nura no quería nada, solo estar tumbada en su sofá. Me dijo que pusiera un disco, y elegí un viejo vinilo de los de toda la vida. *Brothers & Sisters*, de los Allman Brothers.

Cuando empezábamos a tocar juntos, Nura propuso aprender a tocar «Jessica». Es una de las virguerías instrumentales más grandes que se han grabado jamás, pero ella estaba convencida de que si lográbamos tocar «Jessica», entonces estaba claro que podíamos ser una buena banda.

—Y lo conseguimos —dije—. ¿Te acuerdas del pedazo de solo que se marcaba Bert a lo Chuck Leavell?

—Era lo único potable de la versión —admitió Nura mirando al techo—. Las guitarras siempre estuvieron verdes.

Seguimos escuchando «Jessica» en silencio. Yo dando sorbitos a mi birra, Nura tumbada en su sofá y estirando los dedos de las manos. Solo quería estar segura de que ese ataque no le había inmovilizado ningún dedo, porque quería tocar el bolo el viernes. Y yo pensé «las siguientes mil veces que se te ocurra quejarte por algo, date con la cabeza en la pared y recuerda a esta tía».

«Jessica» se iba apagando en un suave *fade out* y comenzaba el siguiente tema del disco: «Pony Boy». Entonces escuché el tonito de un mensaje en mi teléfono. Lo saqué del vaquero. Era un sms de Crash. Lo leí en voz alta:

«Los Ayawasca tocan mañana por la noche en La Iguana, de Vigo. Si te apetece un viaje a Galicia...»

—¿Galicia? —A Nura le brillaron los ojos—. ¡Coño, eso siempre apetece!

80

Javi llegó muy temprano al día siguiente. Iba de camino al trabajo cuando leyó el mensaje en su móvil y se desvió para venir a la casa de Nura. Yo estaba en calzoncillos, preparando un café en la cocina.

—Bonitos gayumbos.

—¿Quieres café?

—Ya he tomado un *cancarro*... Oye, ¿en serio vais a ir a Vigo?

—Sí.

—Puedo llamar al curro y decir que me he puesto enfermo, pero mi hija tiene un examen mañana y...

—Tranqui, nos las arreglaremos. Además, no quiero que te busques más problemas con Alaitz. Ya me odia suficiente.

—Alaitz no te odia, tío. La culpa de haberme metido en este lío es solo mía. Quizá sea mi crisis de los cuarenta. Pensaba que la tenía controlada y mira...

Nura apareció entonces por la cocina, con una bata rojo borgoña, apoyándose en el bastón y en los marcos de las puertas.

—¿Tú estás bien para ir? —le preguntó Javi.

—Estoy perfectamente. He dormido como un lirón.

Llegó a la silla y se dejó caer. El ataque de la noche pasada no parecía haberle tocado el humor, aunque ahora daba la impresión de que el cuerpo le pesaba mucho más.

Javi miró el reloj y se sentó a tomar una tacita de café.

—Joder, ¡es que me iría con vosotros! Llevaba años sin que pasara algo tan emocionante...

—Sí —dijo Nura—, no hay como un asesinato para darle sabor a la existencia.

—En serio: ¡no quiero ir al trabajo! ¡Quiero irme a Vigo!

Intentamos convencer a Javi de que tenía un papel fundamental quedándose en «la base». Podíamos llegar a necesitarle de alguna manera (no se me ocurría ninguna, pero bueno). Además, el futuro académico de su hija mayor era más importante que todo lo demás... y blablablá. No creo que consiguiéramos aliviar su frustración, pero al menos nos reímos un poco.

—Estaré atento al teléfono y con el alma en vilo —aseguró antes de salir por la puerta—. Llamadme si necesitáis cualquier cosa.

Un Bilbao-Vigo era un viaje de seis horas y media, aunque bastante más placentero que antaño, cuando las carreteras del norte parecían formar parte del patrimonio arqueológico nacional. Lo bueno de la ruta es que, pararas donde parases, comías bien, así que pensamos en disfrutar del viaje. En nuestros tiempos de banda y furgoneta teníamos hasta una canción para esto, nuestra propia versión del Route 66:

Si alguna vez al oeste quieres viajar,
hazme caso y coge el camino del mar,
la autopista numero ocho es tu hogar...

—¿Cómo seguía? —Se rio Nura mientras intentábamos canturrearla.

¡Desde Irún hasta Lugo tú llegarás,
más de quinientos kilómetros te comerás!
Por Torrelavega, a Ribadesella, Llanes, Luarca,
Mondoñeedooooo...

Siguiendo la letra de nuestra canción, hicimos algunas paraditas técnicas para beber café, comer chocolatinas y mear. Y, por supuesto, hablamos, hablamos y hablamos de mil cosas. Nura me contó a fondo su historia de amor proscrito con aquel hombre casado de Nueva York. Me habló de que alguna vez se le había pasado por la cabeza tener hijos. «¿Alguna vez quisiste tener hijos?» Yo no había tenido demasiado tiempo para pensarlo, la verdad. Había vivido en una vorágine desde los veinticinco. Triunfando, sí, pero entre adicciones, trastornos nerviosos, depresiones cada vez más fuertes entre gira y gira. Solo el trabajo y las drogas eran capaces de hacerme olvidar ese gigantesco agujero que he tenido en la cabeza desde lo de Lorea.

La mitad exacta del recorrido estaba en algún punto entre Gijón y Avilés, pero Nura conocía un sitio muy bueno para comer cachopos, en Cudillero, y hasta allí fuimos. Y madre mía, ¡vaya cachopos! No podíamos terminarlos, y la cocinera se enfadó con nosotros y nos llamó «blandos», dijo que los vascos tenían otra fama, que ella supiera (joder con la fama de los vascos, llevo toda la vida escuchando eso, pero yo me lleno con una ensalada). Nos obligó a comer su tarta de queso y nos regaló un bote de miel a cada uno antes de darnos una patada en el culo.

El cielo se oscurecía mientras llegábamos a la frontera con Galicia. Fue como si la Terra Meiga quisiera recibirnos con un cariñoso chaparrón de bienvenida. Pusimos los limpias a mil por hora y surcamos aquel reino de agua, montañas y verdes pastos.

Hablamos entonces de todo lo que había sucedido en Illumbe esos días. Ni Nura ni yo creíamos que Ibon o Isaac estuvieran involucrados en la desaparición de Lorea. Yo le hablé de mi teoría del bebé de Lorea y su «cita» en el viejo búnker. A Nura le pareció «factible» que alguien, presionado por la noticia de ser padre, hubiera podido enloquecer y asesinar a Lorea. Me pregunté si deberíamos hablar de todo esto con Arruti. Los dos sabíamos que el caso se iba muriendo lentamente. Pero ¿qué teníamos en realidad? Ideas. Teorías. Cosas que un chaval vio a través del agujero de una pared.

—Quizá hoy consigamos algo nuevo —dijo Nura.

Llegamos a la circunvalación de Santiago. Ya pararíamos a abrazar al apóstol otro día, ahora tocaba apretar un poquito el acelerador porque íbamos tarde. Tanto cachopo, tanta sidra y tanta conversación nos habían relajado demasiado... ¡y teníamos una cita con el rock!

Una hora más tarde entrábamos en Vigo, sexy, rockera, cultural, pero donde caían los mismos chuzos de punta que en el resto del camino. Buscamos un sitio para aparcar y nos plantamos en el Iguana Club media hora antes de que comenzara el concierto. Llovía como si fuera el fin del mundo, así que pagamos la entrada y entramos gustosamente al calor del bar. El Iguana era una chulada de garito rockero: guitarras decorando las paredes, luces bajas y muros de colores apasionantes. Molaba. ¿Por qué nunca habíamos tocado allí?

El escenario estaba recargado de decoraciones traídas por la banda: alfombras, velas, un tótem indígena y una gran bandera que anunciaba DR. AYAWASKA. Incluso habían puesto a quemar un puñado de palitos de incienso... Vale, si no eran una secta estaban muy cerca de serlo. Nos pareció detectarlos en una de las esquinas del bar —barbas ultralargas, camisas con estampados impactantes, grandes sombreros que recordaban a los Jethro Tull—, pero no quisimos dar el paso todavía. Siendo músicos, por muy pasotas que fueran, sabíamos que el momento antes de tocar es sagrado. Esperaríamos a después del bolo.

Nura seguía algo débil del día anterior. Encontramos un taburete libre junto a la barra y allí nos plantamos. Dos tercios de cerveza y a disfrutar de una noche que prometía ser legendaria.

Los Ayawaska no fueron nada puntuales (otra cosa habría sido un insulto). Subieron al escenario y todo comenzó a fallar. Un cable hacía ruido. El micro se acoplaba. El técnico de sonido de La Iguana estaba al borde del infarto tratando de contener aquel tsunami de caos hippie. Al fin, diez minutos más tarde, la banda estaba lista. Ocho músicos ni más ni menos. Ocho personajes que parecían sacados de otro planeta. Una chica pelirroja con un arpa, ¡un arpa!, un bajista sacado de la Tierra Media, un guitarrista que se parecía a Lou Reed... La lista de extravangancias era interminable. El cantante, cuya barba llegaba casi al golpeador de su guitarra, comenzó cerrando los ojos y emitiendo una especie de mantra susurrante y misterioso mientras sus *compays* iban creando una atmósfera entre febril y lisérgica. Las guitarras se perdían en un cosmos de *delays* y reverberación exagerada hasta el mal gusto. La batería sonaba como un peluche con dos platillos. El bajo era como darle puñetazos a un saco. Pero, tío, tenían algo. Empezaron a darle un tonillo a lo Quicksilver Messenger Service que nos cautivó enseguida. Eran unos hippies arrastrados, técnicamente mejorables, pero se tomaban su «ceremonia» muy en serio. Y sonaron bien.

Vale, bebimos cinco birras más cada uno y nos metimos en el hilo mental de los Ayawaska, tanto que casi nos olvidamos de por qué estábamos allí. Nura bailaba en su taburete y yo me lancé a dar saltitos y a disfrutar de verdad. El guitarrista era un verdadero crack. Hacía los peores solos que he oído en mucho tiempo, pero posaba como si fuera el mismísimo Joe Satriani. ¡Actitud!

El concierto terminó con un gran ejercicio de meditación colectiva y todo el garito entonando el «All You Need Is Love». ¡Había sido un gran *show*! Pero entonces, antes de que la banda se retirara del todo, los vimos conspirar algo mientras lanzaban algunas inquietantes miradas en nuestra dirección.

Empecé a temerme lo que estaba a punto de pasar.

Y claro, pasó.

El cantante barbudo se acercó al micro y esperó a que se restableciera el silencio en la sala.

—Y para terminar, hermanos y hermanas, un anuncio especial. Nuestro gran amigo de Bilbao, Crash, nos avisó de que hoy tendríamos a toda una celebridad entre el público. Un grandísimo músico, que a los *brothers and sisters* de Ayawaska nos encanta. Creo que le estoy viendo escondido entre las sombras, al fondo de la barra... ¡y yo le invoco! ¡Diego León! ¡Sal a tocar con nosotros!

Una salva de aplausos y vítores explotó a nuestro alrededor. La gente se giró hacia la barra y alguien me apuntó con un foco desde los pasillos que surcaban el club por arriba. ¡Y yo que pensaba que había pasado desapercibido! ¡Crash me iba a oír!

—Bueno, es una manera como cualquier otra de romper el hielo —me susurró Nura.

Desde el escenario, Mr. Barbas y sus elfos me ofrecían una guitarra y yo... En fin, hay muchas cosas que me dan miedo, pero subirme a un escenario no es una de ellas. Levanté los brazos, mostré mi dentadura y entré en el papel de la estrella del pop.

Un saltito más tarde estaba frente a ese micro, dándome un apretón de manos con los Ayawaska. Les propuse algo que estaba seguro que les iba a encantar: «Born To Be Wild», de los Steppenwolf. Es un tema jamero, perfecto para un bis y con largas secciones para hacer solos (aunque fuesen malos). Así que me puse a atizar un mi mayor en el traste número 7 y los Ayawaska cayeron sobre nosotros como la bomba H. Fue un completo delirio. La sala entera terminó cantando el estribillo a capela, con las luces *a full* y lanzando sus cervezas por el aire. BORN TO BE WAAAA-AAAA-AAAAA-ILLDDD!!!!

Después del subidón, le dije a Pablo Ayawaska —que era como se llamaba el líder de la secta— que queríamos charlar con él en privado. Nos invitó al pequeño camerino. Allí estaban los miembros de la comuna haciendo lo que se hace después de un buen bolo: beber, fumar, saludar a los amigos y echar el ojo a un posible ligue ocasional. Pablo estaba muy agradecido conmigo. Nos ofreció todas las drogas disponibles en el camerino, pero yo estaba interesado en otra cosa.

—Hace un par de meses tocasteis en el Bukanero, un garito en la costa, ¿lo recuerdas?

—Claro. Fue una gran noche... Precisamente Crash nos buscó ese bolo.

—Después de aquel concierto, el dueño, Rubén Santamaría, os invitó a su saloncito privado. Allí también estaba un amigo nuestro, Bert Gandaras.

Pablo sonrió al escuchar el nombre.

—Bert, claro, ¿cómo le va?

Por el tono de su voz, nos dimos cuenta de que Pablo conocía a Bert y de que no estaba al tanto de lo ocurrido. Fue Nura la que se encargó de darle la noticia y aquello le cayó como un puñetazo en las tripas.

—¿Muerto? —Pablo abrió los ojos de par en par—. Pero ¿qué dices?

—¿Le conocías mucho?

Javi me había contado que, durante unos años, Bert se había dedicado a rentabilizar su estudio grabando a grupos de la zona. Resultó que Pablo había grabado allí con otra banda, antes de formar los Dr. Ayawaska y comenzar su gira interminable, hippie y desconectada. De ahí que se conocieran.

—Pero ¿avisaste a Bert de que tocabais en el Buka? ¿Tenía tu teléfono?

—No. Fue de casualidad... Vino al bolo sin saber que yo tocaba en los Ayawaska. Nos reconocimos y lo invité a tomarse un trago con nosotros. No llegué a intercambiar teléfonos con él porque hubo un pequeño lío y se marchó pronto...

—Una pelea, ¿verdad? ¿A eso te refieres con el pequeño lío?

Pablo asintió parpadeando por la sorpresa.

—Una pelea entre Bert y el dueño del garito —añadió Nura—. ¿Estabas delante cuando ocurrió?

Pablo se quedó callado un segundo. Noté que tragaba saliva.

—Sí —respondió Pablo—, estaba allí.

—¿Sabes cuál fue la razón de esa pelea?

Entonces el tipo hizo algo extraño. Miró a un lado y al otro, se sacó un paquete de tabaco del bolsillo de la camisa y nos ofreció.

—¿Os apetece fumar un cigarrillo fuera?

81

Llovía todavía más fuerte cuando salimos. Había algunas personas apoyadas bajo el toldo, fumando, y Pablo nos hizo una seña para que lo siguiéramos al otro lado de la calle. No parecía importarle el agua, y yo, a decir verdad, estaba tan emocionado con todo aquello que tampoco me di cuenta de que me estaba empapando.

Pablo se dirigió a una furgoneta Volkswagen pintada con los colores del arcoíris, abrió el portón trasero y nos indicó que entrásemos. El interior, por describirlo de un plumazo, era un zoco árabe mezclado con el ropero de Janis Joplin. Entramos. Pablo se encendió ese cigarrillo.

—Vale. Conozco a Rubén y no le quiero joder. Es un tío importante en el circuito, paga bien...

—¿... pero?

—Bert era colega. Y si esto es importante de alguna manera, ahí va. Pasó algo muy raro esa noche en el Buka... Después del bolo, Rubén nos invitó a su *lounge*. Estaba muy puesto, ya me entendéis —se frotó la nariz—, y había un par de amigas de Anita, la chica del arpa, que habían venido a vernos.

Dos surferas muy guapas, y Rubén estaba haciéndose el hombretón, hablando sin parar, pavoneándose. Era un poco ridículo, pero en fin...

»Yo me puse a hablar con Bert, sabía que habíais sido colegas de banda..., y de ahí pasamos a hablar de ti, Diego. Una de esas chicas surferas te conocía, era fan, y, bueno, Rubén se puso como un pavo real a contar que él fue tu primer mánager, que te descubrió, etcétera. Entonces salió aquel viejo misterio de la chica desaparecida, el documental y todo el rollo de Twitter... Rubén empezó a sacar batallitas. Que si la conocía bien, que si esto, que si lo otro... Se estaba haciendo el interesante y una de las amigas de Anita le cortó diciéndole que ella también había visto el documental... Bueno, eso debió de inflarle las pelotas a Rubén. De repente dijo que él sabía algo que no sabía nadie: que Lorea había estado en el Bukanero la noche que desapareció.

—¿¡Qué!?

Mi grito reverberó en las paredes de la furgoneta.

—Eso fue lo que dijo, y te puedo asegurar que Bert reaccionó más o menos de la misma forma.

—¿Dijo algo más? —Nura se inclinó expectante hacia él.

—Sí. Que Lorea fue a pedirle dinero porque quería fugarse de casa.

Miré a Nura. El agua seguía golpeando el techo de la furgoneta, pero, de pronto, el tiempo parecía haberse ralentizado.

—¿Es tan importante? —preguntó Pablo—. No pensé que...

—Es vital —respondió Nura—. Podría ser la clave de un misterio que lleva años sin resolverse.

Pablo le dio una larga calada a su cigarrillo. Habían empezado a temblarle las manos.

—Nosotros estábamos con un colocón de aúpa. No entendíamos nada. Bert empezó a gritarle a Rubén. Se puso muy agresivo y las amigas de Anita desaparecieron de allí. Rubén también se levantó y dijo que la fiesta se había terminado, pero Bert estaba fuera de sí. Yo intenté mediar en aquello. Les dije que hubiera paz, aunque Bert no se bajaba del burro. Dijo que iba a llamar a la policía y Rubén comenzó a recular. «Lo he dicho solo para sorprender a esas pibas, no me hagas caso...» Terminaron en la calle, y Bert contraatacó. Hubo una medio pelea. Después vinieron sus machacas, los separaron y echaron a Bert del garito. Rubén regresó adentro... Yo me estaba largando a mi furgo y él me insistió en que había metido la pata, que lo había dicho para sorprender a las chicas.

—¿Tú lo crees?

Pablo negó con la cabeza, estirando los labios.

—Yo creo que le patinó la lengua.

—Vale... Pablo —empezó a decir Nura—, ya sé que todo esto te puede sonar a historia de fantasía, pero es posible que eso que presenciaste fuese el desencadenante de un crimen. Bert murió en un accidente bastante raro, unas semanas después de aquella pelea...

—Joder, no me digas eso... Yo no sabía nada.

Nura puso cara de póquer.

—Estoy segura, pero quizá debas volver a contar esta historia, ¿O.K.? Danos un número al que poder llamarte.

Pablo Ayawaska accedió a todo. Nos dio hasta su DNI (eso sí tenía) y se mostró absolutamente consternado ante la idea de que alguien hubiera podido asesinar a Bert «por algo que él vio». Le dejamos en la furgoneta. Dijo que necesitaba fumarse un porro extralargo o no dormiría esa noche.

—Yo tampoco creo que pueda pegar ojo —le dije a Nura cuando volvíamos al coche—. ¡Tenías razón en todo! ¡Rubén va a tener problemas muy gordos! Tenemos que llamar a Arruti.

Sin embargo, Nura parecía estar pensando en otra cosa.

—No podemos ir todavía a la policía...

—¿Qué? Pero Rubén mintió a la Ertzaintza. Vio a Lorea esa noche. ¡¡Le dio dinero para fugarse!!

—Hay que jugar bien las cartas. Si le mandamos a la poli, Rubén se defenderá diciendo que estaba borracho y se inventó esa historia. Tenemos que presionarle de otra manera. Sigo pensando que ese vídeo es la pieza que nos falta. Hay que conseguirlo sea como sea.

—Pero, Nura... —Solté un bufido, después me relajé—. Muy bien, hasta ahora has acertado en todo... ¿Qué quieres que hagamos?

—Ahora mismo, dormir —respondió ella—, estoy hecha polvo. Necesito tumbarme y pensar. El único problema es que son las dos de la mañana.

—No te preocupes por eso —le dije—, una Visa Oro te consigue casi cualquier cosa.

82

Conocía un buen hotel en la ciudad, el Nagari, donde solía parar en mis giras. Allá fuimos.

Noté algo de suspicacia en la mirada del recepcionista nocturno (no era para menos, un tío empapado y su novia vampiro aparecen a las dos de la madrugada pidiendo una suite), de modo que me ofrecí a pagar por adelantado y esto agilizó los trámites. Resultó que solo quedaba una *suite* doble. Bueno, pensé que Nura podría aguantar mis ronquidos por una noche. Metimos el Beetle en el parking del hotel y subimos sin equipaje ninguno. Le expliqué al muchacho que era una pequeña emergencia y él nos ofreció unos kimonos de la zona de spa. También nos quiso ayudar con la cena que nos habíamos saltado. Había un kebab abierto a dos calles de allí. Mejor eso que cenar cacahuetes de minibar. Anotamos el teléfono y subimos a la habitación.

Nura estaba ya tan cansada que casi la tuve que meter a cuestas. «Como si fuéramos unos recién casados», bromeé. Ella se me agarró al cuello y yo la posé suavemente en la cama. Y al hacerlo, nuestros rostros se quedaron muy cerca y pude notar sus ojos fijos en los míos.

—Estás temblando —le dije.

Ella aún tenía los brazos alrededor de mi cuello, con la boca medio abierta pero sin decir una palabra. Eso sí, tampoco parecía que fuera a soltarme.

—¿Sabes qué? —dijo—. Se me ha ocurrido una idea absurda.

—¿Cuál?

—Pedirte que me beses.

Me reí.

—Vaya, a eso se le llama dar un montón de rodeos.

Nura sonrió. Se había puesto un poco roja y le quedaba bien. Además, los ojos le brillaban de una forma especial.

—Si no te apetece, tranquilo. Prometo no tocar el tema en el desayuno. Pero te aviso de que esta noche estoy de oferta.

Volví a reírme.

—¡Nura! Pensaba que éramos amigos.

—Y lo somos. Por eso te lo pido. Se me están acabando las oportunidades y tú siempre has sido un buen partido. ¿Por qué no acabamos aquello que empezamos en la gasolinera de Navarra?

—Yo... No sé...

Ella me soltó el cuello. Se dio por rechazada, pero sonrió con deportividad.

—No te preocupes. No tienes la culpa. En fin, comprendo que te dé algo de grima..., con este cuerpo mío.

Aquello me hizo reaccionar. Yo quería a esa chica y no quería verla triste. Me senté a su lado en el colchón. Le aparté un mechón de cabello de la frente.

—No digas chorradas, Nura. Eres atractiva. Tú también me has gustado siempre.

—¿En serio?

—Sí. Lo que pasa es que me dejas perplejo. No sé... Tan en frío...

—Pensaba que los tíos teníais más reprís.

—Oye, ¿qué me estás llamando?

—Será porque eres vasco y todo eso, pero te creía más lanzadete.

Nos reímos y ella descansó la palma de su mano sobre el muslo de mi vaquero.

—Entonces ¿qué dices de mi propuesta? Un intercambio adulto. Física y química. Nada más.

—¿Nada más?

—Lo que se dice un polvo entre amigos.

Me quedé callado un instante.

—Si lo hacemos, ¿hay alguna posibilidad de que te haga daño?

—¿En qué sentido?

—En todos —dije.

—No lo sé. —Ella cerró los dedos alrededor de mi mano—. Habrá que probar.

Me pilló desprevenido. Se lanzó sobre mi boca y me dio un beso precioso, dulce... y caliente.

83

Al día siguiente, cuando nos despertamos en aquella cama, desnudos, nos entró un ataque de risa. Nura metió la cabeza debajo de la almohada.

—¡No me lo puedo creer! ¡Tú!

Pero no había estado nada mal. Habíamos tenido un sexo dulce, generoso y apasionado. Y en cuanto se nos pasaron aquellas vergüenzas mañaneras nos pusimos manos a la obra otra vez.

Gozamos de un segundo *round* mucho mejor que el primero antes de darnos un largo baño en el hidromasaje y bajar a desayunar. Sentados a la mesita del hotel, yo la miraba y ella me miraba a mí, y nos echábamos a reír, como si todo hubiera sido una broma cósmica.

—Bueno, ¿qué vamos a hacer ahora?

—Ni idea —dije—. Supongo que lo mejor es no hacer nada.

—¿Tú te arrepientes?

—Ni lo más mínimo.

—Yo tampoco.

Pagué el minibar y nos pusimos en marcha, de vuelta a Bilbao. Según salíamos de Vigo, Javi nos llamó por teléfono. Le explicamos lo que había pasado la noche anterior (bueno, ejem, no todo) y que estábamos de vuelta. La idea era llegar esa tarde al Bukanero y poner a Rubén contra las cuerdas de alguna manera.

—¿Cómo lo vais a hacer?

—He tenido una idea —dijo Nura—. Pero necesitamos ensayarla.

Condujimos sin paradas, comimos algo en una gasolinera de camino y llegamos a Illumbe a las cinco de la tarde. Yo estaba matado de conducir y Nura se había anquilosado en su butaca, pero estábamos decididos a hacerlo. Habíamos venido todo el viaje repitiendo una historia y ahora la teníamos caliente.

Javi nos esperaba en el aparcamiento, envuelto en un aura de espía de película. Había pedido la tarde libre en el trabajo y se había dedicado a vigilar el restaurante y sus dependencias.

—Rubén está en su oficina. No se ha movido de allí desde la hora de comer.

El cielo contenía una tormenta que posiblemente caería en una hora, pero por el momento el mar estaba oscurecido, soplaba un viento henchido de gotas de lluvia.

No había nadie en la terraza-observatorio de atardeceres. Rodeamos las mesas y sillas de aluminio, que yacían desperdigadas recibiendo el embate del viento, y nos dirigimos a la parte trasera del Buka, donde se hallaban las dependencias del servicio, los almacenes y la cabañita de Rubén, en la que estaba su despacho.

—Espera fuera —le dijo Nura a Javi—. Quizá te necesitemos como fuerza de choque.

—O.K. —dijo mi amigo con la emoción reflejada en los ojos.

Nos acercamos a la oficina y, a través de una ventana, vimos a Rubén: miraba su ordenador con un cigarrillo en la mano, aburrido. Le dimos un par de toques en la ventana y al vernos sonrió extrañado.

—Mis dos musicazos favoritos —nos dio la bienvenida sin levantarse de su butaca—. ¿Listos para la gran noche? ¿Qué tal los ensayos con Crash?

—Es realmente bueno.

—Te lo dije. Solo os recomiendo lo mejor...

Rubén observó cómo nos sentábamos sin haber sido invitados. Fumaba tranquilamente, pero se le veía ya con la mosca detrás de la oreja.

—¿Qué os trae por aquí? No será nada malo, ¿eh?

—Pues verás... —dije—, quizá lo sea.

—¿Mmm?

Miré a Nura. «Comienza el *show*», pensé.

—Hemos venido a verte sin hablar con nadie más. Eres el primero que debería saberlo, Rubén. Ha pasado algo increíble. Algo relacionado con el caso de Lorea... y con mi amnesia.

Rubén, que hasta entonces había estado medio distraído con el ordenador, movió la butaca al centro del escritorio, dejó el cigarrillo en el cenicero e hizo un gesto para que continuara.

—Hace dos semanas, cuando regresé a Illumbe, hablé de esto con un psicólogo al que estuve yendo hace años, en mis horas bajas. Él me explicó que la amnesia se parece a un nudo. No es que los recuerdos se hayan perdido, es que el camino para llegar a ellos se ha interrumpido. Como si el conducto se hubiera doblado sobre sí mismo... Y ese nudo debe ser aflojado. A veces se tarda muy poco en lograrlo, otras veces son años...

—Vale. Interesante. —Rubén se removió en la butaca—. ¿Y?

—Este doctor me dijo que quizá lograse recordar algo estando aquí. Paseando por los mismos lugares. Hablando con la misma gente. Es algo que ya probamos con la policía, sin ningún resultado..., aunque quizá, pasados los años, sin aquella tensión postraumática, el nudo se aflojara un poco. En fin, no tenía demasiadas esperanzas al respecto, pero anteayer ocurrió algo. Algo que solo puedo calificar de milagroso. El nudo... se aflojó.

La cara de Rubén era pura intriga e incertidumbre. Volvió a coger el cigarrillo. Le temblaban las manos. Hizo como que miraba algo en su ordenador, aunque estaba claro que no miraba nada. El monólogo que Nura y yo habíamos diseñado durante las seis horas del viaje comenzaba a surtir efecto.

—Arruti me pidió que fuera con ella a dar un paseo por donde el búnker, ya sabes. —Señalé con el pulgar hacia atrás—. Parece que Lorea llevó la moto hasta allí y quizá, si yo volvía a ese lugar, algo haría clic en mi mente. En fin..., tal y como te digo, ocurrió, pero no exactamente en ese momento. Fue más tarde, cuando vine a hablar contigo. ¿Recuerdas? Salí por la puerta y entonces pasó algo. Tuve una visión. Un *flash* muy repentino, como si viajara en el tiempo. Estaba otra vez aquí, en aquella fiesta de 1999... y ¿sabes lo que vi?

Rubén ya no fumaba. Ya no hacía como que miraba la pantalla de su ordenador. Tenía la mirada fija en mí.

—Vi a Lorea, tío. Vi a Lorea...

Nuestro antiguo mánager se levantó de su butaca. Era un movimiento pesado para un cuerpo que posiblemente rondaba los cien kilos, aunque lo hizo con verdadera agilidad.

—Vale. Quiero que os larguéis de aquí ahora mismo. Estoy harto. ¡Harto de este tema! Ya te lo dije... —Señaló la puerta. Tenía la voz ronca, la garganta se le había cerrado.

—Espera un segundo, Rubén —dijo Nura—, creo que te conviene oír el resto.

Él sacó un pañuelo del bolsillo y se lo llevó a la frente, como para limpiarse una fina capa de sudor.

—Tenéis un minuto y después os vais. Y el concierto...

—Lorea estuvo aquí —le interrumpí sin contemplaciones—. Aparcó su moto ahí fuera y entró en tu despacho. Lo sabes.

Esa era una parte crucial de nuestra mentira. Desconocíamos los detalles del encuentro entre Rubén y Lorea la noche del 16 al 17 de octubre de 1999, pero nos apoyamos en el testimonio de aquella camarera que dijo haber visto «una Vespino negra aparcada en la zona de los camareros».

Rubén había encajado el golpe. Le dolía, pero aguantaba como un titán.

—Alucinas.

—No, no alucino. Tú eres el que miente. Has mentido durante veinte años.

—¡Fuera! —gritó Rubén—. Nadie viene a insultarme a mi casa.

—De acuerdo. Vámonos —dijo Nura resolutiva—, seguiremos con el plan.

Se levantó y me hizo un gesto para que la imitara. Rubén tenía las dos manos sobre el respaldo de la butaca. Ahora era cuando nos jugábamos el todo por el todo.

—Esperad, ¿qué plan? —Ahora sí que estaba sudando—. ¿De qué cojones va todo esto? ¿Qué vais a hacer?

Pude ver una fugaz sonrisa dibujándose en el rostro de mi querida «cerebrito».

—Vamos a hablar con la policía, claro. Además, tengo unos cuantos seguidores en Twitter con los que estoy dispuesto a compartir lo que pienso...

—Te acusaré de difamación, Diego. No tienes pruebas.

—Puede que sí las tengamos —dijo Nura con un aplomo absoluto—. En cualquier caso, la prensa estará muy interesada en conocer el primer recuerdo que Diego ha tenido sobre el caso en veinte años, ¿no crees?

Hizo ademán de largarse.

—¡Un segundo! —gritó Rubén—. Joder, ¡joder!... Sentaos. Sentaos... Vale...

Estaba claramente alterado, podíamos detectar el sudor que le cubría el rostro. El temblor de las manos.

—Lorea estuvo aquí esa noche —se derrumbó sobre el sofá—, es verdad. Pero yo no la maté. Os lo juro. No le hice nada.

Nura me miró con esa cara de «te lo dije», antes de sentarse con cuidado.

—Sigue.

La cara de Rubén estaba roja. Toda la dureza de su personaje se había disuelto en una masa palpitante y sudorosa.

—Vino a pedirme dinero y se lo di. Luego se marchó otra vez con la moto. Solo estuvo aquí media hora. Os lo juro por mi vida.

Sacó un cigarrillo de un paquete y se lo llevó a la boca. En dos caladas había quemado la mitad. Fuera comenzaba a llover. La lluvia golpeaba en los cristales. Tap-tap-tap.

—¿Para qué quería el dinero? —preguntó Nura.

—Estaba embarazada, eso ya lo habéis descubierto. Quería abortar y necesitaba pasta.

—El bebé, ¿era tuyo? ¿Por eso te pidió el dinero?

Una larga calada seguida de una densa flecha de humo, un silencio.

—Me pidió el dinero porque yo se lo podía prestar... y porque sí: había una posibilidad de que el bebé fuera mío.

—¡O sea, que tenía razón! —Descargué un manotazo sobre la mesa e hice temblar todo lo que había sobre ella—. Tú y Lorea estabais enrollados.

—Nada de eso... Me habría gustado, pero no.

—¿Entonces?

Rubén aplastó el cigarrillo en el cenicero. Sacó otro y lo encendió. «Suicidio por nicotina», pensé.

—Hablemos de los viejos tiempos. ¿Recuerdas la noche en la que Lorea vino a decirnos que Gonzalo había escuchado la maqueta? Todo empezó ahí...

1999

Era una noche de septiembre, un poco fría, y no había apenas gente en el Bukanero. El escenario ya estaba montado y quedaban diez minutos para el concierto.

—Joder. No hay ni Dios.

Javi, Bert y yo estábamos sentados en la barra, tomando unas cañas.

—Rubén dirá lo que quiera, pero llevamos cinco bolos sin meter a casi nadie.

—Y la semana que viene hasta Barcelona... Joder, no sé ni cómo voy a arreglarme en casa.

—Paciencia, hermanos —intercedió Bert.

Justo entonces apareció Lorea, con las mejillas sonrosadas de conducir su moto a través del frescor de la noche. Entró en el bar, con una chaqueta de cuero sobre su vestido de flores borgoña.

Vino hasta mí, me dio un beso y saludó a Bert y Javi.

—Reúne a todo el mundo, tengo una gran noticia que daros.

—¿Qué? —dijo Bert—. ¡Cuéntalo! ¡Aquí y ahora!

—¿Es sobre las maquetas? —le pregunté.

Lorea había comenzado a enviar nuestras maquetas «a todas las discográficas y productores de prestigio». Ella decía que nuestras canciones eran demasiado buenas para ir arrastrándolas por garitos de carretera y agujeros llenos de borrachos como planeaba Rubén. Y tenía la lista de agencias y contactos que en su día utilizó Isaac para su banda.

Ella sonrió y dijo:

—Gonzalo Estrada. Le ha gustado la maqueta, dice que vendrá a veros tocar.

84

—Vosotros estabais eufóricos, os fuisteis a celebrarlo por ahí... —siguió contando Rubén—, pero yo me quedé bien jodido. Llevaba un año entero invirtiendo mi tiempo y mi dinero en vuestra banda y ¿ahora me la dabais así? Se lo dije a Lorea y ella se disculpó. Dijo que no quería molestarme, que solo lo había hecho porque creía en ti. Bueno, en eso estábamos los dos de acuerdo, Diego. Le dije que era muy afortunada por tenerte. Y entonces ella... En fin, digamos que ella expresó ciertas dudas.

—¿Dudas?

Rubén se rio de algo que no entendimos.

—Lorea ya no estaba enamorada de ti, Diego. Esa es la verdad. Eras un genio, tenías un talento que se salía de la tabla y quizá por eso estabas demasiado concentrado en tu proyecto. Lorea se sentía sola. Quería un novio, no un tío que se pasara los fines de semana tocando por ahí.

—Y allí estabas tú para recoger el guante, ¿no?

—No. ¿Quieres la verdad? Me había enamorado un poco de ella. Mucho antes..., pero eso da igual. Reconozco que esa noche la cortejé y ella se dejó llevar. Lo hicimos. Ella se marchó de madrugada. Y no volvimos a hacerlo. Sencillamente, ella no quiso.

—Hay algo que no cuela —intervino Nura—. No es que Lorea se cortara a la hora de mandar tíos al cuerno. Lo había hecho antes con Isaac. ¿Por qué no cortó con Diego?

—Porque creía en él. —Rubén me miró fijamente a los ojos—. Su plan era dejarte después del concierto en el Blue Berri. No quería desconcentrarte antes de tu gran noche. En el fondo, te tenía mucho cariño, Diego.

—¿Cómo sabes eso? —Nura parecía una boxeadora con preguntas en los puños.

Rubén dio otra larga calada; otro medio cigarro consumido. Lanzó dos flechas de humo por la nariz.

—Una semana después de nuestro «accidente», quedé con ella para hablar... Bueno, yo llevaba todo ese tiempo pensando en ella, pero Lorea dijo «no, gracias» y me rompió el corazón. ¡A mí! Incluso los hijos de puta como yo podemos llorar por una tía. Le pregunté si había otro y ella dijo que no... Pero no acababa de creérmelo. Por eso mencioné a Ibon.

—¿Por qué no hablaste de esto con la policía?

—¿No es evidente? —Rubén se recostó en el sofá—. Cuando empezaron a hablar de la desaparición de Lorea, yo di por hecho que se había fugado. Tenía mi dinero y ese plan de abortar en alguna parte... Seguramente volvería al cabo de unos días. Durante dos semanas no dije nada. Luego empecé a preocuparme por si realmente le había pasado algo.

—Pero te callaste.

—Sí... Por la misma razón por la que lo hicieron Agustín Artola o Ibon e Isaac: sabía que si admitía haber estado con Lorea un solo minuto de aquella noche, me ensartarían una lanza por el culo. Yo era inocente, pero era lo que menos importaba en ese momento. Vi lo que hacían contigo, Diego. Estaban buscando un culpable para sacrificarlo ante el público. Y me entró miedo. Lo reconozco. Y he pagado mi cobardía pudriéndome por dentro todos estos años. Sin embargo, esa es la verdad, no hice nada... No hay más.

—Hay algo más —le llevó la contraria Nura—. El vídeo del concierto. Lo editaste. Quitaste parte del metraje, del tramo en el que caminabas con Lorea por el pasillo del *backstage*.

Rubén esbozó una sonrisa amarga, una lágrima solitaria se le había escapado por la comisura de un ojo y tenía el aspecto de un loco.

—¿Eso es lo que estabais buscando con tanta palabrería?

Se levantó, otra vez con esfuerzo, resollando, y se dirigió a uno de los muebles que quedaban cerca de su escritorio. Allí, detrás de una tapa, se reveló una pequeña caja fuerte. La abrió y sacó una cinta de videocámara en su caja de cartón, descolorida por los años. La colocó sobre la mesa.

—La original. Cuando lo veáis, entenderéis por qué lo...

La frase quedó en el aire. De pronto, el rostro de Rubén se había arrugado como si fuera una fruta vieja. Una mueca de dolor le recorrió la mirada y se llevó una mano al pecho. Con la otra mano se apoyó en el escritorio.

—Rápido —dijo Nura—, llama al 112. ¡Le está dando un infarto!

85

La ambulancia tardó veinte minutos en llegar. Durante ese tiempo, Javi, yo y uno de sus camareros nos turnamos en darle un masaje cardiaco a Rubén. Los enfermeros nos relevaron y estuvieron con la RCP una hora entera, hasta que lograron estabilizarlo y lo montaron en una camilla. Antes de que la ambulancia saliera de allí, nos pidió una última cosa.

—Dad el bolo, tíos.

«Un *businessman* de verdad», pensé. Bueno, se lo prometimos.

Nos quedamos los tres sentados en el sofá de Rubén con ese vídeo en las manos. Lo habíamos conseguido por fin. ¿Qué hacer con él? Era ya imposible, casi peligroso, seguir ocultando nuestras investigaciones a la policía. Teníamos que llamar a Arruti y contarle todo.

Saqué el teléfono y marqué su número.

—Nerea, estamos en el Bukanero. A Rubén acaba de darle un infarto después de revelarnos algo bastante grave.

Arruti nos invitó, amablemente, a que nos personáramos en la comisaría de Gernika. Le pregunté si disponían de algún equipo para ver «una cinta compact-VHS».

—Es la que estaba en la videocámara de Rubén. Me imagino que hará falta algún tipo de adaptador.

Ella dijo que hablaría con un técnico y que algo apañarían.

Eran las siete y media de la tarde de un día larguísimo. Habíamos venido conduciendo de Vigo y estábamos deshechos, sobre todo Nura, pero se negó a irse a su casa a esperar noticias. Javi tampoco estaba por la labor de bajarse del carro en «el momento más emocionante» de la historia. Llamó a Alaitz, le dijo que estaba conmigo y con Nura y que parecía que por fin se iba a resolver todo. Alaitz le dio a elegir entre el sofá cama o la casa de su madre.

Javi eligió el sofá.

—Se le pasará —opinó después.

Llegamos a la comisaría y Arruti estaba ya lista, junto con Orizaola, para recibirnos y escuchar lo que teníamos que contarle. La teoría de Nura sobre el vídeo, los apuntes de Bert en la entrada, el viaje a Vigo y la historia de Pablo Ayawaska ocuparon el primer tramo de la entrevista. Los dos policías estaban perplejos por nuestras pesquisas y deducciones.

—¿A quién se le ha ocurrido todo eso?

Javi y yo señalamos a Nura, que escuchaba sentada con los pies apoyados en otra silla y un café de máquina en las manos, satisfecha. Orizaola tomó nota de los datos del cantante psicodélico y quedó pendiente de llamarle. A continuación, hablamos de la visita de esa tarde a Rubén y su confesión (que él mismo refrendaría más tarde) sobre la visita de Lorea aquella noche. Esto, de paso, sirvió para revelar el embarazo de Lorea sin necesidad de señalar a Agustín Artola.

—Y antes de que lo preguntéis —les dije—, Lorea nunca me contó nada sobre el bebé.

Finalmente pasamos a ver el vídeo, que Nura había entregado a Orizaola nada más llegar, diciéndole: «Tenga mucho cuidado con esta cinta. Creo que es la única copia que existe».

El vídeo había viajado entre varios departamentos (científica, técnico-informática) y, a las nueve de la noche, la policía ya había logrado digitalizarlo al completo. Nos sentamos en una sala de proyecciones para verla, Javi, Nura, Arruti, Orizaola y yo. Además del policía que manejaba el ordenador y un agente de guardia que no había podido resistir la curiosidad.

El vídeo comenzaba igual: los Deabruak posando frente al Blue Berri, en aquella noche del 16 de octubre de 1999. Lorea diciendo «*Are you ready to rock?*». Después, la secuencia de acontecimientos que ya estábamos cansados de ver. Entrábamos por la puerta trasera, subíamos las escaleras al camerino («¿Dónde están mis M&M's de color amarillo?»). El pequeño viaje de Lorea al escenario («Y esto, señoras y señores, es lo que van ustedes a escuchar esta noche»)...

Nura, Javi y yo mirábamos la pantalla absolutamente concentrados, tratando de encontrar alguna posible diferencia con lo que ya habíamos visto con anterioridad. Sin embargo, todo era idéntico. Lorea regresaba al camerino, y entonces aparecía Rubén, con su choteo y sus bromas, y de ahí al instante en el que Rubén y Lorea comenzaban a bajar las escaleras. La secuencia que habíamos podido ver en las otras dos copias se cortaba más o menos en mitad de las escaleras.

Pero en esta ocasión la acción continuaba...

1999

Lorea y Rubén terminaban de descender las escaleras y comenzaban a caminar por el pasillo. Lorea había bajado la cámara y veíamos sus pies.

—Rubén, tengo que hablar contigo de algo... —se le oía decir—. ¿Qué vas a hacer después del concierto?

Oíamos un ruido parecido a un «Mmmm». La cámara se agitaba en las manos de Lorea. Era como si Rubén la estuviera... ¿besando?

—Déjame —decía Lorea.

—Entonces ¿qué?

—Es otra cosa.

La cámara se había quedado apuntando hacia atrás, dada la vuelta. Seguramente Lorea la sujetaba sin darse cuenta. Apuntaba al pasillo, las escaleras del camerino.

—¿Vas a estar en el Buka esta noche?

—Síííí, pásate cuando quieras... Habrá fiesta.

—Vale.

La cámara seguía filmando hacia las escaleras del camerino. El plano estaba dado la vuelta, pero entonces veíamos que una silueta aparecía por la puerta del escenario.

—¡Eh! ¡Tú! —gritaba Rubén.

La cámara se movía otra vez y perdíamos de vista a esa persona. Solo podíamos oír a Rubén.

—¡Ahí no se puede estar! ¿Eh?

—Perdón, me he perdido —decía una voz juvenil, timorata.

En ese momento Lorea levantaba la cámara y apuntaba al fondo del pasillo. Veíamos las espaldas de una chica que se dirigía a paso lento hacia el exterior. Era una chica un poco gruesa, vestida con unos vaqueros y una camiseta. Una media melena castaña...

86

—¿Puede volver atrás? —pidió entonces Nura.
—¿Hasta dónde?
—Al momento en que aparece esa chica.
El policía rebobinó hasta ese punto. Volvimos a ver la secuencia de Rubén y Lorea solos en el pasillo. Entonces aparecía esa chica desde el escenario.
—Párelo —ordenó Nura haciendo un gesto con la mano—. Justo ahí. Por un microsegundo, creo que se le puede ver la cara.
—¿Qué importancia puede tener esa chica? —preguntó Orizaola—. ¿Era de la banda?
—No... —dijo Nura—. Pero puede ser importante.
Nos miró a Javi y a mí. ¿Lo comprendíamos? Yo al menos sí.
El policía terminó de situar el fotograma con habilidad. Estaba del revés, pero con un golpe de teclado lo invirtió, y también hizo un *zoom*. En efecto, había un instante en el que el rostro de la misteriosa chica se giraba hacia la cámara, quizá alertada por el grito de Rubén...
—Pero ¿quién es? ¿La reconocéis?

Estaba bastante lejos y, además, la luz del pasillo no era demasiado fuerte. Solo alcanzábamos a ver a una chica un tanto gruesa, de tez pálida, el pelo castaño, una camiseta oscura. Llevaba algunas pulseras en las muñecas. Unos vaqueros...

—¿Puede ampliarlo un poco más?

El policía dijo que podía aplicar un filtro para «reconstruir» la falta de definición.

—¿Qué es lo que estás buscando? —preguntó Arruti.

—A mí también me gustaría saberlo —dijo Javi.

—Esa noche, alguien dejó un mensaje para mí en el escenario... —expliqué—. Un corazón de papel.

—¡Claro! —exclamó Javi—. ¡La chica de los corazones!

Arruti lo comprendió también.

—Veamos si podemos distinguirla.

El filtro terminó de aplicarse y obtuvimos un rostro algo extraño, deshumanizado, casi el de un muñeco. Pero había algo en él que...

—Creo que sé quién puede ser. Solo para asegurarme —dije—, ¿pueden dejar correr la cinta hasta que se la oye hablar?

El policía lo hizo también. De hecho, colocó esa frase en bucle, una y otra vez, para facilitar el posible reconocimiento.

«Perdón, me he perdido.»

«Perdón, me he perdido.»

«Perdón, me he perdido.»

La voz era el último detalle que necesité para estar seguro. Todo el mundo me miraba fijamente en aquella sala de la policía, esperando a que mis labios pronunciasen un nombre. Y lo hice.

Esos grandes ojos azules.

Esa voz.

—Ángela.

87

—Ángela Martín Echanove —leyó Arruti de una pantalla—, nacida en Gernika en 1981. Soltera. Huérfana de padres y sin antecedentes.

Estábamos ahora en la oficina de la Policía Judicial, sentados en torno al ordenador de Arruti. No había necesitado ni diez minutos para obtener la ficha de Ángela.

—Esa es la ficha básica. En el camping dicen que lleva cuatro días de baja. Al parecer vive en el barrio viejo de Illumbe.

—Es vecina nuestra —dijo Javi—, vive en la zona del puerto. Si quiere puedo ir...

—Tranquilo —contestó Arruti un tanto azorada—, esto ya está en manos de la policía.

El teléfono echaba humo, Orizaola había puesto a trabajar a dos agentes de guardia para que obtuvieran información sobre Ángela.

Yo seguía callado, conmocionado por el descubrimiento. ¡Ángela! Pero ¿cómo era posible que esa chica gruesita del vídeo se hubiese convertido en Ángela? Parecía una transformación imposible.

—¿La conocías?

Ante la pregunta de Arruti negué en silencio con la cabeza.

—Creo que nunca antes me había fijado en ella. Era más joven que yo...

—Eso suele pasar con las fans maniacas —apostilló Nura.

—Además, Ángela disimuló perfectamente la noche en que llegué... —recordé de pronto—, y ahora que lo pienso... esto explica muchas cosas.

—¿Como qué? —preguntó Javi.

—El primer corazón de papel que apareció en mi chaqueta. Siempre pensé que me lo habían deslizado en el funeral de Bert, pero pudo ser más tarde, en la cabaña. Ella tenía la llave y pudo colarse las veces que quiso. —Me recorrió un escalofrío solo de pensarlo.

—Yo alucino —bromeó Javi—. De todos los sitios del mundo donde podrías haber aterrizado, tuviste que hacerlo en el camping regentado por tu fan psicótica.

Nos reímos. En el fondo, la situación tenía un toque de humor negro.

—En *Misery* pasaba algo parecido —dijo Nura.

—A mí me recuerda más a *Psicosis* —opinó Arruti. Después continuó—. El caso es que el nombre de Ángela no me suena de nada. Estoy segura de que no estuvo en la investigación original. Seguramente no estaba conectada con nadie... Y Rubén, al editar la cinta, la ha protegido sin querer durante todos estos años.

—Exacto —dije.

—Pero la cuestión aquí es si esa chica tuvo algo que ver con la desaparición de Lorea.

—Tiene algunas papeletas, ¿no? —Javi comenzó a enumerar con los dedos—. Chica se obsesiona con chico. Chica mata a la novia del chico...

—Además, está ese corazón que apareció en el albornoz de tu tío —añadí.

Arruti lo pensó.

—Necesitamos un poco de *background* de Ángela y también informar a la jueza.

—Hay algo que podría interesaros. —Yo estaba decidido a poner todas las cartas sobre la mesa—. Sabemos que Ángela tuvo una relación con Ibon Larrea, ya de adultos. Al parecer se conocieron en un grupo de terapia..., o eso es lo que dicen. ¿Y si esa relación fuese más antigua?

—¿Has oído eso? —Arruti había vuelto la cabeza hacia Orizaola, que trabajaba en el ordenador de enfrente—. ¿Te puedes encargar de hablar con Ibon?

Orizaola se lo pasó a sus rastreadores y regresó a la mesa.

—Habría que hacerle una visita a domicilio a esa chica, ¿no? Solo por confirmar que sigue allí.

—Iré yo —dijo Arruti.

—De acuerdo, pero llévate un agente y ten un ojo puesto... Si es una loca, puede ser peligrosa.

88

Arruti nos pidió mantenernos «a una distancia prudente» del portal mientras ella tocaba el timbre y trataba de charlar con Ángela.

Iba a aprovechar esa relación suya con Ibon para empezar a hablar de algo y así poder echar un vistazo a la casa. Después, si la jueza daba luz verde, entrarían a matar con un registro, y quizá con una citación para declarar. Lo importante, esa noche, era certificar que Ángela no había huido de Illumbe.

Aparcamos justo detrás de su casa. Javi dijo que podríamos cortarle la escapatoria si decidía saltar por una ventana trasera y me vino de golpe el recuerdo de mí mismo huyendo de Artola por el ventanuco del bar de Alejo. La casita de pescadores donde vivía Ángela no tenía demasiadas vías de escape. Era uno de esos edificios del casco antiguo de tres pisos, ventanas pequeñas y sin puertas traseras ni nada parecido.

—Y pensar que te enrollaste con ella... ¿No te da escalofríos?

Noté que Nura me miraba fijamente al oír aquello.

—¿Te enrollaste con Ángela?

—Nos besuqueamos, fue una chorrada.

—Vaya con don Juan Tenorio.

Sonreí y arqueé las cejas como diciendo «¿Estás celosa?», pero, claro, no se lo iba a preguntar allí ni en aquel momento.

Desde nuestra posición podíamos ver el edificio de perfil. Arruti y el otro agente se acercaron y tocaron el timbre repetidas veces. Nadie salió a abrir. Tampoco detectamos luces encendiéndose en ninguna de las ventanas del segundo piso, donde vivía Ángela (esto lo sabíamos por Javi).

—Parece que no está —dijo él.

—O que no quiere abrir.

Esperamos cinco tensos minutos. Arruti dejó al agente en la puerta y vino donde nosotros.

—Parece que no está en casa. Orizaola ha encontrado su número de móvil, pero tampoco lo coge. En su ficha laboral aparece una prima lejana como contacto de emergencia. La ha llamado y dice que no sabe nada de Ángela desde hace dos meses. Creo que, sabiendo que está de baja, se impone su seguridad personal. Voy a pedir que fuercen la puerta. Sois testigos de que lo hago ante la posibilidad de que le haya ocurrido algo, ¿vale?

Arruti me guiñó un ojo.

—Cuestión de vida o muerte —respondí—, lo que necesites.

La agente hizo una nueva llamada y se dirigió al portal. Finalmente consiguió que algún vecino la abriera. En la calle comenzaban a aparecer curiosos atraídos por ese uniforme y el coche patrulla aparcado. Nosotros nos habíamos apeado del coche y estábamos también en la calle. A unos diez metros del edificio, pudimos oír a Nerea Arruti llamar en voz alta.

—¡Policía! ¡Abra la puerta! ¿Se encuentra bien?

Resultó que una vecina, una señora mayor del último piso, tenía la llave de Ángela y no hizo falta forzar la puerta. Vimos encenderse las luces del segundo piso y oímos a Arruti llamar a Ángela. Los vecinos congregados a pie de calle supieron por fin a cuenta de qué estaba ocurriendo todo.

—¡Ángela! La chiquita del segundo... Parece que la están buscando.

—¿Quién? ¿La que trabaja en el camping?

—Una chica muy mona, de ojos azules...

—Vive de alquiler en el segundo.

—Pues parece que no está en casa.

—Espero que no le haya pasado nada.

Todo el mundo se quedó con ese sabor a misterio y desgracia en el paladar, porque Arruti, tras dar las gracias a los vecinos, se dirigió sin más explicaciones a su coche. Antes de llegar, me hizo un gesto para que me acercara. Yo dejé a Javi y a Nura junto al resto de los curiosos y me apresuré donde ella.

—No había nadie y tiene pinta de que la casa lleva vacía dos o tres días. La basura huele y hay restos de un desayuno. Voy a dar parte de la desaparición. ¿Dónde vas a dormir hoy?

—En casa de mi amiga Nura, creo.

—Mejor. Si ya no estás en el hotel del monte Atxarre, te iba a recomendar que evitaras el camping.

—Joder... ¿Tú crees que puede ser peligrosa?

Arruti me miró a los ojos.

—He sacado estas fotos en su salón. —Me mostró su iPhone—. Decídelo tú mismo.

Miré la pantalla y me costó entender lo que estaba viendo. No era ninguna foto promocional, de mis discos o mis grabaciones de estudio junto a Gonzalo, como las que había visto en su ordenador. Estas fotos, impresas en papel, me mostraban a mí durmiendo en la cabaña del camping.

—Dios... mío...

—Exacto —dijo Arruti—. Aquí tienes a tu fan loca.

Media hora más tarde estábamos en el salón de la casa de Nura, yo le había pedido algo más fuerte que una birra y ella había sacado la botella de Chartreuse. Seguíamos conmocionados por las fotos que Arruti me había enseñado, por la idea de que yo había estado a merced de esa trastornada durante tantas noches. Mientras tanto, Javi se había puesto manos a la obra, a través del WhatsApp de su cuadrilla y del equipo de remo, para obtener toda la información que pudiera sobre Ángela.

—Nagore, una amiga de Alaitz, tiene una hermana pequeña que fue compañera de ella en el insti. Dice que era una chica muy tímida, gordita, que había perdido a sus padres muy joven y que siempre estaba enchufada a un *walkman*. Vamos, que era la marginada de clase.

—Pues ha mejorado mucho estos años... —opiné yo.

—Debió de ser una auténtica metamorfosis. Nada más dejar el instituto se marchó a vivir fuera... y años más tarde, cuando regresó, la gente comentaba que «parecía cosa de brujas». Entre sus antiguas compañeras rumoreaban que se había tenido que operar o algo.

—¿De qué año era? —preguntó Nura—. ¿Lo recordáis?

—1981.

—Vamos, que en 1999 tenía dieciocho años. Fue el año que se marchó de Illumbe. ¿Tendría ya carné de conducir?

—¿Por qué lo preguntas?

—Bueno... Esa persona que os secuestró a ti y a Lorea conducía un coche, ¿no?

Un escalofrío me recorrió el espinazo ante esa idea.

—Seguro que Arruti puede mirar eso en sus ordenadores.

Estuvimos bebiendo, charlando y conspirando con ideas hasta la una de la madrugada, hora en la que a Javi, de pronto, le entró prisa por volver a casa. Se había dado cuenta de que su familia vivía bastante cerca de Ángela: ¿y si esa loca decidía vengarse de él también? Yo tampoco dormiría tranquilo sabiendo que vivo a cien metros de una maniaca que colecciona fotos de mis amigos y que quizá, solo quizá, tuvo que ver con la desaparición de una chica hace veinte años.

Lo acompañé hasta la puerta.

—Mañana hemos quedado con Crash para ensayar —me recordó—. ¿Quieres que lo cancele?

—Por mi parte no. Le prometí a Rubén que tocaría... a pesar de todo. Y puede que nos venga bien hacerlo.

Cuando Javi se hubo marchado, Nura me pidió que diera una vuelta extra al cerrojo y que pusiera la cadena en la puerta. Ella también estaba algo asustada. Cogimos un cuchillo de la cocina y subimos a la primera planta. La noche anterior habíamos tenido nuestra aventurilla en el hotel de Vigo, pero esa noche estábamos los dos cansados y sin demasiado espíritu. No obstante, ella me invitó a su cama. «Me vendría de perlas que alguien me abrazara esta noche.»

No hicimos nada más. Nura se durmió antes que yo y la escuché respirar lentamente. Mientras tanto, a mí todavía me recorrían los escalofríos al recordar los descubrimientos de ese día. El fragmento de vídeo en el que Ángela aparecía desde el escenario... Aquella Ángela rellenita, oscura, invisible... que me había perseguido a través del tiempo. ¿A dónde habría ido? ¿Estaría agazapada en alguna parte, esperando para emboscarme?

Esa noche dormí poco y mal. En los escasos momentos en los que me vencía el sueño, una imagen terrorífica de Ángela a los pies de la cama me despertaba. Finalmente mi cuerpo cedió al agotamiento cuando ya despuntaban las primeras luces del amanecer.

89

Cuando desperté estaba solo en la cama. Abajo se oían voces y subía el aroma del café recién molido. Miré el móvil. Eran las diez y media de la mañana.

Arruti y Nura estaban sentadas a la mesa de la cocina, con sendas tazas entre las manos.

—Estaba a punto de subir a despertarte —dijo Nura—. Vas a flipar con esta historia.

Cogí una taza, me serví un café y me senté en una silla que quedaba libre.

—Adelante.

Arruti tenía unas largas ojeras, se veía que llevaba horas despierta.

—La jueza nos dio luz verde para registrar la casa de Ángela la pasada madrugada. Además, Orizaola ha estado charlando con Ibon y tenemos muchísima información nueva. De entrada, sabemos que Ángela fue diagnosticada de un grave trastorno depresivo a los dieciocho años, edad a la que intentó suicidarse. Esto último nos lo ha desvelado su prima..., algo que no había salido del ámbito familiar. Al parecer, era víctima de *bullying* en el colegio, y además tenía algunos comportamientos maniaco-depresivos e incluso psicóticos. Estuvo internada en Valladolid y también, sorpresa, en Santa Brígida, que tiene una sección de salud mental.

—¡Santabritxu! Eso explica que se colara con facilidad para colocar el segundo corazón.

—Exacto —dijo Arruti—. Tengo que hacerles una visita con una foto reciente, pero estoy segura de que alguien la reconocerá. Supongo que te siguió hasta allí y se adelantó de alguna manera... Si verdaderamente tuvo algo que ver con la desaparición de Lorea, quizá se estaba mofando de la figura del principal investigador del caso: mi tío. Es solo una teoría.

—Pero tiene sentido. Un sentido terrorífico...

—Sigamos. Ibon ha confirmado que la conoció en un grupo de terapia y que tuvieron una relación de año y medio. Sabía lo de su intento de suicidio, pero ella nunca le explicó demasiadas cosas. No obstante, hemos cotejado fechas y descubierto que aquello ocurrió solo unos meses antes de la desaparición de Lorea. Por lo que me contaste en cierta ocasión, ella llevaba tiempo dejándote corazones de papel, ¿verdad?

—Sí —dije—. Aquello comenzó a principios de 1999.

—Esto encajaría con un comportamiento psicótico. Había utilizado la violencia contra sí misma, quizá era proclive a utilizarla contra otros.

—¿Crees que pudo ser ella?

—Aquí es donde viene el otro tema... Resulta que el nombre de Ángela Martín ha aparecido en nuestros archivos policiales como testigo en un caso de desaparición.

—¿Qué?

—En Sevilla, en el año 2008, una chica llamada Marta Mínguez. Formaba parte de un club de fans, ¿adivinas de quién? Sí, de Diego León. Ángela y ella se conocieron a través de un chat de internet e hicieron una quedada para ir juntas a un concierto que dabas allí. Marta había ido en su propio vehículo desde Madrid, pero nunca regresó a casa. Su coche estaba aparcado en los aledaños del Benito Villamarín.

Dejé la taza de café sobre la mesa.

—Perdón, tengo que...

Me levanté y fui con algo de prisa hasta el pequeño lavabo que había al pie de las escaleras. Sentía ganas de vomitar, pero todo quedó en unas náuseas que logré reprimir. Me lavé la cara un par de veces. Me miré al espejo.

—¿Estás bien? —se preocupó Arruti desde la cocina.

Regresé a la mesa, algo mareado. Me senté.

—No te quiero agobiar, Diego, pero era necesario que conocieras la gravedad del tema. La jueza ha emitido una orden de búsqueda y captura para Ángela. En el camping, confirman que lleva sin aparecer desde el domingo. El gerente la llamó anteanoche para pedirle un justificante médico y ella no respondió a las llamadas. Su teléfono está desconectado y la última geolocalización corresponde a la cabaña de recepción, pero su móvil no aparece por ninguna parte. Tampoco ha usado su tarjeta de crédito en todo este tiempo. Es como si se la hubiera tragado la tierra.

—¿Habéis encontrado algo en su casa? —preguntó Nura.

—Sí... Lo olvidaba. —La ertzaina buscó algo en su iPhone—. En el registro han aparecido cosas interesantes. Te había sacado algunas fotos con el móvil, durmiendo. También tenía varias fotos tuyas de gira, recogiendo premios con tu productor, Gonzalo. Estamos intentando desbloquear su ordenador personal para ver si hay algo más. Por otra parte, en la papelera hemos encontrado esto.

Deslizó el móvil sobre la mesa y pudimos ver algo fotografiado: era una cartulina de color rojo en la que había recortadas varias siluetas de corazones.

—Creo que esto confirma que hemos encontrado a tu acosadora —dijo la agente mientras pasaba a la siguiente fotografía—. Al parecer, hizo unas cuantas pruebas de texto.

En esta había algunos corazones de papel arrugados —posiblemente los habría descartado y hecho una bola— que contenían frases a rotulador negro:

«Te he echado mucho de menos.»

«No me lo puedo creer... ¡Eres tú!»

«Casi puedo tocarte, mi amor.»

«Esta vez, me atreveré. Por fin sabrás quién soy.»

—¿Han encontrado alguno con la frase «Hago chas y aparezco a tu lado»? —preguntó Nura.

—No —contestó Arruti—. Yo misma me encargué de leerlos uno a uno.

Tragué saliva, pese al café notaba seca la garganta.

—De modo que ese tercer corazón todavía me está esperando, en alguna parte...

Se hizo un gélido silencio en la mesa del desayuno, hasta que lo rompió Nura:

—Tengo una pregunta. ¿Se sabe si Ángela conducía a los dieciocho años?

—Lo hemos investigado —dijo Arruti— y la respuesta es que no. No tenía carné y, que se sepa, tampoco disponía de un coche. Su tío era un hombre con una discapacidad visual y no podía conducir.

—¿Entonces...?

—No podemos descartar ninguna posibilidad. Además,

esta noche ha ocurrido algo que nos ha mosqueado todavía más. Hemos recibido una denuncia de Cristina Carreras.

—¿La novia de Bert?

—Acaba de volver de Barcelona y asegura que alguien ha entrado en su casa.

—¡Ah! No, no, eso hemos sido nosotros —dije—. Ella me dio permiso y las llaves del chalé para dar de comer a los peces. Y de paso, hemos aprovechado para ensayar un poco...

—Sí, eso nos lo ha comentado —dijo Arruti—. Pero supongo que vosotros no habéis tenido nada que ver con el ordenador de Bert.

—¿El ordenador? ¿Qué le ha pasado?

—Que ha desaparecido.

90

—El iMac del estudio —dijo Cristina—. Solo se han llevado eso.

Arruti me había pasado el teléfono de Cristina. Quería escuchar aquello de su propia voz.

—¿Estás segura? —le pregunté—. ¿Ni un solo instrumento? ¿Nada?

—Nada. Hay una batería nueva, una DM, supongo que es del chico con el que ensayáis. Pues no le falta ni un tornillo.

Arruti dijo que iba a necesitar las huellas de Crash y de Nura para descarte. También nos preguntó por Crash, deslizando la idea de que quizá podría haber visto «una oportunidad» de apandar ese valioso iMac.

—A fin de cuentas, es un desconocido, ¿no?

—Sí, pero no me pega nada con la idea —respondí.

—La cerradura no estaba forzada —dijo Arruti—. ¿Quién tiene llaves?

—Yo —dije—. Y también...

Nura y yo nos miramos.

—Joder. La llave del enanito... ¿Quién fue el último en usarla?

—Javi —recordó Nura—. Habrá que preguntarle si Crash le vio esconderla.

Llamamos a Javi por teléfono y este dijo que «no estaba seguro» de si Crash le había visto devolver la llave al enanito la noche del primer ensayo. Alucinó cuando se enteró de lo del ordenador. «Hay equipo en ese estudio que vale cinco veces más. ¿Qué sentido tiene llevarse un viejo iMac?»

Arruti miró el reloj. Tenía una cita en Illumbe; iban a intentar tomar una muestra de huellas de Ángela para cotejarlas con las halladas en el estudio. Dijo que también quería hablar con Crash. ¿Teníamos su teléfono?

—Si puedes esperar, esta tarde vendrá a ensayar al chalé de Bert.

—O.K. Me pasaré por allí —dijo la ertzaina, al tiempo que se levantaba—. Ahora os voy a pedir que estéis alerta. No os separéis ni me hagáis cosas raras, ¿vale? La situación no está exenta de ciertos riesgos.

Diez minutos más tarde seguíamos en la mesa de la cocina, bebiendo café y tratando de ordenar aquel inmenso puzle.

—Vale, esto comienza a liarse más allá de lo que soy capaz de procesar. ¿Ángela robando el iMac de Bert? ¿Para qué?

—¿Ocultar el vídeo? —respondió Nura—. Ella no podía saber que ya lo habíamos conseguido.

—Pero ¿cómo sabía lo del vídeo?

—Quizá Ibon se lo contó... O tú mismo sin darte cuenta.

Intenté rememorar todo lo que había llegado a contarle a Ángela. Aquella noche en la que nos besuqueamos, ella se había mostrado muy interesada por «la investigación» que estábamos realizando en torno a la muerte de Bert. Yo lo había achacado a simple curiosidad, pero ahora entendía que seguramente estaba llevando a cabo una labor de inteligencia. Enterarse de hasta qué punto habíamos avanzado...

Pasamos el resto de la mañana en la casa, sin hacer gran cosa, solo viendo las noticias y decidiendo a qué restaurante de comida rápida íbamos a llamar. No nos apetecía salir por el pueblo. Según Nura, «los rumores habían corrido como la pólvora y podía haber cierta animadversión contra mí». A fin de cuentas, yo había estado la noche anterior frente a la casa de Ángela Martín —la chica desaparecida— con la policía. Y esto había ocurrido solo unos días después de la detención de Isaac Onaindia e Ibon. Solo unos días después de la muerte de Txiripi.

Después de comer, hablé por teléfono con Gonzalo. Le había prometido que le pondría al día de cualquier novedad y aquello era una COSA en mayúsculas y letras de oro. Durante diez minutos escuché cómo soltaba un taco detrás de otro, cada vez más alto, a medida que le explicaba las revelaciones de Rubén y la escalofriante faceta oculta de Ángela.

—Tenía ojos de loca, tío, te lo dije.

—No me dijiste nada, mamonazo —respondí.

—Lo importante es que la prensa estaba calentita... y esto va a ser la bomba. Verás cuando se enteren de que tú mismo has resuelto el caso.

—No estoy tan seguro de eso, Gonzalo. Ángela no tenía carné, ni coche. No encaja con...

—Esperemos a que aparezca y confiese —dijo—. De todos modos ya es hora de que te marches de allí, ¿no?

—Puede que tengas razón. —Suspiré—. Solo me queda un día en Illumbe. Después, te prometo que me dejaré arrastrar por todos los garitos de Malasaña a los que te apetezca llevarme.

—O.K. Te tomo la palabra.

Colgué y me quedé en silencio. Nura estaba tirada en el sofá, leyendo una revista. Me miró con una ceja arqueada:

—Gonzalo debe de estar frotándose las manos con esto, ¿verdad?

—Bastante. —Fui a sentarme a su lado—. Va a sacarle todo el jugo que pueda a la situación.

Nura no dijo nada durante un rato. Pasó una página de su revista y, sin apartar la mirada de esta, soltó:

—Me va a dar pena que te vayas, ¿eh?

—Y a mí. Pero no creo que tarde en volver —respondí—. De hecho, necesitaré que alguien con ojo inmobiliario me eche un cable. Estoy pensando en comprarme algo por aquí.

Nura levantó la vista.

—¿En serio?

—Muy en serio —dije—. Puede parecer una locura, pero incluso con todo lo que está pasando estos días me ha sentado bien volver al pueblo.

—Pues me alegra oírlo, señor Diego León —dijo Nura—. Me encantará ayudarte a buscarte una casa. Y puedes venir a pedirme sal las veces que quieras.

—¿Solo sal?

—No te emociones, tío...

91

El ensayo era a las siete de la tarde pero aparecimos en el chalé una hora antes. Queríamos hablar con Cristina y ponerla al día de todo.

Ella nos recibió muy a su estilo, con un albornoz y una especie de chándal-pijama de color lima-limón. Además, se había cambiado el color del pelo y, si la memoria no me fallaba demasiado, se había colocado un par de piercings nuevos en la nariz.

Nos sentamos en la cocina, donde la mesa volvía a estar repleta de cosas. Cartas sin abrir, un cenicero lleno de colillas, tazas de café... Arriba se oían ruidos de obra. Habíamos visto una furgoneta de una empresa de reformas aparcada fuera y le preguntamos por esto.

—Sí —dijo Cris—. Han empezado esta mañana, y me alegro. Con esto del robo... Prefiero tener la casa llena de obreros.

—¿Cómo te diste cuenta?

—Por los pececitos.

—¿Eh?

Cristina sorbió de su taza.

—Anoche, cuando llegué de Barna, bajé a darles de comer y me encontré con que faltaba el iMac. Alguien lo había desenchufado a toda prisa, pero no faltaba nada más. Llamé al 112 y vinieron bastante rápido.

—Vaya susto.

—Sí. He dormido abrazada a la katana de Bert... Y por cierto: he oído todas esas noticias sobre muertos y Vespinos. ¿Has tenido algo que ver con todo eso?

Nura y yo nos miramos.

—Tomemos un café.

Era una larga historia y todo comenzaba con ella, a la salida del funeral, soltándome aquella frase perturbadora: «A Bert lo asesinaron». Entre ese primer instante y la revelación de Pablo Ayawaska en Vigo nos dio tiempo a tomar tres tazas de café.

—Qué hijo de puta —dejó escapar Cris mientras le explicábamos lo de Rubén—. ¿Creéis que pudo ser él? ¿Pudo ese cerdo matar a Bert?

—Desde luego, tenía un motivo —dije—. Me imagino que Arruti lo investigará... En fin, veremos lo que pasa. Ya sé que no es demasiado, Cris. Lo siento.

—Al contrario —le temblaba la voz—. Es mucho, muchísimo más de lo que podía esperar, Diego. Yo sabía que a Bertie lo asesinaron por intentar encontrar la verdad. Y tú has puesto a trabajar a la policía. Es más que suficiente.

—Ahora solo falta meter al asesino entre rejas —dijo Nura.

—Exacto —dijo Cris—, y tengo el presentimiento de que eso va a ocurrir muy pronto.

Sobre las siete de la tarde llegaron Javi y Arruti. Crash lo hizo solo algo más tarde. Según se bajaba de su Jumpy, Arruti le interceptó, se presentó como ertzaina y le rogó que respondiera a algunas preguntas. Crash nos miraba estupefacto. «Pero ¿qué coño pasa?»

Cristina les cedió el salón y la entrevista duró bastante poco. Cuando salieron, Crash se dirigió directamente a la calle. Al pasar, nos fulminó con la mirada.

—Es imposible que fuera él —dijo Arruti saliendo detrás de él—, anoche tocó en Vitoria y se quedó a dormir en casa de unos amigos. Tengo una lista de cinco teléfonos a los que llamar para comprobarlo.

Nada más oír aquello, fui a todo correr a la calle.

Crash estaba ya montado en su Jumpy. Le toqué la ventana.

—Que te jodan —gruñó mientras arrancaba.

—Tío, perdona —le dije—. Nadie lo ha creído ni por un minuto.

No era del todo cierto, pero ¿qué coño le iba a decir?

—Además, nos ayudaste con lo de los Ayawaska. Ha sido muy importante. Fuimos a verlos a Vigo... Te estoy muy agradecido, Crash, de verdad, y tocas de muerte. No te vayas, hombre. Danos una oportunidad.

Le di todo el jabón que supe y que pude. Era cierto, me arrepentía de haber desconfiado de él.

Crash se quedó mirando a través del cristal. Apagó el motor.

—Vale.

«Una palabra tuya bastará para sanarme», pensé.

—Pero quiero cobrar el doble —añadió después.

Cuando volvimos a la casa, Arruti ya se estaba despidiendo. Dijo que no tenía mucha más información por el momento. Habían interrogado al personal del camping: Oier y Álex, el jardinero. Ambos aseguraban que Ángela no había «mostrado ninguna conducta extraña últimamente». Álex, en concreto, había sido una de las últimas personas que hablaron con ella antes de que se esfumara y aseguró que estaba «como siempre, haciéndose cargo del camping y atendiendo a la gente».

Por otro lado, el cotejo de huellas no había dado ningún resultado concluyente. Y tampoco habían podido interrogar a Rubén, que seguía en la Unidad de Cuidados Intensivos del Hospital de Cruces, con pronóstico reservado.

—Vamos, que todavía estamos con el culo al aire. En cuanto sepa algo, os llamo.

Nos bebimos unas cervezas, calmamos el ambiente con Crash y bajamos a ensayar media hora más tarde. El ensayo de repaso fue espectacular. Nura se había recuperado bien. Javi había trabajado por su cuenta y Crash, no sé si por mala leche o porque tenía el día, se salió con unos *fills* y unos redobles de muerte.

Cristina presenció el ensayo sentada en la butaca del estudio. Los obreros se habían marchado hacía un rato y dijo que «no le apetecía quedarse sola». Cuando terminamos, a la una de la madrugada, Nura la invitó a dormir en su casa.

—Estamos ya en modo hotel, y además tengo un dormitorio libre.

Cris aceptó encantada. Subió a prepararse una bolsa de ropa y bajó al cabo de unos minutos.

Salimos todos juntos del chalé. Crash con su batería, nosotros con los amplis y los instrumentos. Montamos todo en los coches y nos despedimos hasta el día siguiente. La cita era en el Bukanero a las cinco de la tarde para montar y probar, como en los viejos tiempos.

Estábamos contentos con el ensayo, excitados ante la perspectiva de tocar y satisfechos de cómo sonaba la banda. ¿Hay alguna sensación mejor en el mundo? Recuerdo que, al montarme en el coche de Nura, pensé: «¿Y si ya hubiera terminado todo?». Yo ya había hecho mi parte: la policía estaba trabajando en el caso y pronto encontrarían algo. Todo esto acabaría por explicarse y la historia quedaría resuelta.

En cuanto a mí..., solo me quedaba un día en Illumbe. ¿Qué más podía pasar en un día?

QUINTA PARTE

92

El hormigueo en el estómago. La garganta reseca. La sensación de que te has olvidado por completo de todas las letras, de que saldrás al escenario y te quedarás en blanco nada más abrir la boca... Todo eso volvía después de mucho tiempo.

¿Cuánto llevaba sin dar un concierto? ¿Dos años?

La última actuación había sido en un teatro de Madrid, cuando el documental ya había salido a la luz y las redes estaban literalmente incendiadas de odio. Intenté cancelarlo, pero según Gonzalo era un compromiso ineludible. Se habían vendido dos tercios de la entrada, aunque también había habido un montón de devoluciones. El teatro estaba desangelado. El público emitía un aura de contradicción, de duda, de resentimiento. Y esa energía se me metió por los poros de la piel. Canté mal. Toqué mal y, además, no tenía ganas de ser simpático. En suma, fue un concierto de mierda y el público lo notó, se fue a menos y tras la última canción se oyeron casi tantos abucheos como aplausos. Yo estaba herido, lastrado por una depresión desbocada, cansado... No me importó lo más mínimo que Gonzalo sugiriese que «necesitaba un descanso de los escenarios».

Lo necesitaba. Solo quería desaparecer.

Dos años más tarde, todo comenzaba otra vez, pero en un lugar muy diferente. Un bar de playa. El escenario era un trozo de suelo, tablas de madera que rezumaban olor a cerveza y que temblaban si saltabas demasiado. Y yo era un tipo muy diferente también. No solo porque tuviera que conectar mis pedales o afinarme yo la guitarra sin la ayuda de mis habituales *roadies*, que solían tenerme en palmitas antes de los bolos. No..., es que, además, tenía ganas de tocar. Ganas genuinas de sorprender y de fardar de banda. Ganas de cantar, de saltar y de pegar algunos buenos guitarrazos hasta hacer temblar las paredes de aquel garito. Tenía la mala leche en el cuerpo, la cresta del gallo. Tocar junto a Javi y Nura era como regresar a la juventud perdida. Era como volver, por un instante, a aquellos años dorados en los que podía soñar sin tener que pagar un precio. Me ardían las tripas. ¡Quería empezar!

Por otra parte, descubrimos que el «misterioso» cartel de Rubén no tenía nada de misterioso en el fondo. ¿Quién podía ser esa «leyenda del pop-rock nacional» que iba a tocar en el Buka? En un pueblo tan pequeño, la voz se había corrido a la velocidad del rayo. El bar comenzó a llenarse a las seis y media y en una hora ya no cabía un alma. Y empecé a ponerme nervioso. Nura me había avisado y, de todas formas, no había que ser muy listo para entender que quizá me estaba jugando el gaznate esa noche. Las multitudes son impredecibles y yo era tristemente famoso por un montón de cosas malas, sobre todo las acaecidas en los últimos días... Pero entonces alguien me tocó en el hombro. Me di la vuelta y era ese terminator de la Mercedes Clase V que había traído a Gonzalo del aeropuerto.

—Me envía tu manager. Estaré sentado ahí. —Bruno señaló una mesita junto al escenario.

Y yo pensé: «Que Dios te bendiga, Gon».

Eran ya las ocho menos diez. El bar estaba a tope y, por el momento, todo discurría con normalidad. Nadie me había saltado al cuello ni intentado romperme la crisma, aunque puede que el machaca fuese toda una inhibición al respecto. Entonces empecé a necesitar echar una meada.

Cruzar aquella muchedumbre no entraba dentro de lo razonable, así que me deslicé por una puertecita lateral y salí al frío de la noche. La terraza estaba animada, principalmente por fumadores que resistirían cualquier temperatura por el placer de fumarse un pitillo con su cerveza. Caminé hasta una de las esquinas más oscuras del lugar, junto a un talud de hierba, me aseguré de que nadie venía detrás de mí y realicé la operación lo más rápido que fui capaz. Después regresé hacia el bar, y estaba a punto de coger la puerta cuando una voz me llamó desde una de las mesitas.

—Pssstt.

Miré hacia la mesa y tardé un poco en reconocer a quien me llamaba entre las sombras. Era Álex, el jardinero del camping. Estaba sentado con una chavala magnífica, rubia y con estupendas facciones.

—Te presento a Erin, mi chica. Nos hemos enterado de que tocabas y ya te conté que ella es muy fan.

Erin se puso en pie, emocionada, y me estrechó la mano. «He escuchado casi todos tus discos. Me encantan tus canciones, sobre todo las primeras», dijo. Se lo agradecí. Me pareció, además, que estaba embarazada, pero hay una regla de oro sobre felicitar a embarazadas que no conoces.

Entonces Álex se disculpó un segundo. Se levantó y nos apartamos un metro de la mesa.

—No te quiero molestar, tío, pero ¿sabes lo que ha pasado con Ángela? Ha venido la policía por el camping preguntando por ella y..., bueno, se oyen cosas muy raras en el pueblo... ¿Es que ha hecho algo?

Miré a un lado. Al otro.

—¿Tú la conoces mucho?

—No. De unos meses. Pero me cae bien.

Suspiré. De pronto, que alguien me hablara así de Ángela me hizo recapacitar. ¿Realmente pensaba que esa chica podía ser peligrosa más allá de sus problemas mentales?

—Aún no sabemos qué ha hecho —le dije a Álex—. Tan solo que ha desaparecido de una forma extraña.

—Dicen que yo fui el último que habló con ella. A mí me pareció que no tenía ninguna intención de marcharse a ninguna parte. Estuvimos hablando de una serie de Netflix a la que estaba enganchada. Esa noche se la iba a terminar y me dijo que la próxima vez que fuera por el camping me contaría su impresión. No sé... ¿Alguien que está pensando en pirarse te dice eso?

—Es raro —dije yo—. Desde luego, es raro.

Me despedí de Álex y de su chica y volví adentro. El ambiente estaba caldeado. Crash se estaba dedicando a animar el preámbulo del bolo con algunos *beats*. Nura y Javi tenían los instrumentos colgados. Solo faltaba yo.

Y allí fui.

Me colgué la guitarra y me arrodillé para enchufar los pedales. En ese mismo instante, alguien, desde la barra, encendió aquella línea de focos que había en el techo. Eran los clásicos cuatro luceros de colores y ese pequeño *flash* me produjo una ceguera momentánea. Al mismo tiempo, sentí como si una descarga eléctrica culebreara por todo mi cuerpo. ¿Había metido el dedo donde no debía?

Cuando volví a abrir los ojos, por un segundo, me pareció que estaba en otra parte. En otro escenario, mucho más grande, con un gran patio lleno de gente. Al fondo, detrás de una mesa de mezclas, estaba Lorea. Quieta, como en el centro de una galaxia mental.

Aquello duró solo unos segundos, pero fue real. Fue una experiencia casi astral (al menos, eso es lo que he oído sobre las experiencias astrales).

Luego, muy poco a poco, volví a posarme sobre la realidad. Estaba en el Bukanero, no en el Blue Berri. El escenario era el puto suelo y no había tal mesa de mezclas al fondo. Esa silueta que me había recordado a Lorea no era otra que Cristina, de pie con una cerveza junto a la máquina de tabaco.

Y no, no me había electrocutado. Pero había tenido una especie de *flashback*.

—Tío —le dije a Javi, que afinaba su guitarra a mi lado—, habrá que decir que muevan esos focos. Me dan directamente a la cara.

Todavía con aquella extraña sensación en el cuerpo, me acerqué al micrófono. Javi subió el volumen desde la mesita de mezclas que estaba a un lado del escenario. Pegué un par de toquecitos para probarlo —«Un-dos, un-dos»— y el rumor del público se apagó al instante.

—Buenas noches a todos y a todas, gracias por venir. Soy...

Iba a decirlo: «Diego León», pero me quedé callado un

segundo. Miré a Javi, que estaba a mi lado, listo con su hacha, *semper fidelis*. A Nura, alta, elegante, con su bajo al otro lado.

No. Ellos se merecían mucho más.

—Somos los Deabruak —dije al fin—, y es nuestro primer concierto después de una puta eternidad.

Aplausos. Alguien gritó «Yuhaaa».

Sentí que me subía una emoción imparable desde las tripas.

—Hace veinte años cometí un error —continué, y los pocos que aún hablaban entre el público se callaron—. Pensé que podía caminar solo, que podía llegar muy lejos por mí mismo. Y dejé atrás a unos cuantos buenos amigos. Dos de ellos no están hoy aquí... por diferentes motivos... Pero a los otros dos, os pido que me perdonéis por haber sido tan gilipollas.

La gente explotó en una carcajada. Noté la mano de Javi en mi hombro. Nura tenía los ojos brillantes. Me envió un beso en la distancia.

—Así que... quizá sea hora de volver a empezar, ¿eh? ¡¡Rock'n'roll!!

Subí el volumen de mi guitarra y mi Vox AC30 se acopló ligeramente, la señal para que Crash diera palos y yo pudiera lanzar un ataque de púa en la mayor. La banda explotó. La convergencia de nuestros nervios, nuestras ganas por tocar y aquel ambientazo del Buka obró el maravilloso milagro de la noche. Crash hacía honor a su apodo con la batería, era como tener a la artillería pesada cubriéndote las espaldas. Entre él y el bajo de Nura, viajábamos sobre un dragón de ritmo y sonido. Y Javi y yo, nuestras guitarras hermanas, que aprendieron a tocar juntas en un dormitorio adolescente, volvimos a entrelazarnos de una manera mágica.

El público empezó a menearse casi desde el primer tema. Yo tardé uno más en «asentarme» en el escenario y comenzar a disfrutarlo. Los cinco primeros temas casi ni los presenté. Solo quería tocar y tocar, seguir disfrutando de ese viaje. Cerrábamos una canción, los aplausos rugían y yo agradecía sucintamente. Me giraba hacia mis colegas y sonreía. Esa sonrisa de «estáis tocando de puta madre».

Y en una de esas veces, en uno de esos giros, mientras Crash daba sus tres siguientes palos, volví a sentir los focos en los ojos. Era como si el tío de la barra hubiese elevado la potencia aún más. Joder. ¿No le habíamos dicho ya que molestaban? Pero entonces abrí los ojos y estaba otra vez muy lejos de allí. Tocando esa misma canción, solo que veinte años antes, en el escenario del Blue Berri...

1999

... mis muñecas eran más delgadas. La Telecaster se clavaba en los huesos de mi cuerpo delgaducho. El sudor caía a gotas de mi frente sobre las zapatillas blancas. Allí estaba medio pueblo, jaleándome como a un héroe. Todos sabían que era nuestra gran noche, la noche épica que podía cambiarlo todo. Y yo estaba absolutamente concentrado en mi letras, en mis acordes... Pero de vez en cuando perdía la vista en aquella esquina, donde Lorea estaba junto con Gonzalo, Rubén... Celoso, inquieto. En el fondo sabía que la estaba perdiendo, aunque no quisiera pensarlo. Algo me decía que ella ya no estaba conmigo, que muy pronto me abandonaría para siempre...

2020

... alguien me empujó. Abrí los ojos y estaba en el Bukanero. Javi estaba haciendo un solo y se me había apoyado en un hombro, en una pose de enciclopedia rockera, tomo uno, capítulo uno. Yo seguía tocando la guitarra, aunque todavía aturdido. Acababa de cortocircuitar durante... ¿cuánto tiempo? ¿Qué estaba pasando? Intenté volver a concentrarme.

El concierto siguió adelante. Pedimos más cerveza y que bajasen un poco los focos. La banda estaba metidísima en el rollo, sudorosos, calientes y con ganas de seguir volando. Cerramos una sección del repertorio especialmente cruda y bailonga. Yo llevaba toda la noche prestando atención a Nura, que parecía aguantar perfectamente, pero en una de las pausas la vi llevarse las manos a la espalda y me imaginé que le estaban empezando a doler los dedos.

Llevábamos ya bastante tute a cuestas.

—¿Estás bien? —le susurré al oído—. ¿Puedes seguir? Si quieres, me toco una yo solo.

Ella asintió:

—Buena idea —dijo.

Tenía el dolor reflejado en la mirada.

En cualquier caso, estábamos a punto de entrar en el último cuarto del bolo y nunca viene mal un respiro antes de lanzarse a por la traca final. Anuncié que iba a dar un pequeño descanso a la banda y toqué uno de los primeros éxitos que tuve como cantautor: «Flores de día que mueren de noche».

El público se puso a cantar conmigo desde la primera estrofa.

Los focos volvieron a deslumbrarme... Pero yo ya sabía que no tenía nada que ver con ellos.

Me di cuenta de que «podía» hacerlo, sin más. Era como si ese nudo del que el doctor Ochoa me había hablado se hubiera terminado aflojando. Podía acceder a los recuerdos... Aunque todavía no sabía muy bien cómo. Era un camino incierto, laberíntico, pero podía llegar. Lo sentía. La puerta estaba abierta.

1999

—¡Ya estamos aquí!

Se abrieron las puertas del coche y pudimos oír el jolgorio.

El Bukanero estaba hirviendo en una fiesta magnífica.

—¿Qué haces, Diego? ¡Afuera!

Yo estaba borracho, encogido en la parte de atrás del coche de mis colegas del insti, los que me habían convencido para venir.

—¡Atención, chicas! ¡Traemos a la gran estrella de la noche! ¡El cantante de Deabruak!

Me arrastré tras ellos. El parking estaba lleno de gente bebiendo, fumando... Y arriba, en la cabaña, la NOCHE DE CLÁSICOS DE LA MOTOWN estaba en ebullición.

Mis colegas trepaban por la hierba entre gritos y empujones. Yo intentaba seguirles el ritmo. En realidad, no estaba allí para irme de fiesta.

Había ido a buscar a Lorea.

Necesitaba hablar con ella.

2020

Joder, tenía ganas de parar mi canción y decirlo por el micro. «Está pasando algo alucinante», pero la cosa es que no podía.

Dejé de tocar y el público cantó el estribillo a capela, dos veces. Rasgué un último acorde y dejé morir la canción. Ellos aplaudieron y yo casi suelto una lagrimita. Nadie podía imaginarse lo emocionado que estaba. Me sentía hechizado... ¡Después de tanto tiempo el nudo comenzaba a deshacerse! Pero ¿cómo?, ¿por qué? Entonces me vino a la mente esa teoría neurológica sobre la música y la memoria. ¿Era el hecho de estar tocando el mismo repertorio que hace veinte años? ¿De estar haciéndolo con mis viejos amigos? ¿Todo a la vez? De alguna manera, había dado con la combinación de la caja fuerte...

... y se me ocurrió que debía aprovecharla esa misma noche.

Hicimos un *medley* incendiario con «La Bamba», «Twist & Shout» y «Do You Love Me» de The Contours. Cosas que nunca fallan. Y después, para rematar, tocamos «Sábado a la noche» de Moris. A esas alturas, la banda ya estaba desmelenada. Nura se había acercado a la batería y fingía que golpeaba los platos con la paleta de su bajo. Yo estaba sudando, bailando medio loco y moviendo los pies en plan *twist*. Javi saltaba animando al público, que también coreaba el estribillo con nosotros («¡Sááááábado a la noche!»).

La gente no se cansaba, pero nosotros sí (sobre todo Nura). Al término del cuarto bis les dijimos aquello que solían decir los Beatles a sus fans: «*You're such a lovely audience. We'd like to take you home with us*».

¡Idos a vuestra casa! ¡Haced el amor! ¡Ved Netflix! ¡Pero dejadnos en paz!

El encargado del bar aquella noche era el mismo tipo que nos había ayudado a masajear el corazón de Rubén dos días antes. Nos dijo que «el jefe» había escrito un mensaje indicando que nos abrieran su despacho para disfrutar de unas cervezas postconcierto en su honor. Y allí fuimos escapándonos de las decenas de personas que, nada más terminar el concierto, se arrimaron a pedirme un autógrafo o un selfi. Fuimos una pequeña *troupe*: Nura, Javi, Crash, yo, el machaca, Álex, su novia Erin, Cristina... y algunos amiguetes en común. Rubén nos había dado barra libre, dijo el encargado. Bueno, pues a beber.

Nura agradecía el poder descansar. Contó que los últimos temas los había tocado casi a manotazos, que no podía aguantar la tensión de las cuerdas. Javi en cambio había tenido un bolo estupendo. De esas noches en las que todo te sale bien. ¿Qué tal yo?

—Estás muy callado. —Nura me dio un empujoncito en el hombro—. ¿Es que no te ha gustado el bolo?

—Todo lo contrario —sonreí.

Estaba esperando una buena oportunidad para probar algo, pero necesitaba intimidad para hacerlo, así que me tomé un par de rondas con los chicos, charlando de esto y aquello.

—¿Sabes de alguna buena inmobiliaria en el pueblo? —estaba diciendo Cris en ese momento—. Creo que voy a vender la casa después de arreglarla. —Esos días en Barcelona se había dado cuenta de que, sin Bert, no pintaba demasiado en Illumbe. Además, creía que la casa era muy grande para ella sola; mejor venderla.

—¿En serio? —Nura me lanzó una miradita cómplice—. Conozco a alguien que podría estar interesado.

—Pues pásale mi contacto. Estoy dispuesta a hacer un buen precio.

Al cabo de una hora más o menos disimulé con que me sonaba el móvil, me levanté y salí de allí.

Fuera había comenzado a lloviznar y en la terraza no había demasiada gente. Después del bolo, el club era como un escenario de posguerra. Mucha gente se había marchado a sus casas y el aparcamiento estaba medio vacío.

Caminé bajo la densa llovizna con las manos en los bolsillo. ¿Qué buscaba? No lo sabía con seguridad. Lo último que había logrado recordar era mi llegada al Bukanero aquella noche con mis amigos. Ver la fiesta de la Motown en marcha... ¿Qué había pasado entonces?

Cerré los ojos. Noté la lluvia en la cara. ¿Había desaparecido la magia?

Apreté los párpados, como si quisiera exprimir lo que había dentro de mi cabeza.

—Vamos... Vamos... —murmuré.

Entonces lo vi. El punto exacto donde seguir. Como si fuera el extremo de una cuerda que se perdía dentro de una habitación oscura. Fui hasta él, lo cogí... Y de pronto yo tenía veinticuatro años otra vez.

1999

... me había perdido de mis amigos y caminaba entre la gente, a empujones. ¿Dónde ir? ¿Dónde encontrarla?

Buscaba una melena castaña, había tantas. Casi me meto en un lío cuando me acerqué a una chica de chaqueta de cuero. Su novio me dio un empujón. «Pírate.»

Me sentía furioso. Estafado. Traicionado... La fiesta de la Motown, salvaje y llena de gente, era como un laberinto. Pensé en que podía buscar un atajo.

Fui a la barra y pregunté por Rubén. La camarera, que me conocía de otras veces, me dijo que «le había perdido de vista hacía rato».

—Quizá esté en su despacho... No sé.

Surqué la multitud, que bailaba el «Cry To Me» de Solomon Burke. Me alejé de la fiesta y me escurrí por la parte trasera del bar. Allí, la música era solo un eco apagado. Unas bombillas muy tenues iluminaban el espacio que había entre el despacho de Rubén y la espalda del Club.

Y entonces vi a Lorea montada en su Vespino.

Estaba arrancándola con el pie.

—¡Lorea! —le grité, pero justo entonces el motor se puso en marcha.

Ella aceleró y yo volví a gritar, aunque supongo que el ruido de su moto le impidió oírme. Salió de allí mucho antes de que yo pudiera darle alcance.

Sin embargo, estaba claro. Había salido del despacho de Rubén. Me había mentido al decir que se iba a casa. ¿Qué habrían hecho allí dentro? ¿Echar un polvito a escondidas? Qué divertido, pero QUÉ *divertido*. Estaba furioso, ardiendo de celos. Fui a la puerta del despacho de Rubén y golpeé varias veces. En aquellos tiempos no tenía grandes ventanas a través de las que poder mirar. Y Rubén, o no estaba allí, o no me hacía ni caso. Me cansé de llamar. Me dolía el puño.

Pero ¿importaba algo? Lorea me engañaba y recordé el dolor tan profundo que sentí al darme cuenta, definitivamente, de que mis sospechas eran ciertas. Dicen que no hay nada como verlo con tus propios ojos. Y por fin lo había visto. Me la había jugado igual que antes se la jugó a Isaac. Sentí ganas de echarme a llorar y no lo hice por pura vergüenza. Solo quería salir de allí, pero ¿cómo? Tenía una caminata de por lo menos una hora hasta mi casa. Al menos hacía una noche clara. Me pondría en marcha y haría dedo. Quizá hasta tuviera suerte...

2020

Llovía. No en 1999, sino ahora, en el presente. Abrí los ojos (los ojos de la mente) y me vi allí, parado cerca de la salida. ¿Qué debía hacer ahora? Javi, Nura, Crash... Estaban todos en el despacho de Rubén, ¿debía avisarles? Pero ¿y si eso interrumpía el flujo? No, pensé para mis adentros, esa era quizá la mejor oportunidad que tendría jamás. Estaba en racha. La mente estaba devolviéndolo todo por fin, después de veinte años de oscuridad. Debía continuar, debía seguir adelante por aquella carretera solitaria y tratar de entender, de una vez por todas.

Caminé entre esos dos mundos. El presente de 2020 y el pasado de 1999. La vieja cabaña surfera desaparecía como un fantasma, sobreimpresionada en aquel club-restaurante en que se había convertido el Buka. La fiesta de la Motown, salvaje y llena de gente, aparecía y desaparecía bajo el *zirimiri* de aquella noche solitaria...

1999

Pasaron dos, tres, cuatro coches. Algunos se asomaban para gritarme algo, pero yo no hacía caso.

Nadie paraba a un autoestopista borracho.

Caminaba por la línea de la carretera. Podrían haberme arrollado en ese momento, pero quizá, quién sabe, ellos también vieron mis zapatillas blancas relucir en la noche y pudieron evitarme a tiempo.

Llevaba caminando veinte o treinta minutos cuando llegué al pequeño aparcamiento que se abría a un lado. En ese punto comenzaba el camino que ascendía hasta el búnker y allí, aparcada en una esquina, casi escondida entre los arbolillos, vi la moto de Lorea. Mi corazón dio un vuelco. ¡Lorea! La Vespino tenía el candado puesto. ¿Dónde estaba ella? Bueno, era casi seguro que habría subido al viejo búnker.

Pero ¿con quién?

2020

Veinte años más tarde, la subida fue mucho más fácil. Pese a la lluvia, el camino ahora estaba asfaltado, no como en 1999, que era casi como el cauce de un riachuelo. En el 2020 llegué allí arriba medio empapado. Una torre de focos iluminaba la zona del búnker y allí no había nadie.

En 1999, en cambio...

1999

... no había ninguna luz. Solo un cielo estrellado. Un precioso mapa de diamantes astronómicos que se desplegaba sobre el negro océano. Y en el techo del búnker vi algo.

Una silueta. Había alguien.

—¿Lorea?

Me acerqué temeroso, con miedo de encontrarme lo que suponía que iba a encontrarme. Me palpitaba el corazón y se me había secado la garganta. Ella estaba allí, sentada en el tejado de hormigón. Su chaqueta de cuero. Su melena castaña. Sus vaqueros claros.

Sola.

—¡Diego!

Me acerqué por un lado. Tenía una botella de cerveza en la mano.

—¿Qué haces aquí? —me preguntó.

—Lo mismo te digo, Lorea. ¿Qué haces aquí?

Ella mostró la botella.

—¿No lo ves? Beber...

—¿Sola?

—Bueno, hasta hace un minuto sí... —dijo ella.

Yo subí de un salto al tejado del búnker. Me senté junto a ella. No acababa de fiarme. Sola, de noche... Eso no tenía ningún sentido.

—¿Por qué estás aquí?

—Estaba pensando, Diego... Sin más.

—Pensar ¿el qué? —dije yo—. Anda, pásame la botella. Dame un trago. Vengo andando desde el Bukanero.

Ella me pasó la litrona y bebí.

—Te estaba buscando, Lorea. Necesito hablar contigo.

—¿De qué?

—De nosotros. ¿Qué hacías en la cabaña de Rubén? ¿Qué está pasando?

Cogió la botella de entre mis manos y le dio un trago. Se quedó mirando al horizonte.

—Esta es tu gran noche. A Gonzalo le has gustado. Te grabará un disco. Has conseguido lo que querías... Deberías estar celebrándolo, y no persiguiéndome por los bares.

—¿Tienes algo con Rubén? —le pregunté directamente—. ¿Estás con él?

Se rio. Una carcajada a las estrellas.

—Si eso es todo lo que te preocupa, quédate tranquilo. No estoy con Rubén.

—¿Entonces? ¿Qué te pasa? ¿Qué haces aquí sola? No lo entiendo.

Lorea se sacó un cigarrillo del bolso. Yo cogí la botella y di un trago.

—Mira, Diego. Eres un tío con suerte. Has nacido en una familia que te quiere. Tienes talento, muchísimo... Pues venga. Ve y aprovéchalo. Triunfa por todos nosotros. Te aplaudiremos desde la distancia.

—¿Es por eso? —dije—. No os voy a dejar atrás. A ninguno. Nura, Javi, Ibon y Bert se vendrán conmigo a Madrid. Quizá no al principio, pero encontraré la forma de convencer a Estrada. Y tú..., ¿no querías irte de aquí? Ahora podemos hacerlo, juntos.

Se encendió el cigarrillo. Con la lumbre del fuego vi su rostro. Una sonrisa triste. Nervios. Había una lucha en sus ojos. De hecho, miraba hacia un lado. ¿Había alguien más allí?

—Mira, había esperado a esta noche para decírtelo, Diego. No quería amargarte tu gran noche, pero... tienes que saberlo.

—¿Saber el qué?

2020

—¡Eh, imbécil!

De repente, todo se desvaneció. Lorea. El cigarrillo. La litrona que compartíamos. La noche de estrellas sobre nosotros. Volví, de un golpe, al año 2020. Literalmente. Alguien me golpeó por la espalda y casi me voy de morros al suelo.

—Pero ¿qué?

Me di la vuelta, todavía desconcertado por todo aquello. La llovizna me había empapado casi sin darme cuenta. Había alguien frente a mí. Alguien cuya gigantesca silueta se recortaba contra la luz de la farola.

—Artola... Vaya... Tú...

Ni siquiera me dio tiempo a unir tres palabras en una frase. Dio un paso al frente y me soltó un tremendo empujón que me hizo caer al suelo. Me quedé sentado en la hierba húmeda.

—¿No has hablado con tu padre? Me dijo que...

El gigante tomó impulso y me propinó una patada en el

muslo. Fue como si la puntera de su bota fuese un cuchillo, de verdad. Me hizo tanto daño que hasta me tembló la cabeza. Solté un quejido desde lo más hondo y me arrugué como un bicho bola. Después noté otro golpe. Me dio en la cabeza.

—Mi padre está muerto —gimió—. Hijo de puta, hijo de puta, hijo de puta.

Cada «hijo de puta» lo acompañó de una patada. Gracias a Dios parecía estar borracho y no acertó en ningún punto vital, pero me dio dos veces en la cabeza.

No entendía nada (¿cómo había llegado allí?), aunque no era el momento de entender. El tío quería romperme la crisma a patadas. Vi la casamata del fortín a mi lado y rodé a través de ella. Era mejor caerme en el foso y darme una hostia que seguir recibiendo aquella ducha de golpes.

Aterricé sobre algo. Botellas, un colchón... El hogar de un mendigo o un picadero de muy baja estofa. En cualquier caso, no me hice demasiado daño. Los puntos donde Artola me había pateado latían de puro dolor, sobre todo el primero, el muslo. Tenía la pierna casi paralizada y le oí caminar sobre la hierba. Venía a por mí. No le había bastado con darme una paliza: ese tío quería matarme.

Le vi llegar por el foso. Cogí una de las botellas que había allí. Una litrona. La sujeté por el morro y pensé qué podía hacer con eso. Bueno, el espíritu de aquel nido de ametralladoras me poseyó y se la lancé a la cara. No le di, pero la botella estalló en la pared de hormigón y al menos logré retrasar su implacable avance. Había más litronas. Dios bendiga a los chavales que beben más de la cuenta. Cogí otra botella.

—¡Mikel! ¡Escucha! —grité blandiéndola en el aire—. ¡Tu padre me pidió que hiciéramos las paces!

—Tú le mataste, Diego... Le mataste hace veinte años. Desde entonces solo se ha ido muriendo poco a poco.

—Aquello nos jodió la vida a todos. ¡No solo a tu padre!

Dio un paso y yo tomé impulso con la botella. Artola se dio cuenta de que no me iba a cortar. Ya le había soltado un linternazo.

—Aléjate o te la reviento en la cara, te lo juro.

—¿Quieres jugar a eso? —Hundió la mano en el bolsillo de atrás de sus vaqueros—. Juguemos.

Sacó una navaja. No era muy grande, pero tampoco se necesitan diez centímetros de cuchilla para llegar a una arteria vital. Yo quería seguir sujetando la botella, aunque también retroceder. ¿Meterme debajo del colchón? No. No podía seguir huyendo.

—¿A qué has venido aquí? ¿A recordar cómo la mataste? La dejaste embarazada y te la quitaste de en medio. Y yo... yo la quería... —gimoteaba, borracho.

Hice un cálculo en frío de la situación: un personaje psicótico, violento, emocionalmente desestabilizado, con una navaja. Se estaba llenando de razones para hacerme daño, mucho daño.

No lo pensé dos veces. Estaba todavía a pocos metros y esa era mi única oportunidad. Si recortaba más la distancia, perdería el factor de aceleración.

En silencio, cogí impulso y le lancé la segunda botella a la cara. Esta vez le acerté de pleno y la botella rebotó, sin romperse, en aquel duro cráneo. Pero le había hecho daño. Se agachó por puro instinto y arremetí contra él con todo el peso de mi cuerpo. El producto de mi empujón fue, irónicamente, más efectivo que el botellazo. Artola se cayó al suelo de bruces y se dio contra algo, aunque no me paré a mirar lo que era.

Salí de allí cojeando, con el cuerpo doblado y sintiendo el latido de cada golpe. Antes de tomar el camino de descenso, miré por última vez al tejado del fortín. Quizá Lorea volviese del pasado, por un instante, a decirme lo que se había quedado a medias.

Pero allí solo había lluvia. Lluvia y negrura.

93

Javi y Nura me encontraron a un par de kilómetros de allí. Yo me había armado con una rama y avanzaba como un monje budista, tiritando y tambaleándome sobre los pies helados por la línea de aquella carretera. Entonces vi los faros del Beetle y escuché un frenazo.

—¡Diego!

Me dijeron que habían empezado a preocuparse veinte minutos después de mi salida y que, al no verme por el bar, habían cogido los coches para ir en mi busca. Ellos por un lado, el machaca por otro.

—Pero ¿qué te ha pasado? —me preguntó Javi con cara de preocupación mientras me subía al coche—. ¿De dónde venías?

De camino a urgencias, en Gernika, les conté todo como pude.

Dije que había «necesitado» dar un largo paseo. Solo eso. No quise entrar en más detalles, aunque en el fondo de mi alma había nacido una terrible sospecha.

También les dije que llamasen a la Ertzaintza. Había tenido una pelea muy seria con Mikel Artola.

—Ojalá me equivoque —dije—, pero quizá le he matado.

Entré por urgencias y expliqué lo de mi pelea en el triaje. La mención de aquellos golpes en la cabeza hizo torcer el gesto a la enfermera de guardia. El siguiente médico me realizó un chequeo con una linterna ocular y me mandó a hacer un escáner.

Esperé sentado en una salita, dolorido... y con una sensación horrible en el cuerpo.

Había recordado, por fin. Había deshecho el nudo. Los eventos de la noche del 16 de octubre de 1999 se habían desplegado ante mis ojos. Ahora sabía que, nada más llegar al Bukanero, había visto a Lorea salir del despacho de Rubén, en su moto. Que yo había caminado solo, desesperado, y me había topado con su Vespino aparcada junto al camino del búnker. Que subí y me encontré a Lorea sola, bebiendo...

Pero por encima de estas cuestiones, había recordado algo más. Había recordado mi furia, mi enfado con ella. Estaba celoso, enloquecido por mi vanidad herida. Y Lorea, según Rubén, había planeado dejarme esa misma noche.

¿Y si yo le hice algo?

Gracias al malnacido de Mikel Artola, el hilo de mis recuerdos se había roto en un momento crucial. Lorea estaba a punto de decirme que me dejaba. ¿Qué pasó entonces? Solo quedábamos ella y yo en lo alto de esa colina, frente al océano. En una noche en la que yo sentía arder mis tripas, borracho...

¿Realmente pude hacerle algo?

La duda me reconcomía como un gusano metido en mi cabeza.

Me dieron el alta esa misma noche. Las tomografías del cráneo estaban bien. Lo más preocupante era aquella contusión cerca de las cervicales. El doctor me dijo que quizá sintiera «vértigos y sensaciones extrañas» en los días sucesivos. Pero que si notaba que iba a más, volviese por urgencias.

Cuando salí por la puerta de boxes solo estaba Javi en la sala de espera. Me dijo que Nura se había marchado con Cristina y que me esperaba esa noche en su casa.

—He hablado con Arruti —dijo.

Resultó que Artola no estaba muerto. Una cabeza como la suya, llena de serrín, aguantaba botellazos y golpes mejor que cualquier otra. Cuando la policía fue a por él, dijo que no recordaba gran cosa. Su padre había muerto esa misma mañana, tras sufrir unas complicaciones definitivas. Mientras se emborrachaba en un bar del pueblo, un amigo le había avisado de lo que estaba pasando en el Bukanero. Cogió el coche y vino a buscarme, pero era ya bastante tarde. Entonces, de camino, me vio andando solo en dirección al búnker.

Esas carreteras donde te encuentras cosas y personas por la noche.

—Nerea me ha preguntado si pondrás una denuncia.

—No —respondí—. Le prometí a su padre que le dejaría en paz.

—Pero...

—Está bien, Javi, en serio. Solo quiero irme a casa.

Regresamos a Illumbe en silencio, yo envuelto en los más negros pensamientos.

Una de las muchas cosas que el doctor Ochoa me había contado sobre la memoria es que es selectiva, modificable y simbólica. «A veces optamos por recordar algo falso, porque la realidad es demasiado dura de sobrellevar.» ¿Y si mi historia del coche, el relato que machaconamente había repetido durante años tanto a la policía como a los psicólogos, fuera tan solo una tapadera emocional que mi cerebro había creado para protegerme?

¡Tanto esfuerzo por encontrar a ese asesino y quizá siempre había estado ante mis ojos, en el espejo! ¡¡Era yo!!

—Llévame al camping —le pedí a Javi según nos acercábamos al pueblo.

—¿Qué?

—No creo que pueda dormir bien esta noche, y Cristina estará en el otro dormitorio. Prefiero ir a la cabaña. Necesito un poco de espacio.

—Pero el camping, tío... —Javi negaba con la cabeza—. No creo que sea el sitio más adecuado. ¿No quieres venir a casa? Te buscamos un hueco.

—Pondré una silla contra la puerta y tendré el teléfono a un lado —le calmé—. Además, tengo que recoger mi ropa, mi ordenador... Les dije a mis padres que mañana estaría en Bilbao para dormir.

Javi no se quedó nada tranquilo, pero hizo lo que le pedía. Entramos en el camping y creo que los dos sentimos una especie de escalofrío al pasar frente a la cabaña de recepción. ¿Y si Ángela nos estaba observando desde alguna parte?

La lluvia se había parado y ahora se podía oír el gemido del cárabo, que llegaba a nosotros desde las entrañas del bosque. Las cabañas estaban en silencio, a oscuras, y las luces del coche iluminaban los rincones sorpresivamente. Y nuestros ojos penetraban por un segundo en esa profundidad de troncos, en busca de una silueta, de un rostro escondido en el follaje... Pero nada.

Javi detuvo el coche y me acompañó al interior de la cabaña. Encendimos las luces y notamos la condensación en el aire. Revisamos el baño, los armarios, nos aseguramos de que allí no se escondía nadie. Mi ordenador y mis cosas también seguían donde las había dejado.

—¿Seguro que no te vas a cagar de miedo?

«Ya estoy muerto de miedo», pensé «Pero esta noche necesito estar absolutamente solo. Necesito reflexionar.»

—Seguro, tío, tranqui.

Javi dio un paso fuera de la puerta pero reculó.

—Oye, Diego, ¿qué ocurre? Llevas raro desde el concierto, no me engañas. ¿Te ha pasado algo? ¿Por qué has subido al búnker esta noche?

Le miré a los ojos y comprendí que lo sabía. No quería preguntármelo directamente pero lo sabía. «Has recordado algo, ¿verdad?» Le respondí con un largo silencio. «Sí, tío, y no me ha gustado lo que he visto.»

—Quería intentarlo... —dije al fin—, pero no me ha venido nada.

Javi bajó la vista y pude leer la decepción en su mirada. A mí me dolían los huesos, aunque me dolía mucho más el corazón.

—Bueno... Si necesitas algo, llámame. Te vas mañana, ¿no?

—Sí...

—Sabes que puedes volver.

—Sí. Pero con el nuevo disco seguramente vendrá una nueva gira. Ya sabes cómo va esto. Lío tras lío. En fin, mañana me despido en condiciones.

—Vale —asintió Javi—. No se te ocurra desaparecer de repente, ¿eh?

94

En el hospital me habían dado algunos analgésicos que me ayudaron a conciliar el sueño, pero a las cinco de la madrugada me despertó la lluvia. Retumbaban unos truenos. El afilado resplandor de unos rayos que caían muy cerca iluminaba la cabaña durante unos pocos segundos antes de volver a dejarla en penumbras. Miré, asustado desde mi catre, esperando encontrarme a Ángela, de pie en alguna esquina, sacándome fotografías con el móvil... Pero no había nada, ni nadie. Después volví a mis terribles pensamientos.

La culpa. La idea de haber sido yo quien... Sin embargo, incluso con esa lucidez que otorga la madrugada, no logré discernir cómo podría haber hecho desaparecer a Lorea aquella noche. ¿La maté con una piedra y la lancé por el acantilado? En ese caso, ¿cómo era posible que su cuerpo nunca hubiera aparecido? Bueno, eso se podía arreglar con más piedras, en sus bolsillos, en su chaqueta... Era una época de mareas vivas, se la pudo tragar el océano, llevarla lejos de la costa...

Otra vez me dolía todo. Me levanté y me tragué tres pastillas. Prefería dormir aun a riesgo de reventarme el hígado. Regresé a la cama y seguí dando vueltas durante otras dos horas, hasta que el sueño vino a rescatarme de mí mismo.

95

Nura estaba lo bastante preocupada como para despertarme de madrugada, pero, según me confesó, había conseguido aplacar su impaciencia hasta las siete y media de la mañana, hora en la que empezó a llamarme. El problema era que yo había dejado el teléfono en silencio y, después de cinco intentos, se puso un chándal, cogió el coche y condujo hasta mi cabaña.

—Bonita noche la que me has hecho pasar. —Tenía el pelo recogido en una coleta y dos ojeras marcadas—. Menos mal que Javi tuvo la ocurrencia de dejarme un mensaje, porque si es por ti...

—Lo siento.

Antes de salir, a Nura le había dado tiempo a preparar un termo de café con leche. También traía una bolsa de magdalenas. Se lo agradecí en el alma, ya que mis alternativas de desayuno eran pocas. Le dije que se sentara mientras yo iba preparándolo todo en unas tazas.

Nura se dejó caer en uno de los sofás que había junto a la terraza.

—¿Cómo te encuentras?

—Dolorido... —dije—, pero creo que se me irá pasando.

—Esos golpes en la cabeza podrían haber sido muy serios, Diego. Javi me ha dicho que no querías denunciar a Mikel Artola, pero...

Llevé los cafés a la mesa; en un segundo viaje, las magdalenas. Me senté.

—Mira, me marcho esta misma tarde y no quiero más líos. Mikel ya tiene suficiente con su vida de mierda. Por cierto, hablando de vidas de mierda... ¿Sabes algo de Rubén?

—Anoche el encargado del Buka nos dijo que estaba mejor. Quizá le den el alta hoy mismo. Supongo que Arruti irá a tomarle declaración. Puede que todavía quede alguna última sorpresa en todo esto.

—No creo que vaya a decir nada nuevo. —Le di un sorbo al café—. Ummm... Delicioso. Gracias.

—De nada —dijo Nura—. Pruebas las magdalenas, son caseras.

Lo hice. La noche pasada me había saltado la cena y estaba hambriento.

—En cualquier caso, Rubén no va a salir bien parado de esta.

—¿Qué quieres decir?

—Mintió a la policía. No creo que la jueza vaya a contentarse fácilmente.

Yo bebí en silencio. Esas palabras de Nura me revolvían el estómago. ¿No estaba actuando igual que Rubén? ¿Igual que todos los demás? La opinión pública por fin se había puesto de mi lado. Las cosas empezaban a irme bien después de tantos años de castigo y, de repente, la memoria me devolvía esa terrible información: yo estuve con Lorea en el búnker. Hablé con ella.

¿Qué hacer? ¿Callarme?

Pero supongo que, más que los pensamientos, nos definen nuestros actos. Los conscientes y los inconscientes. Y esa mañana, la verdad se abrió paso entre mis tripas una vez más.

—Nura. Yo... tengo algo que decirte.

En ese momento, casi como si la divina providencia quisiera que me lo pensase dos veces, vibró el teléfono.

—Vaya, espera...

Me levanté y, al hacerlo, noté un leve mareo. Los golpes de la noche anterior me habían dejado mellado y recordé lo que me había dicho el doctor sobre los vértigos. Fui hasta la encimera de la cocina y me agarré a ella. Llegué al teléfono, el nombre de Arruti escrito en la pantalla.

—Estoy al tanto de lo de anoche. —Sonaba enfadada—. ¿No pensabas llamarme?

—No fue nada. Un intercambio de botellazos.

—Artola tenía una navaja. Y me consta que te dio un par de buenas patadas, una de ellas en la cabeza. Eso puede llamarse intento de homicidio.

—Quiero olvidarlo.

—Bien —cedió Arruti—, olvidemos eso, ahora cuéntame. ¿Qué hacías ahí arriba?

—¿No te lo imaginas?

Tras mi respuesta hizo un largo silencio.

—¿Recordaste algo?

Arruti no era Nura, ni Javi. Arruti era una agente de la autoridad y estaba haciéndome una pregunta directa, sin posibles interpretaciones. Este era el momento de la verdad. De hacer como habían hecho todos, salvar el culo, o de volver a poner mis huesos al servicio de la Santa Inquisición Tuitera.

Cerré los ojos.

—¿Diego?

—Sí... Estoy aquí.

—¿Qué me dices?

«A la mierda con todo», pensé.

—Recordé algo. Sí —dije.

Vi que Nura me miraba fijamente desde el sofá. Arruti me decía algo, pero tardé unos instantes en volver a situarme. Un fino pitido se había instalado en mi oído derecho. Un leve mareo, como una sensación de irrealidad. Iba a contarlo todo. Iba a explicarle al mundo lo que había pasado. Con todas las letras. Y eso, posiblemente, sería el final.

«El gran regreso del asesino Diego León... Verás cuando se entere Gonzalo.»

—¿Sigues ahí? —repitió Arruti.

—Sí... Sí.

—Me estabas diciendo que recordaste algo.

—Estuve con Lorea —dije, como si me lo sacara de las entrañas—, estuve ahí arriba con ella.

Se oyó un ruido al otro lado de la línea. ¿Un exabrupto de Arruti? Después, su voz regresó. Parecía que le daba miedo hacer la siguiente pregunta.

—¿Le hiciste algo?

—No lo sé —respondí—. Los recuerdos no llegaban tan lejos. Solo sé que la encontré de casualidad, gracias a su moto. Estaba sola, en el búnker. Hablamos, bebimos de una botella.

—¿Sola? ¿Que estaba sola?

—Sí.

Nura me miraba desde el sofá. Parecía petrificada.

—¿Dónde estás ahora mismo? —La voz de Arruti temblaba un poco.

—En el camping, en mi cabaña.

La ertzaina hizo una pausa. Seguramente se preguntaba qué coño hacía volviendo a la boca del lobo.

—Vale. Quiero que te quedes allí hasta que llegue. No abras la puerta a nadie, ¿vale?

—Pero ¿qué es lo que pasa?

—Estamos siguiendo una pista diferente con el tema de Ángela. Parece que todas esas fotos que había colgadas en su pared... eran un montaje.

—¿Un montaje?

—Sí. La científica analizó las fotos. Ni el papel ni el celo con el que estaban pegadas contenían huellas. Eso nos llamó muchísimo la atención. ¿Quién se pone guantes para pegar unas fotos en su propia casa? Empezamos a investigarlas. Se imprimieron con una impresora láser a color, pero Ángela no tiene una así en casa.

—¿La de su oficina en el camping?

—Es un modelo de tinta, no coincide. Además, hemos tenido la suerte de contar con un vecino insomne que vive debajo de Ángela. Nos ha asegurado que «oyó ruidos» en su piso el martes de madrugada. Alguien que entraba y volvía a salir. Las escaleras son de madera y crujen. Es bueno tener vecinos cotillas para algunas cosas.

—¿Pudo ser Ángela volviendo a por algo?

—Pudo ser. Pero hay que tener la mirada abierta a otras posibilidades. Quizá haya alguien más, Diego. Ahora mismo voy de camino a Santa Brígida. Envié una foto de Ángela para que las enfermeras la distribuyesen entre los pacientes. Parece que uno de los «más lúcidos» ha asegurado que recuerda a un «alguien raro» rondando por allí, la misma tarde que apareció el corazón de papel en la bata de mi tío.

—Ese pude ser yo —aventuré.

—Sí, lo he pensado, pero no me cuesta nada ir y hablar con esta persona. De todas formas, me tocaba visitar a mi tío. Después de eso, iré por el camping y hablaremos de lo de anoche, ¿vale?

Colgué y, según lo hacía, volví a sentir ese ligero mareo. Caminé con cuidado hasta los sofás, apoyándome en la encimera.

—¿Es cierto? —preguntó Nura mientras me echaba en el sofá—. ¿Has recordado algo?

—Estaba a punto de decírtelo. Anoche, durante el concierto, comencé a sentir una especie de *flashbacks*. Solo eran el principio, como pequeños terremotos que anticipaban la gran revelación. Después, durante las copas, salí a pasear a ver si lograba recordar algo más. Pues bien: lo vi todo. Vi lo que ocurrió la noche del 16 de octubre de 1999. Vi que Lorea salía de la oficina de Rubén aquella noche, montada en la Vespino. Yo estaba borracho, celoso, primero había intentado hablar con Rubén, pero él no me abrió la puerta. Me fui caminando por la carretera, de camino a casa, y entonces me topé con la moto junto al sendero. Ella estaba arriba, en el búnker.

—¿Has dicho que estaba sola?

—Sí.

—¿Seguro que no viste a nadie más?

—No que yo recuerde.

—Bueno, creo que eso exculpa a Rubén... —Nura se quedó pensativa un segundo—. ¿Qué era eso del «montaje» que le has preguntado a Arruti?

Abrí la boca pero guardé silencio. La llamada me había alterado mucho..., sobre todo esa frase:

«Quizá haya alguien más.»

Yo tenía la cabeza cada vez más blanda. Era como si llevase un pequeño acelerómetro dentro del cráneo y cada vez que lo movía notase que mi cerebro tardaba un poco en seguirme el paso. Bueno, el doctor me había dicho que sería normal tener «sensaciones extrañas» tras el golpe en el cuello. Pero ¿y si era otra cosa?

Entonces me fijé en la taza de Nura. El café seguía allí, ni lo había probado.

—¿No tomas café? —Señalé su taza.

Nura negó con la cabeza.

—Pero cuéntame —insistió—. ¿Han descubierto algo nuevo?

La miré fijamente. ¿Cuánto café había tomado ya? Dos tazas. Y ese mareo que notaba en la cabeza... De repente se me ocurrió que una brillante doctora en química lo tendría muy fácil para haber inyectado algo insípido e incoloro en aquel rico desayuno. Algo que podía matarme. O, sencillamente, dejarme paralizado, a su merced.

«Es Nura, tío, no digas bobadas.»

Pero entonces recordé lo que Gonzalo me dijo unos días atrás:

«¿No has confiado demasiado rápido en esos viejos amigos?»

—Creo que debes irte —dije de pronto—. Arruti me ha ordenado que me quede solo.

Nura recibió aquello con una genuina sorpresa en los ojos.

—Pero ¿de qué hablas? Si acabo de llegar.

—Lo siento, Nura, quiero que te vayas. Ahora mismo.

Soné horrible, lo reconozco, y Nura torció el gesto. Pero Arruti había dicho «no abras la puerta a nadie»... Alguien había entrado en la casa de Ángela y había colgado esas fotos mías... ¿para qué? Para hacerle parecer una psicópata. Acusarla. Desviar la atención. Lo cual significaba que el verdadero culpable todavía seguía suelto, en alguna parte, muy cerca...

—No te entiendo —dijo Nura—. ¿Qué te ha dicho Arruti? ¿Qué es lo que está pasando?

Me levanté. El mareo seguía allí, cada vez más evidente. La posibilidad de que Nura hubiese echado algo en mi bebida empezó a cobrar una nitidez siniestra. La doctora en químicas... Y yo comenzaba a ponerme cada vez más nervioso.

—Básicamente, hay alguien que ha querido señalar a Ángela como máxima sospechosa. Alguien que entró en su casa y pegó esas fotos en su pared. Alguien que... ¿Por qué no has probado el café?

Traté de valorar el mareo de mi cabeza. No era tan grave todavía, pero ¿cuánto tardaría esa droga en hacer efecto? Fui hasta la encimera, cogí el teléfono.

—Voy a llamar a Arruti —anuncié.

Nura miraba su taza. Una cabeza tan rápida como la suya no tardó en entender lo que pasaba por la mía.

—Espera un segundo. —Sonreía—. ¿Crees que te he puesto algo en el café?

Pensé que podría refugiarme en el cuarto de baño. Si echaba el pestillo y me sentaba en el suelo ella no podría hacerme nada.

Nura cogió la taza y bebió de ella un largo trago. O eso es lo que parecía desde la distancia.

—¿Contento? ¿O quizá piensas que me he tomado el antídoto antes de venir?

No era una mala posibilidad. Entonces pensé en la magdalena. «Son caseras.»

—Nura, por favor... —Le señalé la puerta—. Arruti está al caer.

—Te estás dejando llevar por una paranoia, Diego. —Se levantó torpemente del sofá.

—Puede ser, pero...

—Vale, vale, me voy —dijo, con los ojos enrojecidos—. Pensaba que confiabas en mí. Quédate tranquilo... Joder, Diego —se le entrecortó la voz—, ¡qué idiota eres!

Se marchó dando un portazo. La vi dirigirse a su Beetle y me apresuré a cerrar con el pasador y a colocar una de las sillas de la cocina contra la puerta, aunque ya no estaba seguro de nada. Fui al baño y cerré a mi espalda. Me senté en el suelo.

¿Me había dejado llevar por un ataque de histeria? Pero ¿quién más quedaba en la lista? Ibon e Isaac estaban eliminados, así como Rubén y los Artola. ¿Quién más tenía motivos para haberle hecho algo a Lorea? Nura estaba enamorada de mí. Estudiaba química. Conducía...

¿Se había ido ya? No estaba seguro de haber oído el motor del Beetle. Entonces noté una especie de somnolencia.

Activé el móvil y coloqué el número de Arruti en la pantalla. Pensé: «Si noto que mi mareo va a más, la llamaré...».

96

Pasada media hora, el mareo no había ido a más.

Me levanté y salí del cuarto de baño. El coche de Nura no estaba. En cambio su taza seguía sobre la mesa. Medio vacía. La cogí y, todavía llevado por mis pensamientos peliculeros, la olfateé.

Olía a café y nada más.

Joder... Me sentí ridículo.

Mi primer impulso fue llamarla por teléfono para pedirle disculpas, pero después pensé que sería mejor esperar. «Relájate, habla con Arruti. Después piensa en una gran frase para pedir perdón y bésale los pies.»

Miré por la ventana. Había comenzado a soplar un viento muy frío que azuzaba los árboles. El cielo se estaba oscureciendo y algunas gaviotas planeaban muy bajo. Venía tormenta para la tarde, aunque a mí me pillaría lejos, en un taxi rumbo a casa de mis padres. No me apetecía despedirme de nadie. Llamaría a Javi y a Nura desde Bilbao y les invitaría algún día a tomar algo. Pero lejos de Illumbe.

Tenía que recoger mis cosas y prepararme. Bueno, pues

manos a la obra. Empaqué todas las camisetas menos una, la última que me quedaba limpia, que me pondría para ir donde los *aitas*. Mientras la extendía sobre la cama no pude contener una pequeña carcajada nerviosa. Era la camiseta de Nirvana. La misma que llevaba la noche en que me atropellaron.

Joder, si eso no era cosa de brujas...

Me duché con la puerta cerrada, todavía preso de la paranoia, antes de enfundarme mi camiseta de Nirvana y mis zapatillas blancas. Eran ya las cuatro de la tarde. ¿Dónde estaba Arruti?

Había comenzado a llover. Las primeras gotas de lo que, a decir por el bajón de luz, iba a ser un buen chaparrón. Los rumores de los truenos prorrumpían desde el océano.

Estaba sentado en mi cama, escuchando otra vez la maqueta de esa nueva canción, cuando sonó el teléfono. Ella, por fin.

—¿Diego? Estoy con poquísima batería. Solo era para avisarte de que salgo ahora de Santa Brígida. Al final se me ha echado la tarde encima...

—¿Has logrado algo?

—Bueno, en realidad creo que no. —Se oía el viento golpeando ferozmente en el teléfono. Me imaginé a Arruti saliendo a ese frontal de costa bajo la tormenta—. El tipo en cuestión se llama Manuel, un lisiado, le amputaron las dos piernas en un accidente. El caso es que de cabeza está muy bien. Siempre tiene un ojo puesto aquí y allá.

—Creo que lo recuerdo. —Visualicé al tipo—. Me ayudó a encontrar a tu tío.

—Sí. Él también se acuerda de ti. El caso es que afirma que esa tarde, una media hora antes de que tú llegaras, vio a alguien entrar en el sanatorio, pero no encaja demasiado bien con nada.

—¿A qué te refieres?

Se oyó un trueno en el teléfono de Arruti. Tardó unos pocos segundos en oírse también sobre mi cabeza.

—Lo ha descrito como una especie de «Papá Noel». Un hombre barrigón, con barba y bigotes blancos... No es nadie que...

En ese instante se cortó la voz.

—¿Arruti?

No respondió. La batería se le había agotado.

—¿Arruti?

«Una especie de Papá Noel», repetí mentalmente mientras un escalofrío me recorría de la cocorota a los talones. Yo había utilizado esas mismas dos palabras para describir a alguien.

«Un Papá Noel.»

Me levanté de la cama, me acerqué a la encimera y miré por la ventana. Teloneada por una masa de árboles que se agitaban enloquecidos, la cabaña de mis vecinos, los franceses, tenía todas las contraventanas echadas. La *roulotte* seguía allí, aparcada a un lado.

—No puede ser.

No, no tenía ningún sentido. Pero él era el único Papá Noel que yo había visto en tres semanas.

Abrí un cajón, saqué el cuchillo más largo que había y me dirigí afuera.

97

Llevaba el cuchillo disimulado tras el antebrazo, tampoco quería asustar a nadie. A decir verdad, me iba diciendo a mí mismo que aquello era una gigantesca tontería. «Tu vecino francés, ese tipo barrigón con barba y bigote blanco, reconozco que se parece a Papá Noel... Incluso Orizaola lo comentó, ¿no? Pero ¿qué pinta él en toda esta historia?»

Seguramente nada y, sin embargo, ¿por qué sentía mariposas en el estómago?

Avancé sobre la hierba húmeda con los ojos entrecerrados por el viento, recibiendo el embate de aquel chaparrón que me calaba la camiseta, el pelo, la cara.

La cabaña tenía las contraventanas echadas, como si no hubiese nadie por allí. De hecho, el coche faltaba. Quizá eso terminó de envalentonarme.

Me acerqué a la casa por el lado exterior, donde tenía un balconcito, no tan grande como mi terraza; la cabaña estaba planteada como un refugio de montaña, sin vistas. Miré a un lado y al otro. ¿Qué disculpa podría poner si me pillaban saltando esa barandilla? Bueno, siempre podía decir que había visto a un ladrón merodeando. No sería la primera vez.

El suelo del balconcito retumbó al saltar sobre él, pero al mismo tiempo un relámpago hizo crujir el cielo. Sugaar y Mari, los dioses que según la mitología vasca provocan las tormentas cuando hacen el amor, tenían montada una fiestecita esa tarde.

El viento arreciaba, me pegué a la pared de la cabaña y me acerqué a una de las ventanas. Abrí un poco el postigo y miré dentro. La cabaña era más o menos como la mía. Una pieza distribuida en una cocina, un salón y un dormitorio. La cocina era lo que quedaba más cerca de mi ojo, y mostraba un caos de objetos: cajas de cereales, leche, paquetes de embutidos... Los franceses no eran una pareja muy pulcra que se dijera. Pero entonces, entre aquellas cosas que se veían a primera vista, detecté algo que me enfrió la nuca mucho más que la lluvia y el viento.

Posada en el fondo del fregadero había una jeringuilla.

Aquello no tenía por qué significar nada (¿un diabético?, ¿una enfermedad crónica?), pero afiancé el mango de mi cuchillo. De nuevo miré a un lado, al otro. El balconcito estaba vacío y en la cabaña no había nadie. Pensé que tendría mejor ángulo de visión en la siguiente ventana, emplazada junto al salón, y allí fui. La portezuela del ventanal estaba medio abierta por el viento y solo tuve que sujetarla para mirar dentro.

Vi una mesa de salón idéntica a la de mi cabaña. Estaba repleta de objetos y tardé un poco en procesar lo que estaba viendo. ¿Qué estaba viendo? Un ordenador portátil, un micrófono, un pequeño teclado sintetizador, una impresora... Dos pasaportes, una especie de binoculares extraños.

Tragué saliva. No sabía lo que significaba todo eso, pero desde luego no era lo que te esperarías encontrar en la cabaña de una apacible pareja de turistas franceses. Allí había gato encerrado.

Pensé: «Sal de aquí cagando leches y llama a Arruti».

Terminé de rodear la cabaña y me apresuré hasta el recibidor. Bajé las escalerillas y, según lo hacía, pasé por delante de la *roulotte*, que yacía aparcada frente a la entrada. No pude resistirme a echar un rápido vistazo a través del ventanuco lateral, pero no vi gran cosa. Estaba muy oscuro.

Sin embargo, nada más apartar la cabeza, según me encaminaba hacia mi módulo, oí algo. Un sonido que provenía del interior de la *roulotte*.

Una especie de... ¿gemido?

Se me congeló el cuerpo como a un gato asustado. ¿Qué había sido eso? El viento soplaba fuerte entre los árboles. ¿Quizá el agujero en un tronco había provocado el sonido?, ¿o algún cárabo emitiendo sus tétricos lloros nocturnos fuera de hora? Tenía que asegurarme. Di dos pasos hacia la *roulotte*. Volví a asomarme al ventanuco. No podía distinguir nada en aquellas penumbras, pero entonces, como respuesta a mi aparición, percibí otra vez una especie de lloriqueo desde el interior de aquel cacharro.

—¿Hola? —grité—, ¿hay alguien ahí?

El gemido respondió con una intensidad terrorífica.

98

Me dirigí a la puerta del vehículo y traté de abrirla. Estaba cerrada, aunque me pareció una cerradura endeble. Ensimismado por la tensión, introduje el cuchillo y comencé a apalancar de un lado a otro entre el marco y el resbalón. Hacía tanta fuerza que partí la punta del cuchillo, pero eso resultó conveniente ya que con la hoja plana resultó más fácil apartar el pestillo. Finalmente, a costa de deformar el marco, logré abrirla.

Entré.

Con todo el frenesí había dejado de oír los gemidos, pero estos no habían cesado en ningún momento. Ahora seguí ese sonido hasta el interior de aquella *roulotte*.

Fue un corto viaje de pesadilla.

En aquella penumbra que olía a almizcle y a enfermedad detecté extrañas decoraciones con el rabillo del ojo. Máscaras, grecas y estrellas de cinco puntas dibujadas en las paredes, como si una secta satánica hubiera vandalizado aquella rutinaria caravana. Colas de zorro. Horribles atrapasueños. Siniestros ángeles de porcelana. Estampas de vírgenes que lloraban sangre.

Una decoración surrealista en los entornos de un túnel que me llevó hasta una especie de catre de ensueño.

Sobre la cama, tumbada y con los brazos en cruz como la princesa de los cuentos, estaba Ángela.

Me miraba con los ojos abiertos de par en par mientras proseguía con sus gemidos. Alguien había amordazado a la chica. La habían atado de pies y de manos.

—¡Ángela!

La tormenta ya estaba en su apogeo, estallando sobre nuestras cabezas con fuerza. Mi sistema nervioso, incapaz quizá de contener la tensión, optó por transferir el control a mi cerebelo, no muy estratégico pero rápido.

Ángela me siguió con la mirada. Tenía el pelo alborotado. Los ojos enloquecidos. Intentaba decir algo a través de la mordaza.

—Tranquila. Te... ayudaré —le dije.

Fue todo cuanto se me ocurrió. Solté el cuchillo y busqué el nudo de su mordaza, o la manera de quitársela de la boca. Finalmente fue más fácil apartársela. Ella se había puesto a llorar. Las lágrimas le caían a chorros por la esquina de los ojos. Intentaba decir algo, pero las palabras se le atropellaban en la boca.

—Le descubrí. Le descubrí. Le descubrí.

—¿A quién, Ángela?

—Era mentira. No eran dos.

—¿Qué?

Rompió a llorar mientras balbuceaba otra frase ininteligible. Estaba claramente bajo los efectos de un *shock* nervioso. Decidí que lo primero sería sacarla de allí, llevarla a mi cabaña y llamar a Arruti. Busqué mi cuchillo en el suelo, lo recogí y fui a cortar las ataduras de sus manos, que tenía cruzadas sobre el pecho.

Una lluvia torrencial había comenzado a tamborilear sobre el techo de la *roulotte*. Llevé la hoja del cuchillo a sus manos y entonces descubrí algo que yacía semiescondido allí, debajo de sus manos, posado en su pecho...

... un corazón de papel rojo...

Lo saqué con cuidado mientras percibía que los sollozos de Ángela se apagaban de pronto.

Supongo que un cerebro no puede dar abasto con tantas cosas sucediéndole a la vez. Tan solo podía concentrarme en ese corazón de papel que había aparecido por fin.

El tercer corazón, que cerraba el estribillo de una mítica canción de los noventa:

hago chas y aparezco a tu lado

99

Debí de darme cuenta de que Ángela estaba mirando algo.

De que alguien avanzaba por detrás, pero yo no podía oírlo.

Quizá Ángela pensaba que yo era solo la punta de lanza de un escuadrón de héroes que venían a rescatarla. Aunque entonces se percató de la realidad. Ese alguien no era amigo.

Intentó avisarme, pero no encontró las palabras. Y antes de que yo lograse procesar el significado de aquellos gritos que empezó a soltar, un rápido, brillante y agudo dolor penetró por uno de los lados de mi cuello.

Me caí en los brazos de alguien. Y pensé: «¿De dónde ha salido? ¡He mirado en todas partes!».

Entonces recordé. El baño. Cerrado.

Y todo se fundió en negro.

100

Sonaba un timbre. Alguien daba golpes en una puerta.
—¿Hola? ¿Hay alguien?
Era Arruti. ¡Ah! Menos mal. Arruti estaba en la puerta de mi cabaña, por fin había llegado.
¿Y todo lo demás? Un horrible sueño. ¡Menos mal! Suspiré aliviado.
Se había hecho de noche. Noche profunda. Yo estaba sentado en mi sofá y tenía que levantarme a abrirla. Lo intenté.
Ahí es donde descubrí el problema. No podía. No podía moverme.
Mientras tanto, Arruti dio dos golpes más en la puerta.
—¿¿Hola??
La lluvia seguía golpeando en el tejado. Caía una manta de agua sobre aquel lugar que estaba completamente a oscuras. Intenté gritarle que pasara. «Estoy aquí dentro, Arruti, no sé lo que me pasa, ayúdame.»
Pero solo pude decir:
—Mmmm.
No podía articular la mandíbula porque tenía algo metido

en la boca que lo impedía. Además de eso, estaba débil. Sumido en una especie de sopor... Pero me iba despertando a medida que entendía la situación. Mi cuerpo iba inyectando toda la adrenalina disponible en el sistema para decirme «¡Despierta!».

Así es como, lentamente, me fui dando cuenta de cosas. De que estaba maniatado y amordazado, para empezar. Y eso me hizo recordar mi corto viaje hasta la *roulotte* del vecino. El descubrimiento de Ángela. El tercer corazón...

No, aquello no había sido ningún sueño, pero daba igual. Arruti y yo habíamos convenido encontrarnos en mi cabaña esa tarde. Ella entraría de algún modo y me encontraría allí. Me salvaría.

Sin embargo, a medida que mis ojos se fueron adaptando a la penumbra, aquella calma se diluyó en una dosis de terrorífica realidad.

No estaba en mi cabaña.

Escuché unos pasos que se alejaban y el sonido de un *talkie*. Beep.

—Nada. —Arruti hablaba por el *talkie*—. Aquí tampoco hay nadie.

La oí alejarse, caminando sobre la hierba en dirección a mi cabaña, que estaba a doscientos metros de allí. Claro... porque yo estaba en la de mis vecinos, los franceses...

Reuní fuerzas para lanzar un grito, pero todo era inútil. Ni siquiera podía respirar bien. Estaba perfectamente inmovilizado y todo lo que pude emitir fue un murmullo de desesperación. Pensé en derribar algo, hacer algún ruido que pudiera alertar a Arruti de mi presencia. Me agité como un gusano en aquel sofá, pero alguien había sido previsor y alejado la mesita. Lo único que conseguí con aquel espasmo fue darme un cabezazo contra alguien que estaba a mi lado. Ángela. Amordazada y envuelta en cuerdas, como una larva.

Ella fue la constatación de todo lo terrible, inhumano y definitivo de aquella situación.

Estábamos atrapados.

Ángela se derrumbó sobre mi hombro. Estaba dormida. O drogada. Nos quedamos en esa postura, yo sujetándola como podía, ella paralizada... Y entonces advertí un movimiento entre las sombras.

Había alguien más con nosotros. Un monstruo de ojos verdes.

Cruzó la sala y se apostó en una ventana. Llevaba algo acoplado al rostro, una especie de prismáticos. Comprendí que era algún tipo de visor nocturno. La criatura se dedicó a observar por la ventana, supuestamente a Arruti mientras se alejaba de allí, llevándose toda la esperanza de salvación con ella.

Después, el monstruo se giró hacia nosotros dos. Sus ojos verdes nos sondearon como si se tratase de un gigantesco insecto que tuviera que decidir a cuál de sus dos larvas iba a devorar primero.

Comencé a fijarme en los detalles. Un peto vaquero en el que resaltaba una barriga, una camisa a cuadros, barba blanca, pelo largo blanco...

Mi vecino francés se deshizo de los prismáticos. Los dejó caer sobre el sofá, a mi lado, y se quedó quieto frente a mí, brazos en jarras y el ceño fruncido. Parecía un ogro de cuento.

—Casi, casi... Me has *cgeado* muchos *pgoblemas*, Diego —dijo con su fuerte acento—, *peggo* este...

Yo estaba sumido en una pesadilla tan profunda, tan oscura y tan irreal que solo quise pedir perdón. Era un loco que había raptado a Ángela. Vale. Pero ¿qué coño tenía eso que ver conmigo? «Suélteme»...

—*Pgimero* ella y despúes tú... —dijo en referencia a mi compañera de cautiverio—. ¿Cómo coño lo has sabido? Me *viegon* en el *sanatogio*. Es eso, *oui*? *Merde! Siempge* queda algún cabo suelto...

Su voz sonaba brillante, al borde de una risilla traviesa. Era un loco. Uno de esos locos de las películas de terror. ¿Y su mujer? ¿La habría matado? ¿O era también parte del asunto?

—¿Y esta *zoggita*? —Señaló a Ángela—. Todavía no sé cómo lo supo... Mis ojos, supongo. Había *miggado* todas esas fotos. *Clago*.

Dijo aquello con un tono de reproche a un niño. Yo comencé a detectar algo muy familiar en él.

—La mosquita *muegta*... Bueno, todavía no... Muy *pgonto*. Se rio.

Entonces aquel vecino francés se metió la mano en el interior del peto vaquero y se sacó una especie de almohada de látex. Su barriga. A continuación, muy despacio, se deshizo de una barba y un bigote postizos. Unas cejas. Una peluca.

No había tal vecino francés, claro.

Debajo de aquel Papá Noel había un tipo espigado y de muy buena planta.

Un actor de primera.

—¡Uf!! Esto da un calor que te mueres —dijo Gonzalo limpiándose el sudor con la manga de su camisa.

Y yo, que pensaba que no podía gritar, grité. Vacié el contenido de mis pulmones por la boca, por las orejas, por los ojos y por los poros de mi piel. Grité hasta que me dolió todo el cuerpo. Pero ni siquiera así logré producir un ruido mínimamente audible. Ángela terminó de derrumbarse sobre mi vientre. Se quedó con la cara en mi entrepierna.

Gonzalo se rio mientras depositaba sus cejas en un maletín junto con el bigote postizo, botes de maquillaje, narices de látex...

Yo volví a gritar.

—No te esfuerces, querido, nadie va a oírte —dijo al tiempo que cogía a Ángela y la levantaba como a una muñeca, para sentarla otra vez a mi lado—. Bendita tormenta, ¿eh? ¿Quieres una birra? ¡Ah, no! Que no puedes... Vale, yo me tomaré una por ti.

Fue a la cocina, abrió la nevera. Sacó una cerveza y volvió con ella al sofá. Se dejó caer frente a nosotros dos.

—Vaya parejita más buena que hacéis. —Abrió la cerveza, que hizo un *chsss*, y bebió un trago.

Intenté gritar de nuevo. Quizá Arruti no se había alejado tanto. Quizá todavía estaba lo suficientemente cerca... Pero era imposible elevarse sobre el golpeo del chaparrón en el tejado.

—No te esfuerces —dijo Gonzalo—. Arruti habrá visto que falta el coche y pensará que nos hemos ido, mi ficticia señora y yo, a dar una vuelta.

Cogió uno de los pasaportes de la mesita que tenía ante él.

—Enseñas un pasaporte y *voilà*: es como si pudieras crear una familia entera. Nadie se detiene a confirmarlo. Y menos en un camping de mierda como este. En cualquier caso, lo normal es que Arruti quiera asegurarse. Buscará mi número de teléfono en la ficha de registro. Me llamará y yo responderé desde un restaurante en San Sebastián. He estado diseñando algunos sonidos de ambiente. —Señaló el teclado sintetizador que había visto antes en la mesa—. Tú ya has oído los del aeropuerto, son geniales, ¿eh?

Tocó una tecla del sintetizador y se reprodujo un sonido ambiental en el ordenador. Gente, un aeropuerto, el ruido de un aviso por megafonía... Yo continuaba demasiado atontado como para comprender que había usado todo eso para engañarme. ¿Desde hacía cuánto?

Bebió un largo trago.

—El único riesgo, por tanto, es que revisen todo el camping y encuentren mi coche aparcado abajo, entre los árboles. Pero no creo que lo hagan, sobre todo en una tarde como esta. Es algo que he aprendido durante todos estos años, Diego: la poli no es tan lista como la pintan en las películas. A nada que algo se les complica un poco, escurren el bulto. Son funcionarios, a fin de cuentas. Quieren una vida sencilla y sin complicaciones. El noventa y nueve por ciento de los casos son chorradas que se resuelven con un par de tortas bien dadas en la sala de interrogatorios. Por eso estamos aquí tú y yo..., dos artistas, dos perfeccionistas natos destinados a encontrarse.

Era Gonzalo. Era mi amigo. El tipo con el que llevaba conviviendo casi la mitad de mi vida. Y me hablaba tranquilamente, con su tono habitual, no había nada que temer. Yo era su mejor inversión. Su proyecto estrella. Él lo había dicho tantas veces... Traté de pensar en todo eso para intentar frenar la angustia, la ansiedad galopante, el casi-infarto que me dolía en el pecho.

No iba a pasarme nada.

Pero los ojos de Gonzalo decían algo muy diferente.

—Qué pena, Diego... —Chasqueó los labios—. Justo ahora que íbamos a salir triunfantes de todo esto... Pero eres un experto jodiéndola. Tú lo jodes, yo lo arreglo... Aunque esta vez creo que no voy a poder. Bueno. He escuchado tu conversación de hoy con Arruti y con Nura. En realidad, llevo veinte días oyéndolo todo. —Cogió un largo micrófono de la mesa, entendí que para escuchar a distancia—. Monsieur Bonemasque, mi querido personaje viajero, es un friqui de la tecnología, ¿eh?

»El caso es que por fin has recordado algo de valor: que subiste a hablar con Lorea aquella noche. Y se lo has dicho a Arruti, a Nura. Me lo has servido en bandeja, mi querido Diego. El único problema es la tragedia que supone todo esto. El dinero que íbamos a ganar juntos... Y ya sabes que ando bastante tieso... En fin, supongo que tendré que buscarme un nuevo jovencito talentoso en algún miserable pueblo de alguna parte.

Las palabras de Gonzalo se agolpaban en mis oídos como si estos fueran embudos por los que apenas cabían dos o tres frases. ¿Qué significaba lo que estaba diciendo? ¿Es que no pensaba soltarme?

Había recuperado algo de fuerza y grité otra vez. El sonido fue más fuerte, pero de nuevo no pareció incomodar a Gonzalo en lo más mínimo.

—No sufras, Diego, te juro que será muy rápido. Te lo debo. Saltaréis los dos de un acantilado. Tengo incluso una nota de suicidio preparada, una confesión completa de tus crímenes. Solo tengo que esperar a que Arruti deje tu cabaña para tuitearla desde tu teléfono. Y si no ocurre, ya buscaré otra forma...

»Pero hablemos de Lorea. La explicación es sencilla y te la debo. Si vas a morir, al menos llévate ese secreto contigo. Que sea como un regalo de jubilación, por los años de servicio. —Bebió de la lata, medio riéndose por su ocurrencia—. ¡Como esos horribles relojes de oro que daban antes!

Sonó un trueno sobre nuestras cabezas. Como si el cielo explotase en una profunda carcajada.

—Aquella noche, cuando subiste al búnker, yo estaba allí con Lorea. Nos habíamos citado después de vuestro concierto. Le había prometido llevarla a Madrid conmigo. Ella quería abortar ese bebecito inoportuno, entre otras cosas porque quería ser actriz, algo que ya me había contado en otras ocasiones, por teléfono, mientras aprovechaba sus labores de mánager para tirarse el rollo conmigo... Bueno, también me había enviado alguna que otra foto, y monsieur Bonemasque había decidido que esa belleza merecía su atención. —Se rio un poco—. *Monsieur* lleva años dando vueltas con su *roulotte* mágica... cazando princesas. Otro día, en el infierno, te hablaré de ello con más detalle.

»El caso es que la engañé. Le dije que le presentaría gente de la compañía y que podría vivir en mi piso de Madrid una temporada. Ella se emocionó, preparó una mochila y todo... Pero después vino a decirme que se había rajado. No podía dejar así a su madre. No sé de qué me extrañé. Solo era una chica de pueblo, ¿eh? Le dije que perfecto, que la esperaría en Madrid, y le ofrecí una botella de cerveza mezclada con el líquido de los sueños. ¡Bebamos! En fin..., que todo iba sobre ruedas aquella noche cuando de repente apareciste tú y casi lo jodes. Menos mal que Lorea colaboró un poco... ¿o fuiste tú el que le quitó la botella? El caso es que en media hora estabais los dos apaciblemente dormidos bajo las estrellas.

Apuró la lata y la estrujó entre los dedos. De pronto, su mirada era oscura, sin vida, como la de un tiburón a punto de morder a su víctima.

—Quiero que sepas que matarte nunca estuvo en mis planes, Diego. Tú eras algo mucho más aprovechable si seguías vivo... ¡Eras un claro artista! Y *monsieur* tiene el arte en la más alta estima. Por eso me arriesgué a dejarte vivo cuando saltaste de mi coche. El resto ya lo sabes: yo me busqué una buena coartada, con esa actriz que en realidad mintió por mí. Le conté una buena historia sobre un puticlub de carretera y todo lo que eso podría afectar a mi carrera, y ella hizo un papel perfecto. Lo mejor es que tuvo un accidente mortal en su casa un par de meses más tarde, justo cuando empezaba a hacerme algunas preguntas incómodas. Pero a la policía no le llamó la atención en absoluto. ¡Por eso te digo que son unos perezosos!

»Entonces tú apareciste por Madrid. Yo no estaba seguro de que todo fuese una trampa, o de que pudieras recordar algo... Pero cuando nos encontramos en el teatro supe que no sabías nada. Y desde ese día solo trabajé para hacerte crecer. Veinte años más tarde aquí estamos, ¿eh? Y aquí seguiríamos de no haber sido por Bert.

Gonzalo se levantó a por otra cerveza. Antes de sentarse en el sofá volvió a mirar por la ventana.

—Allí siguen... Bueno, no tengo prisa —dijo hablando para sí.

Se acercó a nosotros y le abrió el párpado a Ángela con la frialdad de un médico forense. Le propinó unos pequeños tortazos, pero Ángela parecía profundamente dormida. Le tomó el pulso. Chasqueó la lengua.

—Vale, a veces me pasa. Me las cargo antes de tiempo.

Se sentó en el sofá, abrió la cerveza, bebió.

—¡El resto de la historia es tan apasionante! Realmente me alegro de poder contársela a alguien. Esta vida de Bonemasque es tan solitaria en ocasiones... Veamos. Lo de Bert... ¿cómo decirlo? Fue un lamentable error de *monsieur*. Se anticipó, aunque tenía sus razones. La moto desaparecida. El dinero que Lorea portaba consigo esa noche... La historia tenía cabos sueltos para Bonemasque y durante dos décadas ha estado alerta a cualquier señal. Y la señal llegó en forma de un mensaje de Twitter que Bert te escribió diciendo que había descubierto «algo» y que debíais reuniros. Confieso que ahí tuve la suerte de cara. Estabas en Almería, desintoxicándote de las redes sociales, así que pude manejar la situación. Le respondí en tu nombre que nos veríamos en dos días, que vendría a Illumbe..., y luego borré los mensajes. Bert estaba esperándote aquí, pero monsieur Bonemasque vino en tu lugar, con su *roulotte* mágica. Él se encargó de todo, con su habitual precisión. Aunque ya veo que no fue suficiente...

»De entrada, las casualidades. La primera: que los dos vayamos a elegir el mismo camping. La segunda: que en la recepción trabaje una fan loca de tu juventud. Cuando recibiste el primer corazón, yo ya había visto a Ángela colarse en tu cabaña. Reconozco que me pareció algo grandioso descubrirla. ¡Bonemasque tenía una rival! Aunque dudo mucho que esta chica quisiera hacer algo más que declararte su amor eterno.

»En cualquier caso, decidí aprovecharme de la casualidad. Usarla si fuera necesario. Tú estabas decidido a quedarte e investigar y yo seguía sin saber qué era lo que Bert había descubierto. Así que les di una vuelta de tuerca a las cosas. Su segundo corazón, que debías haber encontrado bajo la almohada, terminó en la bata de Ignacio Mendiguren por obra de *monsieur*. Esa visita al sanatorio... digamos que fue algo que hice por seguridad, como lo de Bert. Mendiguren, cuyo nombre aparecía escrito en esa entrada, tuvo suerte de que no le practicase una eutanasia exprés esa tarde. Enseguida me di cuenta de que no merecía la pena.

Nos interrumpió el sonido de un coche. Gonzalo se levantó y fue a mirar por la ventana. Lógicamente, la llamada de Arruti había provocado algo de movimiento. ¿Quién sería? ¿Orizaola? ¿Nura? ¿Javi? Yo me ahogaba de la angustia. ¡La salvación estaba a doscientos metros de mí y no podía gritar, ni hacerme oír, ni nada!

Gonzalo se acercó al sofá.

—Mmm... Vaya, tus amiguitos se están empezando a reunir. Qué incordio. Supongo que hay que marcharse... ¿Sabes una cosa? Nunca, en veinte años, he vuelto a intentarlo con dos personas a la vez. Bonita efeméride, ¿eh?

Ante mis ojos, cada vez más despiertos y perplejos, Gonzalo comenzó a recolocarse su disfraz y sus postizos. Tardó unos diez minutos en volver a convertirse en ese viejecito de aspecto apacible. El personaje con el que lograba moverse, traspasar puertas, engañar a todo el mundo.

—*Voilà* —dijo mirando su reloj—. Es la *hoga, mon cheri.*

Fue a la cocina y se puso a preparar algo en el lavadero.

Yo intenté gritar de nuevo, con todas mis fuerzas, pero mi garganta se había irritado tanto en los intentos anteriores que ya ni siquiera conseguía un sonido. Era una especie de chirrido.

Gonzalo regresó con una jeringa entre los dedos. Empecé a agitarme todo lo fuerte que podía dentro de mis ataduras, pero monsieur Bonemasque estaba muy acostumbrado a manejarse en esas situaciones. Se me sentó encima y me inmovilizó la cabeza sin que yo pudiera evitarlo. Noté cómo la aguja penetraba de nuevo en mi cuello. Ya no me quedó otra que llorar.

—No sufras, *mon ami*. Piensa que esto te convertirá en una leyenda. Ya sabes lo que decían en los sesenta: vive rápido, muere joven y deja un bonito cadáver.

Sentí el líquido entrando en mi cuello.

—Será un leve mareo —me aseguró Gonzalo—. Después... la nada.

2020

Voy en un coche, sentado en la parte de atrás. Es de noche y solo veo la línea de una carretera pasando a nuestro lado, como un tren de alta velocidad rugiendo en la noche. A veces pasa un árbol. A veces veo la luna entre las ramas. Después todo vuelve a fundirse en negro.

Hay más gente dentro del coche. Obviamente, alguien conduce. Las luces del salpicadero iluminan el rostro de esa persona que ahora ya conozco bien.

El rostro del mal.

A su lado, sentada en el asiento del copiloto, viaja una chica. Puedo reconocerla por su cabello... Ángela. Dormida, con la cabeza inclinada hacia un lado. ¿Qué hacemos allí? Bueno, en esta ocasión conozco la respuesta. Vamos a morir. Ese loco va a ejecutarnos. Y no hay mucho que pueda hacer.

Intento mover la mano, pero sigue atada y bien atada. Esta vez Gonzalo ha sido mucho más cuidadoso. Esta vez, matarme *sí* está en sus planes. Bonemasque «tiene el arte en la más alta estima», pero su supervivencia, supongo, es todavía más importante.

Avanzamos por una carretera oscura, solitaria. A lo lejos percibo una luz intermitente. Es un faro. ¿El faro Atxur? Ha dicho que nos lanzaría por un acantilado a los dos. Seguramente me incriminará en la muerte de Ángela, también en la de Lorea. Pobres padres míos. Es lo único que siento ahora mismo. Una tristeza infinita por mis padres. Mi único rayo de esperanza es que Arruti, Nura... se resistan a creer tal monstruosidad. Que sigan investigando después de mi muerte. Pero ¿conseguirán atrapar a este demonio? Ha escapado ya demasiadas veces.

Es todo igual que hace veinte años. El coche, la chica..., aunque hay algo diferente.

Quizá mis años de adicto me han proporcionado una capacidad extra de aguante a las drogas. Sea lo que sea, siento que me estoy despertando. La frialdad de saber que voy a morir irremediablemente activa algunas capas de mi cerebro. Soy un hombre creativo: si puedo pensar, puedo solucionar el problema. ¿Y qué pienso? Pienso que podría alcanzar a Gonzalo con los pies. Los tengo atados entre sí, nada más. Puedo utilizarlos como un ariete contra su cabeza.

Es mi única baza. Provocar un accidente. Comienzo a escurrirme, muy despacio, a adelantar mi trasero hasta el borde del asiento. Tengo el cuerpo abotargado pero siento las piernas listas para responder a mi llamada. Flexiono las rodillas y las levanto al tiempo que doy un fuerte patadón hacia delante. El primer intento termina estrellándose contra el reposacabezas. Gonzalo da un volantazo y el coche responde con un bandazo.

—¡Quieto! —grita alzando el codo.

Vuelvo a intentarlo. En esta ocasión le acierto en el brazo. Le hago daño, pero he perdido el factor sorpresa. Además, me engancha los pies por debajo de la axila y me los atrapa mientras sigue conduciendo con la otra mano.

—Mejor así —celebra.

La situación parece enrocada. Yo no tengo fuerzas ni puntos de apoyo, me agito como un gusano.

—Quieres vivir, ¿eh? —Se ríe—. Me encanta este momento. Cómo lucháis al final. Me la pone durísima... ¡Ah!, y para que lo sepas, Lorea fue una tigresa. De las más difíciles con que me he topado.

—Eres un puto psicópata —contesto, y me doy cuenta de que puedo hablar. Me ha quitado la mordaza. ¿Quizá para no llamar la atención cuando salíamos del camping?

Gonzalo vuelve a reírse. Canturrea y mueve la cabeza alegremente.

—Un artista, Diego. No te olvides. Y el arte está por encima del bien y del mal.

Avanzamos por la carretera, ya con el coche controlado después del susto. Mis esperanzas se desvanecen. Una lágrima me asalta... «Cuando lloras es que realmente es el final.»

Pero entonces ocurre algo tan milagroso como inesperado. Un movimiento veloz y violento se sucede en la parte delantera del coche. Ángela se ha girado sobre sí misma y lanza el cuerpo entero contra Gonzalo. No estaba muerta, quizá disimulaba..., y ahora ha decidido jugarse el todo por el todo.

—¡Cabróóóón! —grita.

Gonzalo tiene una mano ocupada conmigo, la otra en el volante. El empellón de Ángela le sorprende. Me suelta y yo aprovecho para darle una coz en todo el costado. Bueno, monsieur Bonemasque no se esperaba nada de esto. Atacado por los dos flancos, grita que nos va a matar. Nos insulta, pero ahora tanto Ángela como yo le estamos cosiendo a hostias. La barba se le ha despegado y le cuelga de la barbilla. Suelta la mano del volante para buscar algo, quizá un arma. O puede que tan solo quiera protegerse. El caso es que el coche se topa con una curva. Chocamos contra algo, de lado, no de frente. Yo salgo despedido al lado contrario y me golpeo contra la puerta. Veo chispas saltando al otro lado de la ventana. Estamos frenando contra el guardarraíl, supongo, pero entonces, no sé si por rabia o por accidente, Gonzalo pisa a fondo el acelerador. Estábamos en plena bajada y el coche, con las ruedas cruzadas, se levanta por un lateral y vuelca.

Una vuelta. Cristales rotos. Otra vuelta. Cuellos rotos. Otra vuelta. Oigo la carretera rozar contra el techo. Cada vez más despacio.

El coche no explota, ni arde. Huele a gasolina y al talco de los airbags, que se han desplegado.

La carretera está en silencio. Yo estoy tumbado sobre el techo del coche, vivo. Los demás, no lo sé.

Hay una ventanilla resquebrajada a mis pies. Termino de romperla a patadas y me escurro como una serpiente. El asfalto está mojado, lleno de gasolina, el coche se ha quedado con un foco encendido. Una rueda todavía da vueltas.

En la parte delantera apenas se ve movimiento. ¿Se han matado?

—¿Ángela? —grito.

—Die... go...

Me arrastro hasta la ventana del copiloto. Ángela está allí, tiene un lado de la cara cubierto de sangre. Mueve toda la cabeza como si tuviera un tic brutal. Detrás de ella, oculto por el airbag, veo parte del cuerpo de monsieur Bonemasque. Muerto o inconsciente.

—Nunca quise hacerte nada... —balbucea Ángela.

—Lo sé... Te creo —le digo.

En ese momento oigo el motor de un coche que se acerca desde alguna parte.

—¡Ya vienen, aguanta!

Pero el tic de Ángela se hace mayor. Toda su cabeza se mueve como si fuera un robot atrapado en un mecanismo de negación.

—Eras mi ídolo... —repite—. Tú eras...

Dice esto y se queda quieta.

—... mi sueño...

Los ojos fijos en mí. La boca abierta. Ha terminado.

Se oye un frenazo. Unas luces nos iluminan. El conductor tarda un poco en salir del coche. Cuando lo hace, oigo que habla por teléfono. Está dando la ubicación del accidente.

—... parece muy grave. Vengan deprisa.

101

Entre las muchas pesquisas que la policía llevó a cabo en los días posteriores al desenlace de la historia se encontraba un diario que Ángela Martín guardaba en su ordenador. Era un archivo de Word protegido con una contraseña que la policía logró hackear unos días después de su muerte.

Algunas de sus anotaciones sirvieron para esclarecer hechos relativos al caso.

El 2 de febrero, el mismo día que llegué al camping, escribió:

>¡ESTÁ AQUÍ! Años esperando una oportunidad de acercarme a él y aparece por la puerta de mi trabajo... ¿Cosas del destino? Creo que he disimulado bastante bien. Pero, y ¿ahora? Se va a quedar un día más... Tengo que pensar algo. Una manera de hacerlo. ¿Una broma malvada con los corazones? Espero que no se lo tome a mal, pero Diego debe comprender lo que significó para mí: debe saber que fue mi salvación. Que soñar con él me salvó la vida...

El jueves 6 el apunte decía:

Acabo de volver de su cabaña con un beso suyo en los labios. No me lo puedo creer... de Diego León. Y no puedo contárselo a nadie más que a ti, mi querido diario. Si él supiera lo que acaba de hacer... Mi amada obsesión adolescente. Aunque he de admitir que el beso no ha sido lo que me esperaba...

El sábado 8 mencionaba ese segundo corazón.

Me he pasado el día esperándole. ¿No ha encontrado mi segundo corazón bajo su almohada? Pensaba que vendría a hablar conmigo y entonces yo, por fin... Pero ¿qué está pasando? Diego me dijo que estaban «tirando de un hilo» sobre la muerte de Bert... ¿Se habrá asustado? ¿Quizá la broma de los corazones haya sido una auténtica cagada?

Lunes 10 de febrero:

Están pasando muchas cosas. Dicen que Txiripi ha muerto en un tiroteo y Diego está involucrado de alguna manera. Además, he empezado a darle vueltas a una idea muy loca. Es tan loca y tan terrorífica que ni siquiera me atrevo a escribirla...

El día 15, día en el que Ángela desapareció, había escrito lo siguiente:

Estoy segura de que ese tal Bonemasque es quien yo creo. Desaparece justo cuando aparece G. ¡Está clarísimo! ¿Y su mujer? Nunca la he visto en realidad, solo su pasaporte. Seguro... No son dos, es uno. ¡¡Ella es él!! Pero debo reunir pruebas... y creo que sé cómo hacerlo. Esta noche me acercaré a la cabaña con cualquier excusa. El calentador de agua, por ejemplo. Usaré la llave maestra para entrar. Y veremos lo que guarda monsieur Bonemasque ahí dentro...

Estas anotaciones saldrían a la luz, y Ángela sería descrita como: LA FAN QUE SALVÓ A DIEGO LEÓN DE UNA MUERTE SEGURA.

El resto, su historia de obsesión y acoso adolescente, quedaron enterrados en alguna parte del secreto de sumario. La prensa hablaba de un caso «intrincado y laberíntico que se extendía a varios países y que coincidía con varias de mis giras». El registro realizado en la *roulotte* de Gonzalo Estrada estaba proporcionando muchísimas muestras de ADN y la policía calculaba que mi antiguo mánager era el responsable de una docena larga de casos de desaparición. Todas chicas.

Todo esto me lo contó Arruti en una larga tarde en el hospital. Mis *aitas*, que rechazaron la invitación a esperar fuera, tuvieron que escuchar aquellos terribles detalles con el alma en un puño. Yo estaba preocupado por el corazón de mi padre, pero aguantó perfectamente.

Después, mi madre se levantó y me dio un abrazo entre lágrimas.

—Me alegro de que hayas acabado con ese monstruo.

Arruti también estaba contenta. Satisfecha. Decía que su tío Ignacio, de una manera inconsciente, había propiciado el desenlace. Y era cierto: la visita de Bonemasque al sanatorio —con intención de liquidarle— era lo que había terminado desenmascarando a Gonzalo Estrada.

—Se puede decir que Ignacio Mendiguren ayudó a resolver el caso —dijo.

—Yo creo que su sobrina también hizo un grandísimo trabajo —añadí.

Se despidió dándome un beso en cada mejilla y deseando verme pronto en «algún concierto». Le prometí que tendría un pase VIP. Aunque quizá volviéramos a vernos pronto por Illumbe.

—Ese pueblo donde nunca pasa nada —bromeé.

Tras recibir el alta en el hospital, me refugié en la casa de mis padres, en una callecita llena de bares del centro de Bilbao, donde recuperé mi amor por los *pintxos* y los bollos de mantequilla. Eso sí, tenía que salir a la calle con una visera y unas gafas de sol; la prensa me buscaba por todas partes.

DIEGO LEÓN DESENMASCARA A UN ASESINO EN SERIE Y RESTAURA SU INOCENCIA VEINTE AÑOS MÁS TARDE.

Mientras tanto, acudía a la consulta de un psicólogo en la misma calle Diputación. Ese hombre se convirtió en el mayor aliado de mi salud mental durante aquellos días. En dos semanas había conseguido dejar atrás la mayor parte de mis pesadillas. Pero todos los días, en algún momento, le veía. Sentado en una cafetería, caminando por la calle, mirándome desde el fondo del largo pasillo de nuestra casa. Gonzalo. Monsieur Bonemasque. El dios de la destrucción.

Nunca nadie pudo entender su cabeza. Se escribieron muchas teorías. Que era un actor frustrado que encontró en el asesinato su forma de satisfacer un ego infantil. Que tenía una personalidad disociativa. Que era un depredador sexual narcisista. O que estaba poseído por el mismísimo demonio.

Tampoco se encontró rastro de ninguna de sus víctimas.

La madre de Lorea, María, descansó al fin. Me escribió un corto mensaje dándome las gracias por todo y disculpándose por haber dudado de mí. En la última línea de su carta decía algo que me tocó muy adentro.

«Ahora, quizá, pueda volver a vivir...»
Yo esperé que lo intentara, al menos.

Nura y Javi vinieron a visitarme pasada la primera semana. Antes había sido imposible (mis padres me habían prohibido compartir con nadie su dirección), y al vernos solo pudimos echarnos a llorar. Nos dimos un abrazo emocionado. Le pedí perdón a Nura un millón de veces (ella me dijo que era tonto, pero que me perdonaba). Les agradecí profundamente su ayuda. Ellos habían resuelto el caso, tal y como había dicho Arruti.

—No hicimos nada más que seguirte, como buenos músicos de acompañamiento.

—Hicisteis mucho más. Lo sabéis.

Por ellos me enteré de que Rubén, finalmente, no sería condenado, ya que su delito de encubrimiento había prescrito meses atrás. Lo de Ibon e Isaac era muy diferente. La resolución del caso había logrado rebajar el encono de la ley sobre sus comportamientos, pero Ibon, como autor material de la muerte de Txiripi, iría a prisión. Isaac, tal y como habíamos imaginado, se libraría.

Nura conocía otro par de detalles de última hora.

—Encontraron el iMac de Bert escondido en la cabaña de Gonzalo. ¿Sabes que habría sido tan fácil como entrar en su Twitter y revisar sus mensajes? Allí estaba todo. Bert te escribió diciendo que «había descubierto algo muy importante y que necesitaba hablar contigo».

—Murió sin saber nada —dijo Javi—, solo porque asustó a Gonzalo.

—No digas eso —replicó Nura—. Su muerte ha servido

para mucho. ¡Y su maldita manía de no subir las escaleras borracho!

Solo pudimos reírnos. Eso sí, con una lágrima asomando en los ojos. En el fondo, era cierto. El capullo de Bert había comenzado todo él solito.

Y hablando de Bert, Cristina había puesto en venta el chalé de Arburu. Nura me preguntó si yo seguía con mis intenciones de comprar algo en el pueblo.

—Bueno —dije—, he pensado que si vamos a volver a tocar juntos necesitaremos un local de ensayo, ¿no?

Javi y Nura abrieron los ojos de par en par.

—Espera un seg... ¡Pedazo de cabrón! ¿Lo dices en serio?

No les conté que había recibido una discreta invitación de un importante productor musical en Madrid. Un pez gordo que llevaba años siguiéndome la pista y ahora, con toda la prensa que se había generado a mi alrededor, venía a mí con un cheque en blanco. A este productor le había explicado mis intenciones. Quería hacer las cosas de otra manera. Grabar en mi casa y elegir muy bien a mis músicos. Quizá le hiciera una buena oferta a Crash para venirse conmigo de gira. Y puede que también a Nura y a Javi.

Al menos una gira... Se lo debía.

Un cálido día de verano regresé por fin a Almería para recoger el resto de mis bártulos. El plan era conducir mi Audi hasta Illumbe y estrenar mi nueva casa, componer en aquel lugar que me había visto nacer como artista. Retomar el relevo de la magia, la ilusión y la amistad que me habían hecho reencontrarme con mi talento.

Zahara, la chica del mercadillo, había guardado mi coche

todo ese tiempo. Me acompañó a la casa y durante el viaje le conté mis planes de volverme al norte. Ella sonrió con algo de pena.

Después se sentó en la cama, cruzó sus bonitas piernas y me preguntó si me había echado alguna novia en ese tiempo.

Y yo pensé: «¡Que viva el sur!».

SOBRE ILLUMBE

Illumbe es un pueblo ficticio situado en la comarca de Urdaibai, entre otros pueblos reales como Gernika, Busturia o Bermeo. La novela mezcla lugares reales como el monte Atxarre con otros de fantasía, como la isla de Izar-beltz (una versión grande y visitable de la isla de Izaro) o el sanatorio de Santa Brígida, basado en el sanatorio de Gorliz, a unos cuantos kilómetros de allí.

En cualquier caso todo, absolutamente todo, tiene sus raíces en estos lugares mágicos de la costa vizcaína que tanto amo. Os animo a visitarlos.

P. D.: La recta de Murueta existe y hace un par de años, conduciendo en plena noche, tuve que dar un frenazo para no llevarme a un chico por delante. Sí, antes de que lo preguntéis, se salvó porque llevaba unas zapatillas blancas. Tras interrogarle un poco me di cuenta de que estaba como una cuba. Le llevé hasta su casa y no me enfadé demasiado con él.

No todos los días te regalan un arranque de novela tan bueno.

AGRADECIMIENTOS

Siempre he querido escribir una novela sobre una banda. Casi toda mi juventud la pasé metido en locales de ensayo, furgonetas, garitos y estudios caseros, componiendo canciones y soñando con llegar a alguna parte. Aunque no conseguí ser Diego León, el rock fue mi manera de superar una adolescencia tormentosa y además me sirvió para aprender unas cuantas cosas que no se enseñan en ninguna universidad del mundo. Quizá nunca hubiera llegado a escribir novelas sin ese baño previo de humildad, juerga y educación artística que me di a los veinte años.

Así que, para empezar, gracias al rock, a mis colegas de banda (tantos) que me habéis enseñado a ser valiente y libre y a creer en mí mismo. Gracias a mi Fender Telecaster por aguantar tanto desmadre, sudor y cuerdas rotas desde 1995. Gracias a todos mis ídolos del rock por inspirarme y guiarme por los turbulentos mares de la vida. *Rock on!*

Ya en el terreno literario, gracias a Javier Santiago y Ainhoa Galán, que siempre tienen oídos para mis historias y gastan su valioso tiempo escuchando mis locuras, haciéndome preguntas difíciles y dándome grandes claves antes de liarme a escribir. A Javi, por ejemplo, debemos el «malo» de *En plena noche*. Se le ocurrió a él.

Gracias (aunque sé cuánto odia esta palabra) a Juan Fraile, por todo el amor que demuestra por mis historias y por sus esforzadas correcciones y notas. Además de ser mi consejero friqui y otro admirador loco de Stephen King, es un gran colega.

Gracias a Txemi Parra (el auténtico), por sus valiosos consejos de avezado guionista y por permitirme incluirlo como personaje en la novela a pesar de que su familia se lleva las manos a la cabeza. (Aclaración: es mejor tipo en la vida real.)

Gracias también a otros amigos como Félix Arkarazo o Ignacio Mendiguren, que han prestado amablemente su nombre a los personajes de la novela.

Borja Orizaola, siempre presto a ayudarme con todo lo referente a procedimientos policiales, disparos, detenciones y salas de interrogatorios. Espero no meterme nunca en un lío, pero si lo hago, tengo algunas cosas claras gracias a él.

Carmen Romero siempre está en mis oraciones por su gran apoyo editorial y porque sin ella no tendríamos unos títulos tan geniales. Por extensión, gracias a todo el equipo de Ediciones B y Penguin, que trabaja duro para hacer libros fantásticos (y venderlos). No puedo evitar mencionar la fantástica corrección de estilo, fechas, lugares e incluso marcadores deportivos que siempre hace Maya Granero.

Tengo el gran privilegio de ser uno de esos autores que cuentan con lectores fieles. Gente que me lee desde la primera novela, o que se ha ido enganchando en algún punto del camino y ahí sigue. Solo quiero daros las gracias por esto. Leer vuestros emails, vuestros comentarios en las redes, vuestras reseñas... apoyándome, recomendándome... es la luz de mis días. Desde mi solitario local de ensayo, en el que las horas a veces son demasiado largas, me siento acompañado y querido.

Sois mi banda de rock'n'roll.

¡Nos vemos en la siguiente!

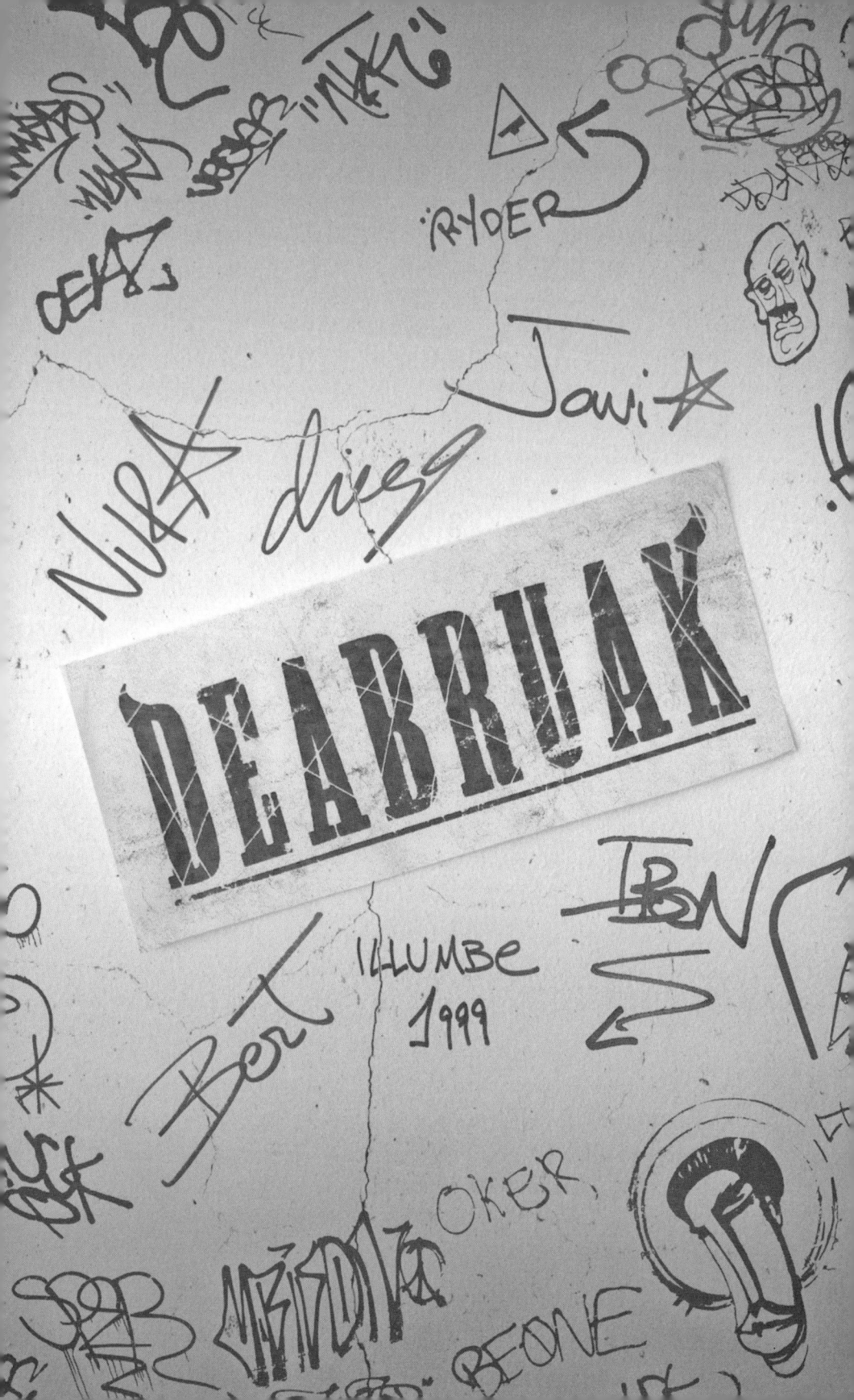

PARA FANS...

Puedes encontrar todas las canciones que aparecen en la novela, así como otros materiales extra, en mi web. También puedes enviarme un corazón de papel ;-)

mikelsantiago.info/enplenanoche